기방을 찾아온 양반은 점잖게 두루마기를 벗어 옷걸이에 걸어두었다. 그렇지만 밖에서는 점잖던 양반도 기방에 들어서면서부터 마음이 급해진 것일까? 기생이 담배에 불을 붙일 시간조차도 참지 못하고, 그의 손은 슬그머니 기생의 옷 속으로 들어가고 있다. 기생은 깜짝 놀랐는지 순간 엉덩이를 들고 있는 모습이 다른 어떤 적나라한 성적인 그림보다도 더 에로틱하다. 그나저나 기생의 오른손은 어디에 있을까? 신윤복의 그림으로 추정된다.

진달래가 피어 있는 계곡에서 유부남
이 기생과 성행위를 하고 있다. 여인의
등에 살포시 기댄 남성의 표정이 오묘
하다. 오른쪽의 바위의 모습 역시 여성
의 성기 모양을 하고 있어 그 에로티시
즘은 더욱 극대화되어 있다. 김홍도의
그림으로 추정되며, 현재 국립중앙박
물관에 수장되어 있다.

계변가화 溪邊佳話, 신윤복

활터로 활을 쏘러 떠나는 사내일까, 아니면 활터에서 쏜 화살을 찾으러 온 사내일까?
아직 팔목에 묶인 손목반조차 풀지 않은 것을 보면 활을 쏘다가 시내를 지나가고 있었
나보다. 시냇가에는 방망이로 빨랫감을 두드리는 여인, 빨아놓은 보를 말리려고 펼치
는 할머니와 함께 머리를 매만지는 여인이 있다. 그런데 두 여인과 달리 머리를 매만지
는 여인의 눈빛이 자못 수상하다. 시내를 지나던 사내의 시선 역시 이 여인에게 향해
있다. 두 사람은 정말 오늘밤에 무슨 좋은 이야기를 나눌 수 있을까?

어느 밤, 두 여인이 책 하나를 함께 들여다보고 있다. 자줏빛 치마를 입은 여인의 숨소리가 가쁜지 앞에 놓인 촛불이 심하게 흔들린다. 그들이 보는 책을 보니, 남녀가 성행위를 하는 그림이다. 두 여인은 이 책을 읽으면서 가쁜 숨을 내쉬고 있었던 것이다. 그런데 오른쪽의 여인은 소복을 입었다. 누군가의 상중에 있으면서, 이 여인은 춘화를 보고 있었던 것일까? 욕망은 늘 이념보다 앞선 것일까? 신윤복의 그림으로 추정된다.

야금모행夜禁冒行, 신윤복

그믐달이 뜬 어느 겨울밤, 붉은 옷을
입은 별감이 능숙하게 양반과 기생의
잠자리를 중개하고 있다. 토시에 누비
속바지까지 입은 것으로 보아 그날 밤
은 몹시도 추웠나보다. '저 아이를 따라
가라'고 말하는 듯한 별감의 말에 양반
은 무엇인지 모를 기대감으로 묘한 표
정을 짓고 있다. 그와 달리 허리에 손
을 대고 장죽을 물고 있는 기생의 표정
은 무덤덤해 보인다. 기둥서방인 별감
의 지시에 따라 이렇게 길을 떠나는 것
도 처음은 아니라는 듯이.

월야밀회月夜密會, 신윤복

보름달이 뜬 담장 아래에 포도군관이 한 여인을 끌어안고 있다. 포도군관의 손에는 철편이 들려 있는 것으로 보아 순라를 돌고 있었나보다. 그러다가 포도군관이 자신의 집 근처를 돌 때, 정을 나누던 여인이 불쑥 튀어나와 못내 그 짧은 시간 동안 사랑을 나누는 것일까? 그리고 깜짝 이벤트를 준비하던 다른 여인이 그것을 보고, 담 모퉁이에 비켜선 뒤 게걸음으로 돌아가는 것일까? 이 그림은 너무나 많은 상상력을 요구한다. 신윤복은 그림만 그린 것이 아니라, 다양한 이야기까지 남겨두었다.

조선 후기
성 소화 선집

한국
고전
문학
전집

009

조선 후기
성 소화 선집

性　笑　話

김준형 옮김

문학동네

머리말

하룻밤을 지내고 나면 새로운 정보가 쏟아지는 시대다. 가만히 생각해보면, 불과 십여 년 전만 해도 특정 자료를 보려면 직접 그 자료가 있는 도서관에 가야 했다. 운이 좋으면 직접 수장고收藏庫에 들어가 독특한 책 냄새를 맡으면서 해당 자료를 뒤적여볼 수도 있었다. 그런 과정에서 뜻하지 않게 학계에 소개된 적이 없는 새로운 자료를 보기도 했다.

지금은 컴퓨터만 켜면 굳이 도서관에 가지 않아도 내가 원하는 자료를 클릭 한 번으로 손쉽게 구할 수 있다. 문명의 이기利器가 사람의 손과 발을 꽤 편하게 했다. 그런데 가끔은 이런 편리함이 나를 불안하게 한다. 내가 하는 공부도 그런 기계의 한 부품을 만드는 것처럼 느껴지기 때문이다. 아니, 나 자신이 그런 기계의 한 부품인 것 같다. 십여 년 전, 도서관에서 맡았던 그 냄새가 없어서일까? 그 냄새는 어쩌면 책이 아니라, 사람들이 살아온 흔적이 내뿜는 냄새가 아니었을까?

다시 도서관에 갔다. 느리긴 하지만 책 한 장 한 장을 넘기는 순간은 컴퓨터 앞에 앉아 클릭 한 번으로 정보를 찾는 것보다 행복했다. 사람

냄새가 났다. 그 당시를 살았던 사람들의 아픔도 느껴졌다. 서강대 도서관에서 김태준金台俊 선생이 직접 필사한 『기문奇聞』을 발견한 것도 그 무렵이었다. 혁명과 학문 중 어느 것을 택할 것인지 심각하게 고민하던 1938년. 김태준 선생은 성性과 우언寓言이 중심인 패설집을 읽었던 것이다. 가장 가슴 아팠던 시기에 성 이야기에 탐닉한 김태준 선생을 보면서 문득 '성이란 죽음을 내포하는 것이면서, 또한 죽음 속에서도 생을 찬양하는 것'이란 조르주 바타유의 목소리를 떠올렸다. 죽음 같은 아픔과 삶에 대한 욕망이 선생에게는 이율배반적으로 존재했음을 짐작할 수 있었다.

내가 이해하는 성 이야기도 그렇다. 합리적인 방법으로 사회 질서에 이의를 제기할 수 없을 때에는 결국 감성적으로 그 질서에 접근하는 경향이 강해진다. 감성의 노출은 곧 이성의 한계를 넘어선 분노와 좌절을 의미하기 때문이다. 감성의 가장 큰 몫은 성이 아닌가? 암울했던 시기의 지식인들이 성 이야기에 탐닉했던 것도 이러한 맥락에서 이해할 수 있을 듯하다. 패설집에는 굳건하게 지탱되는 기존의 가치와 질서를 위반하는 이야기가 고스란히 실려 있다. 사회 질서에 억눌렸던 지식인들은 '너무나 인간적인' 행동의 단면이 드러난 패설집을 읽으며 잠시나마 행복감을 느끼고 싶었던 것이다.

여기에 수록한 이야기들은 조선 후기 패설집에 실린 이야기 중 성 이야기만을 발췌해 번역한 것이다. 조선 전기의 패설집과 조선조를 관통하는 필기집筆記集에서도 많은 이야기를 선별해두었지만, 일관성을 갖추기 위해 이들은 어쩔 수 없이 뺐다. 기회가 닿으면 이들까지 포함한 성 이야기 전집도 출간할 수 있기를 기대해본다.

이 책에 실린 이야기 중 일부는 1958년 민속학자료간행위원회에서 유인본油印本으로 출간한 『고금소총古今笑叢』에서 발췌해 번역한 것이다. 그렇지만 번역을 할 때에는 이 책만을 대상으로 삼지 않았다. 이 책이 출간된 이후에 새로 발굴된 이본들과 대비·교감하여 이 책에서 빠진 부분은 끼워넣고 잘못된 부분은 바로잡았다. 또한 이 책에 실린 『이야기책』『소낭』『각수록』『파적록』『거면록』 등은 아직까지 소개된 적이 없는 패설집인데, 그중에서도 성과 관련된 이야기의 일부, 혹은 전부를 번역하여 실었다. 이들은 십여 년 전 도서관을 다니면서 우연히 보았던 자료들이다.

눈이 빠지고 배꼽이 튀어나올 만큼 우스운 이야기. 여기에는 그런 이야기들이 많다. 나는 이 우스운 이야기를 여러 번 읽었다. 그런데 읽으면 읽을수록 작품을 쓴 사람의 즐거움보다 슬픔이, 웃음보다 울음이 더 크게 다가왔다. 웃음은 울음의 다른 이름이었던 것일까? 이 책을 읽는 독자들도 한번쯤은 웃음 뒤에 숨은 작가의 슬픈 목소리를 기억해주기 바란다.

요즘엔 참으로 웃을 일이 많다! 그것이 정치든 사회든, 문화든 경제든, 흑黑이든 백白이든…… 초심을 잃지 않고 다시 공부하기로 했다. 나의 숱한 콤플렉스. 그것도 한바탕 껄껄 웃으며 날려 보낼 수 있다면 좋겠다.

2010년 7월
김준형

양득 | 가장을 구타하다 | 욕됨을 무릅쓰고 색을 탐하다 | 진짜와 가짜를 구분하기 어려워 | 하늘에 오르고 땅으로 꺼지다 | 아야, 발가락아 | 지아비가 문 앞에 와 있다 | 흉악한 젓갈 사시우 | 한 잔에도 몹시 취하네 | 전당 잡힌 양물 | 의심스러운 곳에 종이를 붙이다 | 문자 쓰기를 좋아하다 | 이상한 물건을 차다 | 늙은 신랑과 어린 신부 | 꾀를 써서 샛서방을 내보내다 | 빨려 들어가지 않는 방법을 배우다 | 절묘한 공물을 받을 수 없게 되었군 | 두 늙은이가 욕을 보다 | 개새끼가 인사를 가르치다

【기문奇聞】_331

교활한 토끼가 재앙에서 벗어나다 | 흰머리는 골라 뽑고 검은머리는 한꺼번에 뽑고 | 당신은 정말 좋은 의원이네요 | 호랑이를 잡고 아내를 얻다 | '아—함' 하는 소리가 가장 좋네요 | 거짓으로 좁은 구멍을 찢어 늘이려 하다 | 그 책은 어디에 있소 | 그 병 때문에 혼자 산다 | 방망이로 찧는 듯하다 | 남자의 두 볼기짝에 난 혹 | 바라건대 죽은 양물을 얻었으면 | 준치를 칼로 잘못 알다 | 강남에 가기를 바라오 | 이를 악물며 시원하다고 외치다 | 배불리 먹는 것이 괴로워 도망치다 | 절에 가서 귀를 깨물리다 | 수염이 많은 나그네가 소송을 걸다 | 삼마를 실은 오쟁이가 사람을 현혹하다 | 맹인을 속이려다 곤란한 처지에 놓이다 | 굶주린 호랑이도 음식은 가린다 | 기생이 시율을 품평하다 | 꾀병으로 남편을 속이다 | 이웃을 불러 촛불을 끄다 | 재상 부인을 속여 좋은 술을 얻어먹다 | 병을 핑계 삼아 계집종을 간음하다 | 벌레들의 말로 겸인을 구해내다 | 두부 요리로 여인들을 속이다 | 기생을 여우로 잘못 보다 | 망아지라고 불러서 친구를 놀리다 | 죽이겠다는 것을 오인하여 소송을 걸다 | 글을 짓게 하여 죄를 용서하다 | 기생한테 빠져 귀신이 되다 | 속병은 내게 있소 | 송이에 귀신이 붙다

【교수잡사攪睡襍史】_431

어머니께 어리석다고 말하다 | 개도 풀무질을 한다 | 졸렬한 문장으로 웃음을 주다 | 병방과 비장이 그 짓을 대신하다 | 고을 원은 건망증이 심하다 | 어리석은 사위가 잘못 대답하다 | 남편을 요강에 던지다 | 코로 양물을 대신하다 | 삼대를 모두 욕하다 | 속임을 당한 것이 오히려 자랑스러워라 | 네게서 나온 것, 네게로 돌아가리 | 고을 원의 아들이 먼저 훔쳤다 | 아내가 상식을 준비하다 | 주인을 비웃으며 닭을 꾸짖다 | 꾀를 내어 과부를 아내로 맞이하다 | 딸이 어머니의 병을 걱정하다 |

1. 이 책은 조선 후기에 편찬된 패설집 11종에서 성 소화만을 발췌한 것이다.
   ① 11종의 패설집의 수록 순서는 편찬된 연도에 따랐다. 편찬 연도가 불명확한 경우에는 이야기의 내용 및 패설집의 성격 등을 고려하여 순서를 정했다.
   ② 11종의 패설집에 실린 이야기를 번역해 소개하기 전에 11종의 패설집에 대한 각각의 해제를 붙였다. 여기에는 번역 대상이 된 텍스트 및 해당 패설집의 성격 등 전반적인 내용을 써넣었다.
   ③ 각각의 이야기를 번역한 다음에는 원문을 활자화하여 수록했다. 이본이 있는 경우에는 교감하였다.
   ④ 패설집의 성격에 따라 실린 이야기가 많은 경우도 있고, 그렇지 않은 경우도 있다. 이는 패설집의 성격에 기인한 것이다. 예컨대 『각수록覺睡錄』은 전편을 번역하였지만, 『거면록祛眠錄』은 세 편만 번역한 것이 그 예다.
   ⑤ 번역 뒤에는 해설을 붙여 이들 작품이 갖는 이야기의 의미 및 작품을 읽는 방법 등에 대해 설명했다.
2. 이 책에는 비슷한 유화(類話)가 나올 경우, 그 유화를 가급적 모두 실었다. 대표적인 이야기만을 수록했을 경우, 자칫 각각의 패설집이 지닌 가치와 의미가 약화될 것을 우려했기 때문이다.
3. 번역은 직역을 원칙으로 했다. 하지만 현대어로 번역하기 모호한 경우에는 의역을 하기도 했다.
4. 책의 성격상 노골적인 표현이 많다. 가급적이면 다른 용어로 대체한 것도 있지만, 내용과 관련하여 용어를 대체할 수 없을 경우에는 직접적으로 표현하였다.

이야기책

利野書冊

『이야기책利野耆冊』의 편찬자와 편찬 시기는 분명치 않다. 이 책 중간에 "근래에 이희룡도 자못 말에 능했는데, 그는 들은 바를 기록하여 졸음을 깨고 적막함을 달래는 도구로 삼았다近有李喜龍君瑞, 亦頗能言, 記其所聞, 以爲挑眠破寂之資"는 기록이 있다. 이를 통해 이 책의 형성 시기가 이희룡李喜龍, 1639~1679이 살았던 때와 그리 멀지 않다고 짐작할 뿐이다.

『이야기책』은 서거정徐居正, 1420~1488의 『태평한화골계전太平閑話滑稽傳』과 같은 패설집稗說集, 인간의 행동을 모방하여 그려내되, 그 의의식을 골계미에 둔 작품들을 모아놓은 책의 전통을 수용했으나, 그와는 일정한 거리를 둔다. 전대에서 보여준 개인적인 이야기뿐만 아니라 흥미 위주의 이야기를 찬집撰集, 사실을 수집하여 기록하는 경향을 드러내기 때문이다. 즉, 『이야기책』은 개인적·동호인적인 성격에서 벗어나 점차 임의의 독자를 염두에 둔 글쓰기를 지향하는 측면을 보인다. 이 책에 성性 이야기가 비교적 많은 것도 이러한 성격을 보여주는 한 예라 하겠다.

『이야기책』에는 우스갯소리 외에 전傳, 사람의 일생을 기술하는 방식의 한문학 장르도 실려 있다. 전은 한결같이 소설적 경향을 보이는데, 이들 작품이 원原『이야기책』에 실려 있던 것인지는 좀더 따져봐야 할 것이다. 『이야기책』에는 권필權韠, 1569~1612의 조카이면서, 이항복의 사위인 권칙權俶, 1599~1667이 지은 「안상서전安尚書傳」도 실려 있어 작가가 권칙으로 추정된다. 하지만 이 책에는 권칙의 사후에 쓰인 전도 실려 있다는 점에서 이는 타당성을 잃는다. 따라서 『이야기책』에 수록된 전은 한 사람에 의해 쓰인 것이 아니라, 후대의 누군가가 흥미로운 작품들을 선별하여 집어넣은 것이라 추정할 수 있다. 즉, 『이야기책』에 수록된 다수의 전 작품은 후대에 별도로 들어온 것이라 하겠다.

『이야기책』은 조선 중기의 작품집으로 보는 것이 타당하다. 이 책에는 아직까지 소개된 적이 없고, 조선 중기에서 후기로 전환하는 양상을 잘 그려낸 24편의 이야기를 선별해 번역하였다.

『이야기책』은 현재 국립중앙도서관과 고려대 도서관에 수장된 것이 있는데, 그중 고려대본이 선본이다. 이 책은 두 본을 교감해 번역하였다.

이항복은 좆의 사위

백사白沙 이항복李恒福이 도원수都元帥 권율權慄 장군의 집에서 처가살이를 할 때였다. 장인과 사위는 서로 뜻이 잘 맞아 평상시에도 항상 장난을 일삼았다.

특히 권율이 오줌을 눌 때면 이항복은 몰래 뒤를 쫓아가서 그 물건을 훔쳐보곤 했다. 권율은 그런 상황에 몹시 괴로워하다가, 어느 날은 오줌을 싸다가 뒤를 돌아보며 말했다.

"이 물건은 자네 장인일세. 어찌하여 자네는 장인을 업신여기고 희롱하는가?"

그로부터 며칠이 지난 어느 날, 권율이 오줌을 다 누었을 즈음이었다. 갑자기 이항복이 권율의 뒤에서 나와 그의 뺨을 냅다 후려갈겼다.

"이 무슨 거조擧措. 말이나 행동 따위를 하는 태도냐? 이 무슨 행동이란 말이냐?"

깜짝 놀란 권율이 이렇게 묻자 이항복이 천천히 대답하였다.

"어르신께서 오줌을 누고 바지 안으로 집어넣으려 하실 즈음에, 제 장인어른의 목을 잡고 좌우로 흔들어대시더군요. 사위인 제가 감히 그

걸 가만히 앉아서 볼 수 있겠습니까. 그래서 급히 장인어른을 잡고 있
는 놈의 뺨을 때려 내려놓도록 했을 뿐입니다."

이에 권율은 웃으며 말했다.

"너는 좆의 사위라 해도 성내지 않겠구나."

이 말을 들은 사람 모두 포복절도하였다.

李白沙[1], 委禽[2]權都元帥[3]家, 翁壻相得, 居常戲謔. 每於權公便旋時, 輒
從後見鳥, 權甚苦之, 顧謂曰: "此物眞汝之岳丈, 何其侮弄耶?" 一日, 權公
放溺, 才訖, 李公從後批頰. 權大驚曰: "此何擧也? 此何擧也?" 李公徐答
曰: "公放溺納袴之際, 捉吾岳丈之頸, 左右揮曳, 故不敢坐視, 急打捽者之
頰, 得放耳." 權笑曰: "汝可謂腎壻也, 不以爲慍." 聞者絶倒.

---

1) 이백사(李白沙): 이항복(李恒福, 1556~1618). 조선 중기의 문신. 백사(白沙)는 그의 호. 후에
오성부원군(鰲城府院君)으로 봉군(封君)되었기 때문에 '오성대감'으로 더 널리 알려져 있다.
2) 위금(委禽): 납채(納采). 예전에는 신랑 측에서 혼인할 때 쓰기 위해 기러기를 신부 집에 보냈
는데, 이로써 위금은 청혼함을 뜻하는 말로 쓰였다.
3) 권도원수(權都元帥): 도원수(都元帥)는 조선시대에 전쟁이 일어났을 때 특정 지방의 병권을
장악한 장수로, 보통 문관 중에서 택해 임명한다. 여기에서는 이항복의 장인인 권율(權慄,
1537~1599)을 말한다. 권율은 조선 중기의 문신이며 명장으로, 1593년 임진왜란 당시 행주산성
에서 큰 승리를 거두었다.

사지가 뜯겨나가도 귀를 막고 듣지 않으리

　도원수 권율 부부는 금실이 좋아서 매일 초저녁만 되면 침실에서 관계를 가졌다. 어느 날 백사 이항복이 몰래 와서 엿들으니, 방 안에서는 운우雲雨의 즐거움이 한껏 무르녹아 있었다.

　부인이 도원수에게 물었다.

　"영감, 지금 심정은 어떠하신지요?"

　"두 귀가 모두 막혀 아무 소리도 들리지 않는 것 같소."

　권원수도 부인에게 물었다.

　"부인은 지금 심정이 어떠하오?"

　"사지가 모두 뜯겨나가는 것 같네요."

　문답이 채 끝나기도 전에, 백사가 일부러 밖에서 기침 소리를 냈다. 권원수는 놀라고 민망하여 천천히 물었다.

　"이서방 왔는가?"

　"그러하옵니다."

　"그런데 어찌하여 문밖에 서 있는고?"

"잠은 오지 않고 심심하여 집 주위를 배회하고 있었습니다."

"문을 열고 들어와 앉게."

백사가 들어와 앉자, 권원수는 짐짓 훈계조로 말했다.

"자네의 문장과 재주는 이 시대 최고이니 반드시 큰 그릇이 될 걸세. 다만 흠이 있다면 말을 삼가지 못하는 것이라 하겠으니, 모름지기 힘쓰시게."

"가르치심이 참으로 지당하옵니다. 이후로는 비록 다른 사람의 사지가 뜯겨나간다 해도 마땅히 두 귀를 막아 성급함이 없도록 하겠습니다."

권원수 부부는 백사가 몰래 엿들었다는 것을 알고 몹시 부끄러워 말을 잇지 못했다.

權元帥, 極有琴瑟之樂, 每於初昏, 闔門行房. 白沙潛往窺聽, 則雲雨¹⁾方濃. 夫人問權公曰: "令監之心, 何如?" 答曰: "兩耳如有物掩覆矣." 權公問: "夫人之心何如?" 答曰: "四肢如醬矣." 問答未了之際, 白沙故故出警咳之聲, 權驚愧徐問曰: "李郎來耶?" 曰: "然." 曰: "何以來立門外耶?" 曰: "無眠心心, 故徘徊於廳事耳." 曰: "開戶入坐." 李公入坐, 則權設辭曰: "君之文章才華, 冠於一時, 必成大器, 而但欠不能愼語, 須勉勵焉." 答曰: "所教誠然, 此後則人雖有嚼囓四肢, 當掩覆兩耳, 而不卜矣." 權公內外, 知其潛窺, 大慚不能言.

---

1) 운우(雲雨): 남녀의 육체적 관계. 초(楚)나라 양왕(襄王)이 고당(高唐)에서 놀다가 낮잠이 들었는데, 한 부인이 와서 "저는 무산(巫山)의 여자로 고당의 나그네가 되었는데, 왕께서 여기 계시다는 말을 듣고 왔습니다. 바라건대 잠자리를 같이해주십시오"라고 청했다. 이에 양왕은 그 여인과 하룻밤을 보낸다. 이튿날 아침 여인은 떠나면서 "저는 무산의 양지 쪽 높은 언덕에 사는데, 매일 아침이면 구름(雲)이 되고 저녁이면 비(雨)가 됩니다"라고 말했다. 과연 여인의 말과 같으므로 양왕은 사당을 지어 그 이름을 조운(朝雲)이라 하였다. '운우'는 이 고사에서 나온 말이다.

술동이에 든 선비

    원주에 박생이란 사람이 있었다. 그는 계집종을 어떻게 해보려 했으나, 아내가 무서워 감히 마음대로 할 수 없었다.

    그러던 어느 날, 박생은 계집종과 몰래 만날 약속을 정했다.

    "내일은 병을 핑계 대고 나가지 말거라. 비록 밤에는 즐거움을 나누지 못해도 낮에는 그 즐거움을 다할 수 있으리라."

    계집종은 그 말을 따랐고, 박생은 아내에게 거짓말을 했다.

    "옷을 가져오구려. 아무개 친구를 만나고 와야겠소."

    박생이 옷을 차려입고 나가는데, 몇 번이나 몹시 허둥지둥하는 모습을 보였다. 이를 이상하게 여긴 아내는 높은 곳에 올라가 남편의 행동을 엿보았다. 그랬더니 남편은 계집종의 방문 앞에 이르러 좌우를 살펴보더니, 이내 신발을 벗어들고 급히 안으로 들어가는 것이 아닌가.

    화가 잔뜩 난 아내는 몰래 계집종의 집으로 가서 방 안의 소리를 엿들었다. 박생은 그 계집종과 희롱하며 이야기를 나누고 있었다.

    "내 꾀가 아니었다면 어떻게 이런 자리를 마련했겠느냐. 마누라가 오늘은 내 꾀에 빠졌느니라."

아내는 당장 문을 밀치고 들어가려다 도리어 부끄러운 생각이 들었다. 그래서 일부러 조금 뒤로 물러나 기침을 한 후, 신발을 끌며 안으로 들어가려는 기척을 냈다.

박생은 당황하여 안절부절못했다. 그러자 계집종은 꾀를 내어 박생을 요에 둘둘 말아 방 한 귀퉁이에 세워두었다. 그리고 자기는 콜록콜록 기침도 하고, 억지로 신음 소리도 냈다.

박생의 아내가 창틀에 걸터앉아 계집종에게 물었다.

"너는 어찌하여 꾀병을 부리며 누워 있느냐?"

"정말로 병이 들었습니다. 정말입니다."

"그렇다면 왜 그리 호흡이 가쁘냐?"

"중병이 들었기 때문입죠."

"그나저나 저기 저 요 안에는 뭐가 들었느냐?"

"수…… 술동이, 술동입죠!"

그러자 박생도 그윽이 꾀 하나를 생각해낸답시고 입으로 '폴썩폴썩' 하며 술 익는 소리를 냈다. 이에 아내는 세워둔 요를 손으로 잡아당겨 넘어뜨렸다. 박생은 이미 들킨 줄도 모르고 계속 속일 양으로 '풍풍' 하고 술이 동이 주둥이에서 쏟아져나오는 소리를 흉내냈다.

화가 난 아내는 큰 소리를 지르며 박생의 뺨을 때렸다. 그제야 비로소 발각된 것을 안 박생은 머리를 조아려 손이 발이 되도록 빌며 말했다.

"죽음이 내 몸에 임박했구나! 분명 죽을죄인 줄은 알지만 본심은 아니었다오. 오직 바라는 것이 있다면 마누라님께옵서 죄를 용서하시는 것이라오. 죄를 용서해주시오."

이 말을 들은 사람들은 모두 깔깔대며 거꾸러지더라.

原州地有朴生者, 欲狎婢子, 畏妻, 不敢肆. 然與其婢私約曰: "明日托病不出, 則雖不卜夜卜其晝[1]矣." 婢如其言. 生紿其妻曰: "取衣來. 當往見某友矣." 遂攝衣[2]而出, 多有忙迫之狀. 其妻怪之, 登高覘視, 則行到厥婢房門前, 左右視, 而持鞋急入. 其妻恚怒, 潛往婢家, 窺聽, 則生方戲弄其婢曰: "我無智略, 何以得此? 吾妻今日墮吾術中." 其妻直欲排戶突入, 而反生慚愧, 故故少退, 警咳曳履而進. 生蒼黃罔措, 婢生一計, 裹以茵席, 竪置房隅, 喘息强作呻吟聲. 其妻踞坐窓楹, 謂婢曰: "汝何佯病而臥?" 婢曰: "實病, 實病!" 又問曰: "汝何呼吸之喘急也?" 對曰: "病重故也." 又問曰: "這箇茵席內, 有何物?" 對曰: "酒盎 酒盎!" 生暗生一計, 口作罢罢, 酒熟之聲. 其妻以手曳倒之. 生不知其體之已露, 猶欲紿之, 仍作酒瀉盎口, 風風之聲. 其妻大叫批額, 生始覺現發, 叩頭祝手曰: "死厄迫身, 有此死罪, 而實非本心. 惟願抹樓下, 赦罪赦罪." 聞者呵呵絶倒.

1) 복야복주(卜夜卜晝): 복주복야(卜晝卜夜). 『좌전左傳』 「장공莊公 22년」에 나오는 말이다. 춘추(春秋)시대에 진(陳)나라의 경중(敬仲)이 제(齊)나라의 공정(工正)이 되었을 때, 제나라의 환공(桓公)을 청하여 술을 마셨다. 환공은 흥이 일어 밤에도 횃불을 들고 계속 술을 마시자고 했다. 그러자 경중이 사양하며 "신은 낮에만 감당하고 밤에는 감당하지 않으니 감히 따를 수 없습니다[臣卜其晝, 未卜其夜, 不敢]"라고 말했다고 한다. '복야복주'는 여기서 비롯되어 이후로는 밤낮으로 그치지 않고 즐거움을 나누는 것을 의미하는 말로 쓰인다.
2) 섭의(攝衣): 의장(衣裝)을 갖춤.

나부터 죽이시오, 나부터 죽여!

한 유생儒生이 계집종을 마음에 두고 있었다. 그의 아내는 전혀 알아채지 못했지만, 계집종은 그의 마음을 눈치챘다. 그래서 유생이 때때로 심부름을 시킨다고 부르면 항상 교묘하게 그 자리를 피했다.

손님이 올 때는 간혹 나왔지만, 유생 홀로 있을 때는 불을 켜라고 부르거나 물을 떠오라고 시켜도 다른 계집종을 보낼 뿐 한 번도 가까이 가지 않았다. 또한 밤에는 곧바로 안쪽 방에 들어가 자버렸다. 그러니 유생은 끝내 어찌하지 못해 끓어오르는 화를 속으로 참아내야만 했다.

그러던 어느 날 저녁, 유생은 안으로 들어가 다른 죄로 계집종을 얽어매어 마치 때려죽일 듯이 하였다. 아내는 그의 의도를 알지 못해 용서해달라고 간청했지만, 유생은 듣지 않고 계집종의 머리채를 잡아끌고 곧바로 바깥채로 나갔다. 아내는 남편이 계집종을 때려죽일 것이라고만 여겼다.

그러나 바깥채는 조용할 뿐 아무 소리도 들리지 않았다. 이에 의심스러워진 아내가 몰래 가서 살펴보았다. 계집종을 방 안으로 끌고 들어간 자취는 있었지만, 안에서는 아무 소리도 들려오지 않았다. 아내는 남편이 계집종의 입을 틀어막고 몰래 죽였다고 생각하여 창호지를 뚫고 안을 엿보았다. 그런데 방 안에서는 운우의 정이 한껏 무르녹아 나아갔다 물러나기를 반복하고 있는 것이 아닌가. 깜짝 놀란 아내가 큰 소리로 외쳤다.

"이게 계집종을 죽이는 일이랍니까?"

그러자 유생은 조금도 놀라지 않고 엎드린 채 뒤를 돌아보며 말했다.

"이렇게 찌르면 반드시 오장五臟에 상처를 입게 될 것이오. 그러니 어찌 바로 죽지 않겠소?"

"그럼 나부터 죽이시오, 나부터 죽여!"

有一儒生, 屬意於一婢. 其妻全然不知, 婢則領會其意. 儒生時招使喚, 則每每巧避. 客來時, 或出, 獨在, 則雖呼火索水, 代送他婢, 一不相近. 夜則直宿於內房. 生終無奈何, 不勝憤怒. 一夕, 入內, 搆誣他罪, 佯若打殺者然. 其妻未會其意, 懇乞容貸, 而生不聽, 摔曳婢頭髮, 直向外廊, 其妻意謂必致撲殺矣. 仍閴然無聲, 其妻疑之, 潛往視之, 有曳入房中之痕, 上下俱無出聲. 以爲塞口, 暗打而死, 窓窺見, 則雲雨方濃, 進進退退. 其妻高聲曰: "此是殺婢之事耶?" 生不爲驚動, 伏臥顧謂曰: "如是衝刺, 五臟必傷, 豈不卽死乎?" 其妻曰: "然則先殺我, 先殺我!"

벌거벗은 도깨비 조화에는 푸닥거리가 최고

한 재상이 대사헌大司憲으로 임명되었다. 그는 귀신에게 제사 지내는 것을 매우 엄격하게 금하는 사람이었다.

그런데 매일 밤이 깊어지면, 재상은 벌거벗은 채로 몰래 안방에서 빠져나와 계집종과 관계를 맺고, 다시 침실로 돌아왔다. 그러나 부인이 무서워 감히 평상시처럼 걷지 못하고, 마루에서부터는 발을 겹쳐서 우두커니 선 듯이 조심조심 걸었다. 부인은 일찌감치 그 사실을 알고 있었지만, 일부러 모르는 척했다.

어느 날, 재상이 조정 일을 끝내고 집으로 돌아왔더니, 안에서 귀신 섬기는 제사를 크게 벌이고 있었다. '쾅쾅' 하는 소리가 저 멀리까지 들릴 정도였다. 몹시 화가 난 재상이 외당外堂, 사랑방에 나가 앉아 우두머리 여종을 불러 따졌더니, 종이 대답하였다.

"마님께 아무리 간언을 드려도 듣지 않으시니, 쇤네 같은 것이 어찌하겠습니까?"

재상은 더욱 화가 나 안방에 대고 말했다.

"내 귀신 섬기는 일을 엄격히 금하는데, 우리 집에서부터 지키질 않으니 내가 어찌 법을 행할 수 있겠소?"

그러자 부인이 대답하기를,

"근래 다리가 하나인 도깨비가 벌거벗은 채로 몰래 대청 위를 다니다가 안방으로 들어옵디다. 이 이상한 변괴에 부득이 푸닥거리를 하지 않을 수 없었습니다. 하여 법을 어기는 줄 알면서도 이처럼 귀신 섬기는 일을 하였사오니, 바라옵건대 너그러이 받아들여주옵소서"

하였다. 이 말에 재상은 매우 부끄러워 소리를 내질렀다.

"그렇다면 당신 마음대로 하시오, 마음대로 해!"

有一宰相, 爲都憲[1], 禁亂神祀, 極其嚴峻. 每於夜深, 赤脫潛行, 狎婢於內房, 直宿處, 畏其夫人, 不敢穩步, 重足蹣跚於廳事. 夫人早知, 而佯若不知. 一日, 退朝[2]歸家, 則自內大張神事, 坎坎之聲, 聞於遠邇. 其宰大怒, 坐外堂, 捉致首婢[3], 詰問, 答云: "抹樓下諫不聽, 少女輩, 何以爲之?" 其宰尤怒, 送言于內曰: "吾方嚴禁神事, 而自吾家先犯之, 法可行乎?" 夫人答曰: "近有獨脚鬼, 赤脫潛行於廳上, 時入內房. 變異非常, 不可不禳灾, 故觸冒威令, 作此神事, 幸望恕諒."云. 其宰大慚, 疾聲應曰: "然則任意爲之, 任意爲之."

---

1) 도헌(都憲): 대사헌(大司憲). 조선시대에 중앙과 지방 행정의 감찰과 고발을 담당했던 사헌부(司憲府)의 으뜸 벼슬.
2) 퇴조(退朝): 벼슬아치들이 조정의 조회에서 물러나던 일.
3) 수비(首婢): 여자 종의 우두머리.

지난밤 큰 귀때 하나를 팔아 토시를 샀지요

계집종과 관계를 맺는 선비가 있었다. 둘에게는 고요하고 한적한 그들만의 장소가 없었기에, 항상 짚을 쌓아둔 곳 아래서 만나기로 약속했다. 그리고 밤이면 밤마다 그곳에서 즐거움을 나누었다. 이때 선비는 작은 토시일할 때 옷소매가 해지거나 더러워지는 것을 막기 위해 소매 위에 덧끼는 것 하나를 사서 그 소매로 얼굴을 가림으로써 표정을 감추는 계교로 삼았다.

그런데 이미 그런 사실을 알고 있던 그의 아내가 어느 날 계집종을 불러 말했다.

"오늘 밤에는 나가지 말거라. 내 마땅히 크게 속여보리라."

해가 지고 어두워지자, 아내는 계집종과 옷을 바꿔 입고 짚더미 아래로 가서 선비를 기다렸다. 이윽고 토시를 소매에 넣고 나타난 선비는 손을 흔들며 와서는 껴안고 희롱하는 등 안 하는 짓이 없었다. 그러다 토시를 주며 말했다.

"네게 주려고 샀느니라. 즐거움에 대한 보상이니, 마누라가 알게 해서는 안 된다."

아내는 거짓으로 계집종의 목소리를 흉내내어 나지막이 말했다.

"마님은 온몸이 아름다워 버려둘 데가 없습니다. 그런데 항상 쇤네처럼 거칠고 추한 물건을 찾는 이유는 무엇인지요?"

"마누라의 하체는 마치 복자_{기름을 담는 그릇}의 귀때_{주전자의 부리같이 그릇의 한쪽을 바깥쪽으로 내밀어 만든 구멍} 같아 심히 내 뜻에 맞지 않는다. 어찌 네 맛의 특별함과 같겠느냐?"

그리고 나서 둘은 남녀 간의 즐거움을 마쳤다.

다음 날 아침, 선비가 안채로 들어갔더니 아내가 그 토시를 끼고 뜰 한가운데를 배회하고 있었다. 선비가 놀라고 괴이하여 물었다.

"그 토시는 어디서 나서 하고 다니시오?"

아내가 천천히 대답했다.

"저에게는 푼돈도 없는데, 어디서 사오겠습니까? 지난밤에 큰 귀때를 팔아서 얻었지요."

이에 선비는 매우 부끄러워하며 밖으로 나가더니, 삼 일 동안 들어오지 않았다.

有一¹⁾士人有所狎之婢, 而無靜閑之處, 每約於積藁之下, 夜夜交歡. 買一小分吐²⁾, 以爲袖往面, 紿³⁾表情之計. 其妻先已知之, 招謂其婢曰: "今夜汝勿往, 吾當瞞過矣." 初昏後, 換着厥婢衣裳, 往待候於藁堆下. 士人袖吐裰來, 抱持玩弄, 無所不至. 出給分吐曰: "買此贈汝, 以償樂意, 愼勿使夫人知

---

1) [교감] 유일(有一): 고려대본에는 '直一'로 되어 있지만, 이는 '有一'의 오류이다.

2) 분토(分吐): 무엇을 뜻하는지 명확하지 않으나, 내용상 토시의 일종으로 보인다. 『별춘향전別春香傳』에도 "백릉버선 자주분토 신고"라는 대목이 나온다.

3) [교감] 태(紿): 고려대본과 국립중앙도서관본 모두 '給'으로 되어 있지만, 이는 '紿'의 오류이다.

之."其妻低聲佯作婢語曰:"抹樓下百體俱美, 捨而不爲, 每索小女㸌醜物, 何也?"士人曰:"抹樓下下體, 如耳鐥[4]觜, 甚不合意. 豈若汝味之特別乎?"因講歡而罷. 明朝, 士人入內, 則其妻着其分吐, 而徘徊中庭. 士人驚怪問曰:"彼分吐, 從何得着而行耶?"其妻徐答曰:"吾無分錢, 從何買得? 去夜賣耳大也得之."士人大慙, 出外, 三日不返.

_____

4) 이선(耳鐥): 귀때가 달린 복자. 15세기에 편찬된 요리책 『산가요록山家要錄』에는 한 이선에 두 되[升] 정도의 양을 담을 수 있다고 나와 있다.

처남의 계집종은 상피相避다

한 유생이 있었는데, 문자는 조금 알았지만 성품이 어리석어 항상 사람들에게 속임을 당했다.

그의 처가에는 계집종 하나가 있었는데, 얼굴이 자못 예뻤다. 유생은 그를 어떻게 해보려 했지만, 말도 못 꺼냈다. 그리고 그럴 틈도 주어지지 않았다.

봄에서 여름으로 바뀌던 때, 계집종은 밤을 틈타 유생의 집 후원에 뽕을 훔치러 들어갔다. 유생은 누가 왔는지 모르고, 그저 뽕을 도둑질하는 사람을 잡아 욕을 보이기 위해 살금살금 다가갔다. 그런데 그는 자기가 마음에 두고 있던 그 계집종이 아닌가! 유생은 마음속으로 평생토록 하고자 했던 일을 오늘 밤에서야 이룰 수 있게 되었다면서 가벼운 발걸음으로 나무 아래로 다가갔다.

"너는 어찌하여 뽕을 도둑질하느냐?"

계집종은 감히 나무 위에서 내려오지 못한 채 대답했다.

"누에가 굶주린 지 며칠이 되었지만, 뽕을 구할 곳이 없었습니다.

또한 어르신께서 저를 사랑한다고 생각해 일부러 이곳에 왔답니다."

"네게 마음이 있다는 걸 너도 알고 있었구나. 오늘 밤 아무도 없는 뽕밭에서 우리 둘이 만났으니 너는 내 말을 듣겠느냐?"

"이미 일이 이렇게 되었으니 뽕을 다 따면 마땅히 따르겠습니다."

유생은 도리어 계집종의 손이 느린 것을 안쓰럽게 생각해 뽕나무 가지를 잡아주며 바쁘게 손을 놀려 함께 광주리를 채워주었다. 드디어 일이 끝나고 유생이 계집종을 껴안아 밭이랑에 눕자, 계집종이 말했다.

"쉰네는 비록 천민이오나, 풀밭에서 몸을 뒹군다면 옷에 풀물이 들 것입니다. 그러면 집안사람들이 이상하게 생각하리니 장차 어찌하겠습니까? 땅 위에 뭐라도 깔면 좋겠습니다."

유생은 계집종의 말이 그럴듯하여 급히 집으로 돌아가서 방석 하나를 가슴에 품고 돌아왔다. 그러나 계집종은 이미 뽕을 가지고 떠난 뒤였다. 그 연유를 알 리 없는 유생은 계집종이 일부러 숨은 줄로만 알고 온 밭이랑을 찾아다녔다. 하지만 계집종은 그림자조차 보이지 않았다. 유생은 속임을 당했다고 생각하며 돌아와야만 했다. 유생은 분노했지만, 그렇다고 그 일을 입 밖에 낼 수도 없었다.

그후 계집종은 다시 뽕을 훔치러 왔다. 유생은 전처럼 계집종을 잡은 다음, 마음속으로 '이번에는 절대 속지 않으리라' 하고 생각했다.

유생이 계집종을 세게 붙잡자, 계집종도 어찌할 수 없음을 알고 그를 따랐다. 막 다리를 들어올릴 즈음이었다. 계집종이 말을 꺼냈다.

"해서는 안 되는 일이 있는데, 어르신께서는 처남의 계집종이 상피桑皮하는 것을 아시는지요?"

'상피桑皮, 뽕나무 껍질'는 세속에서 말하는 '상피相避, 가까운 친척 사이의 남녀가 성적 관계를 맺는 일'와 음이 비슷하기 때문에 그렇게 말한 것이었다.[1]

----

[1] 계집종은 동음이의를 활용하여 자신과 성적 교섭을 하는 것이 유생에게는 부도덕한 일임을

유생이 놀라 뒤로 조금 물러서며 말했다.

"그게 무슨 말이냐?"

"쇤네의 상전과 댁의 아기씨는 오누이간입죠. 그러니 어찌 상피^{相避}가 아니겠습니까?"

유생은 한참 동안 묵묵히 생각하다가 말했다.

"그렇다면 해괴한 짓이로구나. 너는 이 일을 누설하지 말거라."

그러고는 이내 하던 짓을 멈추었다.

有一儒生, 稍解文字. 然性本愚迷, 每多見瞞於人. 其妻家一婢, 頗有容色. 生欲之, 而不能對吐, 且無暇隙. 春夏之交, 其婢乘昏, 偸桑於生家後園. 生不知誰某, 辱捉偸桑者, 潛往視之, 乃厥婢也. 意謂平生所欲, 今夜可成, 輕步卽進立於樹下, 細問曰: "爾何偸桑耶?" 婢在樹上, 不敢不來而對曰: "蠶飢累日, 無處求桑, 且念令公眷愛, 故來此也." 生曰: "吾之有意於汝, 汝亦應知矣. 今夜無人之際, 相逢於桑間, 爾可聽我言耶?" 女曰: "事已至此, 則摘桑後, 當依爲之耳." 生反憫其小遲, 共把桑枝, 忙手實筐. 仍抱臥於田畝中, 女曰: "小女雖是賤迹, 翻身於生草, 上衣染草色, 則家人怪之, 將奈何? 布一地衣, 則好矣." 生然其言, 急回其家, 抱一方席而往. 厥婢携桑, 已無去處. 生疑其故, 故隱避, 遍索麥壟, 不見形影. 生忿其見瞞而回, 亦不能吐舌. 其後厥婢, 又來偸桑, 生如前捕得, 心思曰: '今番則必勿見欺.' 抱持甚緊, 厥婢知其無可奈何, 而從之. 方其擧脚之際, 女曰: "有不然者, 公不知妻男之婢, 爲桑皮乎?" 俗稱與相避, 音相似, 故謂之桑皮. 生驚而小退曰: "是何言也?" 女曰: "小人之上典與宅阿只氏, 同氣也. 豈非相避乎?" 生默思良久曰: "然則駭擧也. 爾勿泄也." 仍止之矣.

말한 것이다. 기실 상피(桑皮)와 상피(相避)는 전혀 상관없는데도 어리석은 유생은 자신의 행위가 부도덕하다고 생각한다.

서방님이 있었다면 한바탕 전쟁이 일어났을 텐데

한 좌수座首. 조선시대에 지방 자치기구인 향청(鄕廳)의 우두머리의 집에서는 닭을 여러 마리 키웠다. 마을 아이들은 좌수가 숙직하는 날을 틈타 그 집에 몰래 들어갔다.

막 닭서리를 하려고 할 즈음이었다. 안방에 불이 환히 켜지더니 밤이 들도록 꺼지지 않았다. 그러자 아이들은 창호지에 구멍을 뚫고 안을 엿보았다.

안방에서는 좌수의 아내가 촛불을 켜고 홀로 앉아 바느질을 하고 있었다. 그러다가 속옷이 터진 틈에서 신체의 일부가 드러났는데, 아내는 손으로 그 아랫도리를 어루만지며 말했다.

"네 좌수가 만약 여기 있었다면 반드시 한바탕 전쟁이 일어났을 텐데……"

아이들은 저도 모르게 한바탕 웃음을 터뜨리고는 달아났다. 몹시 화가 난 좌수의 아내는 새벽이 오기를 기다렸다가 좌수에게 글을 써서 관가에 아뢰어 아이들의 죄를 다스리게 하였다.

이에 태수太守·지방관가 공문을 내려 아이들을 잡아와서 막 죄를 다스리려고 하는데, 아이들이 말했다.

"바라옵건대 한 말씀만 아뢰고 죄를 받겠습니다."

"무슨 말인고?"

"저희들은 밤새도록 책을 읽다가 배고픔을 참지 못해 닭서리를 하려고 했습니다. 마침 좌수의 댁에 들어가게 되었는데, 좌수의 부인께서 여차여차하시는 것이었습니다. 이 말에 저희들은 웃음을 참지 못하고 달아난 것입니다."

태수 또한 껄껄 웃었고, 좌수는 매우 부끄러워하며 물러갔다. 그리고 아이들은 벌을 받지 않았다.

이 말을 들은 사람들 모두 포복절도하더라.

有一座首家, 多養鷄. 洞中兒輩, 伺其入番, 潛入其家. 將欲獵鷄, 而內房明燈, 入夜不滅. 兒輩穴窓, 窺之, 座首之妻, 獨坐縫紅綴針, 而猶不滅燭. 脫袴露體, 手撫其下而言曰: "汝座首若在, 必一場塵戰矣." 兒輩不覺失笑而走. 座首妻大怒, 待曉, 抵書於座首, 告官治罪. 太守發牌[1]捉致, 方欲治罪. 兒輩曰: "願一言而受罪." 守曰: "何言?" 對曰: "吾等終夜讀書, 不耐虛乏, 循欲獵鷄而行. 適入座首之家, 座首之內了, 如此如此, 不覺失笑而散矣." 太守亦大笑, 座首慚愧而退. 竟不能治其罪. 聞者絶倒.

---

1) 발패(發牌): 예전에 관리가 아랫사람에게 보내는 공문(公文).

오늘 밤 잠자리는 아홉 번이라

어떤 사람이 아내와 장난치며 말했다.

"오늘 밤 잠자리에서는 아홉 번을 하리다."

그렇게 약속하고 일을 치르는데, 한 번 나아갔다가 한 번 물러나는 것을 기준으로 삼아 "한 번"이라 외치고, 다시 그렇게 한 다음 "한 번"을 외쳤다. 그러자 그의 아내가 말했다.

"이게 무슨 숫자란 말이오?"

이렇게 부부가 서로 다툴 즈음이었다. 마침 남편의 친구 몇몇이 닭서리를 하러 그의 집에 몰래 들어왔다가 그 말을 엿들었다. 그러고는 창밖에 서서 여자를 편들었다.

"아주머니의 말씀이 참으로 맞네그려."

그는 매우 부끄러워 아무 소리도 낼 수 없었다. 문을 열 수도 없었다. 친구들이 그 집의 닭을 모두 훔쳐가는 동안에도 그는 한마디도 하지 못했다.

有一人與妻狎弄曰: "今夜行房, 當以九番爲限." 約誓而擧事, 以一進一退, 爲度數, 輒唱一番, 又一番. 其妻曰: "此豈番數耶?" 夫婦相爭之際, 其友數人, 獵鷄次潛入, 窃聽, 立於窓外, 勵聲言曰: "嫂氏之言, 良是." 其人大慙, 不出聲. 又不能開戶. 友人盡捉其鷄而去, 無一言矣.

그 한 손은 제 손인뎁쇼

한 시골 아낙이 샛서방과 놀아나, 아낙의 시댁에서 소송장을 올렸다. 관아에서 여인을 잡아다가 심문했더니, 여인이 말했다.

"마침 지아비가 외출한 때였습니다. 못된 소년이 밤을 틈타 갑자기 들이닥치더니, 한 손으로는 머리채를 잡고, 한 손으로는 제 두 손을 잡고, 한 손으로는 양물陽物. 남자의 성기을 집어넣었기 때문에 능히 움직일 수가 없었습니다. 그래서 겁탈을 당하고 말았습니다."

이에 태수가 말했다.

"한 손으로는 머리채를 잡고 한 손으로는 네 두 손을 잡았다면, 또 어떤 손이 있어서 양물을 집어넣었단 말이냐?"

여인은 한참 동안 생각하다가 입을 열었다.

"그 한 손은 제 손이 아니었나 싶은뎁쇼."

태수는 껄껄대며 웃었고, 곁에 있던 사람들도 모두 입을 막지 않을 수 없었다.

有一村女, 作間夫[1], 夫家呈狀[2]. 自官捉致推問, 則女曰: "適値本夫出他, 有惡少, 乘夜突入, 一手握頭髮, 一手捉兩手, 一手納下物, 不能運動, 被劫奸." 太守曰: "一手握頭髮, 一手捉兩手, 則又有何手, 而納鳥乎?" 其女沈思良久曰: "一手則似是吾手也." 太守大笑, 左右莫不掩口矣.

1) 간부(間夫): 샛서방. 결혼한 여자가 남편 몰래 관계하는 남자.
2) 정장(呈狀): 소장(訴狀). 관청에 소송을 제기하는 문서.

자네가 지면 아내를 바치게

한 고을의 사또가 급창及唱, 조선시대 군아에서 큰 소리로 명령을 전달하던 사내종의 아내가 절색이란 말을 듣고 그녀를 빼앗고자 했지만, 뾰족한 계책이 없었다.

하루는 사또가 급창을 불러 내기를 하자고 말했다.

"자네와 내가 수수께끼로 문답을 하세. 세속에서 말하는 물과 불의 승부 다툼이지. 만약 내가 지면 자네를 양민으로 속량贖良하고 좋은 쌀과 베를 한가득 주겠네. 대신 자네가 지면 자네의 처를 내게 바치게."

사또가 먼저 물었다.

"담장 밖의 배나무에는 매일 참새가 모이는데, 그 수가 얼마나 되는고?"

"모르겠습니다."

사또는 기뻐하며 또 물었다.

"해는 동쪽에서 떠서 서쪽으로 가는데, 하루에 몇 리나 가는고?"

"모르겠습니다."

"내가 천천히 뜰을 걷는데, 그 걸음걸이가 자못 좋지. 만약 그 가치를 논한다면 얼마나 되겠는고?"

"모르겠습니다."

사또가 웃으며 말했다.

"세 가지 질문에 모두 대답하지 못했으니, 약속대로 아내를 바치게."

급창은 그저 "예예" 하고 대답할 뿐이었다. 집으로 돌아온 급창은 하염없이 눈물만 흘리며 아무것도 먹지 않은 채 누워 있었다. 그러자 그의 아내가 물었다.

"오늘 관아에서 벌을 받았나요?"

"아니야."

급창은 아내를 두고 사또와 내기한 이야기를 꺼냈다. 그러자 아내는 기뻐하며 말했다.

"처음에는 급창의 아내였지만 이제 태수의 첩이 되게 생겼으니, 이것도 늦복이라.하겠네요."

그러고는 곧바로 일어나 세수를 한 뒤 새 옷으로 갈아입고 훌쩍 나가버렸다. 급창은 분노와 억울함을 이길 수 없어 곧바로 자살을 하려고 했다.

그의 아내는 관아에 들어가 사또를 뵈었다. 사또가 그 여인을 보니, 과연 절세미인이었다. 사또는 즉시 급창의 아내를 방 안으로 맞이하여 은근하게 다루었다. 급창의 아내가 말했다.

"이미 와서 사또를 뵈었으니, 당堂, 대청마루에 오르고 방에 들어가는 일에 어찌 이르고 늦음이 있겠습니까? 첩이 듣기로는 수수께끼로 일이 여기까지 이르렀다고 알고 있습니다. 첩에게도 어려운 문제를 내주십시오. 첩 또한 그에 대답하지 못한다면 다시는 뒷말을 하지 않겠습니다."

사또는 '그 지아비가 모르는 것을 제가 어찌 알리오?'라고 생각하고는, 그녀의 마음까지 모두 얻으려 이를 허락했다. 사또가 첫번째 질문을 다시 던졌다. 그러자 급창의 아내가 대답했다.

"세 섬 세 말이옵니다."

"그것을 어떻게 아는고?"

"첩의 아비가 관청에서 염색 일을 맡아볼 때였습니다. 배나무에 열매가 맺혔는데, 새가 앉았던 만큼 그 숫자를 세니 세 섬 세 말이었습니다. 이런 것으로 미루어 알고 있습니다."

다시 두번째 질문을 던졌다. 급창의 아내가 대답했다.

"하루에 백이십 리를 갑니다."

"어떻게 아는고?"

"해가 떠올라서 질 때까지 사람이 너무 빨리도, 천천히도 걷지 않으면, 보통 백이십 리를 갑니다. 이런 것으로 미루어 알고 있습니다."

마지막 세번째 질문.

"그 가치는 정목正木, 품질이 아주 좋은 무명베 세 필입니다."

"어떻게 아는고?"

"첩의 아비가 고기를 진상하는 육직肉直으로 일할 때였습니다. 정목세 필로 송아지를 사서 끌고 왔는데, 그 걸음걸이가 마치 사또의 걸음걸이와 비슷하기 때문에 이로 미루어 알고 있습니다."

말을 마친 급창의 아내는 옷자락을 떨치며 가버렸다. 사또는 무료히 탄식하며 바라볼 뿐이었고, 급창은 매우 기뻐했다.

아! 관장官長, 백성이 고을 원을 높여 부르는 말으로서 아랫사람과 내기함이 어찌이러하단 말인가? 또 어찌 다른 사람의 처나 첩을 빼앗는 일이 있을수 있단 말인가? 이는 분명히 말 만들기 좋아하는 호사가好事家, 남의 일에관심 많고 말하기 좋아하는 사람가 지어낸 항간의 소문으로 탐관오리를 욕하기 위함이라. 무릇 사람이 능히 스스로 수양하지 않으면 도리어 욕을 먹게될지니 가히 경계할진저. 단지 그것을 기록해둔다.

有一邑宰, 聞吸唱[1]之妻絶色, 欲奪之, 而無計可施. 一日, 招吸唱約曰: "吾與汝俳語問答, 俗所謂水之較勝[2], 我若不勝, 則贖汝爲良, 多給米布. 汝若不勝, 則當納汝妻." 仍問曰: "墻外梨樹黃雀, 每集, 其數幾何?" 答曰: "不知." 又問曰: "日出東方, 入於西方, 日行幾里?" 曰: "不知." 又問曰: "吾緩步中庭, 步法甚好, 若論其價, 當直幾許?" 答曰: "不知." 倅喜曰: "三問不能對, 當如約束, 納汝妻." 吸唱只言唯唯而歸, 涕泣不食而臥. 其妻問曰: "今日受罪於官耶?" 曰: "非也." 因言與倅較言納妻之事, 其妻喜曰: "初爲吸唱妻, 今爲太守妾, 可謂晩福也." 卽起梳洗着新衣, 飄然去. 其夫不勝憤恨, 直欲自處. 其妻入衙現謁. 倅見之, 果絶美矣. 卽欲迎入房中, 以致慇懃. 女曰: "旣已來現, 升堂入室, 寧有早晩, 聞以俳語, 事至此云, 使妾問難又不應對, 則更無後言矣." 倅思: '其夫不知, 渠何以知之.' 且欲盡其意, 許之. 問其第一條, 答曰: "三石三斗." 守曰: "何以知之?" 女曰: "妾父爲官廳色時, 梨樹結子, 如鳥坐之數, 摘取斗量, 則三石三斗, 故推此知之." 又問第二條, 對曰: "日行一百二十里." 守曰: "何以知之?" 對曰: "行人自日出至日入, 不疾不徐, 例行百二十里, 故推此知之." 又問第三條, 對曰: "價直正木三疋." 守曰: "何以知之?" 對曰: "妾父爲肉直[3]時, 以正木三疋, 買三禾犢牽來, 行步恰似官司主步法, 故推此知之." 言訖, 拂衣而去. 守自無聊, 悵望而已. 其夫甚快之. 噫! 焉有以官長與下隸較言, 如是乎? 且豈有奪人妻妾之事乎? 此必是好事者, 做出俚言[4], 侵辱貪官之說也. 大抵人不能自修, 反受其辱, 可不戒哉. 第記之.

<hr />

1) 흡창(吸唱): 급창(及唱).
2) 수지교승(水之較勝): 의미하는 바가 분명치 않다. 여기서는 지(之)를 화(火)의 오기로 보아 물과 불의 다툼으로 해석하였다.
3) 육직(肉直): 육고자(肉庫子). 육고(肉庫)에 딸려 관아에 육류를 진상하던 관노.
4) 이언(俚言): 항간에 떠도는 속된 말.

신랑 신부의 뒤바뀐 눈물

한 신부가 새벽에 나와 턱을 괴고 울고 있었다. 부모가 그 이유를 물었지만, 신부는 끝내 대답하지 않았다. 결국 유모로 하여금 온갖 방법을 다 동원해서 물어보게 했더니, 그제야 신부가 나지막이 대답했다.

"신랑의 물건이 너무 커서 통증을 참아낼 수가 없어요. 그래서 울었어요."

그로부터 몇 달 후, 이번에는 신랑이 홀로 앉아 울고 있었다. 유모가 그 이유를 물으니, 신랑이 대답했다.

"자네 아기씨는 매일 밤 잠자리에서 내 엉덩이를 심하게 꼬집는데, 손톱으로 엉덩이를 찌른다는 것도 알지 못하나봐. 찔릴 때의 그 통증을 참아낼 수 없기에 이렇게 울고 있다네."

유모는 웃으며 물러나 이렇게 말했다.

"이것이 돌고 도는 이치라, 뭐 울 것까지야……"

有一新嫁女, 曉出支頤涕泣. 父母問其故, 終不言. 使其乳娘, 百般勤問, 則其女低聲言曰: "新郎之物, 甚大, 痛不可堪, 以是泣之." 越數日, 新郎獨坐亦泣. 乳母問其故, 新郎曰: "汝娘子, 每於行房時, 引臀太過, 不覺爪入臀, 尖痛不可堪, 以是泣之." 乳母含笑而退曰: "此是輪証也, 何足泣也."

신랑의 양물이 날마다 작아지네요

한 신부가 신랑을 맞이한 후, 이삼 일 동안 울기만 하며 말을 하지 않았다. 부모가 그 이유를 물으니, 신부는 나지막하게 대답했다.

"신랑의 양물이 지나치게 커 아픔을 참을 수가 없어서요."

며칠이 지나자, 신부는 울지도 않을뿐더러, 평소처럼 잘 웃고 떠들었다. 이에 어머니가 물었다.

"요즘은 아픈 것이 어떠냐?"

"그 물건이 시간이 지날수록 작아지니 참으로 괴이합니다, 괴이해!"

有一新婦, 延客[1]後二三日, 涕泣不言. 父母問其故, 低聲應曰: "新郎之物過大, 痛不可堪. 是以泣." 過數日後, 非但不泣, 言笑自若[2]. 其母曰: "今則所痛, 何如?" 女曰: "其物愈久漸小, 可怪可怪!"

---

1) 연객(延客): 손님을 맞이한다는 의미인데, 여기서는 신랑을 맞이한다는 뜻으로 쓰였다.
2) 언소자약(言笑自若): 담소자약(談笑自若). 놀라운 일을 당해도 평소처럼 웃고 이야기함.

원장이 싫으면 우산장은 어떠시오

한 소금장수가 수원의 우산迂山 시장 근처에 있는 마을의 바깥채에 머물렀다. 밤이 깊어지자 주인 부부가 원장遠場이라는 방법으로 일을 치렀다. 주인이 부인의 다리를 들고 곧바로 달려들어 찌르는데, 잘못하여 그것이 항문으로 들어가고 말았다. 부인은 너무 아파 소리쳤다.

"원장은 하지 마오, 원장은 하지 마!"

그런데 그 소리가 너무 커서 바깥에까지 들릴 정도였다. 소금장수는 잠을 자다가 소리에 깨서 천천히 말했다.

"아주머니께서 원장이 싫다면 그리 가지 마시고, 우산장을 선택하면 어떠시겠소?"

이 말을 듣고 주인은 매우 부끄러워하였다.

有一鹽商, 宿水原迂山場近村外廳. 夜深後, 主人夫妻擧事, 爲遠場法, 懸脚突衝, 誤入肛門. 其妻痛甚, 疾呼曰: "勿爲遠場, 勿爲遠場!" 聲頗出外, 鹽商睡覺, 徐謂曰: "嫂氏若厭遠場, 則仍不之, 就迂山場乎?" 主人大慚.

즐겁고도 즐거워라

전라감사와 부윤府尹, 판윤判尹의 부인들이 여인들만의 잔치를 크게
열어 종일토록 즐겼다. 깊은 밤이 되자, 감사 부인이 말했다.

"타향에서 서로 만나니 기쁨이 가득하네요. 밤 또한 깊어 아무도 없
으니, 그간 남녀 간에 정답게 주고받았던 이야기를 숨김없이 모두 털
어놓으면 좋지 않을까요?"

이에 판윤의 아내가 두세 번 머뭇거리며 입만 벌렸다 오므렸다 하다
가 말을 꺼냈다.

"제 가장은 사차원敎差員. 다른 곳에 파견된 벼슬아치으로 전국을 두루 돌아다니
면서 하나씩 새로운 묘법을 배워오더니만, 매일 밤마다 그것을 연습한
답니다. 다른 집에서도 이렇게들 하는지요? 가느다란 명주끈으로 두
다리를 들어올려 허리에다가 맨 다음, 뒤로 한 자리쯤 물러나 앉았다
가 곧바로 달려와서 찌르는데, 그것을 원장법이라고 한다네요. 그 순
간은 너무나도 황홀하여 그 맛조차 알 수 없답니다."

부윤의 아내가 놀라 얼굴색이 변하면서 말했다.

"그렇게 위험할 데가! 항문에 닿을까 두렵네요."

그러나 감사 부인은 미소 지으며 말했다.

"즐겁고도 즐겁지요!"

감사 부인은 노숙해서 일찍이 경험했던 까닭이다.

全羅監司[1]夫人與府尹[2]判官[3]之妻, 大設內宴[4], 終日團樂. 仍爲夜深. 監司夫人曰: "他鄕相逢, 歡喜款洽, 夜深無人, 吐盡情談, 小勿隱諱, 可乎." 判官之妻, 再三囁嚅[5]而言曰: "某之家翁也, 以赦差員, 周行一道, 新學一妙法而來, 每夜習之. 未知他家亦有是事否? 以細絹帛, 擧兩脚, 繫之於腰, 退坐一坐許, 突進直衝, 謂之遠場法, 怳惚不知其味矣." 府尹之妻, 瞿然變色曰: "危哉危哉! 肛門可畏!" 監司夫人微笑曰: "快甚快甚!" 蓋老熟, 曾經故也.

---

1) 감사(監司): 관찰사(觀察使)를 달리 부르는 말로, 각 도의 우두머리 벼슬. 도 안의 온갖 행정·군정·재정 및 사법·형벌의 일을 담당하며, 지역 안의 모든 원들을 감독하는 임무를 지녔다.

2) 부윤(府尹): 지방 행정단위의 하나인 부(府)의 우두머리 벼슬. 종2품의 외관직(外官職)으로 영흥, 평양, 전주, 경주 등 네 곳에 두었다.

3) 판관(判官): 판윤(判尹). 조선시대 한성부의 우두머리 벼슬.

4) 내연(內宴): 내진연(內進宴). 조선시대에 내빈(內賓)을 모아서 베풀던 궁중 잔치. 내빈은 대궐 잔치에 참여하는 봉작을 받은 부인을 말한다. 여기서는 여인들만 모인 잔치를 의미한다.

5) 섭유(囁嚅): 말을 하려다가 그치는 모양.

소년이 거짓으로 곡을 한 사연

한 시골 아낙은 자못 예뻤지만 일찍이 과부가 되었다. 그 과부는 때때로 남편의 무덤가에서 목 놓아 울며 못내 슬퍼했다.

어느 날, 한 소년이 그 앞을 지나가다가 사연도 묻지 않고, 같이 무덤 옆에 앉아 목 놓아 울기 시작했다. 과부가 괴이하여 그 이유를 묻자, 소년이 대답했다.

"내 처가 죽은 지 얼마 되지 않아 항상 슬픔을 안고 있었답니다. 그런데 마침 이곳을 지나다가 아주머니께서 서러워하는 모습을 보고 슬피 우는 곡소리를 들으니, 뜻하지 않게 울음이 터져나왔습니다."

과부 또한 남편 잃은 사연을 말하고는 계속 곡을 했다. 소년은 더욱 크게 울며 말했다.

"내 처는 살아 있을 때 항상 자기 손이 작은 것을 한탄했지요. 그리고 항상 내 심한 건망증을 꾸짖었습니다. 이런 사람을 언제 다시 얻는단 말입니까?"

그러고는 울고 또 울었다. 여인이 다시 물었다.

"손이 작은 것을 한탄했다니, 그게 무슨 말인가요?"

"부끄러워 말하기 어렵습니다."

그래도 여인이 억지로 묻자, 소년이 대답했다.

"내 물건이 매우 커서 아내는 사랑스럽게 잡아보지만 다 움켜쥘 수가 없었기에, 항상 손이 작은 것을 한탄했답니다."

"건망증은 또 무슨 말이오?"

"내 양기陽氣. 남자 몸속의 정기가 지나치게 심해서 매일 밤마다 잠자리를 가졌는데, 한 번 하고 나면 다시 하려 했습니다. 아내는 '이제 겨우 끝마쳤는데 다시 하는 건 무슨 이유인가요?'라고 물었지요. 그럼 나는 '앞에 한 것을 잊어서 그랬지'라고 대답했답니다."

그러고는 소년은 다시 통곡했다. 과부가 그 말을 들더니, 홀연 춘정春情. 남녀 간의 정욕이 발동하여 기지개를 켜고 일어서며 말했다.

"당신이나 나나 같은 처지구려. 어린 나이에 짝을 잃어 당신은 아내를 위해 통곡하고, 나는 지아비를 위해 통곡하네요. 하지만 죽은 자들이 있는 구천九泉에서는 곡소리조차 들리지 않지요. 슬피 부르짖어도 이로울 게 없으니 당신과 함께 돌아가고자 하는데, 같이 가겠소?"

"마음이 이미 같으니, 함께 사는 것도 무방하겠지요."

그리하여 둘은 함께 집으로 돌아가 쉽게 가지고 떠날 수 있는 귀중품들을 챙겼다. 그들이 어디로 떠났는지는 알 수가 없다.

그리고 소년은 진짜로 아내를 위해 곡을 한 것이 아니다.

有一村女, 頗有姿色, 而早寡, 時時往哭於其夫墓傍, 不勝悲哀. 有一少年, 經過其前, 不問曲折, 亦坐墳前, 失聲大哭. 女怪而問之, 少年答曰: "某妻新亡, 恒切悲懷. 今適過此, 見嫂感容, 聞嫂哀哭, 不覺發哭也." 女亦言喪夫之由, 哭之不已. 少年尤大哭曰: "吾妻在時, 每恨渠手之指短, 又責我健

忘之甚矣. 如此之人, 何處更得?"哭而又哭. 其女問曰:"指短何謂也?"少
年曰:"羞愧難言也."女强問之, 對曰:"吾物甚大, 妻愛握, 而手指未周, 故
常恨指短矣."女又問曰:"健忘何謂也?"少年曰:"吾陽氣太盛, 每夜行房,
爲而復爲."妻曰:"纔罷而復爲, 何也?"余答曰:"健忘前事也."因又大哭.
其女聞其言, 春情忽發, 欠伸起立曰:"彼此同懷也. 年少喪耦, 子哭其妻, 我
哭其夫, 而冥漠[1]重泉[2], 哭聲不聞, 哀號無益, 與子同歸, 可乎?"少年曰:"心
事旣同, 同居無妨."因與之歸, 裝束輕寶[3], 不知所向. 盖少年非眞哭妻也.

---

1) 명막(冥漠): 죽음 혹은 죽은 사람.
2) 중천(重泉): 구천(九泉). 죽은 사람들이 돌아가는 곳.
3) 경보(輕寶): 가볍고 휴대하기에 편리한 귀중한 물품.

여기는 어디라더냐

안성 지방에 한 과부가 있었다. 그 과부는 슬픔을 이기지 못해 산속에 들어가 머리를 깎고 중이 되려 했다. 과부는 남자 옷으로 갈아입고, 머리도 길게 땋아 사내아이처럼 꾸몄다. 도중에 겁탈당하지 않기 위해서였다.

천안에 이르렀을 때, 날이 저물어 과부는 주막에 들게 되었다. 마침 주막에는 지나가는 중 하나가 있었는데, 과부는 그와 한방에 묵게 되었다.

밤이 깊어 인적이 고요해졌을 때였다. 중이 비역질_{사내끼리 성교하듯 하는 짓}을 치자며 과부를 억세게 껴안았다. 과부는 몸이 약하고 힘이 없어 능히 중을 감당할 수가 없었다. 게다가 남자로 변장했음을 생각하니 소리를 질러도 이로울 것이 없을 듯했다. 차라리 작은 것을 허락해서 정체를 숨기고자 하여, 중의 말을 따랐다.

중이 과부의 엉덩이를 향해 곧바로 달려들어 나아갔다 물러갔다를 반복할 때였다. 중의 양물이 그만 과부의 음호 안으로 들어가고 말았다. 이는 천만의외의 일이라, 너무도 즐거워 중은 저절로 소리가 나오는 것도 모르고 외쳤다.

"여기는 어디라더냐?"

마침 밖에는 외국으로 나가는 사신의 행차로 역참에 머무르는 사람이 있었다. 그는 문밖에서 잠을 자고 있다가 화들짝 놀라 깨어나며 곧바로 대답했다.

"여기는 천안 역참입니다요!"

그러자 주막에서 자던 모든 사람이 일어나 소란을 피웠다. 중과 과부는 그들의 행위가 탄로 날 것이 두려워 바로 도주했다. 그러나 그들이 어디로 갔는지는 아무도 알지 못하더라.

安城地, 有一寡女, 不勝悲懷, 欲入山中, 削髮爲尼, 着男服, 作平髮[1]兒童樣, 欲免中道强劫之患. 行到天安, 日暮入店. 幕有一過僧, 同入一房. 夜深人寂, 僧固請北衝,[2] 抱持甚緊. 寡女體弱力小, 不能抵敵. 且念旣變本色, 則作聲無益. 寧欲小許, 而掩迹, 仍從之. 其僧向後衝突, 進退之際, 直入當處, 乃千萬意外也. 大樂之, 不覺失聲, 呼曰: "此何處耶?" 適有別星行次[3] 支站者, 宿於門外, 驚覺疾對曰: "此是天安站[4]也." 店人皆起騷擾, 僧與女恐其綻露, 仍與逃走, 不知所向.

1) 평발(平髮): 편발(辮髮)을 뜻하는 듯하다. 예전에 관례(冠禮)를 치르기 전에 땋아 늘이던 머리.
2) 북충(北衝): 정확한 의미는 알 수 없으나, 내용상 엉덩이를 찌르는 행위임이 분명하다.
3) 별성행차(別星行次): 임금의 명령을 받들고 외국으로 가는 사신의 행차.
4) 참(站): 중앙 관아의 공문을 지방에 전달하며 외국 사신의 왕래, 벼슬아치의 여행과 부임 때 말과 숙소를 공급하던 곳. 대개 25리마다 하나씩 두었다.

내 아랫도리에 묻은 청포묵 때를 보라

큰길가에 있는 주막집 아낙은 틈틈이 손님과 간음하여 돈이나 물건을 얻어왔다. 그 남편은 이익만 생각하여 그 사실을 모르는 체했다.

어느 날 한 상제喪制가 날이 저물어 이 주막에 들었다. 그러나 방에는 지나던 중 하나가 먼저 자리를 차지하고 있었다. 종들이 중을 쫓아내려 하자, 상제가 말했다.

"두어라! 중 또한 지나가는 나그네이니, 밤새도록 이야기를 나누어도 꺼릴 것이 없겠구나."

그리하여 둘은 같이 잠자리에 들었다.

바야흐로 밤이 깊어 상제가 깊이 잠들었을 때였다. 중이 상제의 효건孝巾, 상제가 머리에 쓰는 네모난 모자을 쓰고 몰래 주막집 아낙이 잠자는 방으로 들어가 마음껏 즐거움을 나누었다. 그러고는 아낙의 잠자리 주변에 효건을 두고 나왔다. 닭이 울자, 중은 먼저 일어나 길을 떠나버렸다.

상제도 일찍이 일어나 떠나려고 하는데, 효건이 어디로 갔는지 알수가 없었다. 온 방 안을 찾고 있는데, 아낙이 벽을 사이에 두고 누운 채로 천천히 말했다.

"효건은 여기 있소."

"어찌하여 내 효건이 거기에 있소?"

"효건 주인이 모르는 것을 내가 어찌 안단 말이오? 그렇게 음흉한 짓을 하고도 자취를 감추려 하시오?"

상제가 괴이하여 그 사연을 물었더니, 아낙이 말했다.

"어젯밤 무례한 짓을 저지르고 이 두건을 놔둔 채 가버리고서는 천연덕스럽게 모르는 척한단 말이오?"

상제는 변명할 말이 없었다. 그러다가 평소 꾀가 많은 종을 생각해 내고는 그를 불러 가만히 물었다.

"어찌해야 내 결백함을 밝힐꼬?"

종은 한참 동안 우두커니 서 있다가 말했다.

"주인님께서는 근래에 안방에 들어가신 적이 있으신지요?"

"없네!"

"그렇다면 꾀가 하나 있습니다. 아래 물건을 꺼내 살펴보시면 반드시 거기에 때가 있을 것입니다. 이는 밤에 그 일을 하지 않았다는 증거이니, 가히 결백함을 밝힐 수 있을 것입니다."

상제는 그럴듯하여 은밀한 곳에 가서 그것을 살펴봤지만, 때가 묻은 흔적은 없었다. 이에 다시 종에게 물었다.

"때가 없으니 어찌한단 말이냐?"

종은 다시 한참 동안 묵묵히 생각하다가 말했다.

"묘한 꾀가 있습니다. 지금 당장 청포淸泡. 녹말로 쑨 묵 가게에 가셔서 그 찌꺼기를 얻어다가 거기에 바르십시오. 그것은 때와 구분되지 않을뿐더러, 누가 다른 사람의 그 물건을 자세히 살펴보겠습니까?"

상제는 그의 계책에 따라 청포묵 찌꺼기를 그곳에 바른 다음, 마르기를 기다리며 밖에 나와 앉아 있었다. 그때 주막집 아낙이 또 시끄럽게 소란을 피우며 상제에게 와서 따졌다. 상제는 갑자기 화가 치밀어 곧바로 큰 소리를 내질렀다.

"내 아랫도리에 묻은 청포묵 때를 봐라!"

그곳에 있던 사람들 모두 이 말을 듣고 크게 웃었다. 아낙은 효건을 앞에 내던지며 상제의 뺨을 좌우로 내갈겼다. 상제는 부끄러워 얼굴이 빨개지고는 가지고 있던 노잣돈을 다 내주고 떠나야만 했다.

沿路幕漢之妻, 間間有行間討索[1]之女, 而其夫利之, 佯[2]若不知者然. 有一喪制, 暮入店舍, 一過僧先入在房. 僕輩欲逐之, 其主曰: "置之! 僧亦行客, 逢僧夜話, 亦無妨矣." 仍與同宿. 方夜熟睡之際, 其僧暗着喪者孝巾, 潛入主人妻寢所, 盡意行樂, 置其頭巾於其女枕邊而出, 鷄鳴先起而去. 喪制早起欲行, 頭巾不知去處. 遍索一房, 其女隔壁而臥, 徐謂曰: "頭巾在此." 喪者曰: "何故在彼?" 其女曰: "巾主不知, 吾何知也? 如是陰凶, 則可以掩迹乎?" 喪者怪問之, 女曰: "暮夜行無禮之事, 棄其孝巾而去, 天然若不知者然耶?" 喪者無辭發明, 素知其僕多謀, 招而暗問曰: "何以則明白乎?" 僕佇立良久曰: "主公近日或入內房乎?" 曰: "否!" "然則有一計, 出示下物, 則必有垢穢者, 夜無行事, 可以明之矣." 喪者然之, 暗處試看, 則無垢着痕. 又問於僕曰: "無垢奈何?" 僕又默思久之曰: "有一妙計. 當往靑泡[3]家, 得其滓塗之, 則與其垢無異. 且誰能詳視人下物乎?" 喪者從其計, 塗之待乾, 出坐. 其女又將起鬧, 喪者憤急不覺, 直吐大言曰: "看此下物靑泡滓." 衆皆大笑. 其女投其巾於前, 左右批額. 喪者赧[4]然慚愧, 盡給其行資而去.

---

1) 토색(討索): 금품을 억지로 달라고 함.
2) [교감] 양(佯): 국립중앙도서관본과 고려대본에는 '陽'으로 되어 있지만, 이는 '佯'의 오류이다.
3) 청포(靑泡): 청포(淸泡).
4) [교감] 난(赧): 국립중앙도서관본과 고려대본에는 '敕'으로 되어 있지만, 이는 '赧'의 오류이다.

네 아랫도리가 내 것보다 크구나

호남 지방에 김비장神將. 무관 벼슬이 있었다. 그는 무인武人으로, 평소 임기응변에 능했다.

어느 날 김비장이 산속의 좁은 길을 가다가 한 주막에 들게 되었는데, 그 주막집 아내가 자못 예뻤다. 산속에서 보기 어려운 귀한 물건이라 할 만했다. 김비장은 그녀를 범하고자 때때로 눈길을 주었고, 여인 또한 그의 뜻을 이해하는 듯했다.

바야흐로 밤이 오고 잠자리에 들 때가 되었다. 하지만 방은 한 칸뿐이었다. 주인과 손님이 나란히 자야 했고, 남녀 간에 분별을 둘 수도 없었다. 그리하여 김비장은 아래쪽에, 주인은 위쪽에 누웠고, 주인의 아내는 두 남자 사이에 누웠다. 그랬는데도 그의 남편은 조금도 괴이하게 여기지 않았다. 김비장은 마음속으로 기뻐하며 일이 순조롭게 이루어질 것으로 생각했다.

야심하여 깊은 잠이 들자, 김비장은 말없이 살금살금 손을 들어 여인의 아랫도리를 만졌다. 그런데 뜻밖에도 기둥만 한 남자의 양물(鳥)

이 만져지는 것이 아닌가. 김비장은 깜짝 놀라 그들의 계책에 빠졌음을 알고 이렇게 말했다.

"네 아랫도리가 내 것보다 크구나."

그러고는 천연덕스럽게 돌아누웠다. 주인은 그의 아내를 불러 말했다.

"불을 켜고 술을 데워오시게."

이에 김비장은 괴이하게 여기며 '반드시 나를 욕보이려는구나'라고 생각했다. 잠시 후, 과연 부인이 술을 가지고 오니, 주인은 김비장을 흔들어 깨우며 말했다.

"손님께서는 아직 깨지 아니하였소?"

김비장은 거짓으로 반쯤 잠든 것처럼 나지막한 목소리로 대답했다.

"막 깼소."

"그렇다면 잠깐 일어나 함께 술잔을 나누는 게 어떠하오?"

김비장은 그가 무슨 생각으로 그러는지 모르고 그저 '좋다'고 대답할 수밖에 없었다. 주인은 아내로 하여금 김비장에게 술 한 잔을 올리도록 하고, 자신은 스스로 한 잔을 따라 먼저 마셨다. 그러고는 다시 김비장에게 한 잔 건넨 후, 무릎이 닿을 만큼 가까이 다가갔다. 그러더니 몸을 바르게 하고 무릎을 꿇고 앉아 말했다.

"나는 상놈이 아니오. 이 산골에 살면서 살길이 없기에 첩을 구해 술이나 팔며 지내온 지 오래되었소. 이 여인이 못생긴 얼굴은 아니기에 지나가는 나그네들마다 이 여인에게 마음을 두더군요. 그럴 때면 매번 한방에서 같이 머물게 하여, 밤이 깊어지면 여인과 자리를 바꾸어 누웠소. 같이 자던 나그네가 그런 줄도 모르고 희롱하면 나는 크게 화를 내며 어찌 이리 무례하냐며 꾸짖었소. 그러면 나그네는 부끄러워하면서 죄를 빌었고, 어떤 사람은 재물을 내주기도 했소. 이젠 이런 일이 몸에 배었죠. 그런데 '네 아랫도리가 내 것보다 크구나'라는 말은 창졸간에 임기응변을 보인 것이니, 당신은 참으로 호남이라 하겠소. 남자가 젊은 여자에게 마음을 두었다가 마침내 부끄러워하지 않는 것은 옳은 일이오. 나는 이로써 떠나려 하니, 당신은 이 여인과 동침하시구려."

주인은 여인을 돌아보고도 말했다.

"장부를 잘 섬기시게. 나는 자네와 이별하려네."

그러자 김비장이 말했다.

"그렇지 않소! 당초에 나와 당신이 모를 때는 혹 의롭지 못한 마음이 생겼을 수 있소. 하지만 지금은 서로 얼굴을 마주 대하고 술잔을 잡았으니 곧 친구라 하겠소. 친구가 되었는데, 어찌 당신의 첩을 욕보이겠소?"

"그렇긴 그렇소. 내가 또 실례를 했구려."

두 사내는 다시 술을 내오라 하여 잔을 주거니 받거니 하며 밤새도록 이야기를 나누고 헤어졌다.

湖南有金裨將[1], 自是武人, 素多權變[2]. 作行峽路, 入一店幕, 幕漢之妻, 頗有容色, 可謂山中貴物也. 金欲狎之, 時時目成, 則女亦領會其意. 方夜就寢時, 房有一間而已. 主客幷寢, 無內外之別, 客臥於下邊, 主漢臥於上邊, 其女臥於兩男之間, 而其夫不爲怪. 客心暗喜, 事必順成矣. 夜深睡熟, 潛潛擧手, 撫其女下體, 則鳥大如椎. 客大驚, 其中計, 乃言曰: "爾之下物, 大於我物矣." 天然翻臥. 主人呼其妻謂曰: "引燈煖酒而來." 客怪之, 必辱我也.

1) 비장(裨將): 조선시대에 감사(監司), 유수(留守), 병사(兵使), 수사(水使), 견외(遣外) 등과 같은 사신들을 따라다니던 무관.
2) 권변(權變): 일의 형편에 따라 임시로 꾸며대는 수단.

少焉, 果持酒而來, 主人撓客曰:"行次未覺耶?"客佯作半睡而微應曰:"始覺矣."然則少起執盃, 何如?"客不知其何意思, 而但云好矣. 主人使其女進一盃, 渠自先飮, 又進一盃於客, 促膝危坐曰:"我非常漢. 居在峽中, 生活無計, 卜妾賣酒, 久矣. 此女果非麤物, 過客多有有意者, 故每於一房共處. 及其睡深, 與女易臥, 行客誤認, 戱撫之際, 我乃厲聲叱之, 不得無禮, 如是矣. 行客慚愧謝罪, 或以物賂之, 以此行習³⁾矣. 今此爾物大於我物之說, 倉卒權變, 眞是好男兒也. 男兒有意於兒女輩, 而竟未免無聊, 可乎? 吾則從此去矣, 與此女同枕, 可也."顧謂其女曰:"善事丈夫. 吾則與汝別矣."客曰:"不然! 當初吾與君不知之時, 或生不義之心, 而到今把酒相看, 便是知舊焉. 有爲知舊, 而汚其妾御者乎?"主人曰:"然矣然矣. 吾又失體也."仍又呼酒更酌, 終夜談話而散.

---

3) 행습(行習): 버릇이 되도록 행동함. 몸에 밴 버릇.

물에서 사는 것이 산에서 사는 것보다 낫다

이여로李汝老가 함경咸鏡 도사都事, 각 감영에서 관찰사의 일을 돕는 벼슬가 되었을 때 거산居山, 함경도 북청군 거산면 찰방察訪, 각 도의 역참 일을 맡아 보던 문관도 백일장 시관試 官, 과거시험에 관계된 모든 벼슬아치으로 그 모임에 참석하여 만났다.

다음 날 아침, 본부의 판관 권시경權是經이 한 기생을 잡아와 중형을 내리려 하고 있었다. 여로가 이를 보고 괴이히 여겨 그 이유를 물었더니, 판관이 말했다.

"지난밤 이 여인에게 거산 찰방의 잠자리에 들게 하였습니다. 그런데 밤새도록 잠자리를 거역했다기에 어쩔 수 없이 죄를 다스리게 된 것입니다."

"비록 몸을 파는 천한 기생이라 해도 구실아치에게 눈길을 받은 자나 지아비를 정해 같이 사는 자는 흔히 그런 행동을 하지 않습니까."

"하나 이 기생은 평소 음탕하기로 소문난 자로, 이른바 물 위에 놓인 다리臥水者라 할 수 있습니다."

"그렇다면 잠자리의 대상을 거산 찰방으로 정하지 말아야 했소. 당신은 '물에서 사는 것이 산에서 사는 것보다 낫다居水勝居山'는 말도 듣지 못했소?"

자리에 있던 사람들이 그 말을 듣고 모두 크게 웃었다.

李壽曼汝老[1], 爲咸鏡都事時, 居山察訪以白日場試官, 亦來會. 翌朝, 本府判官權是經季常[2], 着致一妓, 將施重刑. 汝老見而怪, 問之, 主倅曰: "前宵, 使此女薦枕於居山矣, 終夜拒逆, 不可不治." 汝老曰: "雖娼女, 或有衙官[3]之所眄者, 或有定夫而居生者, 則多有如是者矣." 倅曰: "此妓素稱淫蕩, 乃臥水[4]者也." 汝老曰: "然則必不爲居山羞備[5]矣. 君不聞自言, 居水勝居山[6]耶?" 滿座大噱.

1) 이수만여로(李壽曼汝老): 이수만(李壽曼, 1630~?). 조선 후기의 문신. 여로(汝老)는 그의 자이다.
2) 권시경계상(權是經季常): 권시경(權是經, 1625~1708). 조선 후기의 문신. 계상(季常)은 그의 자이다.
3) 아관(衙官): 구실아치들을 범칭해서 이르는 말.
4) 와수(臥水): 와수목교(臥水木橋)를 말하는 듯하다. 본래 와수목교는 삼척 죽서루(竹西樓)에 있는 다리다. 하지만 본문의 와수는 물 위에 놓인 다리라는 의미로, 아무나 건널 수 있다는 뜻으로 쓰인 듯하다.
5) 차비(差備): 특별한 사무를 맡기기 위해 임시로 임명하던 일.
6) 거수승거산(居水勝居山): 12잡가의 하나인 「어부사漁父詞」에서도 볼 수 있는 말로, '물에서 사는 것이 산에서 사는 것보다 낫다'는 의미이다. "하얗게 머리가 센 늙은 어부가 갯가에 산다네. 그는 물에서 사는 것이 산에서 사는 것보다 낫다고 말하네[雪鬢漁翁, 住浦間. 自言居水勝居山]."

내 그것의 부스러기를 아주머니께 보내리라

이여로의 양물은 지나치게 컸다. 여로가 벗들과 함께 밖에 나갔다가 같이 잠자리에 들게 되었다. 친구가 여로에게 말했다.

"자네는 병신일세. 반드시 사람을 죽이는 데까지 이를 걸세. 그런데도 어찌 치료하지 아니하는가?"

"나도 고민일세. 어찌하면 그것을 치료할 수 있겠나?"

"매우 쉽지! 술에 진탕 취해 인사불성일 때 허투루 양물을 크게 움직여 곧고 단단하게 세우게. 그리고 솜씨 좋은 목수에게 분부하여 미리 만들어둔 작은 도끼를 갈게. 아주 날카롭게 간 도끼날로 그것을 살짝살짝 깎아내 크지도 작지도 않게 만들게. 그렇게 한다면 어찌 잠자리에 불편함이 있겠는가?"

이 말을 들은 여로가 대답했다.

"근래 자네 집에 땔감이 비어 아침저녁으로 밥을 빌어먹다보니 매번 때를 놓칠 때가 많다지. 그러니 내 그것에서 깎아낸 부스러기라도 아주머니께 보내줄까?"

모든 친구들이 크게 낭패를 당해 다시는 말을 잇지 못하더라.

李汝老下物過大, 與其儕友, 出接同寢. 友人曰: "君卽病身也. 必致殺人, 何不治之?" 汝老曰: "果是苦悶, 豈可治之?" 友人曰: "至易也. 泥醉還燒酒, 不省人事時, 虛陽大動, 撑立如木强, 預爲分付於善手木手, 鍊磨小斤, 極其銛利, 輕輕鑷去, 使之不大不小, 則豈不便於房事乎?" 汝老應聲對曰: "近見君家乏柴, 朝夕傳食, 每多失時, 欲得我屑, 送于嫂氏耶?" 諸友大敗, 不復言.

내 힘이 심대재라

여로는 여러 차례 아내를 잃었지만, 또 첩을 얻으려고 했다. 그러다가 창동倉洞, 현재 서울 도봉구 창동 이진사에게 배다른 누이동생이 있다는 말을 듣고 스스로 이진사에게 중매를 놓으니, 이진사가 허락하였다.

혼인날이 가까워지자, 이진사의 친구 심대재沈大哉가 그 사연을 듣고 이진사에게 말했다.

"여로에게는 이러저러한 병이 있어서 여러 차례 아내를 잃었네. 자네는 그것도 모르고 혼인을 허락하였는가?"

이진사는 깜짝 놀라 그 자리에서 여로와의 혼사를 물렸다.

그후 여로가 한 친구의 모임에 갔는데, 심대재 또한 그 자리에 있었다. 자리에 있던 사람 중에 한 사람이 여로에게 물었다.

"자네가 이진사 집과 혼인을 약속했다는 말이 있던데, 어찌하여 함께 해로하지 않았는가?"

"한 괴악한 놈팡이가 저 집에 가서 이간질하기를 '여로의 그 힘이 심대재甚大哉, 매우 크도다' 한 까닭에 저 집에서 혼사를 물렸다네."

심^甚과 심^沈의 음이 비슷한 까닭이다. 앉아 있던 사람들이 모두 포복
절도하더라.

汝老屢喪耦, 又生卜姓¹⁾之計, 聞倉洞李進士有庶妹, 自媒於李, 李許之.
婚日將迫, 李之友沈大哉²⁾棞聞之, 謂李曰: "汝老有如此如此之病, 屢經喪
耦, 君不知而許婚耶?" 李大驚, 卽地退婚. 其後汝老往一親舊會集, 沈大哉
亦與焉. 座中有問於汝老曰: "君約婚於李進士家云矣, 何以不諧?" 汝老曰:
"有一怪惡之物, 間言於彼家曰, '吾力甚大哉³⁾', 彼家以此, 却婚矣." 沈與甚
音相似. 座中絶倒.

---

1) 복성(卜姓): 첩을 얻을 적에 동성(同姓)을 피하여 고름.
2) 심대재(沈大哉): 심남(沈柟. 1634~?). 조선 후기의 문신. 대재는 그의 자이다.
3) 오력심대재(吾力甚大哉): 이 말은 '내 힘이 매우 크다'라는 뜻이다. 하지만 이는 '내 양물의
힘이 심대재', 곧 '내 양물은 심대재'라는 말장난을 통해 심대재를 양물과 같은 존재로 만들어서
놀린 것이다.

죽력은 이우에게 있다

이계우李季羽는 지나치게 잠자리를 많이 해서 정력이 허해진 증세가
나타났다. 양물이 일어나면 곧 움직이고, 움직이면 곧바로 정액을 쏟
고 말았다. 계우의 친구가 그를 조롱하여 말했다.

"그것이 움직이지 아니할 때를 엿보았다가 죽통에 집어넣게. 그리
고 그것을 움직이지 않게 하면 허투루 정액을 쏟는 일이 없지 않겠나?"

이 말로 인해 모든 친구들이 그를 '죽력竹力'이라 부르며 놀렸다.

그런데 부모님의 심한 담증痰症, 몸의 분비액이 큰 열을 받아서 일어나는 병의 총칭 때문
에 애타게 죽력竹瀝, 푸른 대쪽을 불에 구워서 받은 진액. 중풍이나 담증을 치료하는 데 효과가 있다
을 찾는 한 선비가 있었다. 그는 이여로가 남도에서 새로 죽력을 얻어
서 돌아왔다는 말을 듣고, 여로를 찾아와 간절하게 그것을 구했다.
그러자 여로가 말했다.

"나는 이미 죽력을 다 써버려서 남은 게 없네. 이계우의 집에 가면
있을 걸세."

이에 선비가 곧바로 계우의 집에 가서 간절하게 죽력을 구했다. 그

는 계우의 별명으로 붙인 죽력 이야기를 몰랐던 것이다. 계우는 솔직히 말하고 싶었다. 하지만 다른 사람이 부모의 병환 때문에 약을 구하는데, 그렇게 말하는 것은 지극히 외설스러웠다. 그렇다고 해서 없다고 대답하면 죽력을 아껴서 주지 않는 것으로 여길 것이 뻔했다. 난감해진 계우가 대답하지 못하자 선비의 얼굴에는 화난 빛이 역력했다. 이에 계우가 말했다.

"우리 집에 죽력이 있다는 말은 누가 합디까?"

"아무개 영감께서 틀림없이 말씀하셨습니다."

계우는 크게 웃으며 말했다.

"여로가 하는 짓이 버릇없으니, 다시 가서 물어보면 가히 알 것이오."

선비는 오히려 무슨 뜻인지 이해하지 못했다.

李翊季羽[1], 有陰虛[2]之証, 物輒起動, 動輒泄精[3]. 其友戲之曰: "伺其未動時, 納于竹筒, 使之不起, 可無虛泄矣." 儕友因謂之竹力, 相與諧笑. 一士人以親病痰症[4], 渴求竹瀝, 聞汝老新自南中還, 得竹瀝, 來委進懇求. 汝老曰: "某已盡用無餘. 李令季羽家有之." 士人卽往羽令家, 懇乞. 盖不知竹力之說, 故也. 李令欲直言, 則人以親患求藥, 褻慢極矣. 以無答之, 則謂以慳惜不與矣. 悶感不能對, 士人怒形於色. 羽令曰: "雖言吾家有竹瀝耶?" 答曰: "某令言之, 丁寧矣." 李令大笑曰: "汝老之人事無狀, 更往問之, 則可知矣." 士人猶未釋然.

---

1) 이익계우(李翊季羽): 이익(李翊, 1629~1690). 조선 후기의 문신. 계우(季羽)는 그의 자이다. 155년간의 임금의 명령을 모아 엮은 법전인『수교집록受敎輯錄』을 편찬한 것으로 유명하다.
2) 음허(陰虛): 성교를 지나치게 해서 피나 정력이 허해짐.
3) 설정(泄精): 정액을 쏟아냄.
4) [교감] 증(症): '症'은 국립중앙도서관본과 고려대본에는 '証'으로 되어 있으나, 이는 '症'의 오류이다.

옛날이야기는 기생이 더 잘하네

직강^{直講} 남궁옥^{南宮鈺}은 해학이 뛰어났다. 정승 여희천^{呂希天}이 젊었을 때 남궁옥과 함께 성균관에서 공부하였는데, 그는 항상 남궁옥의 우스 갯소리를 들으면서 지냈다.

그후 두 사람 모두 과거에 올랐지만, 부침^{浮沈}은 서로 달랐다. 여희천 은 천관랑^{天官郞}에서 암행어사가 되어 관서로 갔는데, 당시 남궁옥은 은 산^{殷山. 평안남도 순천군 은산면} 현감^{縣監}으로 있었다. 밤이 되자 여희천은 옛 친 구의 정으로 남궁옥의 숙소를 찾아가 그에게 말했다.

"형의 우스갯소리를 오랫동안 듣지 못하였네. 천리타향에서 서로 조용히 만났으니, 우스갯소리로 나그네의 회포를 풀어주게."

"젊었을 때 했던 기이한 이야기는 모두 잊었네."

여희천이 계속 청하니 남궁옥이 말했다.

"이 고을에 옛날이야기를 잘하는 기생이 하나 있는데, 나보단 나을 걸세."

남궁옥은 일어나 안으로 들어갔다. 그리고 기생을 불러 여희천을 공격할 말을 가르쳤다. 그는 기생을 시켜 여희천에게 이야기를 하나씩 올려바치도록 했다.

첫번째 이야기.

한 선비가 있었다. 그에게는 아들은 없고 딸만 셋 있었다. 선비는 딸들을 몹시 사랑하여 한집에 살면서 매일 아침마다 들어와 인사 올리도록 했다. 어느 날 아침, 그 아비가 딸들에게 말했다.

"너희 형제들은 문자를 조금 아니, 각각 문자로 이야기해보려무나."

큰딸은 삿갓을 쓰고 와서 절하며 말했다.

"편안할 안安 자로 인사 올립니다."

"그렇지, 그렇지."

둘째딸은 사내아이를 안고 와서 절하며 말했다.

"좋을 호好 자로 인사 올립니다."

"그렇지, 그렇지."

셋째딸은 아무리 생각해도 마땅한 것이 떠오르지 않았다. 이에 바지를 벗고 서더니 입을 크게 벌리고 절하며 말했다.

"법칙 려呂 자로 인사 올립니다."

여희천이 여기까지 듣다가, 기생에게 이야기를 그치도록 명했다.

"다른 이야기를 하려무나."

두번째 이야기.

맹인 남편과 벙어리 아내가 함께 잠을 자던 중, 한밤중에 인근에서 떠들썩한 소리가 들렸다. 맹인 남편이 놀라 일어나 아내에게 물었다.

"뉘 집이 이리 떠들썩하오?"

아내가 밖에 나가 보고는 돌아와 회답하고자 했으나 말을 할 수가 없었다. 이에 남편의 손을 이끌고 자신의 젖가슴 사이에 사람 인人 자를 그렸다. 남편은 깊이 생각하고 말했다.

"젖가슴에는 두 개의 점이 있고 인ㅅ 자가 그 가운데 있으니, 이는 반드시 화ㅊ 자라."

그러고는 누구 집에 불이 났느냐고 물었다. 그러자 아내는 남편에게 입을 맞추고, 남편의 아랫도리를 어루만졌다. 남편이 말했다.

"두 입ㅁ이 서로 맞닿아 있으니 여ㄹ씨네 집이군. 단지 기둥 하나만 남았다고!"

여기에 이르자 여희천은 다시 기생에게 이야기를 그치도록 했다.

"다른 이야기를 해보려무나."

세번째 이야기.

어느 마을 아낙이 일곱 명의 아들을 낳고 지아비를 잃었다. 일곱 아들은 어머니를 섬기는 데 효도로 받들지 않는 것이 없었다. 그러나 어머니는 개가를 하고자 했다. 이에 일곱 아들이 울며 말리자, 어머니가 말했다.

"위에 있는 입은 봉양하기 쉽지만, 아래에 있는 입은 봉양하기가 어렵단다. 너희들은 여ㄹ 자도 보지 못하였느냐? 아래에 있는 입이 위에 있는 입보다 더 크지 않더냐?"

여희천이 듣다가 이야기가 여기까지 이르자, 손사래를 치며 말했다.

"나는 잠을 자야겠으니 더이상 말을 하지 말라!"

다음 날 아침, 남궁옥이 와서 물었다.

"어젯밤 그 기생의 이야기는 과연 들을 만하지 않던가?"

이에 여희천이 정색하며 말했다.

"말도 말게. 나도 자네가 허수아비를 세워 나를 조롱했다는 것 정도는 아니까!"

南宮直講[1]鈺[2], 善諧. 呂政丞聖齋希天[3], 少時, 同遊泮中, 每聽俳語以笑. 其後, 兩人登第, 升沈路殊. 呂爲天官郞[4], 以暗行御史, 往關西, 南宮時爲殷山縣監. 呂以故舊之情, 乘夜投宿, 呂謂南宮曰: "兄之滑稽, 久不聞矣. 千里他鄕, 從容相遇, 願以俳話, 消遣客懷." 南宮曰: "少日奇談, 盡爲忘却." 呂固請, 南宮曰: "此邑有一名妓, 善爲古談, 勝於此矣." 因起入內, 招其妓, 敎以侵呂之語, 使之一一進呈. 其一, 古有一士人, 無子而有三女, 甚愛之, 同居一室, 每朝入謁. 其父曰: "汝之兄弟, 稍解文字, 各以文字, 唱諾進謁, 可也." 長女着笠而拜曰: "以安字見謁[5]." 其父曰: "唯唯." 次女抱子而來拜曰: "好字見謁." 其父曰: "唯唯." 第三女思之不得, 脫袴而立, 張口引本而拜曰: "法則呂字見謁." 希天聽之, 至此, 命止之曰: "更進他語." 其二, 古有盲夫啞妻, 同宿夜半, 聞隣家喧噪. 盲人驚起, 問其妻曰: "誰某之家耶?" 其妻出見還報, 不能言, 引其夫手, 指書人字於渠兩乳之間, 其夫沈思曰: "兩乳作兩點, 人在其中, 必火也." 因問: "火出誰家?" 其妻進前接口撫其夫下物, 其夫曰: "兩口相連, 呂家也. 但餘一柱矣." 希天至此, 又止之曰: "更進他語." 其三, 古有村婦生七子而喪夫, 七子孝養備至, 猶欲改適. 七子泣諫, 其母曰: "上口易養, 下口難養. 汝等不見呂字乎? 下口大於上口也." 希天聽之至此, 揮之曰: "我欲眠矣. 爾勿復言." 翌朝, 主倅出見問曰: "昨夜厥妓古談, 果聽之否?" 希天正色曰: "君勿言矣. 吾知主倅作俑耳."

---

1) 직강(直講): 성균관에 소속된 정5품 벼슬. 박사(博士)를 보좌하여 경학(經學)을 강의하는 직책.
2) 남궁직강옥(南宮直講鈺): 남궁옥(南宮鈺, 1625~1699). 조선 후기의 문신이자 서화가.
3) 여정승성재희천(呂政丞聖齋希天): 여성제(呂聖齊, 1625~1691). '齋'는 '齊'의 오류이다. 희천(希天)은 그의 자이다. 1689년에 좌의정을 지냈고, 이어서 영의정을 지냈기 때문에 정승(政丞)이라고 썼다.
4) 천관랑(天官郞): 이조(吏曹)의 낭관(郞官). 이조는 육조(六曹)의 으뜸이라는 의미로 천관(天官)이라 불렸다.
5) 현알(見謁): 알현(謁見). 지체 높은 사람을 찾아 뵘.

소낭 笑囊

『소낭笑囊』은 고려대 도서관 육당문고에 수장된 것이 유일하다. 이 책 뒤쪽에는 황교
산옹荒郊散翁이 쓴 발문跋文이 있는데, 여기에는 "내 친구 적빈자寂濱子가 여항의 속된 말
들을 모아 소낭 한 권을 주어 내게 그것을 비평하도록 하였다"는 기록이 있다. 이로 볼
때 『소낭』의 편찬자는 적빈자이고, 황교산옹이 평비評批를 붙인 것을 확인할 수 있다.
찬집된 시기는 명확하지 않지만, 아무리 일러도 18세기 중·후반을 넘어설 수 없다. 이
책에는 "일찍이 『천예록天倪錄』을 보았는데〔嘗見天倪錄〕"라는 기록이 있기 때문이다. 『천
예록』이 형성된 시기가 18세기 초이므로 이 책의 찬집 시기는 그 이후인 18세기 중·
후반일 수밖에 없다.

　『소낭』은 제목 그대로 '우스운 이야기 주머니'다. 이 책은 우리나라에서 향유되던
'우스운 이야기'를 모두 담아내려 한 듯, 실로 다양한 이야기를 싣고 있다. 이른바 우리
나라 패설문학의 집대성이라 해도 과언이 아니다.

　이 책에는 황교산옹의 평비가 붙어 있다. 『소낭』에서 보이는 평비의 형태는 크게 이
야기 평가를 포함한 작품 해설, 세태 풍자와 조롱, 추임새처럼 흥미를 돋우기 위한 장
치, 그리고 평비자의 체험이나 부연 설명 등을 들 수 있다. 이처럼 평비를 붙이는 방식
은 기존의 패설집에서도 볼 수 없던 새로운 글쓰기라 하겠다.

　『소낭』에는 총 135편의 이야기가 실려 있다. 이 책에는 그중 성 이야기 14편을 발
췌하여 실었다.

자주색인데 어찌 색깔이 없다 하십니까

중매를 하는 사람이 있었는데 농담도 잘했다. 그녀는 자신이 중매한 여인네의 집에 가서 말했다.

"신랑이 매우 아름답고 음률에도 밝아요. 게다가 허리춤에 지니고 다니는 옥피리는 천하의 지극한 보배이지요. 신랑은 이를 매우 사랑하여 잠시도 몸에서 떨어뜨리지 않는답니다. 혼행길에도 당연히 지니고 올 것이니 사람들이 많이 모여 있는 자리에서 한번 보자고 청해보십시오."

중매인은 돌아와서 신랑에게도 말했다.

"신붓집에 가면 사람들이 모인 자리에서 반드시 옥피리를 보자고 할 것입니다. 옥피리란 성기를 말하는 것이랍니다. 당신이 만약 부끄러워 보여주지 않는다면 사람들은 당신의 졸렬함을 비웃을 것입니다. 이 사실을 잊지 마세요."

어리석은 신랑은 그 말을 믿었다.

혼례를 행한 다음 날, 신랑이 장모와 친척들이 둘러앉아 있는 곳으로 찾아가 인사하자 장모가 물었다.

"자네에게 옥피리가 있다는 말을 들었는데, 사람들 앞에서 한번 그 빛남을 자랑해보게."

사위는 마침내 바지를 벗더니 벌거벗고 서서 자신의 양물을 내보였다. 그러자 장모가 얼굴을 찡그리며 말했다.

"아이고 무색無色해라, 무색해!"

그러자 신랑이 말했다.

"자주색이온데 어찌 색깔이 없다고 말씀하십니까?"

有媒婚者, 善譃語, 婦家曰: "郎材極佳, 且曉音律. 其腰下所佩玉笛, 天下至寶也. 郎酷愛此, 不肯暫舍. 婚行亦應帶來, 可於衆會中, 請一見也." 仍歸語其婿曰: "凡婦家, 必於婚席, 請見新郞之玉笛. 玉笛者, 外腎之謂也. 汝若羞愧, 不肯出示, 則衆必笑汝之拙. 勿須如此也." 其婿蚩駿, 信其言. 及行婚禮翌日, 現拜岳母, 而親戚環坐焉. 岳母問曰: "聞郞有玉笛, 盍於衆中一示, 以誇耀乎?" 婿遂解袴, 赤立以示之. 岳母嚬蹙曰: "無色無色." 婿曰: "紫黑色也. 豈曰無色乎?"

어떤 양반이 촌아낙과 간통을 했다네

한 선비가 숲 속에서 이웃 아낙과 몰래 간통을 하고 있었다.

그때 마침 아낙의 남편이 오고 있었다. 선비는 형세가 군색하여 얼른 치마를 걷어 올려 아낙의 얼굴을 가리고, 손을 저으면서 그 남편에게 떠날 것을 종용하였다. 그러자 그 남편이 뒷걸음질하며 되돌아갔다.

아낙은 남편이 멀리 갔음을 헤아리고, 곧바로 지름길로 앞질러 가서 먼저 집에 도착하였다. 이윽고 남편도 집으로 돌아왔다. 그는 아낙을 보고 미소를 지었다. 그러자 아낙이 물었다.

"어찌하여 웃습니까?"

"오늘 내가 기이한 구경을 하였네. 아무개 양반이 숲 속에서 어떤 촌아낙과 몰래 간통을 하고 있더군. 내가 마침 그것을 보았는데, 굳이 좋은 일을 하는 데 방해할 필요가 없어 걸음을 돌려 돌아왔네."

"위태했습니다그려! 거의 양반에게 욕을 먹을 뻔했네요."

【더러운 치마를 한 번 휘둘러 온전히 바람을 막았구나. 사람의 임기응

변은 쉽고도 어렵네. 어리석은 사내가 일을 헤아려보지만 보고도 보지 못
함이라.】

　有一士人, 潛奸隣婦于叢薄中, 其夫適來到. 士人勢窘, 蹇裳遮婦面, 揮手
使去. 其夫逡巡而退. 婦度其夫遠去, 卽由捷路, 走歸其家. 夫還見其婦而微
笑. 婦曰: "何笑也?" 夫曰: "今日有奇觀矣. 某姓兩班, 潛奸何許村婦于林
中, 吾適見之, 而不必沮人好事, 故却步而歸矣." 婦曰: "危哉! 幾乎觸怒于
兩班也."

【一揮氈裳, 萬全防風. 人之處變, 易而難. 愚夫之料事, 視不見矣.】

눈물을 머금으며 울고 싶었지만

어사가 한 고을을 순례하다가 그 고을 기생에게 잠자리 시중을 받았다. 어사는 그녀를 매우 사랑하여 며칠을 계속 머물렀다.

돌아가야 할 때가 되자, 고을 원은 객사^{客舍}에서 전별^{餞別, 잔치를 베풀어 작}별할의 자리를 마련하여 술을 대접하였다. 기생은 어사와의 석별의 정 때문에 눈물을 흘렸다. 어사도 눈물을 머금으며 울고 싶었지만, 사람들의 눈이 있어서 그러지도 못하고 객사를 올려다보며 말했다.

"이 건물이 지어진 지 몇 년이나 되었느냐?"

곁에서 보좌하던 사람들이 대답했다.

"이미 백 년이 지났사옵니다."

"그때 이 건물을 짓던 장인들은 살아 있느냐?"

"이미 죽었습죠."

어사는 이에 놀라는 척하며 말했다.

"참혹하기도 하여라, 참혹해."

그러고는 이내 목을 놓아 울었다.

【건물을 올려다보며 '건물을 짓던 장인들은 살아 있느냐'와 같은 질문을
한 것은 어떠한 일로 인해 곡을 하고자 한 것이리라.】

有一繡衣, 巡至一邑, 以邑妓薦枕[1], 甚愛之, 留連屢日. 將還, 邑倅設餞席
于客舍酒酣, 妓泣訴其惜別之情, 御史含淚欲泣, 以其有愧於觀瞻. 仍仰屋
問曰: "此舍營建, 今幾年也?" 左右對曰: "已過百年矣." 復問曰: "其時工
匠, 尙今在世乎?" 對曰: "已死矣." 御史驚曰: "慘矣, 慘矣!" 仍放聲而哭.
【仰屋之問, 如使工匠尙在, 當因何事而發哭耶.】

1)천침(薦枕): 시침(侍寢). 윗사람의 잠자리를 돌봄.

세 가지 부끄러운 이야기

세속에서 추한 일이라 부르는 세 가지 사건이 있다.

어떤 선비가 처음으로 사돈집에 갔을 때다. 그 집에서는 음식을 성대하게 차려 대접하였다. 선비는 배불리 먹고 마셨는데, 음식을 담은 그릇이 호사스러워 그중에서 몇 개를 소매 속에 몰래 집어 넣었다.

이윽고 계집종이 상을 치우고 갔다. 사돈집에서는 그릇 몇 개가 보이지 않자, 상을 치운 계집종을 의심하였다. 심지어 계집종을 꾸짖고 회초리로 때리기까지 했다.

한참이 지나서, 선비가 떠난다는 말을 하며 길게 읍揖. 두 손을 마주잡고 눈높이만큼 들어올리며 허리를 굽히는 예의을 할 때, 그릇이 소매에서 떨어졌다. 그러자 문틈에서 엿보고 있던 계집종이 곧바로 그 앞으로 나아가 그릇을 빼앗고 무수히 욕을 하고 돌아갔다. 이것이 첫번째 추한 일이다.

한 선비의 집에서 혼례를 행하게 되었다. 하지만 집이 너무 좁아 따로 음식을 만들 장소를 마련할 수 없었다. 그래서 대청 위에 큰 병풍을 두르고 선비의 아내에게 그 안에서 음식을 준비하도록 했다. 병풍 바깥에는 자리를 깔아 많은 손님들을 앉게 하였다.

그런데 선비가 술에 취하자 병풍 안으로 들어가 곧바로 아내와 관계를 맺었다. 그러다 병풍에 부딪혀, 그만 병풍이 넘어지고 말았다.【호사다마로군.】그곳에 있던 사람들이 모두 얼굴을 가렸다. 이것이 두번째 추한 일이다.

한 사람이 그의 아들을 데리고 며느리 집에 와서 혼례를 치렀다. 신랑은 어렸고 신부는 다 큰 어른이었는데, 얼굴로만 보면 서로 짝이 될 수 없었다.

신랑은 밤에 신부의 방에서 잠을 자고, 다음 날 신부와 함께 나왔다. 그 아버지는 바깥채에 있었고, 신부의 친척들도 모두 그곳에 앉아 있었다. 아버지는 아들이 나이가 어린 것이 안쓰러워 물었다.

"밤에 잘 잤느냐?"

"아니요!"

그리고 아들은 신부를 가리키며 말했다.

"저 각시가 나를 안아 배 위에 올려놓고는 자꾸 내 옷 속을 더듬었습니다. 그래서 밤새도록 눈을 붙일 수가 없었습니다."

그 자리에 있던 사람들이 모두 부끄러워하였다. 이것이 세번째 추한 일이다.

【세상에서 코를 베인 신부가 시아버지 앞에서 납폐納幣. 혼인과 관련하여 신랑집에서 신붓집으로 예물을 보내는 일 또는 그 예물를 드리는 것이 가장 수치스러운 일이라한다. 이들 이야기와 비교해볼 때 어느 것이 더 심한지는 알 수 없도다.】

諺稱有三愧. 一士人初往其新査家[1], 餽以盛饌. 士人醉飽, 見其器皿甚

侈, 潛盜數件于袖中. 俄而侍婢撤案而去. 查家以器皿之見失, 疑其侍婢, 至
施譴撻. 良久士人辭去, 長揖之際, 器皿從袖中墮落. 婢伺于門隙, 直前奪
取, 詬罵而去, 一媿也. 一士人家, 行婚禮. 家舍狹穿, 不能別設庖所. 廳上環
以大屛, 妻辦具於其中. 屛外設席, 衆賓列坐. 士人乘醉, 入屛中, 仍戲狎其
妻, 觸倒屛幛.【好事多魔.】滿座掩面, 二媿也. 一人率其子, 往婦家, 行婚
禮. 郞幼而婦壯, 顔不相敵. 其子夜宿新婦房, 翌日, 與妻出見, 其父于外舍,
婦家親戚, 亦列坐焉. 父憐其子之年幼, 問之曰: "汝夜來喜寢乎?" 子對曰:
"未也." 仍指其妻曰: "彼女娘, 抱我置之腹上, 撫我服間, 故從夜失眼矣."
座中覥然, 三媿也.

【諺稱割鼻之婦, 納幣舅前, 爲第一羞恥事. 未知與此, 孰甚[2]?】

1) 사가(査家): 사돈집.
2) 언칭~숙심(諺稱~孰甚): 코를 베인 신부가 시아버지께 납폐를 드리는 이야기가 널리 소통되
었던 듯하다. 하지만 이 이야기의 구체적인 내용은 현전하는 작품들 중에서는 찾을 수 없다.

남편이 막 문 앞에까지 왔다는 점괘

한 선비가 이웃집 맹인의 아내를 꾀어 막 즐거움을 나누고 있을 때였다. 맹인은 밖에서 들어오다가 집에 선비가 와 있는 것을 알았다.

선비는 소리 내어 맹인이 들어오는 것을 막으며 말했다.

"내가 지금 이웃에 있는 아낙을 꾀어 간통하고 있네. 자네는 나를 위해 점을 치며 밖에서 잠깐만 기다려주게."

그래서 맹인은 문 귀퉁이에 쭈그리고 앉아 점을 치다가 한 괘를 얻고는 놀라 말했다.

"일이 매우 급하니 빨리 하십시오, 빨리 해! 그 남편이 막 문 앞에까지 왔다는 점괘입니다."

【단지 그 남편이 문 앞에 왔다는 것만 알았을 뿐, 자신의 아내가 방에 있는 줄은 알지 못했구나.】

有一士人, 誘取隣家瞽者之妻, 求合之際, 其瞽適自他所來, 知士人方入戶. 士人呼使止之語曰: "吾今誘奸隣婦, 君須爲我卜其休咎也." 瞽遂蹲坐于門闃, 上占得一卦, 驚曰: "事急矣! 速爲之, 速爲之! 其夫當門格也."

【只知其夫之當門, 不知其婦之入室.】

이 년 만에 겨우 아들을 낳았는데

한 아낙이 12월에 우귀于歸. 결혼한 신부가 처음으로 신랑집에 들어가는 일를 하고, 다음해 봄에 아들을 낳았다. 시댁에서는 놀라고 당혹스러워했다.

하지만 그 아낙은 당당하게 말했다.

"우귀한 지 이 년 만에 겨우 아들 하나를 낳았는데, 도리어 이를 변괴로 여기시니 이 집에서는 며느리 노릇 하기도 어렵네요."

有一婦, 臘月于歸, 翌春産一子. 夫家驚惑, 婦揚揚言曰:"于歸二載, 菫生一子, 反以爲變, 難爲婦于是家." 云矣.

네 코는 쇠코냐

옛날에 두 여자아이가 이웃에 살며 사이좋게 지냈다. 둘은 어렸을 때부터 시집갈 때까지 마음속에 있는 자잘한 일까지도 서로 이야기하지 않는 것이 없었다.

그중 한 여자가 먼저 시집을 갔는데, 어느 날 아직 시집가지 않은 여자가 물었다.

"시집가니까 어떤 즐거움이 있니?"

"세상의 지극한 즐거움이 모두 여기에 있더라."

"왜?"

"화촉을 밝힌 방에 원앙 이불과 비취 베개를 펼쳐놓고 젊은 신랑과 더불어 웃으면서 장난을 치는데, 내 몸이 하늘로 올라가는지, 땅으로 꺼지는지도 모르겠더라고. 그 즐거움은 어떻게 표현할 수가 없어."

아직 시집가지 못한 처녀가 이 말을 듣더니 갑자기 흥이 일어 먼저 시집간 여자의 코를 물어뜯었다. 코를 물어뜯긴 여자는 매우 화가 나서 시집가지 못한 처녀를 관아에 고소하였다.

관아에서 송사를 할 때, 고을 원님이 코를 물어뜯긴 여자에게 물었다.

"너는 무슨 이유로 코를 뜯겼느냐?"

"저년이 시집간 재미가 어떠하냐고 묻기에 쉰네는 여차여차 대답을 해주었습니다. 그랬더니 저년이 갑자기 흥이 일어 쉰네의 코를 물었습니다."

시집가지 못한 처녀는 이 말을 듣자 또다시 흥이 발동하는 것을 주체하지 못해 곧바로 곁에 있던 사령의 코를 물었다. 원님이 그것을 보더니 몹시 두려워 급히 문을 닫고 급창에게 외쳤다.

"네 코는 쇠코냐? 어찌하여 피하지 않느냐?"

【귀로 그 즐거움을 듣고 다른 사람의 코를 물어뜯을 정도인데, 몸으로 직접 그 즐거움을 맛보게 되면 신랑의 코가 어찌 두려워하지 않을 수 있겠는가? 마주 대하고도 이처럼 쉽게 물어뜯기는데, 하물며 자기 몸 위에 있는 사람의 코야! 급창의 코가 과연 쇠로 되었다면 이른바 하늘이 정한 배필이리라. 만약 쇠로 만든 얼굴을 가진 어사가 있다면, 쇠로 만든 코를 가진 급창이 합당하리라. 가히 한번 웃을 만하도다.】

古有兩女兒, 隣居相好. 自孩提[1]時, 至于出嫁, 心中細微之事, 無不相告. 一女子先嫁, 其未嫁女子, 問于先嫁女曰: "嫁之樂, 何如?" 曰: "世上至樂, 盡在於此." 曰: "何也?" 曰: "華燭洞房, 布列鴦枕翠衾, 與年少新郎, 笑敖戲謔, 不知吾身, 登天乎, 入地乎, 樂不可狀矣." 未嫁女, 聞此語, 不覺興發, 啖割先嫁女之鼻. 先嫁女失鼻甚憤, 告官. 對卞之際, 官長[2]問失鼻之女曰: "彼女, 何故啖汝之鼻?" 對曰: "彼女問嫁之興味, 故小女答之以如此, 則彼

---

1) 해제(孩提): 어린 시절. 어린이.
2) 관장(官長): 관가의 장(長)이란 뜻으로, 시골 백성이 고을 원을 높여 이르던 말.

女興發, 而啖小女之鼻矣." 未嫁女聞此言, 又不勝興, 卽啖使令之鼻. 官長見之大懼, 遽閉戶呼及唱曰:"汝鼻鐵鼻乎, 何不避?"

【耳聞其樂, 而啖人之鼻, 則身當其樂之, 新郞之鼻, 豈可不畏? 相對之鼻, 如是易啖, 況覆上之鼻乎? 及唱之鼻, 果鐵, 則可謂天定之配. 如有鐵面御史, 合有鐵鼻及唱. 可發一噱.】

한 선비가 부친의 근무지에 따라왔다. 그 고을에는 이름난 기생이 많았다. 젊은 선비는 계집에 대한 생각은 많았으나, 본디 부끄러움을 많이 타는 성격인지라 기생에게 말을 붙이는 것조차 어려워했고 감히 그 생각을 밖으로 드러내지도 못했다.

그러자 어떤 사람이 그에게 가르치듯 말했다.

"대장부가 어찌 이처럼 용렬하고 졸렬하신가? 기생과 말을 붙이는 것은 그리 어려운 일이 아니네. 처음에 기생을 보면 이름을 물어보게. 그 다음엔 나이를 묻고, 그 다음엔 부모가 살아 있는지를 묻고, 그 다음엔 춤추고 노래하라고 명하는 것일세. 그러한 후에 생각한 일을 하는 것이고……"

선비는 거듭 연습했지만, 그 내용을 잊어버릴까봐 걱정하였다.

이윽고 선비가 한 기생을 몰래 불렀다. 기생이 명령을 받아 도착하자, 선비는 기생을 빤히 쳐다보다가 한참 후에 물었다.

"네 이름이 무엇이냐?"

기생이 막 대답하려는데, 선비는 답변을 듣기도 전에 잇따라 다시 물었다.

"네 나이는 몇이냐? 네 아비는 살아 있느냐? 네 어미는 살아 있느냐? 너는 노래해라. 너는 춤을 추어라. 너는 나와 함께 잠을 자려느냐?"

그러자 기생은 입을 가리고 웃었다. 선비는 부끄러워할 뿐이었다.

有一士人, 隨往其父任所[1]. 郡多名妓. 士人秊少, 雖有色念, 而性本羞澁, 難於接話, 不敢生意也. 人有敎之者曰: "大丈夫豈可若是庸拙乎? 與妓接話, 別無難事. 初見宜問其名, 次宜問其年, 次宜問其父母存沒, 次宜試命歌舞, 然後可謀之事也." 士再三講習, 恐其遺忘. 遂潛招一妓, 妓承命至, 士熟視良久, 問曰: "爾名爲何?" 妓未及對, 士連問曰: "爾年幾何? 爾父在乎? 爾母在乎? 爾宜歌也. 爾宜舞也. 爾欲與我同宿乎?" 妓掩口而笑, 士靦然.

---

1) 임소(任所): 지방 관원이 근무하는 곳.

샛서방은 이미 달아났다

한 아낙이 다른 사람과 정을 통하는데 남편이 밖에 나갔다가 돌아왔다. 마침 날씨가 추웠기 때문에 남편은 곧바로 부엌으로 가서 불에 손을 쬐며 말했다.

"무지 춥네, 무지 추워!"

아낙은 샛서방을 방에 두고 문을 열고 나와, 손으로 남편의 등을 어루만지며 말했다.

"옷이 이렇게 얇으니 어찌 춥지 않겠어요?"

그러더니 아낙은 부엌에 있는 옹기를 남편의 머리에 씌워 얼굴 전체를 가렸다.

"만약 무명 몇 자만 얻는다면, 커다란 모자를 만들어 이렇게 머리에 씌워 족히 추위를 막을 수 있게 할 텐데요."

말을 마친 뒤 아낙은 옹기를 벗겨냈다. 그사이 샛서방은 문을 열고 달아났다.

有一婦與人私通¹⁾之際, 其夫自外來. 時適天寒, 直向竈下, 以手向火曰:
"寒甚, 寒甚!" 婦奸夫²⁾于房內, 開戶而出, 手撫夫背曰: "衣甚薄, 豈不寒
乎?" 仍擧廚間甕器, 冠于夫首, 盡蔽全面曰: "若得綿布幾尺, 則製一大䋓
幪³⁾, 依此樣着於頭上, 則足可禦寒矣." 遂脫去其甕, 奸夫已開門而逃矣.

---

1) 사통(私通): 부부가 아닌 남녀가 몰래 서로 정을 통함.
2) 간부(奸夫): 간부(間夫). 샛서방. 남편 있는 여자가 남편 몰래 관계하는 남자.
3) 병몽(䋓幪): 막(幕). 휘장. 병(䋓)은 둘러치는 것, 몽(幪)은 위를 가리는 것.

너는 지난밤에 나와 동침하였다

중년에 아내를 잃은 한 선비가 있었다. 그 이웃에는 한 과부가 절개를 지키며 홀로 살았는데, 집이 매우 부유하였다. 이웃 사람이 선비를 위해 그 과부에게 매파를 보내 중매도 해봤지만, 과부는 전혀 따를 뜻이 없다며 거절하였다.

이에 선비는 이웃 사람과 공모하여 이른 새벽에 과부의 집으로 갔다. 선비는 문밖에 숨어 있고, 이웃 사람은 문을 열고 안으로 들어와 그 과부를 불렀다.

"오늘 내가 밭을 갈아야 하니 소를 빌려주시겠소?"

과부는 아직 일어나지 않아 침실에서 대답하였다.

"우리 집도 오늘은 밭을 갈아야 하니 빌려드리기가 어렵겠습니다."

그러자 이웃 사람은 곧바로 외양간에 가서 소를 끌고 나와 문밖으로 나서며 말했다.

"소는 내가 지금 끌고 갑니다. 밭을 갈고 나면 돌려드리리다."

과부는 급히 옷을 추슬러 입고 문 밖으로 나와 이웃 사람을 쫓아갔다. 그사이 선비는 몰래 과부의 방에 들어가 옷을 벗고 이불을 뒤집어 쓰고 누웠다.

과부가 쫓아가서 소의 고삐를 빼앗으려 했지만, 이웃 사람은 손을 놓지 않았다. 이처럼 서로 다투는데, 마을 사람들이 구경을 하러 모여들었다. 과부는 마침내 소를 빼앗아 돌아왔다. 그러나 이웃 사람은 과부의 집까지 따라오면서 욕을 하고 야유를 보냈다. 그것을 구경하는 마을 사람들도 덩달아 따라왔는데, 그 수가 과부의 집 문 앞을 메울 정도였다.

과부가 외양간에 소를 매고, 이웃 사람과 서로 다투고 있을 때였다. 선비는 알몸에 이불만 두르고 앉아 창문을 열고 화를 내며 말했다.

"누가 억지로 농사짓는 남의 소를 빼앗아가려 한단 말이냐?"

이웃 사람은 놀라 선비를 올려다보고 황급히 절을 하며 말했다.

"소인은 생원님께서 계신 줄 전혀 몰랐습니다. 감히 이렇게 시끄럽게 하였사오니 죽을죄를 지었습니다. 죽을죄를 지었습니다."

그러고는 문밖으로 나갔다. 그러자 문밖에서 보고 있던 사람들이 모두 수군거렸다.

"저 과부는 거짓으로 수절을 한다고 말했구먼!"

"아무개 생원과 간통을 하였구먼!"

그러고는 한껏 떠들며 돌아갔다.

과부는 선비가 방에 있는 것을 보고 그 까닭을 몰라 물었다.

"생원님께서는 무슨 일로 여기에 오셨는지요?"

선비는 웃으며 말했다.

"내 자네와 지난밤에 이미 동침을 했는데, 자네는 어찌하여 모르시나?"

과부는 송사를 걸어 다투고자 했지만 이미 이웃 사람들이 모두 보았으니, 어떻게 그 애매함을 밝힐 수 있겠는가?

오랜 궁리 끝에 과부가 말했다.

"일이 이미 여기에까지 이르렀으니 이 또한 운명인 것 같습니다."

그러고는 선비와 함께 살았다.

有一士人, 中年喪耦[1]. 隣有一嫠婦, 守節而家甚富饒. 隣人欲爲士, 媒於婦, 而婦決無聽從之理. 有一隣人與士人, 謀凌晨[2]偕往婦家, 士人伏于門外, 隣人排門而入, 呼語其婦曰: "今日吾欲耕田, 願借耕牛也." 婦尙未起寢, 答曰: "吾家今日, 亦當耕田, 勢難奉借也." 隣人直向廐中, 牽牛出門曰: "牛則吾今牽去, 耕訖當奉還矣." 婦忙搜衣出門, 來追隣人之際, 士人潛入室, 解衣蒙被而臥. 婦追及之, 奪牛轡, 隣人不肯放手. 彼此相鬨, 洞人齊會. 婦竟奪牛而歸, 隣人追到婦家, 詬罵惹鬧, 觀者塡咽婦門. 婦繫牛於廐, 與隣人相詰, 士人赤軆, 擁衾而坐, 拓窓怒叱曰: "何物隣人, 乃敢勒奪人農牛去也." 隣人仰瞻士人, 卽驚惶納拜曰: "小人全昧生員主之在, 此敢來起鬧, 死罪死罪." 遂趍出門, 觀者咸曰: "彼婦假稱守節, 乃與某生員相通也." 遂一哄而散. 婦見士人在室, 莫知其故, 問曰: "生員主何故來此乎?" 士人笑曰: "吾與汝, 夜已同寢, 汝豈不知耶?" 婦雖欲爭詰, 而隣人皆所目覩者, 將何以暴其曖昧耶? 沉思良久曰: "事已至此, 亦命矣." 遂與士人同居焉.

1) 상우(喪耦): 상처(喪妻). 아내를 잃음.
2) 능신(凌晨): 하늘이 막 밝아올 무렵.

좆같이

신분이 낮은 종놈들은 말끝마다 반드시 "좆같이"라고 하는데, 이는 우습게 여기면서 마음에 두지 않는다는 뜻이다.

어떤 사람이 이 말을 자주 썼다. 말을 뱉을 때마다 반드시 이 말이 튀어나왔는데, 이내 말버릇이 되고 말았다.

그는 아들의 결혼식을 치러야 했기 때문에 아들을 데리고 신붓집에 가게 되었다. 떠나기 전에 사람들은 그에게 한마디씩 충고했다.

"자네의 말버릇 때문에 사돈집에 가서 만약 한마디라도 한다면 반드시 다른 사람들의 비웃음을 살 것이네. 그러니 입을 꾹 다물고 있게나."

"내 마땅히 그리하겠네."

그가 신붓집에 가서 동뢰연^{同牢宴. 전통 혼례에서 신랑 신부가 교배(交拜)를 마치고 나서 술잔을 서로 나누는 잔치}을 보고 난 후 바깥채로 나오자, 신부의 아버지가 맞이하며 말했다.

"내 딸은 요행히 용모와 신체에 병폐가 없습니다만 사돈어른께서 보시기에는 어떻습니까?"

그는 입을 다물고 대답하지 않았다. 그러자 신부의 아버지가 다시 물었다.

"마음에 만족스럽지 못한 게 있으신지요?"

이 물음에는 어쩔 수 없이 대답을 해야만 했다. 그래서 그는 마침내 입을 열었다.

"신부는 아름답습니다."

그러고는 이어서 또 말버릇이 나왔다.

"좆같이!"

그러자 그 자리에 있던 사람들이 모두 아연실색했다. 그는 너무 부끄러워 황급히 집으로 돌아가고자 데리고 온 종을 불러 말했다.

"우리 말을 끌고 오너라. 좆같이!"

그리고 주인에게 작별 인사도 했다.

"저는 갑니다. 좆같이!"

그걸 보고 사람들이 모두 웃더라.

賤隷輩於語次必曰 '如吾下物', 盖不屑之意也. 有一人偏好其說, 每出語, 必以此說先之. 仍成語癖. 其人將行子婚, 率其子往婦家, 人有戒之曰: "子素有語癖, 到査家, 若發一語, 則必貽笑於人. 須緘口勿言也." 其人曰: "吾當勿言也." 反到婦家, 觀同牢宴, 後出就外舍. 婦之父迎謂曰: "吾女幸無形骸之病, 於尊所見, 果何如耶?" 其人默然不答. 又問曰: "無乃有不滿之意耶?" 不得不答, 遂答曰: "新婦則佳矣." 仍繼曰: "如吾物也!" 滿座失色. 其人慚愧欲去, 呼其僕曰: "牽吾馬來. 如吾物也!" 辭主人曰: "吾去矣. 如吾物也!" 衆皆笑之.

태수도 그런 일이 있었지요

어떤 시골 사람이 이웃에 사는 양반이 자기 처와 몰래 간통하였다는 소장을 관아에 넣었다. 소장에 대한 제사[題]가 이러했다.

"양반이 상놈의 처가 아니었다면 어찌 다른 여인과 간통을 했겠느냐? 고을 수령인 나도 올해에 이런 일이 있었거든."

有鄕民以隣居兩班之潛奸厥妻, 呈訴于官, 則題曰: '兩班非常漢之妻, 豈有房外犯色. 太守當年, 亦有此事矣.'

촌아낙의 임기응변

촌아낙이 그 고을 통인通引, 조선시대에 지방 관아에서 관장(官長)의 잔심부름을 하던 사람
과 좌수座首, 지방의 자치기구인 향청의 우두머리, 두 사람과 몰래 정분을 나누고 있
었다. 일찍이 통인과 간통을 하고 있을 때 좌수가 아낙을 찾아왔다. 문
을 열기 전에 아낙은 급히 이불로 통인을 말아 이부자리 옆에 세워놓
고 나서 좌수를 맞이하였다.

좌수와 또 간통을 할 즈음, 이번에는 아낙의 남편이 밖에 나갔다가
돌아와 막 문을 열려고 했다. 아낙은 급히 좌수에게 어깨를 들썩이며
문을 나가되, 큰 소리로 "그놈을 잡아 한 주먹에 때려죽이지 못하는 게
한스럽다"라고 외치라고 가르쳐주었다. 좌수는 그 말대로 하며 나갔
다. 남편은 방으로 들어오면서 아내에게 물었다.

"좌수가 무슨 일로 우리 집에 왔대?"

아내는 짐짓 놀란 척 두려운 표정을 짓고 가쁜 숨을 내쉬었다. 그러
고는 통인을 세워둔 자리를 가리키며 말했다.

"이 속을 들여다보십시오. 제가 아니었다면 저 통인은 이미 죽었을

것입니다. 저 아이가 무슨 죄를 지었는지, 좌수는 저 아이를 죽일 듯이 쫓아오더군요. 좌수를 피해 우리 집까지 쫓겨온 아이가 가여워 저는 몰래 저 자리에 숨겨주었습니다. 그런데 좌수가 쫓아와서는 제게도 캐묻더군요. 통인이 우리 집에 오지 않았다고 대답했더니, 저렇게 화를 내며 가네요."

남편은 그 말을 곧이곧대로 믿더라.

有一村婦, 私通邑之通引及座首. 嘗與通引潛奸之際, 座首又來到. 未及入門, 婦以席卷通引, 引立于座側, 而邀座首. 又潛奸之際, 其夫自外還將入門. 婦敎座首, 奮臂出門大言曰: "恨不得捉厥漢一拳打殺也." 座首依其言爲之. 夫入見婦問曰: "座首何來也?" 婦佯作驚恐狀, 喘息未定, 指示其席曰: "試觀此中. 非吾則彼通引幾乎死也. 彼兒得罪於座首, 座首趨來, 欲打殺之. 兒窘甚到吾家, 吾憐而潛匿于席中. 座首追踪而至, 詰問於吾, 故吾對以無有, 則座首憤欷而去矣." 夫信之.

장모의 병은 장인어른께 물어봐야

어떤 사람이 처가에 머물고 있었다. 그런데 그 집 계집종 하나가 학질을 앓게 되어 장모가 몹시 걱정하였다. 그러자 사위가 말했다.

"이 병은 치료하기가 매우 쉽습니다."

장모가 그 병을 치료해달라고 하자 사위가 대답했다.

"조용하고 외진 곳에서 치료해야 합니다."

그러고는 계집종을 뜰로 불러다가, 말뚝 네 개를 땅에 꽂은 다음 하늘을 향해 계집종을 눕히고 말뚝에 사지를 묶었다. 그리고 마음껏 그 계집종을 겁탈했다. 계집종은 부끄러워 죽고자 했는데, 그러는 동안 학질도 떨어졌다. 처가에서는 그 사연을 모르고, 그저 사위가 신비로운 의술을 지니고 있다고만 생각했다.

그후 장모도 학질을 앓게 되었다. 장모가 사위에게 부탁했다.

"자네가 지난번에 계집종의 병을 치료했으니 그 방도를 내게도 시험하게."

"이것은 제가 알지 못하오니, 마땅히 장인어른께 물어보셔야 할 것입니다."

【의서醫書에 새로 세 가지 신비한 처방을 추가해야겠군.】

　　有人贅留于妻家. 一婢病瘧, 妻母患之. 婿曰: "醫此至易也." 妻母請治
之. 婿曰: "當於靜僻處治之." 呼婢至園中, 挿林木四介于地, 令婢仰臥, 其
間縛四肢于木上, 仍潛奸其婢. 婢羞愧欲死, 其疾遂却. 妻家不知, 以爲神醫
也. 其後, 妻母又患瘧, 問其婿曰: "子前治婢病, 須敎其方也." 婿曰: "此則
吾所不知, 宜問於岳丈也."

【醫鑑中新增三神方.】

진담론 陳談論

『진담론陳談論』은 1811년에 편찬된 것으로 추정되는 패설집이다. 그 편찬자는 알 수 없다.

1958년 민속학자료간행위원회에서 간행한 『고금소총古今笑叢』에는 '진담록陳談錄'으로 되어 있고, 수록된 이야기는 총 49편이다. 하지만 같은 해 설향노부雪香老父가 편찬한 『소림집설笑林集說』본에는 '진담론陳談論'으로 되어 있고, 수록된 이야기는 총 50편이다. 이야기 진행 방식으로 볼 때 후자가 전자보다 더 정확한 제목인 듯하다. 논평을 붙이고 있다는 점에서도 그렇지만, 두 본을 놓고 이본 대비를 하면 후자 쪽이 선본善本으로 보이기 때문이다. 아무래도 선본의 제목을 우선할 필요가 있으므로 이 책에서도 이를 제목으로 삼는다.

『진담론』은 ①제목을 붙이고[제목], ②본이야기를 한 다음[본이야기], ③본이야기를 설명·풀이하고[해설], 마지막으로 ④ 'ㅇ'를 붙여 논평을 하는[논평] 일관된 형식을 갖추고 있다. 이러한 형식은 중국문학과 교류하는 과정에서 생겨난 것으로 추정해볼 수 있다. '①제목→②본이야기→③해설→④논평'과 같은 완정한 형식을 갖춘 것은 아직까지 중국 소화서笑話書에서 확인할 수 없다. 하지만 논평을 쓰는 방식은 중국 소화서로부터 일부 영향을 받은 듯하다. 특히 우리나라 패설문학에 직간접으로 영향을 준 풍몽룡馮夢龍의 『소부笑府』에 유사한 방식들이 더러 드러나기 때문이다. 그렇지만 그것을 곧 중국문학의 수용으로 바로 연결시켜서는 안 된다. 즉 『진담론』은 중국의 소화로부터 많은 영향을 받았지만, 그것을 한국적으로 변용한 패설집인 것이다.

이 책에서는 『진담론』에 실린 50편의 이야기 중에서 성 이야기로 볼 수 있는 20편을 번역하여 실었다. 주로 『소림집설』본에 따랐지만, 혹 누락이 있거나 오류가 있는 경우에는 『고금소총』본을 참조하여 교감했다.

김매는 아낙이 방귀를 뀌다

어떤 사령使令이 벙거지를 쓰고 활보하며 가다가 예쁜 아낙이 밭에서 김을 매고 있는 것을 보았다. 그것을 본 사령은 갑자기 음욕淫慾이 발동하여, 아낙에게 무턱대고 시비를 걸었다.

"너는 어찌하여 방귀를 뀌느냐?"

아낙은 버럭 화가 나서 사령을 째려보며 쌀쌀맞게 대답했다.

"보리밥을 먹고 밭에서 하루 종일 김매는 아낙네가 어찌 방귀를 뀌지 않겠수?"

사령은 눈을 부릅뜨고 겁을 주며 말했다.

"관가에서 방귀 뀐 아낙을 잡아들이라는 명령이 있었다!"

그러고는 아낙의 팔을 잡아당겼다. 아낙은 덜컥 겁이 날 뿐 아니라, 기도 꺾여 애걸하며 말했다.

"다른 곳에도 방귀를 뀐 아낙네는 많을 것이니 나를 놔주시고 다른 사람을 데려가십시오. 그러면 그 은혜를 잊지 않겠습니다."

"네 부탁을 들어준다면, 너 또한 내 부탁을 들어주겠느냐? 안 그러면 할 수 없이 잡아가야지 뭐!"

"사양할 까닭이 있겠습니까?"

사령은 이에 손을 이끌어 아낙을 밭 가운데로 데리고 가서 관계를 맺었다. 일을 마치자, 사령이 아낙에게 말했다.

"다시는 방귀를 뀌지 말게. 만약에 다시 방귀를 뀌면 내 반드시 또 올 테니까!"

아낙은 빙그레 웃기만 하고 대답하지 않았다. 사령은 몸을 일으켜 길을 떠났다.

사령이 떠나자, 아낙은 밭 가운데 서서 사령이 가는 것을 물끄러미 바라보았다. 그러더니 갑자기 큰 소리로 외쳤다.

"사령! 사령!"

여인이 잇따라 불러대자 사령이 돌아보며 말했다.

"어찌하여 나를 부르시나?"

"내가 또 방귀를 뀌었는데……"

그러자 사령은 소매를 떨치며 돌아보지도 않고 가며 말했다.

"너는 방귀뿐만 아니라, 똥까지 쌌나보구나."

말하자면, 네가 방귀가 아닌 똥을 쌌다고 해도 나는 다시 너와 그 짓을 하고 싶지 않다는 뜻이다.

○ 만약 방귀를 뀐 것이 죄라면…… 방귀가 나온 곳은 즉 항문이라. 항문이 죄를 범하여 음호陰戶, 여자의 성기가 찔림을 당했지. 이것은 단지 이웃에 살았다는 이유만으로 처벌을 당하는 일이 아니겠는가?

耘婦放氣

使令漢輩, 着戰笠[1], 大行闊步而來, 見耘婦之免醜, 忽生淫慾, 無端執言曰: "胡爲乎放放氣?" 耘婦勃然而怒, 睨視冷答曰: "喫了麥飯, 終日耘田之人, 豈不放放氣乎?" 使令者瞋目恐動曰: "自官家有捉入之分付矣." 仍挽其臂, 耘婦生怵挫氣, 百般哀乞曰: "他處亦必有放氣之女, 捨我取他而去, 則惠莫大焉." 使令曰: "吾當聽君之請, 君亦聽我之請乎? 不然則當捉去矣." 耘婦曰: "何可辭也?" 使令仍携手田中, 卽與之行房. 行房旣了, 謂耘婦曰: "更勿放放氣, 若更放, 則吾必復來." 耘婦微笑不答. 使令因起身, 登程而去. 耘婦立在田中, 遠望其去, 忽高叫曰: "牌頭[2]!" 連呼不已. 使令回頭曰: "何爲呼之耶?" 耘婦曰: "吾又放放氣也." 使令以袖揮却曰: "汝非但放氣, 卽須放糞也."

言, 爾不啻放氣, 雖放糞, 吾無更爲之意也.

○ 若曰: 放氣之罪, 則放氣所出者, 卽穀道也. 穀道之犯罪, 卽陰戶之被衝, 無乃隣里之延坐[3]法.

1) 전립(氈笠): 벙거지. 갓처럼 쓰던 털이 검고 두껍게 만든 모자의 일종. 군인이나 하인들이 주로 썼다.
2) 패두(牌頭): 조선시대 때, 죄인의 볼기를 치던 형조(刑曹)의 사령.
3) 연좌(延坐): 연좌(連坐). 다른 사람의 죄에 연루되어 무고하게 처벌을 받거나 잡혀가는 일.

뼈 맛을 보여 주지 못함을 한탄한 아버지

세 딸을 가진 아버지가 있었다.

큰딸은 집이 다소 부유할 때 시집을 보냈는데, 신랑은 스무 살이었다. 큰딸을 시집보낸 후, 갑자기 가세가 기울어 아버지는 남은 두 딸의 혼례를 성사시킬 방법이 없었다. 그래서 어쩔 수 없이 둘째딸은 재취再娶, 두번째 장가드는 남자의 아내로 시집을 보내야 했는데, 신랑은 마흔 살이었다. 셋째딸은 삼취三娶로 시집을 보냈는데, 신랑은 쉰 살이었다.

어느 날, 친정에 다니러 온 세 딸이 한자리에 둥그렇게 모여 앉아 조용히 이야기를 나누고 있었다.

큰딸이 먼저 말을 꺼냈다.

"남자의 양물에는 뼈가 들어 있나봐."

둘째딸이 말했다.

"아니야! 힘줄이 들어 있는 것 같던데."

그러자 셋째딸이 말했다.

"그것도 아니거든! 그저 살에 붙은 가죽뿐이라니까."

그때 마침 아버지가 그 말을 듣고는 아주 가쁘게 한숨을 내쉬며 말했다.

"우리 집안 모양새가 낭패를 당한 까닭에 둘째와 셋째에게는 뼈 맛을 보여주지 못했구나. 참으로 한스럽구나."

말하자면, 집안 형편이 어려워 혼인을 시키기가 힘겨운 까닭에 부득이 둘째딸과 셋째딸을 양기 없는 나이 많은 신랑에게 시집보냈다는 것이다.

○ 그렇다면 젊었을 때부터 해로偕老. 부부가 한평생 같이 살며 함께 늙음한 부인은 뼈와 힘줄과 가죽 맛을 모두 보았겠다!

恨骨翁

翁有三個女子, 而家勢富饒時, 以長女迎年少郎, 年二十. 其後, 家勢猝敗, 無路成禮, 故勢不得已, 以次女迎再娶郎, 郎年四十. 以三女迎三娶郎, 郎年五十. 一日, 三女鼎坐[1]同席, 從容談話, 長女曰: "男之陽物, 必是有骨耳." 次女曰: "非也! 疑是有筋矣." 三女曰: "亦非也! 惟是皮肉而已也." 其時, 翁適聞其言, 太急噓唏曰: "吾之家樣狼狽, 故使汝次兒及三兒, 惟未示骨味, 是所恨也."

言, 勢難成禮, 故不得已使次女及三女, 迎年老之郎, 無腎氣云云耳.

○ 然則自少偕老之婦, 必盡見骨筋肉三昧矣.

<hr>

1) 정좌(鼎坐): 세 사람이 솥의 발처럼 둘러앉음.

밤껍질이 부서지다

일흔 살이 된 노파는 아직도 음욕을 느꼈다. 그래서 같은 마을 사는 총각을 불러다가 은근히 대접한 뒤에 관계를 맺자고 간청하였다. 총각은 '감히 할 수 없다'고 말했지만, 노파는 멈추지 않고 졸랐다. 어쩔 수 없이 총각은 그 일을 치러야만 했다.

노파는 이미 수척해져서 등 마디마디의 뼈가 밭이랑처럼 들쭉날쭉했다. 그래서 총각이 나아가고 물러가기를 반복하며 움직일 때마다 돌멩이 부서지는 소리가 났다.

총각이 놀라 말했다.

"이는 틀림없이 뼈마디가 부서져 떨어지는 소리일 것입니다."

그러자 노파가 말했다.

"아까 손주놈들이 밤을 까먹었거든. 그때 치우지 않은 밤껍질이 댓자리 아래에서 찌그러지는가보네. 그러니 총각은 의심도 걱정도 하지 말고 힘차게 찌르기나 하게."

만약 뼈에서 나는 소리라고 하면 혹 그만둘지 모른다고 생각해서 밤껍질이 찌그러지는 소리라고 속여 대답한 것이다.

○ 늙어서도 이럴진대, 젊었을 때는 어떠했을지 가히 알지라. 비록 뼈가 부서져 죽는다 해도 무슨 여한이 있겠는가?

碎栗皮

七十老婆, 尙有淫慾. 請來同里總角, 而慇懃款待後, 懇其行房, 總角曰: "不敢也." 老婆强之不已, 總角不得已行之. 老婆已盡瘦瘠, 脊骨稜稜, 故進退搖動之際, 輒有碎石之聲. 總角驚駭曰: "必然骨節碎落矣." 婆曰: "俄者孫兒等, 喫栗矣. 想其栗殼, 在於簟下, 而破碎矣. 須勿疑慮, 緊緊衝納, 可也."

若言骨節有聲, 則或慮中止, 故以栗皮破碎聲, 欺而答之也.

○ 老猶如此, 少可知矣. 雖折骨而死, 何恨之有哉?

욕에서 벗어나려다 오히려 더 큰 욕을 먹다

한 사람이 기생집에서 놀며 이야기를 하던 중에 건달들의 신경을 건드렸다. 결국 얻어맞을 지경에까지 이르렀지만, 그 곤경에서 벗어날 계책이 없었다. 그런데 잠시 후 그가 갑자기 껄껄대며 너털웃음을 짓더니 이렇게 말했다.

"나는 지극히 천한 사람이네. 그러니 자네들이 꼭 나를 때려야만 한다면, 차라리 나 스스로 이놈의 좆을 때리겠네."

말하자면, 내가 좆만도 못하니, 너희들이 나를 때리는 것보다 나 스스로 내 좆을 때리는 것이 낫다고 한 것이다.

○ 차라리 맞아 죽을지언정 어찌 스스로 좆만도 못하다는 따위의 용렬한 말을 입에 담는단 말인가? 좆만도 못한 놈이 갑자기 당한 봉변에 껄껄대며 너털웃음을 지을 수 있는 것도 용기라면 용기라 하겠다.

免辱還辱

一人遊於靑樓, 語言之間, 觸怒於俠流, 將至被打之境, 而無計可免. 卽呀呀浪笑曰: "我是至賤者也. 汝必欲打我, 則寧自打爾臀也."

言, 猶不如臀, 反不如自打其臀.

○ 寧被打而死耳, 何忍發此碌碌, 不若臀之語耶? 不若臀之漢, 猝當變難, 猶能浪笑, 亦勇矣.

여름철에나 알맞은 첩

노인이 젊은 첩과 관계를 맺을 때였다. 양물에 힘이 없어 들어가지가 않자, 노인은 그것을 손으로 잡아 밀어넣고 버둥거리며 말했다.

"들어갔느냐?"

"들어오지 않았습니다."

노인은 다시 일어나서 또 손으로 양물을 잡아 밀어넣고 엎드리며 말했다.

"들어갔느냐?"

"아니요."

네댓 번을 그러고 나니, 노인이 초조함을 견디지 못해 거의 울듯한 목소리로 말했다.

"들……어……갔느냐?"

첩은 노인의 정상情狀이 불쌍하여 거짓으로 대답했다.

"이번에는 들어왔습니다."

그러자 노인은 몹시 기뻐하며 말했다.

"좋다, 좋아!"

이때, 양물의 끄트머리는 아직도 축 늘어져 기름 장판에 닿아 있었다. 그래서 그 부분이 얼음처럼 차가웠다. 아직도 양물이 들어갔다고 알고 있는 노인은 첩에게 말했다.

"네 음호陰戶는 여름철에나 알맞겠다."

"왜 그러시는지요?"

"음호 속이 너무 차가워……"

양물의 끄트머리가 아직도 밖에 있어 기름 장판에 닿은 줄도 모르고, 그저 '음호 속이 너무 차갑다'고 말한 것이다.

○ 이 여자가 만약 여름철에만 알맞다면, 겨울철에 알맞은 여자도 다시 구해야겠다. 밖에 있을 때는 마땅히 여름, 안에 들어가면 마땅히 겨울인 여자. 그러니 안은 여름, 밖은 겨울인 여자도 또한 마땅하지 않으랴?

夏節妾

老人與少妾, 方行房事, 陽物無氣, 不能自入. 乃以其手, 握而抵之, 而匍匐曰: "入去耶?" 妾曰: "不入也." 老人復起, 更爲握抵 而匍匐曰: "入去耶?" 曰: "否." 如是者四五番, 老人不勝燥悶, 噓呼口氣曰: "入去耶?" 妾猶憐其情, 乃佯諾曰: "今則入去矣." 老人喜曰: "快哉快哉!" 時陽頭尙爾委垂抵着於油壯板, 而冷氣如氷. 老人惟知其入去, 謂其妾曰: "汝之陰戶, 可合於夏節也." 妾曰: "何也?" 老人曰: "陰戶之裡面, 甚冷矣."

不知陽頭之尙爾在外, 而抵於油壯板, 乃曰: "陰戶甚冷矣."

○ 此女若只合於夏節, 則復能取宜冬之女. 在外則宜於夏, 在內則宜於冬. 內夏外冬, 不亦宜乎?

소의 성기로 만든 채찍

두 형제가 모두 선전관宣傳官이 되었을 때다.

마침 임금님이 능陵에 거둥擧動[1]하게 되자, 두 사람 모두 선전관으로 임시 처소에 앉아 있었다.

형이 아우에게 말했다.

"너도 소의 성기로 만든 채찍을 가지고 있고, 나도 소의 성기로 만든 채찍을 갖고 있으니 서로 바꾸면 어떻겠냐?"

"형님도 소의 성기로 만들었고, 나도 소의 성기로 만들었는데, 무엇 때문에 바꾸자고 말씀하세요?"

말하자면, 채찍은 매한가지이니 형의 말은 헛소리란 것이다.

○ 끝내 바꾸고 싶지 않다는 뜻으로 그렇게 말한 것이다. 그러나 이 또한 우스갯소리로 한 말이다.

---

1) 거둥(擧動): 임금님의 행차는 '거둥'이라고 한다.

牛腎鞭

　兄弟二人, 爲宣傳官[2]時. 適陵幸之行, 二人皆坐宣傳官依幕, 其兄謂其
弟曰: "汝持牛腎鞭, 我持牛腎鞭, 相換何如?" 其弟曰: "兄主牛腎造作, 而
我亦牛腎造作, 何以換之言乎?"

　言, 鞭則一班, 而空言耳.

　○ 終不欲相換之意, 言之. 然而亦出於詼諧者也.

---

2) 선전관(宣傳官): 선전관청(宣傳官廳)에 딸린 벼슬아치. 임금을 모시고 호위하거나, 임금의 명
령을 전달하거나, 물품이 나가고 들어오는 상황을 살피는 일 등을 맡아 보았다.

벼룩과 빈대를 피하는 방법

새벽달이 창을 환하게 비추는 밤, 부부가 관계를 맺고 있었다. 마침 이불이 들썩이는 바람에 곁에서 자던 어린아이가 잠을 깨고 말았다.

아이가 깨어 보니, 아버지는 어머니의 배 위에 엎드려 있었다. 아이는 그 까닭을 알지 못해 이상해하며 물었다.

"아버지는 왜 어머니 배 위에 엎드려 있어요?"

아이의 질문에 아버지는 딱히 대답할 말이 없었다. 그저 둘러대는 말로 대답하였다.

"벼룩과 빈대가 물지 못하도록 피해 있는 거란다."

"나도 벼룩과 빈대 때문에 죽겠으니, 아버지 등 위에 엎드려 잘래요."

아버지가 배 위로 피했으니, 아이는 그 등 위로 피하겠다고 말한 것이다.

○ 아비와 아들이 벼룩과 빈대를 피하는 것이야 좋겠지. 그러나 그 밑에 깔린 어미는 고통스럽지 않을까? 또 하나만 말해보자. 과연 벼룩과 빈

대를 피하기 위해 그랬다면 한 마을의 벼룩과 빈대를 모두 잡아다가 그 사내를 물게 해야겠지.

避蚤蝎方

夫婦夜行房事之時, 曉月滿窓, 傍宿之小子, 適爲衾風之所覺, 而見之, 則其父伏在於其母之腹上. 兒莫知其故, 怪而問之曰: "父何伏宿於母之腹上?" 其父無答, 以遁辭[1]答之曰: "避蚤蝎之不噬也." 兒曰: "吾亦難堪蚤蝎之噬, 吾則當伏宿於父之背上矣."

父避腹上, 故渠則避于背上, 爲言.

○ 父子之避蚤蝎, 則固善, 其婦之被壓, 則豈不難哉? 又曰: 果是避蚤蝎而然, 則當拾一隣之蚤蝎, 以噬其夫也.

1) 둔사(遁辭): 어떤 상황에서 빠져나가려고 임시로 둘러대는 말.

오줌 싸는 소리를 논하다

처녀가 어머니에게 말했다.

"제가 며칠 전까지만 해도 오줌 싸는 소리가 '졸졸'하더니, 요즘엔 그 소리가 '콸콸'하네요."

어머니는 놀라 눈이 휘둥그레지며 말했다.

"네가 몰래 사통私通, 부부가 아닌 남녀가 몰래 정을 통함을 했구나!"

그러자 그 딸은 손바닥을 치고 크게 웃으며 말했다.

"어머니는 정말 무당 같네요!"

영험하게 알아맞히는 것이 마치 무당과 같다는 말이다. 또 말하자면, '사통하면 오줌 쌀 때 소리가 달라진다'고 한 처녀의 어머니는 일찍이 그런 일을 경험했던 자라 하겠다.

○ 입 다물고 아무 말도 하지 않았다면 누가 그 어리석음을 알겠는가? 이런 것을 두고 '어리석은 꿩이 스스로 운다'고 말한다.

溺聲論

處女謂其母曰："吾前日溲溺, 則溺聲汨汨然矣. 近日溲溺, 則溺聲滑滑然矣." 母驚訝瞠目曰："汝必有私奸矣." 其女拍掌而笑曰："母卽巫堂也."

靈而知之, 如巫也. 又曰：'有私, 溺聲有異也.' 其母可謂曾經事者也.

○ 默然無語, 孰知其愚? 此之謂舂雉自鳴也.

소문난 음호도 있다

얼굴이 못생긴 처녀가 있었다.

첫날밤을 보낸 다음 날 아침, 어머니가 처녀에게 물었다.

"신랑이 너를 보고 무슨 말을 하더냐?"

"처음에 제 얼굴을 보았을 때는 몹시 싫어하는 기색이 있었어요. 그런데 잠자리를 나눈 뒤에 신랑이 비로소 말을 하더군요. '얼굴은 볼 것이 없는데, 음호의 맛은 참으로 별미구나'라고……"

그 말을 들은 어머니는 몹시 기뻐 박수를 치며 크게 웃었다.

"그럴 게다. 그렇고말고! 우리 집 음호 맛이야 이미 이 동네에 소문이 났지!"

말하자면, 동네 사람들이 모두 그 집의 음호 맛을 칭찬한다는 것이다.

○ 어찌하여 멀리 군내(郡內)·도내(道內)에까지 들리게 하지 않고, 그저 동네 안에서만 소문이 나게 했을꼬? 애석한지고! 이 집 음호 맛이 아직까지도 널리 퍼지지 못하였으니……

有所聞陰戶

處女容未免醜. 初婚之翌朝, 其母問之曰:"新郎見汝狀貌, 有甚言說乎?"
女曰:"初見狀貌, 大有不好之色, 及其與之行房後, 始乃曰:'狀貌則雖無
可取, 陰戶則別有味'云矣." 母聞之大悅, 拍掌而笑曰:"然矣, 然矣. 吾家之
陰戶味, 已有所聞於坊內矣."

言, 坊內人, 皆称渠家之陰戶味.

○ 何不能遠聞於郡內道內, 但聞於坊內耶? 惜哉! 此家之陰戶味, 猶未廣
聞矣.

어린 신랑의 말

신부는 나이가 많아 신랑을 몹시 사랑했지만, 신랑은 나이가 어려 신부를 좋아하지 않았다. 부모가 걱정이 되어 아들을 달래며 말했다.

"너는 어찌하여 네 아내와 은근히 지내지 않느냐? 오늘 밤에는 신부와 함께 자도록 해라."

신랑은 머리를 긁적이며 말했다.

"그렇게 하고 싶지 않은데요."

부모가 여러 말로 잘 타일렀지만 신랑이 또 거절하자, 이번에는 그를 꾸짖으며 물었다.

"무엇 때문에 함께 자려고 하지 않느냐?"

신랑은 울먹이며 대답했다.

"함께 자고 싶지 않은 게 아니거든요. 함께 자면 신부가 제 고추를 뽑아버리려고 하는데, 그 아픔은 참을 수가 없어요."

부모는 해괴망측해하며 물었다.

"어떻게 한다는 말이냐?"

신랑이 눈물을 닦으며 대답했다.

"신부가 제 고추를 잡고 자기 다리 사이에다 밀어넣는데, 제가 어떻게 그 고통을 참을 수 있겠어요?"

신부는 장성한 사람이므로, 욕망을 이기지 못해 신랑을 부추긴 것이다.

○ 요즘 사람들 가운데 탐욕 때문에 어린아이인데도 신부를 맞이하게 하는 자들은 이 이야기를 듣고 후회가 없지 않으리라.

幼郎辭

新婦年長, 極愛新郎, 新郎年幼, 不悅新婦. 父母悶而誘之曰: "汝何不與妻, 懃懃耶? 今夜同宿, 可也." 新郎搔頭曰: "不欲也." 父母萬端開喩, 繼又責之曰: "胡爲不欲同宿耶?" 新郎切悶掩泣曰: "非不欲同宿, 同宿則陽莖欲拔, 痛不忍耐矣." 父母駭曰: "何爲其然?" 新郎揮涕曰: "新婦執挽吾之陽莖, 抵入渠之脚間, 吾何可以堪其痛也乎?"

新婦長成者也, 不勝春情, 挑新郎也.

○ 今世之人, 使於貪慾, 以幼兒, 取婦者, 可無悔於此耶?

변명하는 아낙

농담을 좋아하는 사람이 있었다. 그는 이웃집 남자와 이웃집 여자가 서로 간통하고 있다고 짐작하였다. 그래서 하루는 이웃집 여자의 맥을 짚어준다 하며 말을 꺼냈다.

"이웃집 사내 아무개가 내게 이런 말을 하더군요. '내가 어느 날 저녁 이웃에 사는 아낙 아무개의 집을 지날 때였지. 이웃집 아낙이 내가 지나가는 것을 보더니 곧바로 내 손을 잡고 자기 집으로 데리고 들어가는 게야. 그래서 어쩔 수 없이 따라가서 그녀와 관계를 맺었지'라고…… 그런데 정말 그런 일이 있었수?"

이웃집 아낙은 그 말을 듣더니 깜짝 놀라 손으로 앉은 자리를 치며 말했다.

"세상천지에 어찌 이런 수치스러운 말이 있단 말이오? 세상천지에 이처럼 수치스럽고 해괴망측한 일이 있다니! 내가 언제 저를 꾀었다고? 내가 언제 저를 잡아끌었다고? 그래, 며칠 전에 있었던 그 일만 가지고 이야기해봅시다! 내가 그 집을 지나갈 때 제가 나를 보더니 곧바로 나를 이끌어 제집으로 데려갔지! 그래서 나는 어쩔 수 없이 따를 수밖에 없었고…… 그런데 뭐, 내가 자기를 잡아끌었다고? 어찌 이런 수치스러운 말이 있단 말이오?"

과연 그의 손에 이끌렸을 뿐이고, 자기가 그를 잡아끈 것은 아니라는 말이다.

○ 논평을 해보자. 적을 맞아 싸우다가 항복한 것이 적에게 붙잡혀 항복한 것과 어떻게 같을 수 있겠는가? 내가 일부러 한 것이 아니라는 것과 어쩔 수 없이 한 것의 모양도 분명 달라질 수밖에 없지. 그래서 이 아낙이 이렇게 한 것은 참으로 새로운 변명일지라. 다시 이야기를 하자. '오십보소백보五十步笑百步'[1]라는 말이나, '조삼모사朝三暮四'[2]라는 말은 이를 두고 하는 말이겠지.

發明婦

好謔者, 心知其隣夫隣婦之相與私奸, 取脉於隣婦曰: "隣夫某謂我曰: '吾於一夕, 過於隣婦某家矣, 隣婦某見吾之過去, 卽携吾之手, 入其家, 故吾不得已隨入, 與之行奸.' 云. 君果有是事耶?" 隣婦聞之大驚, 以手扣席曰: "世上天下, 豈有如許羞恥之說乎? 世上天下, 豈有如許羞恥罔測之事乎? 吾何爲携渠? 吾何爲携渠? 惟以日前之事言之, 吾過去渠家, 則渠見吾過去,

---

1) 오십보소백보(五十步笑百步): 『맹자孟子』 「양혜왕梁惠王·상上」에 나오는 말이다. 전쟁에 패하여 백 보를 물러난 사람이나 오십 보를 물러난 사람이 있을 때, 둘은 모두 패하여 도망을 간 자들로, 둘 사이에는 큰 차이가 없음을 뜻하는 말이다.
2) 조삼모사(朝三暮四): 『장자莊子』 「제물론齊物論」에 나오는 말이다. 저공(狙公)이 원숭이에게 아침에는 도토리를 세 개 주고 저녁에는 네 개를 주겠다고 하니 원숭이들이 화를 내자, 저공이 다시 그럼 아침에는 네 개, 저녁에는 세 개를 주겠다고 하니 원숭이들이 좋아했다는 데서 나온 고사다.

直携吾, 而入去渠家, 故吾實不得已聽從矣. 吾何爲携渠? 豈有如許羞恥之
說乎?"

　　果被渠携, 實非自携也.

　　○ 論曰：'與其迎敵而納降, 孰如被虜而投降? 不自己者不得已者之形, 自
有以異也. 故是婦之如此, 發明者也.' 又曰：'五十步笑百步, 朝三暮四之說,
此之謂也.'

닭 둥지 바랑

한 중이 주인집 과부에게 마음을 두고 있었지만, 감히 말을 꺼내지 못했다. 과부도 중에게 관심이 있었지만, 차마 그 뜻을 드러내지 못했다.

그러던 어느 날, 중이 과부의 집에 묵게 되었다. 밤이 깊어지자, 중은 방문 가까이 가서 상황을 엿보았다.

마침 달빛이 마당을 밝게 비추고 있었다. 과부의 방 안도 환히 들여다보였다. 과부는 여름이라 이불을 걷어차서 몸을 드러낸 채 깊은 잠에 빠져 있었다. 풍성한 살집과 윤기 있는 피부는 달빛을 옮겨다놓은 듯이 더욱 하얗게 빛났다. 한 번 보니 정신이 아득하고, 다시 보니 넋이 빠져 사라지는 듯했다.

'내 당장 들어가서 겁탈하리라. 그러나 혹 탄로가 나면 곧바로 몸을 빼서 도망가리라.'

그렇게 생각하고 나서 중은 옷을 모두 벗었다. 벗은 옷은 바랑에다 쑤셔넣고 서까래에 걸어두었다. 도망갈 준비도 단단히 해둔 후, 중은 벌거벗은 몸을 잔뜩 오그리고, 목도 움츠린 채 살금살금 과부의 방으로 들어갔다.

이때, 과부는 잠에서 깨어 중의 동정을 살피고 있었다. 그러다가 중이 들어오는 것을 보자, 몹시 기뻐 두 손으로 중을 와락 껴안았다.

중은 깜짝 놀라 문밖으로 뛰쳐나가면서 바랑을 잡는다는 것이 그만 닭 둥지를 집어들어 머리에 이었다. 그러고는 알몸으로 죽어라고 달아났다.

달아나다보니, 어느새 동방이 밝아 있었다. 길을 가는 사람들이 중의 모습을 보고 해괴망측해하며 물었다.

"저 중놈은 어찌하여 알몸으로 닭 둥지를 머리에 이고 달려가는 건가?"

중은 제 꼴을 보고 딱히 할 말이 없었다. 급한 김에 둘러대는 말로 대답할 뿐.

"이렇게 하면 큰 풍년이 든다네요."

감히 사실을 말할 수가 없어서 적당히 둘러댄 것이다.

○ 중놈은 비록 과부를 마음에 두고 있었다고 해도 감히 말하기가 어려웠겠지. 그러나 과부는 비록 거리낌이야 있었겠지만 끝내 한마디에 인색하더니 결국 이 지경에까지 이르게 하였구나. 이제 바랑을 폐백幣帛으로 삼는다면 뒷날에는 반드시 일을 이룰 수 있겠구나. 또 한마디 하자. 이 해에 풍년이 든 것이 이런 괴상한 행동에서 비롯된 것이라면, 이 중은 이른바 도승道僧이라 해야겠지.

鷄窠鉢囊
一僧漢有意於主人寡婦, 然不敢開口. 寡婦亦有意於僧漢, 然不忍示意.

一日, 僧漢止宿於寡婦家. 夜深後, 潛近房門而見之, 則時曉月滿庭, 房中照耀. 寡婦以夏月, 故脫衾露體, 方張雷熟, 而豊肥之肌膚, 籠月素白. 一見傷神, 再看消魂. 僧漢心思曰: '吾當直入劫奸, 而如其事出, 卽脫身而逃矣.' 仍盡脫衣, 而衣服盛于鉢囊[1], 懸於橡頭, 而預備逃亡爲計後, 惟以赤身, 鞠躬縮項, 暗暗入去, 則時寡婦睡覺, 而見僧漢之動靜, 於心幸喜, 卽以雙手, 欲抱僧漢, 僧漢大㤼, 跳出門外, 欲取鉢囊, 而驚㤼之中, 誤取鷄窠而荷之, 尙以赤體, 捨命而走矣. 時東方旣明. 行人見之駭曰: "這僧漢, 何爲而赤身擔負鷄窠而走耶?" 僧漢自顧形影, 無不可答, 猝然答之曰: "如是則時節大豊云耳."

不敢言本事故, 答以遁辭也.

○ 僧漢則雖有意思, 當不敢言, 而寡婦則雖憚, 終斬一言, 以至於此. 今以鉢囊, 作爲禮幣[2], 後日之事, 必可以成矣. 又曰: 年豊而爲此怪置, 可謂有道之僧也.

1) 바랑(鉢囊): 중이 등에 지고 다니는 자루 같은 큰 주머니.
2) 예폐(禮幣): 고마움과 공경의 뜻으로 보내는 물품. 여기서는 폐백(幣帛)의 의미로 쓰였다.

장비를 핑계 삼아

고담古談, 옛날이야기을 잘하는 사람이 있었다. 그 마을에 사는 양반은 날마다 그를 불러 고담을 하게 하였다. 혹시라도 말을 따르지 않으면 반드시 볼기를 쳤다. 고담을 하는 사람은 그것을 몹시 괴로워했다.

그러던 어느 날, 양반이 또 그를 불렀다. 고담을 하는 사람은 걱정스레 말했다.

"오늘은 정말 할 게 없습니다."

양반은 화를 내며 볼기를 치려고 했다. 그러자 고담을 하는 사람이 급히 이야기를 시작하였다.

"옛날, 그러니까 삼국시대였죠. 한漢나라 장군 장비張飛와 마초馬超가 싸움을 할 때였습니다. 장비는 말을 몰아 마초의 진영 앞에 와서 큰 소리로 외쳤습죠. '마초야! 너는 탁군涿郡의 장비를 아느냐?' 그 소리를 듣고 마초도 말을 몰아 달려나왔죠. 그러고는 이런 말을 하였습죠. '나는 이 시대의 양반이로다. 복파장군伏波將軍 마원馬援의 손자요, 서량태수西涼太守 마등馬騰의 아들이다. 여러 대에 걸친 한나라의 공후公侯이지. 또

한 지략과 용맹은 세상을 뒤덮어 천하에 알려져 있다. 너는 그저 소나
잡고 돼지나 죽이고, 칼질이나 해서 고기나 내다 파는 저잣거리의 백
정놈이라지. 그러니 내가 어찌 너를 알겠느냐?' 장비가 이 말을 듣더
니 분노가 불처럼 일어나 고리 같은 눈을 부릅뜨고, 굴레 같은 구레나
룻 수염을 쓸어내리고, 팔을 걷어붙이고, 주먹으로 삿대질을 해대며
욕설을 퍼부었답니다. '너 같은 양반 어미의 음호에다 그 짓을 하면 곧
작은 양반도 볼 수 있겠구나!'라고요."

　이때, 고담을 하는 사람은 양반의 얼굴을 똑바로 쳐다보았다. 그리
고 장비의 모습을 핑계 삼아 두 주먹을 휘둘러대며 그 양반을 능욕하
였다. 양반은 싫증이 나서 머리를 돌리고 손을 휘저으며 말했다.

　"그만 하게, 그만 해!"

　말하자면, 고담을 잘하는 사람은 장비를 빙자하여 양반을 욕한 것이고,
양반은 눈앞에서 그 양상을 보고 몹시 불쾌하여 '그만 해'라고 한 것이다.
장비가 말을 몰고 나올 때에는 마땅히 어떤 투구를 썼고, 어떤 갑옷을 입
고, 어떤 창을 들었고, 어떤 말을 탔는가와 같은 말들이 있어야 하는데, 그
말이 길게 이어지는 것이 싫어서 그 부분은 뺐다.

　○ 양반이라는 세력만 믿고 상놈을 농락하다가 이런 능욕을 당했으니
후회해도 할 수 없지. 다시 말해보자. 비록 복수심에서 나왔다고는 하지만
어찌 이다지도 억세고 모진가. 장비의 성난 모습을 가탁^{假託, 거짓 핑계를 댐}하
여 마초에게 할 욕설을 곧바로 양반에게 퍼부었구나. 표독은 극에 달했고,
보복은 너무 심하구나.

假張飛

　一人善古談, 同里有兩班, 日日招致, 使之古談. 如或不肯, 則必輒打臀,

古談者甚苦之. 一日, 兩班者又招, 古談者悶之曰: "今則果乏矣." 兩班者怒
欲打臀, 乃言曰: "昔者三國時節, 漢將軍張飛, 與馬超相戰, 張飛出馬當前,
而高叫曰: '馬超, 爾知涿郡張飛耶?' 馬超卽應聲出馬曰: '吾則當世兩班
也. 伏波將軍馬援之孫, 西凉太守馬登之子也. 世代漢國之公侯, 且智勇盖
世, 故名聞天下, 爾則只是屠牛殺猪, 扣刀賣肉之都市白丁也. 吾何以知
之?' 張飛聞之, 怒膽斗起, 瞋環目, 批勒鬐, 攘臂奮拳而辱之曰: '汝兩班母
之陰戶爲之, 則當出小兩班矣.'" 時古談者, 直面其兩班者, 假托張飛之儀
樣, 而迭奮兩拳, 凌辱其兩班者, 兩班者厭之, 回頭揮手曰: "止矣, 止矣!"

言, 古談者, 依憑張飛而辱之, 則兩班者, 目前所見, 甚不好, 故曰 '止矣.'
盖張飛出馬時, 宜有着何許胄, 穿何許甲, 持何許槍, 乘何許馬等說, 而嫌其語
長, 故爲拔之也云云耳.

○ 藉勢[1]兩班, 弄絡常漢, 受此凌辱, 可無悔歟! 又曰: 雖出於報嫌, 何忍如
是沒强[2]耶? 假張飛之怒容, 移馬超之辱說, 直注於兩班者, 慓毒極矣, 報復
甚矣.

---

1) 자세(藉勢): 자신이나 남의 세력을 믿고 세도를 부림.
2) 몰강(沒强): '인정이 없이 억세며 성질이 악착같고 모질다'는 의미의 우리말 '몰강스럽다'를
한자어로 표기한 것이다.

여덟 냥짜리 좆

서당에서 아이가 천자문을 읽는데, 아이의 기질이 몹시 아둔하여 단지 '재주 재才' 자와 '좋을 량良' 자, 두 글자밖에 배우지 못했다. 또한 말까지 어눌하여 항상 다음과 같이 읽었다.

"제 좆 팔 냥, 제 좆 팔 냥."

훈장이 천 번 만 번 다시 가르쳤지만, 아이는 끝내 "제 좆 팔 냥"이라고만 했다. 그러자 훈장은 몹시 화가 나서 책을 잡아 아이의 머리통을 때리며 말했다.

"네 좆이 여덟 냥이면, 네 아비의 좆은 마땅히 열여섯 냥이겠구나!"

말하자면, 아이 아버지의 좆은 응당 아이 좆의 두 배가 된다는 말이다.
○ 아이의 좆이 팔 냥이고, 아비의 좆이 열여섯 냥이면, 그 할아비의 좆은 스물네 냥이 되나? 훈장의 말은 심히 괴상하고도 괴상하다.

八兩腎

齋童方讀千字, 而稟質甚鈍, 只學才良二字. 且語音甚訥, 每讀之曰: "吾腎八兩, 吾腎八兩[1]." 云. 訓長千萬更敎之, 兒終始曰: "吾腎八兩." 云. 訓長者大怒, 手執其冊, 而打兒頭曰: "爾腎若八兩, 則爾父之腎, 當爲十六兩也."

言, 兒父之腎, 應倍於兒之腎也.

○ 兒腎爲八兩, 父腎爲十六兩, 則其祖之腎, 爲二十四兩耶? 訓長之言, 甚怪甚怪也.

---

1) 오신팔냥(吾腎八兩): 이 말은 '내 좆 팔 냥'으로 번역할 수 있는데, 여기서는 그런 의미가 아니다. '재주 재(才) 좋을 량(良)'을 발음이 어눌한 아이가 '제 좆 팔 냥'으로 읽은 것이다.

두려움에 떨었던 외눈박이 손님

주막의 아낙은 관계를 맺고 싶을 때면 항상 농담조로 남편에게 말했다.

"외눈박이를 죽입시다."

외눈박이는 양물을 가리키는 말이다.

그러던 어느 날 밤, 삼경三更 무렵이었다. 남편이 아내에게 말했다.

"지금 외눈박이를 죽일까?"

"윗방 손님들이 아직 깊이 잠들지 않았으니, 사경四更까지는 기다리다가 틈을 봐서 죽입시다."

그때 윗방에 머무르는 손님 중에 마침 외눈박이가 있었다. 그는 우연히 이 말을 듣고 덜컥 겁이 나서 함께 자던 손님들을 두드려 깨우며 큰 소리로 외쳤다.

"날 살려주오, 날 살려줘!"

말하자면, 외눈박이는 죽임을 당할까 두려웠던 것이다.

○ 만약 외눈박이 손님이 관아에 소장을 올려 마주 보고 해명하게 되었다면 주인은 어떻게 대답했을까?

驚怵一目客

店婦每欲行房, 則必讕其夫曰: "當殺一目者也." 一目, 盖指其陽物而謂也. 一夜之三更[1]時, 其夫謂其婦曰: "今當殺一目者也." 婦曰: "上房諸客, 尙未深宿, 限四更[2], 乘隙殺之, 可也." 其時, 上房客中, 適有一目客者, 聞此說, 驚怵大發, 打起同宿之諸客, 高聲叫之曰: "活我也, 活我也!"

言, 一目人恐其被殺.

○ 一目客, 若奔訴於官, 而對卞之, 則主人將何以答之?

---

1) 삼경(三更): 밤 11시에서 새벽 1시 사이.
2) 사경(四更): 새벽 1시에서 3시 사이.

털을 가르다

한 여인은 음모陰毛가 너무 길어, 그 드리운 것이 마치 말갈기와 같았다. 남편이 관계를 맺을 때에는 항상 손으로 음모를 양쪽으로 가른 다음에야 비로소 잠자리를 가질 수 있었다.

어느 날 밤, 남편은 또 손으로 음모를 가르고 있었다. 그러다가 잘못하여 손톱으로 음핵을 건드리고 말았다. 음핵이 찢어져 그 아픔은 참을 수가 없을 정도였다. 그러자 아내는 버럭 화를 내며 두 발꿈치를 한데 모아 구들을 힘껏 차고는 몸을 번드쳐 일어나며 말했다.

"건넛집 김서방은 헤치지 않고도 잘만 합디다."

말하자면, 남편은 김서방이 하는 것만도 못하다는 말이다.

○ 김서방은 남의 부녀자를 도적질하는 자라, 어느 겨를에 남편처럼 한가하게 그것을 헤치고 있겠는가? 설사 김서방이 음모를 가르더라도, 또한 잘 정돈하기는 어려웠으리라. 음모를 헤치지 않은 것은 상황이 반드시 그러했기 때문이리라.

剖毛

一婦陰毛甚長, 垂之如馬鬣, 故其夫每欲行房, 必以手指, 剖之披之, 然後方可行房矣. 一夜, 又剖之 其夫之指甲, 誤觸于峂卵[1], 而裂之, 痛不可狀. 其婦勃然而怒, 以其雙跟, 頓其房突[2], 而翻然起坐曰: "越家金書房, 惟不剖而善爲之."

言, 不如金書房之爲也.

○ 金也則盜他人之婦者也. 奚暇晏晏剖之, 如本夫之爲哉? 雖使之剖之, 亦難諧也. 其所不剖者, 勢必然矣.

---

1) 공란(峂卵): 공알. 음핵(陰核).
2) 방돌(房突): 방구들.

쥐의 귀

한 아낙이 음양陰陽의 이치에 익숙지 않아 남편을 멀리하였다. 남편은 속으로 몹시 고민하다가 홀연 꾀 하나를 생각해냈다.

남편은 밖에 나갔다가 급히 안으로 들어오며 말했다.

"속히 내 도복道服을 내어주시오."

"의례에나 필요한 도복을 입고 어디에 가시려고요?"

"건넛마을 아무개의 부인이 남편을 멀리하다가 음호 속에 쥐 귀 같은 것이 생겨서 죽었다고 하오. 그래서 지금 조문을 가려는 게요."

아내는 얼굴빛이 변하며 말했다.

"서방님은 잠시 머물러주시구려."

아내는 치마를 걷고 잠방이를 풀어 헤쳤다. 그리고 머리를 숙이고 몸을 굽혀 자신의 음호를 살펴보았더니, 과연 쥐 귀 같은 것이 그 속에 나 있는 것이 아닌가.

아내는 몹시 두려워 남편의 손을 이끌며 말했다.

"다른 사람의 집에 조문가기 전에, 어서어서 나부터 치료해주시오."

말하자면, 둘이 관계를 가짐으로써 죽음을 면하게 하라는 말이다.

○ 죽는 게 얼마나 두려웠으면 남편과 잠자리를 하려고 했을까? 만약 그 맛까지 알게 되면 비록 가까운 친척이 죽었다고 해도 떨어질 수 없다고 했겠구먼.

鼠耳

一婦未諳陰陽之理, 自疎其夫. 其夫心中悶之, 忽思一計, 自外忙入曰: "速出吾道服." 婦曰: "穿着道服, 將欲何往?" 夫曰: "越里某人之妻, 疎遠其夫矣, 陰戶之中, 生鼠耳而死云, 故今欲往弔問也." 婦色變曰: "君須少留." 仍蹇裙披裩, 纔首鞠躬, 考見其陰戶, 則果如鼠耳者, 生在其中. 大爲驚恸, 急携夫手曰: "莫弔他人之死, 速速治我也."

言, 與之相親, 以免其死.

○ 死何畏焉, 而欲親其夫耶? 若將覺悟其味, 則雖云親近者必死, 亦難疎遠矣.

어진 백성을 찬양하다

부부가 무슨 일로 서로 싸웠다.

아내는 남편에게 얻어맞았는데, 그 분노와 억울함을 이길 수가 없었다. 그래서 저녁밥도 짓지 않은 채, 부엌 쪽과 맞닿은 벽 한 귀퉁이에 머리를 싸매고 누워 계속 흐느껴 울었다. 남편도 화가 나서 말을 붙이지 않고 아내가 누운 반대쪽 벽 한 귀퉁이에 쓰러지듯이 누웠다. 그러다가 잠이 들고 말았다.

이날, 한밤중이 되어갈 무렵이었다. 남편은 잠에서 깨어 주변을 둘러보았다. 아내는 아직도 화가 난 상태로 누워 있었다. 남편은 도리어 불쌍한 마음이 생겨, 아내를 꾀어보려고 했으나 딱히 그 마음을 보여줄 방법이 없었다. 그래서 짐짓 잠든 체하고 기지개를 켜는 척하며 몸을 돌렸다. 그러고는 한 손을 아내의 가슴 위에 얹어놓았다. 아내는 그 손을 잡아 내던지며 말했다.

"이 손은 나를 때린 손이잖아. 어디라고 가까이 와?"

남편은 마음속으로 웃었다. 한참 후, 남편은 다시 한쪽 다리를 아내의 엉덩이 위에 올려놓았다. 그러자 아내는 그 다리를 잡아 내던지며 말했다.

"이 다리는 나를 차던 다리잖아. 이게 어디라고 가까이 온담?"

남편은 혼자서 한참 동안 웃었다. 그러다가 다리를 펴고 허리를 늘여 그의 양물 부분을 돋보이게 하고는 그 툭 튀어나온 부분으로 아내의 배와 배꼽 사이를 찔러댔다. 그러자 아내는 두 손으로 그것을 어루만지며 말했다.

"이것은 나의 어진 백성이지. 너야말로 내게 무슨 짓을 했겠느냐?"

말하자면, 손으로는 때리고 발로는 찼으니, 손과 발은 모두 내게 고통을 준 것이다. 하지만 양물은 때리지도 않고 차지도 않았으니 무슨 혐의가 있겠느냐는 말이다.

○ 무릇 다른 사람에게 상해를 입힌 자를 법률로 처벌할 때 찌른 자와 때린 자의 차이를 두는가? 차이를 두지 않는다. 그렇다면 손으로 때린 것과 발로 찬 것은 차이가 있는가? 차이가 없다. 손은 그녀를 때렸고 발은 그녀를 찼고 양물은 그녀를 찔렀으니, 미워하려면 모두 미워하는 것이 옳다. 그런데 지금 이 여인은 그중 때리고 찬 것만을 미워하고, 자신을 찌른 것에는 오히려 기뻐했다. 왜 그런 것인가? 때리고 찬 것은 찌른 것에 견주어 또한 은혜와 원한이 각각 달라서 그러한 것이 아니겠는가? 만약 찌르는 것이 은혜가 되어 그렇게 한 것이라면 바늘이나 송곳과 같은 것들도 은혜라 여기며 기뻐할 것인가? 손과 발로써 한 것은 미워했고, 양물로써 한 것은 사랑하였으니 이 여인의 애증愛憎의 편벽됨이 심하다고 하겠구나.

良民讚

夫婦因事相鬩, 婦爲被打, 而不勝憤恨, 廢却夕炊, 裹頭委臥於廚壁之下,

呻吟不已. 其夫亦怒, 更不與說話, 頹宿於上壁之側矣. 是夜將半, 其夫睡覺
見之, 則其婦尙爾慍臥. 其夫還不無惻隱之心, 意欲誘之. 然亦不可示意, 仍
假寐而欠伸轉身, 以其一臂, 加於其婦之胸上. 其婦執其手, 而投之曰:"此
手卽打我之手也. 何可近也?"其夫心笑良久, 又以一脚, 加之於其婦之臀
上. 其婦又執其足, 而投之曰:"此足卽踢我之足也. 亦何可近也?"其夫暗笑
頗久, 伸其脚展其腰, 推其陽岸, 而以腎, 抵之于其婦之臍肚間, 其婦卽以雙
手, 撫摩其腎曰:"此吾之良民也. 爾於余, 何有哉?"

言, 手打足踢, 皆吾之所痛, 腎則不打且不踢, 何嫌之有?[1]

○ "凡傷人之律, 以剌以? 有以異乎?" 曰:"無異也." 曰:"以打以踢, 有以
異乎?" 曰:"無以異也." 曰:"今也, 手則打之, 足則踢之, 腎則剌之, 惡之則皆
惡之, 可也. 今此婦, 惡其打踢, 而喜其剌, 何也? 打踢之於剌之, 亦有恩怨
之各異, 而然耶? 若以剌爲恩而然之, 則以針以錐, 亦爲恩而喜之耶?[2] 以其手
足, 則憎之, 以其腎, 則愛之, 此婦之愛憎偏僻性, 甚矣."

---

1) 『소림집설』본에는 이 뒤에 "다른 본에는 양민이 '탄박(炭朴)'으로 되어 있다〔一本則以良民作
炭朴〕"라는 내용이 첨가되어 있다.
2) 若以剌爲恩而然之, 則以針以錐, 亦爲恩而喜之耶?: 이 부분은 『소림집설』본에만 나온다.

햇볕에 말리는 행동

음탕한 남녀가 산속 은밀한 곳에서 질펀하게 일을 벌였다. 일이 끝나자, 음수陰水가 흥건하였다.

남자가 말했다.

"햇볕에 말린 후 다시 하는 것이 좋겠네."

"그렇게 하죠."

두 사람은 두 팔을 자유롭게 두고, 두 다리는 넓게 벌려 아랫도리를 드러낸 다음, 태양을 향해 나란히 누웠다.

한참 후, 여인은 기지개를 켜며 말했다.

"내 물건은 벌써 말랐네요."

"내 물건은 아직도 마르지 않았어."

그러자 여인은 골을 내며 말했다.

"내 것은 이미 말랐는데, 당신 것은 어찌하여 아직도 마르지 않았단 말인가요?"

"당신 물건은 가운데가 갈라져 있으니 빨리 마르겠지. 하지만 내 물건은 통짜로 되어 있기 때문에 더디 마르는 게지."

남자가 아직 마르지 않았다고 하면서 미룬 것은 그 일을 하고 싶지 않다는 뜻이다.

○ 여자는 어찌하여 보채고, 남자는 어찌하여 미루는가? 혹 남자의 욕구가 여자의 음욕을 감당하지 못하는 것이 아닐까? 그것은 남자의 음탕한 감정은 사라졌는데도 여자의 음란한 욕망은 아직 다하지 않은 걸 미루어 보더라도 알 수 있는 일이다. 남자는 이미 음탕한 마음이 모두 사라졌지만 여자는 음욕이 다하지 않았음을 잘 알겠다.

曝乾行

淫男淫婦, 相與誨淫於山間之回曲處, 行事旣了, 陰水淋漓. 男曰: "曝乾而後, 更爲之, 可也." 女曰: "諾." 仍委了兩臂, 張了兩脚, 露其下物, 而向陽並臥矣. 已而女自伸曰: "吾物已乾矣." 男曰: "吾物則尙未乾矣." 女慍之曰: "吾何已乾, 而君何不乾?" 男曰: "君物則中剖而曝之, 速也, 吾物則全通而曝之, 遲遲故也."

推托以未乾, 不欲行事之意也.

○ 女何捉之, 男何推之? 其或男慾不能當女淫耶? 固知其男, 已盡蕩情[1], 而女不盡淫慾之致.

---

1) 탕정(蕩情): 탕심(蕩心). 방탕한 마음.

물동이 찰을 쓴 처녀

동쪽 집에 사는 노처녀가 우물물을 긷고 머리에 물동이를 인 다음 몸을 돌릴 즈음이었다. 때마침 서쪽 집에 사는 신부가 우물가로 다가왔다.

처녀는 물동이를 머리에 인 채 신부에게 말했다.

"첫날밤 은근했던 일을 들을 수 있을까요?"

신부는 본래 성격이 소탈하여 즉시 대답하였다.

"어려울 게 뭐 있겠어요?"

그러고는 말을 이었다.

"그날 밤, 밤이 깊어지자 나는 신방에 들어갔죠. 신랑은 나를 보고 몹시 기뻐하며 끌어안고 자리에 앉히더군요. 그러고는 내 옷을 모두 벗기더니 나를 껴안고 잠자리에 들었어요. 잠시 후 신랑은 내 배 위에 올라오더니 어떤 물건을 꺼냈는데, 그것을 내 다리 사이에 집어넣고 들락날락하면서 잠시 나아갔다가 다시 잠깐 물러나더군요. 이윽고 온몸이 나른하고 사지가 모두 흐물흐물해지더니 정신이 아득하여 신음 소리가 절로 나오더라니까요. 그러더니 방광이 모두 열리면서 음수^{陰水}가 홀연 쏟아져 나오더군요.”

이야기가 여기까지 이르자, 처녀는 물동이를 머리에 이고 있다는 것도, 그 물동이를 두 손으로 잡고 있다는 것도 깨닫지 못했다. 손을 비틀고, 몸을 꼬고, 발을 비비 꼬더니 기지개를 켜서 물동이를 힘껏 잡아당기며 말했다.

“그렇군요!”

바로 그때, 물동이 밑동이 터지면서 처녀는 마치 칼^{枷. 죄인에게 씌우던 형}틀을 쓴 것처럼 물동이를 뒤집어썼다. 물동이에 있던 물은 처녀의 몸에 와르르 쏟아졌다.

신부의 말을 들은 노처녀는 음탕한 마음을 이기지 못해 온 힘으로 물동이를 잡아당겼기 때문에 그것이 깨졌고, 노처녀는 그 물을 뒤집어쓴 것이다.

○ 무슨 죄를 지었기에 물동이 칼을 썼는고? 얼굴은 물동이 안에 있고, 온몸은 쏟아지는 물로 목욕하고 있구나. 비단 아플 뿐 아니라, 생각하면 할수록 우스운 일이다.

處女盆枷

東家老處女, 來汲井水, 而戴盆, 回身之際, 西家新婦, 適來. 處女戴水盆而立, 謂新婦曰: “初夜慇懃之事, 可得聞歟!” 新婦性本疎闊者也. 卽答曰: “何難之有?” 仍言曰: “其夜夜深後, 吾入新郎房, 則新郎見之大喜, 扶吾而坐座, 盡脫吾衣後, 抱吾而就寢, 新郎據吾腹上, 則何許一物, 入吾脚間, 乍入乍出, 暫進暫退矣. 而已一身困憊, 四肢柔軟, 精神昏迷, 痛聲自發, 膀胱開豁, 溺水忽出矣.” 處女聞之至此, 不覺水盆之在頭, 兩手之執盆, 紾其手振其身, 而重足欠伸曰: "然矣." 於此之際, 盆忽穿圻, 着之如枷, 盆水遍身大漲矣.

聞此言, 不勝蕩情, 其氣力已盡, 握之挽之, 故水盆自破, 其水冒之矣.

○ 以何罪過, 着了盆枷耶? 頭面藏在盆中, 遍身浴在漲水, 非但痛疼. 想亦可笑.

파수꾼

破睡椎

『파수추破睡椎』는 언제 누구에 의해 만들어진 패설집인지 알 수 없다. 다만 일본 동양문고본 말미에 '알봉곤돈년關逢困敦年 황종월黃鍾月에 쓴다〔歲關逢困敦黃鍾書〕'라는 필사기가 있는데, 알봉곤돈은 갑자년甲子年 황종黃鍾은 11월을 뜻한다. 이를 통해 『파수추』는 1864년 11월 이전에 찬집되었음을 알 수 있다.

『파수추』는 1811년에 편찬된 것으로 추정되는 『진담론』과 밀접한 관계가 있다. 『진담론』에 실린 이야기 중 17편이 『파수추』에도 그대로 실려 있기 때문이다. 이는 두 본이 직간접으로 영향 관계에 있음을 짐작하게 한다. 하지만 두 본을 면밀하게 비교해보면, 두 책 이상으로 구성된, 지금은 유실된 어떤 책을 대본으로 하여 두 본이 각각 분파되어 나왔음을 알 수 있다.

『파수추』는 『진담론』 외에 『종리호로鍾離葫蘆』와도 밀접한 관련이 있다. 『종리호로』는 1622년 소산자笑山子라는 사람이 평양에서 편찬한 것으로, 중국 명나라 때의 소화집 『절영삼소絕纓三笑』를 발췌하여 한국적으로 변용한 작품집이다. 총 78편의 이야기가 수록되어 있다. 『파수추』는 『종리호로』에 실린 78편 중 13편과 유사하다. 그중에는 글자 하나까지 동일한 이야기도 있다. 이 점에서 『파수추』는 『종리호로』와도 긴밀한 관계가 있다.

『파수추』는 중국의 소화집이 우리나라로 유입되고, 유입된 소화집이 다시 한국적으로 변용되고, 변용된 작품집이 또다시 향유되는 양상을 가장 잘 보여준다. 이 점에서 『파수추』는 소화의 소통 과정을 살피는 데 중요한 자료집이라 하겠다.

『파수추』는 현재 국립중앙도서관본, 고려대 육당문고본, 일본 동양문고본 등 총 3종의 이본이 있다. 세 이본은 서로 직접적인 영향 관계가 없다. 따라서 세 이본은 모두 각기 다른 경로로 향유되다가 현재 각지에 남아 있는 셈이다.

국립중앙도서관본에는 124편, 동양문고본에는 110편, 육당문고본에는 74편이 수록되어 있다. 그중 『파수추』의 원형을 가장 잘 보여주는 이본은 동양문고본이다. 하지만 동양문고본은 형식적인 통일성이 결여되어 있기 때문에 이 책에서는 국립중앙도서관본을 중심에 두었다. 즉 '①제목→②본이야기→③해설→④논평'의 구조가 해체되어 있어서 독자가 『파수추』의 원형을 오인할 수 있기 때문이다. 오히려 미약하지만 이야기 문학을 지향하면서 일정한 변이를 꾀한 국립중앙도서관본을 대본으로 삼는 것도 나름대로 의의가 있을 것이다. 성과 관련된 이야기는 8편이다.

아이에게 침 놓기가 무서워

한 사람이 먼 길을 나섰는데, 나아가야 할 길이 모호하여 물어볼 사람을 찾다가, 마침 밭두둑에 앉아 있는 한 소년을 발견하고는 물었다.

"애야, 내가 이 길로 가도 될까?"

"가도 되고, 가지 않아도 되죠."

행인은 해괴하여 물었다.

"너는 몇 살이니?"

"열에서 셋을 빼세요. 다섯에 둘을 더하든지. 남두성南斗星과 짝이 되고, 북두성北斗星과 친구가 되지요."

"너는 어디에 사니?"

"조선에 살지요."

"그렇다면 어느 마을에 사는데?"

"콩 더미 아래 살지요."

그러자 행인은 장난으로 화를 내는 척하며 말했다.

"네게 침을 줘야 마땅하겠구나."

"만약 침을 주시려면 침통도 함께 주세요."

"침통은 뭐에 쓰게?"

"침만 주면 잃어버릴까봐 걱정이 돼서요."

행인은 눈을 부릅뜨고 말했다.

"이놈의 고추를 따먹어야겠구나."

그러자 아이는 한참 동안 그를 우러러보더니, 다시 말했다.

"비단 아이의 고추뿐만이 아니네요. 평소에 어른들 고추도 많이 따 먹었다는 걸 알겠는데요."

"그걸 어떻게 아는데?"

"아저씨 입 주변에 음모陰毛가 많이 붙어 있잖아요. 그래서 알죠."

畏針兒

一人出行, 迷其前路, 欲問之際, 有一小兒, 坐於田畔. 行人問曰: "吾從此路去, 可乎?" 兒答曰: "去之可也. 不去亦可也." 行人駭曰: "汝年幾何?" 兒曰: "於十除三, 於五加二. 南斗[1]之儔, 北斗[2]之友也." 客曰: "汝居何處?" 兒曰: "居于朝鮮." 客曰: "然則住於何村?" 兒曰: "住於太叢下." 客佯怒曰: "當賜針矣." 兒曰: "若賜針, 則幷賜針桶." 客曰: "針桶何爲?" 兒曰: "但賜針, 則或恐易失." 客瞋目曰: "當割腎, 食矣." 兒仰視頗久曰: "非但兒腎, 居常必多食壯丁之腎, 可知." 客曰: "何以知之?" 兒曰: "客之口脣, 多塗陰毛, 是以知之."

---

1) 남두(南斗): 남두육성(南斗六星). 궁수(弓手)자리의 일부를 차지하는 국자 모양을 한, 여섯 개별의 중국 명칭. 남두(南斗). 두성(斗星).
2) 북두(北斗): 북두칠성(北斗七星). 큰곰자리에서 가장 뚜렷이 보이는 국자 모양의 일곱 개 별.

가짜 꼭두각시

　광대의 아내는 자못 예뻤다. 그 고을에 사는 양반이 오래전부터 그 여인을 어떻게 해보고자 했다. 광대의 아내는 그 사실을 알고 있다가, 하루는 몰래 그 양반을 욕보일 계책을 생각해내고는 남편에게 말했다.

　"여차여차합시다."

　"그렇게 하자구!"

　그러던 어느 날, 광대의 아내는 몰래 그 양반을 불러들여 은근히 말을 꺼냈다.

　"나도 그런 생각을 한 지 오래되었답니다. 마침 오늘은 남편이 밖에 나가고 없으니 참 좋은 때이지요."

　그러고는 가면 하나를 내어놓고, 그를 꾀며 말했다.

　"나는 광대의 아내랍니다. 매일 남편과 잠자리를 가질 때는 항상 이 가면을 쓰고 그 일을 했답니다. 지금 당신과 나, 두 사람밖에 없으니 이것을 쓴다고 해서 누가 뭐라 하겠어요?"

　양반은 처음엔 거절했다. 하지만 광대의 아내는 두세 번 계속해서 간청하고 온갖 아양을 다 떨었다. 양반은 음욕이 등과 배 양쪽으로 모두 터져오를 듯이 부풀어올라, 비록 죽는다 하더라도 피할 수 없을 것만 같았다. 마침내 양반은 그 가면을 썼다.

광대의 아내는 양반의 뒤로 가서 가면의 끈을 단단히 묶었다. 그리고 몇 번 기침을 하고, 간드러진 웃음을 지었다. 마치 이제 약속에 응하려는 것처럼…… 고운 자태와 아름다움을 바치려는 모습을 보이자, 양반은 기쁘기만 했다.

이때, 광대는 마루 밑에 숨어 있다가 양반이 그들의 계략에 빠졌음을 확인하고, 큰 소리를 한 번 지르며 몽둥이를 들고 마구잡이로 들이닥쳤다. 마치 천둥과 벼락이 치는 것 같았다.

양반은 놀라기도 하고 부끄럽기도 하여, 가면을 벗을 겨를도 없이 몸만 빠져 달아났다. 그리고 곧바로 자기 집으로 들어갔다.

그때, 양반의 부인과 자식이 마침 마당에 있었는데, 가면을 쓴 놈팡이가 집으로 급히 뛰어 들어오는 것을 보았다. 두 사람은 큰 소리로 꾸짖으며 마구 두들겨 팼다. 가면을 쓴 양반은 손을 휘젓고 숨을 헐떡거리며 말했다.

"나야! 나라고!"

마침내 가면이 완전히 부서지며, 얼굴이 분명히 드러났다. 그는 바로 자신의 지아비였다! 그는 바로 자신의 아버지였다!

假傀儡

倡夫[1]之婦, 頗有姿色. 同里兩班者, 有淫慾久矣. 倡婦心知之, 暗生見辱之計, 謂其夫曰: "如此如此." 其夫曰: "諾." 一日, 其婦潛請其兩班者, 慇懃

---

1) 창부(倡夫): 남자 광대.

謂之曰: "吾之其心, 久矣. 今家夫出他, 正當好時." 仍出傀儡[2]而誘之曰:
"我倡婦也. 每作房事, 必着此物而爲之. 今公我兩人外, 無他知之者, 着之
何妨?" 兩班者初則固辭, 至再至三, 强請不已. 百態具備, 兩班者淫慾方飽
腹背俱漲, 死猶難避, 遂着之. 其婦自後, 緊結其纓, 數咳嬌笑, 如約相應,
以示生態納妮之狀. 兩班者喜之. 時倡夫伏在廳下, 知其中計, 大喊一聲, 持
杖突入, 急如雷霆[3]. 兩班者驚愧, 所着傀儡, 未及解脫, 跳身而出, 直入厥
家. 時妻子適在庭中, 見傀儡漢突入, 大叱一聲, 左右亂打. 傀儡揮手喘喘
曰: "我也, 我也!" 畢竟傀儡盡破, 眞面露出, 乃其夫也, 乃其父也.

2) 괴뢰(傀儡): 꼭두각시. 꼭두각시놀음에 나오는, 여러 가지 이상야릇한 탈을 씌운 인형.
3) 뇌정(雷霆): 뇌정벽력(雷霆霹靂). 천둥과 벼락이 격렬하게 침. 또는 그런 천둥과 벼락.

남씨와 신씨의 문답

남南씨 성을 가진 사람이 신辛씨 성을 가진 사람을 조롱하며 말했다.

"자네의 성은 서다〔立〕와 십十으로 되었으니, 잠자리를 할 때 서서 한다는 말인가?"

그러자 신씨 성을 가진 사람이 대꾸하였다.

"자네가 십十을 머리에 이고 앉아 있어서…… 그래서 어쩔 수 없이 나는 서서 그 짓을 한다네."

南辛問答

南姓者, 嘲辛姓者曰: "爾之姓者, 立十也. 立行房事之謂耶?" 辛姓者, 答之曰: "爾之姓者, 戴十而坐, 故吾不可不立而爲之."

다섯 개의 다리를 가진 나귀

동냥을 다니는 중이 어떤 집에 가서 식량을 시주해달라고 요청한 지 자못 오래되었지만, 주인은 끝내 응답하지 않았다. 아낙 또한 마당에서 방아만 찧을 뿐, 한마디도 하지 않았다. 중은 마음속으로 원망하였다.

그때 마침 기둥에 매어놓은 나귀 한 마리가 막 양물을 움직이기 시작했다. 중이 그것을 보고, 거짓으로 놀라는 척하며 말했다.

"이 짐승은 무슨 짐승이기에 다리가 다섯이람? 괴이하고도 괴상하네."

방아를 찧던 아낙이 그 말을 듣고 웃으며 말했다.

"늘어뜨린 것은 좆이네요! 어찌 다리가 다섯이래?"

중은 이해할 수 없다는 식으로 곁눈질을 하고 달아나며 말했다.

"동냥 귀는 어두워도, 좆 귀는 밝구먼!"

五脚驢

　動鈴僧請糧頗久, 主人終不應答. 且婦人輩, 方舂杵於庭畔, 而亦無一言. 僧心內恨之. 時有一驢繫柱, 而陽物方動. 僧見之, 佯驚曰:"此何獸而脚有五耶? 甚怪甚怪!"舂婦聞之, 相笑曰:"垂者腎也. 豈脚之五也?"僧側目瞠視而走曰:"動鈴耳暗矣, 腎耳則明矣!"

나그네의 말

나그네가 주막에 들어가 앉아 있었다. 그런데 또 한 나그네가 방문을 열고 머리를 내밀었다가 그를 보더니 몸을 돌려 바로 나가버렸다.

먼저 들어온 나그네는 그를 희롱하며 말했다.

"어떤 손님이기에 잠깐 찔렀다가 곧바로 빼고 가버린담?"

다른 나그네가 그 말을 듣더니 도로 문을 열고 그에게 말했다.

"한번 찔러봤는데, 이미 다른 놈이 자리를 잡고 있더군."

客說

客入坐於店幕矣. 又有一客, 開房門, 納頭而見之, 旋卽出去. 客謔之曰: "何許客, 纔衝還拔而去耶?" 其客聞之, 還入見之曰: "一番衝之矣, 已有入坐者也."

하늘의 위엄을 두려워하다

　바야흐로 학당^{學堂}에서 여러 나그네가 농담을 나눌 때였다. 갑자기 구름이 사방을 덮더니 바람이 거세게 불고 비가 쏟아지며, 번개가 번쩍번쩍하고 천둥이 하늘을 울렸다.

　모든 사람들은 두려워 양 무릎을 땅에 붙이고 경건하게 앉아 말을 나누었다.

　"이런 날에는 남녀 간에 잠자리를 갖는 사람이 없겠지?"

　"그렇겠지! 누가 감히 그 짓을 하겠어?"

　그러자 한 사람이 대답했다.

　"이런 날에는 잠자리를 하라는 말이 성인의 경전에도 있네!"

　"어느 경전에 있단 말인가?"

　"『시전^{詩傳}』과 『맹자』를 보면, 하늘의 위엄이 두려운 이때에 '보지^保_之'하라고 운운했지!"

畏天威

學堂之諸客, 方張詼謔之際, 雲霧四塞, 而風雨暴至, 電火閃閃, 而雷聲振天. 衆皆默然危坐曰: "如此之日, 必無行房之人矣." 衆曰: "然矣. 孰敢爲之?" 又一人曰: "如此之日, 行房之說, 於聖經有之耳." 衆曰: "何經有之耶?" 其人曰: "『詩傳』及『孟子』, 畏天之威, 于時保之云耳[1]."

---

1) 외천지위 우시보지운이(畏天之威, 于時保之云耳): 『맹자』「양혜왕·하」에 나오는 내용으로, 맹자가 제선왕(齊宣王)에게 한 말이다. "큰 나라가 작은 나라를 섬기는 것은 하늘의 도리를 즐기는 것이며, 작은 나라가 큰 나라를 섬기는 것은 하늘의 도리를 두려워하는 것입니다. 하늘의 도리를 즐기는 자는 천하를 보전할 수 있으며, 하늘의 도리를 두려워하는 자는 그 나라를 보전할 수 있습니다. 『시경』에 이르기를 '하늘의 위의를 두려워해서 이에 나라를 보전하도다'라고 하였습니다〔以大事小者, 樂天者也, 以小事大者, 畏天者也. 樂天者保天下, 畏天者保其國. 詩云, '畏天之威, 于時保之'〕"라는 데서 나왔다. 여기서는 경서에 나온 동음이의(同音異義)를 이용하여 웃음을 유발하고 있다.

사람 개

한 부인이 길을 갈 때, 치마를 묶은 끈이 느슨해져서, 치마 안에 입은 속옷이 벗겨지더니 결국 뒷몸이 드러나고 말았다. 보기에도 부끄러울 정도였다. 뒤따라오던 나그네가 그것을 보고 희롱하여 말했다.

"앞집 뒷울타리가 터져 뒷문이 열렸으니 도적을 만날까 걱정됩니다그려!"

부인은 나그네의 말을 듣자마자 그 말뜻을 이해하고 놀라 급히 몸을 단속하며 말했다.

"개새끼가 짖지 않았다면 도둑을 만날 뻔했네!"

人狗

一婦行於路上, 衣帶自緩, 裳後開袴後綻, 所見羞痛. 追後來客, 見而謔之曰: "前家北籬坼, 而後門開, 逢賊可慮也." 其婦聞之解意, 駭然掩束曰: "狗若不吠, 幾乎逢賊也."

이정의 식탐

이정里正. 지방 행정 조직의 최말단인 이(里)의 책임자은 성격이 괴이하고 식탐 또한
많았다.

마침 떡 한 그릇을 얻자, 혼자서 다 먹고자 했다. 그러나 아내가 곁
에 있어서 그럴 수가 없었다. 이정은 암암리에 꾀 하나를 생각해낸 후
아내에게 말했다.

"우리 둘 중에 먼저 말을 하는 사람은 이 떡을 먹을 수 없네."

아내는 그 꾀를 알아채고, 화가 났지만 허락하였다. 그리하여 두 사
람은 묵묵히 서로 바라보며 앉았다.

이때, 사령이 관아의 명령을 받아 이정을 찾아왔다. 그리고 소리 높
여 이정을 불렀다. 이정은 듣고도 대답을 할 수 없었다. 마침내 사령이
집 안으로 들어와 방문을 열고 보았더니, 이정이 방에 있었다. 화가 난
사령이 곧바로 그의 상투를 움켜쥐고 문밖으로 끌어낼 때, 이정의 냄
새나는 낡은 속옷이 문지도리에 걸려 모두 찢어지고 말았다. 이정의
양물과 고환도 그때 같이 걸려서 살가죽이 거의 찢어질 지경이었지만,

이정은 비명을 지르지 않았다. 고통 때문에 숨이 멎을 정도였지만, 끝내 참아냈다. 정신이 아득해져서 죽을 것만 같아도 이정은 말을 하지 않았다.

아내가 이런 광경을 보고는 놀라고 걱정이 되어, 거침없이 큰 소리를 질러댔다.

"저 좆과 불알을 보시오!"

그러자 이정이 큰 소리로 말했다.

"자네가 먼저 말을 했으니 이제 떡은 모두 내 차지네!"

理正食慾

里正者, 性旣怪癖, 且多食慾. 適得一器餠, 卽欲沒喫, 而其婦在傍, 亦感獨喫. 暗思一計, 謂其婦曰:"吾兩人中, 若有先言者, 當不喫餠矣." 婦心知其計, 慍而諾之. 仍默默相視而坐矣. 時使令, 因官令, 高叫里正, 里正者聽而不答. 使令至門, 開戶而見之, 則里正者在房不答. 使令憤怒, 卽捽其髻, 曳出門外之際, 里正之犢臯袴, 爲門樞所拘, 已盡裂破. 腎囊亦爲所拘, 皮肉幾裂, 而猶不叫, 苦奄奄耐痛, 昏昏欲死. 其婦見此景狀, 不勝驚慮, 高聲疾言曰:"這腎囊見之!"里正者忽然大叫曰:"汝今先言, 不喫餠矣."

어수신화

禦睡新話

『어수신화禦睡新話』는 장한종張漢宗, 1768~1815이 1812~1815년 사이에 편찬한 패설집으로, 조선 후기에 편찬된 패설집 중 유일하게 작가의 실명이 밝혀져 있다.

　장한종은 집안 대대로 이어진 화원畵員 출신이다. 특히 그는 어해화魚蟹畵를 잘 그려, 이 분야에서 최고로 꼽힌다. 유재건이 쓴 『이향견문록里鄕見聞錄』에는 장한종이 어려서부터 숭어·잉어·게·자라 등을 사다가 그 비늘과 껍질을 꼼꼼히 살펴보고 묘사하여 그림으로 그려내면 실물과 똑같아 감탄하지 않는 사람이 없을 정도였다고 한다. 또한 그는 김홍도金弘道, 1745~?의 스승으로 불리는 당시 화원의 거두 김응환金應煥, 1742~1789의 사위이기도 하다. 그의 아들인 장준량張駿良, 1802~1870 역시 가풍을 이어받아 어해화를 잘 그렸다. 장한종의 벼슬은 수원 감목관監牧官을 지낸 것이 전부다.

　『어수신화』에는 총 135편의 이야기가 실려 있다. 그중 자신과 관련한 이야기도 10여 편 실었는데, 『원행을묘정리의궤園行乙卯整理儀軌』 제작에 함께 참여했던 이인문李寅文, 1745~1821이나 장인 김응환과의 일화도 있어 당시 예술가들의 한가로운 삶의 단면을 엿볼 수 있다. 이처럼 『어수신화』는 세상과의 부조리한 관계에서 생겨나는 차가운 웃음보다는 주로 일상생활에서 만들어진 해학적인 웃음이 중심에 놓인다. 성 이야기도 그러하다. 『어수신화』에 실린 성 이야기는 대체로 한바탕 웃고 끝나는 것들이다. 심지어 사회적인 문제라든가 신분 간의 갈등이 드러난 경우에는 편찬자가 직접 개입하여 갈등을 해소하기도 한다.

　동시에 『어수신화』에는 중세의 해체와 근대의 여명이 공존하는 당시 사회의 흐름을 외면하지 못한 작품들도 보인다. 예컨대 몰락한 양반이 종국에는 굶어죽는 「홍생아사洪生餓死」 같은 작품은 다른 어느 작품보다도 가슴 아프게 당대 현실을 고발한다. 즉 『어수신화』는 화원으로서 여유로운 삶을 지향하는 한편으로 시대의 흐름을 외면하지 못한 중세와 근대 사이의 어정쩡한, 혹은 가열한 삶의 공간을 살아가던 중인의 모습이 담긴 패설집인 것이다. 『어수신화』를 읽는 즐거움도 여기에서 찾을 수 있다.

　『어수신화』는 현재 국립중앙도서관, 성균관대 도서관, 고려대 도서관 등에 수장되어 있다. 민속학자료간행위원회에서 등사한 『고금소총』에도 실려 있다. 이 책에서는 성과 관련된 이야기 39편을 옮겼다.

숫돌을 위해 칼을 갈다

한 나그네가 주막에 묵을 때였다. 주막집 부부가 옆방에 누워 있었는데, 남편이 아내를 희롱하며 장난치는 말소리가 들려왔다.

"하루 종일 일을 했더니 허리가 아프네. 그런데도 아픔을 무릅쓰고 이 일을 하는 것은 내가 좋아서가 아니라 오로지 당신을 위해서라오."

"숫돌에 칼을 가는 사람이 도리어 숫돌을 위해 칼을 간다는 것이 옳은 말인가요?"

"그럼, 귀이개로 귀지를 파는 것은 귀가 가려운 것을 덜기 위한 것이겠소, 아니면 귀이개를 위한 것이겠소?"

두 사람의 말이 적절한 대구라 하겠다.

爲礪磨刀

一客宿于店幕, 幕主夫妻, 幷臥傍房, 夫戲妻曰: "吾終日勞役之餘, 不顧腰痛, 而爲此事者, 非欲自好也, 爲君爲之." 對曰: "磨刀於礪者, 反稱爲礪而磨, 可乎?" 夫曰: "用針搔耳者, 欲救耳痒耶? 抑可曰 爲針搔之耶?" 可與爲的對.

알아서 뭐 하게요

한 선비가 계집종과 간음하는 것을 즐겼다.

어느 날, 선비는 일이 있다면서 계집종의 남편을 수십 리 떨어진 곳으로 심부름을 보냈다. 수상한 기미를 느낀 그 남편은 사람을 사서 심부름을 대신 보내고, 자신은 몰래 방에 숨어 있었다.

밤이 깊어진 뒤, 선비는 이미 계집종의 남편이 멀리 갔으리라 여기고 아무 거리낌 없이 계집종의 방으로 들어갔다. 방에는 새근새근 잠자는 소리만 들렸다. 즐거운 욕정이 심하게 요동치자 선비는 이불 아래쪽으로 가서 무릎을 꿇은 채 손을 들어 살금살금 이불을 걷어냈다. 그리고 두 다리를 들고 누운 사람의 허리를 세차게 잡아당겼다. 그러자 선비와 남편의 네 다리 사이에서 두 개의 귀두龜頭가 뜻하지 않게 부딪치고 말았다. 아주 순식간에 벌어진 일이라, 선비는 꾸며댈 말도 없었다. 그래서 겨우 둘러대며 이렇게 말했다.

"네 물건은 어찌하여 이렇게 크냐?"

그러자 계집종의 남편이 대답했다.

"천한 놈의 좆 대가리가 큰지 작은지를 양반이 알아서 뭐 하게요?"

선비는 몹시 부끄러워하며 물러났다.

知之何用

一士人, 性喜通奸婢屬. 因事, 委送婢夫[1]漢于數十里外, 則厥漢亦知得
其殊常機微. 乃雇人替送後, 自隱於渠房矣. 至夜深後, 主人已知婢夫出他,
故無慮潛入婢房, 則只有一人臥睡之聲. 欣慾聳動, 跪坐衾下, 而以手輕輕
捲衾, 擧佩兩脚後, 緊緊摟抱其腰, 則主客四脚之間, 兩個龜頭, 突然相觸.
蒼黃之間, 無餘辭, 故乃曰: "汝之物, 何其大耶?" 婢夫曰: "婢夫之陽物大
小, 兩班知之何用?" 主人憮然退去.

1) 비부(婢夫): 계집종의 남편.

흰떡과 김치

양반집에서 종살이를 하는 계집종은 자못 얼굴이 예뻤다. 그녀의 남편이 날마다 집에서 잘 수 없는 형편이라 주인집 젊은 아들이 그녀를 마음껏 간음하고 있었다. 그 사실을 모르는 사람은 오직 그의 부모와 아내뿐이었다.

어느 날 밤, 주인 아들은 아내와 누워 있다가 아내가 깊이 잠든 것을 보고 살금살금 방에서 빠져나와 곧바로 행랑채로 달려갔다. 그 무렵 잠에서 깬 아내는 남편이 밖으로 나가는 것을 알고 몰래 그 뒤를 밟았다. 아내는 창문 틈으로 행랑채에서 벌어지는 일을 엿보았다.

행랑채에는 주인 아들과 계집종이 있었는데, 계집종은 주인 아들을 거부하며 말했다.

"서방님은 어찌하여 희고 둥근 떡과 같은 아기씨를 버려두고 구차하게 이처럼 누추한 곳에 오십니까?"

"아기씨가 떡과 같다면 너는 산갓김치다. 음식으로 말하자면, 떡을 먹은 뒤에는 김치를 먹어야 하지 않느냐?"

그러고는 입을 맞추고 즐거움을 나누었다. 흥이 무르녹으려 할 즈음, 아내는 몸을 돌려 방으로 돌아와 아무 일도 없었다는 듯이 누워 잤다. 얼마 후 일을 마치고 행랑채에서 돌아온 주인 아들은 오늘도 무사히 아내를 속였다고 생각했다.

다음 날, 부부가 부모님께 문안 인사를 드릴 때였다. 갑자기 기침이 나오자 주인 아들은 손으로 급히 입을 막고 벽을 향해 앉으며 말했다.

"요즘 들어 자꾸 이런 증세가 나타나니 괴이하고도 괴이하네."

그러자 아내가 응대하며 말했다.

"날마다 산갓김치를 많이 드셔서 그런 것이겠죠."

부모가 그 말을 듣고 말했다.

"어디서 산갓김치가 났기에 너만 혼자 먹었단 말이냐?"

아들은 부끄러워하며 입을 막고 곧바로 나가버렸다.

白餠沈菜

有一家私婢色美, 而其夫亦嘗不日日來宿, 主家之子少年, 任意私焉. 其隱諱者, 卽渠之兩親及妻也. 一日夜, 少年與妻同宿, 乘其妻之睡熟, 暗出直向行廊. 其妻睡覺知之, 暗暗從後, 而窓穴窺之, 則婢拒之曰: "書房主, 何捨如白團餠阿只氏, 區區來臨陋地乎?" 少年曰: "阿只氏如餠, 則吾知汝爲山芥沈菜[1]也. 以飮食言之, 食餠之後, 沈菜不可不喫." 遂接口求歡, 雲雨方濃, 其妻旋還, 如前臥宿. 少年意料其妻, 不見廊房風景. 翌日, 夫妻侍側時, 少年咳嗽猝發, 掩口向壁曰: "日來, 吾有此病, 可怪可怪." 其妻應曰: "無他也. 日日多喫山芥沈菜之故." 少年之翁聞之曰: "從何處, 而山芥沈菜出之, 汝獨喫耶?" 少年含羞掩口, 卽出矣.

---

1) 산개침채(山芥沈菜): 산갓김치. 산에서 자생하는 갓으로 담근 김치.

버선이 작아 신을 수 없다

상놈의 아내가 버선을 지어 남편에게 주었다. 남편이 신어보려 했지만, 버선이 작아 발에 들어가지 않았다.

상놈은 혀를 차며 아내를 꾸짖었다.

"당신의 재주는 참으로 기괴하구려. 마땅히 좁아야 할 물건은 광활하여 감히 쓸 수 없게 하고, 마땅히 커야 할 물건은 작아서 발에 들어가지 않게 하는구려."

아내가 이에 응대하며 말했다.

"당신의 물건도 굉장히 아름다워요. 길고 굵어야 할 물건은 짧으면서도 가늘고, 마땅히 크지 말아야 할 물건은 나날이 다달이 커져가고 있잖아요?"

이 말을 들은 사람 모두 포복절도하더라.

襪小難着

一常漢之妻, 造襪子, 以給其夫. 夫欲着之, 而小難容足. 乃擲舌大責曰: "汝之才質, 可謂奇怪也. 當窄之物, 闊不可敢用, 可大之物, 小難容足也." 其妻應口對曰: "君之物, 亦能其美耶? 欲長大之物, 小而不大, 不當大之足, 日就月長耶?" 聞者絶倒.

주인 부부가 농탕질을 치다

나이가 비슷한 삼촌과 조카가 같이 길을 가다가 여관에 머물러 자게 되었다. 주인 부부의 방은 단지 벽 하나를 사이에 두고 있었다.

밤이 깊어지자 주인 부부가 일을 치르는데, 밤새도록 농탕질을 쳐댔다. 마침 잠이 들지 않았던 조카는 그 소리를 듣고 삼촌을 흔들어 깨웠지만, 삼촌은 깊은 잠에 빠져 깨지 않았다.

다음 날, 조카가 삼촌에게 가만히 말했다.

"제가 어젯밤에 이러한 광경을 보았네요."

"그렇다면 흔들어서라도 나를 깨워 함께 구경했어야지."

"여러 번 흔들어 깨웠는데, 삼촌이 일어나지 않았어요. 그러니 어떻게 해요?"

삼촌은 '쯧쯧'하며 길게 탄식하다가 조카에게 말했다.

"오늘도 여기에 머물며 그것을 보자. 내 맹세코 오늘 밤엔 잠을 자지 않고 기다리리라."

둘은 병을 핑계 삼아 주인에게 하룻밤 더 머무르겠다고 하고 날이 저물기만을 기다렸다.

밤이 깊었다. 그러나 주인 부부는 끝내 아무런 기척이 없었다. 결국 삼촌은 잠시 눈을 붙이고 말았다.

삼촌이 막 깊은 잠에 빠져들려고 할 때, 벽을 통해 옷 벗는 소리가 들려왔다. 그 소리를 들은 조카는 삼촌을 흔들어 깨웠다. 삼촌은 비몽사몽중에 몹시 기뻐하며 큰 소리로 외쳤다.

"주인 놈이 과연 그 짓을 시작한대?"

이 말을 들은 주인은 깜짝 놀라 하고 싶은 마음도 쑥 들어가고 말았다. 그리고 다시는 잠자리를 갖지 않았다.

삼촌은 공연히 이틀 동안 머물렀지만, 끝내 주인 부부가 즐거움을 나누는 광경을 구경하기는커녕 쓸데없이 밥값만 날리고 말았다.

主人行房

叔侄同行, 而年紀相若, 止宿於旅館. 館主夫妻, 在隔壁房, 夜深後行事, 達夜濃暢[1]. 客侄適未成睡, 得聞其聲, 手搖其叔, 則叔睡深未醒. 翌日, 潛語於其叔曰: "小侄, 昨夜, 見如此之狀矣." 叔曰: "何不搖我睡覺後, 與之共見耶?" 侄曰: "以手累搖, 叔主不覺, 奈何?" 其叔咄咄長歎, 約曰: "今日留此, 期欲見之. 今夕則吾銘心不寐, 而待之." 稱病仍留後, 以待日暮矣. 夜已深, 主人之淫事, 終無動靜. 故客叔, 暫時合眼. 未及睡濃, 隔壁有解裙之聲. 其侄以手搖之, 則其叔似夢非夢中, 大喜高聲應曰: "主漢, 厥事果能始之耶?" 主人大驚, 陰心縮之, 不復爲之. 兩日空留, 終未見主漢之行樂光景, 徒費烟價[2]而已也.

---

1) 농창(濃暢): 농탕(弄蕩). 남녀가 음탕한 소리와 난잡한 행동으로 놀아대는 짓.
2) 연가(烟價): 연가(煙價). 주막이나 여관에 내는 비용.

중이 부부의 축원을 멈추게 하다

한 중이 서울 사대 성四大城 주변의 경치가 몹시 좋다는 말을 싫도록 들었다. 이에 송편과 절인 깻잎 같은 것들을 싸가지고 남대문에서 출발하여 동쪽으로 순행하였다. 그리고 다시 서쪽을 향해 가다가 사직단 뒤쪽에 이르렀을 때였다.

날은 이미 저물어 하늘도 깜깜해졌고, 통행금지를 알리는 종소리가 울릴 시간도 임박했다. 평소 알고 지내던 사람도, 머물러 잘 곳도 없던 중은 순라군에게 잡혀 욕을 당할 것이 적잖이 걱정되어 한 재상집 행랑채 뒤에 있는 굴뚝 사이에 몸을 숨겼다. 통행금지 해제를 알리는 파루를 기다렸다가 떠날 작정이었다.

밤이 깊어 삼경에 이르렀다. 아무 소리도 들리지 않을 만큼 주위는 적막했다. 그때 행랑채에서 행랑아범이 아내에게 이야기하는 소리가 들려왔다.

"우리 두 사람이 밤마다 그 일을 하는데도 정혈精血. 맑은 기운과 혈액만 헛되이 낭비할 뿐, 끝내 자식을 낳지 못하니 괴이하지. 이는 분명 축원을 하지 않고 그 일을 했기 때문일 게야. 그러니 이제부터라도 소원에 따라 각각 그 정성을 다하고, 입으로는 축원을 하며 그 일을 하면 좋지 않을까?"

"그리하죠."

먼저 아내가 남편에게 물었다.

"서방님의 소원은 어떤 자식을 낳는 건가요?"

"나는 풍채가 좋고, 지략도 많고, 건장한 사내아이를 낳았으면 해. 커서는 후하게 월급을 받으면서 관아에서 일했으면 좋겠고. 곡식도 많고 돈도 많아서 평생토록 공경을 받는 사람……"

그러고는 아내에게 물었다.

"그럼 당신의 소원은 뭐야?"

"평생토록 얼굴도 예쁘고 똑똑한 여자요. 자라서는 돈과 재물은 많으면서도 시부모가 없는 집에 시집가 물처럼 돈을 쓸 수 있다면…… 그리고 그 부유함이 우리 집에까지 미칠 수 있다면 더욱 좋겠어요."

그리하여 두 사람이 즐거움을 나눌 때, 남편은 크게 세운 물건을 아내의 구멍에 집어넣은 다음, 다시 수건으로 손을 씻고 경건하게 축원하였다.

"집과 집터를 지키는 성주 신령님 앞에 비옵니다. 대갓집에서 말을 끄는 마부의 우두머리인 대마구종大馬驅從을 만들어주시기 바랍니다. 편지를 전하는 일을 하는 색장의 우두머리인 색장구종色掌驅從을 만들어주시기 바랍니다. 관아에서 심부름을 하는 사령의 우두머리인 행수사령行首使令을 만들어주시기 바랍니다. 대감님 앞에서 길을 인도하는 사령인 인배사령引陪使令을 만들어주시기 바랍니다. 관아에서 창고를 지키는 고지기[庫直]와 심부름을 하는 방지기[房直]를 만들어주시기 바랍니다. 관아에서 깃발을 다루는 기수旗手와 죄인을 다스리는 뇌자牢子를 만들어주시기 바랍니다. 기를 잡은 군사와 무리에 속한 군사를 만들어주시기

바랍니다. 그럼, 이제부터 소원에 따라 아이를 만들어보고 또 만들어
볼까 합니다."

여인도 남편의 입에 맞춰 대구하며 축원하였다.

"아이를 점지하시는 삼신三神할머니 제석帝釋님 앞에 비옵니다. 대감
님들 밑에서 시중드는 수청시녀隨聽侍女를 만들어주시기 바랍니다. 바느
질 잘하는 여인[善針閣氏]을 만들어주시기 바랍니다. 심부름 잘하는 계집
종[傳喝婢子]을 만들어주시기 바랍니다. 음식을 잘 만드는 선녀 같은 여인
[饌色姮娥]을 만들어주시기 바랍니다. 아기씨의 유모가 될 사람[阿只乳母]을
만들어주시기 바랍니다. 과일을 파는 모전毛廛이나 화장품을 파는 분전
粉廛의 마누라님을 만들어주시기 바랍니다. 의녀醫女와 무녀巫女를 만들어
주시기 바랍니다. 혼례를 거들어주는 수모手母와 혼사를 이어주는 중매
中媒를 만들어주시기 바랍니다. 그럼, 이제 한 번 남자의 정액을 받아들
이고자 하니 소원에 따라 점지해주옵소서."

중이 손가락에 침을 묻혀 창호지를 뚫고 엿보니, 그 농탕한 형상은
차마 보기 어려울 정도였다. 중의 아랫도리는 크게 팽창하고, 불같은
욕정도 크게 일어났다. 그래서 중은 자신의 물건을 손으로 희롱하며
축원하였다.

"나무아미타불 부처님 앞에 비옵니다. 중생을 이끄는 스님[引導和尙]이
태어나기를 바라옵니다. 예불할 때 부처님께 법고를 치는 스님[法鼓和尙]
이 태어나기를 바라옵니다. 부처님께 바라를 치는 스님[鉢羅和尙]이 태어
나기를 바라옵니다. 불경을 읽는 스님[誦經和尙]이 태어나기를 바라옵니
다. 중 가운데 으뜸 스님[大師首僧]이 태어나기를 바라옵니다. 중으로 조
직된 군사를 총관하는 스님[摠攝僧將]이 태어나기를 바라옵니다. 그러나
어찌하오리까, 홀아비 중은 혼자서 아들을 낳을 수가 없군요. 어찌하
오리까, 홀아비 중은 혼자서 딸을 낳을 수도 없네요. 아미타불도 어찌
할 수 없고, 관음보살도 어찌할 수 없네요. 부처님의 수제자인 아난타

와 마하가섭도 한자리에 인연을 두고 자식을 낳았다는 말은 나도 들어보지 못했네요. 방 안에서 시주를 하시는 부부는 음양을 서로 맞추니 축원하는 바를 얻을지라. 그러나 문밖에 있는 이 중놈은 윗대가리나 아랫대가리 모두 아름다운 짝이 없으니 어찌하오리까?"

그때, 중은 창호지가 찢어지면서 자신의 두 대가리가 방 안으로 들어온 것을 깨닫지 못했다. 방 안에서 축원하는 소리도 놀라 멈출 수밖에……

僧止兩祝

一僧徒, 飽聞京巡城之勝景, 包持松祀餠[1]及荏頭佐飯[2]之屬, 上自南門, 向東巡行, 而向西還到社稷[3]後, 則日已曛黑, 樓鍾隔迫矣. 元無知面投宿之處, 又劫巡羅[4]被捉之患, 故隱身於一宰相家廊後烟桶之間, 將擬待漏[5]發行矣. 夜深三更, 萬籟俱寂. 廊漢語其婦曰: "吾兩人厥事, 夜夜爲之, 虛費精血, 終不得生産之事, 甚可怪也. 此必是不祝願, 而爲之致, 自今爲始, 從所願, 而各盡其誠, 口祝而爲之, 似好." 云, 則女曰: "諾." 卽問其夫曰: "郎君之所願, 生得何許子女乎?" 夫曰: "吾則多生好風身, 多智略, 健壯男兒, 長得厚料布, 衙門使役, 多粟多錢, 平生之欽羨者也." 仍問女曰: "娘之所願, 果如何耶?" 女曰: "平生有十分姿色之怜悧女子, 長作多錢財, 無舅姑家主婦, 用錢如水, 以及吾家, 則所願, 可謂足矣." 仍卽求歡之際, 夫漢大撑厥

---

1) 송사병(松祀餠): 모든 이본에도 송사병(松祀餠)으로 되어 있는데, 이는 송기병(松肌餠)의 오류가 아닌가 한다. 송기병은 소나무의 속껍질에다 멥쌀가루를 묻혀서 만드는 송편과 비슷한 떡이다.
2) 좌반(佐飯): 자반. 소금이나 간장에 절인 반찬.
3) 사직(社稷): 사직단(社稷壇). 예전에 임금이 백성을 위하여 토신과 곡신에게 제사 지내던 제단. 현재 서울 종로구에 위치해 있다.
4) 순라(巡羅): 순라(巡邏). 조선시대에 도적이나 화재 등을 경계하기 위하여 밤에 사람의 통행을 금하고 순찰하던 군졸.
5) 루(漏): 파루(罷漏). 야간 통행금지를 해제하기 위해 치던 종.

物, 而挿于厥穴, 更取手巾, 而拭手敬祝曰: "成造[6]都監神靈前, 大馬駈從造成之願, 色掌駈從造成之願, 行首使令造成之願, 引陪使令造成之願, 庫直房直造成之願, 旗手牢子造成之願, 旗摠隊摠造成之願. 自此隨願, 造成造成." 女逐口作對而祝曰: "三神点指帝釋[7]前. 隨廳侍女 点指至願, 善針閣氏点指至願, 傳喝婢子[8]点指至願, 饌色姮娥点指至願, 阿只乳母点指至願, 毛廛粉廛[9]抹樓下点指至願, 醫女巫女点指至願, 手母中媒点指至願. 一受陽精, 隨願点指也." 僧濕窓穿穴, 而窺之, 則濃暢之狀, 不忍見之. 僧之下物撑動, 火慾大作, 以拳撫弄厥物, 而祝曰: "南無阿彌陁佛佛前, 引導和尙出生至願, 法鼓和尙出生至願, 鉢鑼和尙出生至願, 誦經和尙出生至願, 大師首僧出生至願, 摠攝僧將出生至願. 奈此鰥僧, 獨生男! 奈此鰥僧, 獨生女! 阿彌陀佛, 無可奈何, 觀音菩薩, 無可奈何. 阿難迦葉[10], 一席因緣, 生男生女, 吾不聞知. 房中施主兩位夫妻, 陰陽配合, 可有所祝, 而門外客僧, 上下禿頭[11], 旣無佳偶, 無可奈何." 如是之際, 窓破裂, 不覺禿頭之入房. 房中祝願之聲, 驚息焉.

---

6) 성조(成造): 성주. 집이나 집터를 지키는 신령.
7) 삼신점지제석(三神点指帝釋): 아이를 관장하는 제석신. 제석본풀이에서는 당금애기가 출산을 관장한다. 점지는 신령이 자식을 내려주는 일로, 한자어로 쓴 '點指'는 우리말을 취음한 것이다.
8) 전갈비자(傳喝婢子): 전갈(傳喝)을 잘하는 계집종. 전갈은 사람을 시켜 남의 안부를 묻거나 말을 전하는 일을 말한다.
9) 모전분전(毛廛粉廛): 모전(毛廛)과 분전(粉廛). 모전은 현재 청계 광장 근처로, 예전에는 이곳에서 주로 과일을 팔았다. 분전 역시 청계 광장 주변에 있었던 육의전(六矣廛)의 하나로, 화장품과 화장도구를 팔던 곳이다.
10) 아난가섭(阿難迦葉): 석가의 열 제자 중 제1제자인 마하가섭(摩訶迦葉)과 제2제자인 아난타(阿難陀).
11) 독두(禿頭): 대머리.

벼락에도 수놈이 있다

한 젊은 부부가 방 안에서 함께 자려고 누워 있을 때, 갑자기 비가 쏟아지더니 우렛소리가 진동하였다. 칠흑 같은 밤에 번개가 치니 촛불을 켠 것처럼 밝았다. 그때 남편이 아내에게 물었다.

"장독은 어떻게 하였소?"

"뚜껑을 덮지 않았네요."

"그럼, 속히 나가서 살펴보구려."

"내가 본래 우렛소리를 두려워하니 서방님께서 나 대신 나가보시면 안 될까요?"

두 사람은 밀고 당기기를 계속하는데, 처마 밑으로 마치 동이로 퍼붓듯이 비가 쏟아졌다. 아내는 전전긍긍하며 자리에서 억지로 일어났다.

여인이 방에서 나와 장독대로 갈 무렵, 도적놈이 마침 마루 밑에 숨어 있다가 부부가 서로 다투는 소리를 듣고 미리 가지고 있던 질그릇을 여인 앞에 던졌다. 여인은 깜짝 놀라 기절하고 말았다. 도적놈은 그 틈에 여인을 강간하고 달아났다.

남편은 아내가 나간 지 오래됐는데도 들어오지 않는 것을 이상하게 여겨 밖으로 나갔다가, 쓰러져 있는 아내를 보고 안아서 방으로 데려왔다.

잠시 후 여인이 조금 정신을 차리더니 남편에게 조용히 물었다.

"벼락을 내리는 신도 암수가 있나요?"

"어찌하여 그런 말을 묻소?"

아내는 몹시 부끄러워하며 말했다.

"아까 벼락신이 와서 내 몸을 건드리고 갔는데, 나는 혼비백산하여 죽은 몸이나 다름없었어요. 비록 인사불성이었지만, 나중에 생각해보니 벼락신이 나를 건드릴 때의 형상이 서방님과 동침할 때와 너무나 똑같았거든요."

"그럼, 내가 아까 나갔다면 반드시 벼락에 맞아 죽었겠구려. 벼락신이 무엇 때문에 사사로이 얼굴을 봐가면서 용서하고 떠나겠소?"

霹靂有雄

一年少夫妻, 同臥房內, 天雨大作, 雷聲振動, 夜黑如漆, 電光似燭. 夫問曰:"醬瓮, 何以爲之耶?"妻曰:"未及蓋之."夫曰:"君當速出見之."妻曰:"吾性本畏雷, 郎須替我出見."兩人互相推托, 而簷雨如注. 妻不得已戰戰强起, 出房欲進醬坮之際, 賊漢適隱於廳下, 已聞其相爭之說, 預持陶盆, 而直投於主婦之前. 厥女驚倒氣塞, 賊漢劫奸而去. 其夫怪妻之久不入來, 出往抱來, 則移時方甦. 其妻暗問:"霹靂神, 有雌雄耶?"夫曰:"何以問之?"妻含羞言曰:"俄者, 霹神來狎我身, 我魂飛魄散, 故無異死身, 雖不省人事, 追後思量, 則必似與郎同寢之樣矣."其夫曰:"吾若出來, 必不免震死矣. 雷公何有顔私而赦而去之耶?"

홀바지도 오히려 아까워

촌놈이 밤에 아내를 희롱하며 말했다.

"오늘 밤에는 반드시 수십 번 할 것이오. 그러면 당신은 어떤 물건으로 보답하겠소?"

"만약 그러신다면요? 오랫동안 숨겨 간직하고 있던 올이 몹시 가늘고 고운 무명 한 필로 내년 봄에 열일곱 줄 누비바지를 만들어 그 고마움에 보답하지요."

"그 약속을 잊지 않겠다면, 나도 열일곱 번을 하리다."

"좋아요."

남편은 즉시 일을 거행하였다. 그런데 한 번 나아갔다가 한 번 물러나는 것으로 숫자를 세어 계산하는 것이었다.

"한 차례 했고, 두 차례 했고……"

그러자 아내가 말했다.

"이게 무슨 한 차례고, 두 차례랍니까? 이렇게 한다면 쥐가 파먹은 무명으로 만든 홑바지도 오히려 아까울 따름이죠."

"그럼 어떻게 해야 한 차례가 되는데?"

"처음에는 천천히 나아갔다가 물러나서 그 물건으로 음호 속을 가득 채워 나온 후에, 위쪽은 부드럽게 어루만지고 아래쪽은 강하게 부딪치고, 왼쪽은 송곳처럼 찌르고 오른쪽은 몽둥이처럼 쳐야지요. 그렇게 아홉 번 나아갔다가 아홉 번 물러나서 결정적으로 심지에 깊이 집어넣어야죠. 이렇게 수백 번을 뽑아낸 연후에야 두 사람의 마음은 무르녹고, 사지는 늘어지겠죠. 소리는 목구멍에 있지만 나오지가 않고 무엇을 보고자 하여도 눈을 뜰 수 없는 경지에 이르러야 비로소 한 차례라고 말하는 것이죠. 이렇게 한 후, 두 사람이 깨끗하게 씻은 뒤에 다시 시작하면 그것이 두 차례가 되는 것이죠."

이렇게 두 사람이 서로 다툴 즈음, 닭서리를 나왔던 이웃 놈팡이들은 오랫동안 방 안에서 두 사람이 수작하는 것을 엿듣고 있다가 갑자기 큰 소리로 외쳤다.

"좋구나, 아주머니의 말씀이여! 자네가 말한 한 차례는 잘못되었고, 아주머니가 말한 것이 옳네! 나는 이웃에 사는 아무개일세. 아무개와 아무개 등 두세 명의 친구들이 자네에게 닭을 사서 늦은 밤 술자리를 마련하고자 왔네. 자네 집에서 키우는 수탉 몇 마리를 빌려주면 뒷날 후한 값으로 보상하겠네."

남편이 미처 대답을 하기도 전에 아내가 말했다.

"훌륭하신 판관께서 송사를 판결함이 이처럼 지극히 공정한데, 어찌 수탉 몇 마리를 애석해하겠습니까? 닭 값은 주지 않아도 됩니다."

單袴猶惜
一村漢, 夜戲妻曰: "今夜厥事, 必數十次爲之, 則君以何物報勞耶?" 女曰：“若然, 則吾有細木[1]一疋, 藏之久矣. 明春, 必製十七行縷緋袴[2], 而謝矣.” 夫曰：“若不失期, 則當作十七次矣.” 女曰：“諾.” 夫卽擧事, 而乃一進一退, 爲數計之曰：“一次, 二次.” 女曰：“此何爲一次二次乎? 如是則鼠破木單袴, 猶可惜耳!” 夫曰：“然則, 何以爲之, 謂一次耶?” 女曰：“初則緩緩進退, 使厥物偏邁戶中後, 撫上磨下, 左衝右突, 而九進九退, 深納花心[3], 如此數百次抽後, 兩人心柔肢軟, 聲在喉而難發, 目欲視而難開之境者, 方可謂一次矣. 彼此淨洗後, 更復始作, 爲二次耳.” 如是爭詰之際, 隣居盜鷄漢, 窺聽男女之酬酌, 久矣. 遽然大呼曰：“善哉, 嫂氏之言也! 汝之所謂一次, 非也. 嫂之所言, 是也. 吾則隣居某也, 某某數三親舊, 將欲買鷄, 爲夜會酒肴矣, 汝家數首鷄借之, 則後日必以厚價報之矣.” 其男未及答言之前, 其婦曰：“明官決訟, 如是至公, 么麼數首鷄, 何可愛惜? 價又勿報也.”

---

1) 세목(細木): 올이 썩 가늘고 고운 무명.
2) 누비고(縷緋袴): 누비바지. 두 겹의 천 사이에 솜을 넣고 줄이 죽죽 지게 바느질을 해서 만든 바지. 열일곱 줄은 바지에 열일곱 줄이 나게끔 촘촘하게 바느질한 것으로, 매우 정성을 들여 만들었음을 말한다.
3) 화심(花心): 보통 화심은 꽃의 중심부, 혹은 촛불의 심지를 말한다. 여기서는 여성의 음호를 의미한다.

산파가 도리어 놀라다

　중국에 한 산파産婆가 있었는데 아이를 많이 받아봐서, 아이가 나올 징후를 잘 알았다. 그래서 사람들은 출산이 임박하면 이 산파를 불러 아이를 받게 했다.

　어느 날 산파가 출산이 임박한 사람의 집에 왕진을 갔을 때, 한 방탕한 사내가 산파의 예쁜 얼굴을 보고 돌아와 빈집 한 채를 빌렸다. 그리고 족자와 병풍을 많이 구해와, 방 한 칸을 캄캄하게 만들고 나서 탕자蕩子는 알몸으로 이불 속에 들어가 누웠다. 탕자는 마당에 약그릇을 벌여놓게 한 다음, 계집종을 시켜 거짓으로 해산에 좋다는 궁귀와 같은 약재를 달이도록 했다. 그리고 가마를 보내 산파를 맞이해 오라고 하였다.

　산파는 곧바로 방 안으로 들어가서 병풍을 밀치고 손을 이불 속으로 집어넣었다. 그리고 임신부의 배를 두루 어루만졌다. 배 위에서부터 아래까지 살폈는데, 배는 특별히 높지도 크지도 않았다. 산파가 의아해하며 두세 번 위아래를 어루만졌다. 그래도 특별히 이상한 징후는 없었다.

산파의 손이 음문 근처에 이르렀을 때, 탕자의 그 물건이 크게 일어나 배꼽 쪽을 향해 치솟았다. 깜짝 놀란 산파가 급히 밖으로 나가자 계집종이 놀리며 말했다.

"우리 집 아씨는 언제께나 해산을 하실까요?"

"아이의 머리가 먼저 나오는 것을 순산順産이라 하고, 발부터 나오는 것은 역산逆産, 손부터 나오는 것은 횡산橫産이라고 하거늘 이 아이는 고추가 먼저 나오네. 내 이런 일은 오늘 처음 보는데, 그 와중에 그놈의 고추가 네 할아비의 머리를 넘어서는 크기라. 그러니 창졸간에 순산하기는 어렵겠네."

이렇게 이야기했다고 한다.

産婆還驚

中國, 有産婆, 槩多有經歷, 能知産侯, 故臨産, 邀致救治者, 亦是例也. 一産婆, 往診産家時, 一蕩子, 見其美容, 歸得空堂, 而盛具障簇[1]屛風, 以暗其室後, 蕩子以裸身, 臥於衾裡, 庭設藥罐, 使婢子, 佯煎芎歸[2]之屬, 而送轎子, 迎産婆來. 婆直入房內後, 披開屛障, 納手衾中, 遍撫孕母, 自上腹按, 而至下, 則腹部別無高大. 婆訝之, 而再三撫上下, 至陰門近處, 則厥物大撑, 仰指臍而臥. 産婆大驚趨出, 婢子戲問曰: "吾家娘娘, 何時解娩耶?" 婆曰: "孩兒之頭, 先出, 爲順産. 足先出, 爲逆産. 手先出, 爲橫産. 此兒則腎先出, 今時初見之中, 況有腎大, 過於渠祖之頭. 故猝難順産." 云矣.

1) 장족(障簇): 족자.
2) 궁귀(芎歸): 궁귀탕(芎歸湯). 불수산(佛手散). 해산(解産) 전후에 흔히 쓰는 탕약.

의금부 당상은 아랫도리도 커진다

한 재상이 의금부 당상堂上이 되자, 축하하는 손님들이 그 집 문 앞을 가득 메웠다. 그 부인도 몹시 기뻐하며 남편이 안방으로 들어오기만을 기다렸다가 조심스레 물었다.

"관직이 높아지면 몸도 또한 그에 따라 커지나요?"

남편은 그 말을 대수롭지 않게 듣고 대답했다.

"사람들이 말하지 않소? '재상은 체중體重하다'고. 그러니 어찌 그렇지 않겠소?"

그러자 아내는 기쁨을 이기지 못했다.

그후, 남편이 방 안에 들어가 아내와 잠자리를 할 때였다. 막 일을 하려는데, 그의 아내가 버럭 화를 내며 말했다.

"상공相公, 재상을 높여 이르던 말께서 지난날 말씀하시기를 '관직이 높아지면 몸도 또한 같이 커진다'고 하셨죠. 오늘 밤 그것을 시험해보니 한 푼어치도 커지지 않았으니, 어찌 된 일인가요?"

"내 몸이 커진 것은 내 친구들도 모두 아오. 또한 내 물건이 커졌는지 작아졌는지는 천한 첩들까지도 모두 알고 있소."

"나는 알 수가 없는데, 천한 첩들이 어찌 그것을 안단 말입니까?"

"부인의 말이 잘못되었소. 처가 지아비의 관직을 따르는 것은 법전에 근거하고 있소. 내가 이미 의금부 당상이라는 벼슬로 높아졌으니, 부인의 직첩 또한 따라서 높아진 것이오. 그러니 내 볼록이[凸]가 이미 커졌으면, 부인의 오목이[凹] 또한 커졌을 게 아니오? 천한 첩들은 그 지아비의 관직과 무관한 까닭에 그 구멍도 따라서 커지는 일이 없소. 이런 까닭에 첩들은 의금부 당상의 아랫도리가 커졌음을 알겠다고 했던 것이지요."

부인은 실망하며 다시 말을 하지 않았다.

金吾體大

一卿宰, 爲執金吾[1], 賀客滿門. 其夫人喜之, 待其夫入內, 潛語其夫曰: "官職高大, 則身體亦從而對大耶?" 金吾泛聽之, 乃曰: "語云: '宰相體重[2].' 豈不然哉?" 其妻不勝欣喜矣. 其後, 金吾入去內房, 與夫人同枕, 方作擧事, 其妻勃然大怒曰: "相公向言 '官職高大, 則身體亦復大之.' 云, 今夜試之, 則小無一分之大, 何耶?" 金吾對曰: "吾身體之大, 吾之親舊, 知之. 吾厥物大小, 賤妾輩, 可以知之." 夫人曰: "吾旣不知, 賤妾何以知之?" 金吾曰: "夫人之言, 差矣. 其妻從夫職, 依法典事也. 金吾之官旣高, 則夫人之職, 亦隨而大焉. 吾凸旣大, 夫人之凹, 亦大矣. 賤妾則無其夫之官職, 故厥穴亦無隨大之事也. 是故, 金吾之下物, 則可知體大矣." 夫人憮然不能更言矣.

---

1) 금오(金吾): 의금부(義禁府)의 다른 이름. 여기서의 '금오'는 의금부에 속한 벼슬아치가 되었다는 말인데, 의미상 의금부에 속한 여러 벼슬 중 당상(堂上)에 해당하는 금오당상(金吾堂上)으로 봐도 무방할 듯하다.
2) 체중(體重): 지위가 높고 점잖다.

말 위의 송이버섯

한 선비가 말을 타고 가다가 냇가에 이르러 물을 건너려고 할 즈음이었다. 냇가에는 빨래하는 촌아낙들이 많았다.

그때 마침 지나가는 중을 보고 선비가 농담조로 말했다.

"자네는 글을 아는가? 시 한 구를 지어보게."

"소승은 무식하여 능히 시를 지을 수가 없습니다."

그러자 선비는 막무가내로 먼저 읊었다.

시냇가에 홍합이 열려 있네溪邊紅蛤開.

선비는 시 한 구를 짓고 중에게 빨리 짓기를 재촉하였다.

"자네는 빨리 대구를 맞추게."

"생원님의 시에는 고기와 같은 물건이 있습니다. 그러니 산에서 생활하는 사람이 감히 대구를 맞출 수가 없습니다. 바라옵건대 채소로 대구를 맞춰도 용서하시겠는지요?"

"뭐 문제 될 게 있겠나?"

중은 옷을 걷고 먼저 물을 건너 맞은편 한 귀퉁이에 이르자, 시를 외쳤다.

말 위에는 송이버섯이 움직이네馬上松茸動.

이른바 적절한 대구라 하겠구나.

馬上松茸

一士人, 騎馬作行. 臨水欲渡之際, 川邊多浣紗村婦. 士人適遇僧戱問曰: "汝能識字耶? 作一句詩, 可也." 僧曰: "小僧無識, 不能作詩." 士者先呼曰: "溪邊紅蛤開." 遂促之曰: "汝速以對句, 製之也." 僧曰: "生員主之詩, 旣是肉物. 故山人不敢對矣. 伏乞以蔬饌爲對, 或可恕乎?" 生曰: "何防?" 僧攝衣先渡越邊, 而呼曰: "馬上松茸動." 可謂的對.

도사가 기생을 꾸짖다

서관西關. 황해도와 평안도 지방을 통칭하는 말에 있던 문관이 그 고을의 도사都事. 각 감영에서 관찰사의 일을 돕는 벼슬아치가 되어 임소任所. 지방 관원이 근무하는 곳로 부임하러 가는 중이었다. 도사가 한 역驛에서 머물러 잔 후, 다음 날 말을 바꿔 타고 떠날 때였다.

도사가 말 위에 앉으니, 자리가 심하게 흔들려 제대로 앉아 있을 수조차 없었다. 그러자 급창及唱이 도사에게 가만히 아뢰었다.

"만약 역장 놈을 엄하게 다스리지 않으시면, 앞으로 갈아타실 말들도 이 말과 같을 것입니다. 어르신께서 소인이 하는 일을 간섭하지 않고 그대로 좇으신다면 먼 길을 가는 행차가 편안해질 것입니다."

도사는 허락해주었다. 급창은 곧장 사령을 불러 해당 역의 병방兵房과 도장都長을 잡아들여 곤장을 치고 엄히 분부하였다.

"임금님의 명령을 받들고 가는 별성행차別星行次께서 앉으시는 말인데, 어찌 이처럼 변변치 못한 놈을 내놓았단 말이냐? 이 말은 앉기가 불편하니 속히 다른 놈으로 바꿔 올리도록 해라."

그러자 역에서 일하는 놈들은 과연 좋은 말로 바꾸어 왔다. 도사는 마음속으로 생각하였다.

'서울에서 오면서부터 때로는 삯을 주기도 했고, 때로는 빌려서도 말을 탔지. 말은 비록 네 발이 달렸지만, 내가 어느 놈을 달라고까지 하며 가려서 타지는 못했지. 그런데 지금 타고 있는 말처럼 좋은 말은 처음 타보는군.'

좋은 말을 몰자 며칠 만에 도내道內에 들어설 수 있었다. 그 고을 수령은 다과를 내오고 수청기생도 보내 도사에게 현신現身. 지체가 낮은 사람이 지체가 높은 사람에게 처음으로 보이는 일토록 하였다. 도사는 일찍이 기생을 본 적이 없어서 주위에 있는 사람에게 물었다.

"저기 붉은 치마를 입고 있는 여인은 무슨 이유로 이곳에 왔느냐?"

옆에 있던 급창이 대답하였다.

"이 고을 관청에서 보낸 수청기생이옵니다."

"그렇다면 저 기생은 어디에 쓰는고?"

"행차 어르신께서 저 기생과 잠자리를 하시면 좋을 듯하옵니다."

"비녀를 꽂은 것으로 보아 이미 시집을 갔나보네. 그러니 남편도 있을 게 아닌가? 그런데도 잠자리를 같이하면 후환이 두렵지 않겠는가?"

"고을마다 기생을 두는 것은 그 고을에 찾아온 손님을 접대하기 위함입니다. 비록 지아비가 있다 해도 감히 화를 낼 수는 없습니다."

"좋구나, 좋아!"

그러고는 곧바로 기생을 불러 당堂 위로 오르게 할 즈음, 도사는 은밀하게 급창을 불러 귀엣말을 하였다.

"비록 여인이기는 하지만 천한 것이 아닌가? 그런데 불러서 같이 앉으면 체면에 손상을 입지 않겠느냐?"

"기생이 당에 오르는 것은 본래 예삿일로 되어 있습니다. 많은 재상들과 사대부들도 기생과 잠자리를 한답니다. 기생을 당 아래에서 자게 하면, 도사 어르신의 몸이 당상에 있으니 어떻게 그 일을 치를 수 있겠습니까?"

이에 도사는 기생을 당 위로 올려 한자리에 앉혔다. 그러나 닭이 개를 보듯, 개가 닭을 보듯 끝내 한마디도 할 수 없었다. 그저 조용히 훔쳐보기만 할 뿐이었다. 그러다가 두 눈이 마주치기라도 하면 도사는 급히 고개를 숙이거나 눈길을 다른 곳으로 돌렸다.

이렇게 밤은 깊어 삼경이 되자 기생이 먼저 물었다.

"진사님께서는 일찍이 방 바깥에서 그 일을 치른 적이 없으신지요?"

"내 집사람은 오랫동안 집 안에만 있었네. 비록 잠깐 문밖을 나선다 하더라도 내 어찌 아내를 쫓아가 들판에서 그 일을 한단 말이냐? 그런 말은 감히 하지도 마라."

"그 말씀이 아니옵고, 일찍이 다른 사람의 아내와 동침을 하신 적이 있으시냐고요."

"속담에도 있지 않느냐, '내가 다른 사람의 처를 도둑질하면 다른 사람도 내 처를 도둑질한다'고. 내 어찌 그처럼 부정한 일을 한단 말이냐?"

기생은 낙담하여 다시는 말을 하지 않고 등불 아래에 뺨을 괴고 앉아 있다가 잠이 들고 말았다. 점점 깊은 잠으로 빠져들면서 기생은 방바닥으로 스르르 쓰러졌다. 쌔근쌔근 코 고는 소리는 조용히 들려오고, 초승달처럼 길게 그은 눈썹은 곱고 아름다우며, 분으로 단장한 뺨은 희디희고, 앵두 같은 입술은 붉고 붉었다. 참으로 장부의 정신을 미혹하고, 마음을 탕탕 뛰게 하였다.

도사가 한 번 돌아보고 두 번 바라보매, 불같은 마음이 절로 일었다. 도사는 마치 굶주린 매가 꿩을 낚아채듯이 자리에서 벌떡 일어나 기생을 끌어안았다.

기생은 깜짝 놀라 일어나서 손을 내저으며 말했다.

"행차 어르신, 행차 어르신! 이게 무슨 일입니까?"

"너는 아무 말 하지 마라. 내가 급창에게 기생은 나그네와 동침을 하는 것이라는 말도 들었다!"

기생은 이 말을 듣자, 갑자기 터져나오는 웃음을 멈추지 못했다. 그러자 도사가 말했다.

"너도 좋아서 그러느냐?"

마침내 두 사람은 서로 껴안고 즐거움을 나누었다. 촛불 아래서 치른 운우雲雨의 즐거움도 끝이 났다.

도사는 난생처음 이러한 즐거움을 느꼈으나 부끄러움을 이기지 못해 얼굴에는 붉은 기운이 비치고, 손과 발은 마구 떨렸다. 헐레벌떡 일을 해치운 것이 마치 잠자리가 급하게 물을 한 번 차고 날아가는 것과 같았기 때문이다.

기생은 도사의 이런 행동을 보고, 도사가 아직 경험이 없는 촌놈임을 알아챘다. 그래서 지극히 음란한 행태를 보여주어 그 쾌감을 만족시킨다면 지금까지 볼 수 없던 별별 구경거리를 다 볼 수 있겠다고 생각했다.

마침내 기생은 도사의 허리를 꼭 끌어안고, 다시 일을 치르려 하였다. 입으로 입술과 혀를 빨고, 또 체[篩]를 흔들듯이 몸을 좌우로 마구 흔들어대고, 키[箕]를 움직이듯이 허리를 위아래로 움직여대면서 엉덩이를 자리에 붙이지 않았다. 도사는 정신이 빠지고 넋이 나가 중간에 그만 사정射精을 하고 말았다.

일이 끝나자, 도사는 길게 종놈을 불렀다. 하인들이 계단 아래에 대령하자 도사가 분부하였다.

"기생의 잠자리를 담당한 도장을 급히 잡아오라."

"도장은 역에나 있사옵니다. 기생의 잠자리를 담당한 사람은 수노首奴, 관노의 우두머리입니다."

마침내 수노를 잡아오자, 도사가 꾸짖으며 말했다.

"네가 기생 하나를 내가 머무는 곳에 대령케 했다면 마땅히 배 위를 편안케 하는 기생을 보냈어야지. 지금 이 기생은 왼쪽으로 흔들고 오른쪽으로 움직이더구나. 비단 배 위를 불편하게 할 뿐 아니라, 어지럽게 입술과 혀도 빨아대더구나."

그러고는 매를 들어 수노를 치라고 하였다. 그러자 수노가 애걸하며 말했다.

"말 위에 앉는 것은 역에서 일하는 놈들이 알아서 하는 일로, 행차 어르신께서 둔하고 못난 말을 타신 것은 모두 도장이 살피지 않은 죄가 맞습니다. 그러나 소인을 책망하시는 것은 잠자리에 들 기생을 뽑은 연고일 것입니다. 그런데 소인은 그 얼굴을 봐서 수청을 들 기생을 올린 것일 뿐이지, 잠자리에서 요동치는 몹쓸 병이야 어찌 알 수 있겠습니까? 소인은 무죄입니다. 참으로 죄가 없습니다!"

그때 행수기생行首妓生. 조선시대에 관아에 속한 기생의 우두머리이 웃음을 머금고 나아와 말했다.

"쇤네가 사실대로 아뢰겠습니다. 말 위에서 불편하셨던 것은 말의 네 다리의 잘못에서 나온 것이지요. 그러나 기생이 허리 아래에서 요동을 친 것은 이름하여 '요분질'이라고 하지요. 이것은 남자의 쾌감을 더하기 위한 것으로 잘못이 아니랍니다. 입을 맞추고 혀를 빠는 행위는 마치 봄날에 비둘기들이 서로 좋아하는 행태와 같사옵니다. 결단코 사나운 호랑이가 개를 잡아먹으려고 그러는 것과는 다르답니다."

도사는 그러려니 하고 하인들을 모두 물리쳤다. 그리고 다시 한 판을 벌이는데, 기생은 한 번도 요동치지 않았다. 도사는 비로소 요동을 치는 것이 쾌감을 돕는 행위임을 깨닫고, 여러 번 기생에게 요청하였다. 그제야 기생은 전과 같이 요동을 쳤다. 도사는 바야흐로 그 맛이 기가 막힘을 알고 기쁨과 즐거움을 이기지 못했다.

다음 날 아침, 자리에서 일어난 도사는 잇따라 자신의 뒤통수를 치며 말했다.

"내가 삼십여 년 잠자리를 가졌지만, 이처럼 절묘한 재미는 맛보지 못했는지라. 이른바 집사람이란 사람은 여인들이 마땅히 행해야 할 요분질을 알지 못하는 자라, 심히 어리석음을 탄식하노라."

都事責妓

西關文官, 爲本部都事, 將赴任所時, 路宿一驛[1]. 翌朝, 遞馬, 而馬上搖動, 不能堪坐. 及唱密告都事曰: "若不嚴治驛長漢, 則來頭座馬, 亦復如是矣. 案前惟從小人擧行, 則遠路行次, 平安爲之矣." 都事許之. 及唱呼使令, 拉致該驛兵房[2]及都長[3]決杖, 分付曰: "別星行次座馬, 何出如此駑劣者乎? 此馬, 座上不便, 故卽速換他以納也." 驛漢, 果以駿聰換來, 都事暗自思, 則上京往來之時, 或貰或借馬, 俱四足, 則吾不敢擇, 而騎之矣. 今日駿駒, 平生初見也. 不多日而, 行到道內, 則道內守令, 支供茶啖. 又送隨廳妓生現身, 則都事, 曾未見妓生耳. 問曰: "彼紅裙女人, 何事出來耶?" 及唱曰: "本府所送之隨廳妓生也." 都事曰: "然則, 彼女人用於何乎?" 及唱曰: "行次與之同枕, 好矣." 都事曰: "已笄女人, 必有其夫, 能無後患耶?" 及唱曰: "列邑之置妓, 接待使客者也. 其夫雖或有之, 不敢生怒也." 都事曰: "好也好也!" 卽呼之, 而上堂之際, 密呼及唱附耳語曰: "彼雖女人, 旣是下屬, 則呼之同座, 能無損體否?" 及唱曰: "妓生升堂, 元是例事也. 宰相士夫, 多有與妓同宿者, 則妓臥于廳下, 而身在堂上, 擧事何以爲之耶?" 都事遂與之同

---

1) 역(驛): 중앙 관아의 공문을 중계하여 전달하고, 공무로 여행을 하는 관원에게 마필을 공급하던 곳.
2) 병방(兵房): 조선시대에 병전(兵典)에 관한 일을 맡아보던 지방관아의 육방(六房)의 하나.
3) 도장(都長): 군현(郡縣)의 마을에서 나그네가 휴식하는 옥사(屋舍)를 맡아 보던 하급 관리.

座, 如鷄看狗, 如狗看鷄, 終不能出一言. 從容偸看, 則兩目相觸, 都事輒低首見他. 如是之際, 夜已三更矣. 妓先問曰: "進賜主, 曾有房外犯色耶?" 都事答曰: "非但吾之家人, 長在家內, 雖暫時出門, 豈可從往, 行事於田野之間哉? 非敢言此也." 妓曰: "曾與他人妻, 有同枕耶?" 都事曰: "諺云: '我盜人妻, 人盜我妻.' 吾何爲如此不正之事乎?" 妓落膽, 不復與言, 而坐於燈下, 以手撑腮而睡. 睡深, 仆地而臥, 鼻息潺潺, 蛾眉美妍, 粉瞼皥皥, 櫻脣丹丹, 正使丈夫, 可以魂迷心蕩. 都事一顧二眄, 火心自然煽動, 故卽起按攄, 正似飢鷹之捕雉也. 妓生驚起拂手曰: "行次行次, 是何事耶?" 都事曰: "汝其勿辭也. 吾之及唱言內, '妓生是行客之同枕之物也.'" 妓生聞此語, 不覺大笑. 都事曰: "汝亦好之耶?" 遂攄攄求歡, 擧事於燭下, 雲雨已罷. 都事如此戲淫, 平生初經之事. 自不勝羞愧之心, 故紅潮上面, 手足戰慄, 草草行事, 正似蜻蜓點水之忙也. 妓見其擧措, 知未經事村夫也. 若極淫態, 而洽足其興, 則當有別別解由矣. 遂緊抱其腰, 更爲擧事, 口吮脣舌, 又作篩搖, 起箕動之腰本, 而臀不着席. 都事神散魂飛, 乃中路經泄, 長聲呼隷, 則下人等, 待令於階下矣. 都事分付曰: "妓生次知[4]之兵都長, 星火捉來, 可也." 及唱曰: "驛有兵都長, 妓生次知, 首奴也." 遂捉來首奴, 而大叱曰: "汝輩旣送一妓, 待令于行次所, 則當以腹上便安之妓, 待令矣, 而今此妓, 左搖右動, 非但腹上不便, 亂吮脣舌者乎?" 命打執杖首奴, 首奴哀懇曰: "座馬, 則驛漢等次知, 其駑劣, 是兵都長不動之罪. 責小人, 則妓生次知故, 觀其容貌, 而定隨廳奉納而已. 枕席間搖動之惡症, 何以知之? 小人, 無罪無罪!" 行首妓生, 含笑以進曰: "小女, 當以實情告之矣. 馬上不便, 出於馬四足之病也, 妓生腰下之搖動, 名爲搖本[5]. 是則爲男子助興者, 而實非病也. 接口吮舌, 正似春鳩相好之態. 切非猛虎喫狗之意也." 都事然之, 則下人等, 遂

---

4) 차지(次知): 궁가(宮家)의 일을 맡아 보던 사람인데, 여기서는 잠자리를 돌보는 역할을 맡은 사람이란 의미이다.
5) 요본(搖本): 요분질. 성교할 때 여자가 남자에게 쾌감을 주려고 아랫도리를 놀리는 짓.

退出矣. 更設一局, 妓不復一分動搖. 都事始知搖本之爲助興, 屢次哀乞, 則
妓如前樣搖本, 都事方知好味, 不勝喜歡. 翌朝, 起坐連打腦後曰:"吾三十
年行房, 未見如此之切妙滋味也. 吾之所謂室人, 不知婦女之應行搖本. 可
歎不出⁶⁾之甚矣."

---

6) 불출(不出): 몹시 어리석은 사람.

우리 집 문짝도 넘어지려 한다

　지아비를 때려 얼굴에 상처를 낸 여인을 잡아온 고을 원은 그녀의 볼기를 치며 그 이유를 물었다. 여인이 실상을 아뢰는 말 가운데 이런 말이 있었다.

　'지아비가 본처를 돌아보지 않고 기생첩에게 빠져 파산을 한 까닭에, 그 여인은 분하고 한스러워 설왕설래하는 동안 잘못하여 지아비의 얼굴에 상처를 냈다.'

　고을 원은 화를 내 꾸짖으며 말했다.

　"음陰은 양陽을 이기지 못하거늘, 너는 어찌하여 이렇게 법을 업신여기느냐?"

　여인의 지아비가 그 모습을 보니 도리어 아내가 불쌍하였다. 그래서 뜰 아래 나아가 엎드려 아뢰었다.

　"소인의 얼굴에 난 상처는 소인의 집 문짝이 넘어지는 바람에 그리된 것이옵니다. 아내에게 맞아서 생긴 것이 아니옵니다."

　마침 고을 원의 아내가 창 틈으로 이 말을 듣고 말했다.

"그 지아비가 기생첩에게 미혹되어 조강지처를 버렸은즉, 그 아내가 지아비를 때리는 것은 이상한 일이 아니잖아? 이른바 관장官長이란 사람이 저렇게 잘못 판단하니 가히 절통하고 한스럽구나."

고을 원의 아내는 울분을 이기지 못해 그 소리가 밖으로 새어나가는 줄도 알지 못했다. 새어나오는 소리를 들은 고을 원은 즉시 형리刑吏에게 두 사람을 내쫓으라고 명했다.

"만약 이 송사를 듣고 저 여인을 엄하게 처벌한다면, 우리 집 문짝도 넘어질까 두렵구나."

吾屝將顚

一倅捉致打傷夫面之女人, 杖問其由, 則其女所告之言內, '渠夫不顧正妻, 惑於妓妾, 破産家業, 故小女不勝忿悗, 而說往說來相鬪之際, 誤傷夫面.'云. 倅怒叱曰: "陰不可抗陽, 而汝何敢如是蔑法耶?" 卽令嚴刑. 其夫見之, 則還切憐之, 故進伏庭下曰: "小人之傷面, 果因小人家門隻顚倒, 致傷也. 非被打於女人也." 倅之夫人, 適從窓隙, 而得聞此事, 乃曰: "其夫惑於妓妾, 棄舊妻, 則其妻打夫, 亦非異事. 所謂官長, 如是誤決, 可痛可歎." 不勝鬱忿, 不覺聲音之出外. 倅聞之, 卽令刑吏, 推出兩人曰: "若聽此訟, 嚴治女人, 則吾家之門隻, 亦將倒了, 可畏也."

잠자리를 갖도록 축원하다

보통 홍역은 어렸을 때 한 차례 치르고 넘어간다. 세속에 이런 말이 떠돈다.

'홍역을 맡은 신령이 있다.'

어떤 이는 그 신을 서신西神이라 하고, 또 어떤 이는 호구별성마마戶口別星媽媽라고 부른다. 홍역에 걸린 아이가 있는 집안에서는 늙은이나 젊은이 모두 정성을 다하며 몸도 정결하게 한다. 그리고 이웃 사람과 친척 등 식구가 아니면 홍역을 앓고 있는 아이의 방 안에는 들어가지 않는다. 작은 상을 차려 정화수를 떠놓는데, 그것을 객주상客主床이라 이름한다. 간혹 무엇인가 해야 할 일이 있으면 이 상 앞에서 두 손을 모아 기도한다. 세속에서는 이렇게 하는 것이 보통이다.

어느 행랑아범의 아들이 홍역에 걸렸다가 조금씩 나아갈 때였다. 행랑아범이 아내에게 말했다.

"나는 혈기가 왕성한 나이로, 하루도 밤일을 거른 날이 없었네. 그런데 그 일을 완전히 그만둔 지 이제 십여 일이 지났어. 그 사이 이 물건은 단단하게 움직이며 길게 서더니만 꺾이지가 않아. 입은 바싹 마르고, 마음은 몹시 괴롭고…… 불같은 욕망이 크게 일어나니 오늘 밤은 헛되이 보낼 수 없네."

아내는 깜짝 놀라 손을 내저으며 말했다.

"호구별성마마님께서 머물러 있는 이곳에서 어찌 감히 망령된 생각을 하십니까? 다시는 말도 꺼내지 마십시오."

"호구별성마마는 남편도 없고 아내도 없어서 그 일을 모른단 말야? 별성은 반드시 남자일 것이고, 마마는 또한 부인일 것인데, 어찌 모를 리가 있단 말이야? 나는 반드시 그 일을 할 것이니 번거롭게 다른 말을 하지 말게."

"그렇다면 먼저 손을 씻고 상에 놓아둔 정화수 앞에 나아가 축원을 하세요. 그후에 허겁지겁 일을 치르는 것이 좋겠네요."

남편은 그 말대로 하고 축원을 드렸다.

"소인은 온전하게 사람의 형체를 갖추었사옵니다. 비록 놋숟가락으로 밥을 떠먹는다 하더라도, 먹는다는 것이 개, 돼지 같은 짐승들과 무슨 차이가 있겠습니까? 우리 젊은 부부는 오랫동안 함께 잠자리를 갖지 못해 춘정春情, 남녀 간의 욕정을 이길 수가 없습니다. 감히 우러러 아뢰옵나니, 간절히 바라옵건대 마마님은 저희 부부를 불쌍히 여기시어 특별히 한바탕 즐거움을 나눌 수 있도록 처분을 내려주십시오."

그러고는 손을 모으고 두 번 절을 했다.

그때, 마침 그 집 행랑채 앞을 지나던 순라군이 창으로 불빛이 비치자 몰래 다가가 엿보다가, 그가 말하는 소리를 들으니 우스워 죽을 지경이었다. 순라군은 목을 살살 쳐가며 떨리는 소리로 말했다.

"소원대로 시행할 것을 허락하니 그 짓을 하라!"

행랑아범은 '호구별성마마의 분부시다'라고 생각하여 몹시 기뻐하였다. 그러고는 '예이—' 하고 가늘게 늘여 빼며 대답한 후, 곧바로 일을 치렀다. 맹렬한 운우雲雨의 즐거움이었다.

즐거움을 나누고 나자, 부부는 상의하여 말했다.

"별성마마님께 감사를 드리지 않을 수 없지!"

그러고는 다시 손을 깨끗이 씻고 감사의 축원을 드렸다.

"분부하신 대로 좋게 한바탕 하였습니다. 그 은덕은 산처럼 높고 바다처럼 깊어 이루 다 말씀을 드릴 수가 없사옵니다."

밖에 있던 순라군이 다시 말했다.

"너는 다시 하라."

행랑아범은 다시 대답하고, 그 일을 다시 하였다. 그리고 또 감사를 드렸다. 그랬더니 순라군은 다시 말했다.

"또 하라!"

행랑아범은 다시 대답하고, 또 그 일을 하였다. 이렇게 네댓 번을 하게 되었다. 행랑아범은 비록 건장한 사내지만, 오랫동안 기력이 소진해 있던 터라 하룻밤에 다섯 차례나 그 일을 벌이니 사지가 모두 쑤시고, 숨이 가쁘고, 땀이 흘러 온몸을 적셨다. 몹시 피곤하여 별성마마님께 사례는 고사하고, 시원한 바람에 정신을 차려야 할 것 같았다.

행랑아범은 길가로 나 있는 작은 창문을 밀었다. 그랬더니 창밖에는 검은 옷을 입고 벙거지를 쓴 건장한 놈팡이가 지팡이를 짚은 채 달빛을 받으며 우두커니 서 있었다.

행랑아범은 깜짝 놀라 물었다.

"너는 웬 놈이기에 감히 우리 집 방 안을 엿본단 말이냐?"

순라군은 졸지에 당한 일이라, 뭐라 대답할 말이 없었다. 그저 둘러대며 말했다.

"나는 별성마마의 분부를 받들어 자네들이 하는 짓이 건전한지 그렇지 않은지를 염탐하러 왔네. 자네들은 다시 한 차례 더 해도 좋네."

"나를 죽인다 해도, 다시는 그 짓을 못하겠네."

祝願行房

痘疹[1], 人之兒時, 一次經患之例事也. 俗言傳曰: "痘疫有神靈." 或號西神, 又呼稱戶口別星媽媽, 家內老少, 盡皆誠心淨身, 隣里親戚雜人, 不能出入病兒房中. 設小床井華水, 而名曰 '客主床', 而或有所爲之事, 輒手禱于床前, 是爲俗例也. 一廊漢之子, 痘症方至收合之時, 其夫漢語其妻曰: "吾以血氣方壯之年, 夜事不可一日闕了矣. 全廢, 將過旬日, 此物堅動, 長立不屈, 故口乾心煩, 火慾大發, 今夜則不可虛度也." 女大驚搖手曰: "戶口別星媽媽, 住接之處, 焉敢妄生雜心乎? 切勿更言." 夫曰: "戶口媽媽, 無夫婦, 而不知厥事耶? 別星必是男子也, 媽媽亦是婦人, 何有不知之理? 吾必爲之而後已. 不須更辭也." 女曰: "然則, 君當洗手, 更進井華水於床, 而祝之後, 草草爲之, 可也." 夫如其言, 而祝之曰: "小人身具人形, 雖鑰匙食飯, 何異於豚犬之屬? 年少夫妻, 久不同枕, 不勝春情, 玆敢仰告. 伏乞垂察矜憐, 特賜一席交歡之處分焉." 合手再拜. 適其時, 巡邏軍過見其廊窓照火, 窺而聽之, 則不勝絶倒. 乃以喉間, 微聲言之曰: "依願許施, 爲之." 廊漢大喜, 戶口分付, 以細聲長對答後, 卽擧事, 猛作雲雨. 已罷, 夫妻相議曰: "旣以別星媽媽分付, 爲之, 則不可無謝." 乃更洗手而謝曰: "依分付, 而好做一次, 德澤, 山高海深, 不勝感謝." 巡軍又曰: "汝復爲之." 廊漢又對, 而又爲之, 後又告謝. 巡軍又言曰: "又爲之." 廊漢又對, 又爲之, 而如是五次. 廊漢雖壯年, 氣力久阻之餘, 一經五次之役, 四肢俱痛, 氣息喘喘, 汗流遍身, 勞困頗甚, 謝禮別星, 姑捨, 將欲洒風定神, 而推開路邊小窓, 則窓外有着戰笠之黑衣大漢, 持杖立於月夜中. 廊漢大驚曰: "汝是何許人, 敢窺他人之房中耶?" 巡軍, 卒地無言可答, 故乃曰: "吾奉承別星行次之分付, 廉探汝輩之所爲事健否耳. 汝更爲一次, 可也." 廊漢曰: "吾雖死, 不敢更爲之也."

1) 두진(痘疹): 천연두 혹은 홍역.

포졸이 속아 넘어가다

　포졸의 아내는 남편이 순라를 돌기 위해 나간 밤에 다른 사람과 간통을 하고 있었다.

　삼경이 지날 무렵, 남편이 문을 두드렸다. 아내는 은밀히 샛서방에게 안뜰 근처에 서 있으라고 부탁하였다. 그러고는 기쁘게 남편을 맞이하며 말했다.

　"기다린 지 오래되었는데, 왜 이리 늦었어요? 상전마마의 친척 양반이 어젯밤 통행금지를 알리는 인정人定을 할 무렵 여기에 왔어요. 그러자 마마님께서 나를 불러 말씀하시더군요. '네 남편을 불러와서 손님을 모시고 본댁으로 돌려보내라'고요. 이런 뜻으로 여러 차례 분부하셨어요. 그런데 왜 이렇게 늦었어요?"

　그러고는 안뜰을 향해 소리쳤다.

　"서방님께서는 속히 나가시옵소서."

　포졸은 손으로 자신의 뒤통수를 긁적이며 말했다.

　"내가 눈을 붙이지 못해 잠깐이라도 눈을 붙일까 해서 왔더니, 어찌하여 마마님은 이런 별별 심부름을 다 시킨단 말야?"

그러고는 샛서방에게 나아가 절을 하였다. 샛서방은 허리띠를 가지런히 정리하고 갓끈을 드리운 채, 도리어 포졸을 꾸짖었다.

"너는 어찌하여 즉시 오지 않았느냐?"

포졸은 우러러보며 대답하였다.

"나가서 돌아다니는 포졸이 어찌 손님이 기다리고 계신다는 것을 알 수 있겠습니까? 그나저나 서방님께서 가시는 곳은 어느 마을인지요?"

그렇게 말하고, 잘 호송해서 보내드렸다.

捕卒見瞞

一捕卒妻, 乘其夫出巡之夜, 與人私之. 三更後, 其夫叩門, 女囑暗其間夫, 而立於內庭近處. 欣然出迎其夫曰: "待之久矣. 何以晚耶? 上典媽媽親戚兩班, 昨夕臨種入來, 故媽媽主呼我曰: '招來汝夫, 而陪往客主, 使還本宅.'之意, 屢次分付也. 君來何遲耶?" 遂向內間呼之曰: "書房主, 速出來." 捕卒手打腦後曰: "吾尙不接目, 而將欲假寐, 豈意有此別別使喚哉?" 遂進拜客前, 客整帶垂纓, 長聲還責曰: "汝何不卽來耶?" 卒仰對曰: "出去捕卒, 豈知客主之待哉? 書房主所向之處, 果是何洞耶?" 善爲護送也.

차라리 태장을 맞겠다

거지 아이가 한겨울에 길 위에 누워 죄 없이 떨고 있었다. 한 노파가
그것을 보고 불쌍히 여겨 방 안으로 데리고 들어왔다.

밤이 깊어지자, 거지 아이는 노파의 배 위로 올라갔다. 노파는 아이
를 꾸짖어 말했다.

"너는 어찌 이렇게 무례하냐? 내 마땅히 형조에 소장을 올려 네 죄
를 다스리도록 하리라."

말이 끝나기도 전에 거지 아이는 자꾸자꾸 나아갔다 물러났다를 반
복했다. 그러자 노파의 음호가 점점 뜨거워지면서, 노파의 마음도 요
동치고 말았다.

이윽고 거지 아이가 대답했다.

"그럼 이제 빼고 일어나오리까?"

"그러면 나는 반드시 포도청에 소장을 올리리라."

"이른바 진퇴유곡進退維谷이로군요."

그 사이 이미 일은 이루어졌다.

寧受答杖

有一乞兒, 冬天, 臥於街上, 無罪戰慄. 一老嫗, 見而憐之, 招入房中矣.
及其夜深後, 乞兒轉上老嫗腹上. 嫗叱曰: "汝何能如是無禮耶? 吾當呈于刑
曹, 而治汝之罪." 如是之際, 乞兒頻頻進退, 則陰戶漸溫, 嫗心已動矣. 乞兒
答曰: "然則, 吾將拔而起矣." 嫗曰: "吾當呈于捕盜廳." 乞兒答曰: "可謂進
退惟谷[1]." 於斯之際, 已成事也.

---

1) 진퇴유곡(進退惟谷): 진퇴유곡(進退維谷). 앞으로 나아갈 수도 없고 뒤로 물러날 수도 없이,
꼼짝할 수 없는 궁지에 빠짐.

네 성은 틀림없이 여가이리라

한 선비가 비를 피해 주막에 머물렀다. 이른바 주막집 창부는 비록 선비 가까이에 오지 않았지만, 때때로 눈길을 주며 얼굴을 마주 보았다. 선비는 그 아낙을 불러들여 몇 마디를 나누었다.

하루 이틀이 지나자, 농담이 진짜가 되어 둘은 일을 치르게 되었다. 그런데 여인의 음호는 몹시 광활하고, 선비의 물건은 매우 작았다. 아득히 넓은 바다에 떠 있는 한 톨의 조(粟)라 할 만했다.

선비가 말했다.

"자네의 그 구멍은 남발랑南拔廊이 아닌가?"

아낙은 무슨 말인지 알지 못해 대답하지 못했다. 선비도 물러나 앉아 생각 없이 시 한 구를 읊었다.

"청산만리일고주靑山萬里—孤舟라."

"쇤네는 무식하여 글의 의미는 잘 모릅니다. 그러나 '남발랑'이란 서울 근처의 지명일 것이니, 그 거리가 좁은지 넓은지는 알 수가 없네요. 그런데 '청산만리일고주'라 운운하신 것은 무엇을 말씀하신 것인지요? '만 리나 되는 청산[萬里靑山]'이란 하늘이 만드신 것이고, '외로운 배 한 척[一介孤舟]'은 변변치 못한 장인이 만든 것이지요."

선비는 화가 나서 한참 뒤에 말했다.

"너는 분별력이 좋으니, 내가 네 성이라도 기억할 수 있게 해주겠느냐?"

"옛사람이 말하기를, 대나무를 보며 무엇 때문에 주인이 누구인지를 묻느냐고 했지요. 생원님도 단지 쇤네를 주막집 창부로만 알면 될 뿐이지요. 성씨를 물어서 무엇 하시게요? 아들 낳고 딸 낳고 하시거든 비밀 문서 속에 제 외할아버지 이름자라도 써주시게요?"

선비는 이 말을 듣고 화가 났지만, 얼굴에 드러내지 않고 이렇게 말했다.

"네 윗입은 비록 작으나 아랫입은 크니, 네 성은 틀림없이 여몸가인가보구나."

汝姓必呂

一士人, 滯雨炭幕, 所謂幕娼, 雖不敢來近, 時時注目對面. 士人招來接語, 一日二日, 弄假成眞, 與之成事, 則女之陰戶太闊, 生之厥物太小, 眞所謂渺滄海之一粟矣. 生曰: "汝之厥穴, 此是南拔廊耶?" 女不知而不答. 生退坐偶吟曰: "靑山萬里一孤舟[1]." 娼曰: "小女無識, 雖不知書意, 南拔廊之敎, 此是洛中近處之地名, 則其窄其闊, 吾未可知也. 靑山萬里一孤舟云者, 果是何說耶? 萬里靑山者, 天之所作也, 一介孤舟[2], 庸工之所作也. 士人 忿

---

1) 청산만리일고주(靑山萬里一孤舟): 푸른 산 만 리에 외로운 배 한 척. 이는 자신의 처지가 몹시 쓸쓸함을 의미한다. 그러나 여인은 이를 되받아쳐서 넓디넓은 만리청산은 자신을, 조그마한 배 한 척을 선비로 대체시켰다.
2) [교감] 果是何說耶? 萬里靑山者, 天之所作也, 一介孤舟: 이 부분은 국립중앙도서관에 수장된

然默然良久, 問曰: "汝能善辨, 能或記姓耶?" 娼曰: "古人云, 看竹何須問主人³⁾? 生員主但知小女以幕娼, 則已矣, 問姓何爲乎? 生子生女, 當書外祖名字於秘封中耶?" 生又聞此語, 則雖慍難氣. 乃曰: "汝之上口旣小, 下口只大, 必是呂哥也."

『어수록禦睡錄』에만 쓰여 있다.
3) 간죽하수문주인(看竹何須問主人): 대나무를 몹시 사랑했던 왕휘지(王徽之)가 오중(吳中)을 지나다가 한 사대부의 집에 있는 좋은 대나무를 보고 그 집에 잠시 머물렀지만 끝내 주인을 부르지는 않았다는 데서 나온 고사다. 이는 유의경(劉義慶)이 편찬한 『세설신어世說新語』에 나온다.

신발 신는 법을 알다

한 선비가 주막에서 얼굴이 예쁜 젊은 아낙을 보았다. 선비는 아낙에게 침소가 어디냐고 묻고는 깊은 밤에 서로 만나기로 약속을 해두었다.

그러나 젊은 아낙은 마침 시어머니의 심부름으로 다른 곳에 가서 잠을 자야 했다. 침소에는 늙은 시어머니만 불을 끈 채 잠들어 있었다.

그것을 모르는 선비는 잘못하여 시어머니의 방으로 들어갔다. 그리고 누워 있는 여인의 다리를 들고 웅크리고 앉았다. 그런데 여인의 피부는 메말라 있고, 음호는 쭈글쭈글하였다. 양물도 잘 들어가지 않았다. 그래서 선비는 두 손으로 구멍의 두 끄트머리를 잡아당긴 다음 그것을 찔러넣었다. 그러자 시어머니는 마음이 몹시 즐거워, 두 손으로 선비의 등을 쓰다듬듯 두드리며 이 빠진 소리로 말했다.

"양반집 아드님께서는 신발 신는 법을 아시는구려."

선비는 깜짝 놀라 물러났다.

能知納靴

一士人, 於酒店, 見一少婦之有容貌, 問其所寢處, 約以夜深相逢矣. 少婦適以其姑之所命, 往宿於他處, 而老嫗, 滅燭獨寢. 士人誤入嫗房, 擧脚蹲坐, 則肌膚瘦瘠, 陰戶紋縮, 故厥物不能善揷. 士人以兩手, 挽其厥穴之兩絃, 衝之, 則嫗心甚快動, 以手叩士之背, 以落齒之聲, 語之曰:"兩班子弟, 能知納靴之法." 士人大驚退去也.

기생집에서 밤일을 평가하다

한 고을의 기생은 집에서 손님을 접대했는데, 오는 손님은 모두 한 두 번씩 사랑을 나눈 사람이었다.

한 손님이 먼저 와서 기생집에 자리를 잡고 앉아 있을 때였다. 잇따라 기생집으로 사람이 오는데, 마침 두 사람이 짝을 지어 들어왔다. 기생은 손님에게 은밀하게 말했다.

"마부장馬部將과 우별감禹別監이 오셨습니다."

또 두 사람이 연속해서 들어왔다. 그러자 기생은 다시 은밀하게 말했다.

"여초관呂哨官과 최서방崔書房이 오셨습니다."

먼저 온 손님이 네 사람을 보니, 어떤 사람의 성은 김씨이고, 어떤 사람의 성은 이씨였다. 마씨, 우씨, 여씨, 최씨는 한 사람도 없었다.

네 사람이 모두 돌아간 후, 손님은 기생에게 물었다.

"너는 아까 왔던 손님의 성씨를 과연 모르느냐?"

"모두 저와 친하게 지낸 지 오래되었는데, 어찌 성을 모를 리가 있겠습니까? 마씨니 여씨니 하는 말은 그저 밤일을 평가하여 붙인 것이지요."

그리고 덧붙여 말했다.

"아무개는 몸과 양물이 모두 장대하니 성이 말 마馬가 된 것이고, 아무개는 몸은 작으나 양물이 크니 성이 당나귀 여驢가 된 것이고, 아무개는 한번 삽입하면 곧바로 끝내버리니 성이 소 우牛가 된 것이고, 아무개는 잠깐 동안에 오르락내리락하니 성이 참새 최崔가 된 것이죠."

다 듣고 나서 먼저 온 손님이 물었다.

"그렇다면 나에게는 어떤 별명을 붙이려느냐?"

"실속도 없이 날마다 헛되이 왔다가 헛되이 돌아가 허송세월만 하니 마땅히 허許생원으로 붙이는 것이 좋겠네요."

이른바 재치 있는 기생이라 하겠다.

妓家褒貶

一村妓, 在家接客, 客之來者, 無非一二次相昵之人也. 一人先往在座之時, 後來者連續, 而適有二人, 作伴入來, 則妓潛語曰: "馬部將[1]禹別監[2]來矣." 又有二人續入, 則妓曰: "呂哨官[3]崔書房[4]又來也." 先坐者看諸四人, 則或姓金, 或李, 而馬呂禹崔姓之人, 一無來者. 四人去後, 問於主妓曰: "俄者客之姓字, 汝果不知耶?" 妓曰: "皆吾所親之久矣, 豈不知本姓之理也?

1) 부장(部將): 포도청에서 군사 업무를 맡아 보던 낮은 벼슬아치.
2) 별감(別監): 왕명의 전달, 임금이 쓰는 붓과 벼루의 공급, 대궐 열쇠의 보관, 대궐 뜰의 설비 등의 일을 맡아 보던 관아인 액정서(掖庭署)에 속해 있는 사람.
3) 초관(哨官): 군사 편제인 초(哨: 군사 100여 명이 1초) 하나를 도맡아 감독하던 우두머리. 종9품.
4) 서방(書房): 서방색(書房色). 액정서에 소속된 구실아치로, 왕이 쓰는 붓이나 먹이나 벼루 등과 관련된 일들을 맡아 보았다.

馬呂姓等說, 以夜事褒貶[5]之題." 仍語曰: "某人體與腎俱大, 姓可爲馬. 某人體小腎大, 姓可爲驢. 某人一挿卽泄, 姓可爲牛. 某人乍上乍下, 姓可爲崔." 崔則雀也. 先坐人曰: "我卽當爲何題耶?" 妓曰: "旣無實事, 日日空來空還, 虛送歲月, 當以許生員題之, 可也." 可謂才妓也.

<hr />

5) 포폄(褒貶): 옳고 그름이나 선하고 악함을 판단하여 결정함.

사람 몸에 붙어사는 이가 묏자리를 구하다

홍생洪生이란 사람은 병이 있어 늘 신음하며 지냈다. 이에 그는 고담
古談을 잘하는 사람을 맞이하여 소일거리로 삼고자 했다. 마침 농담을
잘하는 사람이 와서 이야기를 해주었다.

"이蝨가 부모의 상을 당해 지관地官. 풍수설에 따라 집터·묏자리 등을 잘 잡는 사람과
함께 장례를 치를 산소를 구하고 있었죠. 그래서 사람의 몸 위를 두루
답사하다가 두 젖가슴 사이에 이르자, 지관이 이에게 말했습죠. '안팎
으로 언덕은 비록 지극히 분명하지만, 앞은 높고 뒤가 낮은 까닭에 가
히 쓸 수 없다.' 배꼽 위에 이르러서는, 이렇게 말했습니다. '천 리나
펼쳐진 기름진 땅에 적합한 혈穴도 있지만, 주산主山과 용호龍虎가 자세
하고 분명치 아니하니 가히 쓸 수 없다.' 배 아래 두 다리 사이에 이르
러서는, 이렇게 말했습니다. '이곳은 가히 쓸 만하구나. 방서方書에 이
르기를 '토산土山 수풀 무성한 곳이 바로 정기가 온전하게 모인 정혈正穴
이 되니, 그 아래에 무덤을 쓰면 백자천손百子千孫이 만 년 동안 끊이지
않는 기반이 된다.' 지관의 이런 말을 들은 이는 땅을 다지고 혈을 마

름질하기 시작했지요. 그때 초관哨官 벼슬을 하는 벼룩 놈이 불쑥 나와 꾸짖었습니다. '감히 어떤 놈이 사대부가의 무덤 뒤쪽에 몰래 장례를 치르려고 하느냐?' 이가 깜짝 놀라 그 사연을 물었죠. 그랬더니 벼룩이 고환 두 쪽을 가리키며 말했습죠. '저것은 홍생원이란 양반 댁에서 부모 두 분을 모신 무덤이니라'고."

人蝨求山

一洪生者, 有疾呻吟, 求邀善爲古談者, 而將擬消日矣. 善說詼諧者, 適來曰: "蝨子遭親喪, 與地官, 欲求山[1], 遍踏一人體之上. 至於兩乳之間曰: '內外龍虎[2], 雖極分明, 前高後低, 故不可用也.' 至于臍上曰: '沃野千里, 必有當穴[3], 而主山[4]及龍虎, 不得詳明, 故不可用也.' 至于腹下兩脚之間曰: '此是可用處也. 方書[5]有云, 土山[6]之陰茂處, 可爲正穴, 而其下, 若鑿柄者, 眞所謂百子千孫, 萬歲香火之基也.' 蝨子喜之, 方泛鐵裁穴之際, 有一蚤哨官者, 出來大叱曰: '敢有何漢, 偸葬[7]於士夫家山所之腦後[8]耶?' 蝨子驚問其故, 則蚤指兩囊曰: '彼是洪生員兩班宅, 親山[9]雙墳也.'"

---

1) 구산(求山): 좋은 묏자리를 잡으려고 찾는 일.
2) 용호(龍虎): 풍수설에서 묏자리 주위를 둘러싼 언덕이나 산 따위.
3) 혈(穴): 풍수설에서 땅 속에 흐르는 정기가 터에 모여들어 뭉친 곳으로 이곳에 무덤이나 건물이 들어선다.
4) 주산(主山): 묏자리의 운수 기운이 매였다는 가장 중요한 산으로, 묘의 북쪽에 위치한다.
5) 방서(方書): 방사(方士)의 술법을 적은 책. 여기서는 풍수지리와 관련한 책.
6) 토산(土山): 풍수설에서 산 모양이 후덕하고 정상 부분이 일(一)자처럼 평퍼짐한 산.
7) 투장(偸葬): 남의 산소에 몰래 장례를 치르는 것.
8) 뇌후(腦後): 무덤 뒤쪽.
9) 친산(親山): 부모의 산소.

끝내 장사는 치르지 못했다

한 늙은 나그네가 태수^{太守}를 따라 책실^{冊室, 책과 문서를 보관하던 방}에 머무르고 있었다.

밤이 깊어지자, 나그네는 아이종에게 기생을 불러오게 했다. 닭이 울 때까지 나그네는 기생을 껴안았지만, 그 물건은 조금도 일어서지 않았다. 그러자 기생이 말했다.

"쇤네의 음호는 생원님 댁의 옛 무덤 자리인가요? 밤새도록 시체를 끌어안고 올렸다 내렸다 하지만 끝내 장사^{葬事}를 치르지는 못하네요."

늙은 생원은 얼굴만 붉힐 뿐, 책망하지는 못했다.

終無入葬

一老客, 隨太守, 往留冊室[1]. 夜深後, 使小童, 招一妓而來, 抱臥至鷄鳴之時, 厥物頓然不起. 妓曰: "小女陰戶, 乃是生員宅之舊山所乎? 終夜拽尸, 而上之下之, 終無入葬." 生員赧然, 不能責也.

기름떡의 맛

한 늙은 할미가 산속 깊은 곳에서 허리를 구부린 채 산나물을 캐고 있었다. 그런데 할미의 속옷이 해져서 음문이 드러났다. 마침 한 총각이 지나다가 그것을 보니, 그 물건이 크게 일어났다. 그래서 총각은 몰래 할미 뒤로 다가가 급히 찌르고는 곧바로 몸을 돌려 달아났다. 그러자 할미가 꾸짖으며 말했다.

"개자식아! 너는 내 손자 또래인 듯한데, 어찌하여 나를 이렇게 모욕한단 말이냐?"

"나는 쥐구멍인 줄 알고 발로 그것을 찼는데, 잘못하여 엄지발가락이 들어간 것뿐이에요."

할미는 화를 내며 말했다.

"내 비록 늙었지만 어찌 줄풀과 그 물건을 알지 못하며, 태평소와 말의 좆기둥을 알지 못하겠느냐? 네가 말한 것처럼 발가락이면 어찌하여 지금까지 훈훈한 향기가 있고, 게다가 기름떡의 맛과 같은 은근함이 더해졌겠느냐?"

油餠之味

一老嫗, 於深山僻處, 俯而採菜. 適袴弊, 陰門綻露矣. 一總角漢, 過而見之, 厥物大撑, 故暫衝旋拔而走, 則老嫗罵曰: "狗子也! 汝是如我孫子輩同齒, 能侮我如是耶?" 總角曰: "吾疑鼠穴, 而以足蹴之, 則大指滑入矣." 嫗憤怒曰: "吾雖老昏, 豈不知苽子[1]與厥物, 大平嘯與馬腎莖耶? 汝云足指, 則至今尙何有燻氣, 而添以懇懃, 若油餠之味耶?"

---

1) 고자(苽子): 줄풀. 물가에서 자라는 볏과에 속한 풀. 1~2미터 정도의 높이까지 자라는데, 이 풀로 도롱이나 자리를 만들었다.

226 | 조선 후기 성 소화 선집

조비장이 시를 읊다

조씨 성을 가진 비장裨將이 장군의 명령으로 한 고을에 이르렀다. 그러자 고을 원은 조비장에게 운심雲心이라는 기생을 보내주었다.

조비장은 본디 늙은이로, 밤새도록 주물럭거려도 끝내 일을 이룰 수 없었다. 그렇지만 기생은 음욕을 이기지 못해 홀로 설정泄精을 하고 끝내버렸다. 조비장은 부끄러워하며 뒤로 물러나 누운 채 조용히 시를 읊었다.

구름[雲, 운심]은 무심히 비[水, 물]를 내뿜고 雲無心而出水
새[鳥, 조비장]는 애써 날지만 돌아올 줄 안다네 鳥捲飛而知還

이 또한 포복절도할 일이다.

趙裨詠詩

一趙姓裨將者, 以將令, 行到一邑, 則主倅, 以一妓名雲心, 出送矣. 趙本老矣. 達夜撫摩, 終不能成事, 故妓不勝淫興, 獨先泄精[1]. 趙憮然退臥而吟曰: "雲[2]無心而出水, 鳥[3]捲飛而知還." 此亦絶倒也.

---

1) 설정(泄精): 뜻하지 않게 정액을 쏟아내는 일.
2) 운(雲): 구름. 여기서는 구름과 함께 기생 운심을 뜻하는 중의적인 표현이다.
3) 조(鳥): 새. 여기서는 새와 함께 조비장 자신을 뜻하는 중의적인 표현이다.

다리를 들었더니 형님이 나오네

젊은이들이 서로 모여 아내가 아닌 여인을 범한 일에 대해 이야기하고 있었다. 그중 한 사람이 말했다.

"내 형님 집에 어린 여종이 있는데, 자못 얼굴이 예뻤어. 그래서 그 아이를 바깥채로 불러내서 막 즐거움을 나누려고 다리를 들어 올렸는데, 형님이 마침 나오더라고. 그래서 일을 이루지 못했네."

듣는 사람들 모두 그를 조롱하더라.

擧脚兄出

少年輩相會, 共說家外犯色之事. 一人曰: "吾舍兄[1]家, 童婢頗有美色, 故招出外舍, 方欲求歡, 而擧脚, 則舍兄出,[2] 故不能成事." 聞者嘲之.

---

1) 사형(舍兄): 자기 형을 겸손하게 일컫는 말.
2) 거각즉사형출(擧脚則舍兄出): 이는 계집종의 다리를 들어 올려서 관계를 맺으려 하는데, 형 역시 그런 생각이 있어서인지 바깥채로 나왔다는 의미이지만, 이 문맥으로는 '내 형이 계집종의 다리 사이에서 나온 자식'이란 의미로도 읽을 수 있다.

봄이 오기 전에는 일어서기 어렵다

홍풍헌風憲의 아내는 음모陰毛가 많았다.

어느 겨울밤 얼음 위에서 오줌을 싸다가, 그녀의 음모가 얼음에 붙어버리고 말았다. 일어나고자 해도 일어설 수가 없었다. 이에 도와달라고 큰 소리로 외쳤다. 그 소리를 듣고 놀란 풍헌은 벌떡 일어나 아내가 부르는 곳으로 달려갔다. 그리고 머리를 숙여 입김을 불어넣었다.

입김을 불면서 얼음을 녹이던 차에, 풍헌의 수염도 얼음에 단단히 붙어버렸다. 풍헌 역시 일어나고자 했지만, 일어설 수가 없었다. 그것은 마치 풍헌의 입과 아내의 음문이 서로 마주 보고 엎드린 형상이었다.

날이 밝자, 김약정約正이 와서 일이 있으니 문밖으로 나오라고 외쳤다. 그러자 풍헌이 말했다.

"비록 관아의 일이 중요하지만, 나는 얼음이 녹기 전에는 드나들 수가 없네. 자네는 이런 생각을 관아에 아뢰고, 내 직임을 바꾸도록 하게. 내년 봄 이후에는 비록 권농勸農으로 차출된다 하더라도 내 마땅히 따라간다고……"

春前難出

洪風憲[1]之妻, 多陰毛. 冬夜, 放溺於氷上, 其毛, 與氷俱凍, 欲起不得, 故一聲大叫, 風憲驚起出往, 低首噓氣, 欲解其氷之際, 洪之長髥, 亦復與氷俱堅, 故洪亦起難得, 而洪之口, 與其妻之陰門, 相向而俯伏矣. 日已曉矣, 金約正[2]來呼門外. 洪曰: "官事雖重, 吾則解凍前, 不得出入. 君以此意, 告于官家, 遞改我任也. 明春以後, 則雖差勸農[3], 吾當隨行云矣."

1) 풍헌(風憲): 조선시대에, 면이나 리에서 수령을 보좌하는 향소직(鄕所職)의 하나.
2) 약정(約正): 향촌의 자치기구인 향약(鄕約)에 관한 일을 맡아 보던 사람.
3) 권농(勸農): 조선시대에, 지방의 방(坊)이나 면(面)에 속하여 농사를 장려하던 직책 또는 그 사람.

요강이 없어요

　부잣집에 사는 젊은 과부는 유모와 더불어 잠을 잤다.

　그러던 어느 날, 유모가 병 때문에 어쩔 수 없이 그 집을 떠나 있어야 했다. 과부는 이웃집 아주머니를 불러 말했다.

　"유모가 멀리 나가 있으니 혼자 잠을 자기가 너무 무섭네요. 댁에서 데리고 있는 고도쇠란 아이종을 잠시 빌려주시면 저녁밥을 잘 먹인 후에 우리 집을 지키게 하겠습니다. 그래도 될까요?"

　이웃집 아주머니는 허락하고 즉시 고도쇠를 보냈다. 열여덟 살 난 이 아이종은 어리석고 지각이 떨어지는 놈이었다. 그가 과부의 집에 와서 저녁밥을 먹은 후 마루에 드러누워 자는데, 코 고는 소리가 마치 우레가 치는 것과 같았다.

　고도쇠는 아직까지 한 번도 일을 치러본 적이 없었다. 그의 순수한 양물은 단단하게 일어나더니, 낡은 옷을 뚫고 나와 당당하면서도 우뚝하니 서 있었다.

　밤은 깊어 적막하였다. 젊은 과부가 고도쇠의 그것을 보니 갑자기 음욕이 일어났다. 그래서 몰래 그의 옷을 벗기고, 자신의 음호를 양물 위에 덮어씌우듯이 집어넣었다. 그리고 나아갔다 물러났다를 반복하면서 그 음욕을 모두 채운 후, 마침내 설정泄精까지 하고 일어섰다.

일을 마친 과부는 다시 고도쇠의 옷을 추스른 다음, 아무 일도 없었다는 듯이 자기 방으로 들어와 잠을 잤다. 그리고 다음 날 아침에 고도쇠를 이웃집으로 돌려보냈다.

그런데 유모는 그날 저녁이 되어도 돌아오지 않았다. 과부는 다시 이웃집에 가서 고도쇠를 빌려달라고 부탁했다. 이웃집 아주머니는 즉시 고도쇠를 불러, 그를 달래며 말했다.

"뒷집 아기씨 댁에는 그릇도 많고, 음식도 많고, 옷도 많거든. 그러니 네가 오늘도 가면 좋을 게다."

"비록 그릇이 많다하나, 요강은 없는 것 같던데요."

이웃집 아주머니는 핀잔을 주며 말했다.

"저런 부잣집에 어찌 요강이 없겠느냐?"

"요강이 없어요. 그러니까 어젯밤에 그 집 아기씨께서 손수 소인 놈의 바지를 벗기고, 소인의 좆대가리 위에다가 오줌을 쌌던 게죠."

이웃집 아주머니는 그 말을 듣고 몹시 부끄러워하며 다시 말을 하지 않았다.

溺缸必無
一富家少年寡婦, 每與乳媼, 伴宿矣. 一日, 媼母有病, 故媼不得已往焉. 寡婦呼隣媽請之曰: "媼旣出他, 獨宿甚畏, 請借貴家兒奴之高道釗, 善喂夕飯後, 使之守直, 何如乎?" 隣媽許之, 卽送高道釗. 此兒奴, 則年滿十八, 愚蠢無知覺之漢也. 來于寡家, 得食夕飯後, 臥宿堂上, 而鼻息如雷. 尙未經事, 故純陽厥物, 撑起透出弊袴, 軒仰直立. 夜深寂寞, 年少寡婦見此, 而不

覺淫心動起, 暗脫奴袴, 而以陰戶, 帽而揷之, 乍進乍退, 極盡其淫後, 泄精
而起. 還斂奴袴, 而入房就宿. 翌朝, 還送其奴矣. 乳媼夕又不來. 寡女又爲
請借其奴, 則隣媼卽呼高道釗, 而喩之曰: "後墻阿只氏宅, 多器皿, 多飮食,
多弊襪矣. 汝今又往, 則好矣." 高道釗曰: "器皿雖多, 溺缸似必無矣." 主媼
責之曰: "如彼富家, 溺缸, 何以無也?" 奴曰: "溺缸無故, 昨夜, 其阿只氏,
手脫小人之袴, 放溺于小人之腎頭上矣." 隣媼聽之, 亦自羞慙, 不敢更言也.

신부를 보고 달아나다

한 촌놈이 아내를 맞았는데, 자못 예뻤다. 그러나 신랑은 어리고 아
내는 다 큰 어른이었다.

혼례를 치른 후, 날을 가려 신부를 시집으로 데리고 왔다. 신부를 따
라 친정아버지도 쫓아왔다. 시집에서는 이웃 사람들을 초청하여 조촐
한 잔치를 벌이면서 신부를 맞이하는 의식을 갖추었다.

이미 집 안은 손님들로 가득 찼는데, 그 자리에 꼬마 신랑도 한 자리
를 차지하고 앉아 있었다. 신부를 보자, 신랑은 많은 손님들 앞에서 손
가락질을 해대며 말했다.

"저년이 온다, 와! 며칠 전에 자기 어깨로 나를 눕히고, 세게 껴안은
년. 다리로 나를 끼고 무겁게 짓누른 후, 내 오줌 싸는 물건을 밤새도
록 주물럭거린 년. 내 배 위에 올라탔다가 엎드렸다가 하면서 숨을 헐
떡이고 헐헐거리면서 내게 견딜 수 없는 아픔을 준 년. 그년이 왜 온단
말이야? 왜 와? 또 나를 잡을까봐 무섭단 말이야!"

그리고는 곧바로 달아나더라.

자리에 앉아 있던 사람들은 친정아버지가 몹시 무안해할까봐 묵묵
히 있으면서 아무 말도 하지 않았다.

避婦出外

一村漢得婦, 則有美色. 子幼婦壯. 過婚後, 擇日率來時, 其査頓亦隨而來
焉, 故請隣設宴, 以迎新婦. 所謂新郎在座, 賓客滿堂. 新郎於衆客之前, 以
指屈曲, 而指曰: "彼女兒來之, 來之! 日前, 以渠臂, 枕我而緊抱, 以脚, 挾
我而重壓後, 我之放溺物, 達夜撫摩, 或乘伏我之腹上, 氣喘喘息歇歇, 而使
人不勝疴痒. 何以來耶, 何以來耶? 恐又捉我." 卽走而去. 滿座, 念其査之恧
然, 默默無言也.

네 조 속에서 나오다

한 선비가 밖에 나갔다가 백성의 밭 가운데를 가로질러 집에 돌아올 때다. 길에서 밭 주인을 만났다. 선비가 그에게 말했다.

"네 조[粟]가 무성하더구나. 내가 이른 아침에 네 조 속에서 나와서인지 온몸에 보풀이 가득하네."

대개 조를 의미하는 속粟의 음이 조鳥와 같은 까닭이다.

이 말을 들은 사람은 모두 그를 조롱하였다.

汝粟中出

有一士人, 出他, 由民田中, 而到家之際, 路逢田主曰: "汝粟茂盛矣. 吾早朝, 自汝粟中出, 則適身水滿."[1] 盖粟之釋音, 與鳥[2]同故也. 聞此言者, 見而嘲之.

---

1) 汝粟茂盛矣. 吾早朝, 自汝粟中出, 則適身水滿: 선비는 조가 무성한 백성의 밭을 지나왔다는 말이지만 여기에서는 '선비가 백성의 좆에서 나왔다'는 의미로도 읽을 수 있다.
2) 조(鳥): 남자의 성기인 '좆'을 차음한 것임.

다리야 어찌 흘어지리오

전라감사 대부인大夫人의 환갑날, 관아에서는 잔치를 열어 많은 사람을 초청하였다. 인근 지역 수령의 아내와 경향京鄕 각지 친척집의 부인들도 모두 모였다. 그런데 전주판관의 아내만 늦도록 오지 않았다. 그래서 관아의 안채에서는 어린 계집종을 보내 전주판관의 아내에게 빨리 오라는 말을 전하게 했다.

계집종이 전주 관아에 갔더니, 관아는 조용하여 사람의 소리가 들리지 않았다. 방문도 잠겨 있었다. 그래서 계집종이 창틈으로 방 안을 엿보았더니 판관 부부가 막 일을 벌이고 있었다. 계집종은 웃음을 참고 물러나, 관아의 안채를 돌보는 다른 종에게 말만 전하고 돌아왔다.

다시 잔치가 벌어지는 곳으로 돌아온 계집종은 땅에 엎드려 보고를 하다가 그만 엎드린 채 웃음을 터뜨리고 말았다. 자리에 있던 부인들이 모두 그 연유를 캐묻자, 계집종이 이렇게 말했다.

"판관 사또 마마님이 손으로는 머리에 얹은 다리〔髢〕를 잡으시고, 두 눈은 감긴 듯이 정신을 잃어 의식이 없는 상태로 판관 사또의 배 아래에 계셔서 직접 말씀을 전하지 못하고 돌아왔습니다."

모든 부인들이 웃느라 관아는 한바탕 시끄러웠다. 다만 대부인은 본래 귀가 어두워 사람의 말을 명확히 알아듣지 못했다. 그런 대부인이 사람들에게 물었다.

"자네들은 무슨 특별한 일이 있어서 그렇게 웃으시나? 이 늙은이에게도 즐거움을 나누어주면 좋겠네."

모든 부인들은 입을 막고 말했다.

"우리 젊은 아낙들은 그저 저 계집종이 하는 말을 듣고 이처럼 웃사옵니다. 그러나 어르신의 안전案前, 높으신 어른이 앉아 있는 자리의 앞에 우러러 아뢸 수는 없사옵니다."

그렇게 말할 뿐, 그 사연을 자세히 아뢰지 않았다. 대부인은 몹시 화가 나서 말했다.

"자네들은 나를 위해 잔치를 열고, 새 저고리를 주며 입으라 하고, 새 치마를 주며 두르라 하면서도 실은 서로가 손가락질하며 나를 비웃고 있었네그려. 자네들은 내가 솜을 많이 넣은 비단옷이나 입고 앉아서 술동이를 껴안고 있는 것으로 보이는가보구먼. 내가 자네들에게 그런 비웃음이나 받을 바에는 차라리 오늘 잔치를 열지 않는 것이 더 좋을 듯하네."

모든 부인들은 황공함을 이기지 못해 앞으로 나아가 사실대로 아뢰었다.

"전주판관의 부인이 판관과 더불어 어떠한 일을 했다고 합니다."

대부인은 귀가 어두워 그 말을 잘 이해하지 못했다. 그래서 다시 물었다.

"자네는 무슨 말을 하는가?"

이에 그 부인이 큰 소리로 두 번 아뢰고, 다시 세 번 아뢰고 있을 때였다. 전주판관 부인의 행차가 이미 도착하여, 판관 부인이 가마에서 내려 문 바깥쪽에까지 이르렀다. 그런데 문득 방 안에서 자기에 대해 큰 소리로 이야기하는 것이 아닌가. 판관 부인은 얼굴이 붉어지는 것도 깨닫지 못할 정도로 화끈거려 나아갈 수도 물러날 수도 없었다. 겨우겨우 대부인 앞에 나아가 얼굴을 뵙고 인사를 드릴 수밖에…… 그 모습을 본 대부인은 웃음을 머금고 위로한답시고 이렇게 말했다.

"늙은이가 여기에 있다가 아까 이 고을 마마께서 한바탕 좋은 일을 벌였다는 말을 들었네. 그런데도 마마의 다리[髢]는 아직 헝클어지지 않았으니 이상하도다. 예전에 전라감사 부친의 생신 때였지. 그분 역시 이런 일을 좋아해서, 그때마다 내가 그 욕을 받았지. 그때는 다리가 항상 흩어져서 말이야."

이 말을 들은 부인들은 모두 입을 막고 웃음을 참지 않을 수 없었다.

髢毛盡散

全羅監司[1]大夫人[2]回甲之日, 設宴於衙中, 多招請, 近地守令之室內, 及京鄕親戚家夫人, 咸聚. 全州判官[3]之室內, 日晚不來. 自營門內衙, 出送童妓, 傳喝促來, 則童妓出往本府內衙, 寂無人聲, 房門尙關矣. 童妓從窓隙窺見, 則判官夫妻, 方作厥事矣. 童妓忍笑而出, 逢府衙婢, 轉通傳喝而來. 及入營內, 仆地笑臥, 滿座諸夫人, 莫不討問. 童妓曰:"判官進賜主媽媽, 手撑其髢[4], 兩目掩如, 不省人事[5], 而方在判官之腹下, 故未得傳喝而歸也."諸

---

1) 감사(監司): 관찰사(觀察使). 각 도의 우두머리 벼슬. 도 안의 온갖 행정, 군정, 재정, 형벌 등을 담당하고, 각 지역의 원을 감독하였다.
2) 대부인(大夫人): 남의 어머니를 높여 일컫는 말. 여기서는 전라감사의 어머니.
3) 판관(判官): 조선시대에 각 도의 감영이나 주요 고을에 둔 종5품 벼슬.
4) 체(髢): 다리. 예전에 머리숱을 많아 보이게 하기 위해 만든 일종의 가발.
5) 불성인사(不省人事): 인사불성. 정신을 잃어 의식이 없음. 또는 사람으로서의 예절을 차릴 줄 모름.

夫人皆笑, 一衙喧動也. 巡使大夫人, 元來耳聾, 故未曉人言. 乃問曰: "汝輩, 有何別般好事而笑乎? 與此老, 共享其樂, 可也." 諸夫人皆掩口告之曰: "少年輩, 見其年少童妓等之所爲, 如是笑之, 不可仰達於長者尊前也." 不爲細告其事, 大夫人大怒曰: "汝輩, 稱以爲我設宴, 以新衣衣我, 以新裳帶我, 而面面相指笑之, 則汝輩, 必見我着多絮之緞衣, 而爲一包酒甕耶? 吾寧見笑於汝輩, 莫如今日, 不設宴之爲好也." 諸夫人不勝惶恐, 進前告曰: "本府判官之夫人, 與判官, 方有何許事云矣." 媽媽聾不聽解, 又問曰: "汝何言耶?" 其婦高聲再告三告之際, 判官夫人行次, 已爲下轎, 至于庭外, 輒聞房內, 高聲判官妻事之說, 不覺紅色滿面, 難進難退, 纔得入謁于老人前, 則媽媽含笑慰之曰: "老物在此, 俄聞本府媽媽, 做得一場好事, 而媽媽之髻毛未荒, 則可異也. 昔日巡使父親生辰, 每好如此之事, 吾受其辱, 則髻毛每每必散矣." 諸夫人聞之, 而莫不掩口忍笑云矣.

홀아비 맹인이 이웃집을 수색하다

홀아비로 사는 맹인이 일하는 아이까지 내보내고 무료하게 앉아 있었다. 홀로 앉아 있던 맹인은 무료함에 지쳐 그 물건을 꺼내놓고 손으로 장난을 쳤다.

그때, 이웃에 사는 상놈의 아내가 마침 맹인의 집에 왔다가 그 광경을 보았다. 여인은 맹인이 홀아비로 사는 것이 불쌍하기도 하고, 한편으로는 그 물건이 몹시 큰 것을 보고 탐욕이 생겼다. 그래서 여인은 곧바로 맹인이 있는 방으로 들어가 맹인을 껴안고 자신의 음문에 모자 씌우듯이 그것을 맞추었다. 그렇게 한바탕 질탕한 즐거움을 나눈 뒤 그녀는 방을 나가버렸다. 맹인은 마음속으로 몹시 고마웠지만, 끝내 그녀가 누구인지는 알 수 없었다.

다음 날, 맹인은 이웃집을 하나하나 돌며 사례를 하였다.

"어제의 일에 대해 감사드립니다."

이웃집 아낙은 이 말을 듣고 물었다.

"무슨 일 때문에 감사하다는 거죠?"

그러면 맹인은 다시 "아닙니다"라고 하며 그 집을 나갔다. 그리고 다시 옆집에 가서 앞에서 한 것처럼 반복하였다. 그 다음 집에서도 또 그렇게 하였다. 이렇게 서너 집을 다녔지만, 끝내 응답하는 여인은 없었다.

마침내 한 집에 이르러, 맹인이 또 전처럼 말했다. 그러자 그 집 행랑채에 사는 여인이 나오며 말했다.

"조용히 하고 그만두시오. 내게 감사할 것이 뭐 있수? 주인집에서 마침 점을 칠 일이 있다고 하니 내 오후에 찾아가리다."

어제 고마웠던 여인은 바로 이 여인이었다. 맹인은 비로소 그것을 알아내어 궁금증을 풀었다.

盲鰥搜隣

一盲者, 鰥居在家, 出送雇童, 無聊獨坐, 露出厥物, 大撑手弄之際, 隣居常漢妻, 適來見之, 憐其鰥居, 又貪厥物之健大, 卽入相抱, 而以陰門, 帽揷, 濃了一場而去. 厥盲心甚感之, 終不知爲誰也. 翌日, 自初隣家, 歷入謝之曰: "昨日之事, 感激也." 隣婦曰: "何事感激也?" 盲曰: "非也." 遂出, 而往其次家, 如之, 則次家又如之. 三家四家之婦, 終無應者. 至于一家而言, 則廊漢之妻, 出迎曰: "休言休言. 何感之有哉? 主人宅有問卜事云, 故吾將午后, 尋去矣." 日前有感之女, 卽此女也. 盲者知之, 自此以後, 以爲解疏也.

사슴이 어떻게 벼슬을 하리오

한 노인이 젊은 첩과 함께 자리에 앉아 밤늦도록 잠을 이루지 못했다. 그래서 힘이 없는 물건으로 억지로 한 차례 일을 치르고 난 뒤 그 첩을 어루만지며 물었다.

"너 또한 좋더냐?"

첩은 쌀쌀맞게 웃으며 대답했다.

"좋았는지 나빴는지를 물어서 뭐 하시게요?"

"다행히 수태라도 하면 네가 말년에 의탁할 곳이 생기지 않겠느냐?"

"그렇다고 천한 몸으로 난 것이 거기에서 벗어날 수나 있겠습니까?"

"너는 비록 종년이지만, 나는 양반이 아니더냐? 네 배에서 난 자식일지언정 녹봉을 받으면서 스스로 살아갈 방도가 어찌 없겠느냐? 팔도의 비장^{裨將} 병방^{兵房} 예방^{禮房} 호창감관^{戶倉監官}이 되면 어찌 그 어미를 받들지 않겠느냐? 능마낭청^{能磨郎廳} 오위장^{五衛將}이 되면 어찌 그 어미를 받들지 않겠느냐?"

"자식을 낳고 잘 길러 내 몸을 의탁할 수만 있다면 좋겠죠. 그러나 사슴을 낳을 터인데, 사슴이 어떻게 비장이 되고 낭청이 된답니까?"

"나는 사람이고, 너도 사람이지 않느냐? 사슴을 낳는다는 말이 어찌 잘못된 말이 아니겠느냐?"

"사슴 가죽으로 된 좆으로 일을 치렀으니 반드시 사슴을 낳겠지요."

노인은 무안하여 길게 한숨을 내쉬더니 몸을 돌려 눕고는 말했다.

"내 정액이 있는 듯 없는 듯하니 사슴을 낳는 것도 가망이 없는 일이 겠지."

鹿何爲郎

一老人, 與少妾共座, 長夜無眠, 故僅將無力之物, 而强作一次, 撫愛其妾, 而問曰: "汝亦好耶?" 妾冷笑曰: "好否, 問將何爲乎?" 老者曰: "幸或受胎, 可 爲汝之末年托身處也." 妾曰: "賤身所生, 何能發身[1]耶?" 老者曰: "爾雖私 婢, 我是兩班, 則汝腹所生, 豈無食祿資生之道耶? 八道神將兵房[2]禮房[3]好 倉監官[4], 豈不奉養其母乎? 能磨郎廳[5]五衛將[6], 豈不奉養其母乎?" 妾曰: "生子善養, 使吾托身, 則雖好, 生鹿, 則鹿亦爲神將郎廳耶?" 老者曰: "我是 人也, 汝是人也, 生鹿之說, 是何誤耶?" 妾曰: "以鹿皮腎, 爲之, 必生鹿也[7]." 老者憮然太息, 反身側臥曰: "吾之精水, 若存若無, 生鹿亦不可望也."

---

1) 발신(發身): 천하고 가난한 처지를 벗어나 형편이 나아짐.
2) 병방(兵房): 조선시대 각 지방 관청에 소속된 육방(六房)의 하나. 군사에 관한 일을 맡아 보았다.
3) 예방(禮房): 육방의 하나로, 고을 안의 각종 예의 도덕에 관한 일과 제사, 잔치, 학교 등에 관 한 일을 맡아 보았다.
4) 호창감관(好倉監官): 호조의 창고에서 일하는 감관을 말하는 듯하다. 감관은 관청에서 돈이나 곡식을 거둬들이고 내주는 일을 맡은 구실아치를 말한다.
5) 능마낭청(能磨郎廳): 능마아청(能磨兒廳). 무관 벼슬아치에게 병법을 가르치고 시험을 쳐서 그 성적을 평가하는 일을 맡은 관청.
6) 오위장(五衛將): 오위의 우두머리. 오위는 나라 안의 모든 군사를 통솔하는 다섯 개의 군사 단위.
7) 以鹿皮腎, 爲之, 必生鹿也: 젊은 첩은 노인의 성기가 사람의 성기 같지 않고 사슴 가죽처럼 주 름지고 힘이 없음을 빗대어 노인을 조롱하고 있다.

처음부터 요구하지도 않고

큰 비가 오고 천둥이 칠 때였다. 두세 사람이 길을 가다가 비를 피해 어떤 사람의 집 안쪽으로 들어갔다. 마침 비를 피하러 온 사람 중에는 얼굴이 예쁘면서도 옷을 잘 차려입은 평민 여인도 있었다.

무섭게 천둥과 번개가 칠 무렵, 곁에 있던 한 사람이 말을 꺼냈다.

"이런 때 좋은 물건을 숨겨두고 남에게 빌려주지 않는 사람은 벼락이나 맞았으면…… 그러면 내 마음도 상쾌하겠구먼."

그러자 곁에 있던 여인이 벌벌 떨며 대답하였다.

"손님아, 손님아! 일찍이 빌려달라고 했는데 내가 허락하지 않았다면 그렇게 험한 말을 해도 괜찮겠지만, 애당초 한번 요구하지도 않고 공갈부터 치시면 어떻게 해요?"

이 말을 들은 사람들은 모두 배를 움켜잡고 웃었다.

初不相求

大雨雷霆之時, 數三行人, 避雨于人家之門內矣. 一常賤女, 有姿色, 美衣服者, 同在其中. 方畏劫於雷霆之際, 一漢在傍曰: "如此之時, 藏置好物, 而不借之人, 打以霹靂, 則吾心快矣." 其女戰戰答曰: "客乎客乎! 曾有請借之事, 不許, 則如是惡言, 猶或可也. 初不相求, 先用恐喝, 何也?" 聞者絶倒.

내 좆이라도 대신 들일까요

나이 많은 능관^{陵官}이 잡일을 하는 수복^{守僕}을 불러 말했다.

"나는 이도 없고 해서 단단한 음식은 씹을 수가 없구나. 그러니 내일 반찬은 연하고 부드러운 것으로 올리도록 해라. 익히지 않은 꿩고기라 든가 송이버섯 같은 것이 내 식성에 맞을 듯하구나."

수복이 엎드려 명령을 받들고 문을 나서며 혼잣말을 했다.

"구하는 꼴하고는…… 꿩이야 닭과 비슷하니 그렇다 치고…… 송 이는 어떤 물건이 비슷하려나? 내 좆이라도 대신 들일까나?"

구하기 어려운 것을 분에 넘치게 요구한 능관의 말도 무리가 있지 만, 하인의 모질고 완고한 세태가 어찌 이다지 심하단 말이냐?

吾腎代納

一年老陵官¹⁾, 召守僕²⁾謂之曰: "吾旣無齒, 堅硬之物, 難以喫之矣. 明日 飯饌, 以柔軟之物供納, 而若生雉松茸之屬, 吾性所嗜也." 守僕俯伏應聲,出門自語曰: "如求貌. 若生雉, 則鷄或似然也. 若松茸, 則何物近似也. 當以吾腎, 代納乎?" 陵官之言, 雖或濫討之計. 然下習[3]之獰頑, 何其甚乎?

---

1) 능관(陵官): 왕의 무덤이나 왕족의 무덤인 능을 지키는 일을 맡은 벼슬아치.
2) 수복(守僕): 묘(廟), 사(社), 능(陵), 원(園), 서원(書院) 따위에서 청소 일을 맡아 보던 구실아치.
3) 하습(下習): 하인들의 풍습. 하급 사회의 풍습.

거름 더미 위에 핀 아름다운 꽃

얼굴이 못생긴 상놈이 몹시 예쁜 아내와 살고 있었다. 이웃에 사는 소년은 여인을 좋아하여 어떻게든 해보고자 하여 손을 잡고 어루만지며 말로 꾀었다.

"너처럼 빼어난 미모를 갖춘 여인이 어찌하여 저렇게 못난 놈과 함께 산단 말이냐? 너희 부부는 소들이 싸놓은 거름 더미에 핀 어여쁜 꽃과 다름이 없다 하겠으니, 안타깝고도 안타깝구나."

그러자 여인은 길게 한숨을 쉬며 말했다.

"그 또한 내 팔자인데 어떻게 하겠어요? 어찌할 수 있나요?"

며칠 후, 소년은 많은 돈을 주고 달콤한 말로 그녀를 꾀었다.

"너는 나를 좋아서 도망을 가겠느냐?"

여인은 비록 흔쾌히 승낙하지는 않았지만, 그렇다고 또한 차갑게 거절하지도 않았다. 소년은 마음속으로 몹시 기뻐하였다. 이후로는 더욱 자주 왕래했다.

그러던 어느 날, 소년이 또 그 집에 가서 문을 열었다. 그녀는 못생긴 남편과 방 안에 누워 있었다.

못생긴 남편이 소년에게 물었다.

"서방님께서 무슨 일로 이렇게 누추한 곳까지 오셨습니까?"

소년은 갑작스레 당한 일이라, 엉뚱한 핑계를 대며 말했다.

"네 집에 모란꽃이 있다는 말을 들었는데, 그 꽃을 옮겨 가려고 온 게야."

"소인의 집에 구경할 만한 무슨 화초가 있겠습니까? 설령 있다고 하더라도 이렇게 극심한 가뭄에 어떻게 옮겨 심을 수 있겠습니까?"

그러자 여인은 주변을 두루두루 살피더니 웃음을 머금고 말했다.

"하늘에서는 비록 비가 내리지 않으나, 거름 더미 위에 핀 꽃은 옮겨 심어도 살아나겠지요?"

소년은 이미 그녀의 마음이 기울었음을 알고, 돌아가 작은 집 하나를 구했다. 그리고 그녀를 훔쳐와 함께 살았다.

그러던 어느 날, 침실에서 소년이 그녀의 배를 어루만지며 말했다.

"네 피부가 전보다 거칠어졌구나."

"가뭄에 옮겨 심은 탓이겠죠."

두 사람은 한바탕 크게 웃었다.

그후 소년의 친구가 생선과 술을 보내와서 여인에게 회를 떠서 함께 먹자고 했다. 여인은 회를 뜬 다음, 손도 씻지 않고 술잔을 올렸다. 그러자 생선 냄새가 코를 찔렀다.

소년이 웃으며 책망하였다.

"너는 왜 그리 청결하지 못하단 말이냐?"

"거름 더미에 있던 물건이 어찌 깨끗하겠습니까?"

"우리 두 사람이 서로 사랑하고 서로 즐거워함이 몹시 지극한데 지금 네 말을 들어보면 화가 난 듯하구나. 그것은 네가 옛날에 놀던 곳을 잊지 못함이 아니더냐?"

여인이 웃음을 머금더라.

糞堆鮮花

一常漢面醜, 而妻有姿色. 隣居少年, 悅而私之, 每撫手誘之曰: "如汝絶代美質, 何忍與醜惡漢, 幷居耶? 見汝夫婦, 則無異植鮮花于牛糞堆之傍, 可惜可惜." 女太息曰: "莫非數也, 奈何奈何?" 少年日後, 多給錢兩, 又以甘言說之曰: "汝能逃亡從我耶?" 女雖不快諾, 亦無冷落. 少年心切喜之, 頻頻往來矣. 一日, 往開其戶, 則女與醜夫, 共臥房中矣. 醜漢問曰: "書房主, 何以辱臨陋地乎?" 生忽忙中, 托言曰: "聞汝家有牧丹花, 故將欲移去耳." 醜漢曰: "小人家, 何有花艸可玩之物也? 設或有之, 如此亢旱[1], 何能移去耶?" 女左顧右眄, 含笑而言曰: "天雖不雨, 糞堆之花, 移植能生乎?" 少年已知此女之傾心, 歸買一小屋, 而竊歸其女, 與之同居矣. 一日, 於枕席間, 撫其背曰: "汝之肥膚, 比前少瘦." 女曰: "旱天移來故也." 二人大笑矣. 後, 友人有送魚酒者, 故使之作饌共飮, 女未及洗手, 酌酒進之際, 鮮臭狼藉. 少年笑而責之曰: "汝何不淨耶?" 女曰: "糞堆之物, 何可淨也?" 少年曰: "吾兩人相愛相樂, 可謂至矣, 而今汝言有慍意, 則無乃汝不忘舊遊之地耶?" 女含笑.

1) 항한(亢旱): 극심한 가뭄.

말의 좆으로 채찍을 만들다

외딴 시골에서 새로 사또를 맞이할 때였다. 짐을 싣기 위해 시골 마부가 대나무로 만든 말채찍을 가지고 왔다. 서울에서 사또를 모시고 온 마부가 그것을 보고 말했다.

"자네의 말채찍이 좋네그려."

"무엇이 좋단 말이오? 내 형님은 소 좆으로 만들어서 그 품질이 더욱 좋소."

馬腎造鞭

外邑新延[1]時, 卜馬夫持竹根馬鞭而來, 京馬夫問曰: "君之馬鞭, 好矣." 外邑馬夫曰: "何可爲好也? 吾兄, 則以牛腎造作, 其品尤好妙也."

---

1) 신연(新延): 도(道)나 군(郡)의 장교(將校)·이속(吏屬) 들이 새로 부임하는 감사나 사령을 그 집에 가서 맞아 오던 일.

처와 첩이 한방에서 지내다

어떤 사람이 처와 첩을 두었는데, 한방에서 같이 지냈다. 그가 처첩 간에 원만하게 지내도록 하여 두 사람은 애증愛憎을 직접 드러내지 않았다.

그러던 어느 날, 남편이 밖에 나갔다가 집으로 돌아왔는데, 첩은 나와 보지도 않았다. 그는 마음속으로 의아해하며 처에게 물었다.

"아무개는 어디 갔소?"

"그 물건을 시뻘겋게 드러낸 채 뒷마루에서 자고 있수."

"그 물건은 붉어야 쓸 만하지."

"내 것이 저년 것에 비하면 더욱 붉어요."

"너무 붉어도 또한 쓸데없지."

처는 얼굴을 붉히며 말을 하지 않았다.

妻妾同室

一人有妻妾, 同室而居, 言語, 於妻妾間, 以善圓爲之, 故無顯愛憎矣. 一日, 主男出而歸家, 則不見其妾之出迎. 心先訝之, 問于妻曰: "某也何去耶?" 妻曰: "厥穴赤赤, 而臥睡于後軒矣." 主男曰: "厥穴則紅, 必可用也." 妻曰: "吾件, 則比彼尤紅." 主男曰: "過紅亦不用矣." 妻椒而無言也.

조카가 삼촌을 속이다

삼촌과 조카가 함께 시골로 가고 있었다. 삼촌은 본래 색色을 좋아하여 길에서 치마만 봐도 그저 보고 넘기지 못할 정도였다.

점심을 먹기 위해 주막에 들었을 때였다. 삼촌은 그 주막집 여인의 고운 얼굴을 보고 눈길을 보내 은근한 정을 표시하였다. 마침 주막에는 남자 주인이 없어서 삼촌은 거리낌 없이 여인에게 말을 붙였는데, 여인 또한 순순히 받아주었다. 이에 삼촌은 그곳에서 하룻밤 묵어가고자 했다. 조카는 갈 길이 지체될까 걱정되었지만, 어쩔 수 없었다.

주막의 방과 방 사이는 벽으로 막혀 있었다. 그러나 벽 중앙 부분의 아래쪽은 애초부터 막아두지 않고, 어린아이들이 드나들 수 있도록 터놓았다. 그 벽을 경계로 윗방에서는 주막집 부부가 잠을 잤고, 아랫방에서는 손님으로 든 삼촌과 조카가 잠을 잤다.

삼촌은 그 상황을 염두에 두고 벽이 트인 곳에 가까이 가서 누웠다. 여인 또한 남편이 깊이 잠든 틈을 타서 몸을 뒤척이며 트인 벽 가까운 곳으로 갔다. 조카는 잠자는 척하며 삼촌의 행동을 엿보았다. 삼촌의 다리와 여인의 다리가 벽이 트인 곳으로 서로 드나들며 질탕하게 즐거움을 나누고 있었다.

삼촌의 행동을 본 조카가 가만히 생각해보니, 이래서야 내일 길 떠날 일정 또한 알 수가 없어 걱정이 되었다. 그러던 중 마침 삼촌이 똥을 싸기 위해 잠시 방 밖으로 나갔다. 조카는 삼촌이 나간 틈을 타서 살금살금 삼촌이 누워 있던 자리로 굴러갔다. 삼촌이 했던 모양으로 다리를 트인 벽 사이로 집어넣었다. 그러자 여인의 다리도 벽 사이로 나왔다. 그때, 조카는 목침으로 그녀의 복사뼈를 세게 내리쳤다.

여인은 좀 전의 질탕한 즐거움을 다시 느껴보려 하다가 뜻하지 않게 변을 당했다. 아픔을 견딜 수 없었지만 혹 남편이 깰까 두려워 그저 소리를 삼키며 참을 뿐이었다. 조카는 몸을 돌려 자던 곳으로 돌아와 다시 코를 골면서 잠을 자는 척했다.

삼촌은 똥을 싸고 들어와 누워서 조카가 아까 무슨 일을 했는지 전혀 알지 못한 채, 또다시 다리를 트인 벽 사이로 집어넣었다. 여인은 아픔을 참지 못할뿐더러 독기까지 품은지라, 그 다리를 보자마자 다듬잇방망이로 온 힘을 다해 그의 복사뼈를 냅다 내리쳤다. 삼촌은 뜻하지 않은 변에 아픔을 참을 수 없었지만, 그렇다고 소리를 지를 수는 없었다.

이로 인해 삼촌과 여인의 마음은 깨어지고 말았다.

다음 날 아침, 두 사람은 성난 눈으로 노려보며 서로를 못 본 척했다. 삼촌은 아픔을 참고 다리를 절뚝거리며 즉시 그 집을 떠났다.

조카가 삼촌과 여인을 음훼陰毁하고자 한 계획은 비록 빨리 떠나려 한 데서 나온 것이지만, 그 행동을 잘 따져보면 이른바 모질고 모진 조카라 하겠다. 통탄스럽고 가증스럽구나.

侄騙其叔

叔侄同作鄉行, 叔本好色, 故於路上見裙, 則輒不泛然看過. 行到中火站[1], 其叔見其店女之有顔色, 以眉目送情. 適無主男, 故與之言戲, 女亦順受矣. 叔仍欲止宿. 侄雖悶路遲, 無可奈何. 店幕之房間, 有隔壁, 而中防下, 則初不隔防, 可容小兒出入矣. 上間, 則店主夫妻同宿, 下間, 則客叔侄同宿, 而叔有意, 臥于中防, 通下近處, 女亦乘其夫睡濃, 轉臥于隔壁, 通下近處矣. 客侄假宿像眼, 見其叔之行事, 叔脚與女脚, 互相出入于中防通下, 爛慢弄歡. 客侄默想其叔之行事, 則明日行程, 猶未可知也. 心方憫之. 適其叔欲爲放糞, 故潛出房而去. 其侄乘其叔主之出, 暗轉臥于叔之所臥處, 如叔所爲之樣, 而以脚入于中防下, 則女脚亦入來. 客侄以木枕, 痛打女脚之桃骨, 女俄者弄暢之餘, 逢不意生病, 而不勝其痛, 劫於夫覺, 只忍聲忍痛矣. 客侄旋臥舊臥處, 似睡煎鼻. 其叔放糞入臥, 不知乃侄之所爲, 以脚如前入送于中防下, 則女忍痛含毒之餘, 見其脚入, 以砧棒[2], 盡力打其桃骨. 客叔不意逢變, 痛不忍耐, 不得做聲. 從此, 男女破意, 而翌朝, 相面怒目, 視若不見矣. 客叔忍痛, 而卽發騫行. 其侄之設計陰毀, 雖緣促行, 究其所爲, 則可謂頑侄, 可痛可憎也.

---

1) 중화참(中火站): 길을 가다가 점심을 먹기 위해 쉬는 곳.
2) 침봉(砧棒): 다듬잇방망이.

학질을 잘 치료하다

한 향촌에 상놈의 아내가 있었다. 그녀는 서른 살도 되기 전에 지아비를 잃었지만, 집안이 부유한 탓에 개가도 하지 않고 수절하며 홀로 살았다. 그녀가 못생기지도 않았던지라 동네에 사는 한 놈팡이가 그녀를 마음속으로 어떻게 해보고자 했지만 방법이 없었다.

그러던 어느 날, 그녀가 마침 학질에 걸렸다. 여러 번 치료를 했지만, 차도가 없어 여인은 몹시 고통스러워하였다. 그때 놈팡이가 와서 병의 증세를 살피더니 이내 이렇게 말했다.

"내게 학질을 뗄 수 있는 묘한 방법이 있소. 누차 시험하여 지금껏 효험을 보지 않은 적이 없소."

"어떤 방법인데요?"

"술과 과일과 종이와 초를 정성껏 준비하고, 환자는 새 옷을 입어야 하오. 그 상태로 해 뜨는 이른 아침에 무슨 산 성황당에 혼자 가야 하오. 성황당에서 주문을 외며 기도를 드리면 차도가 있을 게요."

"주문은 누가 읽는데요?"

"내가 아니면 그것을 할 사람이 없소. 그런 까닭에 이미 많은 사람들이 나와 함께 가기를 청했던 거요."

여인은 너무 고통스러운 나머지 기뻐하며 그를 믿었다. 그리고 기도에 필요한 물품을 준비해둘 테니 새벽녘에 와달라고 부탁하였다.

그 놈팡이는 한 자쯤 되는 말뚝 네 개를 깎고 다섯 묶음의 새끼를 꼬았다. 그리고 준비한 제물과 함께 그것을 등에 지고, 여인과 더불어 깊은 산속으로 들어갔다. 조용하고 깊은 산속에 이르자, 놈팡이는 술과 과일을 진설하고, 네 귀퉁이에 말뚝도 박았다. 말뚝을 박자, 그는 여인에게 말뚝 안쪽에 들어가 하늘을 보고 눕도록 했다. 여인이 시킨 대로 하자, 그는 새끼줄로 여인의 사지를 묶고, 각각 사방으로 박아놓은 말뚝에다 그 줄을 묶었다.

여인을 완전히 말뚝에 매어놓고, 그는 정해놓은 법식에 맞춰 그녀를 겁간하였다. 여인은 비록 놀랍고 화도 났지만 어쩔 수가 없었다. 부득이 일을 마쳐야만 했다. 일이 끝나 집으로 돌아가니, 요행히 학질은 떨어졌다.

그후로 그 놈팡이가 학질을 잘 뗀다는 명성이 온 마을에 퍼졌다.

생원을 지낸 늙은 양반도 학질에 걸려 고생하였다. 그의 아들이 몹시 걱정하여 그 놈팡이를 데리고 와서 학질을 뗄 방법을 물었다. 그는 이미 자신이 행했던 방법대로 말했다.

그리하여 술과 과일과 종이와 초 등의 물건과 말뚝과 새끼줄을 가지고 생원과 놈팡이는 산속 조용한 곳으로 들어갔다. 그곳에서 술과 과일을 진설한 뒤, 네 귀퉁이에 말뚝을 박고 생원에게 말뚝 안에 들어가 엎드리도록 했다. 생원이 들어가 엎드리자, 놈팡이는 새끼줄로 사지를 묶고, 각각 사방으로 박은 말뚝에다 묶어놓았다. 그리고 바지를 벗겨 엉덩이가 드러나게 했다. 생원은 그의 행동을 이해할 수 없어 마음속으로 몹시 의아해했다.

그 놈팡이는 곧장 자신의 물건을 크게 세운 후 비역질을 했다. 생원은 한편으로는 호통을 치며 꾸짖고, 한편으로는 고통을 호소하였다. 하지만 영웅호걸이라 하더라도 무기를 쓸 수 없는 처지라, 그저 일을 마치고 집으로 돌아와야만 했다. 이번에도 요행히 학질은 떨어졌다.

비역질을 당한 모욕은 분통했지만, 그것을 이야기하면 도리어 부끄러움만 더할 수밖에 없었다. 그래서 그 일은 입 밖에 내지도 않았다.

그 일이 있고 얼마 지나지 않았을 때, 생원의 아내도 학질에 걸려 고통을 호소하였다. 그의 아들은 또 그 놈팡이에게 부탁하여 학질을 떼야겠다고 생각하였다. 그래서 아버지께 말씀을 드렸더니, 생원은 깜짝 놀라 손을 내저으며 말했다.

"절대 그리해서는 아니 된다. 결코 그리해서는 안 된다! 비록 십 년 동안 학질이 떨어지지 않는다 해도 그놈의 방법을 써서는 안 된다. 그 방법을 써서는 절대 안 된다."

善治瘧疾

一鄕村, 常漢之妻, 年不過三十喪夫, 而以饒居之致, 不爲改嫁守節, 其爲人免醜, 故洞內一漢, 心切有意於厥女, 無計可圖矣. 女適得瘧疾, 屢直不差, 辛苦之際, 厥漢往問病情後, 乃言曰: "吾有移却之妙方法, 累試, 無不得效." 云. 寡女曰: "方法何以爲之乎?" 漢曰: "精備酒果紙燭, 而病人着新衣服, 直日淸晨[1], 獨自往于某山城隍堂, 讀眞言祈禱, 則無有不差也." 女曰: "眞言, 誰能讀之乎?" 漢曰: "若非我, 則不可爲之, 故已多請我同行矣." 女苦患之餘, 喜而信之, 祈禱之物品準備, 而凌晨[2]請厥漢來. 厥漢斫造木釘

長尺許四介, 稿索五六把, 亦同祭物擔負後, 與女偕行, 靜山深谷中, 陳設酒果, 而以木釘, 揷之四隅, 使女仰天臥于其內後, 左右手足, 以稿索, 分結左右木釘. 厥漢仍爲劫奸, 如法爲之. 女雖驚忿, 無可奈何, 故不得已經事後歸家, 則瘧疾, 幸而移却矣. 厥漢善治瘧疾之名, 傳播一村矣. 老班一生員, 得瘧辛苦, 其子焦悶, 招來厥漢, 而問移却之方法. 厥漢以已行方法, 言之, 則酒果紙燭木釘稿索等物俱備, 而生員厥漢, 同往山谷靜僻處, 陳設酒果, 四隅揷之木釘後, 使生員伏之於其內, 而左右手足, 以稿索, 分結左右木釘, 脫袴露腎, 則生員者, 莫知其所爲, 而心切訝怪矣. 厥漢以大撑厥物, 北衝爲之, 生員一頭號令, 一頭叫苦, 英雄無用武之地也. 經事後歸家, 則瘧得移却. 北衝逢辱, 極甚忿痛, 發說, 則還極羞恥, 故初不開口矣. 居未久, 生員之妻, 患瘧叫苦, 其子又請厥漢, 欲爲移却方法之意, 言告其父, 則父大驚搖手曰: "決不可爲之, 決不可爲之. 瘧疾雖十年不差, 彼漢之方法, 不可爲之, 不可爲之."

닭도 산소에 간다

한 사람이 성묘 길을 떠나야 하므로 새벽에 밥을 먹겠다고 계집종에게 말했다. 그리고 그날 밤, 그는 안방에서 잤다.

계집종은 날이 밝기도 전에 일어나서 아침밥을 짓고, 상전이 자리에서 일어나기만을 기다렸다. 그러나 동방이 점점 밝아오는데도 상전은 기척도 하지 않았다. 그래서 계집종이 안방 창틈으로 몰래 엿보았더니, 상전은 방 안에서 그 일을 벌이고 있었다. 계집종은 감히 소리를 내지 못했지만, 잠도 못 자고 일찍 일어나 앉아 있던 자신의 처지가 한스러웠다.

날은 이미 밝았다. 홰를 치던 닭도 마당으로 내려왔다. 그러더니 암탉과 교미를 하는 것이었다. 그것을 보고 계집종은 주름진 입술을 씰룩이며 말했다.

"닭아, 너도 산소에 가느냐?"

상전 부부는 서로 돌아보며 부끄러워하기만 할 뿐, 아무 말도 하지 못했다.

鷄亦楸行

一人欲作省掃之行, 以曉食之意, 分付于婢子, 其夜, 宿于內房矣. 婢子, 未明前造飯, 而以待上典之起枕, 則東方漸白, 終無動靜. 暗聽窓外, 則厥事方張. 不敢做聲, 自嘆未眠, 而早起獨坐矣. 天色已明, 埘鷄下庭, 雌雄交合. 婢以老脣言之曰: "鷄亦爲山所之行耶?" 上典內外, 相顧, 慙然無言矣.

성수패설

醒睡稗說

『성수패설醒睡稗說』은 1826년에 취은醉隱이라는 사람이 편찬한 것으로 추정되는 패설집이다. 취은이 누구인지는 알 수 없다.

　『성수패설』에는 총 80편의 이야기가 실려 있는데, 그중 성 이야기는 24편이다. 전체의 약 3분의 1이 성 이야기인 셈이다. 『성수패설』이 다른 패설집과 변별되는 특징은 성 이야기보다는 중국의 작품을 다수 실었다는 데 있다. 특히 당唐 전기傳奇인 심기제沈旣濟의 「침중기枕中記」, 진현우陳玄祐의 「이혼기離魂記」와 같은 작품뿐 아니라, 중국의 고사를 활용한 작품이 13편 정도 실려 있다.

　우리나라 패설집에 중국을 배경으로 한 이야기가 실려 있는 경우는 드물다. 『성수패설』은 중국을 배경으로 한 이야기를 직접 싣고 있다는 점에서 다른 패설집과 일정한 거리를 둔다. 그렇지만 그 내용은 상당히 축약적인데, 이는 줄거리 전달에만 초점을 둔 패설집의 성격을 반영한 것이다.

　『성수패설』은 현재 민속학자료간행위원회에서 편찬한 『고금소총』과 설향노부가 편찬한 『소림집설』에 각각 실려 있다. 모두 등사본謄寫本으로만 존재한다. 여기서는 총 80편의 이야기 중에서 성 이야기 24편 가운데 『이야기책』에 실린 「나부터 죽이시오, 나부터 죽여!」와 유사한 「스스로 죽겠다고 하다自願打殺」를 제외한 23편을 발췌, 번역하였다.

손으로 문답하다

부부가 함께 사는데, 남편은 소경이고, 아내는 어눌하여 말을 하지 못했다.

그러던 어느 날, 시끄럽게 떠드는 소리가 들렸다. 소경이 아내에게 물었더니, 아내는 남편의 손을 이끌어 자신의 두 젖가슴 사이에 사람 인ㅅ 자를 썼다. 그러자 남편이 말했다.

"사람 인ㅅ 자 양쪽 가장자리에 점이 있으니, 불이 났다는 말이군. 그렇다면 어디에서 불이 났는고?"

아내는 다시 남편의 손을 이끌어 자기의 음문을 어루만지게 했다. 남편이 또 말했다.

"음문은 본래 습한 곳이니, 이동泥洞이란 말이군. 그렇다면 이동 누구 집인고?"

아내는 곧바로 입을 맞추었다. 그러자 남편이 말했다.

"입 위에 또 입이 있으니, 여呂서방 집이로군. 그렇다면 얼마나 불에 탔는고?"

아내는 손으로 남편의 양물을 어루만져서 단단하게 세웠다. 이에 남편이 말했다.

"단단한 양물이 우뚝 섰으니, 남은 건 기둥 하나뿐이고 나머지는 모두 탔구나!"

이때, 문밖에 어떤 사람이 와서 불렀다. 남편이 아내에게 물었다.

"누군고?"

아내는 손으로 남편의 양물 밑둥을 잡았다. 그러자 남편이 말했다.

"위에는 관冠이 있고, 아래에는 두 개의 고환이 있으니, 반드시 송宋 서방이 왔겠구나!"

以手問答

夫妻居生, 夫則聾瞆, 妻則重訥不能言. 一日, 有喧譁聲, 故問于其妻, 則妻牽夫之手, 書人字於渠之兩乳間, 夫曰: "人字兩邊有點, 必然火出. 然則出於何處?" 又牽夫之手, 撫渠之陰門, 夫曰: "陰門本是濕處, 必然泥洞也. 然則泥洞誰家?" 厥女卽合口, 則夫曰: "口上有口, 必然呂書房家. 然則幾許燒燼乎?" 厥女以手, 撫其夫之腎而撐立, 夫曰: "腎撐兀立, 只餘一柱而盡燒乎!" 門外, 有人來呼, 問曰: "誰也?" 厥女以手, 執其夫之腎腰, 夫曰: "上有冠, 下有兩圂, 必然宋書房."

오십보백보

  며느리가 건넛집 김총각과 실없는 농담을 주고받으며 화기애애하게 지내는 장면이 시어머니의 눈에 들어왔다.

  시어머니는 며느리를 꾸짖어 말했다.

  "너는 무슨 일로 김총각과 화기애애하게 농담을 주고받았더냐? 내 마땅히 네 남편에게 전하여 네 죄를 묻겠다."

  그러나 시어머니는 끝내 아들에게 그 일을 이야기하지 않고 대신 날이면 날마다 그 일을 들먹이며 꾸짖었다. 며느리는 고통을 참아내기가 어려웠다.

  그러던 어느 날, 시어머니는 또 며느리를 불러 꾸짖고는 밖으로 나갔다. 며느리는 얼굴에 온통 수심이 가득하여 홀로 집에 머물러 있었다. 그때 마침 이웃 마을에 사는 한 노파가 찾아왔다.

  노파는 며느리의 얼굴에 수심이 가득한 것을 보고 물었다.

  "이 집 며느리는 무슨 일로 이토록 우수에 가득 차 있을까?"

  "제가 어느 날 김총각과 더불어 이야기를 나눈 적이 있거든요. 그런데 시어머니께서 그 모습을 보시고는 날마다 꾸짖네요. 그 괴로움은 참을 수가 없을 정도랍니다. 그래서 조금 우울해요."

"네 시어미는 무슨 아름다운 일이 있어서 너를 꾸짖는단 말이냐? 그 사람이 젊었을 때에는 재 너머 김풍헌風憲과 밤낮으로 미쳐 있다가, 그 간악한 일이 드러났지. 그래서 큰북을 짊어지고 동네를 세 바퀴나 돌았어. 그 일을 지금도 기억하는데, 제가 어떻게 남의 일을 책망할 수 있담? 만약 또 너를 꾸짖는다면 이 사실을 이야기하여라."

며느리는 이 말을 듣고 몹시 기뻐하였다.

그 다음 날, 시어머니는 또 며느리를 꾸짖었다. 그러자 며느리가 말했다.

"어머님은 무슨 아름다운 일이 있기에 이처럼 저를 꾸짖으세요?"

"내게 무슨 아름다운 일이 있단 말이냐?"

"김풍헌과 밤낮으로 미쳐 지내시다가 큰북을 지고 동네를 세 바퀴나 돌았던 일을 생각해보시지요."

"누가 네게 그렇게 말하더냐? 다른 사람의 일에 공연히 말을 보태 가지고서는…… 누가 큰북을 졌다더냐? 작은북을 졌지. 그리고 누가 동네를 세 바퀴나 돌았다더냐? 두 바퀴 반을 돌다가 그쳤구먼."

五十步笑百步

子婦與越家金總角, 戱謔爛漫之狀, 現於嫁母. 嫁母誚之曰: "汝以何事, 與金總角爛漫戱謔乎? 當言于汝夫, 受罪." 終不言于其夫, 而日日誚之, 難堪其苦. 一日, 嫁母又誚而出他, 子婦以滿面愁心, 獨在家之際, 隣里老婆, 來見其愁面, 問曰: "汝以何事, 如是憂愁乎?" 婦曰: "吾於某日, 與金總角相語矣. 嫁母見其相語, 日日誚之, 不堪其苦, 是以愁之." 老婆曰: "汝之嫁母, 有何彬彬之事, 能誚汝乎? 渠之少時, 與越峴金風憲, 晝夜相狂, 奸狀綻露,

負大鼓, 回三洞里之事. 思之則有何責人之事乎? 若更誚, 則言此也." 婦聞
而大悅. 其翌日, 又誚矣. 子婦曰: "嫁母有何彬彬之事, 如是長誚人乎?" 嫁
母曰: "吾有何不彬彬之事乎?" 婦曰: "與金風憲, 晝夜相狂, 負大鼓, 回三
洞里之事, 思之焉." 母曰: "此事, 誰言於汝乎? 他人之事, 空然添語也. 誰
負大鼓乎? 如麵小鼓. 誰回三洞里乎? 二洞里半而止矣."

유명무실

귀가 멀고 눈도 침침해진 아주 늙은 재상이 있었다.

달 밝은 여름밤, 밤은 깊은데 잠이 오지 않아, 재상은 지팡이를 짚고 사방을 거닐다가 여인들이 거처하는 안채에까지 이르렀다. 그런데 그곳에 한 어린 계집종이 대나무 평상 위에 벌거벗은 채로 곤히 잠들어 있었다. 재상은 가만히 계집종의 아랫도리를 살펴보았는데, 참으로 천하일색이었다.

갑자기 음욕이 크게 일어난 재상은 계집종의 다리를 들어 자기의 양물을 집어넣었다. 하지만 계집종은 아직까지 다른 사람을 겪어보지 못했고, 재상의 양물은 힘이 없는지라 어찌 술술 들어갈 수 있겠는가? 재상의 양물은 축 늘어져 그만 평상의 대나무 틈새로 빠져버렸다.

그때 마침 대나무 평상 밑에는 아직 이도 나지 않은 강아지가 있었다. 강아지는 늘어진 그것을 어미의 젖으로 생각하고 곧바로 빨아댔다. 재상은 몹시 즐거웠다. 그러나 계집종은 아무것도 알 수가 없었다. 이 계집종은 손자며느리의 교전비轎前婢. 혼례 때 신부를 따라가던 계집종였다.

다음 날, 재상이 다시 이 계집종을 보더니 좋아 어쩔 줄 몰라하는데, 애틋하여 차마 잊을 수 없는 것 같았다. 계집종을 생각하는 재상의 마음은 겉으로도 드러나 보일 정도였다. 며칠 동안 계속 그러했는데, 이른바 '혼자서만 사랑하고, 혼자서만 즐거워한다'는 것이었다. 그러자 집안의 모든 사람들이 모여 상의하였다.

"아버님은 항상 아무 계집종을 보면 이처럼 귀여워하고 사랑하시네요. 그러니 그 계집종한테 하룻밤 수청을 들게 하여 아버님의 마음을 위로하는 것이 효자의 도리에 맞겠습니다."

모인 사람의 의견도 모두 그러하여 계집종을 불러 말했다.

"오늘 저녁에는 대감님을 모시고 수청을 들도록 해라."

그래서 계집종은 몸을 깨끗이 씻고 방 안으로 들어갔다. 아들과 손자는 재상이 늙고 정신도 흐린 것을 걱정하였다. 결국 그들은 창밖에 무리 지어 방 안의 동정을 엿보았다.

재상이 계집종에게 물었다.

"들어갔느냐?"

"아니요."

재상은 다시 물었다.

"들어갔느냐?"

"아니요."

이렇게 반복하는 동안 시간이 한참 흘렀다. 아들과 손자는 재상이 낑낑대는 것을 민망히 여겨 나지막이 계집종에게 분부했다.

"들어간 것처럼 아뢰도록 하거라."

재상은 다시 물었다.

"들어갔느냐?"

"들어왔습니다."

그러자 재상은 외쳤다.

"좋을시고, 좋을시고!"

有名無實

　魗老宰相, 聾且昏矣. 夏夜月明時, 夜深無寢, 携筑四回, 而到內後, 則一童婢, 設箭平床, 赤身困睡矣. 靜觀其下門, 則眞一色也. 色慾大發, 卽擧脚而納腎, 則厥女姑未經人, 腎則無力矣. 其何能善入乎? 卽垂平床箭下, 而不生齒狗雛, 適在其下, 誤知渠母之乳, 卽吮. 翁雖大樂, 然厥女全然不知矣. 盖厥婢, 卽孫婦之轎前婢也. 翌日, 見厥婢, 欽慕不已, 戀戀不忘, 思色見於外. 每日如是, 其所謂隻愛獨樂也. 家中內外, 相謂曰: "父親每見某婢, 如是美戀, 使厥婢, 入一夜房守, 以慰戀戀之情, 恐合孝理之政." 僉意恂同. 分付厥婢曰: "汝須今夕, 陪大監隨廳也." 淨沐一身, 而入房後, 子與孫, 悶其老昏, 列於戶外, 而潛觀動靜矣. 翁問女曰: "入乎?" 曰: "不入." 又問曰: "入乎?" 曰: "不入." 如是者, 移時矣. 子與孫, 益悶其辛苦, 低聲分付於女曰: "以入樣告課也." 翁又問曰: "入乎?" 女曰: "入矣." 翁曰: "好哉! 好哉!"

울기도 잘하고 웃기도 잘하고

홀아비가 홀로 사랑방에 거처하였다. 그의 아들은 매일 밖으로 나돌아 다니며 집에 있지를 않아 안방에는 며느리 홀로 지냈다. 며느리는 늘 계집종에게 강보襁褓. 포대기에 싸인 어린아이를 업고 바깥마당에서 놀게 하였다.

그러던 어느 날, 드문드문 아이의 울음소리가 사랑방에서 들려왔다. 며느리는 이상하여 살며시 사랑방을 엿보았다. 그랬더니 아이는 방바닥에 놓여 있고, 시아버지와 계집종이 일을 벌이고 있었다. 며느리는 부끄럽기도 하고 또한 괴상하여 그저 안방으로 들어왔다.

그후, 이번에는 사랑방에서 아이의 웃음소리가 드문드문 들려왔다. 며느리가 그 까닭을 알지 못해 나아가서 살며시 엿보았다. 그랬더니 시아버지는 아이를 업은 채 계집종과 음탕한 일을 질탕하게 벌이고 있었다. 며느리는 괴상하고도 또한 우스워 그저 안방으로 들어왔다. 아이는 자기와 놀아주는 줄 알고 드문드문 웃었던 것이다.

善啼善笑

鰥夫獨處舍廊, 其子每日出他, 恒不在家. 內間子婦獨處, 而有襁褓孩兒, 使童婢負兒出送於外庭矣. 一日, 其兒舍廊房, 干干啼之, 故子婦怪而窺視, 則其兒下在房板, 嫁翁與童婢, 行淫事. 子婦羞而且怪而入. 其後, 其兒又於舍廊房, 干干笑之, 故子婦莫知其故, 出而窺視, 則嫁翁背負其兒, 與童婢爛漫行淫事矣. 子婦怪而且笑而入. 盖其兒, 則故知弄渠, 干干笑之耳.

일거양득

한 사람이 산속 좁은 길에 들어섰을 때다. 이미 땅거미가 지고, 주막은 아직 멀어 어찌할 수가 없었다. 그러다 겨우 한 집을 찾아 들어가 주인을 부르니, 한 노인이 나왔다. 나그네는 주인에게 말했다.

"나는 서울에 사는 사람으로, 어디를 가던 중입니다. 그런데 여기까지 오니, 날은 이미 저물고 주막은 아직 멀기만 합니다. 그렇다고 왔던 길로 돌아갈 수도 없으니 하룻밤만 재워주시면 어떻겠습니까?"

"우리 집은 안방뿐이어서 나그네를 재울 방이 없습니다. 그러니 머물러 자고 갈 수가 없습니다."

"산세가 매우 험하고, 호랑이와 표범이 길에서 날뛰며, 날까지 어두워졌습니다. 지금 거절하신다면 이는 물에 빠진 사람을 보고도 당겨주지 않는 꼴입니다. 날씨가 그다지 춥지 않으니 봉당에라도 재워만 주신다면 무엇을 꺼리겠습니까?"

주인은 부득이 나그네를 맞이하여 방으로 들어왔다. 방에 들어오자, 나그네가 말을 꺼냈다.

"혹시 저녁밥을 얻어먹을 수 있을까요?"

"그야 무에 어렵겠소?"

주인은 바로 저녁을 준비해 올리도록 했다. 밥을 내올 때 나그네는 주인의 식솔을 헤아려보았다. 그 집에는 노인, 노파, 어린 며느리, 그리고 시집가지 않은 처녀가 있었다. 나그네가 확인차 물었다.

"어르신은 자녀를 몇이나 두셨는지요?"

"아들과 딸을 두었소. 아들은 결혼을 했고, 딸은 아직 시집을 가지 아니하였소."

"아드님은 어찌하여 집에 없는지요?"

"며칠 전에 밖에 나가서 아직 돌아오지 않았소."

밥을 먹은 후, 주인은 발을 내려 방의 경계를 짓고 나그네에게 말했다.

"초저녁에는 춥지 않겠지만, 밤이 깊어지면 발 바깥쪽은 추울 게요."

"몹시 불안해지는데요."

나그네는 곧바로 발 바깥쪽에 가서 누웠다.

이날 밤에는 달이 떠서 방 안을 희미하게 비췄다. 발 틈으로 안쪽의 동정을 살필 수 있을 정도였다. 노인은 아랫목에 누웠고, 그 옆에는 노파, 그 옆에는 며느리, 그 옆에는 딸이 누워 있었다. 딸이 누운 곳과 나그네가 누운 곳 사이에는 겨우 발 하나뿐이었다.

나그네는 발 틈으로 사람들의 행동거지를 엿보았다. 노인이 아랫목에 누워 가끔 머리를 들어 건너편을 바라본다는 것도 알았다.

나그네는 마음속으로 생각하였다.

'반드시 나를 의심하여 저러고 있겠지?'

그러나 밤이 깊어지자, 노인은 코를 골며 잠이 들고 말았다. 그래서 나그네는 발 밑으로 손을 내밀어 딸을 어루만졌다. 그러자 딸도 그에 응대하며 나그네를 희롱하는 것이었다. 나그네는 곧바로 발을 올리고 들어가 딸과 함께 서로 즐거움을 나누었다.

그 순간 잠이 깬 노인이 깜짝 놀라 머리를 들어 살펴보았다. 그랬더니 이미 나그네는 자기 딸과 관계를 맺어 한창 일을 벌이고 있는 중이었다. 노인은 큰 소리를 질러 그를 쫓아내려 했지만, 혹시나 며느리가 알까 걱정되었다. 그저 조용히, 그리고 빨리 일이 끝나기만을 기다렸다.

그러나 나그네는 오랫동안 건장하게 일을 계속했다. 딸은 탕정蕩情. 방탕한 마음을 이기지 못해 신음 소리를 내지르고, 사지를 심하게 흔들며 움직여댔다. 관계 맺는 소리도 여기저기서 질펀하게 들려왔다.

버선발 움직이며 먼지를 일으키니 마음은 물결치듯 출렁인다네
布襪生塵魂蕩漾

주석 비녀 베개 위에 떨어지니 곱게 빗은 머리 헝클어져 늘어진다오
錫釵墮枕鬢鬖髿

곁에 있던 며느리도 어느새 잠이 깨 그 건장한 몸놀림을 보며 몹시 부러워했다. 그러다 끝내 음욕을 참지 못해 딸과 나그네의 일이 끝난 후 은근히 나그네를 끌어당겼다. 나그네는 그 자리에서 즉시 며느리와 관계를 맺었다.

노인은 그 해괴망측한 행동을 보고 가만히 그의 아내를 흔들었다. 영문을 모르는 아내는 자기에게 딴생각이 있는 줄 알고 은근히 노인에게 귀를 갖다 붙였다. 그러자 노인이 그 귀에다 대고 나지막이 말했다.

"저 나그네가 차례로 그 짓을 하고 있네. 그러니 당신의 축축한 음호나 손으로 단단히 막아두시게."

一擧兩得

一人入山峽小路, 日已薄暮[1], 酒店尙遠, 進退維谷. 入一家呼之, 則老翁
出見, 言于翁曰: "余以京居之人, 往某處, 日暮於此, 而酒店尙遠, 更無前進
之路, 一夜借宿, 如何?" 翁曰: "吾家, 只有內房, 無客室, 不可留宿." 客曰:
"山谷深險, 豺狼當途, 日又暮矣. 今若固拒, 是見溺而不援也. 日氣不甚寒,
土軒[2]何妨?" 翁不得已邀客入室, 客曰: "夕飯或得喫否?" 翁曰: "飯則何
難之有?" 卽備進而食後, 見主人家人數, 則有老翁老婆, 有小婦處女矣. 客
問曰: "翁之子女 幾許?" 曰: "有子女, 而子則成娶, 女則姑未出嫁耳." 又問
曰: "子則何不在家?" 曰: "日前出他, 姑未還耳." 喫飯後, 翁以席垂遮房中,
而謂客曰: "初夜雖不寒, 夜深則必寒入于席外矣." 客曰: "甚不安." 卽入其
外而臥. 其夜有月, 房內微明矣. 以席間, 觀其動靜. 翁則臥于下堗, 其次老
婆臥之, 其次子婦臥之, 其次處女臥之, 而與客臥處, 只隔一席. 客以席間,
連窺動靜, 則翁在下堗, 種種擧頭越視. 客心語曰: "必然疑吾故也." 夜深
後, 翁困鼾睡矣. 客入手撫女, 則女亦弄之矣. 卽擧席而入, 與女交合之際,
翁乍驚擧頭視之, 則客與女交合, 方張作事矣. 翁欲高聲逐之, 則恐子婦知
之, 待其從容速畢矣. 厥者久而健作, 女不勝蕩情, 因出痛聲, 四肢動搖, 醜
聲狼藉. '布襪生塵魂蕩漾[3], 錫釵墮枕鬢鬖影.' 在傍子婦, 欽羨其健作, 而不
耐其淫蕩, 事畢後, 慇懃牽之. 厥者卽其地, 與子婦交合. 翁見甚駭然, 暗搖
其妻, 妻莫知其故, 頗有甚麼意思, 慇懃側耳, 則翁附耳低語曰: "彼客次第
爲之, 婆之濕戶, 以手堅蔽."

---

1) 박모(薄暮): 땅거미. 해가 진 뒤 컴컴해지기까지의 어스레한 동안.
2) 토헌(土軒): 봉당. 안방과 건넌방 사이의 마루를 놓을 자리에 마루를 놓지 않고 흙바닥 그대로
둔 곳.
3) 탕양(蕩漾): 물결이 출렁거리며 움직이는 모양.

가장을 구타하다

생원生員이 사는 마을에는 산포수가 있었는데 그의 아내가 자못 예뻤다. 생원은 항상 그녀를 마음에 두고 있었지만, 그 지아비가 집에 있어서 틈을 낼 수가 없었다. 어느 날, 생원이 포수에게 말했다.

"자네는 어찌하여 사냥을 하지 않나?"

"노자가 없어서 떠나지를 못하네요."

"노비가 얼마나 되면 떠나겠나?"

"많을수록 좋지요. 그렇지만 적어도 십 민緡 정도는 있어야지요."

"어찌 그다지 많이 드는고?"

"길을 가는 데 쓸 뿐만 아니라, 산에 제사도 지내야 하기 때문입니다. 그러니 십 민도 많지 않습니다."

"내가 마련해주겠네. 그러니 자네는 모름지기 많이 많이 잡아오게. 그래서 나와 반씩 나눠 가지면 되겠지."

그러고는 곧바로 포수에게 십 민을 주었다.

포수는 이미 생원이 자기 아내에게 마음을 두고 있다는 것을 알고 있었다. 십 민을 받은 후에 포수는 아내와 약속하였다.

"내 마땅히 이리이리하리니, 당신은 여차여차하구려."

그리고 생원에게 하직 인사를 하였다.

"소인이 떠나면 집에는 아내 혼자만 남게 됩니다. 생원님께서는 수고로움을 아끼지 마시고 종종 돌봐주시기를 간절히 바라옵니다."

"그 일은 자네가 부탁을 하지 않아도 내가 어찌 대수롭지 않게 여기겠나? 조금도 걱정하지 말게."

그날 저녁을 먹은 뒤 생원은 긴 담뱃대를 뻗쳐 물고 뒷짐을 지고 와서 말했다.

"오늘은 이 집 주인이 없으니 독수공방하는 게 어렵지 않으냐?"

"생원님 같은 분께서 오시는데 무슨 어려움이 있겠습니까?"

생원은 곧바로 방으로 들어갔다. 생원이 말로 여인을 희롱하면 여인은 막힘없이 대답하고, 손으로 여인을 희롱하면 여인은 거침없이 응대했다. 생원은 마음속으로 자못 기뻐하며 여인과 정분을 쌓고자 하였다. 그러자 여인이 말했다.

"생원님께서 저와 관계를 맺겠다는 마음이 있으시면 저것을 꺼내 얼굴에 쓰십시오. 그러지 않으시면 따르지 않으렵니다."

"저 물건은 무엇인고? 내어서 보여주기나 하게."

여인은 곧바로 시렁에서 꼭두각시 가면을 꺼내 생원의 얼굴에 씌워 뒤에서 묶고자 했다. 그러자 생원이 말했다.

"이 물건을 얼굴에 쓰면 어떤 점이 좋은고?"

"제가 남편과 동침할 때 항상 이 가면을 쓰고 하면 좋았어요. 안 그러면 좋지 않았고요."

"네 말이 그렇다면 마땅히 그것을 묶어보아라."

여인은 이내 가면을 생원의 얼굴에 씌우고, 뒤에 매달린 가죽 끈으로 가면이 흔들리지 않게 단단히 고정하였다.

이렇게 장난하고 있을 즈음, 뒤뜰에서 포수가 몽둥이를 가지고 나오며 큰 소리로 외쳤다.

"어떠한 도적놈이기에 남의 집 안방에 들어와 남의 아내를 겁탈하려 하느냐? 이러한 놈은 반드시 찔러 죽이리라!"

그리고 몽둥이로 허투루 벽도 치고 창도 쳐대며 금방이라도 들이닥칠 것처럼 공갈을 쳤다. 덜컥 겁이 난 생원은 가면을 벗고자 했지만 가죽 끈으로 단단히 묶여 있어 쉽게 벗을 수 없었다. 어쩔 수 없이 생원은 가면을 쓴 채로 달아났다. 포수는 쫓아가며 큰 소리다.

"저 도적놈이 생원님 댁에 들어가네, 저 도적놈이 생원님 댁에 들어간다구!"

이 말을 들은 생원의 집에서는 깜짝 놀라 밖으로 나와 보았다. 과연 어떤 괴상한 물건이 안마당으로 돌입하고 있었다. 집안 사람들은 몽둥이로 무수히 때리며 그를 쫓아내려 했다. 그러는 동안 온 마을이 시끌벅적해졌다. 마을 사람들은 남녀노소를 불문하고 모두가 몽둥이 하나씩을 가지고 와서 그를 난타하였다. 생원은 외쳤다.

"나야! 나라고!"

그러나 가면 안에서 말하는 소리를 어느 누가 판별하여 알아듣겠는가? 사람들은 한결같이 생원을 두들겨댔다. 생원은 겨우겨우 가면을 벗었다. 그제야 사람들은 가면을 쓴 사람이 생원임을 알았다. 집안 사람들도 깜짝 놀라 말했다.

"이게 무슨 꼴입니까?"

그러고는 곧바로 생원을 방 안으로 떠밀었다. 그제야 동네 사람들도 흩어졌다. 그후로 생원은 머리를 들고 문밖에 나설 수가 없었다. 또한 산포수에게 꿔준 돈도 달라고 하지 못했다.

毆打家長

生員家洞里, 山行砲手[1]之妻免矗, 恒存於心, 而其夫在家, 無以乘隙. 一日, 謂砲手曰: "汝何不山行乎?" 砲手曰: "無路費, 不得行." 生員曰: "路費, 有幾許然後, 行乎?" 砲手曰: "多多益善, 少不下十緡[2]." 生員曰: "何其多也?" 砲手曰: "非但路費, 有山告祀, 十緡無多矣." 生員曰: "吾當備給, 汝須多多捉來, 與吾分半, 可也." 卽給十緡. 砲手攄知其生員有心渠妻矣. 受十緡後, 與其妻約曰: "吾當如此如此矣, 汝如此如此." 下直生員曰: "小人發行, 則家中只有一妻, 生員主忘勞種種顧視, 伏望." 生員曰: "此事, 汝雖不付托, 余豈歇后哉? 少勿慮焉." 其日夕飯後, 生員橫長竹反叉而來言曰: "今日主人不在家, 獨守空房, 不難乎?" 女曰: "如生員主之人來遊, 則何難之有哉?" 生員卽入其房, 以言戲之, 隨問隨答, 以手弄之, 善酬善應. 生員心頗喜悅, 欲狎昵, 則女曰: "生員主, 欲與吾有交合之心, 則出彼縛面也. 不然則不聽矣." 生員曰: "彼物何物也? 第出視之." 厥女卽於架上, 出傀儡像, 欲縛面, 生員曰: "此物縛面, 則胡爲乎好哉?" 女曰: "與吾夫同寢時, 每以此縛面, 則好矣. 不然則不好矣." 生員曰: "汝言旣如此, 第當縛之也." 厥女乃以厥像覆面, 以後纓, 緊緊縛之. 如此戲謔之際, 砲手自後庭, 持梃高聲大喝曰: "何許賊漢, 入人之內房, 欲奸人之妻乎? 如此之漢, 必刺殺也." 以梃, 空打壁打窓, 恐喝突入. 生員大劫, 欲脫其像, 則後纓緊結, 不能脫. 因縛逃走, 厥漢連以高聲, 追來大呼曰: "賊漢入生員宅矣. 賊漢入於生員宅矣." 生員家, 大驚出視, 則果何許怪物, 突入內庭. 以梃亂打驅逐之際, 一洞皆驚, 毋論男女老少, 各持一梃而來, 亂打矣. 生員曰: "吾也." 像裡言音, 誰能辨知乎? 一樣亂打, 生員艱辛解脫, 乃生員也. 家中大驚曰: "是何貌樣耶?" 卽擔入房中, 洞人各散. 一自以後, 不敢出頭於門外, 又不敢言索錢之事.

---

1) 산행포수(山行砲手): 산포수(山砲手). 산속에서 사냥을 생업으로 하는 사람.
2) 민(緡): 돈꿰미. 10냥(兩)이 1민(緡)임. 10민은 곧 100냥.

욕됨을 무릅쓰고 색을 탐하다

이웃 마을 상놈의 아내는 스무 살 남짓이었는데, 얼굴이 자못 예뻤다. 그녀는 물을 길으러 갈 때마다 양반집 사랑방 앞을 지나쳐야 했다. 그 집 양반은 그녀를 어떻게 해보려는 마음을 갖고 있었지만, 언제나 주위에 보고 듣는 사람이 많아 기회를 잡을 수가 없었다.

그러던 어느 날, 그녀가 물동이를 이고 오는데 마침 주변이 조용하였다. 양반은 맨발로 마루 아래로 내려가 그녀의 두 귀를 잡고 입을 맞추었다. 그녀는 큰 소리를 치며 발악하였다. 그러자 그녀의 시어머니가 나와 욕설을 퍼부으며 꾸짖더니, 이윽고 그녀의 남편까지 나와 욕설을 퍼부었다. 양반은 이미 지은 죄가 있는지라 듣는 둥 마는 둥 하며 몸을 숨겨 달아났다. 입이 있어도 말을 할 수가 없었던 것이다.

그녀의 남편은 기세등등하여 관아에까지 가서 하소연했다. 이에 고을 원은 양반과 상놈을 모두 데려와 마주 앉게 한 다음 문책했다.

"너는 비록 양반이나, 지아비가 있는 여자에게 거리낌 없이 입맞춤을 했으렷다! 이게 무슨 양반의 도리란 말이냐?"

"입을 맞춘 이 몸의 죄는 달게 받겠습니다. 그러나 저놈의 모자母子는 양반에게 끝도 없이 욕을 퍼부어대서 이웃 사람들까지 모두 알게 했습니다. 그 죄는 어찌하여 다스리지 않으시는지요?"

"법전이 있으니, 마땅히 법에 의거하여 시행하겠노라."

그러고는 형리刑吏에게 분부하였다.

"대전통편大典通編을 가져오라."

형리가 대전통편을 가지고 오자, 고을 원은 형리에게 물었다.

"양반이 상놈 아내의 두 귀를 잡고 입을 맞춘 것은 무슨 죄라고 쓰여 있느냐?"

"그러한 법 조항은 없는 듯하옵니다."

"그렇다면 상놈이 양반을 모욕한 죄는 무엇이라 쓰여 있느냐?"

"세 차례 형장刑杖으로 때려 먼 곳으로 유배를 보내라고 했습니다."

"이왕에 입을 맞춘 죄는 없다 하니 양반은 보내주어라. 그러나 양반을 모욕한 죄는 법전에 쓰여 있으니, 우선 저놈에게 한 차례 형장을 시행하고 옥에 가두도록 해라."

양반은 집으로 돌아갔다. 그러자 상놈의 어머니는 양반을 찾아가 애걸하며 말했다.

"무식한 놈이 양반의 위엄을 두려워하지 않고 이처럼 죄를 범했사오니 바라옵건대 너그러이 용서해주십시오. 멀리 유배 가는 것만 면하게 해주시기를 천 번 만 번 바라옵니다."

그러자 양반이 말했다.

"너희 모자는 예전부터 무엄하여 양반의 소중함을 알지 못했지. 그러한 놈은 그냥 둘 수 없으니 마땅히 법에 따라야 할 것이네. 그러니 다시 여러 말 말고 물러가게."

상놈의 어머니는 할 수 없이 집으로 돌아와 며느리에게 말했다.

"내가 비록 온갖 방법으로 간청했지만 끝내 들어주지 않는구나. 반드시 유배를 갈 듯하니 이를 어찌할꼬? 네가 가서 잘 빌어보아라."

며느리는 수치를 무릅쓰고 양반집에 갔다. 그리고 마루 아래에 서서 애걸하였다.

"쇤네의 지아비는 본래 술을 못합니다. 그러다 우연히 한 잔을 마시고는 몹시 취했나봅니다. 취중에 미친 말과 망령된 말을 하였을 뿐, 양반을 욕한 것은 아니오니 바라옵건대 너그러이 용서해주십시오."

"네가 마루 아래에서 건성으로 용서를 비는데 내가 쉽게 용서하겠느냐? 비록 방에 들어와 애걸해도 끝내 어떻게 할지 알 수 없거늘, 하물며 마루 아래에서랴."

그녀는 수치를 무릅쓰고 부득이 방으로 들어갔다. 그러자 양반은 그녀의 손을 잡아 가까이 앉히더니, 이윽고 그녀의 머리를 이끌어 입을 맞추며 말했다.

"네가 와서 이처럼 간절하고 애틋하게 비니, 내 마땅히 너그러이 용서하마."

그리고 곧바로 즐거움을 나누었다. 그녀는 조금도 싫어하는 기색 없이 말했다.

"어찌하여 우리가 이렇게 늦게 만났을까요?"

그러고는 기뻐하며 나갔다. 양반은 관아에 들어가 고을 원을 뵙고 말했다.

"저놈의 죄에 대해 이미 한 차례 형장을 행했습니다. 그것으로 족히 그 죄를 다스렸다고 할 수 있으니, 이제는 놓아주십시오. 그렇게 해주시기를 바랍니다."

고을 원이 말했다.

"이제 그 일을 이루었나보구면……"

양반은 웃음을 머금었고, 상놈은 곧바로 풀려났다.

冒辱貪色

隣里常漢之妻, 年纔二十許, 頗有姿色, 而每日汲水, 往來於班家舍廊前矣. 其主人, 竊欲有意於女, 每耳目煩多, 無以乘隙. 一日, 厥女戴水盆來, 而適從容, 故以跣下堂, 執其兩耳合口, 則厥女高聲發惡. 其嫁母出而詬辱, 厥夫又出詬辱, 而厥班已有作罪過之事, 聽而不聞, 隱身避之, 有口無言矣. 厥夫乘勝, 又爲呈官, 則自官捉致厥班與厥漢, 對坐問曰: "汝雖兩班, 有夫之女, 無難合口, 是豈兩班之道乎?" 厥班曰: "合口之民, 罪當甘受, 而彼漢之母子, 無限詬辱兩班, 隣里共知, 其罪何不治之乎?" 官曰: "法典自在, 當從法施行矣." 分付刑吏曰: "持大典通編[1]來." 出通編問刑吏曰: "兩班與常漢妻, 執耳合口, 則其罪何如?" 刑吏曰: "無如此律文." 官曰: "然則常漢詬辱兩班, 其罪何如?" 刑吏曰: "刑問[2]三次, 遠地定配矣." 官曰: "旣無合口之罪, 兩班放送. 有兩班詬辱之罪, 厥漢爲先刑問一次, 捉囚." 兩班還家, 則厥漢之母懇乞曰: "無識之漢, 不知兩班之畏嚴, 如是冒犯, 伏望寬恕, 以免定配之地, 千萬千萬." 班曰: "汝之母子, 自來無嚴, 不知兩班之所重, 其然之漢, 不可仍置, 當知法矣. 更勿多言退去也." 厥女歸家, 謂子婦曰: "吾雖萬端懇乞, 終不回聽, 必也定配後乃已. 此將奈何? 汝第往善乞也." 子婦冒羞來乞於廳下曰: "小女之夫, 本不飮酒矣, 偶飮一盃而大醉, 醉中狂言妄說而已, 不辱兩班, 伏望寬恕焉." 班曰: "汝在廳下, 泛泛乞之, 則吾能容恕乎? 雖入房懇乞, 終未知如何, 況在廳下乎?" 厥女含羞, 不得已入房, 則厥班挽其手而近坐, 抱其頭而合口曰: "汝之來乞, 如是懇惻, 吾當厚恕矣." 卽其地合歡, 則女少無厭色, 乃曰: "何相見之晚乎?" 欣欣而去. 厥班入官拜謁曰: "厥漢之罪, 刑問一次, 足懲其罪, 放送伏望." 官曰: "今則可知其成事也." 厥班含笑矣. 厥漢卽爲放送.

---

1) 대전통편(大典通編): 조선 후기의 법전. 1786년 1월부터 시행되었다.
2) 형문(刑問): 죄인을 신문하는 몽둥이인 형장(刑杖)으로 죄인을 때리던 일.

진짜와 가짜를 구분하기 어려워

　행상을 다니는 장사치가 산골 좁은 길에 들어섰는데 날이 저물고 말
았다. 겨우 한 집을 발견하고 들어가 주인을 부르자 한 여인이 나왔다.
장사치는 그 여인에게 말했다.

　"나는 행상을 다니며 장사하는 것을 업으로 삼고 있는 사람입니다.
마침 여기까지 왔는데, 날이 저물어 머물 곳이 없네요. 그러니 하룻밤
만 재워주시면 어떻겠습니까?"

　"우리 집에는 남정네가 없어서 머물러 잘 수가 없겠네요."

　"비록 사내가 없다 할지라도, 문간에 재워주는 것이야 뭐 꺼릴 게 있
겠습니까?"

　"그렇다면 마음대로 하시구려."

　상인은 문간에 짐 보따리를 풀어놓고 앉아 날이 밝기만을 기다렸다.
그런데 대나무를 엮어 만든 울타리 사이로 인적이 있는 듯했다. 상인
이 눈을 씻고 자세히 보니 관標을 쓴 어떤 사람이 곧바로 안방으로 들
어가는 것이었다. 상인은 몰래 뒤따라 들어가 그의 동정을 살폈다.

그 사람은 마당에 갓을 떨어뜨리고 갔는데, 상인은 그 갓을 주워 쓰고 우두커니 서서 방 안의 동정을 엿보았다. 방 안에서는 쾌감을 나누는 소리가 간간이 새어나왔다.

잠시 후, 대나무 울타리 사이로 또 인기척이 있었다. 돌아보니 한 여인이 바쁜 걸음으로 와서는 앞뒤 따지지도 않고 곧바로 상인의 옷을 잡아끌고 가는 것이었다. 상인은 아무 말도 하지 않고 여인이 잡아끄는 대로 따라갔다. 여인은 상인을 이끌고 방 안으로 들어가더니, 그를 꾸짖으며 말했다.

"그년의 축축한 거시기는 금테를 둘렀답니까? 은테를 둘렀답니까? 그 집 김가 놈이 없다는 말을 듣더니 매일 밤 거기 가서 잠자리를 갖는 것은 또 무슨 이유랍니까? 빨리 옷이나 벗고 누워 주무시오. 만약 김가 놈에게 들키기라도 한다면 반드시 망신을 당할 것이오."

상인은 끝내 아무 말도 하지 않았다. 그저 옷을 벗고 이불 속으로 들어갔다. 여인도 옷을 모두 벗고 알몸으로 이불 속에 들어왔다. 상인은 곧바로 여인 위로 올라타서 그것을 찔러댔다. 그런데 그 방법이 여인의 남편과 너무 달랐다. 그러자 여인이 물었다.

"당신은 누구요?"

"나를 끌고 올 때, 누군지도 모르고 끌고 왔수?"

"누구예요? 만약 남편이 온다면 좋지 않은 일이 벌어질 거예요."

"그러면 빼오리까?"

"이미 집어넣은 물건을 어찌 뺀단 말이오? 그저 빨리빨리 하란 말이지."

"그나저나 맛은 어떻소?"

"특별하네요. 남편이 새벽까지 오지 않았으면 싶을 정도로……"

일을 마치자, 여인이 말했다.

"어서 가시오."

"처음에는 무슨 마음으로 나를 끌고 왔고, 나중에는 무슨 마음으로 나를 쫓아내시오? 공연히 이 사람을 이끌고 와서 밤새도록 힘을 쓰게 해놓고 빈손으로 쫓아내는 것은 무슨 짓이오? 가지 않으리다!"

여인은 몹시 초조하고 민망하여 상자에서 베 한 필을 꺼내 상인에게 주며 말했다.

"빨리 가시오."

"베 한 필이 어떻게 밤새도록 노력한 대가가 되겠소? 가지 않겠소!"

여인은 또 베 한 필을 꺼내주며 말했다.

"어서 가시오. 내 사랑이 부족한 것이 아니라, 일이 초조하고 긴박하기에 이러는 것이오."

상인은 결국 베 두 필을 가지고 돌아왔다. 썼던 관은 본래 있던 자리에 두고, 베는 짐 보따리에 집어넣었다. 그리고 다시 문간에 앉아 새벽이 오기만을 기다렸다.

잠시 후, 갓을 흘리고 간 사람은 그것을 주워 쓰고 떠났다. 여주인도 창을 열고 상인에게 물었다.

"나그네는 주무시오?"

"혹시라도 김서방이 올까봐 밤새도록 여기서 지켜보느라고 눈을 붙이지 못했소."

"어떻게 김서방을 아시오?"

"나와 김서방은 평소 친분이 있소. 아까 관을 쓴 사람이 오는 것을 보고 몹시 화가 나 두드려 패서 쫓아내려 했지만, 아주머니의 낯을 봐서 참았소. 비록 그를 쫓아내지는 않았지만, 김서방을 만나면 이 말은 꼭 할 것이오."

"이게 무슨 말이오? 일단 방으로 들어와 내 말을 들어보시구려."

상인은 짐 보따리를 집어들고 들어갔다. 그러자 여인이 말했다.

"아까 왔던 이생원은 동네에서 허물없이 지내는 사람으로 김서방이 있을 때도 종종 와서 놀았소."

"오늘 밤 와서 놀았던 것은 곧 뱃놀이였구려! 내가 밖에서 자세히 들었소. 두 사람이 한 짓을 아는데, 어찌 나를 속이려 든단 말이오?"

"……그나저나 당신의 성은 뭐요?"

"내 성은 내乃가요."

"내서방은 가까이 와서 내 말을 들어보시구려. 사람이 서로 사랑했던 일을 말해 무슨 이득을 보시려구요?"

"나야 뭐 그저 딱히 사랑할 일이 없으니……"

"내서방도 그 일을 싫어하지는 않겠지요?"

이에 두 사람은 더불어 즐거움을 나누었다. 날이 밝은 후에는 밥을 지어 잘 대접하였다. 그리고 베 한 필을 선물로 주며 말했다.

"비록 약소하지만 이로써 정을 드러내고자 합니다."

상인도 짐 보따리를 열어 거울, 빗, 바늘, 색실 등을 꺼내 여인에게 주었다. 여인은 보따리 안에 있는 베 두 필을 보고 들어 올리며 물었다.

"이 베는 어디에서 났수?"

"품을 팔아 받은 게지 뭐."

여인은 상인의 소매를 잡고 언제 다시 만날 수 있느냐고 묻더라.

眞假難分

行貨商日暮於山峽小路, 入一家呼之, 則女人出視矣. 言于女人曰: "吾以行貨商爲業, 適日暮於此, 無留宿處, 一夜借宿, 如何?" 厥女曰: "吾家無男丁[1]. 不可留宿." 商曰: "雖無男丁, 門間何妨耶?" 厥女曰: "然則任意爲之." 厥商乃脫囊於門間, 坐以待旦, 笆籬間, 有人跡, 故拭目視之, 則着冠者, 卽入內房矣. 厥商潛步而入, 聽其動靜矣. 聽冠墮於庭下. 卽捨差而立靜

---

1) 남정(男丁): 열다섯 살 이상의 장정(壯丁)이 된 남자 또는 젊은 남자.

聽, 則爛漫戲謔之聲出矣. 笆籬間, 又有人跡, 故回視, 則一女人忙步而來, 不問曲直, 卽牽衣而去. 厥者默無一言, 依牽隨去, 則直牽入房中責曰: "厥女之濕戶, 金縹回之乎? 銀縹回之乎? 問其金哥之無也, 每每往宿, 何也? 速速脫衣臥宿也. 若現捉於金哥, 則必亡身乃已." 厥者終無一言, 乃脫衣入衾, 則女亦盡脫, 赤身而入矣. 卽壓而衝之, 則衝法, 與厥夫大相不同, 問曰: "是誰也?" 厥者曰: "牽來時, 未知誰某, 而牽來乎?" 女連問曰: "是誰也? 吾夫若來, 則必生梗矣." 厥者曰: "然則拔去乎?" 女曰: "已挿之物, 何可拔之? 第速速爲之也." 厥者問曰: "大抵味則何如?" 女曰: "味則別味也. 吾夫夜曙不來, 則好矣." 了畢後, 女曰: "速去也." 厥者曰: "初何心而牽來, 後何心而逐去耶? 空然牽來, 令人半夜勞力, 空手逐送, 何也? 當不去矣." 女甚焦悶, 乃於箱篋中, 出一疋布, 給之曰: "速去!" 厥者曰: "以此一疋布, 何足爲半夜勞力之價乎? 不去矣." 女又出一疋, 給之曰: "速去也. 吾情非不足, 有燥悶事如是耳." 乃持二疋布還來, 冠則投于本處, 布則納于囊中, 坐而待曙. 少焉, 聽冠者去, 而主女開窓, 而問曰: "旅宿乎?" 答曰: "或恐金書房入來, 終夜守直, 故不得接目耳." 女曰: "金書房, 何以知之?" 答曰: "吾與金書房, 素有親分, 俄見着冠者來, 忿氣大發, 欲毆打逐送, 而拘於嫂之顏私, 雖不逐送. 然逢金書房, 則當言及矣." 女曰: "是何言也? 入此房, 聞吾言." 厥者卽携囊而入, 則女曰: "俄者李生員, 卽洞里無間之人, 故雖金書房在時, 種種來遊耳." 厥者曰: "今夜來遊, 卽船遊乎! 吾在外詳聽, 兩人之所爲, 豈欺余哉?" 女曰: "姓氏誰也?" "吾姓, 乃哥也." 女曰: "乃書房, 近坐而聽吾言也. 人之好事, 言之何益?" 厥者曰: "吾則有何好事耶?" 女曰: "乃書房, 豈無好事哉?" 因與之交歡. 日明後, 炊飯善饋, 以一疋布, 贐[2]之曰: "此物雖些少, 以此表情也." 厥者乃解囊, 出石鏡面梳針子色絲等物, 贈之. 女擧二疋布, 問之曰: "此布何處出也?" 答曰: "受雇價者." 女把袖而問後期.

---

2) 신(贐): 신물(贐物). 먼 길을 떠날 때 주는 선물.

하늘에 오르고 땅으로 꺼지다

어떤 부부가 낮에 무료하게 있다가 갑자기 그 생각이 났다. 곁에는 일곱 살과 여덟 살이 된 아들과 딸이 있는데, 한낮에 그 곁에서 하기가 멋쩍었다.

아버지가 아이들에게 말했다.

"너희들은 이 광주리를 가지고 앞산에 있는 도랑에 가서 잔고기들을 잡아오거라. 저녁에 탕이나 끓여 먹자꾸나."

아이들은 광주리를 가지고 나가면서 서로 이야기를 나누었다.

"아버지와 어머니가 우리에게 광주리를 주며 내쫓은 것은 틀림없이 우리 몰래 무언가를 먹으려고 그러는 걸 거야."

"밖에서 동정을 살피는 것이 좋겠다."

그러고는 아이들은 창밖에서 방 안을 가만히 엿보았다.

부부는 방 안에서 일을 벌이고 있었다. 그러다가 남편이 아내에게 물었다.

"어떻소?"

"땅속으로 꺼지는 듯하네요."

아내도 남편에게 물었다.

"어때요?"

"하늘로 올라가는 것 같은데."

일을 마치자, 아이들이 광주리를 가지고 방 안으로 들어왔다. 빈 광주리를 본 아버지가 물었다.

"왜 물고기를 잡지 않았느냐?"

"아버지는 하늘로 올라가고 어머니는 땅속으로 들어갔는데, 누구랑 같이 먹으라고요?"

昇天入地

一漢夫妻, 晝居寂寥, 忽有色思, 而傍有七八歲兩介子女, 白晝置傍作事, 有所如何, 父曰: "汝等持此筐, 往前川滂處, 而拾小魚來, 夕飯湯食矣." 兒輩持筐出, 而相謂曰: "父母使吾輩, 給筐出送, 必也, 諱吾輩, 有所喫之物而然也. 在外伺偵, 以觀其動靜, 可也." 於戶外窺視, 則夫妻作事, 而夫問于妻曰: "何如?" 曰: "如入地矣." 妻問于夫曰: "何如?" 曰: "昇天矣." 如是了畢後, 兒輩持筐而入, 故問曰: "何不拾魚而來?" 答曰: "父昇天, 母入地, 與誰共之?"

아야, 발가락아

어떤 놈이 아들 서넛을 두었다. 하지만 이불은 하나밖에 없었을뿐더러 해져 있었다. 한 이불 속에서 어른과 아이 모두 대여섯 명이 함께 잠을 잤으니 그럴 수밖에.

부부가 관계를 맺어 한창 흥이 무르녹고 있을 즈음이었다. 잠을 자던 막내의 발가락이 해진 이불 구멍 사이에 끼이고 말았다. 막내는 울며 말했다.

"아가, 조지야. 아가, 조지야!"

그중에 대가리[頭]가 큰 아이가 말했다.

"조지의 고통이 좆[祖]과 같을진대, 나는 대가리를 거기에 끼워넣더라도 감히 소리를 내지 않을 것이니라. 너 같은 조지는 그놈의 손자와 같을지라."

痛足指

一漢有子三四兄弟, 而衾則單件, 而且弊矣. 一衾之內, 五六長幼同寢, 而夫妻作事方張, 與滔之際, 小兒挾足指於衾釁, 哭曰: "哀也, 足指也! 哀也, 足指也[1]!" 其中頭大者曰: "足指之痛如祖[2], 吾項挾之, 而不敢聲, 如渠之足指, 如孫之也."

---

1) 애야, 족지야(哀也, 足指也): '아야, 발가락아'라는 말인데, 여기서는 '아야, 발가락아'를 한자로 표기하여, 남자의 성기를 취음(取音)하였다. 그래서 '아가의 자지'로 읽도록 유도하고 있다.
2) 조(祖): 여기서는 어른의 '좆'을 취음한 것이다. 다른 한편으로는 지금 관계를 맺고 있는 아버지를 상징적으로 드러내고 있다.

지아비가 문 앞에 와 있다

맹인의 아내에게는 샛서방이 있었다. 그녀는 밖에 나갔다 돌아오는 길에 우연히 샛서방을 만났다.

샛서방이 물었다.

"남편은 집에 있어?"

"그래, 있어."

"내가 마땅히 여차여차할 테니까, 너는 소리를 내지 말고 있어."

"그래."

샛서방은 곧장 맹인의 집에 가서, 맹인을 보고 물었다.

"그간 평안하셨소?"

"어찌하여 오랜만에 오셨수?"

"부인은 어디에 가셨소?"

"밖에 나갔나보오."

"내게는 오래전부터 정을 나누는 사람이 있는데, 마침 오늘 여기에서 만나기로 했소. 다른 조용한 곳이 없으니 이 방을 잠시만 빌려주시구려."

맹인은 희롱조로 말했다.

"방이야 빌려주겠소만, 그럼 방세는 얼마나 주시려우?"

"방세는 넉넉히 줄 것이니, 잠시 자리나 피해주시구려."

그러고는 곧바로 그 여인을 이끌고 왔다.

샛서방과 아내가 막 일을 벌이고 있을 때였다. 맹인이 자리를 피해 문밖에 나와 있다가 점을 쳐보았다. 점괘가 나오자 맹인은 즉시 집으로 들어가 샛서방에게 말했다.

"내가 지금 점을 쳤는데, 그의 지아비가 가까이 있다는 괘가 나왔소. 어서 일을 끝내고 여인을 내보내시구려."

其夫在門

盲漢之妻, 有間夫, 而厥女出他回還之路, 逢間夫, 間夫問曰: "汝夫在家乎?" 曰: "在耳." 間夫曰: "吾當如此如此矣, 汝須勿出語音也." 厥女曰: "諾." 間夫入盲家, 見盲漢問曰: "其間平安否?" 盲曰: "何其久覓也?" 間夫曰: "汝之室人, 去何?" 盲曰: "出他." 間夫曰: "吾有舊情人, 而適逢於此, 無從容處, 汝房暫借也." 盲弄曰: "借房不難, 而第房貰, 出幾許耶?" 間夫曰: "房貰當多多出之矣, 暫避也." 卽携厥女, 方張作事之際, 盲漢避在門占之, 則卦出, 卽入謂間夫曰: "吾今占之, 則其夫在近, 速速出送也."

흉악한 젓갈 사시우

한 놈팡이가 자기 집에서 해가 중천에 걸릴 때까지 이불을 껴안고 누워 있었다. 마침 조개젓을 파는 여자가 그 집에 들어와 물었다.

"조개젓 사시려우?"

그놈이 창으로 잠깐 엿보니, 젓갈장수의 용모가 꽤 쓸 만했다. 그래서 거짓으로 신음 소리를 내며 젓갈장수에게 말했다.

"내가 병으로 누워 일어날 수가 없어서 그러는데, 꺼리지 말고 잠깐 방으로 들어와 이 그릇에다가 조개젓 두 푼어치만 두고 가시구려."

젓갈장수는 아무 의심 없이 그 말대로 방으로 들어갔다. 그러자 그놈은 벌거벗은 채로 양물을 크게 일으키더니, 젓갈장수를 껴안고 이불 속으로 끌어들여 맹렬하게 그 짓을 했다. 이에 젓갈장수가 말했다.

"이게 무슨 짓이오? 흉악한 놈, 흉악한 놈!"

홍이 무르익었는데, '흉악한 놈'이라는 소리는 젓갈장수의 입에서 떠나지 않았다. 일이 끝난 후에도 '흉악한 놈'이라는 소리가 끊이지 않았다.

일을 마치자, 젓갈장수는 젓갈통을 머리에 이고 문을 나섰다. 그리고 이렇게 소리쳤다.

"흉악한 젓갈 사시우!"

凶惡醢商

一漢, 於渠家, 日高擁衾獨宿矣. 蛤醢女商, 入其家問曰: "蛤醢買之乎?" 厥漢以窓間視之, 則醢商外貌可用. 假以呻吟聲, 謂商曰: "吾病臥不能起, 少無嫌焉, 入此房, 持此器, 置蛤醢二分焉." 厥商信之無疑, 入其房, 則厥漢以赤身, 大撑臀而突起, 抱其女, 而入其衾, 猛爲之. 厥女曰: "此何事也? 凶惡哉! 凶惡哉!" 及其興滔, 則連呼凶惡, 口不絶聲. 事畢後, 亦口不絶凶惡之聲, 戴醢桶, 出其門, 而呼曰: "買凶惡醢."

한 잔에도 몹시 취하네

한 놈팡이는 아내와 둘이서만 살고 있었다. 그는 항상 밖에 나갔다가 돌아오면, 사람이 있든 없든 아내를 이끌고 방으로 들어가 그 짓을 한 판 벌였다. 아내는 다른 사람이 있을 때도 이런 일을 하는 것이 민망하여 남편에게 말했다.

"만약 사람이 있을 때에는 내게 '술 한 잔 하자'고 말씀하세요. 그러면 내가 작은방으로 들어갈게요. 당신은 조금 뒤에 뒤따라 들어오세요. 그러면 다른 사람들은 그저 둘이서 술을 마시나보다 생각하겠죠. 어떻게 그 일을 하는지 알겠어요?"

"그 생각이 좋네."

그러던 어느 날, 장인이 마침 그 집을 찾아왔다. 그놈은 밖에 나갔다가 들어오더니, 장인에게 몇 마디 인사만 드린 후 아내에게 말했다.

"술 한 잔 하지 않겠소?"

아내는 즉시 작은방으로 들어갔고 그놈도 뒤따라 들어갔다. 한참 뒤에 그 방에서 나온 두 사람 모두의 얼굴에는 붉은 빛이 맴돌았다.

집으로 돌아온 장인은 장모에게 화를 내며 말했다.

"딸자식은 되레 남만도 못하네. 할멈도 앞으론 그 집에 가지 마오."

"무슨 까닭에 그런 말씀을 하시는지요?"

"내가 술을 좋아하는 것은 딸년도 익히 아는 바요. 그런데 오늘 그집에 갔더니 작은방에 술을 빚어두고 저희 둘이서만 마시고 내게는 한잔도 권하지 않더군. 내가 어쩌다 세상천지에 이렇게 인정머리 없는 딸년을 두었단 말인가? 절대로 그년의 집에는 가지 마오. 내 만약 할멈이 그년의 집에 간 것을 알면 가만두지 않을 것이니, 그리 아시오."

장모는 이 말을 듣고, 장인이 없는 틈을 타 딸의 집에 가서 물었다.

"네 아비가 몹시 화가 났더구나. 몹시 화가 났어."

"무슨 이유로 그렇게 화가 나셨대요?"

"아무 날, 네 아비가 왔을 때 너희 내외가 작은방에 들어가 둘이서만 술을 마시고 네 아비에게는 한 잔도 권하지 않았다면서…… 그 일로 몹시 화가 났더구나."

"아버님께서 깊이 생각하지 않으셨나보네요. 이 일은 여차여차한 것으로, 사실 술은 없었어요. 만약 술이 있었다면 어찌하여 아버님께 올리지 않았겠어요? 아버님께 이 일을 잘 말씀드려 너그러이 용서해 주시도록 해주세요."

장모는 집으로 돌아와 장인에게 말했다.

"오늘 딸년 집에 갔다 왔어요."

그러자 장인은 다짜고짜 화를 내며 말했다.

"내가 딸년 집에는 가지 말라고 누차 이야기하지 않았소? 그런데 어쩌자고 그 집에 갔단 말이오?"

"노여워하지 말고 내 말부터 들어보세요. 그 일은 본래 여차여차한 것으로, 실은 술이 없었답니다. '만약 술이 있었다면 어찌하여 아버님께 올리지 않았겠냐'고까지 합디다."

"그 일이 그러한 줄을 내 미처 깨닫지 못했구려. 그나저나 그 방법이 몹시 묘하구려. 그렇다면 우리도 한 잔 해볼까?"

"좋지요."

두 사람은 곧장 한 잔 술을 마셨다. 일이 끝나자, 장모가 말했다.

"한 잔 더 하시려우?"

"이 늙은이는 한 잔에도 몹시 취하는구먼!"

一盃大醉

一漢只夫妻居生, 而每出他而還, 則毋論人之有無, 卽携厥妻而入俠房, 一局爲之. 妻悶其有人之時, 謂其夫曰: "若有人之時, 則謂吾曰: '飮一盃' 爲言, 則吾當入俠房, 君亦隨後而入, 則他人但知飮酒而已, 安知厥事之爲 不爲乎?" 夫曰: "其言好哉." 一自以後, 飮一盃爲約. 一日, 妻之父適來, 而 厥者自外而入, 數言寒暄後, 謂其妻曰: "飮一盃乎?" 妻卽入俠房, 厥者隨後 而入. 移時出來, 而夫妻面上, 皆紅潮矣. 妻父歸家, 怒謂其妻曰: "女息反不 如他人. 自今爲始, 婆勿往." 厥女家妻曰: "何故如是?" 翁曰: "吾之嗜酒, 女息稔知, 而釀酒於渠之俠房, 內外獨飮, 無一盃勸, 吾世上天下, 豈有如此 沒人情之女子乎? 切勿往厥女家. 吾若知往厥女家之事, 則必有不好光景 矣." 厥妻聞此言, 乘其翁之無也, 往見女息曰: "汝父大怒大怒矣." 女曰: "何故大怒?" 其母曰: "某日汝父來時, 汝之內外, 入俠房獨飮, 不勸一盃事, 大怒矣." 女曰: "父主未及洞燭也. 本事如此如此, 而實無酒矣. 若有酒, 則 寧有不獻待之理乎? 此事善言于父主, 解怒如何?" 其母還家謂翁曰: "吾今 日, 往女息家矣." 翁爲先大怒曰: "吾勿往女息家, 屢屢言及, 而胡爲乎去 哉?" 婆曰: "息怒, 聽吾言. 本事如此如此, 而實無酒矣. 若有酒, 則豈不待 父之理乎?" 翁曰: "本事之如此, 吾未及知也. 其方甚妙, 吾亦飮一盃乎?" 婆曰: "好哉." 卽飮一盃後, 婆曰: "加飮否?" 翁曰: "老人一盃大醉."

전당 잡힌 양물

한 놈팡이의 아내는 한번 베틀을 돌리면 항상 베 한 필을 짜냈다. 그
렇게 짠 베는 남편에게 맡겨 팔아오게 했는데, 남편은 베 판 돈을 모두
술 마시는 데 써버리고 남겨 오는 법이 없었다. 아내는 매번 이 일로
남편을 책망하였다.

그후, 아내는 또 베 한 필을 짜서 남편에게 주며 말했다.

"오늘은 제발 술 마시지 말고, 이 베만 팔고 곱게 들어오세요. 매일
같이 이러면 어떻게 살겠어요? 제발 술 마시지 마세요!"

그놈은 베를 가지고 시장에 가서 잘 팔고는 술집에 가서 외상으로
술을 마셨다. 그후, 그는 돈을 허리에 찼다. 그런 다음, 새끼줄로 자신
의 양물을 둘둘 감은 후, 그 끈을 목에 걸어 겉으로는 양물이 보이지
않게 하고 집으로 돌아왔다.

그놈은 비록 술에 취하지 않았지만, 거짓으로 몹시 취한 척했다. 허
투루 딸꾹질도 하고, 걸음도 비틀거리며 집 안으로 들어왔다. 아내가
그 모습을 보고 책망하며 말했다.

"오늘도 취해 돌아오셨구려. 반드시 베 판 돈으로 술을 마셨을 터이니, 남은 돈도 없겠구려."

그러자 그놈은 허리에서 베 판 돈을 내놓으며 큰 소리로 말했다.

"어떤 놈이 베 판 돈으로 술을 마셨대? 베 판 돈은 꽁꽁 잘 묶어서 가지고 왔네."

"그렇다면 무슨 돈으로 이렇게 취하셨수?"

"술을 보니 마시고 싶은 생각이 잔뜩 일잖아. 허나 돈은 쓸 수가 없고. 그래서 좆을 뽑아 전당 잡히고서 마셨지, 뭐."

"그게 무슨 말인가요? 급히 그것을 꺼내보시구려."

바지춤을 풀고 그것을 보이니, 과연 양물이 없었다. 아내는 깜짝 놀라 말했다.

"이 무슨 변고인가요? 그나저나 그것을 얼마에 전당 잡혔는데요?"

"두 냥에……"

"이 두 냥을 가지고 속히 가서 되찾아오세요!"

그놈은 두 냥을 가지고 술집에 가서 외상을 도로 갚았다. 그리고 술 몇 잔을 더 마신 후에 소나무 태운 재를 자신의 양물에 검게 칠하고 돌아왔다. 아내는 급히 물었다.

"되찾아왔어요?"

"도로 찾아오긴 했네만 술집 아낙네가 부지깽이로 사용했는지 검게 그을렸네."

"어서 꺼내보세요."

그것을 보니, 과연 검게 그을려 있었다. 그러자 아내는 치마폭으로 그것을 닦으며 말했다.

"이게 무슨 모양인고? 이게 무슨 모양이란 말이냐? 물건을 전당 잡았으면 잘 보관했다가 돌려주는 것이 옳거늘, 어찌하여 이 모양으로 만들었단 말이냐?"

典腎

一漢之妻, 織一場之間, 每織一疋布, 使其夫賣來, 則輒盡飮無餘. 其妻每以此事, 恒責之矣. 其後, 又織一疋, 給之曰: "今日, 勿飮酒, 善賣以來也. 每每如是, 則何資生乎? 愼勿飮酒也." 厥者持布往市場, 布則善賣, 酒則以外上飮之後, 錢則佩腰, 以繩繫腎回後, 結之而歸. 厥者雖不大醉, 佯若大醉, 虛唾散步而入. 其妻見而責曰: "今又醉歸, 必也賣布錢, 盡飮無餘矣." 厥者乃於腰間, 出賣布錢而大言曰: "何許漢, 以賣布錢飮酒乎? 賣布錢, 緊緊持來矣." 妻曰: "然則以何錢, 如是大醉?" 厥者曰: "見酒則有慾, 錢則難用, 故拔腎典當而飮耳." 妻曰: "是何言也? 速出示之也." 乃拔袴示之, 則果無腎矣. 妻大驚曰: "此何變故也? 然則幾許典當乎?" 曰: "二兩矣." 妻曰: "以此二兩, 速速推來也." 厥者受二兩錢, 往酒家, 而外上錢還報, 加飮幾盂後, 以松烟[1]塗腎而歸. 妻急問曰: "推來乎?" 曰: "推來則推來, 而酒商女爲火杖烟黑矣." 曰: "速速示之." 示之則果黑矣. 妻以裳幅洗之曰: "此何貌樣? 此何貌樣? 他矣物件典當, 則善置還送, 可也, 此何貌樣也?"

---

1) 송연(松烟): 송연(松煙). 소나무를 태워 만든 검은 재. 먹을 만들 때 원료로 쓸 만큼 검기로 유명하다.

의심스러운 곳에 종이를 붙이다

한 사람이 혼자 사랑방에 머물면서 책을 읽으며 한가롭게 세월을 보내고 있었다.

하루는 그 사람이 외출했을 때 부인이 사랑방에 나갔다가 책을 펴보았다. 그랬더니 붉은색으로 관주貫珠를 해둔 곳도 있고, 비점批點을 해둔 곳도 있었다. 곧게 밑줄을 그은 곳도 있었고, 간지間紙처럼 종이를 붙여둔 곳도 있었다. 부인은 책에 왜 그렇게 해놓았는지 그 이유를 알지 못했다. 남편이 들어온 후에 물었더니, 그는 이렇게 대답해주었다.

"문장이 좋은 부분에는 관주를 붙이고, 그 다음에는 비점을 붙이고, 좋지 않은 곳에는 밑줄을 그으며, 의문스러운 부분에는 종이[籤]를 붙여두는 것이오."

그러던 어느 날, 남편이 술에 취해 돌아왔다. 남편은 옷을 모두 벗고 알몸으로 잠이 들었다. 인사불성이었다. 부인이 사랑으로 나가보니, 남편은 양물을 곧추세운 채 술에 취해 잠들어 있었다. 그 양물을 보니 크고도 좋았다. 부인은 이에 붉은 안료를 묻힌 붓으로 그 대가리에 관주를 하고, 고환 위에는 비점을 했다. 음모 주변에는 밑줄을 긋고, 콧등에는 종이를 붙여두고서 안방으로 돌아왔다.

한참 후에 남편이 깨어서 살펴보니 온몸이 이와 같은지라 그 까닭을 알지 못해 안방으로 들어가 말을 꺼냈다.

"아까 술에 취해 잠이 든 사이에 누군가 온몸에다 장난을 해놓았구려. 참으로 괴이한 일이오."

그러자 부인이 말했다.

"제가 그리하였습니다."

"무슨 이유로?"

"양물은 크고 좋았기 때문에 관주를, 고환은 방해될 것이 없는 물건이기에 비점을 했지요. 음모는 중요한 물건이 아니기에 밑줄을 쳤습니다. 그리고 속설에 '코가 큰 사람은 양물도 크다'고 하는데, 당신은 코가 작아도 양물은 크니 어찌 의심스러운 곳이 아니겠습니까? 그래서 코에다가는 종이를 붙였습니다."

疑問處付籤

一人獨處舍廊, 以書冊消遣矣. 一日, 出他之時, 夫人出舍廊, 開冊視之矣, 則以朱筆, 或有貫珠[1]者, 或有批點[2]者, 或有直杖者, 或有以紙付籤者. 夫人莫知何故, 故家君入來後, 問其故, 答曰: "文理好者貫珠, 其次批點, 不好者直杖, 有疑問處, 則付籤." 如是談話矣. 一日, 其夫乘醉而歸, 盡脫衣服, 赤身醉睡, 不省人事. 夫人出舍廊, 見之, 則家君大撑腎而醉睡. 見其腎, 則大矣好. 故以朱筆, 貫珠於其頭, 批點於閫上, 直杖於陰毛邊, 付籤於鼻頭

---

1) 관주(貫珠): 글이나 시문의 잘잘못을 평가할 때 잘된 곳에 그린 동그라미.
2) 비점(批點): 문장의 중요한 부분이나 절묘한 부분에 찍는 점. 보통 오른쪽에 찍는다.

而入矣. 有頃, 醒悟視之, 則滿身如是矣. 莫知何故, 入內言曰: "俄醉睡, 何人遍身戲弄, 甚怪事也." 夫人曰: "吾爲之耳." 曰: "何故?" 夫人曰: "腎大而好貫珠, 闊則無妨之物批點, 陰毛不緊之物直杖, 而俗說云: '鼻大者, 腎大'云矣, 君則鼻小而腎大, 豈非疑問處乎? 是以付籤耳."

문자 쓰기를 좋아하다

부인이 문자를 조금 이해하여, 어떤 단어를 들으면 나중에라도 반드시 써먹었다.

하루는 아들이 들어와 아뢰었다.

"오늘 밤에는 아무개와 아무개가 와서 모임을 가질 것입니다. 무료히 보낼 수가 없으니 간소하게라도 술과 안주를 마련해주시면 어떻겠습니까?"

어머니는 그 말에 따라 음식을 갖추어 내보냈다. 마침 어머니가 창밖에 있을 때 아들과 친구들의 말소리가 들려왔다.

다음 날, 어머니는 아들에게 물었다.

"내가 어제 창밖에 있다가 여러 사람들이 문자 쓰는 것을 들었는데, 모두가 유식한 말이어서 들을 만하더구나. 그런데 용두질[龍倒質], 비역질[臂力質], 요분질[搖奔質]과 같은 문자는 알지 못하겠더구나. 그 단어는 어디에 쓰는 게냐?"

아들은 대답할 말이 없었다. 그저 둘러대는 말로 대답할 수밖에 없었다.

"용두질과 비역질은 친구들 간에 담배를 태우거나 바둑이나 장기를 두라는 의미로 쓰고, 요분질은 여인들이 바느질하는 재주를 가리킬 때 쓴답니다."

어머니는 그렇다고만 알고 있었다.

그후, 딸을 시집보낸 후에 사위가 장모를 찾아왔다. 장모는 진수성찬으로 잘 대접하고 나서 사위에게 말했다.

"사랑에 나가서 처남들과 함께 용두질과 비역질을 하면서 종일 놀다 가시게. 딸내미는 비록 임사任姒의 덕은 없다 할지라도 요분질은 잘할 것이네."

사위가 듣고는 몹시 해괴망측해하며 한마디 말도 못 했다. 그러고는 곧바로 집으로 돌아가 그의 아내를 내쫓았다.

쫓겨난 여인의 집에서는 도대체 무슨 영문인지를 알지 못했다. 그래서 아들이 어머니에게 물었다.

"아까 매부가 왔을 때 어머니께서는 매부와 어떤 말씀을 주고받으셨는지요?"

"여차여차했을 뿐이고, 다른 말은 없었는데……"

아들이 그 말을 들으니 일이 몹시 해괴망측한지라 곧바로 사돈집에 가서 매부에게 말했다.

"이 일은 본래 여차여차한 것이네. 이는 모두 내 잘못이고, 어머니의 잘못은 아니네. 그러니 조금도 미워하거나 꺼리지 마시게."

매부가 듣고 몹시 웃었다. 그리고 즉시 가마를 보내 아내를 다시 데려왔다.

好用文字

夫人粗解書字, 或聞文字, 則必用後已. 一日, 其子入告曰:"今夜某某人來會, 而空送爲難, 略設酒肴, 若何?"其母依其言而備出, 母在窓外, 聽其談話. 翌朝, 問于子曰:"吾於昨夜, 在窓外, 聽諸人之用文字, 則皆有識可聽 而至於龍倒質[1]臂力質[2]搖奔質[3]等文字莫曉, 其意用於何處乎?"其子無可答之辭, 以鈍辭答曰:"龍倒質臂力質, 朋輩間吸南草戲博奕等事, 用之, 搖奔質, 女人針才等事, 用之耳."其母知其然矣. 其後, 女息出稼後, 嬌客[4]來謁於聘母. 聘母以珍羞善待, 謂婿曰:"出舍廊, 與妻男, 爲龍倒質臂力質, 終日遊去也. 女息雖無姒姙[5]之德, 搖奔質, 渠能爲耳."新郎聞甚駭然罔測矣. 默無一言. 仍卽歸家, 逐送其妻. 妻家莫知何故. 子問于母曰:"俄者妹夫來時, 慈主有何酬酌乎?"母曰:"若此若此而已. 別無他說."其子聞之, 則事甚駭然. 卽往夫家, 言于妹夫曰:"本事如此如此, 是皆吾之過也, 非慈親之過, 少勿嫌焉."妹夫聞之, 甚可笑. 卽送轎率來.

---

1) 용도질(龍倒質): 우리말 '용두질'의 취음. 남자의 자위행위.
2) 비력질(臂力質): 우리말 '비역질'의 취음. 남색(男色). 남자끼리 하는 성행위.
3) 요분질(搖奔質): 우리말 '요분질'의 취음. 성교할 때 여자가 남자에게 쾌감을 주려고 아랫도리를 요리조리 놀리는 짓.
4) 교객(嬌客): 남의 '사위'를 일컫는 말인데, 여기서는 자신의 사위를 지칭한다.
5) 사임(姒姙): 임사(任姒). 주(周) 문왕(文王)의 어머니인 태임(太任)과 주 무왕(武王)의 어머니 태사(太姒)를 합쳐 이르는 말. 모범적인 여성의 전형으로 일컬어진다.

이상한 물건을 차다

각좆을 파는 것으로 생업을 삼는 사람이 있었다. 그에게 아내가 물었다.

"이것은 무슨 물건인가요?"

"여인들이 차고 다니는 물건이라오."

그녀는 그러려니 하고 있었다.

그후, 친척의 혼사가 있어서 그녀도 참석해야 했다. 그렇지만 찰 만한 노리개가 없는 까닭에 각좆 중에서 색이 고운 것 하나를 골라 옷고름에 매고 갔다. 그랬더니 자리에 앉은 부인들 중 어떤 사람은 그것을 외면하기도 하고, 어떤 사람은 보고도 못 본 척하기도 했다. 그런데 한 부인이 다가와 물었다.

"이것은 무슨 물건인가요? 이상하게도 생겼네."

그러자 곁에 있던 다른 부인이 얼굴을 가리고 웃음을 머금은 채 돌아앉으며 말했다.

"흉악하고도 망측해라! 이것은 각좆인데, 어찌하여 차고 오셨단 말이오? 애지중지하셔서 잠시도 놓을 수가 없던가요?"

대개 그것을 차고 온 부인과 그것이 무엇인지를 물은 부인은 현숙^賢_淑한 부인이라 하겠다. 각좆을 알고 있는 부인은 이것으로 미루어봐도 어떠한 여인인지 알지라.

佩異物

一人, 以殼造¹⁾商爲業, 而其妻問曰: "是何物也?" 夫曰: "卽女人所佩之物也." 其妻知其然矣. 其後, 族戚間, 有婚事, 其妻不可不往參, 而無所佩之物, 故殼一個, 擇其色鮮者, 佩衣纓而往焉. 座中諸夫人, 或有外面者, 或有視而不見者, 一夫人問曰: "是何物也? 異哉!" 一夫人掩面含笑, 回坐而言曰: "凶惡哉! 罔測哉! 是殼造也. 胡爲乎佩來? 愛之重之, 不忍暫時捨之乎?" 大抵佩之夫人問之夫人, 皆賢淑也. 知殼造之夫人, 推此可知也.

---

1) 각조(殼造): 우리말 '각좆'의 취음. 뿔이나 가죽 따위를 가지고 남자의 좆처럼 만든 여자들의 장난감.

늙은 신랑과 어린 신부

일흔두 살의 노인이 열여섯 살 처녀를 후취^{後娶}로 맞이하였다. 첫날
밤에 시 한 편을 읊었는데, 그 내용은 다음과 같다.

열여섯 살 신부, 일흔두 살 신랑^{二八佳人八九郎}
쓸쓸한 백발이 붉은 꽃을 마주 대했네^{蕭蕭白髮對紅粧}
홀연 하룻밤 봄바람이 불어와^{忽然一夜春風起}
배꽃을 날려버리고 해당화를 누르리라^{吹送梨花壓海棠}

老郞幼婦

七十二歲老翁, 後娶於十六歲處女, 新婚夜, 詠詩曰：'二八佳人八九郞,
蕭蕭白髮對紅粧. 忽然一夜春風起, 吹送梨花壓海棠[1].'

---

1) 이화(梨花, 배꽃)는 흰색으로 자신을 뜻하고, 해당화(海棠)는 붉은색으로 열여섯 살 신부를 뜻한다.

꾀를 써서 샛서방을 내보내다

　음탕한 한 아낙이 남편이 나가고 없을 때 샛서방과 건넌방에서 동침을 하다 이미 동이 튼 줄도 모르고 있었다. 안방에서는 시부모와 시누이가 함께 잤는데, 시부모는 아직 잠에서 깨지 않았지만, 시누이는 이미 마당에 나와 거닐고 있었다. 그런 까닭에 아낙은 샛서방을 내보낼 방법이 없었다.

　음탕한 아낙이 샛서방에게 말했다.

　"내가 마땅히 여차여차하리니, 그때 곧바로 나가세요."

　음탕한 아낙은 몰래 시누이 뒤로 걸어가더니 두 손으로 시누이의 두 눈을 가렸다. 그러고는 시누이에게 물었다.

　"내가 누구게? 알 수 있나요?"

　"잘 알죠! 언니잖아요."

　"아닌데…… 다시 잘 맞혀보세요."

　이럴 즈음에 샛서방은 달아났다.

計出間夫

一淫婦, 本夫出他時, 與間夫同宿於越房, 不知東方之旣白. 內房則舅姑嫁妹宿之, 而舅姑雖姑未起, 嫁妹已出庭下, 故間夫出送無路. 淫婦謂間夫曰: "吾當如此如此矣, 卽出去也." 厥女潛步於嫁妹之後, 以兩手遮嫁妹之兩目, 問曰: "吾誰也? 能知之否?" 妹曰: "吾善知也. 卽兄也." 曰: "非也, 更爲善知也." 如斯之際, 間夫逃走.

빨려 들어가지 않는 방법을 배우다

주막을 하는 놈팡이의 아내는 음모가 무성하면서도 매우 길었다. 매일 밤, 일을 치를 때마다 음모가 음호 속으로 빨려 들어갔다. 이 때문에 놈팡이는 항상 걱정하였다.

그러던 어느 날, 한 생원이 손님으로 주막에 들었다. 그 수염을 보니, 윗수염이 몹시 무성하고도 길어 입모양도 볼 수가 없었다. 주막집 놈팡이는 마음속으로 생각하였다.

'이처럼 수염이 무성하니 먹고 마시는 것도 어렵지 않을까?'

그러면서 음식상을 가지고 갔다. 생원은 이내 주머니에서 갓끈에 고정하는 종이 고리 두 개를 꺼냈다. 그리고 양쪽으로 두 개의 고리에 나눈 수염을 하나씩 고정한 다음 갓끈에 매고 밥을 먹는데, 한 올의 수염도 입에 들어가지 않았다. 놈팡이는 곁에서 자세히 보고 외쳤다.

"맞다, 맞아!"

그러자 생원이 말했다.

"무엇이 맞단 말이오?"

"제 처의 음모는 무성하면서도 몹시 깁니다. 그래서 매일 밤 일을 할 때마다 음모가 음호 속으로 빨려 들어가서 불편했습지요. 그런데 지금 비로소 빨려 들어가지 않는 방법을 배웠습니다."

學不入方

酒店漢妻, 陰毛甚繁且長, 每夜事之時, 陰毛曳入陰中, 恒以是憂悶. 一日, 一生員入店, 而見其鬚髯, 則上鬚甚繁長, 口形不見. 店漢心語曰: '如彼繁鬚, 食飮似難也.' 持食床入去, 則生員乃開囊, 出兩纓紙環, 披鬚撑之, 以纓繫後, 食之, 無一髮入口者. 店漢在傍熟視曰: "是哉! 是哉!" 生員曰: "胡爲是也?" 店漢曰: "渠之妻, 陰毛甚繁長, 每夜事之時, 曳入陰中, 不便矣. 今則學不入方."

절묘한 공물을 받을 수 없게 되었군

약국藥局에 속한 여러 친구들이 술과 안주를 챙겨 남산에 올라가 탁족濯足. 여름철에 물이 좋은 곳에 가서 발을 씻는 일을 할 때였다.

한 사람이 홀연 양기陽氣가 발동하여 견딜 수 없을 정도였다. 그래서 은근한 곳을 찾아들어가 막 양물을 쥐고 있을 즈음, 마침 금송군禁松軍. 사사로이 소나무를 베는 것을 감시하던 순라군이 그의 뒤에 있다가 큰 소리로 말했다.

"이 양반아! 남산처럼 종요로운 곳에서 이게 무슨 짓이오?"

그 사람이 깜짝 놀라 돌아보니 금송군이 뒤에 서 있었다. 그는 얼굴이 벌겋게 달아오른 채, 금송군의 소매를 잡아당겨 가까이 앉히며 말했다.

"내가 이 일을 벌였다고 떠들지 말아주게."

"남산처럼 종요로운 곳에서 이런 짓을 하는 것은 법으로 엄격하게 금지하고 있습니다. 그대로 둘 수 없으니 마땅히 잡아가야겠습니다."

그러자 그 사람은 간청하며 말했다.

"노형께서 이 무슨 말씀이십니까? 속설에 이런 말이 있지 않습니까? 죽을병에도 살릴 수 있는 약은 있다고…… 이 동생이 저지른 한때의 무안한 행동을 우리 형님께서 어찌 너그러이 용서해주지 않으십니까?"

그러고는 주머니에서 돈을 꺼내, 금송군에게 주며 말했다.

"약소하지만 술이나 한잔 사서 마시고 너그러이 용서해주십시오. 조만간 이 아우를 찾아오시면 후히 대접하겠습니다."

"형씨 댁이 어딘데?"

"아우의 집은 구리재[銅峴]에 있는 몇 번째 집입니다."

"남산은 안산案山으로, 중요한 곳이오. 이런 짓을 한 사람을 잡으면 모두 죄를 주어서 다스리지요. 하지만 형씨가 하도 간절하게 비니 잡아가지는 않겠소. 그러니 나중에라도 다시는 이런 짓을 하지 마시오."

"감사하고 감사하옵니다."

금송군은 돈을 받고 마음속으로 몹시 웃었다. 그러고는 뒤도 돌아보지 않고 가버렸다.

뒷날, 금송군이 지나가다 그 집에 들렀다. 주인은 방에 있다가 금송군이 온 것을 보고 돈을 움켜쥐고 바삐 나가서 그에게 주었다. 금송군은 그것을 받더니 돌아보지도 않고 가버렸다.

며칠이 지난 후, 금송군은 다시 그 집 앞을 지나다가 들렀다. 그랬더니 주인은 그전처럼 돈을 움켜쥐고 나가 그에게 주었다. 그렇게 네댓 번이나 주고 나자, 영문을 모르는 어떤 사람이 그 이유를 물었다. 주인은 숨기기만 할 뿐, 즐겨 말하지 않았다.

그후, 다시 이런 일이 있자, 곁에 있던 사람이 간절히 그 연유를 물었다. 주인은 그제야 그에게 귓속말로 소곤소곤 말했다.

"내가 어느 날 남산에 갔다가 이러저러한 일이 있었네. 그런데 저놈이 너그럽게도 그것을 용서해주었네. 그런 까닭에 그 은혜에 감사하여 이러는 것이라네."

그 사람은 이 말을 듣고 몹시 우스워 주인을 책망하며 말했다.

"남자가 좆을 쥐는 것은 일상적인 일이네. 남산이 아니라 궁궐 안에서 그 짓을 했더라도 누가 능히 그것을 금한단 말인가? 나중에라도 또 그놈이 오면 책망이나 해서 보내게."

그후에 금송군이 다시 왔다. 이번에는 주인이 그를 꾸짖어 말했다.

"내가 좆을 쥔 것이 너와 무슨 상관이란 말이냐?"

그러자 금송군이 대답했다.

"처음부터 이렇게 말했다면 누가 찾아왔겠소?"

그러고는 돌아보지도 않고 달아나버렸다.

失妙貢物

藥局[1]諸益, 設酒肴, 登南山, 濯足矣. 一人, 忽動腎難堪, 尋憩懃處, 而方拳腎之際, 禁松軍自後而來, 大呼曰: "此兩班, 南山重地, 其事是何事也?" 其人乍驚顧視, 則乃禁松軍也. 卽顔騂, 挽其袖而近坐曰: "吾之此事, 幸勿煩說焉." 軍曰: "南山重地, 此等事, 大禁法也. 不可仍置, 當捉去矣." 其人懇乞曰: "老兄, 是何說? 俗語云: '死病有生藥.' 少第一時無顔之妄, 吾兄豈無濶恕乎?" 乃罄出囊中錢, 給之曰: "此物雖些少, 買飮酒盃, 寬恕焉. 日間訪弟, 則當厚待矣." 禁松軍曰: "兄宅在何?" 曰: "弟家卽銅峴[2]某邊第幾家耳." 禁松軍曰: "南山卽案山[3]重地. 此等事, 若現捉, 則以一罪用之. 然兄之懇乞如是, 故不捉去, 後勿更爲也." 其人曰: "感謝感謝." 禁松軍受錢,

---

1) 약국(藥局): 약국은 단지 약을 파는 곳으로도 볼 수 있다. 하지만 내의원(內醫院)을 약국이라고도 지칭했다는 점을 고려하면 여기서는 내의원을 가리키는 것이 아닌가 한다. 내의원은 궁중에서 의약을 맡아보던 관아이다.
2) 동현(銅峴): 구리재. 지금의 종각 옆 부근.
3) 안산(案山): 풍수지리에서 집터나 묏자리 맞은편에 있는 산. 한양은 남산을 안산으로 하였다.

心甚可笑, 不顧而去. 禁松軍, 翌日歷入其家, 則其人果在房, 望見禁松軍之
來, 卽掬錢忙出給之, 受而不顧而去. 過數日後, 又歷入, 則如前樣, 掬錢給
之. 如是者, 凡四五度. 在傍人莫知何故, 問其故, 主人諱不肯言. 其後, 又如
是故, 傍人懇問其故, 主人乃慇懃附耳而語曰: "吾於某日, 往南山, 若此若
此, 而厥者厚恕, 故其恩感謝, 如是耳." 其人聞甚可笑, 責曰: "男兒拳臀, 卽
例也. 非但南山, 雖闕內爲之, 誰能禁之耶? 日後若更來, 責逐也." 其後, 禁
松軍又來矣. 責之曰: "吾之拳臀, 有何關於汝乎?" 軍曰: "當初如是, 則誰
能來訪耶?" 不顧而走.

두 늙은이가 욕을 보다

여든 살 노인이 젊은 첩과 더불어 밤일을 할 때였다. 첩이 말했다.

"이 일을 하고 만약에 아이를 갖게 된다면 반드시 사슴을 낳겠네요."

"어찌하여 사슴을 낳는단 말이냐?"

"사슴 가죽으로 일을 하였으니 사슴을 낳지 않을 수 있겠어요?"

다음 날, 친구와 이야기를 나누다가 노인이 말했다.

"내가 어젯밤에 큰 욕을 보았네."

"어떤 욕인가?"

"지난밤에 첩과 관계를 맺는데, 첩의 말이 이러하였네. 그러니 어찌 욕이 아니겠는가?"

"그 욕은 대수로울 것이 없네. 내가 맛본 욕은 입에 담을 수도 없을 정도네."

"말이나 해보게."

"내가 며칠 전에 첩과 더불어 밤일을 할 때였지. 첩이 자기 것을 가리키며 '이곳은 돌아가신 분들을 모셔둔 무덤 곁인가봐요'라고 하더

군. 내가 '무슨 말이냐?'고 물었지. 그랬더니 첩이 '시체를 이끌고 장
례를 치르는 곳이니 무덤 곁이 아니라면 무슨 까닭으로 어려움 없이
장례가 치러지겠어요?'라고 하더군. 이는 차라리 귀로는 들을지언정
입으로는 차마 말할 수가 없네."

両老逢辱

八耋翁, 與少妾夜事. 妾曰: "爲此事後, 若孕胎, 則必産鹿也." 翁曰: "何
以産鹿耶?" 妾曰: "以鹿皮作事, 非産鹿何?" 翌日, 與友酬酢之際, 翁曰:
"吾去夜, 逢大辱." 友曰: "何辱耶?" 翁曰: "去夜, 與妾作事, 而妾言如此,
豈非大辱乎?" 友曰: "其辱猶屬歇后[1]. 吾之逢辱, 口不可道." 翁曰: "第言
之." 友曰: "吾於日前, 與妾夜事, 妾曰: '此是先塋側乎?' 吾曰: '何謂也?'
妾曰: '曳屍入葬, 非先塋側, 何故無難而入葬乎?' 云, 此寧耳以聽之, 口不
可道乎!"

---

1) 헐후(歇后): 대수롭지 않음.

개새끼가 인사를 가르치다

몹시 어리석은 사람이 손님을 맞이하는 인사치레를 알지 못했다. 아내는 그것을 민망히 여겨 남편에게 말했다.

"사람이라면 손님을 대접하는 도리를 알아야 합니다."

"어떻게 해야 하는데?"

"무릇 손님을 대접하는 도리는 다음과 같아요. 처음에는 평안한가를 묻고, 다음에는 자리에 앉으라고 청하고, 다음에는 담배 태우기를 청하고, 다음에는 술을 마시겠냐고 청한답니다. 그 다음에는 사람을 불러 술을 가져오라고 하여 술을 드리는 것입니다. 이렇게 하는 것이 손님을 대접하는 도리라 하겠습니다."

"알기는 하겠는데, 그러다가 잊어버리면 어떻게 하오?"

"내게 좋은 방법이 있어요. 새끼줄로 당신의 고환을 묶고 한쪽 끝을 쥐구멍으로 내보낸 다음, 손님이 올 때면 내가 그것을 잡아당길게요. 한 번 잡아당기면 평안한가를 묻고, 두 번 당기면 자리에 앉기를 청하고, 세 번 잡아당기면 담배 태우기를 청하고, 네 번 잡아당기면 술 마시기를 청하고, 다섯 번 잡아당기면 술을 가져오라고 하세요. 내 마땅히 그에 맞춰 시행하겠습니다. 이것으로 차례를 삼으면 될 것입니다."

"그 계책이 몹시 절묘하구려."

그후, 그 사람은 몇 번씩 그 방법을 익혀두었다.

그러던 어느 날, 친구가 그를 방문하였다. 그의 아내는 새끼줄을 한 번 잡아당겼다. 그러자 그 사람이 말을 꺼냈다.

"평안하신가?"

또 한 번 잡아당기니 자리에 앉기를 청했고, 다시 한 번 잡아당기니 담배 태우기를 청하고, 다시 한 번 잡아당기니 술을 마시겠냐고 했다. 또 한 번 잡아당기니 사람을 불러 술을 가져오라고 했다. 친구는 괴이하여 물었다.

"자네가 평소에는 인사를 차리는 절차를 알지 못하더니, 오늘은 어찌하여 이처럼 크게 깨달았는가?"

"나 혼자서만 인사를 모르겠는가?"

마침 그의 아내는 음식 차리는 것을 감독하러 새끼줄 끝단에 소뼈를 묶어 문틈에 끼워두고 부엌으로 갔다. 그런데 강아지가 그 뼈를 탐내 어떻게든 먹어보려고 했다. 새끼줄은 이미 그 사람의 고환에 묶여 있지 않은가? 강아지가 입으로 뼈를 잡아당기니 새끼줄도 자연히 움직일 수밖에…… 어리석은 사람은 손님과 더불어 앉은 지 오래되었는데도 갑자기 새끼줄이 움직이자 친구에게 다시 말했다.

"평안하신가?"

답을 하기도 전에 다시 새끼줄이 움직였다. 그러자 다시 말했다.

"자리에 앉으시게."

새끼줄이 잇따라 움직이면 잇따라 질문을 하는 등, 움직일 때마다 계속 질문을 던졌다. 친구는 웃음을 머금고 나가버렸다.

친구는 이미 나갔지만, 강아지는 아직도 새끼줄을 잡아당기고 있었다. 그 사람은 방에 혼자 앉아 계속 '평안하신가? 앉으시게. 담배를 태우시게. 술을 마시려나? 술을 가져오라'를 계속 읊조렸다. 이 소리가 하루 종일 입에서 끊이지 않았다.

狗兒斅人事

一人甚愚痴, 每對客, 不知修人事之節. 其妻悶之, 向夫而語曰: "人不可以不知待客之道." 夫曰: "何以爲之也?" 妻曰: "夫待客之道, 初見問平安, 次請就坐, 次請吸烟, 次請能飮酒否? 其次呼持酒以來, 特進酒矣. 如是則可爲待客之道." 夫曰: "好矣. 然其於善忘, 奈何?" 妻曰: "我有好策, 以繩繫君之閭, 一端通出壁穴, 而每客來時, 吾必引動矣. 一引問平安, 二引請坐, 三引請吸, 四引請飮酒, 五引呼持酒而來, 則我當依施矣. 以此次第焉." 夫曰: "此計甚妙." 其後, 每數習熟矣. 一日, 有友訪來, 其妻挽繩一引, 主曰: "平安否?" 又一引請坐, 又一引請吸烟, 又一引能飮酒否, 又一引呼持酒而來. 其客怪而問之曰: "子平日, 不審人事之節, 今何若是大覺也?" 主答曰: "我獨不知爲人事乎?" 其妻方監酒盤之際, 以其繩端, 繫於牛骨, 置於門隙, 狗兒貪其骨, 欲食之, 則繩繫閭. 以口引骨, 繩自動之. 厥主與客坐久, 忽然繩動, 故向客曰: "平安否?" 又繩動, 又曰: "請坐." 連動連問, 隨動隨問. 其客含笑而出. 客已出, 而狗尙引繩, 厥主獨坐, 連頌 '平安否? 就坐. 吸烟. 能飮否? 持酒而來.' 終日口不絶聲矣.

기문 奇聞

『기문奇聞』은 19세기 말에 편찬된 것으로 추정되는 패설집이다. 편찬자는 알 수 없다.

　『기문』은 동물 우언寓言과 성 담론이 절대 다수를 차지한다. 『기문』의 편찬자는 의도적으로 동물 우언과 성 담론을 『기문』의 중심축에 둔 것이다.

　이성적으로 사회에 나설 수 없을 때 극단적인 감성으로 빠질 수밖에 없는 경우가 있다. 이때 성은 분하고 답답함을 토로하는 장으로 등장한다. 『기문』에서 질탕한 성 이야기가 큰 비중을 차지하는 것도 이러한 측면에서 이해할 수 있다. 또한 동물 우언은 약자가 강자에게 반항할 때 주로 사용하는 수법이다. 동물 우언이 약자의 서사일 수밖에 없는 이유가 여기에 있다. 『기문』의 편찬자는 성 담론을 통해 자신의 처지를 조소하는가 하면, 동물 우언을 통해 세상을 풍자하고 있는 것이다.

　『기문』은 현재 두 종의 이본이 있다. 하나는 민속학자료간행위원회에서 등사한 『고금소총』본이고, 다른 하나는 서강대 도서관에 수장된 『기문』이다. 특히 서강대본은 김태준金台俊 선생이 성균관에 있을 때 제자들과 함께 직접 필사한 것이라는 점에서 그 가치가 더욱 높다. 또한 김태준이 혁명과 학문 사이에서 갈등하던 때에 음담과 우언이 중심이 된 책을 읽었다는 것도 흥미롭다. 이는 탈출구조차 찾을 수 없었던 지식인들이 세상을 향해 한바탕 웃을 수 있는 통로로 패설을 활용했음을 짐작게 한다. 실제로 이명선李明善은 『이야기』에 음담을 다수 실었고, 정대일丁大一 역시 민족과 성을 연결하지 않았던가?

　이 책에는 『기문』에 실린 총 66편의 이야기에서 성 이야기 38편 중 「네 코는 쇠로 된 코냐兩鼻鐵鼻」 「손을 잡고 입을 막다執手掩口」 「본 남편이 문 가까이에 있다는 괘本夫在門卦」 「사위가 장인을 조롱하다壻嘲婦翁」를 제외한 34편을 발췌하여 실었다.

교활한 토끼가 재앙에서 벗어나다

옛날에 수토끼 한 마리가 곰의 굴에 들어갔는데, 어미 곰은 밖에 나가고 새끼 곰만 있었다. 토끼가 새끼 곰에게 말했다.

"네 어미가 있었다면 내가 마땅히 그 음문에 한번 흘레라도 했을 텐데…… 마침 네 어미가 없으니 한탄스럽고 애석하구나."

어미 곰이 돌아오자 새끼 곰은 토끼가 한 말을 그대로 전했다. 그러자 어미 곰이 화를 내며 말했다.

"호랑이는 산군山君이로되, 세상의 수많은 영웅들은 그래도 내가 먼저고 호랑이는 나중이라 하지. 하물며 쇠 입(鐵口)에 긴 수염을 가진 괴상한 존재인 토끼가 감히 나를 욕보이다니. 만약 다시 온다면 내 마땅히 그놈을 잡아 한입에 삼켜버리리라."

그리고 어미 곰은 숲 속에 몸을 숨겼다. 이윽고 토끼가 지나다가 다시 그 굴에 와서는 새끼 곰에게 전과 같은 말을 했다.

그때 숨어 있던 어미 곰이 즉시 튀어나오자, 토끼는 깜짝 놀라 달아났다.

몸이 작은 토끼는 우거진 나무 사이로 들어갔다. 어미 곰도 토끼를 쫓아갔지만 워낙 몸이 커서 우거진 나무 사이를 뚫지 못하고, 오히려 칡과 등나무 덩굴에 끼이고 말았다. 그러자 토끼는 되돌아와 어미 곰 뒤로 가서 겁간을 하고 달아나며 말했다.

"이래도 내가 네 지아비가 아니더냐?"

그때 마침 하늘을 돌며 날던 큰 수리가 토끼를 낚아채고 멀리멀리 날아갔다. 그러자 곰이 머리를 들어 바라보며 물었다.

"당신은 지금 어디로 가시나요?"

그러자 토끼가 대답했다.

"하느님께서 나를 약에 쓰려고 수리를 보내 맞이하는 것이라네. 그래서 내가 수리를 따라가는 것이고."

수리는 두려우면서도 화가 나 말했다.

"내가 너를 잡아먹는다 해도 배에 차지 않겠지. 그렇다면 차라리 너를 풀 한 포기 없는 섬에 던져버려 굶어 죽게 하리라."

수리는 모래섬에다 토끼를 던져버렸다.

토끼는 모래섬에 떨어진 후 오랫동안 굶주려 장차 굶어 죽을 지경에 이르렀다. 그런데 마침 별주부鼈主簿란 놈이 물결 위에서 노닐고 있는 것이 보였다. 토끼는 별주부의 화를 돋우려고 따지듯이 말했다.

"외로운 놈, 친척도 없는 자라가 어찌하여 여기에 있느냐?"

"물고기와 자라는 모두 내 친족으로, 이들이 바다를 모두 덮는다면 바다가 오히려 좁을 게다. 그런데 어찌하여 내가 외롭다고 하느냐?"

"네가 정말 그들을 모두 불러 바다를 메울 수 있어?"

그러자 별주부가 그의 무리들을 불러 바다를 차례로 덮게 했다.

"그렇다면 내 마땅히 수가 얼마나 되는지 세어보지."

그러면서 토끼는 자라의 등 위로 뛰어올라 차례차례 걸음을 옮겼다.

"한 자라, 두 자라…… 천 자라…… 만 자라……"

물가에 이르자 토끼는 육지로 뛰어오르면서 말했다.

"넘어가는 자라!"

그렇게 뽐내면서 가다가 토끼는 갑자기 시골 사람이 쳐놓은 그물에 걸려들었다. 거기에서 빠져나올 계책은 없었다.

그런데 때마침 붉은 머리를 한 쉬파리가 토끼의 눈자위에 와서 앉았다. 토끼는 또 쉬파리를 흥분시키려고 말했다.

"너는 자손도 없으면서 어찌 감히 내게 오느냐?"

그러자 쉬파리가 화를 내며 말했다.

"내 자손은 '수레에 싣고 말㉗로 될' 만큼 많아서 그 수를 셀 수 없을 정도다!"

토끼는 놀라는 척하며 말했다.

"정말 네 자손이 그렇게 많다면 불러 모아서 내 몸의 털 하나마다 알 하나씩 낳을 수 있느냐?"

쉬파리는 즉시 앵앵하며 소리를 냈다. 그러자 다른 쉬파리들이 무더기로 모여들더니, 토끼의 털에 알을 낳기 시작했다. 마침내 구더기가 온몸에 가득해졌다. 그런 상태에서 토끼는 숨도 쉬지 않고 거짓으로 죽은 척했다.

그때, 그물을 걷는 사람이 와서 보고는 탄식하며 말했다.

"그물에 걸린 지 오래되었구나. 썩어서 구더기까지 생겼으니…… 이를 장차 어디에 쓰리오?"

그러고는 산 구릉에 던져버렸다. 토끼는 뛰어 달아나며 말했다.

"달리는 자라가 마침내 죽음을 면했네."

토끼는 처음에 자라로 인해 목숨을 건졌던 까닭에 또한 기쁨이 지극해지자 자기 스스로를 다시 자라라고 칭했던 것이다. 자라는 곧 별鱉의 속명이다.

狡兎脫禍

昔有一雄兎, 入熊巢, 熊母出他, 只雛熊在焉. 兎謂諸雛曰: "汝母若在, 吾當一接其陰, 而適不在, 可歎可惜." 及熊母還來, 雛以告之兎言, 母怒曰: "虎者山君也, 世之數雄, 必先我後虎. 于況兎, 以鐵口長鬚, 一怪物也. 何敢辱我至此? 兎若更來, 吾當拏而吞之矣." 遂隱身林間. 俄而兎過復來, 與雛如前語. 熊卽躍出, 則兎驚走, 以其軆小, 故更入叢木之間. 熊逐之, 軆大, 故不能穿過, 罹住葛藤之間. 兎還從後奸之而走曰: "吾不爲汝夫乎?" 適有大鷲, 盤天而飛, 攫兎去去. 熊仰首而問曰: "爾今何去乎?" 兎曰: "上帝欲使我, 搗藥用之, 故遣鷲迎我, 我方從鷲矣." 鷲恐且怒曰: "食汝不足充腹, 寧投汝於不毛之島, 使汝餓死." 遂投於沙石之島. 兎落在島中, 久飢將死. 適有鼈主簿者, 出遊波上. 兎欲激其怒, 數之曰: "孤單者無族之鼈, 胡爲在此乎?" 鼈曰: "魚鼈盡是吾族, 雖遍覆此海, 海且爲窄矣. 何謂孤單乎?" 兎曰: "汝能盡招而覆海乎?" 鼈遂令其衆, 次苐覆海. 兎曰: "吾當歷數其幾何." 遂跳上鼈背, 次次移跳曰: "一者羅, 二者羅, 千者羅, 萬者羅." 及到水邊, 超躍下注曰: "越去者羅!" 昂昂而去, 忽掛於野人之罝 無計脫禍. 適有一赤頭大蠅, 來坐其眶. 兎又激之曰: "汝無子孫, 何敢浸我?" 蠅怒曰: "吾之子孫, 車載斗量[1], 不可勝數也." 兎驚曰: "若是果多, 能可招集, 遣卵於吾身之一毛一卵乎?" 蠅卽嚶嚶聲, 則群蠅大集, 遺卵兎毛. 虫蛆滿身, 兎屛息佯死. 張網者來見, 歎曰: "羅之久矣. 腐敗生蛆, 將何用之乎?" 遂擲之山坡, 則兎乃跳走曰: "走者羅, 竟得免死." 兎初因者羅而生, 故又喜極而復稱者羅. 者羅卽鼈之俗名也.

---

1) 거재두량(車載斗量): 수레에 싣고 말로 된다는 뜻으로, 물건이 매우 많음을 의미한다.

흰머리는 골라 뽑고 검은머리는 한꺼번에 뽑고

옛날에 한 재상이 나이 예순을 넘기고서야 처음으로 젊은 첩 하나를 얻어 그녀를 몹시 사랑하였다. 재상은 항상 첩에게 자신의 흰머리를 뽑게 했다.

하루는 첩이 마침 밖에 나가고 없자, 재상은 그의 부인에게 부탁하였다.

"내 머리카락이 점점 하얘지니 죽을 날도 멀지 않았나보오. 내가 평생 미워하는 것이 백발이니, 그 흰머리를 좀 뽑아주지 않겠소?"

"그럽시다."

재상이 침상에 누우니, 부인은 이내 검은머리만 뽑아놓고 말했다.

"이제는 노老재상이라고 할 만하네요."

재상이 깜짝 놀라 거울에 자신을 비추어 보니, 곧 머리가 하얗게 센 늙은이였다.

이것으로 보더라도 처와 첩은 현저히 다르다 하겠다.

鑷白拔黑

古有一宰, 年過六旬, 始得一少妾, 寵愛之. 每使妾, 鑷其白髮. 一日, 妾適
不在, 宰請於夫人曰: "余之頭髮漸白, 死日將不遠矣. 平生所憎者, 白髮也,
拔其白髮, 如何?" 夫人曰: "諾." 宰臥於枕上, 乃拔黑者曰: "可謂老宰相
也." 宰大驚, 照鏡視之, 則乃白髮老翁也. 妻妾顯異矣.

당신은 정말 좋은 의원이네요

한 과부가 강릉 기생 매월梅月과 이웃하여 살았다. 매월은 명창名唱이면서 용모 또한 아름다워 그 명성이 널리 퍼져 있었다. 그래서 귀공자들과 재주 있는 소년들이 다투어 매월의 집 문 앞에 모여들었다.

때는 여름이었다. 하루는 매월의 집이 조용하여, 인기척도 없었다. 과부는 이상히 여겨 창문 틈새로 그 집을 엿보았다. 그랬더니 한 소년이 바지와 적삼을 모두 벗고 매월이와 관계를 맺는데, 둘은 서로의 가는 허리를 껴안은 채 동서東西도 분간하지 못하고 있었다. 소년은 손으로 매월의 두 다리를 들어 올려 커다란 양물을 자못 절도 있게 나아갔다 물러났다 하며 그 음흉한 곳을 범하고 있었다. 기생의 갖가지 교태와 장부丈夫의 그같이 질탕한 감정은 과부 평생 처음 보는 것이었다.

소년의 거대한 양물을 보고 갑자기 음탕한 마음이 걷잡을 수 없이 일어난 과부는 스스로 어떻게 할 수가 없었다. 그래서 자신의 음문을 어루만지면서 코로는 달콤한 소리를 냈다. 이렇게 잇따라 십여 차례를 하니 말이 목구멍에 막혀 목소리를 낼 수 없게 되었다. 그저 "흐응" 하는 음탕한 소리만 나올 뿐이었다.

때마침 이웃에 사는 할미가 과부의 집에 왔다가 그 모양을 보고 과부를 부축하여 방 안으로 들어갔다. 그리고 그 까닭을 물었지만, 과부는 대답을 하지 못했다. 입에서는 "흐응" 하는 음탕한 소리만 나올 뿐, 말은 전혀 통하지 않았기 때문이었다.

할미는 마음속으로 반드시 무슨 곡절이 있으리라 여기고 말을 꺼냈다.

"색시가 만약 말로 할 수 없다면 글자로 곡절을 써서 내게 보여주는 게 좋을 듯하네."

과부는 자초지종을 하나하나 써서 보여주었다. 그랬더니 할미가 보고 웃으며 말했다.

"상말에 이런 말이 있지 않나. '그것 때문에 생긴 병은 그 짓을 해야만 낫는다'고. 그러니 어떠한 처방도 건장한 장부를 얻어 그것을 치료하는 것만 못할 듯하네."

할미는 곧장 과부에게 합당한 사람을 찾아보았다. 그랬더니 서른 살이 되었는데도 집이 가난하여 아직 부인을 얻지 못한 우생禹生이 떠올랐다. 할미는 같은 마을에 사는 우생의 집에 찾아가 말을 붙였다.

"아무개의 집에 이러이러한 일이 있었는데, 당신이 능히 치료할 수 있겠수? 그렇게 한다면 당신은 없던 아내가 생기는 것이고, 그 여인도 없던 지아비가 생기게 되오. 이것은 두 사람 모두에게 남는 장사지요."

우생은 매우 기뻐하며 그 말을 좇았다. 즉시 그 집으로 달려 들어갔더니, 과부는 그를 방 안으로 맞아들였다. 우생은 곧바로 옷을 벗고 알몸이 되었다. 그러고는 촛불 아래서 먼저 두 다리를 들어 올려 과부의 음문을 만지작거렸다. 한 번 양물이 나아간 후로는 그 마음속에 있는 애틋한 정까지 모두 다 나누었다. 그랬더니 음탕한 물이 샘처럼 솟아나 이부자리를 모두 적셨다. 과부는 팔짝 뛰어 일어나며 말했다.

"당신은 정말 좋은 의원이네요!"

두 사람은 부부가 되어 잇따라 아들 둘과 딸 하나를 두고 해로하며
잘살았다고 한다.

君是良醫

有一寡婦, 與江陵妓梅月爲隣. 梅月以名唱容貌, 播傳於一世, 貴公才子,
咸集其門. 時當夏節. 一日, 寂寂無聞人跡. 寡女怪之, 而從窓隙窺之, 見一
少年, 盡脫袴衫, 與妓交狎, 相抱細腰, 而不分東西. 手擧兩脚, 以巨陽進退
有節, 奸其凶淫. 妓女百般嬌態, 丈夫如許淫蕩之情, 平生初見. 寡女見其巨
陽, 淫心大發, 不能自抑, 撫其陰戶, 鼻出甘蕩之聲[1], 連過十次, 語塞喉間,
而不通言語, 但發甘蕩之聲而已. 適其隣姑, 入見其貌樣, 扶入房中而問之,
則不答矣, 口吐甘蕩, 言語不通. 姑心知其必有曲折矣. 乃曰: "娘若不通言,
則以諺書示之, 可矣." 寡女自初至終, 一一書示, 姑見而笑曰: "常語云, '由
彼之病, 從彼而更之.' 不如得健丈夫, 以醫之也." 姑方求之, 同里有禹生
者, 以家貧之致, 年及三十, 未有室家. 姑往見禹生曰: "某家有如此之事, 子
能醫否? 然則子乃無妻而有妻, 厥女亦無夫而有夫, 此乃兩成貨買之道也."
禹生大喜從之, 卽抵其家, 則姑延入房中. 禹生卽脫衣服, 裸身燭下, 先擧兩
脚, 而盤撫陰戶, 將進陽物後, 以盡繾綣[2], 濃水湧出, 濕於衾枕. 厥女躍起曰:
"眞良醫也!" 仍爲夫婦, 連生二子一女, 而善爲偕老云矣.

1) 감탕지성(甘蕩之聲): 음탕한 소리. 보통 잠자리에서 내는 소리를 말한다.
2) 견권(繾綣): 정의(情誼)가 살뜰하여 못내 잊히지 아니함.

호랑이를 잡고 아내를 얻다

옛날에 한 장자長者, 큰 부자를 점잖게 이르는 말는 산 아래에 좋은 밭 백여 이랑을 가지고 있었다. 그러나 그 밭을 새로 개간하려 할 때마다 불현듯 사나운 호랑이가 나타나 일하는 사람들을 잡아먹었다. 그래서 누구도 감히 그 밭을 개간하려 들지 않았다. 장자는 밭이 황폐해지는 것을 아까워하며 말했다.

"저 큰 호랑이를 제압하는 자가 있으면 내 딸을 아내로 주겠노라."

그러자 한 역사力士가 나섰다.

역사가 밭에 와서 쟁기를 잡고 막 밭을 갈려고 할 때, 갑자기 사나운 호랑이가 으르렁거리면서 나타나더니 아가리를 벌리고 곧바로 역사에게 내달려왔다. 그러자 역사는 손으로 호랑이의 허리를 부러뜨려 산 귀퉁이에 던져버렸다.

호랑이는 산 아래로 숨어들었으나 앓는 소리는 멀리까지 들렸다. 여우가 호랑이를 찾아와서 물었다.

"숙부님은 왜 이렇게 아파하십니까?"

"내가 밭 가는 놈을 잡아먹은 지 여러 해가 되었잖나. 그런데 오늘은 갑작스레 한 놈에게 잡혀 허리뼈를 다쳐서 그렇다네."

"우리 숙부님은 평소 산군山君이라 칭하며 온갖 짐승들에게 위엄을 떨치시더니 어쩌다가 시골의 한 어린놈에게 잡혀 허리가 부러지셨는지요? 제가 숙부님의 원수를 갚겠습니다."

여우는 요염한 계집으로 변신하여 역사에게 알랑거렸다. 그러나 역사는 그가 요물임을 알아차리고서 주먹으로 후려쳐 여우의 뒷다리를 부러뜨려버렸다. 여우는 절뚝거리면서 호랑이 곁으로 달아났지만, 그 고통은 참을 수가 없었다.

이때 등에 한 마리가 호랑이와 여우 앞으로 날아와 말했다.

"두 분이 촌놈 하나를 당해내지 못하고 몸을 상하셨다고요. 그 사실을 다른 짐승들이 알아서는 안 됩니다. 제가 마땅히 날카로운 침으로 그의 머리를 물어뜯어서 피를 내고 말라죽게 하여 두 분의 원수를 갚겠습니다."

마침내 등에가 날아가 역사의 머리에 붙어 살갗을 물어뜯었다. 그러나 피가 나오기도 전에 역사는 손으로 등에를 잡았다. 그러고는 풀대를 꺾어 그 뒤꽁무니에 찌르고 놓아주었다. 등에 또한 호랑이와 여우 곁에 와서 마찬가지로 앓는 소리를 내는데, 스스로 멈출 수가 없었다.

한참 후에 장자는 그의 딸에게 역사가 죽었는지 살았는지를 살펴보고 오도록 했다. 딸은 술과 음식을 갖추어 역사에게 내밀었다. 그러자 역사가 말했다.

"내가 호랑이를 제압하고 밭도 갈았으니 이제 당신은 내 아내요."

그러고는 밭 가운데서 관계를 맺는 것이었다.

호랑이는 역사가 여자의 허리를 껴안는 것을 보고 말했다.

"반드시 허리가 부러질 거야."

여우는 역사가 다리를 들어 올리는 것을 보고 말했다.

"반드시 다리가 부러질 거야."

등에는 역사의 양물[鳥]이 삽입되는 것을 보고 말했다.

"반드시 뒤꽁무니에 풀대가 꽂힐 거야."

두 짐승과 벌레 한 마리는 모두 자신이 당한 곤경에 비추어 말한 것이다.

搏虎娶妻

古有一長者, 有山下良田百餘畝[1], 當其新墾, 猛虎輒來噉之, 故人不敢耕. 長者惜其荒廢, 乃言曰: "有能制大虎者, 當以女妻之." 有一力士, 應募往田, 而方執來未耕田. 忽猛虎咆哮而出, 張口躍近, 力士以手, 搏虎折其腰, 投之山側. 虎隱伏於山下, 痛聲遠聞. 狐進前問曰: "叔父有何痛甚乎?" 虎曰: "吾噉耕田者累年, 今則猝因於一漢, 折傷腰骨, 故痛也." 狐曰: "吾叔素稱山君, 而威振百獸, 奚乃折腰於鄕里一竪子[2]乎? 吾爲叔父, 雪恨於是." 化爲嬌艶, 揶揄於力士. 力士知其妖物, 而以拳擊折其後脚, 則狐蹣跚而走于虎傍, 亦不堪其痛矣. 有一蝱[3], 飛到于前曰: "兩君不能制一村夫, 傷其肢軆, 不可使聞於他獸. 吾當以利嘴, 嘬其腦, 而今血枯死, 以報兩君之仇." 遂飛于付其力士之腦, 嘬膚而未及出血, 力士手探之後, 卽折草穗, 揷其尻中, 而放之. 虫亦到虎狐之側, 而同聲痛楚, 不能自己. 俄已, 長者命其女, 而試觀力士之死生, 其女具酒食饋之. 力士曰: "吾已制虎耕田矣, 爾當爲吾婦." 遂狎于田間. 虎望其抱腰, 乃曰: "彼必折腰." 狐見其擧脚曰: "彼必折脚." 蝱見其納鳥曰: "彼必揷穗于尻中." 盖二獸一虫之言, 俱以己之所厄, 言之也.

---

1) 무(畝): 땅 넓이의 단위로, 일무(一畝)가 보통 30평에 해당한다.
2) 수자(竪子): 남을 업신여겨서 어린아이 취급을 할 때 부르는 말.
3) 맹(蝱): 등에. 파리처럼 생긴 곤충으로, 개울이나 산림에 주로 서식한다.

'아ー함' 하는 소리가 가장 좋아라

개성開城과 금천金川 사이에 산이 있었는데 높기가 만장萬丈이나 되었다.

그 아래에 살고 있던 한 부자 늙은이가 힘이 빼어난 사람을 골라 사위로 삼고자 했다. 때문에 건장한 사람들이라면 모두가 그를 찾아와서 시험을 받았다. 부자 늙은이는 팥 한 섬을 내어다놓고 그 위에 앉아 시험을 보러 온 사람에게 그것을 지라고 하며 말했다.

"자네는 이것을 짊어지고 곧바로 산 정상으로 올라가게. 그때까지 한 번도 헐떡거리지 않는다면 마땅히 내 딸을 내어주겠네."

시험을 보러 온 사람들은 모두가 그 무게를 이기지 못해 산 중턱에 이르면 문득 '아ー함' 하는 소리를 냈다. 대개 '아ー함' 하는 소리는 무거움을 참지 못하고 숨이 가빠서 나오는 소리를 말한다. 이와 같은 소리를 낸 사람들은 모두 탈락하였다.

어떤 한 사람도 시험에 응하여 앞서 했던 방식대로 산을 오르게 되었다. 그는 앞서 시험을 보았던 사람들이 '아ー함' 하고 소리를 내뱉었던 곳에 이르자, 그 무게를 감당하지 못해 부자 늙은이에게 물었다.

"앞선 사람들은 이곳에 이르렀을 때 '아―함' 하고 소리를 내던가요?"

부자 늙은이는 그것이 속임수인지 알지 못하고 대답했다.

"그러하네."

그 사람은 몇 걸음을 더 가자, 더더욱 그 무게를 견디지 못했다. 그래서 부자 늙은이에게 다시 천천히 물었다.

"나는 이미 이곳을 지났는데도 '아―함' 하는 소리를 내지 않았으니 앞선 사람들과 견주어 어떠한지요?"

부자 늙은이는 아직도 속임수임을 깨닫지 못하고 그저 그가 스스로 위로받고자 하는 말이라 생각하여 대답했다.

"과연 앞선 사람들보다는 낫네."

그 사람이 다시 '아―함' 하고 소리를 낼 때는 이미 산꼭대기에 이르러 있었다. 부자 늙은이는 그의 힘이 보통이 아닌 것에 기뻐하며 마침내 사위로 맞이하였다.

혼인 첫날밤, 그 사람이 신부와 동침할 때였다. 그는 신부의 두 다리를 들어 양물[鳥]을 집어넣으며 말했다.

"오늘 밤 이 일은 모두가 '아―함'의 공[功]에서 비롯된 것일세."

신부는 흥이 무르익자 마음이 혼미하여 대답했다.

"아―함, 아―함 하는 소리가 가장 좋네요."

뒷사람들은 그 산을 '돌산[石山]'이라 부른다고 하더라.

阿咸最好

開城金川[1]之間, 有山, 高可萬丈. 一富翁居其下, 爲女擇婿, 欲得膂力絶倫者, 故一時驍健者, 皆往試之. 富翁出置赤豆全石, 自坐其上, 使負之曰:

"汝能負此, 而直上山頂, 終不勞喘, 則當以女妻之." 來試者, 皆不勝其重, 至半山, 則輒發呵咸之聲. 盖呵咸聲, 不耐其重, 氣急之聲. 如是者, 盡却之. 有一人, 請試之, 如前登山, 前輩發呵咸處, 不堪其重. 問翁曰: "前輩至此處, 發呵咸聲乎?" 翁不知詭計, 答曰: "然矣." 其人行數步, 益不堪重, 徐問曰: "我則已過此處, 而不發呵咸聲, 與前輩, 何如?" 翁猶不覺悟, 謂其自憐之辭, 乃曰: "過勝於前輩." 再發呵咸時, 已到山頂. 翁喜其膂力過人, 遂涓吉成禮. 至夕, 與女同寢, 擧兩脚納鳥曰: "今夕此事, 皆由於呵咸之功也." 女興濃心迷, 答曰: "呵咸呵咸之聲, 最好也." 後人名其山曰石山云云.

---

1) 금천(金川): 황해도 서북부에 위치. 1895년까지 개성부에 예속되었다가 1914년에 황해도에 예속되었다.

거짓으로 좁은 구멍을 찢어 늘이려 하다

혼례식을 마친 날 밤, 신랑은 신부가 이미 다른 사람을 경험한 적이 있는지를 의심하였다. 그래서 신부의 실토를 받아내려고 손으로 신부의 음호를 어루만지면서 말했다.

"이 구멍은 심히 좁으니 칼끝으로 찢은 후에라야만 양물(鳥)을 집어넣을 수 있겠소."

그러고는 지니고 다니는 칼을 빼서 거짓으로 찢어내려는 시늉을 하였다. 그러자 신부는 매우 두려워 급히 소리쳤다.

"건너편에 사는 김좌수座首 댁 막내아들은 평소에 찢는다는 말을 하지 않고도 잘 집어넣었어요. 그래도 구멍이 좁다는 말은 하지 않던데요……"

佯裂孔穿

有一新郞, 合巹[1]之夕, 疑新婦已經人, 欲使婦吐實地, 以手撫陰戶曰: "此

孔甚窄, 以刀尖剌裂後, 可以納鳥." 遂拔佩刀, 佯若剌裂之狀. 婦大懼急呼
曰: "越邊金座首末子, 素稱不剌, 能納孔, 未有孔窄之事." 云云.

1) 합근(合巹): 원래 합근은 전통 혼례 때 신랑 신부가 잔을 주고받는 일이었으나, 후에는 넓은
의미로 혼례식을 치른다는 뜻으로 쓰였다.

기문 | 349

그 책은 어디에 있소

옛날에 한 신랑이 방사房事에 대해 알지 못했다. 그의 장인은 항상 그
것을 민망히 여겼다. 그러자 신랑의 처남이 장인에게 말했다.

"제가 신랑에게 남녀 간에 관계 맺는 방법을 가르쳐주어도 괜찮겠
습니까?"

장인이 허락하자 처남이 신랑에게 말했다.

"내게 「동방편洞房篇」이라는 글이 있는데, 창밖에 서서 그것을 읽을
테니 자네는 그대로 행하시게."

신랑은 그 말에 따라 방 안으로 들어갔다. 처남은 방 밖에서 큰 소리
로 읽었다.

"옷을 벗어라."

신랑이 그 말대로 따랐다. 그러자 처남은 또 읽었다.

"요 위에 누워라."

"두 다리를 들어 올려라."

신랑이 그 말대로 하자, 처남이 다시 읽었다.

"음혈陰穴에 양물〔鳥〕을 집어넣어라."

그러나 신랑은 그 말을 알지 못해 나지막이 물었다.

"음혈은 어디에 있는 것입니까?"

처남이 웃으며 말했다.

"배꼽 아래에서 세 치 되는 곳으로, 항문에 이르지 아니한 곳에 도끼로 찍어놓은 듯한 구멍이 있어 질퍽할 것이네. 거기에 양물을 넣게."

신랑은 그의 말에 따라 그 구멍을 어루만지면서 또다시 물었다.

"양물을 집어넣은 후에는 과연 어찌합니까?"

처남이 다시 말했다.

"나아가고 물러감을 절도 있게 하게."

그러자 신랑은 매우 즐거워하며 말했다.

"번거롭게 읽지 않으셔도 됩니다. 저 또한 이제는 오묘한 이치를 깨달았습니다."

다음 날 신부가 자기 오빠에게 물었다.

"어젯밤에 읽은 구절은 어느 책에 나온 것이랍니까?"

그러자 그가 대답하였다.

"그 책은『고문진보』뒷장에 있는 거란다."

闕書何在

古有一新郎, 不解房事, 婦翁悶¹⁾之. 甥謂婦翁曰: "吾敎以新郎行房, 可乎?" 婦翁許之. 甥謂新郎曰: "吾有洞房篇, 而立窓外讀之, 君依施之." 新郎依其言, 而在房中, 甥在戶外, 大聲讀曰: "脫衣!" 依其言. 又呼臥褥, 又

---

1) [교감] 민(悶): 민속학자료간행위원회본과 서강대본에는 모두 '聞'으로 되어 있지만, 이는 '悶'의 오류이다.

呼擧兩脚, 又呼陰穴納鳥, 新郞不知其言, 暗問曰: "陰穴何處耶?" 甥笑曰: "臍下至三寸, 未至糞門, 有斧砍之穴, 涎鳥納焉." 新郞如其言, 撫其中孔, 又問曰: "納鳥後, 果有敎乎?" 甥又呼曰: "進退有節." 郞大樂曰: "不須煩讀! 吾亦覺妙理矣." 翌朝, 新婦謂甥曰: "昨夕所讀之書, 出於何書耶?" 對曰: "厥書在於『古文眞寶』[2]後行." 云.

---

2) 『고문진보古文眞寶』: 주(周)나라에서 송(宋)나라에 이르는 동안의 한시와 문장을 수집하여 분류한 책. 전집(前集)과 후집(後集)으로 구성되어 있지만, 여기에서 말하는 후행(後行)은 이와 무관하다. 실제 '동방'편은 없는 것인데, 처남은 신랑과 신부가 고지식함을 비꼬기 위해 일부러 『고문진보』를 인용한 것이다.

그 병 때문에 혼자 산다

옛날에 한 재상이 있었는데, 어렸을 때부터 양물이 매우 작아 십여 세 아이의 것과 같았다. 그의 부인은 모든 남자의 양물이 그와 같다고 생각하고 있었다.

그러던 어느 날, 때마침 임금님의 거둥이 있어 부인은 길가 누각에 올라서서 구경하고 있었다. 그러다가 한 군졸이 누각 아래를 향해 오줌 싸는 것을 보았는데, 그 양물이 매우 단단하고 컸다. 부인은 그것을 보고 매우 이상하게 생각하였다.

집에 돌아오자, 부인은 재상을 보고 말했다.

"제가 오늘 우스운 일을 보았습니다. 그렇지만 부인이 즐겨 말할 내용은 아닙니다."

재상이 억지로 그 일을 물으니, 부인은 그제야 말을 꺼냈다.

"제가 오늘 오줌 싸는 한 군졸을 보았사온데, 그의 양물이 길고도 컸습니다."

그러자 재상이 물었다.

"혹시 얼굴이 검고, 머리는 누르스름하며, 신체가 몹시 큰 군졸이 아니었소?"

대개 그러한 모습을 한 군졸이 매우 많았기 때문이다. 부인이 "과연 그러하였다"고 대답하자 재상은 손뼉을 치고 크게 웃으며 말했다.

"그 사람은 그 병 때문에 어렸을 때부터 홀로 살게 되었다지. 그 때문에 세상에서 유명해진 사람이라오."

듣는 사람들은 모두 남몰래 키득거리며 웃더라.

以此鰥居

古有一宰, 自少陽物矮短, 如十餘歲兒. 夫人意其男子之陽物, 人人皆同然矣. 一日, 適值動駕¹⁾時, 夫人登路邊亭樓, 而觀光. 有一軍卒, 向樓下放溺, 陽物甚硬長. 夫人見而異之. 及歸, 語宰曰: "吾見今日可笑之事, 而非夫人之所可道者." 宰强問之, 夫人曰: "吾見今日一軍卒之放溺者, 則陽物長而大也." 宰曰: "其軍卒面黑鬃黃, 身軆長大乎?" 盖此言, 貌似此等軍卒, 甚多故也. 夫人曰: "然矣." 宰拍掌大笑曰: "此人以此病, 自少鰥居, 故有名於世也." 聞者窃笑.

---

1) 동가(動駕): 임금의 어가(御駕)가 궁궐을 빠져나가는 것.

방망이로 찧는 듯하다

　소년, 장년, 노인 세 사람이 같이 길을 가다가 한 시골집에서 숙박을
하게 되었다. 장년 남자가 주인집 여자의 얼굴이 아름다운 것을 흠모
한 나머지, 밤을 타서 그녀를 범했다.

　다음 날, 주인은 누가 자신의 아내를 범했는지 알지 못해 세 사람 모
두를 관아에 고소하였다. 수령은 판결을 내리지 못하고 있다가 자기
아내에게 그 사연을 이야기했다. 그러자 부인이 말을 꺼냈다.

　"어찌 분별해내지 못하겠습니까? 내일 신문할 때는 '그 일을 할 때
송곳으로 찌르는 듯하더냐, 방망이로 찧는 듯하더냐, 아니면 삶은 가
지를 집어넣는 듯하더냐'하고 물어보십시오. 그러면 가히 분별할 수
있을 것입니다."

　"어떻게 그것으로 소년인지, 중년인지, 노인인지를 알 수 있소?"

　"만약 송곳으로 찌르는 듯했다면 젊은 사람이며, 방망이로 찧는 듯
했다면 장년일 것이며, 삶은 가지를 집어넣는 것과 같았다면 노인일
것입니다."

다음 날, 수령은 부인이 일러준 말대로 여자를 신문하였다. 그러자 여자가 대답했다.

"방망이로 찧는 듯하더이다."

이에 장년 남자를 신문하니 과연 자신이 한 행동을 자복하였다.

수령은 자신의 아내가 세 가지로 분별해냈다는 것이 의심스러워 부인에게 그 연유를 물었다. 부인은 웃으며 대답했다.

"혼인을 할 때 당신은 나이가 젊었던 까닭에 송곳으로 찌르는 듯했지요. 중년에 이르러서는 방망이로 찧는 듯했고요. 그리고 지금 노경에 이르러 그 일을 할 때는 마치 삶은 가지가 들어오는 듯합니다. 이것으로 미루어 알 수 있었을 뿐입니다."

수령은 웃으면서 고개를 끄덕이더라.

如槌撞之

有少壯老三人同行, 宿於一村舍. 壯者慕主婦之顔色美姸, 乘夜入奸. 翌日, 主人[1]不知奸犯者之何人, 俱訴三人於官. 倅不能決之, 語其妻, 妻曰: "有何難辨? 明日當問, '行事之時, 如錐刺乎? 如槌撞乎? 如烹茄子入乎?' 如是問之, 則可矣." 倅曰: "何以辨其少壯老乎?" 妻曰: "若錐刺, 少者也. 爲槌撞, 則壯者也. 爲若納烹茄子, 則老者也." 翌日, 倅如其言而問之, 女曰: "如槌撞之." 遂訊其壯者, 果服所爲. 倅疑其妻之欲辨三者, 問其由, 妻笑曰: "婚姻時, 子年少, 故如錐刺之, 至中年時, 如槌撞之, 至今老境, 行事則如納烹茄子, 故以此知之." 倅笑而頷之.

---

1) [교감] 익일주인(翌日主人): 민속학자료간행위원회본에는 '主人翌日', 서강대본에는 '主人明日'로 되어 있지만, 이는 '翌日, 主人'으로 보는 것이 타당하다.

남자의 두 불기짝에 난 혹

한 늙은 할미가 병이 들어 장차 죽게 되자, 세 딸에게 말했다.

"나는 이제 죽나보다. 만약 영혼이 있다면 내 반드시 너희들을 도우마. 그러니 너희들이 바라는 것을 이야기해보려무나."

큰딸이 대답하였다.

"남자의 신낭腎囊. 고환 또는 불알은 아무 쓸데가 없는 것이오니, 차라리 그것을 양물에 보태주세요."

"너는 나이가 어려 사물의 이치를 깨닫지 못했구나. 무릇 저울이 있다 해도 추가 없다면 쓸모가 없단다."

둘째딸이 말했다.

"남자의 양물은 어떤 때는 움직이기도 하고, 어떤 때는 움직이지 않고 가만히 있기도 하더군요. 그러니 오랫동안 움직이기만 하고 죽지 않게 해주세요."

"너 또한 이치를 깨닫지 못했구나. 무릇 활이 있다 해도 팽팽하게만 하고 풀어두지 않으면 그것은 도리어 탄력을 잃어 쓸 수 없게 된단다."

그러자 막내딸이 말했다.

"제 소원은 두 언니와 다르답니다. 남자의 두 볼기짝에 각각 혹이 나게 한 다음, 일을 벌여 질탕해질 때가 되면 내가 그것을 잡아당겨 힘을 쓰게 해준다면 좋겠어요."

그러자 할미가 웃으며 말했다.

"너는 가장 묘한 이치를 얻었구나. 네 아비의 두 볼기짝에 그런 물건이 있었다면 내 비록 늙어 죽으면서도 여한이 없었으리라."

할미는 이를 드러내 교태를 보이더니, 이내 손으로 강렬하게 잡아당기는 시늉까지 하더라.

兩臀肉癰

一老嫗病劇將死, 謂其三女曰: "吾今將死矣. 若魂靈有知, 必助汝曹, 願聞汝等之所願." 長女曰: "男子之腎囊, 卽無用物也. 願以囊添陽." 母曰: "汝以少年之致, 未達事理. 凡衡無錘, 不可用處." 仲女曰: "男子之陽莖, 或有動時, 或有不動時, 願長動不死." 母曰: "汝亦未悟耳. 凡角弓, 張而不弛, 則反軟, 不可用矣." 三女曰: "吾則所願, 與兩兄, 異焉. 男子之兩臀, 各生肉癰, 當其行事淫濃時, 使我挽引, 則有力尤好矣." 母笑曰: "汝言最得妙理. 汝父兩臀, 若有此物, 我雖老死, 當無餘恨矣." 遂咬牙發嬌. 仍作手以挽猛之狀.

바리건대 죽은 양물을 얻었으면

자매가 광주리를 가지고 나물을 캐러 나갔다. 때는 마침 춘삼월로 춘정春情이 한창 무르익었다.

언니는 광주리를 어루만지면서 한탄조로 말했다.

"꿈틀대는 양물이나 한 광주리 얻었으면……"

그러자 동생이 웃으며 대꾸했다.

"죽은 양물 두 광주리만 얻었으면……"

언니는 핀잔을 주며 말했다.

"죽은 양물을 어디에 쓰겠니?"

"죽은 양물이 움직이면 두 광주리면 족하지 않겠어요. 그래서 그랬던 거예요."

이 말을 들은 언니는 크게 웃었다.

願得死陽物

有女兄弟兩人, 持筐採菜. 時當三月, 春情貽蕩[1]. 長女撫筐歎曰: "願得動陽物一筐." 次女笑曰: "願得死陽物二筐." 長女叱曰: "死陽物, 將何用焉耶?" 次女曰: "死陽物動, 則二筐足矣. 故以此願得矣." 長女大笑.

1) 태탕(貽蕩): 태탕(貽蕩). 봄날의 바람이나 날씨가 화창함.

준치를 칼로 잘못 알다

젊은 처녀가 시집을 갔는데, 다음 날 유모가 가만히 물었다.

"어젯밤 그 재미가 어떠하던가요?"

"재미는 좋은 듯한데, 그 지극한 아름다움은 모르겠던걸."

"이는 마음속에서 우러나서 하는 말이 아니지요. 올해 아씨의 나이가 열여섯을 지났는데…… 그 재미는 인간에게 가장 좋은 것으로, 바야흐로 흥이 익어 무르녹을 때는 눈앞에 태산이 있어도 그 형태가 보이지 않으며, 벽력이 친다 해도 귀에 들리지 않는 법이랍니다. 아씨께서 비록 그 일에 익숙지 않다 하더라도 어찌 이 지극한 재미를 알지 못했겠습니까?"

"유모의 말은 너무 과장되어 있지 않아? 나는 정말 그 지극한 재미를 모르겠다니까."

"그렇다면 아씨께서 신랑과 더불어 일을 벌일 때 내가 멀찍이 서서 어떤 물건을 보이겠어요. 아씨께서 능히 그 물건을 분별해낸다면 아씨의 말이 거짓이 아니라고 믿겠어요."

유모와 서로 약속을 한 며칠 뒤, 신랑과 신부가 관계를 맺었다.

바야흐로 흥이 무르녹았을 때였다. 유모는 살아 있는 준치를 가지고 멀찌가니 서서 그것을 신부에게 보였다.

"이게 무슨 물건이지요?"

신부는 정신이 혼미하고 넋이 빠져 있었던 때라, 눈을 가늘게 흘겨 뜨고 대답하였다.

"내가 칼도 모를 줄 알아!"

새로 간 칼은 대체로 살아 있는 준치와 비슷했기에 신부는 살아 있는 준치를 칼로 잘못 안 것이었다. 그러자 유모는 웃으며 말했다.

"이 일이 본래 이러한 거예요. 아씨의 말은 마음속에서 우러나서 한 말이 아니었지요!"

신부는 대꾸할 말도 없었다고 한다.

認魚爲刀

有一少婦, 新嫁, 乳母私問曰: "昨夜厥味, 如何耶?" 新婦曰: "味則似好, 殊不知其深佳也." 乳母曰: "此乃矯情之言, 娘今年過二八, 其味, 乃人間之第一味也. 方其興濃之時, 目不視泰山之形, 耳不聽雷霆之聲. 小姐雖未慣熟, 豈不知如此至味耶?" 新婦曰: "乳母之言, 無太過乎? 吾則實未知其極味耳!" 乳母曰: "然則小姐與郞, 講歡之時, 吾當遠立, 示以某物也. 小姐能辨其某物, 則非矯情, 可知也." 相約之後日, 夫婦相狎, 乘其興濃之時, 乳母持生眞魚[1], 遠立示之曰: "此何物耶?" 婦方在神迷魂蕩, 睨視而答曰: "吾豈不知刀?" 卽新磨刀, 盖眞魚形相同, 故以刀形錯認也. 乳母笑曰: "此事本來如此矣, 的是矯情." 新婦無言可對云.

---

1) 진어(眞魚): 준치. 몸길이가 50센티미터 정도이고 옆으로 납작한 물고기. 등이 어두운 청색이고 배는 은백색이며 언뜻 보면 칼처럼 보이기도 한다.

강남에 가기를 바라오

어느 시골의 늙은 할미에게 딸이 있었는데, 그 딸을 시집보낸 후의
일이다.

신랑이 딸과 일을 벌여 운우雲雨의 즐거움이 바야흐로 무르녹았을 때
였다. 딸이 신랑에게 말했다.

"이런 상태라면 강남江南까지도 가겠어요."

"배가 고파서 어떻게 거기까지 갈 수 있겠소?"

"어머니께 밥고리〔飯古里〕【농촌에서 밥을 잔뜩 담는 그릇의 이름】를 이
고 따라오게 하고 간다면야 어찌 굶주리겠습니까?"

마침 할미가 벽에 붙어 있다가 그 소리를 듣게 되었다.

다음 날, 할미가 평소보다 밥을 두 배나 많이 먹었다. 그러자 딸이
괴이해하며 물었다.

"어찌하여 전보다 밥을 많이 드세요?"

"밥고리를 이고 강남까지 가야 하는데, 밥을 적게 먹으면 어떻게 갈
수 있겠느냐?"

願適江南

一村老嫗, 有女嫁夫. 夫與其女行事, 雲雨方濃, 女語夫曰:"願將此樣, 適江南." 夫曰:"肚飢, 奈何以達耶?" 女曰:"使母戴飯古里〔農家盛飯之器 名也〕而去, 則何飢之有?" 母在隔壁聞之. 其翌日, 母喫飯倍前. 女怪問曰: "何喫飯倍前乎?" 母曰:"戴飯古里, 適江南, 少喫飯, 何能去之乎?"

이를 악물며 시원하다고 외치다

한 선비가 종놈의 아내를 겁탈하고자 종놈을 먼 곳으로 심부름 보내고, 그 틈을 노리려 했다. 그러나 종놈은 미리 그 계책을 짐작하고 있었다. 그래서 그의 아내를 대신 심부름 보내고 자신은 안방에 누워 있었다.

선비는 그 사연도 모르고 곧바로 방으로 들어왔다. 그러고는 종놈의 손을 잡아당겨 자신의 양물을 쥐게 했다. 종놈은 일부러 그것을 꽉 쥐고 일어나며 말했다.

"주인님, 주인님! 이 무슨 일이옵니까?"

선비는 갑작스러운 상황에 대답할 말이 없어 이렇게 둘러대었다.

"내 양물(鳥)이 매우 가려우니 네가 좀 긁어주려무나."

종놈이 힘껏 그것을 긁어대자 가죽이 벗겨져 피가 솟아났다. 그러나 선비는 이를 악물고 참으며 말했다.

"어, 시원하고, 시원하구나!"

嚼齒呼爽

一士人欲奸奴妻, 使奴將命於外處, 乘其隙而奸之. 奴心預知之, 代送其妻, 而自臥房內矣. 士人不知, 卽入房中, 引其手瀘, 使捫陽物. 奴强握之而起曰:"主乎, 主乎! 此將何爲?"士人卒然無以應, 遁辭答曰:"吾鳥甚癢, 爾其爬之."奴用力爬之, 則皮脫出血. 士人嚼齒而立忍曰:"爽快爽快!"

배불리 먹는 것이 괴로워 도망치다

노생盧生이라는 사람은 어렸을 때부터 의협심이 있었다.

일찍이 호남湖南을 유람하다가 고을 원을 방문했다. 관아에는 쑥대머리에 닭의 살가죽 같은 피부를 가진 예순 넘은 늙은 기생이 있었다. 그녀는 그래도 옛날에는 명창이라 불렸던 기생이었다.

노생은 나이를 고려하지 않고 밤이 깊어지자 그 기생을 불렀다. 기생은 즐거이 부름을 받들었다. 긴 옷을 입어 피부를 가리고, 입에는 산초를 머금어 입 냄새가 나지 않게 했다. 노생은 기생의 옛 명성을 흠모하여 마침내 잠자리를 같이하였다. 기생은 매우 기뻐하며 젊은 부부가 된 듯이 노닐었는데, 마치 아이들이 장난치는 것 같았다.

다음 날 아침, 기생은 관아에서 나오는 사사로운 음식을 내지 못하게 하고 대신 몸소 음식을 갖추고서 큰 그릇 삼십여 개에 담아 노생에게 올렸다. 음식 하나하나가 모두 진미였다. 이처럼 기생은 노생에게 날마다 여섯 번 식사를 올렸고, 식사 때는 상머리에 앉아서 한 숟가락 한 숟가락 떠주며 음식을 권했다.

노생은 억지로 밥을 더 먹었지만 여섯 끼나 배불리 먹어야 하는 고통은 견딜 수 없었다. 다른 곳으로 가 머물려 하면 기생은 발악하며 조금도 떨어지지 못하게 했다. 그래서 노생이 겪는 괴로움은 마치 당학질唐瘧疾이 몸에서 떨어지지 않는 것과 같았다.

어느 날 새벽, 노생은 종에게 미리 말을 준비해두라고 했다. 그러고는 측간에 가는 것처럼 하고 나와 말에 채찍질을 더해가며 달아났다.

아전은 그 사연을 고을 원에게 아뢰었다. 그러자 고을 원은 웃으며 말했다.

"일찍이 맹상군孟嘗君의 식객도 배불리 먹는 것이 괴로워 달아났다는 말은 들어본 적이 없네. 그런데 지금 내 손님은 배가 불러 죽을 것 같아 달아났으니 내가 맹상군보다 낫구나."

苦飽還逃

盧生者, 自少氣俠. 嘗客遊湖南, 謁其主倅. 倅館之老妓, 年過六十, 蓬頭鷄皮, 猶以旧名唱稱之. 生不計年老, 夜半後, 始招之. 妓欣然應召, 身着長衣, 以掩其膚, 而口含川椒, 以防其臭而來. 生慕其旧名, 而遂押之. 妓大悅, 以爲少時夫婦, 若兒戱耳. 翌朝, 私止官饋, 躬自辦具後, 以大盤三十餘器, 爲進, 各各珍味. 日供六時, 坐其床頭, 匙匙勸之, 士勉强加飯, 而不勝六時之飽. 欲寓他處, 則妓輒發惡, 使不得離, 故生苦如唐瘇之難. 一日曉, 使奴備馬後, 誘以如厠, 加鞭而遁. 下吏告其由, 則倅笑曰: "未聞孟嘗君[1]食客, 苦飽而逃者, 今吾之客, 飽欲死而遁, 吾勝於孟嘗君矣.

---

1) 맹상군(孟嘗君): 전국시대(戰國時代) 사람으로 제(齊)나라 전영(田嬰)의 아들. 설(薛) 땅에 봉토(封土)를 받아 맹상군이 되었다. 제나라의 정승이 되었을 때, 어진 선비를 초빙하여 식객이 삼천 명에 이르렀다.

절에 가서 귀를 깨물리다

　월성月城, 경주에 한 기생이 있었다. 그녀는 겨우 열여섯인데도 월태화용月態花容으로 이름이 높아, 기생의 무리 중에서도 으뜸으로 꼽혔다. 고을 원 밑에서 일을 보던 한 아동衙童이 그 기생을 몹시 사랑하였다. 그렇지만 그의 아버지의 임기가 다하여 고향으로 돌아가게 되자, 아동 역시 아버지를 따라 떠나야만 했다.

　기생은 차마 아동과 헤어지지 못해 반나절 동안이나 그의 뒤를 따라갔다. 헤어질 때가 되자, 기생은 자신의 나삼羅衫을 벗어 아동에게 주며 말했다.

　"이제 이별하면 다음에 다시 만날 기약이 없네요. 이것으로 그 동안의 정을 드러내고자 합니다."

　아동도 또한 그의 붉은 두루마기를 벗어 기생에게 주고 서로 이별하였다.

　기생은 눈물을 머금고 돌아오는데, 가다가 멈추고 가다가 멈추고를 반복하다가 잘못하여 산길로 들어서고 말았다. 날은 이미 저물어 있었다. 그렇게 산길을 헤매다가 겨우 한 산사山寺에 이르게 되었다. 기생은 홀로 생각하였다.

'여자의 몸으로 절에 들어가는 것은 옳지 않지.'

그래서 기생은 아동이 준 두루마기를 입어 어린아이인 것처럼 하고 절에 들어갔다. 모든 중들이 그를 보고 말했다.

"아름답구나, 아이여! 어디에서 오시었소?"

그러면서 중들은 서로 다투며 자신들의 처소로 기생을 이끌었다. 밤이 깊어지자, 중이 말했다.

"동자는 산승山僧이 뒷마당(後庭)을 즐기는 것을 모르시나? 어느 중과 더불어 잠자리를 하시려는고? 듣고 싶소이다."

기생은 몸을 더럽힐까 두려워하며 한참을 생각하다가 '저 늙은 중은 나이도 많고 머리털도 다 세었으니 반드시 나를 범하지 못하리라'라고 생각하였다.

"원컨대 저 스님과 함께 자고자 합니다."

그러자 모든 중들이 서로 돌아보며 놀라는 것이었다.

마침내 밤이 깊어지자, 늙은 중은 기생을 껴안고 엉덩이를 희롱하였다. 기생은 그의 양물이 장대한 것을 보고 마음속으로 기뻐하였다. 그러다가 다리를 벌려 그것을 받아들였다. 그러자 중의 양물이 음호 속으로 미끄러지듯이 빠져 들어가고 말았다. 늙은 중은 당황한 나머지 급히 기생의 귀를 깨물었다. 그리하여 기생의 귀 한 부분이 일그러지고 말았다. 기생은 부끄러우면서도 한스러워 얼굴을 가리고 달아났다.

이로 인해 그 기생의 명성도 크게 일그러지고 말았다.

入寺缺耳
月城有一妓, 年纔十六, 月態花容[1], 名冠妓流. 一衙童[2]眄之昵愛, 及父之秩滿³⁾遞歸⁴⁾, 衙童隨父而去. 妓不忍相捨, 追至半日, 脫其羅衫⁵⁾以贈曰:
"此別, 後會難期, 以此表情." 衙童亦解其紫周衣⁶⁾, 與之相別. 妓飮泣而回,
且行且止, 誤入山徑, 日已暮矣. 至一山寺, 而自念曰: "女子不宜入寺." 遂
衣衙童衣, 作童子狀而入, 諸僧見之曰: "美哉, 此童! 自何而來乎?"爭引方
丈⁷⁾. 及夜, 僧曰: "童子不知山僧之弄後庭⁸⁾乎? 欲與何僧伴宿? 願聞之."
妓恐被汚身, 良久曰: "這老僧, 年老髣衰, 故必不能犯矣." 乃曰: "願與禪師
同宿." 諸僧相顧愕然. 遂至夜深, 老髣抱弄後庭, 妓心喜其陽壯, 開股應之,
陽頭趺入陰戶, 則老髣唐荒之間, 急嚙妓耳, 耳還缺一郭. 妓羞愧自恨, 而掩
面逃歸. 以此名稱大損.

---

1) 월태화용(月態花容): 달 같은 태도와 꽃 같은 용모. 아름다운 여인의 고운 맵시.
2) 아동(衙童): 고을 원의 곁에서 잡일을 맡아 보던 아이. 고을 원이 개인적으로 임명하였다.
3) 질만(秩滿): 관리의 임기가 다함.
4) 체귀(遞歸): 임기를 마치고 돌아감.
5) 나삼(羅衫): 얇고 가벼운 비단으로 만든 적삼. 적삼은 윗도리에 입는 홑옷을 말한다.
6) 주의(周衣): 두루마기.
7) 방장(方丈): 중들의 처소.
8) 후정(後庭): 뒷마당. 여기서는 항문을 비유적으로 썼다.

수염이 많은 나그네가 소송을 걸다

수염이 많은 사내가 남쪽을 여행하다가 날이 저물어 한 촌가에 투숙하게 되었다. 때마침 그 집에는 안주인만 있었다. 수염이 많은 사내가 물었다.

"바깥양반은 어디에 가시었소?"

"장사차 다른 데 가 있는데, 내일이나 돌아오실 것입니다."

밤이 되자, 안주인은 벽에 가까이 대고 은밀하게 말했다.

"수염이 많은 손님은 내일 마땅히 대차반大茶盤을 맛보게 되겠네요."

사내는 이 말을 듣고 마음속으로 '저 아낙이 내게 관심이 있어 내일 음식을 거하게 차려 나를 먹이려는 게 틀림없다'고 생각하였다. 그러고는 곧바로 종들에게 말했다.

"나는 내일 대차반을 받을 것이니 너희들은 남은 쌀을 모두 비워 배불리 먹도록 하라."

종들은 그 말대로 했다.

다음 날, 그 사람은 아침 일찍 일어나서 대차반이 오기를 고대하였다. 하지만 음식의 그림자도 없었다. 해가 중천에 뜨자 굶주림이 더욱 심해진 사내는 안주인을 불러 물었다.

"어젯밤에 당신이 '수염 많은 손님은 내일 마땅히 대차반을 맛보게 될 것'이라고 한 까닭에 노자로 쓸 쌀까지 모두 비워 종놈들에게 주고 애써 대차반이 오기만을 기다렸소. 그런데 아직까지 소식조차 없이 적적하기만 하니, 이는 무슨 이유요?"

그러자 안주인은 고개를 숙이고 웃음을 머금은 채 대답조차 하지 않고 달아나버렸다. 그 사람은 분통함을 이기지 못해 그 고을의 원을 찾아가 사기당한 사연을 호소하였다.

고을 원은 급히 안주인을 잡아들여 손님을 희롱한 연유를 힐책하였다. 그러자 안주인은 부끄러움을 머금은 채 대답했다.

"감히 그러한 것이 아니옵니다. 소위 '수염이 많은 손님'이라 함은, 즉 첩의 음호에 털이 많은 곳을 말하옵니다. '대차반'이라 함은 곧 첩의 지아비의 양물을 가리키옵니다. 첩의 지아비가 떠난 때를 기준으로 하여 돌아올 날이 내일이었던 까닭에 마음이 기뻐 이러한 말을 하게 되었던 것이옵니다. 어찌 이 말을 엿듣는 사람이 있을 줄 헤아렸겠습니까? 저 어르신은 단지 자기의 수염이 많은 줄만 알았지, 첩의 음모가 많은 줄은 알지 못했던 게지요. 심지어 이런 고소를 하는 데까지 이르렀네요. 그러나 이것은 첩의 죄가 아니옵니다."

고을 원은 그 여인이 말을 꾸며내는가 의심하여 옷을 벗겨 음호를 검사하였다. 그랬더니 여인의 음모와 나그네의 수염은 무성한 것이 서로 견줄 만했다.

이에 고을 원도 크게 웃었다.

髥客就訟

一多髥客, 南中作行, 暮投一村舍, 適主婦在焉. 髥者問曰: "男主何去?" 答曰: "逐利出他, 明當還歸." 及夜, 主婦在隔壁私語曰: "多髥客, 明日當喫 大茶盤¹⁾." 客聞之, 意謂彼婦必有意於我, 明當大饌饗我也, 卽命奴曰: "明 日, 吾得大茶盤, 汝等罄其餘糧而飽食, 可也." 奴如其言. 翌日, 客早起, 苦 待大茶盤之餉, 終無形影. 至日中, 飢餒頗甚, 呼主婦問曰: "昨夜汝言, 明日 多髥客喫大茶盤云, 故罄盡行資後, 與奴, 苦待大盤, 餉尙此寂寂, 何故也?" 主婦低頭含笑, 無答而走. 客不勝憤慨, 入見主倅, 而訴其見欺之狀. 倅捉到 主婦, 詰其瞞客之由, 則婦含羞對曰: "非敢, 然所謂多髥客, 卽指妾之陰戶 毛多處, 而言之也. 大茶盤者, 卽指妾夫之陽物也. 妾夫出去時, 歸期在明 日, 故心中欣喜, 有此口語矣. 豈料其竊聞? 尊客, 但知自己之髥多, 不知妾 之陰毛多有. 乃至於此訴, 非妾之罪也." 倅疑其飾辭, 而遂令解衣驗之, 則婦 之陰毛, 客之多髥, 鬱鬱相對也. 倅大噱.

삼마를 실은 오쟁이가 사람을 현혹하다

한 소년이 오쟁이짚으로 엮어 만든 작은 그릇에 마^麻 종자를 짊어지고 시냇가를 건널 때였다. 맞은편 언덕을 바라보니 한 사내가 아내와 함께 김을 매고 있었다. 소년은 그녀를 겁간하고자 했다. 이에 멀리서 사내와 그의 아내가 있는 쪽을 바라보며 큰 소리로 꾸짖었다.

"너희들은 어찌하여 백주 대낮에 일을 벌이고 있느냐?"

사내는 몹시 해괴하여 물을 건너오며 따졌다.

"너는 미친놈이구나. 어찌하여 내가 백주 대낮에 일을 벌인다고 말하느냐?"

"네가 누굴 속이려고 하느냐?"

"너는 도대체 무엇을 보았기에 이처럼 허무맹랑한 말을 지어내느냐?"

"내가 분명히 보았는데…… 옛사람이 말하기를 '마를 먹은 자는 혼미해진다'고 하더니, 내가 마 종자를 담은 오쟁이를 짊어져 눈이 어지러워 그러한가? 당신은 시험 삼아 내가 짊어진 것을 대신 지고 여기에서 한번 봐보구려. 나는 당신의 아내와 함께 건너편 언덕에 있을 것이오. 그러면 당신에게 보이는 것이 내가 본 것과 반드시 같을 게요."

"그렇게 해봅시다."

소년은 짊어진 것을 풀어 사내에게 준 다음 그것을 짊어지고 시냇가에 서 있도록 했다. 소년은 그의 아내를 이끌고 건너편 언덕에 가서 마음대로 겁간한 후에 돌아왔다. 그렇게 한 후, 다시 사내에게 가서 물었다.

"당신이 본 것이 어떠하였소?"

"당신의 말이 과연 허무맹랑하지는 않소. 나는 오늘 비로소 마를 담은 오쟁이가 사람의 눈과 귀를 어지럽힌다는 것을 깨닫게 되었구려."

이 말을 듣는 사람은 몰래 웃었다.

麻簞眩人

有一少年, 負麻[1]種簞子, 過川邊, 望見越岸, 一漢挈妻而縛. 少年欲奸其妻, 望見而乃高聲大罵曰: "爾何白晝行事耶?" 厥漢大駭, 渡水來叱曰: "汝乃狂人也! 奚謂我白晝行事耶?" 少年曰: "爾何能掩人也?" 厥漢曰: "汝有何見, 做此浪說?" 少年曰: "吾見則明矣. 古人云, '食麻者, 昏迷也.' 吾所擔者, 麻簞子, 能眩眼而然. 爾試負吾擔, 在此觀之. 吾與汝妻, 到越岸矣. 爾之見, 與吾必然相同." 厥漢曰: "諾." 少年解其負, 而令厥漢負立川邊, 遂携其妻, 偕到越岸, 而任意交奸後, 還到問曰: "爾見如何耶?" 厥漢曰: "君言, 果不虛也. 始覺麻簞之能眩人目耳." 聞者竊笑.

1) 마(麻): 삼. 뽕나뭇과의 한해살이풀. 유라시아 온대·열대에서 재배함. 줄기의 높이는 1~3미터로. 줄기 껍질은 섬유의 원료로 삼베·어망(漁網)·포대·밧줄 등에 쓴다. 대마(大麻), 화마(火麻) 등이라고도 하는데, 중독성이 있다.

맹인을 속이려다 곤란한 처지에 놓이다

부안扶安에 사는 김생金生의 집에 계집종이 있었다. 이름은 도화桃花로, 얼굴이 자못 예뻤다. 이웃에는 수박 농사를 짓는 홀아비 맹인이 있었는데, 그는 도화의 이름을 듣고 항상 그녀를 연모하였다.

하루는 김생이 손님을 대접하기 위해 도화를 시켜 홀아비 맹인의 집에 가서 수박을 사오도록 했다. 도화가 원두막에 이르렀을 때, 맹인은 양물(鳥)을 꺼내 놓고 바야흐로 손장난을 치면서 입으로는 연방 도화를 불러대고 있었다. 그 소리는 멈출 줄 몰랐다. 도화가 그 모습을 보니, 차마 앞으로 나아가 맹인에게 말을 걸 수가 없었다. 그저 빈손으로 돌아올 수밖에.

김생은 도화가 빈손으로 돌아오자, 그 이유를 따져 물었다. 도화는 사실대로 이야기했다. 그러자 김생이 웃으며 말했다.

"내 마땅히 이 소경을 속여 보이리라."

그러고는 김생은 손님과 함께 원두막 아래로 갔다. 맹인은 아직도 손장난을 치며 잇따라 도화를 부르고 있었다.

김생은 긴 막대기 앞부분에 바늘을 꽂고 조심조심 맹인에게 다가갔다. 그러고는 그 막대기로 맹인의 양물 대가리를 살짝 찔렀다. 맹인은 깜짝 놀라 몸을 움츠리며 말했다.

"이는 반드시 독사가 와서 깨문 것이리라."

그렇게 탄식하더니, 한참 후에 다시 말했다.

"김생은 나보다 늦게 태어난 사람이라. 그러니 어떻게 이 물건을 그 녀석의 입에다 넣지?"

대개 민간요법에서 해시亥時에 태어난 사람의 침은 뱀의 독을 제거한다고 하기에 이렇게 말한 것이다.

듣는 사람 모두 포복절도하고, 김생은 몹시 부끄러워했다.

誑盲被困

扶安[1]金生家, 有一婢, 名桃花, 貌頗姸美. 隣居鱞盲業圃者, 聞名常慕之. 一日, 金生待客, 使桃花買西苽于鱞盲, 而桃花至圃幕, 盲方將手弄鳥, 口稱桃花, 連聲不絶. 桃花見其狀, 不忍口音前進而空還. 金生怪詰之, 則桃花以實對之. 金生笑曰: "吾當誑此盲." 與客俱至幕下, 猶爲弄鳥, 連呼桃花不已. 金生揷針于杖頭後, 密步而進, 乍刺陽莖之頭, 則盲忽驚訝縮身曰: "此必是毒蛇來咬." 自歎良久曰: "金生乃後生人也. 安得納此鳥於其口乎?" 盖俗方 '亥時[2]生人之涎, 能消蛇毒' 云, 故聞者絶倒, 金生大慙.

1) 부안(扶安): 지금의 전라북도 부안.
2) 해시(亥時): 십이시의 열두째 시. 오후 9시~11시.

굶주린 호랑이도 음식은 가린다

영남에 도郡씨, 곽郭씨, 이李씨 성을 가진 세 사람이 있었다. 도씨는 몸이 매우 왜소하였고, 곽씨는 코가 비정상적으로 컸고, 이씨는 양물이 비할 데 없이 컸다. 말하기 좋아하는 호사가가 이렇게 말했다.

"도씨가 그의 아내와 함께 잠을 잘 때였지. 밤에 오줌을 누기 위해 요강을 더위잡고 기어오르려다가 미끄러질까봐 걱정되어 가위를 세워 사다리처럼 만들고 올랐다네. 그러다가 홀연 실족하여 요강에 빠지고 말았어. 바야흐로 요강 안에서 빠져나오려고 할 즈음이었지. 문득 그의 아내가 오줌을 싸다가 빠뜨린 음모 세 올이 물 위에 떠다니는 것을 보았지. 그래서 도씨는 이를 연결하여 뗏목처럼 만들어 뱃놀이를 했다네. 그러다가 아내가 오줌을 싸자, 도씨가 한 가락 읊었다더군.

삼천 척 아래로 세차게 내리는 폭포는飛流直下三千尺
은하수 구천에서 떨어지는가 의심해보네疑是銀河落九天

아내가 오줌을 다 싸고 방귀를 뀌었다지. 그러자 도씨는 또 한 가락 읊었다고 해.

고소성 밖의 한산사姑蘇城外寒山寺
한밤중의 종소리가 나그네의 배에까지 들리누나夜半鍾聲到客船

그리고 탄식하며 이렇게 말했다고 해. '옛사람이 노래한 이 구절이 지금 이 정경과 완전히 맞는구나.'

다음 이야기. 곽씨의 친구가 곽씨의 집을 찾아갔더니, 곽씨는 마을 모임에서 술을 마시고 있었다네. 친구가 즉시 술 마시는 장소로 갔더니, 손님들이 자리를 가득 채우고 있었어. 그런데 끝내 곽씨는 보이지 않았어. 그래서 두루 자리를 살펴보았지. 두세 차례 살펴본 후에 겨우 곽씨를 발견했는데, 그는 그 자신의 코 뒤에 앉아 있었다지. 그렇다고 해.

다음 이야기. 이씨는 커다란 양물 때문에 다른 여자와 관계를 맺을 수가 없었어. 일찍이 어느 고을에 갔는데, 이씨는 그 고을 사또와 평소 알고 지내는 사이였어. 사또는 신체가 건장한 기생을 골라서 이씨에게 보냈어. 둘이 즐거움을 나누려 했지만, 기생은 그 거대함을 감당하지 못해 비명을 지르며 달아났다네. 다음 날 아침, 사또는 사람을 보내 안부를 물었대. 그러자 이씨는 시를 써서 보냈대.

평생 스스로 만 명을 감당할 수 있다고 자부했건만平生自許萬人敵
백 번을 싸웠지만 한 번도 공을 이루지 못했다오百戰其如功未成
이번에 와서도 음릉陰陵으로 가는 길을 잃었으니今來又失陰陵道
강동으로 건너가 다시금 군대를 일으키기를 기대해보오願渡江東再起兵

사또가 보고서 크게 웃었다지."

친구들도 또한 세 사람을 조롱하며 말했다.

"팔공산八公山의 굶주린 호랑이가 날이 저물자 마을로 내려와 음식을 구하다가, 혼자서 말을 했다지. '도씨를 잡아먹으면 쓸데없이 사람을 죽였다는 이름만 얻을 뿐이고 한때의 배부름도 구하지 못할 거야. 곽씨를 잡아먹으면 코가 비록 크다고 하나 그 가운데는 비어 있어서 유명무실할 뿐이야. 이씨를 잡아먹으면 양물이 거대하다고는 하나 한도가 있고 그 고기야 이로울 게 없지.' 호랑이가 잡아먹을 대상을 고를 때도 자신의 품위에 헛되이 손상을 주는 것은 온당치 않다고 한다네."

세 사람은 이러한 이유로 모두 세상에서 유명해졌다고 하더라.

餓虎擇餐

嶺南有都郭李三姓人者. 其中, 都身甚短小, 郭隆鼻異常, 李陽巨無比. 好事者言曰: "都與其妻同宿時, 夜欲放溺, 攀緣溺器, 患足滑, 而立剪刀爲梯而上, 忽跌墜溺器. 方在出收之際, 忽見其妻放溺, 陰毛三介, 落浮於溺水, 聯以爲筏遊行, 因其溺而咏曰: '飛流直下三千尺, 疑是銀河落九天.'[1] 其妻溺畢, 放氣. 又咏曰: '姑蘇城[2]外寒山寺[3], 夜半鍾聲到客船.'[4] 因歎曰: '古人此句, 正合此景'云云. 郭之親友, 訪郭家, 則往里中會飮. 友人卽至飮所, 則賓客滿座, 而終不見郭, 故周視坐席, 二三次後, 僅乃尋得郭, 乃坐其鼻之後云云. 李以陽巨, 故不能交女, 嘗往妓府 府倅素相識, 擇體壯妓而與之,

---

1) 비류직하삼천척, 의시은하락구천(飛流直下三千尺, 疑是銀河落九天): 이 시는 당(唐)나라 시인 이백(李白)의 「망여산폭포望廬山瀑布」의 일부이다.
2) 고소성(姑蘇城): 춘추전국시대(春秋戰國時代) 오(吳)나라의 도읍지. 소주(蘇州) 오현(吳縣)에 위치해 있다.
3) 한산사(寒山寺): 강소성(江蘇省) 소주시(蘇州市)에 위치해 있다. 당나라 시승(詩僧) 한산자(寒山子)가 여기에 살았다 하여 붙은 이름이다.
4) 고소성외한산사 야반종성도객선(姑蘇城外寒山寺, 夜半鍾聲到客船): 이 시는 당나라 시인 장계(張繼)의 「풍교야박 楓橋夜泊」의 일부이다.

及其强歡也. 妓不勝其大, 大叫而走. 翌朝, 主倅送人候之, 李寄詩曰: '平生
自許萬人敵, 百戰其如功未成, 今來又失陰陵[5]道, 願渡江東再起兵[6].' 主倅
覽而㗫之." 儕流又嘲曰: "八公山[7]餓虎, 日夕, 將下村閭求食, 自語曰: '食
都, 則徒得殺人之名, 而未足一飽也. 食郭, 則鼻雖大, 而其中虛, 有名無實
也. 食李, 則陽有限, 而肉無益.' 但山君食物, 不宜徒損威云." 故三人, 俱以
此, 名於世上云.

---

5) 음릉(陰陵): 원래 음릉은 『사기史記』에 나오는 지명으로, 항우(項羽)가 해하(垓下)에서 사면초
가(四面楚歌)의 포위를 뚫고 달아나다 음릉 지역에서 한 농부가 길을 거짓으로 가르쳐준 까닭에
반대 방향으로 가서 결국 자살까지 이르게 한 갈림길이다. 여기서는 여성의 성기를 암시한다.
6) 원도강동재기병(願渡江東再起兵): 강동으로 건너가 다시금 군대를 일으키기를 기대해보오.
항우가 해하에서 패한 뒤 오강(烏江)으로 도망갔는데, 그때 정장(亭長)에게서 '강동(江東)으로
돌아가 재기하라'는 말을 들었지만, 항우는 '팔 년 전 강동의 팔천 자제와 함께 떠난 내가 무슨
면목으로 지금 혼자 강을 건너겠느냐'며 끝내 자살한 데서 나온 말이다.
7) 팔공산(八公山): 경북 대구와 영천 경계에 있는 산. 예로부터 팔공산에는 사나운 호랑이들이
살아서 나무꾼들이 함부로 들어가지 못했다.

기생이 시율을 품평하다

부안 기생 계월桂月은 시를 잘 짓고 노래와 거문고에도 능했다. 스스로 매창梅窓이란 호를 지었다.

계월이 재주 있는 기생으로 뽑혀 서울에 올라오자, 지체 높은 도령이나 재주 있는 소년들은 앞다투어 매창을 맞이함으로써 더불어 시를 주고받으며 시를 논하려 했다.

어느 날, 유 아무개가 계월을 방문했을 때다. 스스로 방탕하다고 자부하는 김생과 최생 두 사람이 먼저 와 자리를 차지하고 있었다. 계월은 술자리를 마련하여 그들을 대접했다.

술이 반쯤 취했을 때, 세 사람이 모두 눈길을 보내며 계월을 어떻게 해보려고 했다. 그러자 계월은 웃으며 제안하였다.

"여러분께서 모두 풍류 있는 시를 읊어 한바탕 즐거움을 더하면 어떻겠습니까? 예컨대

옥같이 흰 팔은 천 사람의 베개요玉臂千人枕

붉은 입술은 만 사람이 맛보았다네^{丹脣萬客嘗}

네 몸은 서릿날 같은 칼도 아니면서^{汝身非霜刀}

어찌하여 내 간장을 베어내느냐^{何遽斯我腸}

라든가

삼경 밝은 달이 뜨면 발을 돋우며 춤을 추고^{足舞三更月}

한바탕 바람에 비단 이불이 펄럭이네^{衾翻一陣風}

이때의 한없는 즐거움은^{此時無限味}

오로지 두 사람만이 알고 있겠지^{惟在兩人同}

와 같은 시들이란 모두 천박한 기생들이나 읊조리는 것으로, 족히 귀를 기울여 들을 만한 것이 아니옵니다. 그러나 전에 들어보지 못한 시를 읊조려 제 마음을 사로잡는다면, 저는 그분과 더불어 즐거움을 나눌까 하옵니다."

세 사람은 모두 좋다며 허락하였다.

김생이 먼저 칠언절구 한 수를 읊었다.

삼경 창밖에 가는 비 내릴 때^{窓外三更細雨時}

두 사람의 마음은 두 사람만이 알리라^{兩人心事兩人知}

새로운 정이 흡족하기도 전에 하늘이 점차 밝아오니^{新情未洽天將曉}

다시금 비단 적삼을 붙들고 언제 다시 만날까를 묻는다네^{更把羅衫問後期}

이어서 최생도 읊었다.

사창^{紗窓}을 향해 님을 안고 희롱함을 그치지 않으니^{抱向紗窓弄未休}

반쯤은 교태를 머금고 반쯤은 부끄러워하는 듯半含嬌態半含羞
낮은 목소리로 가만히 '나를 생각하시나요' 물으니低聲暗問相思否
손으로 금비녀를 매만지며 웃음 머금고 고개만 끄덕이네手整金釵笑點頭

계월이 다 듣고 나서 웃으며 말했다.

"앞의 시는 매우 졸렬하옵고, 뒤의 시는 다소 묘미가 있사오나 수법이 낮아 들을 만하지 않습니다. 무릇 칠언절구가 정교한 것은 칠언이 곡조에 가깝기 때문이죠. 율시律詩는 그보다 어려우니 저는 마땅히 그 어려운 것을 짓는 사람을 선택하겠습니다."

김생이 다시 읊조렸다.

겨우 열다섯 살인 아리따운 아가씨年纔十五窈窕娘
그 노래 솜씨 최고라고 장안에 소문이 자자하네名滿長安第一唱
탕자와의 은정은 바다처럼 깊은데蕩子恩情深似海
신선 세계의 위엄 있는 명령은 서리처럼 싸늘하네花宮威令虩如霜
난초 창으로 드는 햇볕 따스하니 아침 화장이 바쁘고蘭窓日暖朝粧急
솔 고개 바람이 높으니 저녁 걸음이 바쁘다네松峴風高夕履忙
서로 이별한 적은 많았지만 만난 때는 적으니相別時多相見少
양대陽臺의 운우를 보며 초양왕楚襄王을 한하네陽坮雲雨惱襄王

곧이어 최생이 말했다.

"이 시는 비록 아름다우나 이보다 더 아름다운 것이 있네."

그러고는 이내 칠언율시를 읊었다.

말을 세워둔 강 머리에서 이별이 짐짓 더딘데立馬江頭別故遲
버드나무 가장 긴 가지가 미워라生憎楊柳最長枝

아리따운 여인은 인연이 엷었는지 새로운 교태 머금는데佳人緣薄含新態

탕자는 정이 많아 다시 만날 기약만 물어본다네蕩子情多問後期

복숭아꽃 배꽃 떨어지니 한식날이 가까웠고桃李落來寒食節

자고새 날아가는 석양 때鷓鴣飛去夕陽時

남포에 풀이 무성하고 봄 물결이 일렁이니草長南浦春波濶

마름꽃을 캐려다가 때때로 생각한다오欲採蘋花有時思

계월이 말했다.

"이 시는 정위지음鄭衛之音, 음탕한 노래보다도 못합니다. 조금 청명한 운치가 있지만 사람을 움직이지는 못합니다."

그러고는 유생을 돌아보며 물었다.

"어찌하여 홀로 시를 읊지 아니하십니까?"

"나는 본래 문장이 짧고 다만 커다란 양물을 가진 것으로 유명한 노애嫪毐가 성기로 수레바퀴를 끌던 재주만이 있을 뿐이네."

계월은 웃으며 대답하지 않았다. 그러자 최씨가 발끈하면서 말했다.

"자네가 비록 그런 재주가 있다 하더라도 오늘은 마땅히 시의 순위를 따라야 할 것이네!"

김생은 자못 자만한 얼굴빛을 짓고 좌우를 돌아보며 말했다.

"내게 율시 한 편이 있는데, 이것이 가히 자네들을 압두壓頭, 상대편을 누르고 첫째 자리를 차지함할 걸세."

그러고는 즉시 칠언율시를 읊었다.

가을밤도 쉬 밝아오니 길다는 말은 하지 말고秋宵易曙莫言長

빨리 등불 앞에 마주 앉아 비단 치마나 푸시게促向燈前解繡裳

한 눈을 희미하게 뜨니 그 속의 눈동자는 반짝이고獨眼迷開睛吐氣

두 가슴이 한데 합쳐지니 땀 냄새도 향기로워兩胸自合汗生香

다리는 개구리처럼 물에서 급히 움직이는 듯하고脚如蟆蛙波翻急
허리는 잠자리처럼 물에 잠깐 앉았다 바삐 올라가는 듯하네腰似蜻蜓點水忙
강건하다고 이제까지 마음속에 자부하고 있었지만强健向來心自負
사랑의 뿌리가 깊은지 얕은지는 낭자에게 물어보네愛根深淺問娘娘

계월은 좋다고 칭찬하였다. 그러자 유생이 말했다.
"자네들이 읊은 것은 모두가 짚으로 만든 강아지처럼 진부한 것이
니 어찌 눈을 주어 볼 만한 것이겠나? 내 마땅히 새로 하나의 율시를
내놓아 오늘 이 자리에 깃발을 세워볼까 하오."
그러고는 계월에게 운을 띄우게 하고 그 소리에 맞춰 시를 읊었다.

봄을 찾는 호방한 선비의 기개가 높으니探春豪士氣昻然
비취 이불 속에서 좋은 인연이 있으리라翡翠衾中有好緣
뻣뻣이 버틴 옥 같은 그것이 두 다리 사이에 우뚝하여撑去玉腎兩脚屹
붉은 구멍을 뚫고 가니 두 선이 둥글어졌네貫來丹穴兩弦圓
처음 보았을 때는 교태로운 눈이 혼미하여 안개 속에 있는 듯하더니
初看嬌眼迷如霧
다시 보니 넓은 하늘도 동전처럼 작아지네漸覺長天小似錢
이 속에서 만약 재미의 특별함을 논한다면這裡若論滋味別
하룻밤 가치는 천금이라一宵高價値金千

계월은 유생이 시 읊기를 마치자 탄식하며 말했다.
"이는 운을 띄우자마자 즉각 지어 부른 것이지만, 잠자리의 정태를
잘 보여주었습니다. 말이 매우 호방하면서도 굳건하니 진실로 평범한
재주를 가진 사람이 아니옵니다. 원컨대 고귀하신 존함을 듣고자 합니
다."

"나는 유 아무개일세."

그러자 계월이 손바닥을 치며 말했다.

"어르신께서 이처럼 누추한 곳에 왕림하실 것이라고는 생각지도 못했사온데, 오늘 다행히 만나게 되었군요."

그러고는 이내 술잔을 드리고 웃으며 말했다.

"만약 혼천渾天이 동전처럼 된다면야 그 가치가 어찌 천금에 그치겠습니까?"

그러고는 두 사람을 향해 말했다.

"두 분이 읊은 시는 냉수 한 잔에도 미치지 못합니다."

최생과 김생 두 사람은 모두 말없이 물러가고, 유생은 마침내 뜻을 이뤄 계월을 끼고 잤다고 한다.

妓評詩律

扶安妓桂月[1], 工詩, 善謳彈, 自號曰梅窓. 選妓上京[2], 貴公才子, 莫不爭先邀致, 與之酬唱論詩. 一日, 柳某往訪之, 金崔兩人, 以狂俠自負, 已先在座矣. 桂月設酒以待. 至半酣, 三人皆注目欲排之, 桂月笑而擧令曰: "諸君各誦風流場詩, 以助一歡, 而如'玉臂千人枕, 丹脣萬客嘗. 汝身非霜刀, 何遽斷我腸.'又曰: '足舞三更月, 衾翻一陣風, 此時無限味, 惟在兩人同.'此乃賤妓之傳誦者, 不足傾耳. 然若有能依前所未聞者, 當於我心, 則可與爲歡矣." 三人諸後, 金先誦七絶曰: '窓外三更細雨時, 兩人心事兩人知. 新情

---

1) 계월(桂月): 1573~1610. 조선 중기의 여류 문인. 본명은 향금(香今). 계생(癸生). 계랑(癸娘. 桂娘), 매창(梅窓)이라고 불린다. 부안의 기생으로, 개성의 황진이(黃眞伊)와 더불어 조선 명기(名妓)의 쌍벽을 이룬다. 유희경(劉希慶), 허균(許筠) 등과도 교유하였다.
2) 선기상경(選妓上京): 선상기(選上妓)로 뽑혀 올라옴. 조선시대에는 나라에 큰일이 있을 때 각 지방에서 기생을 뽑아 서울로 올렸다. 이때 서울로 올라온 기생을 선상기라 한다.

未洽天將曉, 更把羅衫問後期.'[3] 崔繼唱曰: '抱向紗窓弄未休, 半含嬌態半含羞. 低聲暗問相思否, 手整金釵笑點頭.'[4] 桂月聽了, 笑曰: "前詩太拙. 後詩差妙, 手段皆低, 亦未足聽矣. 凡七絶之精者, 七言近腔. 又律之難者, 吾當取其難也." 金遂唱曰: '年纔十五窈窕娘, 名滿長安第一唱. 蕩子恩情深似海, 花宮[5]威令肅如霜. 蘭窓日暖朝粧急, 松峴風高夕履忙. 相別時多相見少, 陽坮雲雨惱襄王.'[6] 崔曰: "此詩雖佳, 尤有佳於此者." 仍命七律曰: '立馬江頭別故遲, 生憎楊柳最長枝. 佳人緣薄含新態, 蕩子情多問後期. 桃李落來寒食節, 鷓鴣飛去夕陽時. 草長南浦春波濶, 欲採蘋花有日思.'[7] 桂月曰: "眞是鄭衛[8]而下, 詩稍有淸韻, 亦不足動人." 顧謂柳曰: "君獨無吟乎?" 柳曰: "我本短文, 但有嫪毐[9]貫輪之才[10]." 桂月笑而不答. 崔怫然曰: "子雖有是才, 今日之事, 當從詩矣." 金頗有自矜之色, 謂左右曰: "我有一律, 而可以壓頭諸人矣." 卽誦七律曰: '秋宵易曙莫言長, 促向燈前解繡裳. 獨眼迷開睛吐氣, 兩胸自合汗生香. 脚如螻蟈波翻急, 腰似蜻蜓點水忙. 强健向來心自負, 愛根深淺問娘娘.' 桂月吟咏稱善, 柳曰: "諸君所誦, 皆是陳蒭狗[11],

3) 창외(窓外)~후기(後期): 『기문총화紀聞叢話』에서는 이 시를 김명원(金命元, 1534~1602)이 썼다고 밝히고 있다.
4) 포향(抱向)~점두(點頭): 『기문총화』에서는 이 시를 심희수(沈喜壽, 1548~1662)가 썼다고 밝히고 있다. 사창(紗窓)은 사(紗)붙이나 깁으로 바른 창.
5) 화궁(花宮): 절. 또는 신선의 세계.
6) 연재(年纔)~양왕(襄王): 『기문총화』에서는 이 시를 정자당(鄭子堂)이 썼다고 밝히고 있다.
7) 입마(立馬)~일사(日思): 『기문총화』에서는 이 시를 고경명(高敬命, 1533~1592)이 썼다고 밝히고 있다.
8) 정위(鄭衛): 정위지음(鄭衛之音). 음탕한 노래. 춘추전국시대에 정나라와 위나라의 노래가 음탕했다는 데서 나온 말. 그 근원은 『시경詩經』에 있다. [교감] 『고금소총』본에는 '노위(魯衛)'로 되어 있는데, 이는 정위(鄭衛)의 오류다.
9) 노애(嫪毐): 중국 전국시대의 진나라 환관. 진시황의 생모인 조희(趙姬)와 밀통하는 사이로, 둘 사이에 두 명의 아이를 두었다. 나중에 반란을 일으켰다가 진시황에게 삼족(三族)이 몰살당한다.
10) 관륜지재(貫輪之才): 진시황의 생모인 조희가 음욕이 심하기에 평소 그녀와 관계를 갖고 있던 여불위(呂不韋)가 자신과의 밀애 사실이 들통날 것을 두려워해, 일부러 성기가 크기로 유명한 노애를 자신의 집으로 데려와 성기에 오동나무 수레바퀴를 걸어서 끌게 함으로써 조희의 환심을 사게 했던 고사를 말한다.

何足刮目? 我當新點一律, 立幟於今日席上."遂令桂月呼韻, 應聲而咏曰:
'探春豪士氣昂然, 翡翠衾中有好緣. 撑去玉腎[12]兩脚屹, 貫來丹穴兩弦圓.
初看嬌眼迷如霧, 漸覺長天小似錢. 這裡若論滋味別, 一宵高價値金千.'桂
月吟過, 歎曰:"此應韻立呼, 善形容席間情態. 詞極豪健, 固非凡才. 則願聞
高名."柳曰:"我是柳某[13]也."桂月拍手曰:"不料尊公枉此陋地, 今幸逢
之."仍進小酌而笑曰:"若使渾天[14]如錢, 則其價, 豈特千金哉?"向二子曰:
"子之所唱, 不直一盃冷飲."崔金兩人, 皆默然而退. 柳遂得意而挾宿云云.

---

11) 추구(芻狗): 짚으로 만든 개. 중국에서 제사 때 임시로 만들어 쓰고, 제사가 끝나면 버리던
물건.『고금소총』본에는 소용이 있을 때는 이용하고 소용이 없을 때는 버리는 물건을 비유한다.
12) [교감] 신(腎):『고금소총』본에는 '臀'로 되어 있지만, 의미상 '腎'이 적합하다.
13) 유모(柳某):『기문총화』에는 유도(柳塗)로 되어 있다. 유도는 자(字)가 유정(由正)으로, 1591
년 별시(別試)에서 과거에 합격한 인물이지만, 그 자세한 행적은 드러나 있지 않다.
14) 혼천(渾天): 개천(蓋天)·선야(宣夜)와 함께 예전에 천상(天象)을 말하는 삼가(三家)의 하나.
혼천은 계란의 노른자위를 감싸고 있는 형상을 말한다.

꾀병으로 남편을 속이다

어리석은 사내가 영악한 계집을 아내로 맞이하였다. 그는 아내를 매우 사랑했다.

하루는 부인을 친정에 보내기 위해 좁은 산길을 함께 가게 되었다. 때마침 부부는 한 소년이 움푹 파인 곳에 암말을 세워두고 음란한 짓을 하는 장면을 보았다. 부인은 소년의 양물이 큰 것을 보고 마음속으로 흠모하였다. 그때, 어리석은 사내가 물었다.

"당신은 무슨 짓을 하고 있소?"

"이 말이 배가 아픈 까닭에 약초를 구해 음호에다가 집어넣고 있다오."

잠시 후, 부인은 가만히 계책 하나를 생각해냈다. 그러고는 일부러 말에서 떨어지더니, 마치 거의 죽을 듯한 시늉을 했다. 어리석은 사내는 걱정스러워 울부짖기만 했다. 아내도 울며 말했다.

"나는 지금 복통으로 죽을 것만 같아요. 아까 말이 복통을 일으켰다고 약을 집어넣던 사람을 왜 불러오지 않아요? 사람이나 말이나 매한

가지이니 한번 시험이라도 해봅시다."

어리석은 사내는 그 말을 좇아 소년에게 가서 사정사정하여 그를 데리고 왔다. 소년은 손으로 여인의 배를 만져보고 말했다.

"이는 복통이 분명하니, 약을 써서 시험하는 것이 옳소. 그런데 문제는 약을 집어넣으려면 손으로는 할 수 없고, 양물로 밀어넣어야만 좋아진다는 것이오. 그러니 쉽게 시행할 수가 없겠소."

그러자 부인이 급히 말했다.

"꺼리는 게 있다고 해서 약을 쓰지 않을 수는 없잖아요. 그러니 어찌 그것을 피하겠어요. 만약 조금이라도 지체한다면 나는 곧 죽고 말 텐데요."

어리석은 사내는 그 말을 듣고 곁에서 덩달아 치료해달라고 권했다. 소년은 마침내 노끈으로 자신의 양물을 묶더니, 어리석은 사내에게 그 노끈의 끄트머리를 잡고 멀찍이 서 있게 했다. 그리고 경계의 말을 던졌다.

"절대 노끈을 잡아당기지 마시오. 만약 노끈을 잡아당기면 나 또한 죽게 될 것이오."

마침내 소년은 무릎을 꿇고 여인의 다리를 들어 자신의 양물을 집어넣은 후 나아가고 물러서기를 무수히 반복했다. 여인은 마음이 혼미하고 정신이 질탕하여 말했다.

"복통이 점점 나아지는구나."

어리석은 사내는 노끈의 끄트머리를 잡고 멀찌감치 서서 자세히 살펴보다가 말했다.

"당신이 하는 행위가 잠자리에서 하는 모습과 비슷하구려."

그러자 소년이 거짓으로 화를 내며 말했다.

"당신이 의심한다면 나는 약을 넣지 않겠소."

아내도 꾸짖으며 말했다.

"사람이 죽어가는 판에 좋은 의원을 만났는데 어째서 망령된 말을 해요? 사람을 빨리 죽게 만들려고 그래요?"

어리석은 사내는 몹시 두려워 손을 모아 다시 애걸하였다. 그러자 소년은 다시 지극히 음탕한 짓을 하고 물러갔다.

여인은 매우 좋아 앓는 소리를 내다가 일어나며 말했다.

"그 사람의 약은 정말로 신기한 효험이 있나봐요. 복통이 조금 멎었네요."

그러고는 말을 타고 갔다. 몇 리를 더 가자, 어리석은 사내가 아내에게 말했다.

"그놈의 양물에 매었던 노끈을 내가 몇 차례 잡아당겼거든. 그러니 반드시 죽었겠지?"

이에 아내가 꾸짖어 말했다.

"만약 이 말이 새나간다면 당신은 반드시 사람을 죽였다는 죄명을 쓰게 될 거예요. 그러니 집에 가더라도 삼가 헛된 말을 내지 마세요."

그러자 어리석은 사내가 대답했다.

"내 나이가 적지 않은데 어찌 아이들처럼 가벼이 말을 내겠소?"

伴痛瞞夫

一愚夫得侫妻甚愛. 一日, 駄送本家, 偕行峽路. 適見一少年, 立牡馬於凹處而淫之. 見其陽物之大, 心切慕之. 愚夫問曰: "汝做何事耶?" 少年曰: "此馬腹痛, 故覓藥草, 而納陰戶." 妻暗想一計, 故墜馬, 若垂死之狀, 愚夫得悶呼泣. 妻泣曰: "吾腹痛將死, 俄者馬痛納藥之人, 何不請之乎? 人馬亦同 可以一試之." 愚夫從其言, 往乞携來, 則少年以手捫腹曰: "此眞腹痛, 藥可試之. 然但納藥, 難容手, 以陽物推納, 嫌好矣, 不可易行也." 女急呼曰: "用藥不得出嫌, 何可避乎? 若少遲滯, 吾將死矣." 愚夫聞其言, 而從傍勸

之. 少年, 遂以繩繫腎郞, 令愚夫, 執繩端遠立後, 戒之曰: "勿挽! 若挽, 則
吾亦易死." 遂蹲踞而擧兩脚納鳥, 無數進退, 女心迷魂蕩曰: "漸次腹痛少
差." 愚夫執繩端遠立而熟視曰: "君之所爲, 恰似行房之狀." 少年佯怒曰:
"君若疑之, 吾不得納藥矣." 妻罵曰: "人將欲死, 得良醫, 何以侫言, 使人速
死耶?" 愚夫大懼, 攢手更乞, 則少年仍復極淫而退. 妻大酣暢起曰: "客之
藥, 果神效矣. 腹痛少止." 遂乘馬而去. 夫行數里, 語妻曰: "繫郞之繩, 吾
數三次挽之, 其人必死." 妻叱曰: "此言若洩, 君必陷於殺人罪名也, 還家,
愼勿浪言." 夫曰: "吾年不少, 豈作兒戲輕說乎?" 云云.

이웃을 불러 촛불을 끄다

한 고을에서 논밭의 세금을 다루는 아전이 있었다. 그가 서울에 올라가 세금을 바치고 돌아올 때였다. 아전이 그 집 주인에게 물었다.

"서울 기생 중에 누가 제일이오?"

"당신은 지금 주머니가 비었잖소? 그런데 이름난 기생이 무슨 이유로 당신을 즐겨 보려 하겠소?"

"단지 그 집이나 알려주시오."

그러자 주인은 아무개의 집 아무개 기생을 알려주었다.

아전은 마침내 관인이 찍힌 문서를 가지고 황혼을 타서 주인이 알려준 기생집으로 갔다. 그리고 문 앞에 누워, 취해 쓰러져 자는 시늉을 지었다. 기생은 그가 공문서를 지니고 있는 것을 보고, 마음속으로 어떤 고을의 아전이라 여겨 그를 부축하여 방 안으로 데리고 갔다.

술상을 차려 해장술을 내온 기생은 그에게 그곳에 오게 된 이유를 물었다. 그러자 아전이 대답했다.

"나는 본디 어떤 고을에서 논과 밭에 딸린 세금을 담당하는 아전인데, 때마침 술집에 갔다가 길 위에 쓰러졌나보네. 만약 자네가 아니었다면 통행금지에 걸렸을 테지. 내 마땅히 내일은 뱃머리에 나아가 쌀 여섯 석을 말에 태워 보내 자네의 두터운 은혜에 보답함세."

기생은 더 많은 재물을 뜯어내고자 아전과 동침하며 온갖 교태를 부렸다.

밤이 깊어지자 아전이 기생에게 말했다.

"내가 고향에 있을 때는 특별히 음정淫情을 돋우는 묘방을 썼었네."

"제게도 그것을 한번 시험해보시지요."

"그중에도 그네놀이가 가장 좋으니, 명주 한 필을 가져다 줄 수 있겠는가?"

기생은 즉시 명주를 내주었다. 그러자 아전은 명주로 네 귀퉁이를 만들어 기생의 손과 발을 묶고 들보 위에 매달아놓았다. 그리고 당겼다 밀었다 하며 양물을 집어넣었다 뺐다를 반복했다.

아전이 기생에게 물었다.

"이것이 묘방이 아니겠느냐?"

"믿고 또 믿겠습니다."

즐거움을 마치자, 아전은 남은 초에 불을 붙여 기생의 음호에 꽂아놓고 밖으로 나가버렸다.

기생은 아직도 들보에 매달려 벗어나지 못한 상태였다. 또한 그 뜨거움을 견딜 수 없어 결국 기생은 견디다 못해 "불이야!" 하고 외쳤다.

이웃 사람들이 그 소리를 듣고 기생의 집에 불이 났다고 하며 모두 물동이를 들고 왔다. 하지만 아무런 연기도 보이지 않았다. 그런데도 방 안에서는 유독 '불이 났다'는 소리가 그치지 않았다. 그래서 여러 사람들이 문을 열고 보았더니 그 집 기생이 들보에 매달려 있는데, 음호에 초가 꽂혀 있어 불이 거의 닿을 지경이었다.

이웃 사람이 초를 빼고 묶인 것도 풀어준 뒤 기생에게 그 연유를 물었지만, 기생은 부끄러워하며 끝내 대답하지 못했다.

呼隣滅燭

一邑田稅吏, 上京納稅將還, 問主人曰: "洛中妓, 誰是第一?" 主人曰: "汝今囊空, 名妓豈肯見汝?" 吏曰: "第指家." 主人指某家某妓. 吏遂佩踏印文書, 乘昏往其妓女門前, 佯醉倒睡. 妓見其所佩公牒, 意其謂某邑色吏[1], 扶入房中, 饋酒解醒, 問其由來. 吏曰: "我是某邑田稅吏, 適入酒肆, 昏倒路上, 若非娘, 幾被夜禁. 吾明當出去船頭, 米六石駄送, 而報其厚恩." 妓尤欲餌之, 願與同寢, 而盡獻嬌態. 臨晚, 吏謂妓曰: "吾在鄕時, 別有挑淫之妙方." 妓曰: "願一試見之." 吏曰: "鞦韆戲最好, 一疋紬, 可得乎?" 妓卽出之, 則吏以紬, 屈爲四端, 繫其手足, 懸於樑上後, 或推或引, 而出納其鳥, 問曰: "此非妙方乎?" 妓曰: "信乎信乎!" 歡畢, 吏以殘燭燃火, 而揷其陰戶後, 乃出. 妓旣不得脫懸, 又不耐其熱, 大呼火出. 隣人聞之, 以爲唱家失火, 皆携水盆而往視, 則無火烟, 房內猶呼不止. 衆人排戶視之, 主妓懸於樑間, 揷燭逅陰戶, 幾至爛傷. 隣人拔燭解縛後, 問其故, 妓愧而不答.

1) 색리(色吏): 감영(監營)이나 군아(郡衙)의 아전.

재상 부인을 속여 좋은 술을 얻어먹다

    옛날에 한 재상의 부인은 질투가 심해 손님이 오면 반드시 그들이 남편과 하는 말을 몰래 엿들었다. 간혹 여색과 관련된 이야기가 나오면, 부인은 반드시 마음속에 담아두었다가 재상이 술을 내오라고 하면 박주薄酒, 맛이 좋지 못한 술로 대접하곤 했다.

    재상의 친구가 그것을 알고 그 부인을 속여보고자 하여 재상의 집으로 갔다. 그러고는 사람들을 물리치고 소곤대며 말했다. 부인은 그들이 여색과 관련된 이야기를 한다 의심하여 벽에 귀를 대고 엿들었다.

    재상의 친구가 낮은 목소리로 말했다.

    "소문은 들었는가? 이번에 올라온 소장은 자네와 관계된 것이라더군."

    재상이 놀라며 물었다.

    "어느 부서에서 무슨 일로 나를 평가한단 말인가?"

    친구는 더욱 낮은 소리로 말했다.

    "자네 부인이 몰래 계집종의 남편과 간통하였다 하여 장차 논쟁이 일어난다고 들었네마는……"

그 소리를 들은 부인이 문을 밀치고 나와 울며 말했다.

"아녀자가 되어 이런 오명을 얻게 되었으니 저는 차라리 자결하고
자 하옵니다."

그러자 친구가 말했다.

"부인께서는 그리하지 마옵소서. 상소가 아직 나오지 않았으니 어
찌 중지시킬 방도가 없겠습니까?"

부인은 이에 내실에 들어가 술과 안주를 성대하게 차려 들여보냈다.
그리고 다시 나와 그 자세한 사연을 들려달라고 부탁하였다. 그러자
친구는 웃으면서 재상을 가리켜 말했다.

"이 친구가 평상시 많은 계집종들과 관계하였고, 부인께서는 이 친
구와 함께 동침을 하시었으니 이른바 계집종의 진짜 남편은 이 친구가
아니겠습니까?"

부인은 일어나 달아나며 말했다.

"다른 일로 나를 얽어 술을 얻어먹는 것이 옳거늘, 하필이면 이렇게
흉악한 말로 나를 욕보인답니까?"

"이것은 사실인데, 어찌 감히 욕을 보였다 하십니까?"

부인은 이로부터 다시는 재상의 말을 엿듣지 않았다고 한다.

給取美酒

古有一宰夫人, 性妬客到, 必潛聽其所言. 語或及色, 必唧之, 宰或命酒,
則輒以薄酒進之. 一友宰知之, 思欲紿之, 往其家, 而辟人私語. 夫人疑其論
色, 帖壁而聽之, 則友宰低聲言曰: "台聞之乎? 臺疏爲台將發." 宰驚曰: "何
臺, 以何事評我耶?" 友宰益低其聲曰: "似聞台夫人 暗奸婢夫, 而與將論
云." 夫人聞之, 推戶出而泣曰: "以婦女得此惡名, 吾寧自決矣." 友宰曰 "夫

人勿遽. 臺啓未發, 豈無停止之道乎?" 夫人入內, 盛備酒肴而進之, 復出, 請
聞其詳. 友宰笑指主宰曰: "此友常多狎婢, 而夫人與之同寢, 眞所謂婢夫
者, 卽此友也." 夫人起而走曰: "以他事, 給我取酒, 可也. 何以凶言, 辱我至
此耶?" 友宰曰: "自是實事, 豈敢辱哉?" 夫人自此不復窺聽云.

병을 핑계 삼아 계집종을 간음하다

옛날에 한 재상이 있었다. 그의 처갓집에는 열여덟 살 먹은 자못 예쁜 계집종이 있었다. 재상은 매번 그 계집종을 어떻게 해보고 싶어했으나 기회를 잡지 못했다.

그러던 중, 계집종 향월이가 때마침 당학질에 걸렸는데, 몇 차례 몹시 고통스러워했다. 당시 재상은 내의원內醫院의 제조提調로 있었다.

장모가 그에게 부탁했다.

"향월이가 학질로 이처럼 고통을 받고 있네. 내의원에는 좋은 약이 있을 것이니, 모쪼록 자네가 이 아이를 치료해주게."

"언제부터 아파하던가요?"

"내일 또 통증이 있을 것이네."

"그렇다면 내일 내의원에서 약품 만드는 일을 마친 후 마땅히 좋은 약을 가지고 찾아뵙겠습니다. 그러니 후원 으슥한 곳에 병풍을 울타리처럼 크게 세워두십시오. 향월이를 그 안에 들여보내고, 근처에는 다른 사람이 접근하지 못하게 하십시오. 그러면 제가 마땅히 치료하겠습니다."

장모는 그의 말대로 했다.

다음 날, 재상은 즉시 후원으로 갔다. 그러고는 향월이를 껴안고, 옷을 모두 벗긴 후에, 손으로 음호를 어루만지다가 자신의 양물에 침을 발라 집어넣었다. 향월이는 몹시 두려워 등에 식은땀이 흘렀다. 그러자 재상이 말했다.

"당학질은 흉악한 질병이니라. 내가 이렇게 하지 않으면 떨어지지 않는단다."

그러고는 향월이와 다시 관계를 맺으려고 했다. 그러자 향월이가 말했다.

"마님께서 아시면 반드시 제게 죄를 주실 것이니 어찌하오리까?"

"그러지 않을 게다. 이것은 네 마님께서 가르치신 일이니라."

재상은 또 향월이와 관계를 갖기 시작했다. 흥이 극도에 이르고 음탕함이 무르녹자, 향월이는 재상의 허리를 꽉 껴안으며 말했다.

"비록 마님께서 아시고서 저를 죽인다 해도 여한이 없습니다."

그후, 장모 또한 학질을 앓게 되었다. 장모는 재상에게 그 병을 치료해달라고 했다. 그러자 재상은 웃으며 말했다.

"이 병은 장인어른이 아니면 치료할 수 없습니다."

因病奸婢

古有一宰妻家童婢, 年十八, 頗有姿色. 每欲奸之, 不得其便. 向月適得唐瘧[1], 連次大痛. 時宰帶內局提調[2], 岳夫人請曰: "吾童婢向月 以瘧疾若此

---

1) 당학(唐瘧): 당학질. 이틀 걸러 발작하며 좀처럼 낫지 않는 학질로, 이틀거리라고도 한다.
2) 내국제조(內局提調): 내국의 제조. 내국은 내의원(內醫院), 즉 궁중에서 의약을 맡아보던 관아로, 외국(外局)인 전의감(典醫監)과 혜민서(惠民署)를 합해 삼의사(三醫司)라고 한다. 제조는 궁

苦痛, 內局必有良藥. 某條醫之, 如何乎?"宰曰: "何日何時, 痛之耶?"夫人
曰: "痛在明月."宰曰: "然則明日濟劑³⁾罷後, 當得好藥而出, 於後園幽深
處, 以大屛圍籬向月, 使人不得擅入, 則吾當醫之."夫人如其言. 翌日, 宰卽
入園中, 而仍抱向月, 盡脫衣服後, 手捫陰戶, 以巨陽塗涎拱之, 向月大懼, 汗
出沾背. 宰曰: "唐瘧凶疾, 無己則不可移却."又欲奸之, 向月曰: "夫人若
知, 必有罪我, 奈何乎?"宰曰: "不然. 此乃夫人之教事也."因奸之, 與高淫
濃, 向月抱宰腰曰: "雖夫人知之, 而欲殺, 無恨矣."其後, 岳母亦得瘧疾,
使宰欲醫之, 宰笑曰: "非岳丈, 不可能醫也"云.

중에서 각 관아의 일을 다스리던 벼슬을 말한다.
3) 제제(濟劑): 제제(製劑). 의약품을 치료 목적에 따라 맞추어 섞거나 일정한 형태로 만드는 일.
또는 그 제품.

벌레들의 말로 겸인을 구해내다

선조宣祖 때는 출궁出宮한 궁녀와 간통해선 안 된다는 법률이 있었다.

오성鰲城 이항복이 지신사知申事로 있을 때, 그 집 겸인傔人이 이 법률을 범해 장차 무거운 형벌을 받게 되었다. 이항복은 그를 불쌍히 여겼지만 풀어줄 방법이 없었다. 그때 마침 임금이 이항복을 불렀다. 그는 일부러 시간을 끈 후 궁궐로 들었다. 그러자 임금이 물었다.

"그대는 어찌하여 이리 더디 오시오?"

이항복은 대답하였다.

"신이 명을 받들고 궁궐로 들어오다가, 종로 거리에서 사람들이 빽빽이 둘러서서 웃고 떠드는 것을 보았습니다. 신은 괴이한 생각이 들어 말을 멈춰 세우고는 그 연유를 물었습니다. 그러자 거기에 있던 사람이 이야기를 해주었습니다.

모기가 말벌을 만났는데, 말벌이 모기에게 '내 배가 탱탱하게 불러도 아랫도리가 없어 쏟아낼 수가 없다. 그러니 네가 시험 삼아 너의 날카로운 부리로 구멍을 뚫어주는 것이 어떠하겠느냐?'라고 했답니다.

그러자 모기는 '어찌 이런 말을 하느냐? 근래 이승지 댁 겸인은 본래부터 있던 구멍을 뚫었는데도 장차 중대한 벌을 받게 되었다고 들었다. 그런데 내가 본래 있지도 않은 구멍을 뚫어버린다면, 그 죄는 더욱 무거워질 것 아니냐. 그런데도 너는 어찌하여 감히 이런 말을 하느냐? 네가 어찌 감히 이런 말을 해!'라고 대답했답니다.

신이 이 말을 듣고 의아해하다가 이처럼 지체하게 되었습니다. 황공하옵니다. 죄를 주시옵소서."

임금은 이에 미소를 짓더니, '이는 동방삭東方朔의 골계와 같은 부류라' 여기고는 이내 그 겸인의 죄를 용서해주었다.

虫語救傔

宣廟朝, 有放出宮女交奸之律. 鰲城爲知申[1]時, 其傔人[2]犯此律, 將陷重辟. 鰲城憫之, 無計可解. 適自上召鰲城, 鰲城故於移刻後入侍, 則上問: "爾來何遲?" 對曰: "承命入來, 見鍾樓街上市人簇立喧笑, 故臣心怪之, 駐馬問之, 觀者答曰: 一蚊與馬蜂相遇, 蜂謂蚊曰: '吾腹膨脝[3], 而無下牡可泄, 試以汝利嘴, 穿一穴, 如何?' 蜂[4]曰: '惡是何言耶? 近聞李丞旨家傔從, 穿其本有之穴, 而將不免重律, 吾若穿素不有之穴, 則其罪將更重矣. 汝何敢言乎, 汝何敢言乎?' 云, 故臣聽此言而訝惑, 以致遲滯矣. 惶恐待罪." 上微笑, 以爲其東方朔[5]滑稽之類, 赦其傔從之罪辜.

---

1) 지신(知申): 지신사(知申事). 승정원(承政院)의 정3품 으뜸 벼슬인 도승지(都承旨).
2) 겸인(傔人): 보통 권세 있는 양반집에 기식하면서, 그 집의 문서를 처리해주거나 자식들을 가르치는 등 그 집안의 일을 돌봐주는 사람.
3) 팽형(膨脝): 배가 불룩한 모양.
4) [교감] 봉(蜂):『고금소총』본과 서강대본에는 모두 '蜂'으로 되어 있는데, 의미상 '蚊'이 맞다.
5) 동방삭(東方朔): 중국 전한(前漢) 때의 문인(文人). 해학, 변설(辯說), 직간(直諫)을 잘하기로 유명했다. 전설에 따르면 서왕모(西王母)의 천도복숭아를 먹어 대단히 오래 살았다고 한다.

두부 요리로 여인들을 속이다

어떤 중이 거주하는 절은 마을과 멀지 않은 곳에 있었다. 마을에는 박씨, 김씨, 이씨 성을 가진 부농富農이 있었는데, 중은 그 세 명과 더불어 서로 친하게 지내고 왕래도 잦았다.

하루는 중이 세 사람의 아내들과 이야기를 나누게 되었다.

"제가 세 아주머니를 위해 특별히 두부 요리를 만들 것이니 수고로움을 아끼지 않고 절까지 올라오실 수 있겠습니까?"

세 부인은 모두 허락하고 기약한 날짜에 맞춰 절로 찾아갔다. 그러자 중이 말했다.

"무릇 사찰 음식은 반드시 부처님께 먼저 올린 이후에야 드실 수 있답니다."

세 부인은 그 말을 좇아 불전에 와서 손을 모으고 절하는 몸짓을 했다. 그러자 중이 말했다.

"비단 절하는 시늉만 할 것이 아니라, 반드시 평생 숨겨둔 비밀 중에 다른 사람들이 알지 못하는 것을 부처님 앞에 사실대로 아뢰야만 음식

을 드실 수 있습니다. 만약 사실대로 아뢰지 않는다면 반드시 무거운
벌이 내려질 것입니다."

세 부인은 모두 난처해했다.

중은 불상 뒤에 미리 사미승을 숨겨두고 부처님 말씀처럼 이야기하
도록 해두었다.

"너희들이 숨기고 있는 음란한 일들을 나는 이미 알고 있느니라. 그
러니 너희들은 사실대로 아뢰고 숨기지 말라."

중 또한 사실대로 아뢸 것을 재촉하였다. 세 부인은 매우 놀라고 두
려워했다.

잠시 후, 박씨의 부인이 먼저 아뢰었다.

"제가 시집가기 전에 춘흥春興을 이기지 못해 매일 오가던 총각과 더
불어 숲에 들어가 간통을 한 적이 있었습니다. 부모님은 그 사실을 알
았지만 이를 숨기고 박부자에게 시집을 보냈습니다."

불상 뒤에 숨어 있는 사미승이 대답했다.

"믿을 만하구나."

김씨의 부인도 말했다.

"제가 처녀 때입니다. 동네 한 남자가 저를 유혹하면서 '네가 장성
하였으니 미리 예법禮法을 연습해야. 예법을 미리 연습해두지 않고서
어떻게 신혼 첫날밤을 감당할 수 있겠니?' 하고는 저를 방 안으로 이
끌고 가 관계를 맺었습니다. 처음에는 재미를 느끼지 못했으나 매일
연습하다보니 아이까지 낳게 되었답니다. 부모님이 그 일을 알자 태어
난 아이를 매장하고, 저를 김부자에게 시집보냈습니다."

불상 뒤에 숨어 있는 사미승이 대답했다.

"참으로 그러하구나."

이씨의 부인도 말했다.

"저는 본디 행실이 나쁜 사람이 아닙니다만 남편의 친구가 자주 왕

래하다보니 자연스럽게 눈이 맞았고, 또한 사내아이까지 낳게 되었습니다. 남편은 자신의 아들로 알고 있습니다. 이는 제 죄가 아니옵고 남편이 친구를 좋아하는 폐해일 뿐입니다."

불상 뒤에 숨어 있는 사미승이 또 대답했다.

"과연 숨김 없는 사실이구나."

중은 세 부인에게 말했다.

"부처님의 영험함이 어떠하오?"

그러고는 불상 앞으로 나아가 무릎을 꿇고 말했다.

"저는 저들의 음탕한 행위들을 모두 저들 남편에게 말하겠습니다."

그러자 세 부인이 모두 두려워하면서 음식을 맛볼 겨를도 없이 엎드려 애걸하였다. 중은 곧장 세 부인을 이끌고 좁은 방으로 들어가서 차례로 겁탈하였다.

그후 중은 세 부인과 돌아가면서 관계를 맺었다. 그리고 부인들에게서 쌀까지 얻어내 사미승과 함께 며칠 동안 배불리 먹었다고 하더라.

設泡瞞女

一僧所居寺刹, 隔村不遠. 村有朴金李三姓千戶[1]者, 僧與千戶等相熟, 頻相往來. 一日, 僧語于三人妻曰: "吾爲三嫂氏, 特設泡矣. 可忘勞上寺耶?" 三女皆許, 如期而往, 則僧言于三女曰: "凡寺刹之饌, 必先供佛以後, 可喫." 三女依其言, 而往佛前, 叉手拜伏. 僧曰: "非但拜伏, 必以平生所隱, 人所不知者, 直告于佛前, 方可就食矣. 若不實告, 則必降重罰." 三女皆難之. 僧預先以沙彌隱於佛背後, 作佛語曰: "汝等之隱淫事, 已知也. 實陳無諱." 僧亦促令直告, 三女大驚惶怯. 朴妻先告曰: "吾在家時, 春興怡蕩, 故與每

---

1) 천호(千戶): 부농(富農). 많은 경작지를 가진 농민.

日往來之一總角, 入叢藪中而相奸矣. 父母知之, 掩匿而嫁朴千戶." 沙彌曰: "信然." 金妻曰: "吾處女時, 同里一男, 誘我曰: '汝年長成, 先習禮, 可矣. 若不習禮, 而至婚夕, 則何以堪之耶?' 仍携往房中而押之, 初不知滋味, 連日練習, 乃孕産. 父母知之, 埋其産兒後, 嫁于金千戶." 沙彌曰: "誠然." 李妻曰: "吾本非失行之人, 李千戶親友, 頻頻往來, 自然相昵, 孕胎生男, 夫認爲己子. 此非妾之罪也, 家夫好友之弊." 沙彌又曰: "果實無隱." 僧謂三女曰: "佛靈如何?" 因跪于佛前曰: "汝等陰事, 吾語于汝夫." 三女大懼, 未暇喫泡, 俯伏良乞. 僧仍携三女, 入于俠房, 而次苐奸之. 其後三女輪廻狎之. 後又得米穀, 與其沙彌, 數日飽食云耳.

기생을 여우로 잘못 보다

성여필은 상주 사람으로 성품이 우둔해 세상 물정에 밝지 못했다.

어느 날, 여필이 외출했다가 집으로 돌아오는데, 날이 어두워지기 시작했다. 그러던 중 길에서 우연히 한 여자를 만났는데, 그녀는 관기官妓로, 일찍부터 안면이 있는 자였다. 그 기생은 여필에게 부탁했다.

"날도 저물고 길도 멀어 연약한 여인의 다리로는 걷기조차 어렵습니다. 바라건대 생원님 안장 뒤에 걸터앉아 가게 해주십시오."

여필은 마음속으로 그녀가 여우일 것이라 의심하여 처음에는 허락하지 않았다. 그런데도 그녀가 자꾸 간청하자, 여필은 그녀가 여우라 더욱 확신하고 기회를 봐서 사로잡겠다고 생각했다. 그리하여 여필은 그녀가 말에 올라타는 것을 허락하고 뒤이어 띠를 풀어 기생의 허리와 자신을 한데 묶어 서로 떨어지지 않게 했다. 기생은 몰래 비웃으며 그가 하는 대로 내버려두었다.

집 근처에 다다르자, 여필은 큰 소리로 아들을 불렀다.

"빨리빨리 불을 밝히고 개를 데려오너라! 내가 여우 한 마리를 잡아

왔느니라."

"생원께서는 나를 여우로 아시었소?"

기생의 말에 여필은 더더욱 여우라 확신하여 크게 외쳤다.

"아들아, 도끼를 가지고 오너라! 나는 항상 목도리가 없음을 근심했
는데, 오늘 다행히 여우 가죽을 얻게 되었구나."

이웃 사람들이 그 소리를 듣고 놀라 몰려와서 살펴보니 여우가 아니
라 곧 관기였다. 그런데도 여필은 깨닫지 못하고 그녀를 아래로 끌어
내렸다. 그러자 기생은 손뼉을 치며 말했다.

"나는 이 고을 기생으로 이름은 아무개라오. 생원께서도 일찍이 얼
굴을 익혀두었으면서 어찌하여 나를 여우라고 말씀하시오? 목도리로
쓸 가죽은 다른 곳에서 다시 찾아보시구려."

이 말을 들은 사람들 모두 크게 웃더라.

認妓爲狐

成汝必[1]者, 尙州[2]人, 性迂, 不曉事情. 一日, 出外還家, 日將暮矣. 路遇
一女, 卽官妓, 曾相識者也. 妓請曰:"日暮路遠, 脚軟難步, 願跨生員鞍後."
汝心疑其狐, 初不許之, 及其懇請, 心念爲狐, 故可以乘機捕捉矣, 許其上
馬. 遂解帶, 而並妓腰, 束于其身. 妓暗笑任其所爲. 及近家, 乃高聲呼其子
曰:"急急明火後, 喚狗來. 吾捉得一狐而來矣." 妓曰:"生員認我爲狐耶?"
成益疑爲狐, 大呼曰:"吾子可持斧出, 每患余之揮項矣, 今幸得狐皮也." 四
隣聞之, 驚聚觀之, 則非狐也, 卽官妓也. 成猶未悟, 捉令提下, 妓拍手曰:"吾
乃本邑妓, 名某. 生員亦曾知面, 何謂我狐? 揮項皮, 更求他處." 聞者大笑.

1) 성여필(成汝必): 실존 인물인 듯하나 구체적인 행적을 찾을 수 없다.
2) 상주(尙州): 지금의 경상북도 상주.

망아지라고 불러서 친구를 놀리다

성천成川에 한 관비官婢가 있었는데 음탕함이 지나쳐 양물〔鳥〕이 큰 것만을 좋아하였다.

교생校生 남산수南山壽란 사람은 양물이 커서 항상 그 관비를 겁간하고자 했으나 기회를 얻지 못했다.

그의 친구가 그를 속여 말했다.

"내가 자네를 위해 계획을 짜주겠네. 관비가 매일 시냇가에서 빨래를 하지 않는가? 자네와 내가 그 시간에 맞춰 그 곁을 지나가는 걸세. 그때 나는 자네를 망아지 아비라 부를 것이네. 그러면 자네는 왜 자기를 욕하느냐고 하게. 나는 자네의 양물 크기가 말과 같기 때문에 그렇게 불렀다고 할 것이네. 그러면 그녀는 자네의 양물이 거대하다고 여겨 반드시 그 짓을 하려 할 것이네."

교생은 기뻐하며 말했다.

"그러면 나도 좋지!"

얼마 후, 교생이 그의 친구와 함께 시냇가를 지나갔다. 마침 관비가 빨래를 하고 있었다. 그러자 친구가 교생을 불렀다.

"망아지 아비야!"

"너는 어찌 사람을 가리켜 망아지 아비라 하느냐?"

"네가 항상 암말과 교미를 하는 까닭에 망아지 아비라고 한다."

그러자 관비는 손뼉을 치고 크게 웃으며 말했다.

"더럽구나, 저놈! 짐승과 간음하는 무리이니 사람의 부류가 아니로다!"

교생은 뜻을 이루지 못했을 뿐 아니라, 도리어 망아지 아비라는 별명까지 얻게 되었다.

喚馬給友

成川[1]有一官婢, 淫甚嗜鳥大. 校生[2]南山壽者, 陽大, 每欲奸婢, 不得其便. 一友給曰:"吾當爲汝, 而劃計矣. 婢每浣濯川邊, 吾與汝過婢傍而呼汝曰:'駒父.' 汝答曰:'何辱我?' 吾曰:'汝之陽大如馬, 故如是.'云, 則婢知汝陽大, 必欲之." 校生喜曰:"然則吾事諧矣." 他日, 校生與友人偕過溪邊, 則婢方澣衣, 友呼校生曰:"駒父!" 校生曰:"何指人爲駒父乎?" 友曰:"汝常交牡馬, 故謂駒父." 婢拍笑曰:"陋哉, 彼漢! 奸通獸類, 非人也." 校生竟不能遂其意, 徒得駒父之名矣.

---

1) 성천(成川): 평안남도 동남부에 있는 지명.
2) 교생(校生): 향교의 유생(儒生).

죽이겠다는 것을 오인하여 소송을 걸다

애꾸눈을 가진 나그네가 날이 저물어 한 촌가에 투숙했다.

나그네와 벽을 사이에 두고 그 집주인은 아내와 음사淫事를 벌였다. 주인은 그의 아내에게 따지듯이 말했다.

"마땅히 외눈박이를 없애버리리라."

"좋지요!"

나그네는 이 소리를 듣고 매우 두려워 행장도 모두 버려두고 몸만 빠져나와 급히 그 고을 원에게 고소하였다. 고을 원은 즉시 그 집주인을 잡아들여 심문하였다. 주인이 말했다.

"이는 사실이 아닙니다."

그러자 나그네가 꾸짖어 말했다.

"너는 숨기지 마라. 지난밤에 네가 아내에게 마땅히 외눈박이를 없애버린다고 말하지 않았느냐. 그게 나를 지칭한 것이 아니면 누구란 말이냐?"

주인이 웃으며 말했다.

"세속에서는 양물을 외눈박이라 하지요. 그런 까닭에 제가 아내와 함께 장난을 했던 것입니다. 음사를 마치면 그놈이 죽지 않습니까?"

나그네는 자신이 외눈인 까닭에 그것을 잘못 이해했던 것이다.

태수는 책상을 치며 크게 웃고 송사를 마쳤다.

認殺就訟

有一客, 眇一目者, 暮投村家宿. 主人與其妻, 在隔壁, 將行淫事, 而詰其妻曰: "當殺一目者." 妻曰: "善!" 客聞而大懼, 卽棄其行裝, 脫身逃走, 而告于本倅. 倅卽捕店主按之, 店主曰: "無是事." 客面詰曰: "汝勿隱也. 去夜, 汝謂妻曰: '當殺一目者', 非吾而誰耶?" 主人笑曰: "俗以陽物, 爲其一目者云, 故吾果與妻爲戲, 若罷淫, 則豈非死耶?" 客以一目之致, 誤聽之. 太守拍案大笑, 而退訟.

글을 짓게 하여 죄를 용서하다

　한 나그네가 산골짜기를 지나다가 길에서 한 중을 보았다. 그 중은 수풀 속에 몸을 숨긴 채 자신의 양물(鳥)을 희롱하고 있었다. 중은 흥이 무르녹아 나그네가 온 것도 깨닫지 못했다.

　나그네는 마음속으로 그를 비웃으며 말을 세우고 물었다.

　"너는 무슨 짓을 하느냐?"

　중은 매우 부끄러워 합장하고 땅에 엎드렸다.

　"밝은 대낮에 길가에서 이처럼 음란한 짓을 하니 네 죄를 용서할 수 없도다."

　중은 대답할 말도 찾지 못하고 그저 빌 뿐이었다. 그러자 나그네가 말했다.

　"네가 한 짓을 시제(詩題)로 삼아 한 편의 시를 짓는다면 네 죄를 용서하리라."

　"소승은 문장이 짧으니 글자나 모아서 바치겠습니다."

　"그리하라."

중은 즉시 입으로 읊기 시작했다.

사방 아무도 없는 곳에서 四顧無人處

바지를 벗어 다리까지 내리고 脫袴到脚邊

옥같이 아름다운 기생을 마음속에 그리면서 玉妓心中憶

붉은 기둥을 주먹 속에 꿰차니 朱柱拳中穿

방울방울 정액은 땅으로 떨어지고 圈圈情墮地

동글동글 해님은 하늘로 오르거늘 童童日上天

그대에게 무슨 죄를 지었기에 郎得何許罪

공연히 몇천 번 주먹 놀림만 하였네 空受數千拳

그러자 나그네는 웃으며 말했다.

"그 형용形容을 잘도 드러냈도다. 족히 죄를 용서할 만하구나."

命製釋罪

有一客, 行到峽中, 路見一僧, 隱身於林叢中, 方其弄鳥, 興味大酣, 而未覺
客到矣. 客心笑之, 立馬而問曰: "汝做甚事耶?" 僧大懝, 叉手伏地. 客曰:
"汝於白晝路傍, 作如許淫事, 罪不可赦也." 僧無言可答, 但祈罪而已. 客
曰: "汝之所爲事, 爲題而綴一詩, 則當贖罪." 僧曰: "小僧少文, 故請心集
字以呈." 客曰: "諾." 僧卽口占曰: "四顧無人處, 脫袴到脚邊, 玉妓心中憶,
朱柱拳中穿, 圈圈情墮地, 童童日上天, 郎得何許罪, 空受數千拳." 客笑曰:
"頗善形容, 足以贖罪."

기생한테 빠져 귀신이 되다

옛날에 두 선비가 있었다. 둘의 정의情誼. 서로 사귀어 친해진 정는 마치 형제와 같았다. 두 사람은 만날 때마다 항상 마음속에 있는 일까지 모두 이야기했다.

어느 날, 한 선비가 말했다.

"내가 살아가면서 평생 증오하는 것은 여색女色이라네."

"인생 백 년 동안 임금님을 모시고 남는 날이 있거든 부모님을 섬겨야 하지. 그 나머지 시간인 밤을 보내는 즐거움으로는 그에 비할 것이 없네. 그러니 자네의 말은 분명코 거짓이네."

그러자 그 선비는 맹세까지 해가며 말했다.

"근래 여색에 깊이 빠져 있는 자와는 족히 사귈 것도 없네. 내가 만약 여색에 깊이 빠진다면, 자네가 비록 절교를 선언한다 해도 나는 결코 자네를 원망하지 않겠네."

"그렇게 하세."

그후 선비의 친구는 먼저 과거에 합격하여 성천부사成川府使로 가게 되자, 선비에게 간곡히 부탁했다.

"자네도 성천으로 내려와 아침저녁으로 나와 이야기를 나누면 어떻겠나?"

"삼가 자네의 말을 따름세."

이렇게 서로 이별한 후, 부사가 된 친구는 먼저 성천으로 내려갔다.

얼마 후, 선비도 성천으로 내려가 친구와 서로 인사를 나누었다. 친구는 선비가 그와의 약속을 지킨 것에 답례하려고 강선루降仙樓에서 잔치를 열었다. 그곳에서는 기생과 악사들이 구름처럼 모여들어 노래도 부르고 악기도 연주했다. 그러나 선비는 기생이 가까이라도 올 양이면 싸늘한 시선으로 노려보았다. 모든 기생들은 놀라며 그가 고자여서 그런가 하며 의심하였다.

잔치가 끝나자, 친구는 모든 기생을 불러놓고 말했다.

"너희들 중에 누구라도 절묘한 연환계連環計를 써서 저 선비를 그것에 미친 듯이 빠져들게 하면 상으로 천금을 주마."

그러자 한 기생이 말했다.

"쇤네가 그 소임을 맡아볼까 하옵니다."

친구는 허락하였다.

하루는 선비가 개인적으로 머무르는 사관私館에서 나와 무료하게 앉아 있다가 누대 위로 올라가 천천히 거닐며 시를 읊었다. 그런데 홀연 누대 아래의 개울가에서 젊고 아름다운 여인이 옥 같은 얼굴에 붉은 입술을 머금고 방망이를 두드리며 빨래를 하고 있는 모습이 보였다. 그녀를 한 번 본 선비는 마음과 혼이 모두 빠져나가 자기가 누대 아래로 내려가 그녀 앞에 서 있는 것조차 깨닫지 못했다.

미인은 이내 옷가지를 거두고서 돌아갔다. 선비도 그 뒤를 쫓아갔다. 버들가지 푸르고, 붉게 핀 꽃 사이에 대나무로 만들어진 사립문이 반쯤 닫힌 곳에 이르자, 미인은 그 안으로 들어가버렸다.

선비는 불문곡직하고 곧장 그 집으로 따라 들어갔다. 미인은 거짓으로 놀라 황급해하는 척하며 나지막한 소리로 꾸짖었다.

"당신은 누구이기에 느닷없이 혼자 사는 과부의 집에 들어오시오?"

"나는 당신을 보고, 거의 넋이 빠질 듯했소. 낭자께서 지금 거절한다면 나는 분명 죽을 게요. 그러니 낭자는 이 한목숨을 구제해주시오."

미인은 탄식하며 말했다.

"내가 홀로 지낸 지 삼 년인데 당신은 예가 아닌 방법으로 나를 겁탈하려 하네요. 첩이 비록 벗어나려고 해도 어찌 벗어날 수 있겠습니까? 그러나 사모하는 감정이 단지 한때의 즐거움을 위한 것이고, 백 년의 약속을 돌아보지 않으신다면 비록 만 개의 칼이 제 이마 위에 더해진다 해도 첩은 오직 한 번의 죽음을 바랄 뿐이옵니다."

그러자 선비는 하늘에 대고 맹세하며 말했다.

"내가 만약 당신을 버린다면 뒷날 벼락을 맞아 죽을 것이오. 그러니 너무 걱정하지 마시오."

그리하여 선비와 미인은 좋은 인연을 맺었다. 이로부터 두 사람의 사랑하는 마음은 마치 아교를 붙여놓은 것과 같아 밤낮으로 떨어지지 않았다.

그러던 어느 날, 홀연 가동家僮. 집에서 심부름 등 잡다한 일을 하는 아이이 집에서 보낸 편지를 가지고 왔다. 부친의 병환이 긴급하니 급히 상경하라는 편지였다. 선비는 몹시 놀라 미인과 이별의 슬픔을 억누르며 말했다.

"내가 서울에 도착한 뒤 몇 개월 안에 마땅히 당신을 데려가리다. 그러니 꽃다운 얼굴을 상하게 하지 마시게."

선비는 천 번 만 번 약속하고 분주히 집으로 향했다.

집으로 돌아가는 도중에 선비는 또 집에서 보낸 편지를 가지고 오는 가동을 만났다. 편지의 주된 내용은 부친의 병환이 한때의 병에 불과하여 지금은 완전히 다 나았으니 서울에 굳이 올라올 필요가 없다는 것이었다. 선비는 매우 기뻐하며 다시 걸음을 돌려 성천으로 내려갔다. 선비가 성천으로 되돌아가는데, 길가에 새로 생긴 무덤이 눈에 띄었다.

선비는 친구를 보고 난 뒤 곧바로 미인을 찾아갔다. 그런데 그 집안 사람이 '당신과 이별한 뒤에 포악한 무리들이 때도 없이 와서 시끄럽게 하기에 미인은 목을 매 죽었고, 어느 길모퉁이에 장사를 지냈다'고 말하며 눈물을 줄줄 흘리는 것이었다. 아까 지나오며 본 새로 생긴 무덤이 미인의 무덤이라 생각하니, 선비는 얼굴색이 바뀌고 눈물이 쏟아지는 것도 깨닫지 못했다.

한바탕 통곡하고 사처私處로 돌아와 누워 있자니, 미인과 들었던 것, 보았던 것이 눈앞에 펼쳐진 듯하여 잠을 이룰 수가 없었다.

삼경쯤 되었을 때, 창밖에 인기척이 있어 선비가 창을 열고 바라보았다. 그랬더니 미인이 천천히 다가오는데, 가까이 오려 하나 가까이 오지 못하는 듯했다. 선비는 몸을 솟구쳐 밖으로 튀어나가 미인의 가는 허리를 끌어안고 말했다.

"이게 꿈이냐, 참이냐? 사람을 죽이려는구나!"

그러면서 목을 놓아 울었다. 미인도 울며 말했다.

"저는 이미 죽었지만, 당신의 두터운 덕행에 감동하고, 또한 미진한 인연을 다하지 못한 까닭에 이렇게 특별히 찾아왔습니다. 그러나 저는 이미 죽었기 때문에, 음혼陰魂으로는 양기陽氣를 감당할 수 없습니다. 그러니 당신과 함께 즐거움을 누릴 수도 없습니다."

말을 마치자 미인은 몸을 빼서 가려 하였다. 그러자 선비가 말했다.

"내가 만약 죽게 되면 나도 음혼이 되어 서로 노닐 수 있을 것이네. 어찌 한 번 죽는 것을 아까워하겠느냐?"

그러고는 칼을 꺼내 목을 찌르려 하니 그 아픔을 참을 수 없었다.

이때 기생집에 있던 사람이 몰래 한 사람의 시신을 숨겨두었다가 선비의 눈앞에다 던져 뉘었다. 미인은 선비를 가리키며 말했다.

"당신은 이미 죽었습니다. 육신은 저 땅에 누워 있고 우리는 영혼끼리 마주 대하고 있습니다. 이제부터는 영원한 즐거움을 누리게 될 것입니다."

선비는 놀라며 말했다.

"내가 이미 죽었다고?"

"당신은 저 시신이 보이지 않습니까?"

선비도 그러하다 믿고는 아침이면 헤어졌다가 저녁이 되면 만났다.

친구도 마을에 몰래 전령을 내어 '만약 아무개 기생이 선비와 함께 이르게 되면 단지 음귀陰鬼로 여겨 대접하고 참모습은 보이지 않는 것처럼 하라'고 엄명을 내려두었다. 그랬을진대 어느 누가 즐겨 말을 하겠는가?

미인과 선비가 어깨를 나란히 하고 어디에 가서 무슨 일을 하든 간에 마을 사람들은 거짓으로 모르는 체했다. 때문에 선비는 더욱 꺼릴 것이 없어졌다.

하루는 친구가 동헌에서 잔치를 열었다. 미인은 선비에게 말했다.

"오늘 관아에서 벌어지는 큰 잔치는 반드시 장관일 것입니다. 우리 두 사람이 알몸으로 가보면 어떻겠습니까?"

선비는 미인의 고혹적인 자태에 미혹되어 그 말을 좇기로 했다.

마침내 두 사람은 옷을 모두 벗고 알몸으로 당당하게 관아에 들어갔다. 관속官屬들이 비록 문을 지키고는 있었지만, 그들 또한 모르는 척했기 때문에 거리낌없이 잔치를 베푼 장소까지 들어갈 수 있었다. 들어가서는 모든 사람들이 앉아 있는 자리를 분주하게 휘젓고 다녔다.

때마침 두 기생이 서로 마주하고 춤을 출 때였다. 미인이 선비를 이끌며 말했다.

"우리도 서로 마주하고 춤을 추면 어떨까요?"

그리고 두 사람은 여러 사람들이 모인 자리에서 춤을 추었다.

그때, 친구가 부채로 선비의 등을 치며 말했다.

"밝은 대낮에 잔치를 베푼 자리에서 벌거벗은 채 방자하게 노닐고 있으니 이게 양반이 할 짓이란 말인가?"

그러자 자리에 앉은 모든 사람이 손뼉을 치면서 크게 웃었다. 대청 위에 있던 사람들과 대청 아래서 일을 하던 사람들까지 웃지 않는 자가 없었다. 선비는 부끄러워 어쩌지 못하고 말했다.

"이는 내가 만들어놓은 재앙인지라, 누구를 원망하고 누구를 탓하겠는가?"

그러자 친구는 좋은 말로 위로하며 말했다.

"자네의 호언장담이 하루아침에 그림의 떡이 되어버렸으니 비웃음은 감당해야 할 걸세."

惑妓爲鬼

昔有二士人, 情若兄弟, 每逢輒以心中事相論. 一士人曰: "吾平生所憎者, 女色." 友曰: "人生百歲, 事君餘日, 孝奉父母, 其外夜間消遣之樂, 無過於此, 君言必詐也." 士人盟誓曰: "近來女色沉惑者, 不足交遊. 吾若惑女色, 則君雖絶交, 我無怨矣." 友曰: "諾." 其後, 友人登科, 官至成川府使[1]. 乃請士人曰: "君枉屈成川, 而朝夕談話, 何如?" 士人曰: "謹如奉教矣." 相別, 府使先去. 未幾, 士人下來, 彼此寒暄畢後, 府使謝其信期. 明日, 設宴于降仙樓, 妓樂雲屯, 各奏歌曲. 士人至於妓女, 輒以冷眼視, 諸妓愕然, 疑其宦者. 府使罷宴後, 招諸妓謂曰: "汝等中, 若有能用連環妙計[2], 使士人狂惑,

---

1) 부사(府使): 지방행정단위의 하나인 부(府)의 우두머리.
2) 연환계(連環計): 적에게 간첩을 보내 계교를 꾸미게 하고, 그 사이에 승리를 얻는 계교.

則賞賜千金." 一妓曰: "小人願當此任矣." 府使許之. 一日, 士人出私箱, 閑坐無聊, 故偶臨樓上, 徘徊吟詩. 忽見樓下川邊, 則年少美人, 玉顏朱脣, 澣衣催杵, 令人失魂. 士人一見, 心魂飄蕩, 不覺下樓當前. 美人乃收拾衣裳而歸, 士人隨後而到一處, 則柳綠花紅中, 竹扉半掩, 而美人入去. 士人不問曲直, 卽入其家, 美人假作驚惶之狀, 低聲喝曰: "君是何人, 闖入[3]寡婦家耶?" 士人曰: "吾見美人, 幾爲失魂. 娘今若拒, 則吾死必矣, 願救一命." 美人歎曰: "吾霜居三年, 君以非禮强劫, 妾雖欲免, 其可得乎? 若戀一時之樂, 不願百年之約, 則雖萬劍加額, 惟願一死." 士人指天盟誓曰: "吾若棄汝, 他日當雷火所滅矣. 爾勿多慮." 仍結好緣. 自此以後, 恩情如膠, 晝夜不離. 一日, 忽有家僮, 持家書, 書中則備言親患之緊急, 急急速速上京. 士人大驚, 而與美人忍別曰: "吾於到京後, 不過數月, 當率去矣, 幸勿損花顏." 千萬叮約, 而忽忙歸還. 中路, 又有家僮, 持書而來. 書中大槪言, ‘親患不過一時之病, 今則快差, 不必上京.’云. 士人大喜, 還爲下來, 見路傍, 有新塚 過眼. 入見府使後, 卽地來訪美人, 其家人言, ‘自君離別後, 强暴之徒, 不時來鬧, 故結項致死, 葬於其隅.’云. 潸然淚下. 士人思之, 則俄見新塚處, 不覺失色, 痛哭而歸臥私處, 則美人耳目, 森列於前, 輾轉不寐. 三更之時, 窓外有人跡. 推窓看之, 美人冉冉而來, 欲近非近. 士人蹴身出外, 抱其細腰曰: "夢耶? 眞耶? 令人欲死." 放聲大哭, 美人亦泣曰: "吾已死矣. 感君厚德, 又況宿緣未盡, 故特來. 然吾已死, 陰魂難當陽氣, 不可與君相歡." 言罷, 抽身欲去. 士人曰: "吾若死, 則陰魂相遊, 何惜一死乎?" 遂引刀自刎, 痛迫難禁. 妓家人, 暗藏一屍人, 而抛仆於士人之目前. 美人指士人曰: "君已死, 肉身仆地, 靈魂相對, 從此永樂." 士人驚曰: "吾已死耶?" 美人曰: "君不見這屍身乎?" 士人信以爲然, 朝離暮合. 府使亦暗傳令於邑內, ‘如若某妓與士人到處, 但以陰鬼相待, 勿露眞形.’如此嚴令, 誰肯發說乎? 美人與士人幷肩,

而行到某處, 毋論何事, 任意取之, 人皆佯若不知之狀, 故尤無忌憚. 一日,
府使設宴於東軒. 美人曰: "今日衙中大宴, 必是壯觀. 我兩人裸體而入, 如
何?" 士人惑於妖態, 一從其言. 遂脫衣服裸軆, 昂然而入. 官屬雖當門, 亦
爲不知, 故直入宴中, 而東奔西走於滿座之中. 適其兩妓對舞, 美人引士人
曰: "我等亦爲對舞, 如何?" 因舞於席上, 府使以扇打士人之背曰: "白晝宴
上, 裸體恣遊, 此豈兩班之所爲哉?" 於是, 滿座拍掌大笑, 廳上廳下, 無不大
笑. 士人慙愧無地曰: "此山禍[4]也, 誰怨誰咎?" 府使好言慰撫曰: "君平生
大言, 一朝成畫餠矣. 堪可笑." 云.

---

4) 산화(山禍): 묏자리가 좋지 못하여 받는다는 재앙.

속병은 내게 있소

  예전에 한 의원은 평생 웃지 않는 것으로 세상에 유명하였다. 그 마을 장난꾸러기 소년들이 서로 의논하여 말했다.

  "아무 댁 의원은 평상시에 웃지 않으니, 우리 중에 의원을 웃기는 자가 있으면 마땅히 큰 상을 차려 대접하기로 하세."

  그때 한 소년이 말했다.

  "약속을 저버리지는 않겠지?"

  그러자 모두가 말했다.

  "어찌 그럴 리가 있겠나?"

  그래서 그 소년은 비단 수건으로 왼손을 꽁꽁 묶고 의원에게 갔다. 의원은 단정히 앉은 채 물었다.

  "어찌하여 왔는고?"

  그 소년은 눈썹을 찡그리며 대답했다.

  "속병 때문인데, 병세가 십분 위중하기에 왔사옵니다."

  "병세가 어떠한데?"

"모름지기 말로는 표현할 수 없습니다. 속병은 제 손에 있사옵니다."

자리에 있던 사람들 모두가 그 뜻을 이해할 수 없었다. 의원도 괴이하여 물었다.

"속병이 자네의 몸 밖에 있다고 하니 농담을 하는 게냐?"

"어찌 농담을 하겠습니까?"

그러고는 왼손을 펴서 꽁꽁 싼 것을 풀었다. 그랬더니 손바닥에 커다란 종기가 있었다. 의원은 더욱 괴이하여 물었다.

"손바닥에 난 종기를 어찌하여 속병이라고 말하는고?"

"저는 집안이 가난해서 장가도 가지 못했기에 항상 왼손으로 양물〔鳥〕을 희롱했습니다. 그런데 지금은 손바닥에 종기가 나서 양물을 희롱할 수 없게 되었습니다. 이 어찌 속병이 아니겠습니까?"

그러자 의원은 웃음이 터져나오는 것도 깨닫지 못했다.

소년이 돌아가 여러 친구들에게 말하자, 모두가 또한 크게 웃었다. 그러고는 약속대로 큰 상을 차려 배불리 먹었다고 한다.

內病在吾

古有一醫者, 平生以不笑, 世上有名. 里中惡少年輩, 相謂曰: "某家醫員, 平常不笑, 吾輩中, 有能笑醫者, 則當以大盤需餉." 一人曰: "不負盟乎?" 諸人曰: "豈有是理?" 其少年以綿紬手巾, 重裹在手, 因往訪醫家. 醫員端坐而問曰: "君胡爲而來乎?" 少年嚬眉曰: "以內患, 十分症重而來." 醫曰: "病勢何如?" 少年曰: "不須形言. 內病在于吾身." 滿座皆不解其意. 醫怪問曰: "內患在於子之身上云, 無相戲言耶?" 少年曰: "何戲之有?" 乃伸左手, 解其衆裹, 則卽掌上大瘇也. 醫尤怪曰: "掌瘇, 何云內患耶?" 少年曰: "吾家貧未娶, 恒以左手弄鳥, 今以掌瘇, 不能弄鳥, 此豈非內病耶?" 醫員不覺大笑. 少年歸謂諸人, 諸人亦大笑, 依其盟, 而以大盤餉之.

송이에 귀신이 붙다

한 과부가 계집종과 함께 지내고 있었다. 그 계집종도 지아비를 잃어 서로 홀로 사는 처지였다.

과부가 계집종에게 물었다.

"너는 천인賤人인데 어찌하여 개가하지 않느냐?"

"주인께서 홀로 사는데 소인이 어찌 지아비를 탐내 홀로 즐거움을 누리겠습니까? 종신토록 개가를 하지 않겠사옵니다."

과부는 계집종의 정절을 가상히 여겼다.

때는 마침 중추절이라 마을에 송이버섯을 파는 장사치가 지나갔다. 과부는 계집종에게 길고 큰 송이버섯 서너 개를 골라 가져와보라고 했다.

계집종이 버섯 몇 개를 가져와서 보니, 그 모양이 마치 남자의 양물[鳥]과 비슷했다. 그것을 보고 과부가 말했다.

"이 송이버섯은 참으로 크구나. 너는 가서 값을 따지지 말고 사오너라."

계집종은 즉시 송이버섯을 사서 돌아왔다. 그러고는 춘정을 이기지 못해 이 버섯 저 버섯으로 장난을 쳤다. 마치 남녀가 관계하는 것과 같아, 그 맛이 참으로 좋았다. 두 사람은 버섯을 시렁 위에 놓아두고 이를 덕거동德巨動이라 불렀다. 그리고 심심할 때마다 이 송이 저 송이로 음탕한 장난을 쳤다.

하루는 또 체를 파는 장사치가 '집 안에 크고 작은 체가 있으면 모두 고치시오'라고 외치며 지나가자, 과부와 계집종은 체를 내주어 고치게 하고는 안으로 들어와 또 장난을 벌였다. 송이버섯은 두 과부의 정기로 인해 신神이 붙었다. 그런 까닭에 '덕거동'이라는 세 자만 부르면, 송이버섯이 급히 뛰어 내려왔다. 그리고 두 과부가 굳이 수고하지 않아도 스스로 알아서 행동하였다. 이때도 체장수가 밖에 있었는데, 과부와 계집종은 덕거동을 불러 음란한 행위를 하고 있었다.

체장수는 계집종이 맡긴 일을 모두 끝냈지만 계집종은 오랫동안 방에서 나오지 않았다. 이에 체장수는 혼자 '안에서 아까 덕거동을 부르는 소리가 있던데, 덕거동이 곧 계집종의 이름이겠지'라고 생각했다. 그리고 큰 소리를 내어 "덕거동은 빨리 나오라!" 하고 외쳤다.

말이 채 끝나기도 전에 홀연 한 물건이 튀어나오더니 체 장수를 엎어뜨린 후 곧바로 뒤쪽을 찔렀다. 그 아픔은 참을 수 없을 정도였다. 체장수는 너무나 놀라 체 고친 값도 받지 않고, 곧바로 몸만 빼서 달아났다.

그 뒤, 체장수는 우연히 동료 장수를 만나 그때의 곡절을 말해주었다. 그러나 동료 장수는 믿으려 하지 않았다.

"자네의 말은 허황되고 미친 말일세. 어찌 그럴 리가 있겠나?"

"만약 믿지 못하겠거든 그 집에 가서 체 고친 값을 자네가 받아서 쓰게. 그래도 내 다른 말을 하지 않겠네."

그 동료 장수는 곧바로 과부의 집에 가서 덕거동을 불렀다.

말이 채 끝나기도 전에 홀연 한 물건이 튀어나와 동료 상인을 엎어
뜨리고는 곧바로 방망이 같은 물건으로 상인의 항문을 찌르는 것이었
다. 동료 장수는 너무 놀라 큰 소리로 "사람 살려!"를 외쳐댔다. 체장
수는 멀찌감치 서서 그 모습을 바라보다 비꼬며 말했다.

"만약 그것이 맹독과 같은 것이 아니었다면 내가 어찌 체 고친 값을
네게 양도했겠느냐?"

그러고는 뒤도 돌아보지 않고 달아났다.

松茸接神

一寡婦有婢子, 婢子亦喪夫, 互相孀居. 主寡謂婢曰: "汝以賤人, 何不改
嫁乎?" 婢曰: "主人孀居, 小人豈加貪夫獨樂耶? 願爲終身不改." 主人嘉其
貞節. 時値仲秋之節. 洞內有松茸商, 過去. 主使婢擇其長大者三四介持入
後, 主奴相視, 則恰如鳥形. 主女曰: "此大松茸, 不問價之多少, 買來." 婢卽
爲買入, 不勝春情, 彼此狎戲, 如男女之行事, 趣味極好. 乃置於架上, 號爲
德巨動. 但小閑之時, 彼此淫戲. 一日, 又呼箒商, 而家中所有大小箒, 盡皆修
備. 給箒而入內行事. 原來松茸, 以兩孀之精氣, 因爲接神, 故若呼德巨動三
字, 則輒湧下來, 不勞人取. 此時, 箒商在外之時. 主女又呼德巨動, 而淫戲.
箒商役畢, 婢久而不出, 不得已自思 '內間, 俄呼德巨動, 必是兒名.' 卽大呼
德巨動而速出云. 言未已, 忽有一物, 突出, 使仆箒商後, 直衝北道, 其痛難
禁. 人驚而不及推箒價, 脫身逃走. 其後, 遇友商, 言其曲折, 則友商不信曰:
"君言虛狂. 豈有是理?" 箒商曰: "君若不信, 茸往其家後, 箒價, 君受用之,
吾無他言矣." 友商卽往其家, 又呼德巨動. 言未畢, 忽有一物, 突出而攝仆
友商, 如鎚之物 直衝糞穴. 故友商大呼救人, 箒商遠立望見, 嘲笑曰: "若非
如此猛毒, 則吾豈讓箒價於汝乎?" 不顧而走去.

교수잡사

攪睡襍史

『교수잡사搜睡襍史』는 19세기 말에 편찬된 것으로, 편찬자는 알 수 없다.

피상적으로 보면『교수잡사』는 전대에서부터 향유되던 이야기에 일정한 변이를 가해 만든 패설집이라 할 수 있다. 그러나 우리가 주목해야 할 것은 이 책에 실린 많은 이야기가 아니다. 그 수는 적지만 이 작품집에는 창작으로 볼 수 있는 작품이 실려 있다. 그것은 변동하는 사회에서 겪는 지식인의 방황과도 닮아 있다. 뇌물이 횡행하는 현실을 적나라하게 드러낸「탐취량첩貪取兩帖」이나「희피허관喜皮許官」등은 당시 사회의 어두운 한 단면을 보여준다. 참찬參贊이 놀고 먹는 벼슬이라는 말을 들은 재상이 현재 참찬으로 있는 사람을 몰아내고 그 자리를 자신이 차지한다는「계탈실직計奪實職」도 그러하다.

『교수잡사』의 편찬자는 당시 사회의 한 단면을 엿보면서 지식인으로서 어쩔 수 없는 자신의 모습을 반추한다. 세상을 조롱하고 세상에 분노하기도 하지만 어쩔 수 없는 현실 속에서 편찬자는 나아가지도 달아나지도 못한 채 그저 웃고만 있을 뿐이다.

『교수잡사』에 실린 성 이야기도 이런 모습을 보여준다. 예컨대 이 책에 실은「악취로 인해 활을 쏠 수 없게 되다臭惡廢弓」도 마찬가지다. 활쏘기를 업으로 삼는 한 사내가 낮잠을 자는 여인의 음호에 손가락을 넣었는데, 손가락에서 심한 악취가 나 활시위도 당길 수 없는 정도가 되어 결국 활쏘기를 그만두었다는 내용이다. 비윤리적인 행위를 한 사내가 자신의 생업까지 포기해야 하는 벌을 받았음을 말해준다. 지배 계층에 대해 직접적인 비판을 할 수 없었기 때문에 등장인물을 활쏘기를 업으로 삼는 사내로 대체한 것으로 보이지만 그 나름대로 비도덕적인 인물을 비판했다고 하겠다. 하지만 그 역시 우회적으로 비판할 수밖에 없었던 편찬자의 입장도 기억할 필요가 있다.

『교수잡사』는 현재 민속학자료간행위원회에서 등사한『고금소총』본과 서강대 도서관에 수장된『교수잡사』가 있다. 서강대본은 송신용宋申用이 가지고 있던 책으로,『고금소총』본보다 선본이다.『교수잡사』에는 총 87편의 이야기가 실려 있는데, 이 책에서는 그중 성 이야기 37편 가운데「세 며느리가 헌수를 드리다三婦獻壽」「아내는 영리하고 남편은 재치 있다女黠男能」「장인과 사위가 속임을 당하다翁婿見瞞」「급한 때에 임기응변을 잘하다急智善變」「아내를 불러 빨리 피하라고 하다呼妻速避」를 제외한 32편을 발췌하여 실었다.

어머니께 어리석다고 말하다

　예전에 향족鄕族인 어리석은 선비가 있었다. 사람됨이 어리석었지만, 그의 집은 다소 부유하였다.

　선비의 아버지인 생원은 자못 여색을 좋아하였다. 생원의 집에는 열일곱 살 된 계집종이 있었다. 계집종은 어려서부터 안방에서만 자라 일찍이 밖으로 나간 적이 없었다. 그래서 규방 처녀와 다름이 없었고, 얼굴도 아주 예뻤다. 생원은 그녀를 늘 가까이하려 했지만, 안방에서 시중을 들며 아예 밖으로는 나오지 않아 어떻게 할 수가 없었다.

　어느 날, 생원은 꾀 하나를 생각해내고 이웃 마을에 사는 박의원을 찾아갔다. 생원은 평소 친하게 지내는 박의원에게 사정을 이야기하고, 그 꾀를 말했다.

　"내가 꾀병을 부리면, 자네는 반드시 이러저러한 말을 하게. 그러면 좋은 방법이 있을 걸세."

　의원은 허락하였다.

　며칠 후 밤이 되자, 생원은 갑작스레 몹시 아픈 척을 했다. 고통은 새벽까지 이어졌다. 그러자 곁에서 일하던 집안사람이 선비에게 급히 이 사연을 알렸다.

"어르신의 병환이 갑자기 위중해졌습니다."

선비는 놀랍고도 걱정스러워 즉시 아버지께 나아가 문후問候. 웃어른의 안부를 물음를 여쭈었다. 그러자 생원이 말했다.

"온몸이 모두 아프지만, 한기寒氣가 더욱 고통스럽구나."

생원의 입에서 신음 소리가 끊이지 않더니, 급기야 혼미하여 위태로운 모습을 보였다. 마치 목숨이 끊어지는 지경에까지 이른 듯했다. 선비는 몹시 걱정스러워 즉시 박의원을 불러 진맥토록 했다.

박의원은 진찰을 하고 밖으로 나왔다. 선비가 따라 나와 병세를 묻자, 의원이 대답하였다.

"며칠 전에 찾아뵙고 인사를 드렸을 때는 불편한 기색이 없었는데…… 언제 환후가 이처럼 위중해지셨지? 노인의 맥도脈度. 맥박이 뛰는 정도가 저러하니, 내 어리석은 생각에는 쓸 수 있는 약이 전혀 없소. 그러니 이름난 의원을 찾아가 노인에게 마땅한 약재를 구할 수 있는지를 의논하는 것이 좋을 듯하오."

선비는 십분 놀랍고도 당혹스러워 의원의 손을 잡고 간청하였다.

"당신보다 나은 다른 의원은 없지 않소. 또한 당신은 부친의 기질과 맥도도 잘 알잖소. 그런데 어찌하여 좋은 처방은 생각지 않고 급히 나가려고만 하시오?"

박의원은 한참 동안 생각하다가 말했다.

"모든 약이 합당하지 않지만, 딱 한 가지 처방이 있긴 하오. 그렇지만 이는 얻기가 매우 어렵소. 만약 잘못 쓰면 해가 되기 때문이오. 그러니 고민이 되는구려."

"비록 구하기가 어렵다 해도 내 마땅히 힘을 다해 구할 것이오. 그러니 그저 말씀이나 해주시오."

"병환은 오로지 가슴과 배에 한기가 맺힌 데서 비롯된 것이라오. 만약 십육칠 년 동안 다른 사람을 겪어보지 않은 숫처녀를 구해, 따뜻한 방에 두고, 병풍으로 바람을 막고, 가슴을 마주 대고 끌어안고 누워 땀을 빼면 쾌차하실 것이오. 그 외의 다른 약은 소용이 없소. 생각건대 열여섯, 열일곱 된 여자 중에 상민이나 천민이라면 다른 사람을 경험했는지 그렇지 않은지를 자세히 알 수 없고, 규중 여자라면 비록 환자를 위해 한때의 약으로 쓴다 하더라도 누가 즐겨 그것을 허락하겠소? 이는 이른바 매우 어려운 일이외다."

이때 선비의 어미가 마침 창밖에서 의원의 말을 듣고 있다가 급히 선비를 불렀다.

"내가 의원이 하는 말을 들었는데, 그 약을 구하기는 어렵지 않을 듯하구나."

"어디서 얻을 수 있는데요?"

"아무개 계집종은 어렸을 때부터 내 이불 속에서 자라나서 지금까지 문밖에 나가본 적이 없거든. 양반집 처녀와 다름없지. 나이도 지금 열일곱이고. 만약 약으로 쓰기 위해 숫처녀가 필요하다면 이 아이를 쓰면 크게 걱정할 것이 없으리니, 어찌 좋지 않겠느냐?"

선비는 매우 기뻐하며 말했다.

"가르침대로 하겠습니다."

선비는 박의원이 한 말과 어머니의 뜻을 아버지께 아뢰었다. 그러자 생원이 말했다.

"세상에 어찌 그런 약물이 있겠느냐? 하지만 박의원의 말이 그렇다고 하니, 그저 한번 시험한다고 해서 해로울 것이 뭐 있겠느냐?"

그날 밤, 선비는 병풍으로 온돌방의 사방을 막고, 계집종에게 옷을 벗고 이불 속에 들어가 있도록 했다. 선비는 문밖에 있고, 선비의 어머니는 창밖에 서서 생원과 계집종이 땀을 흘리는 모습을 살폈다. 이윽고 생원은 계집종과 함께 운우雲雨의 정을 나누는데, 그 모습이 몹시 음탕하였다. 선비의 어머니는 '쯧쯧' 혀를 차고 방으로 들어가며 말했다.

"이것이 가슴을 맞대고 땀을 빼는 약이라더냐? 이렇게 땀을 뺄 양이면 어찌하여 나와 함께 땀을 빼지 않는고?"

선비가 뒤를 따라오다가 이 말을 듣고 흘겨보며 만류하였다.

"어머님은 어찌하여 그처럼 어리석은 말씀을 하십니까? 어머님이 숫처녀이십니까?"

이 말을 들은 사람들 모두 포복절도하더라.

謂母迷劣

古有一鄉族[1]士人, 爲人庸暗, 而家稍饒. 其父生員, 頗好色. 生員室內, 有一童婢, 而年十七. 自幼長於室內房中, 未嘗出外, 無異閨女, 面貌絶美, 生員欲狎之, 暫不離室內左右. 心生一計, 一日, 對隣里切親醫朴姓人, 說此事, 托以 '吾當佯病, 君必如此如此爲言, 則當有好個道理.' 醫人許諾. 數日後, 生員自夜, 忽作大痛之狀. 早朝, 家人告于士人曰: "老爺病患猝重." 士人驚憂, 卽爲問候, 則生員曰 "渾身俱痛, 寒氣最苦" 云, 而呻吟之聲, 不絶於口, 昏迷若危之狀, 有若垂盡. 士人大憂, 卽請朴醫診脉. 朴醫診察出外, 士人隨出問之, 則醫人曰: "數日前來拜時, 未見有不安之節, 何期患候之猝重, 如此? 老人之脉度如彼, 愚見, 實無可用之藥. 更求名醫, 而議進當劑, 似好矣." 士人十分驚惶, 執手懇請曰: "他醫, 不勝於君[2]. 且君熟知家親氣稟與脉度, 則何不深思良方, 而遽然退出乎?" 醫人沉思半餉, 乃曰: "百藥無可合, 只有一方, 而此則得用極難, 若誤用, 則有害, 故此爲可悶矣." 士人曰:

---

1) 향족(鄕族): 좌수(座首)나 별감(別監) 따위의 향원(鄕員)이 될 자격이 있는 집안.
2) 불승어군(不勝於君): 서강대본에는 '不勝於君'이 '당신과 짝할 사람이 없다'는 의미인 '無出君右'로 되어 있다.

"雖極難, 吾當盡力得用, 第言之." 醫人曰: "病患專因寒氣, 結於胸腹, 若得十六七歲未經人炭女[3], 溫房中, 以屏防風, 接胸抱臥發汗, 則卽快. 外無他藥. 而第念十六七歲女子, 常賤則經人與否, 未能詳知, 閨合女子, 雖一時藥用, 誰肯納之. 此所謂極難也." 此時, 士人母適在窓下, 聞醫言, 急召士人謂之曰: "我聞醫言, 此藥不難矣." 士人曰: "何以得之?" 母曰: "某婢自幼, 養育吾之衾內, 至今未出門外, 此則無異於兩班處女, 年今十七. 若求炭女, 此婢無慮一時藥用, 豈不好耶?" 士人大喜曰: "果如敎意." 卽以醫人之言, 其母之意, 告于其父, 生員曰: "世上豈有如許藥物乎? 然而朴君之言如此, 第爲試之, 何妨耶?" 其夜, 以屏風, 防于溫房, 以其童婢, 解衣裳, 入于衾內. 士人出門外, 其母亦立于窓外, 欲察其發汗. 俄而生員與其婢, 雲雨極淫. 其母喞喞[4]回入內曰: "此是接胸發汗之藥? 如是發汗, 何不與我發汗?" 士人隨後睨視止之曰: "母親何出迷劣之言乎? 母親炭女耶?" 聞者絶倒.

---

3) 탄녀(炭女): 숫처녀.
4) 즐즐(喞喞): 남에게 들리지 않을 정도로 탄식하는 소리.

개도 풀무질을 한다

어떤 사람이 대낮에 아내와 음탕한 일을 하고 있었다. 바야흐로 운우의 정이 무르익을 때였다. 대여섯 살 된 아들이 갑자기 문을 열고 들어왔다. 그러자 아버지가 급히 말했다.

"어서 밖에 나가 놀아라."

"아버지와 어머니는 지금 무슨 일을 하시는 거죠? 자세히 가르쳐주지 않으면 나가지 않겠어요."

아버지는 괴로워하며 말했다.

"이것은 풀무질이란다."

이에 아이는 고개를 끄덕이며 밖에 나가 놀았다. 그때, 손님이 오더니 아이에게 물었다.

"네 부친은 댁에 계시냐?"

"안방에 계시는데요."

"안방에서 뭘 하는데?"

"풀무질하시는데요."

손님은 알 수가 없어 아이에게 다시 물었다.

"풀무질이라니? 그것이 무슨 일인데?"

이때, 마당에서 마침 수캐가 암캐의 등 위에 올라타 교미를 하고 있었다. 아이는 급히 손님을 불러 말했다.

"손님, 손님! 저 개도 풀무질을 해요!"

손님은 크게 웃었다. 아이의 부모도 듣고 크게 웃었다.

狗亦冶質

一人, 白晝, 與其妻行淫. 雲雨方濃之時, 五六歲兒子, 開窓而入, 父急謂曰: "速出外玩." 兒曰: "父與母, 方作何事? 不詳敎吾, 不出去." 父苦而言曰: "此是冶質也[1]." 兒頷之, 出外遊戲, 忽一客來問兒曰: "汝之父親, 在家否?" 兒答曰: "方在內間矣." 客曰: "在內何爲?" 兒曰: "方爲冶質矣." 客未曉, 問兒曰: "冶質何事?" 此時, 適庭中雄狗, 上雌狗背上交合. 兒急呼客曰: "客主, 客主! 彼狗亦爲冶質矣." 客大笑. 兒父聞之, 亦大笑.

---

1) 서강대본에는 '也'가 빠지고, 대신 그 자리에 '方言 所謂 풀무질'이란 주(註)가 붙어 있다.

졸렬한 문장으로 웃음을 주다

한 선비의 아내가 안택경[1]을 베풀고자 남편에게 병풍을 빌려오게 했다.

선비는 벗에게 글을 썼는데, 그 글은 이러하다.

'집사람이 맹인에게 미혹되어 오늘 밤에 가소로운 일을 한다고 하네. 그러니 잠시 병풍을 빌려주어 그 일을 마치게 하는 것이 어떠한가?'

선비의 친구는 답장을 써주었다.

'병풍은 빌려주겠지만, 가소로운 일이란 게 도대체 무엇인가?'

선비는 또 답장을 보냈다.

'음양陰陽과 관련된 일에 불과할 뿐이네.'

그 글을 읽은 사람들은 껄껄대며 웃지 않는 자가 없었다.

---

1) 안택경(安宅經): 집안에 탈이 없도록 집터를 지키는 지신(地神)을 위로할 때 판수나 무당이 읽는 경문.

拙文貽笑

一士人之妻, 欲設安宅經, 請夫借得屏風. 士人作書於友人曰:"室人惑於盲人, 今夜欲作可笑之事, 屏風暫借, 以成行事, 如何?"友人答書曰:"屏風借送, 而可笑之事, 何事也?"士人又答曰:"此不過陰陽間事也."見其書者, 莫不大笑.

병방과 비장이 그 짓을 대신하다

영남 수령 아무개가 순행하는 길에 산골 마을을 지나갈 때였다. 행차를 구경하는 사람들이 담장을 친 듯이 죽 늘어섰는데, 그 위의威儀, 위엄이 있고 엄숙한 태도나 차림새가 몹시 성대함을 보고 모두 칭찬하며 말했다.

"사또의 행차가 신선과 같네."

그 가운데 있던 한 사람이 다른 사람에게 물었다.

"저 사또와 같은 분도 부부간에 관계를 가질까?"

그러자 그 사람은 놀라 눈이 휘둥그레지며 대답했다.

"사또는 만금萬金과 같이 귀중하신 몸이잖아. 그런데 어찌 스스로를 수고롭게 하며 그 일을 하겠니? 반드시 병방兵房, 비장裨將에게 그 짓을 대신하도록 하겠지."

이 말을 들은 사람들은 모두 잇몸을 드러내고 웃더라.

兵神代之

嶺南伯某, 作巡審之行, 過峽邑村中. 人民之觀者如堵, 見其威儀之甚盛,
皆噴噴曰: "使道行次, 望之如仙官." 其中一人, 問一人曰: "如彼使道, 亦有
夫妻相合之事乎?" 其人瞠眼答曰: "以使道萬金貴重之身, 豈可勞役於厥事
乎? 必令兵房神將, 代之." 聞者胡蘆.

고을 원은 건망증이 심하다

한 고을 원의 건망증은 비할 데가 없었다. 죄수의 성姓을 물으면 다음 날에는 또 그 성을 잊어버렸다. 이렇게 며칠 동안 묻고 잊기를 반복했지만, 늘 잊고 기억하지 못했다.

그러던 어느 날, 고을 원이 다시 죄수에게 성을 물었다.

"홍洪가哥입니다."

고을 원은 매번 죄수의 성을 잊어버리는 것이 민망하여 홍합 하나를 그려 벽에 붙여두었다.

다음 날, 죄수가 들어왔는데, 고을 원은 또 그 성을 잊어버렸다. 벽에 붙어 있는 홍합 그림을 보았지만, 그것이 홍합인지 아닌지조차 잊고 말았다. 다시 홍합 그림을 유심히 보니, 그 모양이 꼭 여자의 음문과 비슷했다. 그래서 죄수에게 물었다.

"당신의 성이 보寶가지?"【세속에서 여자의 음문을 보지라고 하는 까닭에 죄수는 홍합을 잊고 보지의 '보'자로 알아서 그렇게 질문했던 것이다.】

"보가가 아니고, 홍가입니다."

이에 고을 원은 웃으며 말했다.

"그렇지, 그렇구나! 내가 홍합을 그려놓고도 또 그것을 잊고 말았네 그려."

이 말을 들은 사람들 모두 포복절도하더라.

邑倅善忘

一邑倅健忘無雙. 問座首之姓, 翌日又忘之. 如是多日, 輒忘不記. 一日, 又問君姓何. 座首曰: "洪哥也." 倅悶其每忘, 畫一紅蛤, 而付于壁上. 翌日, 座首入來見, 則又忘之. 見畫付紅蛤, 而紅蛤亦忘. 見畫紅蛤, 貌似女子陰門, 乃問曰: "君之姓, 寶哥耶?"〔俗以女子陰門, 爲寶池. 故倅忘紅蛤, 而寶 池之寶字, 知而問之也.〕座首曰: "非寶哥, 乃洪哥也." 倅笑曰: "是哉是哉! 吾畫紅蛤而亦忘之." 聞者絶倒.

어리석은 사위가 잘못 대답하다

예전에 한 사람이 경상도에서 아내를 맞이하였다.

혼례를 마친 뒷날, 장모는 사위를 불러 아침 인사를 나눈 다음 말을 꺼냈다.

"어젯밤에 대단치 않은 물건을 보냈는데 얼마나 했는가?"

대단치 않은 물건은 곧 밤참을 말하는 것이고, 얼마나 했는가는 얼마나 먹었는가를 묻는 말이다. 그런데 사위는 대단치 않은 물건을 그의 딸에 대한 겸양의 말로 받아들이고, 얼마나 했는가는 몇 차례 그 짓을 했는가로 잘못 받아들였다. 이에 우물쭈물하며 대답했다.

"세 판요……"

장모는 사위의 어리석음에 마음이 어수선하였다. 이에 머리를 돌리며 천천히 말했다.

"인사人事가 도리어 돌쇠 아범만도 못한가보다."

돌쇠 아범이란 그 집의 종놈으로, 사위의 어리석음이 돌쇠 아범보다 심함을 자탄한 것이다. 그런데 사위는 또 자신의 근력이 돌쇠 아범만 못하다는 것으로 오해하였다. 그래서 격분하며 덥석 무릎을 꿇고 말했다.

"돌쇠 아범이 어떤 흉악한 놈팡인지는 모르겠습니다. 하지만 이 사위는 열흘 동안 수백 리를 괴로이 걸어왔습니다. 그리고 짧은 밤 동안 세 판이나 했습죠! 그런데도 부족하다고요?"

장모는 몹시 해괴망측해하며, 다시 말을 할 수가 없었다.

愚婿誤答

古有一人, 往慶尙道娶妻. 翌朝, 岳母招見, 寒暄畢, 乃言曰: "昨夜入送不大段之物, 幾許爲之乎?" 盖不大段之物, 卽謂夜饌, 幾許爲之之說, 卽爲幾許食之之辭也. 婿誤聽以不大段之物, 卽指其女而謙辭之說, 幾許爲之, 卽幾度爲之. 乃逡巡對曰: "三版爲之." 岳母心駭其愚劣. 回頭徐言曰: "人事反不如乫金父." 盖乫金父, 其家奴子, 而迷劣甚於乫金父之歎. 婿又誤知以筋力, 不如乫金父, 乃奮然跪告曰: "乫金父未知何許獰惡之漢, 而外甥[1] 則一旬間屢百里行役之餘, 短夜三版, 豈不足耶?" 岳母大駭, 不復言.

---

1) 외생(外甥): 사위가 장인이나 장모에게 자기를 이를 때 쓰는 말.

남편을 요강에 던지다

예전에 어떤 사람은 체구가 몹시 작아 겨우 사람의 형상만 갖추었을 뿐이었다. 그가 아내를 맞이한 첫날밤, 체구가 몹시 컸던 신부는 사람 같지 않은 지아비를 보고 마음속으로 한껏 비웃었다.

이윽고 신랑이 신부 가까이 와서 동침을 하려 하자 신부가 비웃으며 말했다.

"이것은 무슨 물건이랍니까?"

그러고는 신랑의 옷자락을 잡아 요강 속에 집어넣었다. 신랑은 요강 속 오줌 위에 떠다니는 밤껍질 조각 몇 개를 보고 겨우 그 위에 올라타서 즉시 시 한 구를 읊조렸다.

봄 물결 위에 배 띄우니 마치 천상에 앉아 있는 것 같아라 春水船如天上坐

잠시 후, 신부는 요강 위에 앉아 오줌을 누었다. 신랑은 오줌이 떨어지는 것을 보고 또 시를 읊었다.

삼천 척 아래로 세차게 내리는 폭포는_{飛流直下三千尺}

은하수 구천에서 떨어지는가 의심해보네_{疑是銀河落九天}

신부는 오줌을 다 싸고, 요강의 뚜껑을 덮었다. 그랬더니 '쨍그랑'
하는 소리가 들렸다. 신랑은 이에 다시 시를 읊었다.

고소성 밖의 한산사_{姑蘇城外寒山寺}

한밤중의 종소리가 나그네의 배에까지 들리누나_{夜半鍾聲到客船}

이 이야기는 너무 지나치지만, 그래도 신랑이 몹시 작았다는 것은
알 수 있겠다.

投夫溺缸

古有一人, 體甚小, 僅具人形. 娶妻初夜, 新婦軆甚長大, 見其夫之不似人
形, 心笑之. 俄而其夫近前, 欲與同寢. 新婦冷笑曰: "此何物也?" 乃執其裙,
投入溺缸內. 新郎見溺缸內, 數片栗殼, 浮在溺水上. 乃乘坐于栗殼上, 詠
'春水船如天上坐'[1]之句矣. 少頃, 新婦忽上溺江放溺. 新郎卽仰見溺下, 又
詠曰: "飛流直下三千尺, 疑是銀河落九天." 新婦溺畢, 覆其盖, 則錚然有
聲. 新郎聞其聲, 又詠曰: "姑蘇城外寒山寺, 夜半鍾聲到客船." 其說太過,
然新郎之甚小, 可知矣.[2]

---

1) 춘수선여천상좌(春水船如天上坐): 이 시는 당나라 시인 두보(杜甫)의 「소한식주중작小寒食舟
中作」의 함련(頷聯)의 일부다. 함련의 후구는 '늙은이 되어 바라보는 꽃은 안개 속에 보는 듯하네
〔春水船如天上坐 老年花似霧中看〕'로 되어 있다.
2) 然新郎之甚小, 可知矣: 서강대본에는 이 부분이 '그 작음이 비할 데 없다는 것을 가히 알겠다
〔而其小之無比 可知〕'로 되어 있다.

코로 양물을 대신하다

예전에 촌아낙이 있었는데, 성품이 몹시 음탕하고, 음문 또한 몹시 넓었다. 그녀는 항상 견줄 데 없는 큰 양물을 얻어 음욕을 충족시키고자 하여 백여 명이 넘는 사내를 상대해보았지만, 웬만큼 양물이 크다는 사람들조차도 그녀에게는 푸른 바다 위에 떠 있는 한 톨의 좁쌀에 불과했다. 그래서 촌아낙은 자신에게 합당한 사람을 구하려고 사람이 많이 모인 시장을 몰래 살피며 나다녔다.

그러던 어느 날, 촌아낙은 한 사람을 보았다. 그 사람은 대나무로 만든 삿갓을 쓰고 있었는데, 코가 아주 커서 삿갓 바깥으로까지 나와 있었다. 촌아낙은 그것을 보고 몹시 기뻐했다.

"일찍이 코가 큰 사람은 양물도 크다는 말을 들었는데 저 사람은 코가 대삿갓 밖에까지 나와 있지 않은가? 이로 미루어본다면, 그의 양물이 심히 장대할지라. 내 욕망을 어찌 충족시켜주지 않겠는가?"

그러고는 그를 자신의 집으로 이끌고 왔다. 술과 고기를 성대히 갖춰 대접한 후, 촌아낙은 그에게 하룻밤 자고 가라고 요청했다.

이윽고 일을 벌일 때였다. 사내의 양물은 자그마해서 마치 새끼손가락만했다. 흥이 무르녹을 즈음이 되자, 촌아낙은 자신도 모르게 몹시 실망하여 두 발로 그를 차버렸다.

그런데 가만히 생각해보니 사정까지 해가며 겨우겨우 그를 데려왔고, 또 후히 대접하느라 모아둔 돈까지 쓰지 않았는가? 그런데도 결국 아무것도 얻지 못한 것이 너무 분하고 애석했다. 이에 촌아낙은 두 손으로 사내의 두 귀를 잡고 맹렬하게 그의 머리를 잡아당겼다. 그리고 그의 큰 코로 자신의 음호에 나아갔다 물러나기를 무수히 반복하게 했다.

"들인 공이 애석하니, 그 큰 코로라도 작은 양물을 대신해주오. 그렇게 해서라도 나의 욕정을 조금이라도 달래주오."

큰 코를 가진 사람은 한없는 곤욕을 당하고 문밖으로 나왔다. 그러고는 계곡에 나아가 코를 씻고 떠났다.

이 말을 들은 사람들 모두 껄껄대며 웃었다.

以鼻代陽

古有一村女, 性本大淫, 而陰門亦濶大, 每欲得絶大陽物而充慾. 屢試百餘人, 所謂大者, 皆是滄海之一粟也. 村女於市場衆會之中, 暗察而求之. 一日, 見一人, 頭着篛笠, 而鼻甚高大, 露出於篛笠之外. 村女見之, 大喜曰: "曾聞鼻大者, 陽物亦大. 此人之鼻露出於篛笠之外. 以推之, 則其陽之大 豈不服慾乎?" 乃請其人到家, 盛備酒肉待之, 願求一宿, 其人許之. 及將擧事, 女見其陽莖, 小如細指, 女興濃之際, 不覺大失望, 乃兩足踢退. 深思, 辛謹率來, 且又厚待, 積費經營, 而畢竟如此, 則甚憤且惜哉. 乃以兩手, 執其兩耳, 猛引其頭, 而以其大鼻, 無數進退於陰戶曰: "前功可惜, 以大鼻代其小陽, 稍解吾慾." 大鼻者, 經無限困辱, 出門外臨溪, 洗鼻而去. 聞者大呵.

삼대를 모두 욕하다

예전에 촌사람이 혼례를 치를 때였다. 혼인을 주관하는 할아버지는 손자를 보내 건넛마을 안사돈에게 잔치에 참석해줄 것을 요청하였다. 손자는 스무 살의 총각이었다.

손자는 곧바로 사돈집에 가서 할아버지의 말씀에 따라 잔치에 참석해달라고 요청했다. 안사돈은 총각인 손자와 동행하였다.

두 사람이 냇가에 이르렀다. 안사돈은 물을 건너기가 어려웠다. 그래서 손자가 자신의 등에 업히면 냇가를 건네주겠다고 했다. 안사돈은 그 말을 따라 손자의 등에 업혀 시내를 건넜다.

시내 중간에 이르렀을 때, 손자는 업고 있는 안사돈의 음호에 가운뎃손가락을 집어넣고 흔들어댔다. 안사돈은 몹시 화가 났지만, 어찌할 수 없었다.

마침내 사돈집에 이르자, 안사돈은 총각의 아버지를 보고 몹시 화를 내며 말했다.

"당신 아들이 나와 함께 이곳에 올 때 냇가에 이르자, 나를 업고 물을 건네주었지요. 그때 이러저러한 일을 했습니다. 세상에 이런 개자식이 어디에 있답니까?"

총각의 아버지는 손을 흔들며 말했다.

"안사돈은 말씀을 멈춰주십시오. 다시 말씀하시지도 마세요."

"사돈께서는 어찌하여 그런 말씀을 하시는지요?"

"그 말을 들으니, 나도 모르게 양물이 움직이는데, 멈출 수가 없어서요!"

"당신과도 족히 말할 수가 없네요."

안사돈은 혼인을 주관하는 할아버지를 찾아가, 화난 얼굴로 말했다.

"저는 어르신의 요청으로 이곳에 왔습니다. 그런데 시내를 건널 때 댁의 손자가 이러저러한 짓을 하더군요. 그래서 아까 젊은 사돈인 댁의 아드님께 말씀드려 손자의 죄를 다스리게 했지요. 그런데 젊은 사돈은 여차여차 대답하더군요. 어찌 놀랍고 사리에 어긋나는 일이 아니겠습니까? 어르신께서는 반드시 댁의 아드님과 손자를 책망하여 이후로는 행실을 바르게 하도록 가르치시는 게 어떻겠습니까?"

이 말을 듣자, 할아버지는 눈물을 머금고 길게 탄식하였다. 그러더니 고개를 떨어뜨리고 아무 말도 하지 않았다. 안사돈은 '사돈께서 놀랍고 부끄러워 저러시는 게 분명하다'고 생각하고는 말했다.

"어르신께서 이렇게까지 불안해하실 것은 없습니다. 그저 젊은 사람들을 경계하고 타이르면 좋겠지요."

그러자 할아버지가 말했다.

"아닙니다. 내가 젊었을 때는 이런 이야기를 들으면 양물이 곧바로 반응하여 욕망을 억제할 수가 없었습니다. 그런데 지금은 늙고 기력도 없어 이렇게 좋은 말을 듣고도 양물이 움직일 생각조차 하지 않으니, 마음도 무덤덤하네요. 어찌하여 죽지도 않는지…… 이것이 한심스러울 뿐입니다."

안사돈은 더욱 화가 나서 욕을 해댔다.

"네 집의 할아비와 자식과 손자, 삼대 모두 진정 독아자獨兒子의 자식
이로구나!"【'독아자'는 방언으로 '홀아비'를 말한다.】

지금도 쓰는 '삼대 홀아비'란 욕은 여기서 처음 나온 것이라고 한다.

辱罵三代

古有一村氓, 過婚禮時, 老主人送孫兒, 使之請來越村內查頓赴宴. 孫兒
乃二十歲總角也. 卽往查家 以其祖之言傳喝, 而請參婚宴, 則內查乃與總
角同行. 到一溪, 女人難以發涉, 故總角請背負渡溪. 女人依其言而渡, 至溪
半, 以長指從後揷陰中搖之. 女人憤怒, 而無可奈何. 乃到查家. 見總角父怒
甚曰: "君之子同我來時, 到溪水, 負我以渡時, 如此如此, 豈有如許犬子
乎?" 總角父搖手曰: "須急止之![1] 勿復言!" 女人曰: "査頓何出此言." 總角
父曰: "吾聞此言, 不覺陽物起動, 欲不能禁矣." 女人曰: "君亦無足言." 訪
見老主人而作色曰: "我因公之請來, 與令孫, 渡溪水時, 令孫如此如此, 故
俄者言及于少查頓, 以爲治罪之地, 少査頓所答, 如此如此, 豈不駭悖乎? 公
必責子孫, 此後修行, 如何?" 老主人卽含淚長歎, 低首無言. 女人以爲 '此査
必驚愧而然也.' 乃曰: "公不必如是不安, 但當戒飭少年, 好矣." 老査曰:
"非也. 吾少壯時, 若聞此等語, 陽物卽動, 慾不能抑, 今則年老無氣, 聞此好
言, 而陽無動意, 心亦尋常, 豈不死乎? 是以寒心矣." 女人尤大怒罵曰: "汝
之祖子孫, 眞三代獨兒子.〔獨兒子, 方言鰥子[2].〕" 卽今三代獨兒子之辱, 自
此始出云爾.

1) 서강대본에는 '搖手曰 須急止之'가 '머리를 흔들며 그것을 멈추게 했다〔搖首止之〕'로 되어 있다.
2) 서강대본에는 '환자(鰥子)'가 '홀아희 아들이라'로 되어 있다.

속임을 당한 것이 오히려 자랑스러워라

　예전, 한 양반집에 자못 예쁜 계집종이 있었다.

　하루는 양반이 몰래 계집종을 꾀어내 후원에 있는 나무 밑으로 끌고 가 관계를 맺었다. 한창 흥이 무르녹았을 때, 계집종의 남편이 홀연 그곳으로 왔다. 일이 막 탄로날 상황이었다.

　양반은 급히 계집종의 치마로 누워 있는 계집종의 얼굴을 덮었다. 자신은 계집종의 배 위로 올라가 엎드렸다. 그리고 고개를 돌려 계집종의 남편을 바라보고 눈을 찡그리며 입으로 물러가라는 표정을 지었다. 손을 흔들며 가까이 오지 말라는 시늉도 했다. 계집종의 남편은 웃음을 머금고 조심조심 발을 빼고 돌아갔다.

　저녁때, 계집종의 남편은 사랑방에 들어가 양반을 보고 말을 꺼냈다.

　"서방님, 서방님! 아까는 소인이 잘 피해드렸지요! 소인도 영리하지요?"

　"자네는 정말로 잘 알아듣더군. 기특하고, 기특하네. 만약 그 여인네가 누군지 들통나면 어찌 무안하지 않았겠는가?"

"그래서 제가 곧바로 피했던 게지요!"

밤이 되었을 때, 그는 또 아내인 계집종에게도 말했다.

"낮에 서방님과 어떤 여인네가 후원에서 이러저러한 일을 하고 있었거든. 나는 그 꽃밭에 불을 지를까봐 걱정이 되었지. 그래서 몸을 숨기고 곧바로 피해주었거든. 서방님께서 내게 유능하다고까지 말씀하셨어!"

"양반님들이 한 일은 삼가 다른 사람에게 발설하면 안 돼요. 만약 발설하면 그 죄가 반드시 클 테니까요. 알겠지요?"

"내가 세 살 먹은 어린아인가? 무엇 때문에 누설한담? 그렇게 당부하지 않아도 알아!"

이 말을 들은 사람들은 이를 드러내고 웃지 않는 사람이 없더라.

見欺反誇

古有一兩班家, 有一婢, 頗美. 一日, 暗誘之而携入園中樹陰下, 狎之方張, 厥婢之夫, 忽入來, 事將現露. 兩班急以婢子之裳, 捲覆其仰臥之面, 仍俯伏其腹上, 回顧其婢夫, 而翻目傾口, 揮手搖之. 婢夫含笑輕步出去. 夕間, 入舍廊, 見兩班曰: "書房主, 書房主. 俄者小人善避之, 怜悧如何?" 兩班曰: "汝果甚能, 奇特奇特. 厥女若知之, 豈不無顔乎?" 婢夫曰: "然故小人卽避矣!" 至夜, 對其妻而言: "午間 書房主與何許女, 於園中如此如此, 故吾慮其花田衝火, 隱身卽避矣. 書房主以我爲能矣." 妻曰: "兩班主事, 愼勿向人發說也. 若發說, 則爲罪, 必以大矣." 夫曰: "吾非三歲兒也, 豈有漏泄之理乎? 不必當付." 聞者莫不冷齒矣.

네게서 나온 것, 네게로 돌아가리

예전에 한 방백方伯. 관찰사이 도임到任. 지방의 관리가 근무지에 도착함한 후의 일이다.

방백은 모든 기생을 불러 자신의 주위에 빙 둘러앉혔다. 그중에 고운 기생을 골라 가까이 오게 하고는 입을 맞추고 껴안는 등 하지 않는 짓거리가 없었다. 그리고 매일 밤 그들을 차례로 불러내어 관계를 가졌다. 일이 있어서 그날만큼은 피하고 싶다고 아뢰는 기생이 있으면, 방백은 웃으며 말했다.

"너희들은 여관에서 쓰는 요강과 같은지라. 뭐 꺼릴 게 있겠느냐?"

이 말을 들은 기생은 더이상 말을 할 수 없었다. 방백은 비록 자기 형제나 친구들이 가까이한 기생이라 해도 꺼리지 않았다.

방백의 주변에는 책객冊客. 고을 원의 비서 사무를 맡아보던 사람이 있었는데, 그는 방백의 행태를 마음속으로 몹시 민망히 여겼다. 민망함을 넘어 몹시 화가 난 그는 많은 재물을 뿌려가며 방백이 관계를 가진 기생만을 좇아 관계를 가졌다.

이러한 사연을 전해 들은 방백은 몹시 화를 내며 무거운 형벌로 책객을 다스리고자, 그에게 물었다.

"너는 내가 눈을 주었던 기생만 따라다니면서 간음한 게 한두 번이 아니라고 들었다. 참으로 짐승과 같은 행동인지라. 사람의 형상을 하고 어찌 그런 일을 한단 말이냐?"

"소생은 어리석어서 일을 잘 판단하지 못합니다. 소생은 일찍이 친척이나 친구가 사랑한 계집은 비록 천한 기생이라 할지라도 감히 눈을 주거나 사랑해서는 안 된다고 알고 있었습니다. 그런데 지난번에 대감께서는 모든 기생들을 향해 '너희들은 여관에서 쓰는 요강과 같은지라'라고 가르침을 주시더군요. 그리고 비록 긴밀한 관계에 놓여 피해야 할 기생들까지도 모두 잠자리를 돌보게 하시더군요. 소생은 그때 비로소 깨달았습니다. 여관의 요강에 소생이 한 번 더 오줌을 누었다고 무슨 의심과 걱정이 있겠냐고…… 저는 이제야 겨우 대감의 밝디밝은 가르침을 받들어 명확히 깨달았다고 생각했습니다. 그런데 지금 대감께서 직접 말씀하신 그 가르침이 잘못되었다고 책망하시니, 알지 못하겠습니다. 대감께옵서 지금에야 비로소 그것을 깨달으신 것입니까? 아니면 소생이 지금에야 비로소 그것을 깨달은 것이옵니까?"

방백은 비록 욕을 당했지만, 입을 열 수가 없었다. 그저 부끄러워하며 얼렁뚱땅 둘러댈 수밖에.

"여관의 요강에도 곡절이 있겠지!"

이 말을 들은 사람들 모두 침을 튀기면서 웃더라. 그후 무뢰배들이 기생을 가리켜 '여관의 요강'이라고 불렀는데, 이 말은 기실 이 이야기에서 비롯된 것이라고 하더라.

出爾反爾

古有一方伯, 到任後, 召諸妓環坐, 擇其美者, 以近前接口抱戲, 無所不至. 每夜, 次第狎之. 妓或有故, 而告相避, 則方伯笑曰: "汝輩店中溺缸也. 何嫌之有?" 妓不敢再言. 雖至親切友之所眄, 少不爲嫌. 傍有一冊客, 心甚駭憤. 乃多散錢帛, 方伯所眄之妓, 逐一淫之. 方伯聞之大怒, 欲重繩之, 而問曰: "聞君通奸吾之所眄, 非一二云, 眞禽獸之行. 蒙人形, 豈有如此行事乎?" 冊客曰: "小生愚蠢未解事, 曾知以若見親戚知舊之所眄女, 則雖賤娼, 不敢昵狎矣. 向者, 大監向諸妓, 敎以'汝輩店中溺缸'後, 雖緊切相避, 並皆薦枕. 故小生於此, 始悟之店中溺缸, 小生亦溺, 故更無疑慮, 自以爲繼承明敎, 怳然大覺矣. 今承責敎, 未知大監今始覺之耶? 小生今始覺之耶?" 方伯雖見辱無以開口. 乃慚愧漫漶曰: "店中溺缸, 亦有曲折!" 聞者唾笑. 其後, 無賴輩以妓輩, 稱店中溺缸之說, 始出於此云矣.

고을 원의 아들이 먼저 훔쳤다

예전에 한 고을 원이 도임하는 날이었다. 그는 고을의 모든 기생이 자못 예쁜 것을 보고 몹시 기뻐하였다.

고을 원에게는 아들이 하나 있었는데, 자못 애지중지하였다. 그런데 그 아들이 예쁜 기생들을 가까이했다가 혹시라도 상처를 입을까 걱정되어, 고을 원은 기생 명부를 가져다가 한 사람씩 호명하여 가까이 오게 했다. 그러고는 입을 한 번 맞추고, 젖가슴과 음문을 한 번씩 어루만졌다. 이것은 아들이 기생들에게 마음을 두지 못하게 하려는 계책이었다.

아들은 이러한 광경을 보고 마음속으로 '저러다가 한 사람도 남지 않겠다'며 걱정하다가, 그중에서 가장 예쁜 기생 한 명을 골라 급히 입을 맞추고 젖가슴과 음문을 어루만졌다. 그러고는 이러한 사실을 아버지인 고을 원에게 아뢰도록 일러두었다.

고을 원의 안전案前에 이르자, 그 기생은 곧바로 땅에 엎드렸다가 일어나서는 무릎을 꿇고 아뢰었다.

"쇤네는 아까 서방님과 이미 입을 맞췄습니다. 감히 피할 생각을 할 틈도 없었습니다. 이에 그 실상을 아뢰오니, 저는 어찌해야 합니까?"

고을 원은 놀라 기생을 물리치고 앉아 말했다.

"이 아이의 인사人事는 개자식이로되, 그 기상은 매우 좋구나. 내가 근심할 필요가 없겠구나."

그러고는 마침내 기생 점고點考. 명부에 점을 찍어가며 사람의 수를 조사하는 일를 멈추었다.

아들은 그후 과연 과거에 급제하여 존귀하면서도 두드러진 지위에까지 이르렀다 한다.

衙子先竊

古有一邑倅, 到任日, 見諸妓之多貌美, 甚喜之. 只有一子, 愛重之, 恐日後狃近受傷. 乃逐案呼名而近前, 一番接口, 撫乳撫陰, 使兒子不能生心之計. 兒子見此光景, 心甚憂其一無餘者, 擇其中最美一妓, 急急接口, 撫乳撫陰, 謂以此實告. 案前果到此妓, 則妓伏地跪告曰: "小人, 俄者書房主已爲接口, 不敢圖避. 玆以實告, 何以爲之乎?" 倅大驚却坐曰: "此兒人事則犬子, 而氣象則甚好, 吾不必憂." 遂止之. 兒子, 其後果登第, 致位崇顯云云.

아내가 상식을 준비하다

예전에 상인商人이 한 친구와 정의가 몹시 돈독하였다. 둘은 아무 때나 드나들어도 그것을 허물로 여기지 않았다.

상인이 아내와 더불어 대낮에 둘만의 잔치를 열어 한창 흥이 무르녹고 있을 즈음, 문밖에서 친구가 부르는 소리가 들렸다. 상인은 친구가 아무렇지도 않게 들어올까봐 두려워 급히 일어나 밖으로 나갔다. 나갈 때, 상인은 아내에게 말했다.

"곧바로 돌아올 것이니 잠깐만 누워서 기다리시게."

아내는 천장을 바라보며 누워 일어나지 않았다.

상인이 친구와 더불어 이야기를 나누는데, 그 시간이 조금 지체되어 빨리 안방으로 들어갈 수 없었다. 그 사이 안방에 있던 아내는 음호 주변에 잔뜩 달라붙어 음수를 빨아대는 파리 때문에 몹시 가려워하고 있었다. 그러다가 아내는 남편이 들으라고 말했다.

"파리 떼가 와서 달라붙으니 어떻게 할까요?"

그 말은 들은 친구는 상인에게 물었다.

"자네, 안방에서 좋은 음식을 먹다가 나왔구먼! 나도 먹고 싶은데, 함께 들어가면 안 되겠나?"

상인은 탄로날까봐 급히 저지하며 대답했다.

"이런 때 어떻게 음식을 먹겠는가? 안사람이 바야흐로 영좌^{靈座, 영위}(靈位)를 모셔 놓은 자리에 올릴 상식^{上食}을 준비하는데, 파리 떼가 모여드는 것이 안쓰러워 그러는 게지. 그런데도 내가 늦게 들어오는 게 걱정이 돼서 그러는가보네."

"그렇다면 빨리 들어가보게."

친구는 그렇게 말하고 돌아갔다. 상인은 곧바로 방 안으로 들어가 남은 즐거움을 마저 누렸다.

妻備上食

古有一喪人¹⁾, 與一友, 情誼甚篤, 間或無常出入, 不以爲咎. 喪人與其妻, 午後晝會²⁾, 雲雨方濃, 友人自門外來呼, 喪人或恐突入, 急起出來時, 謂其妻曰: "卽當還入, 小臥俟之." 妻仰臥不起, 喪人出來, 與友人酬酢稍遲, 不得速去. 蒼蠅多集陰戶邊, 吸水癢甚. 妻呼其夫曰: "蒼蠅多來集, 奈何?" 友人聞此言, 問喪人曰: "汝必於內間, 食好物而出來. 吾亦欲得食, 同入如何?" 喪人恐綻露, 急止之曰: "此時, 有何所食? 室人方備上食³⁾饌需, 而悶其蠅集, 恐吾遲入, 如是矣." 友人曰: "然則速入去." 云云而去. 喪人卽入, 盡歡而罷矣.

1) 상인(喪人): 상제(喪制). 부모나 조부모가 세상을 떠나서 거상중에 있는 사람.
2) 주회(晝會): 원래 이 말은 예전 조정에서 낮에 거행하던 연회를 의미하나, 여기서는 단지 낮에 베푼 잔치(성행위)를 뜻한다.
3) 상식(上食): 상가(喪家)에서 아침저녁으로 영좌에 올리는 음식.

주인을 비웃으며 닭을 꾸짖다

예전에 한 생원이 포천抱川에 가기 위해 행장을 준비할 때였다.

날이 밝자, 생원의 아내는 계집종을 불러 창밖에 세워두고 말했다.

"생원님께서 일찍이 포천으로 떠나야 하니 너는 즉시 가서 밥을 지어놓도록 해라."

계집종이 "예예" 하고 막 돌아설 즈음이었다. 귀를 기울여 들어보니, 생원 부부가 한창 일을 벌이고 있었다. 계집종은 빙그레 웃으면서 물러나와 뒤뜰로 나갔다.

뒤뜰에서 막 쌀을 찧고 있을 즈음이었다. 수탉이 암탉을 쫓아오더니, 절구 근처에서 교미를 하기 시작했다. 그러자 계집종은 발로 닭을 차며 큰 소리로 외쳤다.

"수탉아, 수탉아! 너도 포천에 가려고 하느냐?"

듣는 사람들 모두 배를 움켜잡고 웃더라.

笑主責鷄

古有一生員, 欲作抱川[1]之行. 天明時, 呼婢立窓外, 生員妻分付曰: "生
員主方早發抱川行次, 汝卽爲炊飯." 婢子唯唯, 將退之際, 側耳聽之, 則生
員夫妻, 房事方張. 婢微笑而退出外庭, 方舂米之時, 雄鷄逐雌鷄, 而到臼邊
交合. 婢以足踢逐之, 高聲叱曰: "雄乎雄乎, 爾亦欲作抱川之行乎?" 聞者
捧腹.

---

1) 포천(抱川): 지금의 경기도 포천시.

꾀를 내어 과부를 아내로 맞이하다

예전 어느 시골에 나이가 서른이 넘은 과부가 있었다. 그녀의 집은 넉넉했지만, 과부는 자식도 없이 혼자 수절하며 살았다. 사람을 고용하여 농사짓고, 직접 길쌈을 하는 등 부녀의 도리를 다했다. 이런 이유로 동네 사람들은 모두 그녀를 칭찬했다.

그 마을에는 부인을 잃은 지 몇 년이 되었지만 집이 가난하여 홀로 사는 사람이 있었다. 그는 항상 과부를 아내로 맞이하고 싶었지만, 방도가 없었다. 그러다가 꾀 하나를 생각해내고는 친한 친구를 불러 상의했다.

"나는 아내를 맞이할 방법이 없네. 그러니 어느 집 과부를 얻어다가 살고자 하네. 오늘 밤에는 내가 그 집에 가서 과부의 이불을 뒤집어쓰고 알몸으로 누워 있을 걸세. 자네는 내일 날이 밝을 때 과부의 집으로 오게. 그 시간, 과부는 반드시 마당이나 부엌에 있을 걸세. 그때 자네는 여차여차해주게. 그러면 내가 꾸민 일은 이루어질 것이네."

"그 여인은 자못 절개가 있고, 집 또한 부유하지 않은가? 그런데 어찌하여 즐겨 따르겠는가? 만약에 일이 잘못된다면 반드시 좋지 않은 광경이 있을 터인데, 자네는 왜 그것을 생각하지 않는가?"

"만에 하나도 걱정하지 말고, 자네는 그저 내 말처럼만 해주시게."

친구는 어쩔 수 없이 허락하였다.

촌사람은 새벽에 과부의 집으로 가서 울타리 밑에 숨어 기회를 엿보았다. 그때 과부가 방에서 나와 부엌으로 가더니 소죽을 끓이기 시작했다. 촌사람은 살금살금 뒷문 쪽으로 가서 과부의 방 안으로 들어갔다. 그리고 과부의 이불을 펴고, 옷을 벗고, 아랫목 이불 속으로 들어가 누웠다.

날이 밝아올 무렵, 과연 약속대로 친구가 왔다. 과부는 부엌에서 말했다.

"무슨 일로 이렇게 이른 시간에 오시었수?"

"오늘은 오랫동안 묵혀놓았던 밭을 갈고자 하니, 밭 가는 소를 잠시 빌려주시구려. 그러면 오전중에 마땅히 돌려드리리다. 이 부탁을 드리려고 왔소이다."

과부가 대답하기도 전에, 촌사람은 침실의 작은 창을 열고, 이불 속에 누워 있다가 머리를 들고 일어나는 시늉을 하며 친구에게 말했다.

"오늘은 우리 집에서도 밭을 갈아야 하니 빌려줄 겨를이 없네. 빨리 다른 데 가서 빌리게."

친구는 깜짝 놀라 말했다.

"자네가 어찌하여 그 방 안에 누워 있는가?"

촌사람은 웃으며 대답했다.

"내가 내 집 내 방 안에 누워 있는데, 무엇이 이상하다고 묻는가?"

"이 집 주인은 저 아주머니로, 아주머니가 이 집에 홀로 산다는 사실은 온 마을에서 알고 있네. 그런데 자네가 '내 집'이라고 말하니 그 무슨 소린가?"

"만약 내 집이 아니라면 내 무슨 이유로 다른 사람의 방 안에서 잠을 자겠나? 나는 아침 잠자리에서 아직 일어나지도 않았기 때문에 여태껏 이불 속에 있지 않은가? 다른 사람의 집안일에 자네는 어찌하여 이처럼 말이 많은가? 번거롭게 하지 말게, 번거롭게 하지 말라고!"

친구는 그저 이상하다는 말과 함께 머리를 두드리는 흉내를 내며 나갔다. 과부가 이 모양을 보더니, 얼굴은 하얗게 질리고 머리는 멍해져 아무 말도 할 수 없었다.

친구는 곧바로 같은 마을에 살면서 말하기 좋아하는 사람들에게 갔다. 그리고 그들에게 이 일을 자세하게 말했다.

"세상의 일을 헤아릴 수 없는 것이 이와 같네."

그러나 모여 있는 남녀노소 중에는 그 말을 믿지 못하는 자가 많았다. 어떤 사람은 의심하기도 했다. 이에 친구가 말했다.

"지금 내 눈으로 보고 왔으니, 지금 당장 가서 보세. 그러면 그 의심을 떨쳐버릴 수 있을 걸세."

그러자 남녀 일고여덟 명이 한꺼번에 과부의 집으로 갔다. 촌사람은 아직도 누워 일어나지 않은 채로 담뱃대를 뻗쳐 물고 담배를 태우고 있었다. 그는 창을 열며 말했다.

"어떠한 사람들이기에 주인이 아직 일어나기도 전에, 새벽부터 와서 이렇게 소란을 피운단 말이냐?"

모든 사람들이 그 모습을 보고 손뼉을 치고 깔깔대고 웃으며 말했다.

"아무개의 말이 과연 거짓이 아니었네."

"이제 다시 의심할 것도 없네그려."

그렇게 떠들며 모두 흩어졌다. 과부는 얼굴이 마치 잿빛 같아져 입을 열 수가 없었다. 마치 진흙으로 만든 소상塑像처럼 우두커니 서 있을 뿐이었다. 촌사람은 이에 부엌으로 나와 과부의 손을 잡고 말했다.

"사람이 세상을 살아가는 것이 마치 풀 위에 깃들어 있는 먼지와도 같은 것이오. 당신은 아직 늙지 않은 나이인데 어찌하여 이렇게 스스로 고통을 감수하시오? 일은 이미 여기에 이르렀소. 비록 입이 열 개라 하더라도 길게 할 말이 없을 것이오. 소송을 건다 해도 당신이 패소할 것이 뻔하오. 그러니 나와 함께 인연을 맺는 것만 못하지 않겠소? 당신이나 나나 모두 과부에 홀아비니 어찌 합당하지 않겠소?"

과부는 백 번 생각했지만, 자신이 무죄라는 사실을 증명할 길이 없었다. 눈물을 드리우고 길게 한숨을 내쉬더니 결국 촌사람의 말을 따를 수밖에 없었다.

이들은 이후 아들과 딸을 낳고 평생토록 잘 지냈다고 한다.

沒計取寡

古有一鄕村寡女, 年過三十, 家計足食, 無一子女, 而守節獨居. 雇人作農, 手自紡績, 隣人皆稱. 村中一人, 喪妻多年, 家貧鰥居, 每見彼寡女, 欲取而無路. 乃生一計, 與親密友人相議曰: "吾無娶妻之道, 欲得某家寡婦居生, 今夜, 吾當往彼家, 赤身蒙被寡女之衾枕而臥, 君須於明日天明時, 來寡女家, 則寡女必在庭廚之間, 君必如此如此爲之, 則吾事濟矣." 友人曰: "彼女頗有節行, 家且饒足, 豈有肯從之理? 事若不成, 必有不好之光景, 何不思之?" 村人曰: "萬無一慮, 但依吾言爲之." 友人不得已許之. 於是, 村人曉往寡女家, 籬外窺視, 則寡女出廚中, 煮牛粥. 村人暗步, 向後門而入房, 鋪寡女衾枕, 解衣當奧, 臥于衾裏. 天明時, 友人如約來. 寡女在廚中曰: "有何事, 如是早來乎?" 友人答曰: "今日欲耕陳田,[1] 農牛暫借, 則午前當還, 爲此請專來矣." 寡女未及答, 村人開枕邊小窓, 在衾裡, 擧頭向友人曰: "吾家今日亦耕, 無暇借給, 速往他處借耕也." 友人驚曰: "君何爲臥此房內?"

---

1) 진전(陳田): 묵정밭. 오래 내버려두어 거칠어진 밭.

村人笑答曰: "吾臥吾家房中, 有何怪而問也?" 友人曰: "此家主人, 嫂嫂獨居. 一村之所共知, 吾家云者, 何也?" 村人曰: "若非吾家, 豈有他人房內, 宿處之理乎? 吾方朝寢未起, 故尙在衾內, 他人家事, 君何如是多言也? 不緊不緊." 友人但稱奇怪, 而打腦而出. 女人見此貌樣, 失色痴呆, 口苦無語. 友人卽往見同隣喜事輩, 細說此事, 世事不可測如此, 男女老少, 多不信, 或有疑訝者, 友人曰: "卽今目睹而來. 卽往見之, 可以破惑其中." 男女七八人, 一時往寡女家, 則村人尙臥不起, 口橫烟竹, 開窓出視曰: "何許人, 主人未起前, 如是早來擾擾乎?" 諸人見之, 皆拍掌笑曰: "某人之言, 果不虛矣. 今無更疑." 皆散去. 寡女面如死灰, 不得開口, 立如泥塑.[2] 村人乃出廚中, 執寡女之手曰: "人生世間, 如輕塵之栖弱草,[3] 君以未衰之年, 何必自苦如彼? 今事已至此, 雖有十舌, 無以喙長, 訟亦見屈矣. 不如與我結緣, 彼此旣鰥寡, 則豈不可合乎?" 寡女百爾思之, 無以發明, 乃垂淚長歎, 不得已聽從, 生子生女, 好過平生云.

2) 니소(泥塑): 진흙으로 만든 소상(塑像). 조각품.
3) 인생세간, 여경진지서약초(人生世間如輕塵之栖弱草): 이는 『소학小學』 선행(善行) 실명륜(實明倫)에 나오는 말이다. "어떤 사람이 묻기를 '사람이 세상에 사는 것은 마치 가벼운 먼지가 연약한 풀 위에 앉는 것과 같다. 어찌 그다지 고생을 하는가?'〔或謂之曰, '人生世間, 如輕塵棲弱草, 何辛苦乃爾〕"를 조금 변개시켰다.

딸이 어머니의 병을 걱정하다

한 여인이 부엌에서 밥을 지으면서 밥이 익었는지를 살피고 있을 때였다.

방 안에 있던 남편이 연거푸 급하게 아내를 불렀다. 여인은 무슨 일인지 몰라 급히 방 안으로 들어갔다. 그러자 남편은 곧바로 아내를 넘어뜨린 후 질펀하게 일을 치렀다.

일이 끝나자, 여인은 도로 부엌으로 나갔다. 밥은 이미 익어 있었다. 부인은 한 발은 부엌 바닥을 딛고, 다른 한 발은 부뚜막 위에 올려놓은 채 그릇에 밥을 펐다.

이때, 어린 딸이 마침 부뚜막 아래에 있었다. 딸은 어머니의 넓은 속옷 사이로 열린 틈을 보았다. 그 속으로 보이는 음호에서는 아직 씻지 않은 음수淫水가 잇따라 흘러내렸다. 어린 딸은 한참 동안 그것을 보다가 눈썹을 찡그리며 어머니를 불렀다.

"어머니의 보지도 감기가 들었나봐요. 콧물이 잇따라 흐르는데, 멈추지가 않네요. 불쌍하고, 불쌍해라."

어머니는 웃음을 머금고 속옷을 정리하여 그것을 감추었다.

이 말을 들은 사람들은 한바탕 크게 웃더라.

女憂母病

一女人在廚中, 炊飯伺熟, 夫在房中, 而連聲急呼其妻. 女人不知何事, 卽
入房中, 則夫直爲倒臥後, 狼藉作事. 事訖, 女人還出廚間, 見飯已熟, 一足
踏廚底, 一足高據竈上, 執器盛飯. 此時, 稚女適在竈下, 仰見其母之廣袴開
處, 陰戶中未洗之淫水, 連爲流出. 稚女移時見之, 顰眉而呼其母曰: "母之
寶池, 亦有感患乎? 鼻液連流不止, 可悶可悶." 母含笑, 以袴掩之. 聞者大笑.

신생아가 등거리를 입었다

한 선비가 잇따라 아들 셋을 낳았는데, 하나하나가 모두 못났다. 선비는 마음속으로 억울하고 한탄스러워 말했다.

"내 정수精水가 매우 탁하여 아이를 낳으면 반드시 이와 같은가보네. 이번에는 마땅히 잘 만들어봐야겠다."

그래서 선비는 가는 베 한 조각을 아내의 음호에 덮고 나서 관계를 가지려고 했다. 아내는 선비의 행동이 괴이하여 물었다.

"베 조각으로 무엇을 하시려고요?"

"이번에는 정수를 깨끗하게 걸러서 고운 아이를 만들고자 함이오."

그러고는 베 조각 위에서 일을 치렀다. 그러나 일을 치르는 것이 깊어져 나아갔다 물러갔다를 반복하는 사이에 베 조각은 간 곳이 없었다. 일을 마친 후, 여기저기 두루 찾았지만 끝내 찾지 못했다.

열 달이 차서, 선비는 과연 고운 아이를 얻었다. 그때의 베 조각은 신생아의 등을 덮는 자그마한 속옷 모양이 되었는데, 아이가 그것을 입고 나온 것이었다. 선비는 기뻐하며 말했다.

"이번에 낳은 아이가 고운 것은 정수를 깨끗하게 걸러낸 효험이렷다! 아이 또한 등거리를 입고 나왔으니 이야말로 일거양득이라 하겠구나!"

新兒背衣

一士人, 連生三子, 箇箇麤惡, 心甚憤歎曰: "吾之精水甚濁, 生兒必如此, 今番則當精造一兒." 乃以細布一片, 覆其妻之陰戶, 方欲房事, 妻怪問曰: "布片何爲?" 士人曰: "今番則欲灑精水, 造美兒矣." 仍於布片上行事, 深入於作事, 出入之際, 竟不知去處. 畢後, 廣捜不得矣. 滿十朔, 果生一美子, 而以其布片, 縫着新兒之小背巨里[1]而出. 父喜曰: "今番兒子之美, 必灑精水之效. 兒又得布縫着背巨里而出, 可謂一擧兩得也."

---

1) 배거리(背巨里): 등거리. 등만 덮을 만하게 걸쳐 입는 속옷의 하나.

계집종이 주인의 의혹을 풀어 주다

한 어리석은 선비가 스무 살에 처음으로 아이를 얻었다. 선비는 아이를 볼 때마다 항상 손으로 머리를 쥐어보았다. 그리고 마음속으로 생각하였다.

'이 아이의 머리가 비록 작다고는 하지만, 이 아이가 나온 이후로 그 어미의 음호가 몹시 커졌을 것임은 가히 알지라. 내 양물이 어찌 그 적수가 되리오? 그러니 다시 관계를 맺겠다는 생각일랑 감히 내지도 말아야겠다.'

선비는 아내와의 정이 돈독했지만, 잠자리를 그만둔 지 이미 몇 년이 흘렀다. 선비가 항상 아이의 머리를 재고 난 후, 그의 아내를 보고 문득 한탄하는 얼굴빛을 보인 것도 여러 번이었다. 아내는 시샘이 났지만, 어쩔 수 없이 지냈다.

어느 날, 아내는 친하게 지내는 늙은 여종과 조용히 상의했다.

"서방님이 이 아이를 낳은 후로는 매양 아이의 머리를 쥐어본 다음에 나를 보거든. 문득 한탄하는 얼굴빛을 보이면서…… 서방님은 반드시 아이를 낳은 후 내 하문下門이 넓고 커졌다 여겨 나와 관계를 맺지 않겠다고 생각하시나봐. 몇 년 동안 잠자리를 갖지 못해 답답할 뿐 아니라 다시는 아이를 낳을 희망도 없으니 어찌하면 좋을까?"

늙은 여종은 웃으며 말했다.

"이 일은 매우 쉽습니다. 제게 계교가 있는데…… 지난번에 소쿠리 안에 연안延安 인절미가 있는 것을 보았는데, 지금도 남아 있나요?"

"남아 있지."

"그럼 오늘 밤에 서방님이 들어오시면 이 늙은이를 불러주십시오. 그리고 제게 떡을 굽게 하면 마땅히 묘책을 내서 서방님의 의혹을 풀어드리지요."

아내는 선비가 들어오는 때에 맞춰 늙은 여종을 불렀다. 그리고 인절미를 내어주며 말했다.

"잘 구워서 서방님께 드리게."

여종은 선비 앞에 앉아 인절미를 무르녹을 정도로 구운 다음에 그것을 꺼내 손가락으로 찔러 구멍을 냈다. 그리고 손가락을 도로 뺐다. 떡은 서서히 다시 합쳐졌다. 그러자 여종이 웃으며 말했다.

"이 떡은 비유하자면 아이를 낳은 여인의 하문下門과 같습니다."

"그게 무슨 말이더냐?"

"아이를 낳은 후에 넓어진 여인의 음문은 예전처럼 도로 좁아진다는 말이지요. 아이를 낳을 때는 수십 번이라도 음문이 열리지만, 아이를 낳은 후에는 그때마다 다시 합쳐진답니다. 이 떡은 차진 찹쌀인 까닭에 손가락으로 찔러도, 뽑아낸 후에는 다시 합쳐지지요. 그러니 어찌 아이를 낳은 부녀자의 하문과 다름이 있겠습니까?"

말을 마친 늙은 여종은 크게 웃었다. 선비가 이 말을 듣자, 마치 술에 취해 있다가 막 깬 것과 같았다. 마음은 몹시 기뻤다.

그날 밤, 선비 부부는 잠자리를 가졌는데, 전날에 나누었던 즐거움

과 조금도 다름이 없었다. 마침내 오랫동안 가지고 있던 선비의 의혹
도 풀렸다.

이 말을 들은 사람이라면 어찌 포복절도하지 않겠는가?

婢破主疑

有一愚生, 二十初生子, 而每見兒時, 以手捫兒頭, 心思 '此兒頭雖小, 此
兒出後, 其母陰戶之濶大, 可知也. 吾之陽莖, 豈能敵之乎? 更不敢生意交
合.' 情雖篤好, 房事之廢, 已數年矣. 每撫兒頭, 視其妻, 輒有恨歎之色, 如
是屢屢矣. 妻黙猜看之, 與有情老婢, 從容相議曰: "書房主, 生此兒後, 每撫
兒頭而見我, 輒有恨歎之色, 書房主, 必疑生兒後, 吾之下門, 仍爲濶大, 無
以交合. 至今數年之間, 更無枕席之會, 非但沓沓, 更無生産之望, 此將奈
何?" 婢笑曰: "此事極易. 婢有一計, 向者見機檻內, 有延安引絶餠[1]矣, 尙
有餘者乎?" 妻曰: "有之." 婢曰: "然則今夜, 書房主入來, 則招老婢, 使之
炙餠, 當有妙計, 以破書房主之疑矣." 妻依其言, 而夜間當生之入來時, 招老
婢後, 出給餠曰: "善炙之, 進書房主." 婢坐前, 而炙之爛熟後, 以手指揷餠
穿之, 還拔之, 餠復復合. 婢笑曰: "此餠譬如産兒女人之下門也." 生問: "何
謂耶?" 婢曰: "女人生兒後闊陰, 依舊還窄, 數十番生兒産時開, 而産後合.
此餠粘米, 故揷之以指, 而拔後復合, 豈不同産婦下門乎?" 老婢仍大笑. 生
聞此言, 如醉方醒, 而心甚喜之. 其夜, 夫婦會合, 宛如前日之歡, 遂破生之
久疑. 聞者, 豈不絶倒乎?

1) 연안인절병(延安引絶餠): 연안에서 만든 인절미. 연안은 황해도에 있는 읍이다. 이곳에서 생
산되는 찹쌀은 다른 어느 지역의 것보다도 차지고 좋았기 때문에 연안 인절미는 인절미 중에서
도 최고로 친다. 인절병(引絶餠)은 인절미의 취음이다.

상제가 때를 알다

한 상인喪人은 배우지 못해 무식할 뿐만 아니라 몹시 어리석었다.

부모의 상을 당해 장례를 치르게 되었을 때였다. 친척들이 와서 모든 일들을 돌봐주다가, 여러 사람이 말을 꺼냈다.

"하관下棺은 자시子時에 해야 하는데, 그 시각을 정확하게 알기가 매우 어렵네. 자명종이라도 빌려오는 게 좋을 듯하네."

이런 이야기들을 나누고 있을 때 상인이 말했다.

"빌려올 필요 없습니다. 때를 아는 것만큼은 제가 귀신 같으니까요. 걱정하지 않아도 됩니다. 걱정하지 마십시오."

모든 사람들은 주인의 말이 이와 같으니 그에게 맡겨두고 다시는 말을 꺼내지 않았다.

장례 당일이 되자, 사람들은 산에 올라가 때를 기다렸다. 밤이 깊어지자, 홀연 상인이 말했다.

"때가 되었습니다. 즉시 하관합시다."

모든 사람들이 막 하관할 즈음, 갑자기 상인은 바지를 풀더니 손으로 양물을 잡고 관 위에다 오줌을 누기 시작했다.

곁에 있던 사람들이 몹시 놀라 말했다.

"이게 무슨 짓이냐?"

"여러분은 모르십니까? 택일기擇日記에 병인년丙寅年에 태어난 사람은 하관할 때 소피少避하라고 했잖습니까?【소피少避는 방언으로 오줌을 누는 것을 말한다】제가 병인년에 태어났기 때문에 오줌을 눈 것입니다."

모든 사람들은 해괴망측해하면서도 웃어 마지않았다. 그중의 한 사람이 물었다.

"자시는 어떻게 해서 정확히 알았는가?"

"저는 매일 자시가 되면 갑자기 양물이 일어납니다. 그것은 한 번도 어김이 없었습니다. 그래서 정확히 알았습지요."

모든 사람들이 또다시 포복절도하더라.

喪人知時

有一喪人, 不學無識, 甚愚駭. 當親喪臨葬, 親知人來檢凡百. 諸人以爲'下棺子時[1], 最難的知, 自鳴鐘借來, 爲好 云, 喪人曰: "不必借來. 吾當知時, 有如神之法, 勿慮勿慮." 諸人以主人之言如此, 置不復言矣. 當日山上待時, 夜深後, 喪人忽曰: "時今至矣. 卽爲下棺也." 諸人方下棺之際, 喪人忽又解袴, 手擧陽物, 而放溺于棺上. 左右大驚曰: "此何事也?" 喪人曰: "諸人不知耶? 擇日記[2], 丙寅生, 下棺時少避〔小避, 方言放溺之謂也.〕[3], 吾丙寅生, 故放溺矣." 諸人駭笑不已. 一人問曰: "子時則何以的知否?" 喪人曰: "吾每日子時, 必陽氣輒動, 一不有違. 以是的知矣." 諸人又絶倒.

---

1) 자시(子時): 십이시(十二時)의 첫째시. 밤 11시부터 오전 1시까지의 사이.
2) 택일기(擇日記): 어떤 일을 치르기 위해 좋은 날짜를 가려 기록해둔 문서.
3) 소피(少避)는 잠시 피해 있으라는 말인데, 이 어리석은 사람은 오줌을 눈다는 소피(所避)로 잘못 알아들어서 관 위에 오줌을 눈 것이다.

폐백을 드린 신부가 아이를 낳다

한 신부가 신혼 날에 시어머니께 폐백을 드리는데, 절을 하다가 갑자기 아이를 낳았다.

시어머니는 많은 사람들이 모여 있는 와중에 너무 당황스러워 어떻게 해야 할지를 몰랐다. 급히 신부에게 다가가서 아이를 받아 치마에 쌌다. 그러고는 받은 아이를 안고 안방으로 들어가 놓아두고, 다시 나와 자리에 앉았다.

그러자 신부가 시어머니에게 말했다.

"어머니께서 이렇게까지 아이를 사랑하시는 줄 알았다면, 작년에 낳은 아이도 함께 데리고 와서 보여드릴 것을…… 그러지 못한 게 한스러울 따름입니다."

자리에 앉은 사람들은 모두 입을 막았고, 시어머니는 부끄러워 대답조차 할 수가 없었다.

幣婦産兒

一新婦, 當新婚之日, 納幣于尊姑, 拜禮時, 忽生兒. 姑於衆會之中, 不勝罔措, 急向婦前, 而收兒裹裳, 走入內房棄置後, 還出坐, 新婦向姑言曰: "尊姑之愛此兒, 若知如此, 恨不携來昨年所生之兒而并納之矣." 一座掩口, 姑羞慙無答矣.

매부의 상중에 있다

한 사람이 시골을 갈 때였다. 그는 길에서 한 상인喪人이 무덤 앞에 앉아 노래 부르는 것을 보았다. 마음속으로 해괴하여, 상인을 불러 물었다.

"당신이 누구의 상중에 있는지는 모르겠지만, 상인이 되어 노래를 부르는 것이 온당하오?"

"나는 매부妹夫의 상중에 있는데, 그것이 예절에 어긋나나요?"

"세상에…… 어떻게 매부 상중이란 게 있을 수 있단 말이오? 당신의 말은 미친 소리구려."

"이 무덤은 내 상전의 무덤이오. 그러나 상전이 일찍이 내 누이를 간음하였으니, 어찌 내 매부가 되지 않겠소? 상전의 상중에 있는 것도 또한 가볍지 아니하오. 하지만 상전이 이미 체통을 잃고 나의 매부가 되었잖소. 상전이 그렇게 했듯이, 나도 조금 체통을 잃어 상전을 모시는 종 대신 상전의 매부가 되어 상복을 입은 게 뭐 그리 대단하겠소?"

그 사람은 웃으면서 가더라.

妹夫居喪

一人作鄕行, 見喪人坐墳前詠歌, 心駭之, 召喪人問曰: "君服何居喪, 而以喪人唱歌, 可乎?" 喪人曰: "吾服妹夫居喪, 有何違禮乎?" 行人曰: "世上, 豈有妹夫居喪乎? 君言狂矣." 喪人曰: "此墓果是吾上典之墓, 而上典曾奸吾之妹, 此非妹夫乎? 上典居喪, 亦不輕, 而上典旣失軆. 吾之失軆, 豈大段耶?" 行人笑而去.

남은 약은 모두 버리라고 명령하다

노老재상은 젊은 첩을 몹시 사랑하였다. 그러나 매일마다 밤이면 온갖 핑계를 대며 잠자리를 피해 첩의 마음을 기쁘게 하지 못했다. 그래서 해구신海狗腎과 녹용을 두루 구해 가루약으로 만들어 베갯머리에 두고 매일 아침마다 따뜻한 술에 타서 복용하였다. 그러나 몇 달이 지나도 전혀 효험을 보지 못했다.

노재상의 곁에는 젊은 겸인傔人이 있었는데, 그는 노재상이 매일 아침마다 약을 복용하는 것을 보았다. 하루는 노재상이 공무가 있어 새벽에 외출하자, 겸인은 마음속으로 생각하였다.

'대감께서 매일 아침마다 이 약을 복용하니, 분명 좋은 약이렷다.'

그러고는 따뜻한 술에 가루 몇 숟갈을 타서 복용하였다. 그랬더니 며칠이 지나지도 않았는데, 양기가 왕성해져 밤이건 낮이건 주체할 수가 없게 되었다. 겸인은 곧장 집으로 돌아가 그의 아내와 밤낮으로 붙어지내며 떨어지지 않았다. 십여 일이 지났어도 노재상 댁에는 가보지도 못할 정도였다.

노재상은 다른 겸인에게 물었다.

"아무개가 십여 일 동안 오지 않으니 괴상한 일이로구나. 너는 가서 즉시 아무개를 불러오너라."

이윽고 그 겸인이 와서 뵈었다. 노재상이 말했다.

"자네는 그동안 무슨 병이 들었더냐? 십여 일 동안 보이지가 않았으니 참으로 괴이하구나."

겸인은 웃으며 대답했다.

"소인이 어찌 감히 속이겠습니까? 소인은 대감께옵서 매일 아침마다 베갯머리에 둔 가루약을 복용하시는 것을 보았습니다. 그러다가 지난번에 소인이 장난 삼아 따뜻한 술에 몇 숟갈을 타서 복용했습지요. 그런데 복용한 지 며칠 만에 갑자기 양기가 강성해지더니 그 생각을 하지 않으려 해도 반시간조차 참을 수가 없을 정도가 되었습니다. 그래서 곧바로 집으로 가서 소인의 아내와 더불어 밤낮으로 관계를 맺은 것이 벌써 십여 일이옵니다. 그동안 잠시도 그만두지 아니하였습지요. 이처럼 멈출 수 없으니 반드시 죽고 나서야 그칠까 합니다. 참으로 후회했지만, 그 또한 어찌할 수가 없었습니다. 그런 까닭에 일찍이 올 수가 없었습니다."

재상은 이 말을 듣더니 근심스러운 표정으로 탄식하며 말했다.

"원래 이와 같은지라. 늙은 사람에게는 약 또한 쓸모가 없지. 나는 수십 일 동안 복용했는데도 털끝만치도 효험이 없더니, 자네는 불과 몇 숟갈만 복용했는데도 그 효험이 이처럼 웅장하니 어찌 애통하지 않은가? 만약 이 약을 그냥 둔다면 늙은 놈에게는 효험도 없으면서, 젊은 놈은 죽음에 이르게 할 것이니 잠시도 놔둘 수가 없겠네."

그러고는 그 약을 똥통에 던져버리라 명령했다고 한다.

命棄餘藥

一老宰, 有一少妾, 甚愛之. 每當夜, 無以塞責[1], 而悅其心. 廣求膃肭肭臍[2] 與鹿茸, 作末, 置于枕邊, 每朝和溫酒服之, 而數月少無分効. 傍有一傔人年 少者, 見其每朝服之. 一日, 老宰曉赴公, 故傔人心以爲 '大監每朝服此藥, 必 是好藥矣.' 乃以溫酒, 和數匙而服之, 不數日, 陽氣大盛, 晝夜難制. 乃歸 家, 與其妻晝夜不離, 過十餘日不來老宰家. 老宰問他傔曰: "某也十餘日不 來, 可怪之事. 卽爲招來." 傔人來謁, 老宰曰: "汝其間有何病乎? 十餘日不 來, 可怪." 傔人笑曰: "小人何敢欺罔也? 每朝見大監服枕邊屑藥, 向日, 小 人以作亂, 和服其藥數匙於溫酒矣. 服之數日, 忽陽氣強盛, 欲折, 半時難 耐, 故歸家, 與小人妻晝夜會合, 至于今十餘日, 暫時不屈, 如是不已, 則必 死乃已, 眞後悔莫及, 如此, 故不得速來矣." 宰聞之, 愀然歎曰: "元來如此. 老者藥亦無用. 吾服數十日, 毫無其効, 汝服數匙, 其効若是雄壯, 豈不可 痛? 此藥若置之, 老者無効, 少者當死, 不可暫留." 乃命棄于糞陌之中云.

1) 색책(塞責): 책임을 면하기 위하여 겉으로만 둘러대어 꾸밈.
2) 올육눌제(膃肭肭臍): 해구신(海狗腎). 수컷 물개의 생식기와 고환.

소금장수가 아내를 도둑질하다

산골 초가삼간에 생원 부부가 살고 있었다.

어느 날 저녁, 소금장수가 그 집에 와서 하룻밤 자고 가기를 청했다. 생원이 말했다.

"우리 집은 크기가 말⑪만 하여 방이 몹시 좁습니다. 우리 내외도 지척에 두고 있을 정도이니 머물러 잘 수가 없겠습니다."

"나도 가난한 양반으로, 소금을 팔아서 생계를 꾸려가고 있소. 이곳을 지나다가 마침 날이 어두워져 겨우겨우 인가를 찾아 왔는데, 하룻밤 자고 가는 것조차 허락해주지 않는구려. 호랑이나 표범의 피해를 입을까 두렵기도 합니다만, 그보다도 어찌 이렇듯 인정머리 없는 행동을 한단 말이오?"

생원은 어찌할 수 없어 자고 가는 것을 허락하였다.

이후 생원은 안방으로 들어가 밥을 먹고 아내에게 말했다.

"내가 요새 송편이 먹고 싶으니 오늘 밤 자네가 만들어서 함께 먹으면 어떻겠는가?"

"사랑방에 손님도 와 계신데 어떻게 둘이서만 조용히 먹을 수 있겠어요?"

"내가 새끼줄에다 내 거시기를 묶어둔 다음 새끼줄의 끝부분을 창틈으로 내보내서 창밖에 둘 것이네. 송편이 다 익으면 그 새끼줄 끝단을 잡아당기면서 흔들게. 그러면 조용히 안방으로 와서 함께 먹겠네. 이 어찌 절묘하지 않은가?"

아내는 그렇게 하기로 승낙하였다. 하지만 이 집의 안방과 사랑방은 단지 벽 하나를 사이에 두고 있어서 소금장수는 벽에 귀를 대고 부부가 하는 말을 몰래 엿들었다.

생원은 안방에 나갔다 들어와서는 소금장수에게 먼저 자라고 권유했다. 소금장수가 거짓으로 잠든 척하자, 생원은 새끼줄로 자신의 신낭腎囊을 묶더니, 그 한쪽 끝단을 창틈으로 내보내고 누웠다. 그러다가 자신도 모르게 깊은 잠에 빠져들고 말았다. 우레처럼 코도 골아댔다. 소금장수는 생원이 깊은 잠에 빠져들었음을 알고, 몰래 생원이 신낭에 묶어둔 새끼줄을 풀었다. 그리고 그것을 자신의 신낭에 묶고 누웠다.

잠시 후, 생원의 아내가 창밖에서 새끼줄을 몇 차례 잡아당겼다. 소금장수는 가만히 일어나 안방으로 들어가다가 처마 아래에서 나지막이 말했다.

"등불이 창에 비치면 소금장수가 엿볼까 두려우니 불을 끄는 것이 좋겠네."

"그러면 캄캄한데, 어떻게 떡을 드시려구요?"

"비록 캄캄하더라도 손이 있고 입이 있는데, 먹는 데야 무슨 어려움이 있겠나?"

아내는 웃으면서 등불을 껐다. 소금장수는 곧장 방 안으로 들어가 생원의 아내와 송편을 먹었다. 송편을 먹은 후, 소금장수는 생원의 아내를 이끌어 눕히고는 지극한 즐거움을 나누고 밖으로 나왔다. 그리고 생원을 불렀다.

"주인! 주인! 이제 이미 닭이 울었으니 나는 가오. 뒷날 다시 오리다."

그렇게 말하고서 떠나버렸다. 생원은 혼잣말을 했다.

'닭이 울 때까지 어찌하여 떡 소식은 없단 말인가?'

그리고 자신의 양물을 만져보니, 묶어두었던 새끼줄도 없었다. 몹시 이상하여 곧바로 안방으로 갔더니 아내는 잠이 들어 있었다. 생원이 아내를 깨워 물었다.

"나는 송편을 고대하고 있는데, 아직까지도 소식이 없는 것은 무슨 까닭인가?"

아내가 웃으며 말했다.

"아까 이미 배불리 먹고 즐거움까지 나누고서 또 무슨 일로 안방에 오셨어요?"

"그게 무슨 말인가?"

아내는 아까 들어와서 등불을 끄고 방에 들어온 일이며, 함께 음식을 먹은 일이며, 운우의 즐거움을 나눈 일까지 빠짐없이 모두 말했다. 그러자 생원은 몹시 놀라 주저앉았다.

"원수 같은 소금장수가 내 아내와 떡을 도둑질했구나!"

그러자 아내는 웃으며 말했다.

"나도 관계를 맺을 때 양물이 장대하고 굳건하여 전과 크게 다른 것을 이상하다고 생각했는데, 그게 소금장수의 것이었구나!"

이 말을 들은 사람들 모두 배를 움켜잡고 웃더라.

鹽商盜妻

山谷, 一生員, 草廬三間, 夫妻居生. 一夕, 鹽商來請一宿, 生員曰: "吾家

如斗, 房旣狹矣. 內外咫尺, 無以留宿." 鹽商曰: "吾亦貧班, 賣鹽生涯. 過
此, 而適値迫昏, 旣訪人家, 不許一宿, 則非但虎豹可畏, 豈如是不近人情?"
生員無奈, 勉强許之. 生員入內喫飯, 謂妻曰: "吾近日欲食松餅矣, 今夜君
其爲之, 與我同食, 如何?" 妻曰: "舍廊有客, 何以從容共食?" 生員曰: "吾
當以繩, 繫吾腎囊後, 繩端從窓穴, 而出置于窓外, 待餅熟, 執其繩端, 牽搖
之, 當從容入來, 共食, 豈不妙哉?" 妻如是諾矣. 元來此家內外, 只隔一窓.
鹽商附耳竊聽, 則生員出來, 勸鹽商先宿, 鹽商佯作入睡之狀, 生員以繩繫
其腎囊, 以一端出送窓穴外而臥, 不覺入睡甚牢, 鼻息如雷. 鹽商知其生員
之深入睡, 暗解生員繫囊之繩, 繫自己腎囊而臥之. 少頃, 自窓外牽繩數次.
鹽商暗起入來, 至軒下低聲曰: "燈光照窓, 恐鹽商窺見, 當減燈火, 可也."
生員妻曰: "昏何以食餅乎?" 鹽商曰: "雖昏, 有手有口, 何難取食?" 妻笑而
減燈. 鹽商乃入房, 與生員妻, 食松餅訖, 仍携手而臥, 極淫而出外, 呼生員
曰: "主人主人! 今已鷄鳴, 吾方去矣. 後日當更來." 云而去. 生員心語曰:
'至鷄鳴, 胡無餠消息也?' 且捫其囊, 無所繫之繩矣. 甚怪之, 卽入內, 則妻
方宿. 生員呼之曰: "吾苦待松餅, 而尙無消息, 何也?" 妻笑曰: "俄旣飽食
盡歡, 又何入內也?" 生員曰: "此何言也?" 妻說盡俄者入來, 減燈入房, 共
食餅, 而言雲雨之事, 生員大驚却坐曰: "怨讐鹽商, 盜吾家之妻與餅." 妻笑
言曰: "吾怪其雲雨時, 陽道壯健, 大異於前, 此乃鹽商也哉." 聞者捧腹.

개에게 시집갈 날이 멀지 않다고 자랑하다

어느 노처녀의 혼인날이 며칠 후로 다가왔다. 처녀는 기쁨을 이길 수 없었다.

그러던 어느 날, 측간에 가는데, 개 한 마리가 뒤따라왔다. 처녀는 개 앞에 앉아 말했다.

"나, 내일모레 시집간다!"

마침 개는 머리를 들어 길게 하품을 해댔다. 그러자 처녀는 개의 목덜미를 껴안으며 말했다.

"못 믿겠다고? 내가 만약 거짓말을 했다면 정말로 네 딸이다."

근래에 일을 꾸미기를 좋아하는 사람들이 간혹 '개야, 내일모레에' 라고 하는 말은 여기에서 비롯된 것이라고 한다.

誇狗嫁近

有一老處女, 婚期只隔數日, 喜不自勝. 一日, 如厠見一狗隨來, 坐前, 向狗言曰: "吾再明嫁夫!" 狗適擧頭欠伸. 處女抱狗頸曰: "汝不信耶? 吾若虛言, 眞汝之女也." 近來有喜事, 則或曰狗也再明之說, 始於此云云.[1]

1) 이 이야기는 서강대본에만 실려 있고, 민속학자료간행위원회본에는 실려 있지 않다.

세 사람의 각기 다른 소원

세 소년이 서로 마주 앉아 각각의 소원을 물었다. 한 소년이 먼저 말했다.

"나는 후생에 세상에서 제일가는 기생이 되고 싶네. 위로는 공경대부公卿大夫에서 아래로는 토지세를 내는 사람과, 후한 급료를 받는 벼슬아치 중에서도 부잣집 자제들에 이르기까지 그들의 간장을 모두 녹여 내 손아귀에 넣고 농락하면서, 온갖 사치를 부리면서, 인간 세상의 모든 즐거움을 누리면서, 오로지 내가 하고 싶은 대로 하면서도 온 나라에 내 이름을 떨친다면 이보다 나은 것은 없을 듯하네."

다른 한 소년이 말했다.

"나는 후생에 솔개가 되어 높이 날아 하늘 끝까지 올라 사방을 유람하려네. 그러다가 이름난 집안의 아름다운 계집종이 고기를 담은 광주리를 끼고 오기라도 하면 가벼운 몸으로 곧바로 내려와 그 고기를 낚아채고 다시 날아오르려네. 그러면 아름다운 계집종은 놀라 엄마를 찾아대겠지. 그리고 나를 올려다보며 울다가 웃다가 하는 양을 본다면 어찌 호쾌하지 않겠는가?"

다른 한 소년이 말했다.

"나는 후생에 돼지 새끼가 되려네."

두 사람은 크게 웃으며 말했다.

"그것 참 별난 소원이로군. 그게 무슨 말인가?"

"돼지 새끼는 태어난 지 겨우 몇 달 만에 능히 색色을 탐하는 법을 알거든. 그래서 그리 원했던 것뿐일세."

듣는 사람들 모두 크게 웃더라.

三人各願

有少年三人, 相對, 各問所願. 一人曰: "吾後生, 願爲世上第一名娼, 上自公卿, 下至貢布[1]人, 厚料布員役[2]中富家子弟, 消盡其肝臟, 籠絡吾之手中, 窮奢極侈, 世間行樂, 惟意所欲, 登揚一國, 則似無過於此矣." 一人曰: "吾後生, 願爲鳶, 高飛戾天[3] 遊覽四方, 若見名家美婢, 挾肉筐來者, 輕身飛下, 攫其肉而復高飛, 則美婢大驚呼母, 仰見我, 或笑或哭, 豈非豪快乎?" 一人曰: "吾則後生, 願爲猪雛." 二人大笑曰: "此乃別願. 何謂也?" 其人曰: "猪雛, 生纔數三朔, 便能知爲色, 以是願之." 聞者大噱.

---

1) 공포(貢布): 조선시대에 토지에 매겨진 세금으로 바치던 베.
2) 원역(員役): 공포를 관리하는 아전 정도의 벼슬아치.
3) 원위연 고비려천(願爲鳶 高飛戾天): 이 말은 『시경詩經』 대아(大雅) 「한록旱麓」에 나오는 "솔개 날아 하늘에 이르고, 물고기 물에서 뛰노네[연비려천(鳶飛戾天) 어약우연(魚躍于淵)]"을 활용한 말이다. 이는 문왕(文王)의 도가 날짐승과 어류에게까지 미친다는 말로, 만물이 저마다 마땅한 자리를 얻어 즐겁게 지내는 것을 의미한다. 여기서는 이러한 의미가 아니라, 문맥 그대로 '솔개가 되어 하늘 높이 난다'는 의미로 쓰였다.

바지를 빌려 입은 것이 탄로났다

예전에 가난하기 짝이 없는 고을 원이 있었다. 그는 다른 고을의 원으로 제수를 받아, 그날 자신이 몸담았던 관아에서 하직을 해야 했다. 그러나 마땅히 입고 갈 바지가 없었다. 이에 아내가 말했다.

"급박하게 나아가야 하니 바지를 만들 수가 없네요. 또한 빌릴 데도 없고요. 그러니 내가 결혼할 때 입었던 명주로 짠 붉은 바지라도 잠시 입을 수밖에 없네요. 그러나 여자 바지의 밑은 터져 있어서 남자의 윗옷으로 완전하게 가릴 수 없습니다. 만약 바지와 윗옷이 떨어진다면 반드시 들통날 것이니 명심하십시오."

고을 원은 허락하고 사랑으로 나갔다. 아내는 누각 위에 올라가 창문으로 고을 원의 행동을 살펴보았다.

형방刑房에 속한 아전이 나와 엎드렸다가 조금 물러났다. 그러고나서 고을 원에게 관아의 문서를 읽으면서 보고하기 시작했다. 고을 원은 안석案席에 기대앉아 한쪽 다리를 내려놓았다. 그러자 고을 원이 입고 있는 창의氅衣, 벼슬아치가 평상시에 입던 윗옷가 감겨 올라가면서 바지의 밑부분이 벌어졌다. 고을 원의 신낭腎囊도 완전히 드러났다.

아내는 그것을 보고 몹시 당황하여 급히 짧은 편지를 써서 아이종을 시켜 원님께 드리도록 했다. 고을 원은 그 편지를 형리刑吏에게 주어 읽도록 했다. 형리는 우물쭈물하며 감히 읽지를 못했다.

"이것은 마님께서 보낸 서간이온데, 황송하여 감히 읽을 수가 없습니다."

"무릇 관아의 모든 문장은 본래 아전의 몫이지 않은가? 그런데 너는 어찌하여 그렇게 가는 목소리로 말을 하느냐?"

고을 원은 급히 편지를 읽도록 했다. 형리도 어쩔 수 없이 마치 백성들이 올린 소장을 아뢰는 것처럼 큰 소리로 그 편지를 읽었다. 그 편지에는 다음과 같이 쓰여 있었다.

'집이 가난하여 바지를 만들지 못해 임시로 여인의 바지를 입혀드렸잖아요. 아까 부탁한 말씀을 어찌하여 마음에 새기지 않으시는지요? 옷을 벌린 상태로 다리를 내려놓으면 아랫부분이 모두 드러나서 아랫것들에게 보이게 됩니다. 그러면 어찌 부끄럽지 않겠습니까? 즉시 무릎을 모아 단정하게 앉으세요.'

고을 원이 보고를 듣더니 눈썹을 찡그리며 소리를 질렀다.

"우습고도 우습구나! 나는 그래도 이런 바지라도 있지. 저는 짧고 해진 치마 쪼가리조차 없으면서 다시 무슨 말을 한단 말이냐?"

곁에 있는 사람들 모두 몰래 웃더라.

借袴綻露

古有一倅, 家貧無比. 得除一邑, 將當日辭朝, 而無可着之袴. 室內以爲 '臨急, 無以製之. 又無以借之. 吾有婚時所着紬縷緋袴, 不得不暫着, 而女人之袴底, 不合男子之上衣. 若散則必綻露, 必須銘心, 以氅衣深掩斂膝而坐, 俾無恥笑, 好矣.' 倅諾之, 而出舍廊. 室內偶上樓窓望見, 則刑吏伏退告課[1]文狀[2], 倅則倚案席[3], 而以一脚偃臥, 氅衣捲而袴底開, 腎囊全然露出. 室內見之大駭, 急裁短札, 而使童奴, 納于倅. 倅出書給刑吏, 使之告課, 刑吏逡巡不敢讀曰: "此是內書簡, 惶悚不敢讀." 倅曰: "凡文狀, 本是刑吏之告課者. 汝何敢細談?" 促令告課, 刑吏不得已高聲讀之, 如民訴之告課, 則其書曰: '家貧衣未製, 權着女人袴, 俄者所托語, 何不銘心歟? 散衣偃臥, 下部盡露, 下輩所視, 寧不駭懃? 卽爲斂膝端坐' 云云. 倅聞告課, 蹙眉疾聲曰: "可笑可笑. 吾則尙有此袴, 自家則短弊衣, 亦無之, 更何言也?" 左右竊笑.

1) 고과(告課): 하급 관리가 윗사람이나 상사에게 신고함을 일컫는 말.

2) 문장(文狀): 문첩(文牒). 관아에서 쓰던 서류.

3) 안석(案席): 벽에 세워놓고 앉을 때 몸을 기대는 방석. 지금의 등받침(쿠션)쯤 된다.

악취로 인해 활을 쏠 수 없게 되다

예전에 한 한량이 있었다.

봄과 여름이 바뀔 무렵이었다. 한량은 산에 들어가 사단射壇에서 활을 쏘다가 물을 마시려고 계곡을 찾아 내려갔다. 그곳에서 한량은 한 젊은 여인을 보았다. 그녀는 빨래를 하다가, 봄볕에 노곤하여 소나무 그늘 아래에 누워 깊은 잠에 빠져 있었다. 한량은 그 곁에 앉아 그녀를 불렀지만, 여인은 깨지 않았다. 어루만져보아도 알지 못했다.

이에 한량은 그 곁에 누웠다. 팔을 뻗어 여인에게 팔베개를 해주고, 다리를 서로 교차하여 얹고, 허리를 담뿍 껴안고, 여인과 깍지도 꼈다. 그리고 가운뎃손가락을 여인의 음호에 집어넣고 흔들었다. 그러나 여인은 한결같이 깊은 잠에 빠져 깨지 않았다.

한량도 피곤하여 그 곁에서 잠이 들었다. 한낮이 지나서야 한량은 겨우 깨었는데, 가운뎃손가락은 여전히 음호 속에 들어가 있었다. 한량은 웃음을 머금고 일어나, 손가락을 빼서 살펴보았다. 오랫동안 음호 속에 젖어 있던 가운뎃손가락은 불어 있었는데, 크기가 마치 부풀어오른 모양과 같았다. 그 옆의 다른 손가락과 손바닥에는 하얀 액체가 두루 번져 있었는데, 그 악취가 코를 찔렀다.

한량은 급히 계곡으로 가서 손을 수도 없이 씻고 또 씻었다. 그리고 다시 화살을 쏘던 사단으로 돌아와 활을 잡고 화살을 먹였다. 하지만 활시위가 코와 뺨 사이에 이르자, 가시지 않은 가운뎃손가락의 악취가 코로 스며들었다. 그 때문에 활을 놓아야 했고, 화살은 평소의 반도 못 가 떨어지고 말았다. 연거푸 두세 번 쏘았지만, 예전처럼 격식에 맞게 마음껏 잡아당겨 활을 놓을 수가 없었다. 항상 코와 뺨 사이에 이르면 악취가 나서 감당할 수 없었기 때문이다. 마음 또한 허탈하여 활을 놓았다. 한량이 활을 쏠 때마다 이러했다.

마침내 한량은 '활을 쏘지 못하는 병[弓病]'에 걸려 여러 달 동안 활 쏘는 일을 그만둘 수밖에 없었다.

이 말을 들은 사람들 모두 배를 움켜잡고 웃었다.

臭惡廢弓
古有一閑良[1], 春夏之交, 入山中, 射壇隸射, 欲飲水, 訪溪而下, 見一年少女人, 勞力於澣濯, 困惱於春陽, 臥松陰下睡深. 閑良坐其傍, 而呼之不醒, 撫摩不知. 乃臥其側, 以臂枕女, 交膝抱腰後, 以角指手, 長指納于陰戶中, 動搖之, 女一向牢睡不省. 閑良亦困而着睡, 過午始覺, 則長指尙在陰戶中矣. 含笑而起, 抽而視之, 久濕陰中長指, 滋大如浮高樣, 左右傍指及手掌, 白汁遍濕, 惡臭觸鼻. 急向溪邊, 而無數淨洗, 還歸射壇, 執弓搭矢, 彎絃至鼻頰間, 長指之惡臭, 猶不祛而觸鼻. 仍以放矢, 矢落半道. 連射數三矢, 輒不能如法滿引而射, 每至鼻頰間, 則臭起難堪, 心亦失笑而放射, 每每如此. 遂成弓病, 累朔廢工. 聞者絶倒.

---

1) 한량(閑良): 한량(閑良). 조선시대에 무관 벼슬아치 집안 출신으로서 아직 무과시험을 치르지 않았거나 무과시험에 낙제하여 벼슬길에 오르지 못한 사람.

큰 것을 탐하다 도리어 작은 것을 얻다

한 갓바치가죽신 만드는 일을 업으로 삼던 사람의 아내는 몹시 예뻤다. 이웃에 사
는 사람은 그녀를 어떻게 해보려 했지만, 그녀가 어떤 생각을 가지고
있는지를 몰랐다. 그래서 그녀의 욕망을 움직일 계책을 생각해냈다.

어느 날 그는 갓바치의 집으로 갔다. 갓바치는 윗방에서 신발을 만
들고 있었고, 그의 아내는 건넌방에서 바느질을 하고 있었다. 갓바치
는 그에게 왜 왔는지를 물었다.

이웃 사람이 말을 꺼냈다.

"부탁할 일이 있는데, 그 사연을 말하려 하니 몹시 부끄럽네."

"당신과 나 둘뿐인데, 무슨 부끄러운 말인들 못 하겠습니까? 그저
말씀이나 해보십시오."

"내 양물이 몹시 큰 편이네. 그래서 걸어다니다보면 거치적거려 불
편할 때가 많거든. 사슴 가죽으로 갑匣을 만들어 양물을 담은 후에 끈
으로 허리띠에다 매어놓으면 좋을 것 같은데…… 자네가 갑 하나 만들
어줄 수 있겠나?"

"표본을 내어 보여주신다면 마땅히 만들어드립지요."

이웃 사람은 곧바로 돌아앉아 바지춤을 풀고 표본을 꺼냈다. 갓바치가 그것을 보니, 몸체는 둥글어 몇 번 움켜쥘 수 있을 정도였고, 길이는 반 자 정도 되었다.

갓바치는 놀라 말했다.

"말의 양물보다도 작지 않으니 참으로 놀랍군요."

"오히려 작은 편에 해당하니 만들 때는 표본보다 조금 더 크게 해도 무방할 것이네."

갓바치의 아내가 이 말을 하나하나 엿듣고는 사랑하는 마음에 견딜 수가 없었다. 마음속으로는 내가 바라던 것이라고까지 생각하였다. 그때 갓바치가 이웃 사람에게 말했다.

"내가 집에 있을 때 즉시 말씀하신 대로 만들어서 가죽 궤짝 속에 넣어두겠습니다. 만약 내가 집에 없더라도 집사람에게 말해 찾아 가져가십시오."

며칠 후, 이웃 사람은 갓바치가 없는 밤을 틈타서 갓바치의 집으로 가 그를 불렀다. 갓바치 대신 그의 아내가 응답했다.

"밖에 나가고 집에 없는데요."

"내가 부탁해둔 물건이 있는데, 자기가 집에 없더라도 알아서 찾아 가라고 말을 해두었네. 물건은 만들어두었는지 모르겠네. 심히 걱정이 되는구먼."

"이미 만들어두었는데, 가죽 궤짝 속에 있다네요. 들어오셔서 가지고 가십시오."

이웃 사람은 이내 방 안으로 들어갔다. 그러자 갓바치의 아내는 눈길을 주며 은근한 정을 보냈다. 이웃 사람은 이미 여인의 마음이 움직였다는 사실을 알아채고는 그녀를 껴안고 관계를 맺었다.

두 사람이 한창 일을 벌일 때였다. 이웃 사람의 양물은 오히려 갓바치의 그것보다도 작았다. 여인은 자기가 이웃 사람의 꾀에 빠져들었음을 알았지만, 그렇다고 이제 와서 어떻게 할 수도 없었다. 부득이 잠시 관계를 맺고 한탄하며 내보낼 수밖에……

다음 날 이웃 사람이 다시 그 집에 오니, 갗바치가 물었다.

"가죽 갑은 어제 이미 찾아가셨다고 하더군요. 크거나 작지는 않습디까?"

"약간 작은 듯하네만, 그런대로 쓸 만은 하네."

갗바치의 아내는 건넌방에 있다가 이 말을 듣고는 눈을 찡그리고 입술을 씰룩씰룩하며 말했다.

"저와 같은 양물이라면 삼백 개는 들어가겠구먼. 갑에는 자기 머리라도 완전히 들어가겠는데, 어찌하여 작다고 말을 하는지, 내 참."

이 말은 곧 작은 것에 속았음을 한탄하면서 내뱉은 것이다.

이 말을 들은 사람들 모두 포복절도하더라.

貪大反小

一皮匠[1]妻甚美, 比隣一人, 欲一狎之, 而未知其意, 欲以動之以計. 一日, 往皮匠家, 則皮匠在上房造鞋, 其妻在越房針線. 皮匠問其來意, 隣人曰: "有可請之事, 而言之甚愧矣." 皮匠曰: "君我之間, 何言可愧? 第言之." 隣人曰: "吾之陽物甚大, 行步有防碍不便之時, 若以鹿皮, 造匣儲之後, 以縷懸于腰帶, 似好. 君可造給一匣否?" 皮匠曰: "然則出見樣以給, 當造出也." 隣人卽回坐解袴, 出見樣, 則皮匠見之, 軆圓數搯, 長幾半尺. 驚問曰: "此不減馬陽, 眞個如是乎?" 隣人曰: "猶近於小, 造作時, 稍優於見樣, 無妨矣."

---

1) 피장(皮匠): 피색장(皮色匠). 짐승의 가죽을 다루어 물건을 만드는 사람. 사피장. 생피장. 숙피장, 주피장(갗바치) 등이 있다.

皮匠妻一一聞之, 不勝艷羨, 心以爲吾之願也. 皮匠謂隣人曰: "吾在家時, 少當卽謂造出, 盛置皮櫃中矣. 吾雖不在, 須推去家人也." 過數日後, 隣人探知皮匠之不在家, 乘暮, 往皮匠家, 呼之, 則匠妻答之, '外出不在家.'隣人曰: "吾有所托之物, 而雖不在家, 推去爲言矣. 未知造置否? 甚鬱." 匠妻曰: "果已造置, 盛皮櫃中矣. 入來持去也." 隣人乃入房中, 則女以目送情, 隣人知其心動, 遂携抱狎之. 及其行事, 其陽反小於皮匠之陽物. 女覺其墮於術中, 而無奈, 不得已暫經, 恨歎而送. 翌日, 隣人又來, 匠問曰: "皮匣, 昨已持去云, 大小如何?" 隣人曰: "似小可用也." 匠妻在越房, 聞此言, 獨自側目反脣曰: "如彼陽物, 可用三百. 雖着渠頭, 可以沒入, 豈云小也?" 此言卽恨小見欺而出也. 聞者絶倒.

소죽통을 빌려가라고 권유하다

한 시골 마을에 품팔이를 하는 총각이 있었다. 그는 소죽통을 빌리기 위해 울타리를 사이에 둔 이웃집으로 갔다.

가서 보니, 과부인 주인은 넓은 홑바지만 입고 창문 앞 봉당에 누워 자고 있었다. 피부는 눈처럼 희고, 아랫도리는 반이나 드러나 있었다. 총각이 가까이 가서 쳐다보고 있자니 음욕을 자제할 수가 없었다. 그래서 급히 달려들어 맹렬하게 자신의 양물을 집어넣었다.

과부가 놀라 눈을 뜨고 바라보니, 그는 곧 이웃집 총각이었다. 과부는 화를 내며 총각을 꾸짖었다.

"네가 이러고도 살 수 있을 것 같으냐?"

"소죽통을 빌리러 왔다가 우연히 죄를 짓게 되었구먼요. 마땅히 빼고 그만두렵니다."

그러자 과부는 두 손으로 그 허리를 바싹 끌어당기며 말했다.

"네가 마음대로 나를 겁탈하더니만, 이제는 또 네 마음대로 그만두겠다고? 어찌 감히!"

그러고는 지극히 음탕한 짓을 하고서야 총각을 보내주었다.

다음 날 저녁, 과부는 울타리 안에 서서 총각을 불렀다.

"총각, 총각! 오늘은 소죽통 빌리러 오지 않는가?"

총각은 과부의 생각을 알고, 밤이 깊어지자 또다시 찾아가 어제처럼 즐거움을 나누었다.

勸借牛桶

一鄕村, 雇傭總角, 欲借牛粥桶, 往隔籬家, 見主人寡女, 着廣單袴, 臥宿于窓前土軒, 肌膚如雪, 而下部半露. 總角仍近前視之, 則不勝欲心, 遽劫而猛納陽具. 女驚視之, 則卽隣家總角也. 怒責曰: "汝如此而能生乎?" 總角曰: "吾爲借牛粥桶而來, 偶爾得罪, 當抽止矣." 女以兩手, 挽抱其腰曰: "汝旣任意劫之, 又焉敢任意止之乎?" 仍極淫而送之. 翌日夕, 寡女來立籬內, 呼總角曰: "總角總角! 今日牛粥桶不借去耶?" 總角會其意, 夜深, 又往盡歡如昨.

급한 때에 임기응변을 잘하다

생원이 한 계집종을 눈여겨보았지만, 항상 그 지아비가 집에 있는 것을 꺼렸다. 그래서 생각이 날 때마다, 심부름을 핑계로 계집종의 남편을 내보냈다. 그리고 틈을 봐서 계집종을 간음하였다. 계집종의 남편도 이를 알고 있었지만, 그저 시새움만 내며 한탄할 뿐이었다.

어느 날 황혼 무렵, 생원은 또 계집종의 남편을 불러 조금 거리가 있는 곳에 가서 편지를 전해주라는 심부름을 시켰다. 계집종의 남편은 생원의 계책을 알고, 밖으로 나와 아내에게 말했다.

"생원님이 내게 아무개 댁에 편지를 전달하라고 하네. 그런데 나는 지금 복통 때문에 가기가 어렵네. 자네가 나를 대신해서 그 편지를 전달해주구려."

계집종은 편지를 가지고 갔다. 계집종의 남편은 도로 방에 들어와서 불을 끄고 누워 있었다.

생원은 계집종의 남편이 이미 멀리 갔고, 계집종이 홀로 방 안에 있을 거라고 생각했다. 그래서 몰래 계집종의 방으로 들어갔다. 칠흑같이 깜깜한 방에서 생원은 더듬더듬 계집종을 찾았다. 그러다가 손이 계집종의 남편 몸에 닿았다. 계집종의 남편은 그가 생원임을 짐작하고, 급히 일어나서 큰 소리로 말했다.

"어떤 놈이 이 캄캄한 밤에 남의 방에 들어왔느냐? 뭘 훔치려고?"

생원은 계집종의 남편이 있을 줄은 생각지도 않고 있다가 갑작스레 당한 일에 적잖이 놀랐다. 그러나 이내 마음을 진정하고 큰 소리로 계집종의 남편을 꾸짖었다.

"내가 네게 편지를 전하라고 했는데, 너는 어찌하여 감히 네 아내를 대신 보내놓고 방 안에 편안히 누워 있느냐? 나를 속이고자 했느냐? 내 이미 이럴 줄 알고 일부러 와본 것인데, 과연 발각이 되었구나. 너 같은 놈은 마땅히 엄히 징벌하리라."

이에 생원은 손으로 계집종의 남편을 잡아채서 발을 들어 마구잡이로 찼다. 계집종의 남편은 생원이 자신의 허물을 숨기기 위해 꾸며대는 것임을 분명히 알았지만, 생원의 사리事理 또한 분명하였다. 계집종의 남편은 자신이 꾸며낸 계교로 인해 오히려 자신이 변변치 못한 상황에 몰렸음을 깨달았다.

계집종의 남편은 그저 애걸할 수밖에 없었다.

"소인이 마침 복통 때문에 부득이 아내를 대신 보냈던 것뿐입니다. 생원님은 불쌍히 여겨 그 죄를 용서해주십시오."

생원은 계집종의 남편을 꾸짖어 말했다.

"이번만은 십분 용서하겠지만, 이후로 다시 이러한 일이 있으면 죽어도 죄가 남을 줄 알아라."

이 말을 들은 사람들은 생원의 임기응변을 칭찬했다.

急智善變

一生員眄一婢, 而每嫌其夫之在家, 意動, 則輒令婢夫, 使喚出送, 乘間奸之. 婢夫亦猜看而恨之. 一日黃昏時, 又令婢夫, 傳書於稍間¹⁾之地. 婢夫知其計出, 謂其妻曰: "生員主, 使吾傳書於某宅, 而吾方腹痛難行, 君其替我往傳也." 妻持書而去. 婢夫還入渠房, 減燈潛臥矣. 生員意謂婢夫已去, 婢獨在房矣. 乃暗入婢房, 昏暗中, 撫而尋之, 手到婢夫身邊. 婢夫心知生員, 急起大聲曰: "何許漢, 黑夜, 入人之房, 欲盜何物耶?" 生員不料是婢夫, 吃了一驚, 乃高聲責曰: "吾使汝傳書, 汝安敢使汝妻, 代送而偃臥房中, 欲欺我乎? 吾已知此, 故視來摘發矣. 如汝漢, 當痛徵之." 用手猛搏, 擧足亂蹴. 婢夫明知生員粧撰之計, 而事理明正. 渠之飾巧, 自歸反拙. 只得哀乞曰: "小人適因腹痛, 不得已以妻代送, 則生員矜恕其罪." 生員責之曰: "今番則十分容恕, 以後若更如是, 死有餘罪矣." 聞者稱其臨機善變.

1) 초간(稍間): 초간(稍間). 집 한쪽 귀퉁이에 따로 만들어둔 곳으로, 보통 거름 더미 등을 쌓아둔다. 여기서는 한자어 그대로 '조금 간격을 둔 곳'으로 쓴 듯하다.

기생과 이별하며 조상을 곡하다

어떤 감사監司가 한 기생에게 빠져 몹시 사랑하였다.

그러다 감사의 임기가 다하여 떠날 때, 수청을 들었던 기생들은 모두 한 참站까지 따라 나와 감사가 탄 가마 앞에서 하직 인사를 드렸다. 감사는 이별의 아픔이 마치 칼로 도려내는 것만 같았다. 눈물이 줄줄 흘러내리고 있다는 것도 깨닫지 못할 정도였다.

급창及唱이 가마 옆에 서 있다가 그 모습을 보고 마음속으로 비웃으며 말을 꺼냈다.

"사또께서는 어찌하여 통곡을 하십니까?"

감사는 딱히 뭐라고 대답할 말이 없었다. 그러다가 길가에 있는 무덤 하나가 보이기에 손으로 가리키며 말했다.

"저 무덤은 내 먼 조상의 산소라네. 그래서 이곳을 지날 때마다 슬픔을 금할 수가 없어 자연히 그리되었네."

"사또께서 무엇을 잘못 알고 계신 게 아닙니까? 저것은 소인과 같이 관아에서 일했던 도방자都房子의 무덤인뎁쇼."

감사는 머리를 숙인 채 아무 말도 할 수가 없었다.

別妓祖哭

一監司惑於一妓, 甚愛之. 及瓜歸, 隨廳諸妓, 出一站[1], 下直於轎前. 監司之別懷, 如割, 不覺涕流潸然. 及唱在轎傍見之, 暗笑乃問曰: "使道何哭也?" 監司無可答之言, 見路傍之一塚, 以手指曰: "彼塚卽吾傍祖[2]山所也. 過此, 自不禁感愴而然也." 及唱曰: "使道非誤知乎? 此乃小人之同官都房子[3]之塚也." 監司垂頭無言.

1) 참(站): 공무로 역로(驛路)를 가다가 쉬던 곳.
2) 방조(傍祖): 직계가 아닌 조상.
3) 도방자(都房子): 지방 관아에서 심부름하던 방자(房子)의 우두머리.

음과 양은 함께 커진다

　직장直長이라고 불리는 한 여염집 주인이 있었다. 그는 종종 자신의 집에 오는 참기름 장수 여인을 보고 항상 어떻게 해보고자 했다.

　그러던 어느 날, 집이 텅 비어 있는데, 그 여자 장수가 또 왔다. 직장은 좋은 말로 그녀를 꾀어 손을 이끌고 방으로 데려갔다. 그리고 막 일을 시작하는데, 직장의 양물이 커서 마치 목침 같았다. 여자 장수는 도저히 대적할 수가 없었다. 한번 큰 액운을 만난 여자 장수는 즐거움을 모두 나누지도 못하고 몸을 빼 달아났다.

　돌아와서 보니 음호는 찢어졌고, 아픔은 참아낼 수가 없었다. 그저 며칠 동안 조리만 해야 했다.

　그후, 여자 장수는 다시 그 집을 드나들었는데, 항상 그 집 여주인만 보면 절로 웃음이 터져나왔다. 여주인은 이상히 여겨 여자 장수에게 물었다.

　"요즘 나만 보면 웃음을 터뜨리는데, 왜 그러시오?"

　"내 마땅히 사실대로 아뢰겠사오니, 죄를 묻지 않으셨으면 합니다.

지난번에 직장님께서 아무도 없는 때를 타서 나를 유혹하여 잠자리에 들게 되었습지요. 거절해도 할 수 없어 어쩔 수 없이 따라야 했습니다. 그런데 직장님의 양물 크기가 고금古今에 없는 것인지라, 감당해낼 수가 없었습니다. 즐거움을 누리지도 못한 채 제 아랫도리는 심한 상처를 입고 말았습지요. 그후 마누라님을 볼 때마다 그 일이 떠올라 웃음이 터져나오는 것도 깨닫지 못했습니다. 마누라님은 정말 어떻게 그것을 감당해내시는지요?"

여주인은 웃으며 말했다.

"당신은 알지 못하리다! 우리는 열네댓 살에 서로 만나서, 둘의 작은 음양陰陽으로 관계를 맺었지요. 그러던 중 알지 못하는 사이에 양물은 점점 자라났고, 음호도 그에 따라 점점 커졌지요. 그래서 자연히 평상시처럼 지낼 수 있었지요. 지금은 도리어 넓어서 남는 때도 있다오."

여자 장수는 웃음을 머금고 말했다.

"이치가 과연 그럴듯하네요. 나도 어렸을 때부터 서로 만나 지금까지 흡족하게 지내지 못한 것이 한스러울 뿐입니다."

이 이야기를 듣고 포복절도하지 않는 사람이 없더라.

陰陽隨長

一閭家主人稱直長[1]者, 見一眞油女商, 種種往來, 而合於心目, 每欲之. 一日, 家中空虛, 而其女商又來, 善言誘之, 携手入房, 及其行事, 則陽具大如木枕, 女商抵敵不能. 逢一劫運, 未能盡歡而脫歸, 陰戶綻裂, 痛不能堪, 屢日調理. 其後, 來往其家, 而每見其女主人, 則輒哂笑不已. 女主人怪問曰: "近來, 君每見我笑之, 何也?" 女商曰: "吾當實告, 幸勿見罪. 向者, 直

---

1) 직장(直長): 조선시대의 종7품에 해당하는 하급 벼슬.

長主乘無人之時, 誘我一宿, 辭之不得, 不得已從之, 而陽物之大, 古今所無. 無以當之, 不得成歡, 而吾之下部, 重傷矣. 其後, 見抹樓下, 想此事, 不覺自笑矣. 抹樓下則果何以堪之乎?"女主人笑曰: "君不知耳. 吾則自十四五歲相逢, 小陰陽交合, 不知中陽漸長陰隨大, 自然如常. 今則反有恢恢時矣." 女商含笑曰: "理似然矣. 吾亦恨不自少相逢, 而至今慣洽也." 聞者無不絕倒.

지혜로운 여인이 누명을 벗다

예전에 서울에 사는 한 양반이 있었다. 그는 늙도록 이룬 것이 없었다. 집안은 가난하여 보존하기도 어려웠다. 그래서 떠돌아다니다가 호남까지 흘러내려와 살면서, 그 고을 아전의 아이들을 상대로 훈장 노릇을 하며 삶을 꾸려나갔다.

사오 년이 지나서 생원은 늙어 죽고, 그의 아내와 아직 시집가지 않은 열여덟 살 된 딸만 남게 되었다. 이웃에 사는 양반은 그녀가 어질고 아름답다는 말을 듣고 사람을 보내 혼사를 정하고 예를 행하고자 했다.

근처에 그 고을 이방吏房의 아들이 있었다. 그는 관아에서 통인通引. 지방 수령 밑에서 잔심부름을 하는 구실아치일을 하고 있었다. 그 역시 생원에게 배운 학동이었다. 통인은 홀연 생원의 집에 와서 계집종에게 말했다.

"네 집 아기씨는 내가 여기에서 공부할 때 나와 여러 차례 간통을 하였다. 그런데 오늘 아무 곳에 혼사를 정했다는 말을 들었다. 이미 내게 몸을 허락하고서 어찌 다른 곳에 시집을 간단 말이냐? 이 말을 마누라님께 아뢰도록 해라."

계집종은 즉시 소저의 어머니에게 이 말을 전했다. 어머니는 이 말을 듣고 혼비백산하여 얼굴이 흙빛이 되어 딸에게 물었다.

"이게 무슨 말이냐?"

소저는 태연하게 말했다.

"저놈이 내가 못나지 않았다는 말을 들었나봅니다. 그리고 내가 아버지도 없는 연약한 여자라는 점을 이용하여 이런 불측한 흉계를 낸 것이옵니다. 많은 말을 할 필요도 없습니다. 저놈과 내가 서로 따지는 것보다 관아에 소장을 내어 원한을 푸는 것이 나을 듯합니다."

소저는 곧바로 가마를 타고 관아에 들어가 탄원서를 냈다.

수령은 놀랍고도 괴이했으나 그것을 밝히기는 어려웠다. 잠시 동안 묵묵히 있다가 이내 통인을 불러 물었다.

"네가 '저 처녀와 더불어 여러 차례 간통을 하였다'고 하니 그 모양과 체구를 상세히 알겠지. 그것을 하나하나 자세히 아뢰도록 하라. 만약 어긋남이 있으면 죽을 것이니라."

통인은 하나하나 아뢰었다. 수령은 처녀에게 가마 앞에 나와 서 있게 했다. 처녀는 곧바로 나왔다. 수령이 처녀를 보니 과연 통인의 말과 조금도 어긋남이 없었다. 이는 통인이 몰래 사람을 시켜 미리 처녀에 대한 정보를 아주 자세히 탐문해둔 까닭이었다.

수령은 몹시 놀라 말을 할 수 없었다. 처녀는 진작부터 통인의 간교한 계략임을 알았지만, 수령이 결정을 내리지 못하는 것을 보고 아뢰었다.

"소녀, 조용한 곳에서 아뢰올 말씀이 있사오니 잠시 주변 사람을 물리쳐주십시오."

수령이 주변 사람을 물리치자 처녀는 대청 앞까지 와서 아뢰었다.

"소녀의 왼쪽 유방 아래에는 검은 사마귀 하나가 있사온데, 크기는 큰 밤톨만 하옵니다. 사마귀 위에는 털이 수십 개가 나 있고요. 이것은 다른 사람이 알 수 없습니다. 그런데 저 통인이 이미 소녀와 간통했다고 운운하니 반드시 그것을 알고 있어야겠지요. 사또께서는 그저 이것으로 하문下問하시옵소서."

수령은 즉시 통인을 불러 물었다.

"너는 저 처녀와 더불어 간통했다고 하는데, 다른 사람들이 보지 못한 곳에 흉터는 없더냐?"

원래 수령이 좌우를 물리쳤을 때 이미 몰래 엿듣는 자가 있었다. 염탐한 사람은 그 사이 통인에게 가서 수령과 처녀가 나눈 이야기를 들려주었다.

통인이 아뢰었다.

"처녀의 왼쪽 유방 아래에는 검은 사마귀 하나가 있사온데, 크기는 밤톨만 하고, 그 위에는 수십 개의 털이 나 있습니다. 이것으로 증거를 삼을 수 있을 것입니다."

수령은 또 몹시 놀랐다. 그때 처녀는 옷을 벗더니, 유방 아래쪽을 보여주며 말했다.

"소녀에게는 본래 검은 사마귀가 없습니다. 없는 것을 있다고 말한 것은 저 간악한 놈이 다른 사람을 시켜 저와 사또가 하는 말을 몰래 엿듣고 있었기 때문입니다. 사실을 이야기했다면 엿들어서 아뢰는 것이 사실과 부합하게 되고, 그렇다면 판결을 내리기도 어려워졌을 것입니다. 저놈은 오히려 제 술수에 빠진 셈이지요. 이로써 본다면 아까 저놈이 소녀의 모습을 상세히 말한 것도 다른 사람을 시켜 먼저 탐문해두고서 교활하게 아뢴 것이 아니겠습니까?"

수령은 환하게 깨달았다. 책상을 치며 기이하다고 한 뒤에, 이내 통인을 잡아들이고 위의를 갖추어 죄를 엄히 물었다. 통인은 변명할 말이 없어 결국 죄를 자백하였다. 수령은 법률에 비추어 그 자리에서 통인을 박살냈다.

　처녀의 재주와 용모가 짝이 없음을 사랑한 수령은 처녀가 이미 정한 혼처도 물리쳤다는 말을 들었다. 그래서 새로이 처녀의 집으로 가서 그의 둘째 아들과 혼인해달라고 요청하여, 마침내 처녀를 며느리로 맞이하였다.

慧女脫累

　古有一京華兩班, 年老無成, 家貧難保, 流寓湖中, 一邑內聚吏校之子, 訓學資生矣. 過四五年, 生員老死, 只有妻女, 而女年十八, 貧未及笄[1]. 隣班聞其賢美, 送人定婚行禮, 在近之本邑吏房子役通引, 亦是學童也. 忽來見生員家婢子曰: "汝宅小姐, 吾於來學時, 累次相通矣. 今聞定婚於某處, 旣許身於我, 豈可他適? 此意告于抹樓下也." 婢卽告于女之母, 母魂飛魄散, 面如土色, 問其女曰: "此何言耶?" 女神色不變曰: "此都是厥漢, 聞吾免矗, 欺吾孤弱, 生此不測之計, 不必多言. 彼此自裁, 不若告官伸雪." 卽乘轎入官庭, 呈單[2]. 倅驚怪而難明之. 移時沉吟, 招入通引問曰: "汝云'與彼處女, 累次相通.' 其相貌體樣, 必詳知矣, 一一細告也. 違則死矣." 通引一一告之, 倅使處女, 出立轎前, 處女卽出. 倅見之, 則果如通引之言, 一髮無爽. 此盖暗使人預探之甚詳故也. 倅大驚無言, 處女已知通引之奸計, 邑倅之難決, 乃告曰: "小女有從容上達事, 暫避左右也." 倅從之. 處女至軒前告曰: "小女之左乳下, 一黑痣, 如大栗, 痣上, 有毛生數十莖. 此則外人所不知, 而渠旣云相通, 則渠必知之矣. 第以此下問." 倅卽召通引問曰: "汝與處女相通, 則人所不見處, 或有痕疤否?" 元來避左右時, 已有潛聽者, 其間先通知於通引

---

1) 급계(及笄): 비녀를 꽂을 나이. 곧 성년이 되어 혼인을 할 때.
2) 정단(呈單): 서류를 관아에 제출하는 일.

矣. 通引告曰: "處女左乳下, 有一黑痣, 大如栗子, 生十餘根毛, 此以可驗也." 倅又大驚, 處女乃解衣示乳下曰: "小女本無黑痣, 而以無謂有, 則彼奸漢, 必使人潛聽而告之, 以符合難決矣. 彼漢乃反墮於小女術中. 以此觀之, 俄者小女之相貌詳言, 豈非使人先探而巧告者耶?" 倅怳然覺之, 拍案奇之後, 乃捉入通引, 施威嚴問. 通引無辭抵賴, 乃自服其罪. 仍照律而卽地搏殺. 倅愛其處女之才貌無雙, 且聞退旣定之婚, 新往處女之家, 以其次子, 求婚而取以爲婦.

각수록

覺睡錄

『각수록覺睡錄』은 20세기를 전후한 시기에 찬집된 것으로 추정되는 패설집이다. 여기에는 총 25편의 이야기가 실려 있는데 모두 성性과 관련된다. 물론 성을 소재로 한 패설집은 『각수록』이 처음은 아니다. 『각수록』 이전의 것으로는 『어면순禦眠楯』과 『속어면순續禦眠楯』 등이 있다(『어면순』은 전체 이야기 82편 중 35편, 『속어면순』은 전체 이야기 32편 중 27편이 성과 관련된 이야기다). 『각수록』과 비슷한 시기 혹은 그보다 조금 일찍 찬집된 것으로 추정되는 『기문』이나 『파적록破寂錄』 등에도 성 이야기가 적잖이 실려 있다.

그렇지만 『각수록』은 수록된 이야기가 모두 성 담론이고, 그 내용 대부분이 비도덕적·반윤리적 성을 다룬다는 점에서 다른 패설집과 일정한 거리를 둔다. 비도덕을 넘어서서 반도덕적·반사회적인 이야기까지도 담고 있다. 우리 고전문학 작품 중에 이렇게까지 반사회적인 것이 있을까 싶을 정도로 여기에 수록된 이야기들은 충격적이다.

하지만 이 작품을 읽으면서 독자는 전혀 거북해하지 않는다. 그것은 독자에게 널리 향유되던 이야기를 적극적으로 활용하되, 그 내용을 일부러 성적인 것으로 바꾸었기 때문이다. 그래서 독자는 반사회적인 내용을 접하면서 그 이야기를 자신의 보편적 잣대로 이해할 수 있었던 것이다.

이러한 현상은 중세에서 근대로 이행하는 과정에서 지식인들이 선택한 하나의 방법이었다. 자신이 처한 억울한 현실에서 달아날 수도 없고, 그렇다고 그 현실로 다가갈 수도 없는 사람들은 흔히 에로티시즘에 침윤한다. 금기를 위반했다는 데서 잠시 행복하다는 착각에 빠질 수 있는 것이다. 하지만 그것은 지속적인 행복감을 주지 못한다. 다시금 자신을 옥죄는 현실로 돌아가야 하기 때문이다. 『각수록』은 이러한 상황을 잘 보여주는 작품집이다.

웃음은 일회적인 것이다. 성 이야기를 통한 웃음 역시 그렇다. 일회성 웃음은 한 번 웃고 나면 그만이다. 그렇지만 이러한 일회적인 이야기를 써야만 했던 작가의 마음을 함께 헤아려보는 것도 우스갯소리를 읽는 한 방법이 되겠다.

『각수록』은 현재 국립중앙도서관에 수장되어 있는 것이 유일하다. 이 책에서는 그곳에 수록된 25편을 모두 번역하여 실었다.

화산거사전

　화산거사花山居士가 유람차 강원도에 갔을 때다. 날은 저물고 길은 멀어 방황하다가 겨우 인가를 발견하여 들어갔다. 들어가 보니 남주인 엽獵은 총을 메고 나가고, 여주인 침針만이 무료히 앉아 있었다. 거사가 그 여인에게 가까이 가서 왼손으로는 그녀의 젖가슴을 움켜잡고, 오른손으로는 그녀의 등을 어루만졌다. 그랬더니 "이 무슨 짓이오! 이 무슨 짓이오!" 하는 소리도 점점 끊어지더라.

　이것은 맹자의 호연지기浩然之氣로 공자의 관일지도貫一之道를 행한 것으로, 너도 또한 그 즐거움을 누리고, 나도 또한 그 즐거움을 누려 두 사람이 모두 즐거웠으니 곁에 있는 사람들이야 무슨 상관이리오?

花山居士傳

花山居士, 以遊覽次, 入于江原道, 日暮途遠, 望門投入[1], 雄主人獵者[2], 擔銃而去, 雌主人針者[3], 無聊而坐. 居士近之, 左手執其乳, 右手撫其背, 是何是何之聲, 漸漸斷也. 乃以孟子浩然之氣, 行夫子貫一之道⁴⁾, 爾亦樂其樂, 我亦樂其樂, 兩人相樂, 傍人何關.

1) 망문투입(望門投入): 망문투지(望門投止). 인가를 보고 투숙함. 처지가 매우 군색한 상황을 이름.
2) 웅주인렵자(雄主人獵者): 남주인 엽(獵)이라는 자. 엽은 사냥꾼이라는 의미이다.
3) 자주인침자(雌主人針者): 여주인 침(針)이라는 자. 침은 바느질을 하는 사람이라는 의미이다.
4) 관일지도(貫一之道): 어떤 하나의 기본 관념을 통관하는 도리. 『논어論語』 「이인里仁」에 다음과 같은 내용이 나온다. "공자께서 '참(參)아, 나의 도는 하나의 이치로써 모든 것을 꿰뚫고 있다'고 말씀하시자 증자께서 '예'라고 대답하였다. 공자께서 나가시거늘 제자들이 물었다. '무슨 말씀이십니까?' 증자께서 '선생님의 도는 충(忠)과 서(恕)일 따름이다'라고 말씀하셨다."(子曰, "參乎! 吾道一以貫之." 曾子曰, "唯." 子出, 門人問曰, "何謂也?" 曾子曰, "夫子之道, 忠恕而已矣."〕

역장군전

　남쪽 나라에 역장군力將軍이라 불리는 세력이 큰 족속은 외눈에다 몸체가 길었다. 역장군은 북쪽 나라 호지국胡池國과 잘 지냈는데, 호지국이 하루아침에 반역을 꾀하자 크게 화를 내며 치고자 했다. 그러자 좌우에서 역장군을 모시던 낭관郎官. 황제를 가까이에서 모시는 벼슬로, 여기서는 고환(睾丸)을 뜻하는 '낭(囊)'을 의미함들이 간했다.

　"호지국은 매우 멀뿐더러 외부는 소나무 숲으로 둘러싸여 있어서 쉽게 공격할 수 없습니다."

　역장군은 머리를 흔들며 들은 체도 않고 두 낭관을 거느리고 호지국을 공격하였다. 그러나 이내 큰 못 가운데에 빠져 하얀 피를 토해내며 죽고 말았다.

力將軍傳

　南邦强族曰力將軍, 獨目而長身. 與北邦胡池國, 甚善. 胡池國一朝反, 力將軍大怒欲攻之, 左右郎官諫曰: "胡池國深遠, 且外有松林鬱鬱, 不可易攻也." 力將軍搖頭而不聽, 率二郎官而攻之, 乃陷大澤中, 吐白血而死.

현풍·밀양

광거사狂居士가 술에 취해 말을 타고 담장이 둘러쳐진 마을을 지나는데, 한 미인이 그 앞으로 지나갔다. 거사는 그 여인의 아름다움을 보고 이내 붓을 들어 담장에 글을 썼다.

彼美如何弓楮脫	저 미인을 활딱 벗기고
執灰擊	잡아 젖혀서
玄風密陽	콱 박으면
其味如何鳥熊鳥熊	그 맛은 새콤새콤

【우리말로 궁弓은 '활'이고, 저楮는 '당옥'의 반절反切이며, 탈脫은 '벗기고'이다. 이를 합해 읽으면 '활딱 벗기고'가 된다. 옷을 벗기는 것을 말한다.

우리말로 집執은 '잡아'를, 회灰는 '재'를, 격擊은 '쳐서'를 말한다. 이를 합해 읽으면 '잡아 젖혀서'가 된다. 몸을 번드치는 것을 말한다.

현풍玄風을 본관으로 가장 많이 쓰는 성씨는 곽郭씨이고, 밀양密陽을 가장 많이 쓰는 성씨는 박ㅆ씨이다. 이를 합해 읽으면 '곽 박으면'으로, 그것을 꿰뚫는 것을 말한다.

우리말로 조鳥는 '새'를 말하며, 웅熊은 '곰'을 말한다. 이를 합해 읽으면 '새콤'이 되는데, 신맛을 이른다.】

모든 구를 해석해보면 '저 미녀를 어떻게 해야 마음이 만족스러울까? 그 옷을 벗기고, 그 몸을 번드쳐, 그 구멍을 뚫으면, 그 맛은 반드시 신맛이리라'가 된다.

시 짓기를 마친 거사는 종을 불러 열 냥을 준 후 술을 사오게 하고 말했다.

"누가 말했던가? 술과 계집이 사람의 성품을 미혹케 하는 것이라고…… 내가 술이 바다처럼 가득하고 계집이 산처럼 많은 데서 노닐게 된다면, 그 즐거움은 삼공三公.삼정승과도 바꾸지 아니할지라."

玄風密陽

狂居士乘醉, 騎驢而過院村, 有美姬過前. 居士美之, 因擧筆而題于院壁曰: '彼美如何弓楮脫' 方音弓曰滑, 楮當屋切[1], 脫曰百枳高, 合讀則曰: "滑濁百枳高." 言脫衣之謂也. '執灰擊' 方音執曰雜兒, 灰曰災, 擊曰處西, 合讀則曰: "雜兒災處西." 言飜身之謂也. '玄風密陽' 玄風大姓曰郭氏, 密陽大姓曰朴氏, 合讀則曰: "郭朴乙面." 言貫之之謂也. '其味如何鳥熊鳥熊' 方音鳥曰賽, 熊曰古音, 合讀則曰: "賽古音." 言酸之謂也. 釋其全句, 則彼美女, 當如何而足於心乎? 脫其衣, 飜其身, 貫其穴, 其味必酸矣. 題罷, 呼奴子, 給十兩錢而索酒曰: "誰云 '酒色是迷人之性乎?' 吾則當傲遊於酒海色山, 不以三公易其樂也."

---

1) 절(切): 반절(反切). 한자(漢字)의 두 자음(字音)을 반씩만 따서 한 음으로 읽는 방법. 여기서는 '당(當)'의 'ㄷ'와 '옥(屋)'의 'ㄱ'을 합쳐 '닥'으로 읽으라는 말이다.

두 칼이 결혼하다

　한 마을에 서른 살이 채 되지 않은 아름답고 고운 과부가 있었다. 그 과부는 마음속으로 맹세했다.

　'절개를 굽혀 다시 결혼한다면 금수의 무리가 되리니, 나는 마땅히 한 지아비만을 따르면서 생을 마치리라.'

　그리하여 큰 칼을 주조鑄造하여 몸에서 떨어지지 않게 했다. 어디를 가든 칼을 차고 다녔고, 잠을 잘 때도 칼을 쥐고 잤다.

　"만약 내게 개가를 권하는 자가 있다면 반드시 이 칼로 그를 죽이고 나 또한 자결하리라."

　이 말이 퍼져나가자, 마을 사람들은 감히 그 뜻을 흔들어보려고도 하지 않았다.

　그 이웃에는 나이가 서른 살에 가까우며 과부와도 면식이 있는 총각이 있었다. 그는 과부의 자색麥色을 탐하여 항상 그녀의 뜻을 꺾어보고자 했다.

　하루는 계책 하나를 생각해내고는 날카로운 칼을 지니고 일부러 비가 오는 날을 골라 과부의 집으로 찾아갔다. 그러고는 과부와 나란히 앉아 예를 갖추었다. 그때도 과부의 손에서는 칼이 떨어지지 않았다.

총각이 말했다.

"부인께서 개가하려 하지 않으신다는 말씀을 들었습니다. 부인은 참으로 나와 같은 부류의 사람이라 하겠습니다."

"무슨 말씀이신지요?"

"나는 평생토록 아내를 맞이하지 않으렵니다. 만약 내게 아내를 맞이하라고 권하는 사람이 있다면, 반드시 이 칼로 그를 죽인 다음에 나도 자살하렵니다."

그러고는 지니고 있는 칼을 들어 보였다. 이에 과부가 말했다.

"여인이 지아비를 바꾸지 아니하는 것은 천지간에 변하지 않는 법도입니다. 그러나 장부가 부인을 맞이하지 않겠다는 말은 들어보지도 못했습니다."

"지금 세상에 부인과 같은 사람은 없습니다그려! 무릇 보통의 남녀가 혼인하여 짝이 되면 살아서는 예로써 부창부수夫唱婦隨를 하는 것이 마땅하고, 죽어서는 제사로써 배향配享되는 것이 마땅하지요. 그러나 지금은 예가 무너지고 풍속이 변해, 지아비가 죽어 눈도 채 감지 않았는데도 다른 지아비를 고르기에 바쁘답니다. 때로는 지아비를 죽이고서 다른 사람을 따르는 자도 있지요. 나는 여자를 모두 요망한 귀신으로 여길 뿐, 장부가 가까이할 것은 못 된다고 생각한답니다."

"참으로 그럴 수도 있겠네요."

그러고는 종일토록 수작하는데, 마음에 막히는 데가 없었다.

날은 이미 저물었으나 비는 아직도 그치지 않았다. 총각은 비가 그치기를 기다렸다가 간다고 했지만 밤이 깊어도 돌아가지 않았다. 어쩔 수 없이 두 사람은 같은 침대 위에서 잠을 자야 했다.

두 사람은 침대 머리맡에 각자의 칼을 놓아두고 촛불도 밝힌 채 누웠다. 총각은 옷을 벗어 알몸을 드러내고, 마음을 놓은 채 거짓으로 잠든 척하며 우레처럼 코를 골아댔다. 그에 맞춰 그의 양물은 화를 낸 듯이 일어나 높이 치솟았는데, 그것은 마치 나뭇가지가 바람에 춤을 추는 것 같았다.

과부가 그 양물을 한 번 보니 갑자기 춘정이 발동하여 금석과 같던 맹세도 얼음 녹듯이 사라졌다. 드디어 과부는 마음을 정하고 두 칼을 모두 숨긴 다음 벌거벗은 채 총각에게 다가갔다. 총각은 거짓으로 놀라는 척하며 일어나 침대 머리맡을 더듬었다.

"칼이 어디로 갔지, 칼이 어디로 갔지?"

과부는 총각을 말리며 말했다.

"내 맹세코 다른 뜻은 없소. 지금 당신을 보니 굳은 마음이 재처럼 흩어질뿐더러, 도리어 좀더 일찍 다른 사람을 맞이하여 이런 고통에서 벗어났으면 하고 생각했습니다. 무릇 사람이 한 세상을 살지만 그 기간은 얼마 되지 않는답니다. 지금 나는 혼자이고, 당신 또한 홀로 살고 있지요. 두 사람이 홀로 지내며 고통을 받느니 차라리 둘이 합하여 서로가 즐거움을 누리는 것만 못하답니다. 바라건대 나와 함께 잠자리에 들어주십시오."

총각은 처음에는 발끈하며 화를 냈지만, 나중에는 못 이기는 척하며 좇았다. 결국 두 사람은 영원토록 즐거움을 나누었는데 그 복이 없어지지 아니하였다.

兩釰相婚

里有寡婦, 年未三十, 美而艶, 盟于心曰: "毁節改醮, 禽獸之群, 吾當從一而終." 乃鑄大釰, 而不離于身, 行則佩之, 寢則執之曰: "若有勸我改嫁者, 必礁之而自刎." 此言漏聞, 人莫敢攖其志. 隣有總角, 年近三十者, 與寡婦面熟, 貪其色, 而每欲挑之. 一日, 畫一計, 佩利釼, 乘雨日, 而造寡婦之門, 耦坐敍禮, 寡婦手不離釼. 總角曰: "聞婦人不欲改適, 誠吾之類矣." 寡婦曰: "何言也?" 總角曰: "吾生平不欲娶婦矣. 若有勸我娶婦者, 必以此釼碬之, 從而自刎." 因舉示佩釼. 寡婦曰: "女不更夫, 天地之常經[1], 丈夫之不娶婦, 吾所不知也." 總角曰: "今世未有如婦人者耳! 夫匹夫匹婦, 合巹作配, 生當唱隨以禮, 死當享之以祭, 而禮壞俗變, 夫死不暝目, 而急於擇夫, 或有殺夫而從人者, 吾以爲女者, 便是妖鬼, 非丈夫所近也." 寡婦曰: "誠有之." 因終日酬酢, 胸無滯礙. 日已暮, 而雨猶不止. 總角稱待其雨止, 而夜深不還. 遂合床而宿. 兩人各置釼於枕頭, 明燭而臥. 總角脫衣而露身, 解體而佯睡. 鼾鼻如雷, 而陽物怒起掀掀, 如舞風之樹矣. 寡婦一見陽莖, 春心忽動, 金石之盟, 渙然冰釋. 遂決意, 而藏其兩釼, 以赤身逼于總角. 總角佯驚而起, 撫枕頭曰: "釼是何之? 釼是何之?" 寡婦止之曰: "吾矢以靡他[2]. 今見總角, 盟心如灰. 反不如早適人, 而免此苦也. 夫人生一世, 其久無日, 而今吾亦獨居, 總角亦獨居, 如其兩孤而相苦, 不如合而相樂. 請與我同寢." 總角始則怫然而怒, 終乃强終, 遂講歡惟永[3].

---

1) 상경(常經): 사람으로서 반드시 지켜야 할 떳떳한 도리. 영원히 변하지 않는 법도.
2) 미타(靡他): 다른 마음이 없음.
3) 유영(惟永): 안녕(安寧)된 복이 영구(永久)하여 없어지지 아니함.

매운 산초가 중매하다

담양潭陽의 서리胥吏 오 아무개가 마을에 일이 있어 순천順天 지방을 지날 때였다. 그곳에는 아름다운 한 여인이 매운 산초를 빨고 있었다. 오서리는 마음속으로 그 여인을 범하려고 가까이 다가가 말을 꺼냈다.

"음문이나 한번 빌려주시게."

그러자 여인은 화를 내며 꾸짖었다. 이에 오서리가 말했다.

"만약 내 말을 따르지 않는다면 자네 음문은 반드시 썩어버릴 것이네."

여인은 그 말이 의심스러워 손으로 음문을 만지작거렸다. 그랬더니 매운 산초가 손을 통해 음문으로 들어가서 갑자기 통증을 일으키는데, 그 아픔은 참을 수 없었다. 여인은 몹시 두려워 급히 서리를 불렀다.

"여보, 나그네! 날 좀 살려주오!"

오서리는 가다가 뒤를 돌아보고 그 이유를 물었다.

"당신의 말이 끝나기도 전에 내가 손으로 음문을 만졌더니, 음문의 통증이 마치 바늘로 찌르는 것 같네요. 바라건대 당신 마음대로 그것을 치료해주시오."

"일찍부터 내 말을 좇았다면 이런 고통은 없었을 것이 아니냐?"

그러고는 맑은 물에 수건을 적셔 음문의 안쪽을 닦아주었다. 그러자 여인은 흥이 일어 어깨를 들썩이며 말했다.

"수건의 시원함이 양물의 따뜻함보다 낫습니다그려. 바라건대 수건이나 바삐 움직여주시구려."

"양물의 따뜻함이 수건의 시원함보다야 낫지. 내 양물을 한번 받아보시게."

마침내 둘은 운우의 즐거움을 나누었다.

辣椒行媒

潭陽[1]吏胥[2]吳某, 因郡事, 過順天, 有美女, 舂辣椒. 心欲之, 近前曰: "請一借陰門." 女怒而慢罵, 吏胥曰: "爾若不從吾言, 陰門必腐矣." 女疑其言, 手摩陰門, 辣椒之末, 從手而入, 卒然發痛, 痛不可堪. 女大懼, 急呼吏胥曰: "願客子活我!" 吏胥顧而問故, 女曰: "客子之言未已, 吾手摩陰門, 陰門痛如受鍼, 請縱意淫之." 吏胥曰: "若早從吾言, 必無是患." 乃淸綿於水, 拭陰門內壁, 女發興而聳肩曰: "綿塊之凉, 勝於陽物之暖, 請急擾綿塊." 吏胥曰: "陽物之暖, 勝於綿塊之凉, 請受吾陽物." 遂作雲雨之歡.

---

1) 담양(潭陽): 현재의 전라남도 담양군.
2) 이서(吏胥): 서리(胥吏). 관아에 속해 말단 실무 행정에 종사하던 구실아치.

곶감 장사꾼은 남편이 아니었다

한 촌가에서 사위를 맞이하였다. 상인이었던 사위는 초례酼禮. 전통적으로 치르는 혼례식만 마치고 다시 행상에 나섰다. 아내는 친정에 머물러 지냈는데, 몇 달이 지나도 상인은 돌아오지 않았다.

하루는 곶감을 파는 장사치가 친정집 문 앞에 이르렀다. 친정어머니가 장사치를 보니 그 모습이 자기 사위와 퍽 비슷하였다. 그래서 그 장사치를 사위로 여겨 반갑게 맞이하였다. 곶감 짐 보따리도 받아 안방에 두었다.

밤이 되자 친정어머니는 딸에게 곶감 장사치와 동침을 하도록 했다. 딸은 어머니의 말을 좇아 방에 들어가 잠자리를 돌보았다.

그런데 아침에 일어나서 보니 그는 자신의 지아비가 아니었다. 딸은 절개를 잃은 것에 분노하여 급히 밖으로 나와 어머니에게 따졌다. 이 난리는 아침밥을 먹을 때까지 계속되었다.

곶감 장사치는 이런 연고도 모르고 그저 아름다운 여인을 얻게 된 것에 즐거워하며, 방에 앉아 아침밥이 들어오기만을 기다렸다. 그러나 해가 중천에 걸렸는데도 아침밥은 들어오지 않았다. 결국 그는 안방으로 가서 크게 말했다.

"이 집의 손님 대접은 왜 이리 쌀쌀맞소? 지난밤에는 접대가 지나치게 후하여 딸로 내 계집을 삼게 하더니, 오늘은 해가 중천에 걸렸는데도 밥 한 술 내주지 않으니…… 심하외다. 사람의 도리가 아니올시다. 날이 늦어가고 갈 길은 머니 부득이 빨리 떠나야 하오. 그러니 내 곶감 보따리나 돌려주구려!"

친정어머니는 그저 멍하니 있으면서 대답조차 하지 못했다. 그저 곶감 짐 보따리를 돌려주고 그를 돌려보낼 수밖에……

柿商非夫

有村夫迎壻, 壻是賈客, 罷醵而復行商, 留妻於婦家, 而數月不返. 一日, 乾柿商踵婦家之門. 女母見之, 貌類其壻, 認以爲壻, 欣然迎之, 受柿駄而藏之內堂. 夜使其女同寢, 女從母言而侍寢. 朝起視之, 非其夫也. 憤其毁節, 出而責母, 終朝[1]相鬩. 柿商莫知其故, 喜得美婦, 坐而待飯, 日高三竿, 而無供饋矣. 遂入內堂, 呼曰: "此家待客, 何若是其寒凉也. 昨夜則待之過厚, 且以女妻我, 今則日高三竿, 而不遺匕飯, 甚非人事. 日暮途遠, 不得不速往, 請還我柿駄也." 女母憮然, 無以應. 遂返其柿駄而逐之.

---

1) 종조(終朝): 새벽부터 아침을 먹을 때까지의 시간.

팔을 베어 혼사를 도모하다

청주에 송과부가 있었다. 송과부는 스무 살이 되기도 전에 지아비를 잃고 십 년을 홀로 살아왔지만, 그 절개를 굽히지 않았다.

그 이웃에는 아무개 선비가 있었는데, 그는 송과부를 겁탈하고자 했다. 어느 날 선비는 소고기 덩어리를 양쪽 팔뚝에 동여매고 과부의 집으로 찾아가 하룻밤 자고 갈 것을 청했다. 날이 이미 컴컴해지고 있었고, 비 또한 퍼부었기 때문에 과부는 딱히 거절할 수가 없었다. 부득이 자고 가라고 허락할 수밖에……

과부의 집은 자그마해서 안채와 바깥채의 구분이 없었다. 그래서 한 방에서 같이 잘 수밖에 없었다. 중간에는 자리를 비워 과부는 구들 위쪽에 자리를 잡고, 선비는 아래쪽에 누웠다.

선비는 거짓으로 잠든 척하며 몸을 뒤척이다가 왼쪽 팔을 과부의 어깨 위에 올렸다. 과부는 그 팔을 가볍게 들어 내려놓았다. 그러자 선비는 놀라 일어나더니 차고 있던 칼을 꺼내 왼쪽 팔뚝 위에 묶어둔 소고기를 베어 문밖으로 던졌다. 그러고는 옷을 찢어 팔뚝을 동여매고 다시 잠을 자는 척했다.

잠시 후, 선비는 다시 오른쪽 팔을 과부의 가슴 위에다 얹었다. 과부
는 다시 그 팔을 가볍게 들어 내려놓았다. 선비는 또다시 놀라 일어나
더니, 다시 오른쪽 팔뚝 위에 묶어둔 소고기를 베어 문밖으로 던졌다.

놀란 과부는 간담이 서늘하여 마음속으로 생각했다.

'세상에 이처럼 매서운 선비는 없으리라! 나 때문에 팔뚝의 살점까
지 잘라냈구나. 맑고 냉정하기가 이러할진대 어찌 사특한 마음이 있겠
는가? 내 다시는 그와 살이 맞닿는대도 관여치 않으리라.'

그러고는 마음을 놓고 잠이 들었다.

잠시 후 선비는 다시 과부의 배에 팔을 올려놓았다. 그러나 과부는
조금도 경동驚動. 놀라서 움직임하지 않았다. 그러자 선비는 과부의 허리를
끌어안고, 그 다리를 누르고서 마음대로 희롱하였다. 과부는 거기서
빠져나올 계책도 없었다.

결국 과부는 선비의 첩이 되었다.

割臂圖婚

清州有宋寡婦, 年未二十而喪夫, 孀居十年, 不改志節. 隣居某士, 欲奪之,
以牛肉裹兩臂, 叩寡婦之門, 而請宿焉. 時天將黑, 而大雨方注, 寡婦無辭可
斥, 不得已許宿. 斗屋無內外之舍, 仍合宿一室. 間席而寢, 寡婦處於炕上, 士
人臥於炕下. 士人假睡而轉側, 加左臂於寡婦之肩, 寡婦輕擧而放之. 士驚起
拔佩刀, 而截臂上牛肉, 投之門外, 裂裳裹臂, 而復寢之. 少頃, 復加右臂於
寡婦之胸, 寡婦復輕擧而放之. 士人復驚起, 復截臂上牛肉, 而投之門外. 寡
婦驚劫心寒, 獨語于心曰 : "世無此等烈士耳! 以我之故, 割其臂肉. 淸寒如
此, 而豈有邪慝之心哉? 吾不敢復接其肌矣." 遂放心而寢. 士人復加臂於腹,
寡婦略不驚動. 於是抱其腰, 而壓其脚, 縱意淫之. 寡婦無計圖免. 遂爲其妾.

양물로 거대한 바위를 치우다

예전에, 서울에 한 재상이 있었다. 그 재상은 하나뿐인 딸의 배필을 고르려 했다.

"내 딸의 재주와 자색은 이 나라 최고라 하겠으니, 마땅히 천하의 기남자奇男子, 재주와 지혜가 남달리 뛰어난 남자를 맞이하여 짝을 맺어주리라."

그래서 재상은 온 나라를 두루 돌아다녔다.

재상이 동쪽 마을을 지날 때였다. 열일고여덟 살쯤 되어 보이는 동자가 책을 끼고 그의 앞을 지나가는데, 용모가 수려하고 풍채도 준수하여 참으로 자신의 딸과 같은 부류였다. 재상이 뒤쫓아가 알아보니, 그는 선비 이 아무개의 아들로, 문벌도 출중하였다. 재상은 기뻐하며 그와 혼인할 것을 정했다. 당장 초례醮禮를 치를 날도 정하고 약속도 금석같이 해두었다.

며칠 후, 재상은 우연히 남쪽 마을을 지나다가 책을 끼고 지나가는 한 동자를 보았다. 그 동자는 머리가 땅에 닿을 만큼 길었고, 몸가짐도 단정하고 고왔다. 재상은 그를 아름답게 여겨 말했다.

"족히 내 사위가 될 만하구나."

재상이 그 동자를 뒤쫓아가 알아보니 부자 황 아무개의 아들이었다. 재상은 이렇게 말했다.

"지난날에 보았던 아이가 좋기야 좋지만 황 아무개의 부富만큼은 못하지."

그러고는 혼인할 것을 정하고 혼례할 날도 가렸다. 일을 마치고 돌아온 재상은 곧바로 이 아무개와 혼인하기로 한 약속을 물리쳤다.

며칠 후, 재상은 다시 동쪽 마을 정 아무개의 아들이 아름답고 재주가 있는데도 아직 아내를 맞이하지 않았다는 소문을 들었다. 그래서 재상이 직접 가서 보니 얼굴은 그린 것 같고 용모는 단정하고 수려하여 마치 신선을 바라보는 것 같았다. 또한 문장은 높이 드러나고, 필법筆法은 힘차고 원숙하였다. 재상이 말했다.

"부富라는 것도 재주가 빼어난 것만은 못하지."

그러고는 다시 황 아무개와의 혼사도 물리치고, 정 아무개와 혼인을 정했다. 그러자 이 아무개와 황 아무개는 화를 내며 말했다.

"내가 혼인하자고 한 것도 아니고 제가 스스로 와서 부탁해놓고는 지금 와서 아무 이유도 없이 혼사를 물리치니 의리상 욕을 먹는 것이 불가하도다."

혼례하는 날이 되자 이씨와 황씨 두 신랑은 나란히 말을 타고 재상댁으로 갔다. 정씨 집 신랑 또한 와 있었다. 세 신랑이 서로 요란스럽게 떠드나 어느 한 사람도 누가 옳고 그른지를 분별할 자가 없었다. 그러자 신부가 말했다.

"이 일은 다른 사람들이 결정할 바가 아닙니다."

그러고는 세 신랑을 앞으로 불렀다.

"여자라는 것은 시집가서 그 지아비를 좇아야 하는 존재지요. 만약 지아비가 그럴듯한 사람이 아니라면 분명 제 신세가 잘못될 것입니다.

청컨대 공자님들은 어떠한 장기를 가지고 계신지 여쭙고자 합니다."

먼저 정씨 신랑이 말했다.

"나는 재주가 탁월하여 문장은 이백李白을 압두壓頭하고 필법은 안진경顔眞卿과 구양순歐陽詢을 능가한다오. 족히 가는 바늘의 표면에 두 마리 용까지 그려넣을 수 있소."

황씨 신랑도 말했다.

"나는 곳곳마다 넓은 창고 수백 간이 있고, 좋은 밭과 기름진 땅도 백 리에 뻗쳐 있으며, 돈과 재물이 창고에 넘쳐나고, 마구간에는 소와 말이 가득하오. 노비들도 집 안에 넘쳐나오."

이씨 신랑은 하늘을 우러러 한바탕 웃고 말했다.

"나는 재주도 없고, 재산도 없소. 오직 커다란 양물 하나가 있을 뿐인데, 양물의 힘은 능히 암석을 들어 올릴 수 있을 정도요. 길거리나 산천에 간혹 사람의 힘으로는 치울 수 없는 커다란 암석이 있다면 내 반드시 양물을 세워 그것을 들어 올린 다음 한 번 힘을 쓰면 순식간에 치울 수 있소. 그런 까닭에 사람들은 나를 '양물장군'이라 부른다오."

다 듣고 나서 신부가 말했다.

"문장과 재물이 좋기야 좋지요. 그러나 그것도 커다란 양물 하나만은 못하답니다."

그러고는 황 아무개와 정 아무개를 물리치고 이씨 낭군과 결혼했다. 이후 두 사람은 아들 여덟과 딸 여덟을 낳고 백년해로하였다.

陽物退巖

古者京中一宰相, 有一女, 將擇壻, 宰相曰: "吾女才色, 甲於國中, 當迎天下奇男子, 作其配耦耳." 仍遍于國中. 過東村, 有十七八歲童子, 挾冊而過前, 眉目精明, 風儀俊秀, 實其女之類. 宰相追而尋之, 士人李某之子, 而閟閱出衆. 宰相喜而定婚, 卽擇醮日, 而約如金石. 數日後, 偶過南村, 有童子挾冊而過者, 髮長垂地, 儀表¹⁾端麗, 宰相美之曰: "此足爲吾之壻矣." 追而尋之, 富人黃某之子也. 宰相曰: "前日郎材, 好則好矣, 不如黃某之富." 遂定婚擇醮日, 而還卽退李某. 過數日, 聞東村士人鄭某之子, 美而有才, 尙未娶婦. 往觀之, 眉目如畫, 容貌端麗, 望之如仙, 而文章發揚²⁾, 筆法雄渾. 宰相曰: "富不如才之美者." 復退黃某, 而定鄭某. 李某及黃某憤然曰: "吾不求婚, 彼自來請. 今無故退婚, 義不可辱." 及醮日, 李黃兩郎, 聯騎而往, 鄭家郎亦會焉. 於是三郎相鬪, 而無一人辨其是非者. 新婦曰: "此事非人所可決." 招三郎於前曰: "女者適人從夫, 若夫非其人, 誤身必矣. 請問公等, 有何長技乎?" 鄭郎答曰: "吾則才分發越, 文章壓頭李白, 筆法凌駕顔歐,³⁾ 足以畫雙龍於細針之面矣⁴⁾." 黃郎曰: "吾則處廣厦數百間, 良田沃土延袤⁵⁾百里, 金帛盈庫, 牛馬充廐, 奴婢溢門." 李郎仰天而笑曰: "吾則無才無銀, 惟有一個大陽物, 陽物之力, 能舉巖石, 道路山川, 或有巖石之巨者, 非人力所退者, 吾必起陽物而舉之, 一用力而輒退, 故人號我曰陽物將軍." 新婦曰: "文章金帛, 好則好矣, 而不如一個大陽物." 遂退黃某及鄭某, 而嫁於李郎, 生八子八女, 偕老百歲.

---

1) 의표(儀表): 의용(儀容). 몸가짐이나 차림새.
2) 발양(發揚): 내재해 있는 능력이 밖으로 드러남. 분발(奮發). 발달(發達).
3) 안구(顔歐): 당나라 때의 명필 안진경(顔眞卿, 709~784)과 구양순(歐陽詢, 557~641)을 말하는 듯하다. 안진경은 초서(草書)에 뛰어나 서도(書道)의 스승으로 추앙된 인물로, 저서로는 『안노공집顔魯公集』이 있다. 구양순은 왕희지(王羲之)의 서풍을 따랐다가 나중에 일가를 이룬 인물로, 그의 서체를 솔경체(率卿體)라 한다.
4) 족이화쌍룡어세침지면의(足以畫雙龍於細針之面矣): 족히 가는 바늘의 표면에 쌍룡을 그릴 수 있다. 이는 이백(李白)이 어렸을 때 독서를 채 마치지 못하고 돌아가는 길가에서 절굿공이를 가는 노파를 보고 그 연유를 묻자, 노파가 '가는 바늘[細針]'을 만든다고 대답하자, 그 말에 감발(感發)하여 마침내 되돌아가서 독서를 끝마쳤다는 일화에서 유래한 말이다. 즉 자신은 절굿공이로 바늘을 만들뿐더러, 그 바늘의 표면에 용 두 마리를 그릴 수 있다는 말로, 이백보다도 더욱 뛰어난 문장가가 될 수 있음을 암시하는 말로 보인다.
5) 연무(延袤): 동서남북으로 길게 뻗친 모양. 연은 동서의 길이, 무는 남북의 길이.

암탕나귀가 중을 낳다

　영남에 있는 어느 절에서 한 중이 암탕나귀 한 마리를 키우고 있었다. 중은 밤이면 마구간에 들어가 그 당나귀의 뒤에다 대고 음란한 짓을 했다.

　암탕나귀는 처음에는 중이 하는 짓에 순종하지 않았다. 차고 깨물며 반항하였다. 그때마다 중은 손으로 가볍게 당나귀의 엉덩이를 때리고 그 갈기를 애무해주면서 당나귀로 하여금 엎드리게 했다. 그러자 암탕나귀는 비로소 그것이 자신을 사랑해주는 것임을 알고 명령에 따라 엎드렸다. 그리하여 중은 마음껏 음란한 짓을 할 수 있었다.

　이후로 중은 음란한 짓을 하지 않는 날이 없었다. 암탕나귀는 중을 보면 기뻐하며 소리를 냈고, 그 엉덩이를 때리면 꿇어앉은 후 엎드리곤 했다.

　그런데 그 일을 알고 있는 도제徒弟가 있었다. 그는 중이 없는 날을 엿보아 마구간으로 들어갔다. 그러고는 암탕나귀의 엉덩이를 때리니 과연 무릎을 꿇고 엎드리는 것이었다. 도제는 대나무 못을 들어 암탕나귀의 음혈陰穴을 맹렬하게 찔렀다. 그러자 암탕나귀는 갈기를 떨치며 일어나더니 발로 차고 물어뜯으면서 사람 가까이에는 가려고도 하지 않았다.

뒷날, 중은 다시 그 당나귀에다 음란한 짓을 하고자 예전처럼 엉덩이를 때리고 갈기를 어루만졌다. 그러자 암탕나귀는 놀라 달아나면서 날뛰고 차고 물어뜯고 하는 것이었다. 비록 백 번을 어루만져도 끝내 순종하지 않았다.

다음 날, 중은 도제를 불러 말했다.

"이 당나귀는 늙어서 탈 수가 없구나. 너는 이놈을 끌고 시장에 가서 다른 암탕나귀와 바꾸어 오도록 해라."

도제는 명령을 받들어 당나귀를 이끌고 시장으로 가서 많은 돈을 받고 팔았다. 그리고 그 돈을 모두 써버리고 돌아와 중에게 아뢰었다.

"당나귀가 시장에 나가더니 중 열 명을 낳고는 이내 죽고 말았습니다. 그런데 죽은 말의 뼈를 사고자 하는 사람은 없어서 길거리에 던져두고 올 수밖에 없었습니다. 이에 보고드립니다."

중은 아침 해가 바다를 붉게 물들이는 것처럼 얼굴이 빨갛게 물들어 대꾸조차 하지 못했다.

牝驢産僧

嶺南某寺僧, 畜一牝驢, 夜則入廐, 從後而淫之. 牝驢初則不馴, 踶之齧之, 僧以手輕打其臀, 愛撫其鬣, 使伏之, 牝驢始知其愛之, 從命而伏, 僧縱意淫之. 自後無日不淫. 是以牝驢見其僧, 則喜而鳴, 打其臀, 則跪而伏. 因以爲習. 徒弟[1]窺知其狀, 瞰僧之無而入廐, 打其臀, 則牝驢果跪伏, 擧竹釘

---

1) 도제(徒弟): 스승을 좇아 직업에 필요한 지식이나 기능을 배우는 사람.

而猛刺其陰穴. 牝驢奮鬣而起, 踶之齧之, 不欲近人. 後僧欲淫之, 打臀撫鬣, 則牝驢驚奔, 踊躍踶齧. 雖百番愛撫, 而終不馴. 翌日, 卽召徒弟而言曰:"此驢老而不用於乘, 爾其牽往市上, 換買他牝馬而來." 徒弟聽令, 牽驢而出市上, 受大金而賣之, 浪費其金, 歸而返命曰:"驢子出市, 産十僧子而斃. 無願買死馬骨²⁾者, 故棄之道上. 以此復命." 僧面如紅潮, 憮然不對.

---

2) 마골(馬骨): 말의 뼈. 원래 마골은 어질고 빼어난 재사(才士)를 비유하는 말로 쓰인다. 즉 고대에 천리마를 구하고자 천금을 걸고 현상했지만, 삼 년 뒤에 겨우 죽은 말 하나를 얻었다. 그러나 왕이 오백금을 주고 그 말을 샀더니, 일 년도 안 되어 천리마를 세 마리 팔겠다는 사람이 나타났다는 말에서 유래한다. 전국시대 연(燕) 소왕(昭王)이 어진 재사를 구하고자 했을 때, 곽외(郭隗)가 이 말을 비유적으로 사용하였다. 이 작품에서 쓰인 죽은 말의 뼈를 사겠다는 표현 역시 여기에 기반한다.

기와를 바꾸어 깨우침을 보이다

　동양위東陽尉 신익성申翊聖이 맏공주와 결혼한 다음 날에 즐거움을 나누려 했다. 그런데 공주는 자신이 아래에 있지 않겠다고 하며 동양위의 배 위에 엎드린 채 동양위를 아래에 눕도록 했다. 동양위는 밤새 편안하게 잠을 잘 수가 없었다.

　다음 날 아침, 동양위는 침실이 있는 용마루 위에 올라가더니 기와를 벗겨 그 위치를 바꾸기 시작했다. 수키와는 아래에 펼치고, 암키와는 그 위에 엎어놓았다.

　왕비가 그 까닭을 묻자, 동양위가 대답했다.

　"이는 지난밤 공주께서 가르치신 바입니다! 바라옵건대 공주가 보게 해주십시오."

　공주는 매우 부끄러워하면서 다시는 지아비의 명을 어기지 않았다.

易瓦示喩

東陽尉申翊聖[1]), 尙公主[2]) 合졸翌日, 將講歡[3]), 公主不欲下之, 伏於東陽尉

之腹, 使東陽尉臥下. 東陽尉終夜不得安眠. 翌朝, 東陽尉上寢殿屋脊[4], 脫
蓋瓦而易其位, 敷雄瓦於下, 伏雌瓦於上. 王妃問故, 東陽尉曰: "此昨夜公
主所敎耳! 願使公主視之." 公主大慚, 不敢復逆夫命.

1) 동양위(東陽尉) 신익성(申翊聖, 1588~1644): 조선 중기의 문신. 본관은 평산(平山). 자는 군
석(君奭), 호는 낙전당(樂全堂)·동회거사(東淮居士). 영의정 흠(欽)의 아들이며, 선조의 부마(駙
馬)이다. 정숙옹주(貞淑翁主)와 혼인하여 동양위에 봉해졌다. 저서로 『낙전당집樂全堂集』 등이
있다. 시호는 문충(文忠)이다.
2) 상공주(尙公主): 맏공주. 여기서는 정숙옹주(貞淑翁主, 1587~1627)를 말한다. 실제로 정숙옹
주는 선조와 인빈 김씨(仁嬪金氏, 한우漢佑의 딸) 사이에서 태어난 옹주로, 선조에게는 셋째 옹주
가 된다.
3) 구환(講歡): 구환(媾歡). 남녀 간의 성행위.
4) 옥척(屋脊): 용마루. 지붕의 마루.

음문이 입에 불었다

시골에 사는 부부가 딸의 집에 와 있을 때다. 때는 아교도 굳어서 끊어질 정도로 몹시 추운 겨울이었다.

시골 아낙이 도랑 위에 오줌을 싸고 일어나려는데, 음모가 땅에 얼어붙어서 떨어지지 않았다. 힘을 써서 잡아당겨보았지만, 땅에 붙은 것이 너무 견고하여 통증을 참을 수 없었다. 아낙은 급히 남편을 불러 구해달라고 했다.

그의 남편은 수염이 제법 길었다. 그는 천천히 아내에게 가서 이유를 묻고는 그 언 것을 풀기 위해 머리를 숙여 음문에다 입김을 불어넣었다. 그러나 언 것이 풀리기도 전에 도리어 그의 긴 수염이 땅에 얼어붙고 말았다. 마치 음문을 마주하고 엎드린 모습이었다.

시간이 조금 지나자, 그의 딸은 부모님이 오래도록 돌아오지 않는 것을 이상하게 여겼다. 이에 밖에 나가서 보니 어머니는 도랑 위에 앉아 있고, 아버지는 어머니의 음문 아래에 엎드려서 꼼짝도 하지 않는 것이었다. 딸은 처음에는 주저하면서 나아가지 못하다가 곡절을 모두 알고 이내 뜨거운 물을 뿌려 그 붙은 것을 풀어냈다.

陰門接口

村夫夫妻, 同往女家, 時冬寒折膠[1]. 妻放尿於溝上而欲起, 則陰毛凍結於地而不離. 用力引之, 着之甚硬, 痛不可忍. 急呼其夫而求救. 其夫長鬚者, 趍而問故, 欲解其凍, 俯首而加口息於陰門. 凍未解, 而鬚反凍結, 接陰門而伏者. 移時, 其女怪其久不返, 出而視之, 則母坐於溝上, 父伏於母氏陰門之下, 搖之不動. 女始則躑躅不進, 問知其委折, 乃加熱湯而解其結.

---

1) 절교(折膠): 몹시 추운 때. 이 말은『한서漢書』「조착전晁錯傳」에 "위엄을 세우고자 하는 자는 아교를 끊는 데서부터 시작된다〔欲立威者, 始於折膠〕"라고 한 데서 유래한다. 안사고(顔師古)가 소림(蘇林)을 주인(注引)하며 말하기를 "가을의 기운이 이르면 아교는 끊어지니 궁노를 쓸 수가 있다. 흉노는 이 계절에 군을 움직이는 것으로 알았다〔秋氣至, 膠可折, 弓弩可用, 匈奴以爲候而出軍〕"고 했는데, 후대에는 추동(秋冬) 때를 의미하는 용어로 쓰였다.

음낭은 들어올 곳이 없어라

호서 지방의 선비 아무개에게는 딸이 둘 있었다. 두 딸이 모두 시집 갈 나이가 되자, 선비는 정鄭 아무개와 정丁 아무개 집에서 사위를 맞이하여 같은 날에 초례를 치르기로 했다.

그 이웃에는 박도령이란 자가 있었는데, 얼굴이 잘생기고 글도 잘했다. 그는 항상 두 딸을 어떻게 해보려고 했지만, 두 딸은 전혀 감정에 흔들리지 않았다.

초례일이 되자 박도령도 와서 예식을 행하는 것을 보았다. 두 딸은 곱게 화장을 하고 화려하게 옷을 입고 두 신랑을 맞이하며 말했다.

"지아비란 것은 여자의 근본이옵니다. 만약 지아비가 그럴듯한 사람이 아니라면 그 아내 된 자는 종신토록 고생을 할 것입니다. 제가 아직 초례를 치르기 전에 먼저 장부의 재능을 시험해보고자 하오니, 장부께서는 모름지기 갖고 계신 재능으로 가사 한 소절을 지어주십시오. 그러면 첩이 그 우열을 판별해보겠습니다."

두 신랑은 곧바로 응답하였다.

"좋소!"

정鄭 신랑이 먼저 대구를 지었다.

"바늘 몸통에 쌍룡을 그릴진저! 눈과 코를 본뜨기 어려움이 한스럽구나."

정丁 신랑도 이어서 말했다.

"태산을 끼고 바다를 뛰어넘을진저! 곤륜산崑崙山의 장애는 어찌할꼬."

그러자 박도령이 웃으면서 두 신랑에게 말했다.

"어찌하여 '내 양물이 네 음문에 들어가네. 음낭은 들어갈 곳 없어라'라고 말하지 않소?"

두 딸은 한참 동안 깊이 생각하다가 말했다.

"양물이 음문에 들어오는 것, 이것이 부부의 시작이라 할 것입니다. 태산을 끼고 바다를 건넌다든지, 바늘 몸통에 쌍룡을 그린다는 것은 모두 사람이 능히 할 바가 아닙니다."

마침내 두 신랑을 물리치고, 두 딸은 모두 박도령에게 시집을 갔다.

陰囊無入處

湖西士人某, 有二女, 而俱及笄, 相婿於鄭某丁某之家, 而將同日醮之. 隣有朴道令者, 美而文, 每欲挑二女, 而二女頓不屬情. 及醮日, 朴道令往觀成禮. 二女凝粧盛服, 迎二郎而謂曰:"夫者女之幹楨[1], 若夫非其人, 爲其妻者, 終身困苦. 吾欲未醮, 而先試丈夫之才能, 願丈夫須以其才能, 作歌詞一闋以贈, 妾必辨其優劣." 二郎卽應曰:"諾." 於是鄭郎先對曰:"畫雙龍於針

1) 간정(幹楨): 정간(楨幹). 담을 치는 데 담의 두 끝에 세우는 나무와 양쪽의 기둥. 모두 담을 치는 데 중요한 것이므로 근본·기초의 뜻으로 쓰임. 또는 인재를 비유하기도 함.

身兮!²⁾ 恨眼鼻之難摸." 丁郎繼之曰: "挾泰山而超海兮!³⁾ 奈崑崙⁴⁾之礙脚."
朴道令笑謂二郎曰: "何不曰, 吾之陽物, 入於爾之陰門, 無陰囊之入處乎?"
二女沈吟良久曰: "陽物之入於陰門, 是夫婦之始, 而挾泰山而超海, 畵雙龍
於針身, 皆非人所能." 遂退二郎, 而俱嫁於朴道令.

---

2) 화쌍룡어침신혜(畵雙龍於針身兮): 539쪽 주 4) 참조.
3) 협태산이초해혜(挾泰山而超海兮): 『맹자』 「양혜왕」에 나오는 말을 활용하였다. 하지 않는 것
과 할 수 없는 것은 어떻게 다른가(不爲者與不能者之形, 何以異?)를 묻는 양혜왕의 질문에 맹자가
"태산을 끼고 북해를 넘는 것을 사람에게 '나는 할 수 없다'고 말을 한다면 이는 참으로 할 수 없
는 것이다. 어른을 위하여 나뭇가지를 꺾는 것을 사람에게 '나는 할 수 없다'고 말을 한다면 이는
하지 않는 것이지, 할 수 없는 것이 아니다(挾泰山而超北海, 語人曰, '我不能' 是誠不能也. 爲長者
折枝, 語人曰, '我不能' 是不爲也, 非不能也)"라고 대답한 말인데, 여기에서 정(丁) 신랑은 태산을
끼고 바다를 건널 수 있다고 말을 한 것이다.
4) 곤륜산(崑崙山): 중국 전설에 나오는 높은 산. 중국의 서쪽에 있다. 전국시대 말기부터는 서왕
모(西王母)가 살며 불사(不死)의 물이 흐른다고 믿어져왔다.

게가 두 사람을 깨물다

촌아낙이 밭에 들밥을 내가다가 광주리를 머리에 이고 콩밭 두둑에 앉아 오줌을 누고 있었다. 때마침 게가 그 아래에 엎드려 있다가 다리를 펴서 촌아낙의 음문陰門을 깨물었다. 촌아낙은 놀라 오른손으로는 들밥이 든 광주리를 부여잡고, 왼손으로는 음문을 더듬으며 게를 잡았다. 그러나 게는 더 세게 깨물며 떨어지려 하지 않았다. 촌아낙은 그 아픔을 견딜 수가 없었다.

그때 마침 노승이 그곳을 지나가고 있었다. 촌아낙은 급히 그를 불렀다.

"바라건대 대사님은 이쪽으로 와보세요."

노승은 발끈 화를 내며 말했다.

"요망한 계집이 감히 대낮 큰길가에서 음란한 마음을 품고 나를 밭으로 끌어들이는데, 내가 어찌 즐겨 따르겠느냐!"

"아닙니다. 내가 지금 아파 죽을 지경이니 바라건대 대사님은 나를 좀 구해주시오."

노승은 비로소 그쪽으로 향해 가며 사연을 물었다. 그러자 촌아낙이 대답하였다.

"바라건대 내 음문을 좀 보아주세요."

노승은 또다시 화를 내며 말했다.

"예를 아는 장부가 어찌 감히 부인의 음문을 본단 말이냐?"

"마음에 찔릴 것 없습니다. 뭔지 모를 어떤 것이 지금 내 음문을 깨물고 있는데, 그 아픔을 차마 견딜 수가 없습니다. 그러하오니 제발 대사님이 치료해주시구려!"

노승이 머리를 숙이고 목을 길게 늘여 보았더니 과연 게가 촌아낙의 음문에 매달려 있었다. 노승은 그것을 잡으려고 얼굴을 아낙의 음문 가까이로 가져갔다. 그러자 게는 또다른 다리 하나를 펴서 노승의 입술을 깨물었다.

노승이 놀라 급히 잡아 빼자, 촌아낙은 소리를 질렀다.

"아파요, 아파!"

그러면서 촌아낙도 다시 급하게 잡아당겼다. 그랬더니 이번에는 노승이 소리를 질렀다.

"아파, 아프다고!"

노승과 촌아낙은 한 번은 앉았다 한 번은 엎드렸다 하며 서로 밀고 당기기를 계속하였다. 그렇게 반나절이 지나자, 게는 깨물고 있는 것이 위태로울뿐더러 힘으로 능히 지탱할 수가 없었다. 결국 두 다리가 모두 끊어지고 말았다.

그제야 촌아낙과 노승은 겨우 일어나서 그 자리를 떠날 수 있었다.

蟹挾兩人

村婦饁于田, 戴饟器而坐於荳田之畔, 將放溺. 適蟹子伏其下, 伸脚而挾陰門. 村婦驚怵, 右手扶籃器, 左手摩陰門, 而執蟹子. 蟹子堅鋏不捨, 村婦痛不可堪. 適老僧過之. 村婦呼曰:"願大師來此."僧怫然而怒曰:"妖女敢於白日大道上, 以淫心, 要我於田中, 我何肯從."村婦曰:"非也. 我方痛急, 願大師救我."老僧始趍而問故, 村婦曰:"願見我陰門."老僧又怒曰:"知禮丈夫, 安敢見婦人之陰門."村婦曰:"無傷也. 不知何物嚙我陰門, 痛不可堪. 願大師醫之."老僧俯首延頸而視之, 果有蟹子, 懸於陰門. 欲執之, 近面於陰門, 蟹子復伸一脚, 又鋏老僧之脣. 老僧驚劫急引, 則村婦叫曰:"痛矣, 痛矣!"村婦復急引, 則老僧叫曰:"痛矣, 痛矣!"一坐一伏, 相引相推者半晌, 蟹子鋏之猶急, 而力不能支, 兩脚俱絶. 於是村婦及老僧, 艱辛起行.

일을 익히고, 다리를 붙이다

어떤 선비가 처제를 데리고 살았다. 처제의 나이가 비녀를 꽂을 만하고 머리는 길어 땅에 드리울 때가 되자, 얼굴은 부용芙蓉처럼 예뻐졌다. 선비가 그녀를 사모하다가 하루는 속여 말했다.

"처제도 오래지 않아 시집을 가겠지. 시집을 가면 반드시 부부가 잠자리를 같이해야 하는데, 잠자리를 같이하는 데에도 기술이 필요하지. 처음에는 그 아픔을 감당할 수가 없거든. 그래서 잠자리 방법을 미리 익혀두면 그 고통을 다소간 면할 수 있지. 내가 그것을 가르쳐주마."

그러고는 처제를 돌아눕게 했다. 처제는 아직 시집가지 않은 여자였기에 그것이 음란한 짓거리인 줄 알지 못했다. 그저 선비가 하는 말을 따를 뿐이었다. 선비는 마음대로 처제를 간음하였다.

이후, 처제는 시집을 가게 되었고, 부부간에 운우의 즐거움도 나누었다. 남편이 말했다.

"인생의 즐거움 가운데 이 짓보다 나은 것이 없구려!"

"만약 형부가 이 일을 미리 가르쳐주지 않았다면 어찌 당신의 즐거움이 여기에까지 이르렀겠어요?"

남편은 괴이해하며 물었다.

"가르쳤다는 것이 도대체 어떤 일이오?"

"형부는 내가 고초를 겪을까 걱정하여 나를 돌아눕게 하고는 이 일을 미리 연습시켰지요. 그래서 음문이 커졌던 것이지요."

남편은 선비의 추악한 행위에 분개하며 즉시 그 일을 따지려다가 다시 생각했다.

'따지는 일은 그의 아내를 간음하여 욕보이는 것만 못하지!'

이에 남편은 선비가 과거를 보기 위해 서울에 올라간 틈을 타서 그 집으로 가 문을 두드렸다. 처형이 나와 그를 맞이하는데, 이때 처형은 임신한 지 한 달이 지나 있었다. 남편이 말했다.

"동서【혼인한 인척끼리 서로 부를 때는 동서라고 한다】가 상경할 때 제게 '내가 아내의 뱃속에 아이를 만들었는데 과거 볼 날이 매우 급하기에 단지 몸뚱이만 만들고 그 다리는 만들지 못했네. 바라건대 자네가 나를 대신하여 거기에 다리를 붙여주게'라고 말씀하더군요. 저는 부득이 가르침을 받들어 행할 수밖에 없겠습니다."

"아무리 과거를 볼 날이 급했다 해도 어찌 자식을 만들면서 다리는 만들지 않았을까?"

이에 남편은 처형을 돌아눕게 하여 간음하고 돌아왔다.

이후, 처형은 아이를 낳았다. 선비도 서울에서 돌아왔다.

선비는 자식을 매우 사랑하였다. 그런 모습을 본 처형이 말했다.

"만약 그때 제부娣夫가 다리를 붙여주지 않았다면 반드시 다리 없는 자식을 낳았겠지요?"

선비는 괴히 여기며 물었다.

"그게 무슨 말이오?"

"당신은 당신이 한 일도 알지 못해요?"

"분명히 알지 못하겠는데……"

"당신이 상경한 뒤에 제부가 와서는, '당신이 상경할 때 제부에게, 당신이 과거를 보러 간다고 하면서, 바야흐로 아이를 만들어두었는데 다리를 붙이지 못했으니 제부에게 당신 대신 다리를 붙여주라 하였다'고 말했다면서 나를 간음하고 갔습니다. 그랬더니 과연 온전한 신체를 가진 아이를 낳을 수 있었어요. 저는 이 때문에 매우 즐겁답니다."

선비는 크게 화를 내며 말했다.

"내 이 무례한 놈을 반드시 죽이리라!"

그러고는 큰 도끼를 지니고 동서의 집으로 급히 와서, 문 앞에 서서 큰 소리로 외쳤다.

"어전御前의 청룡기냐? 진두陣頭. 군진의 맨 앞의 대장기냐? 다리를 붙인다는 것이 다 무엇이냐?"

그의 동서도 나와 성난 눈으로 바라보며 대답하였다.

"해동海東의 푸른 매[蒼鷹]냐? 새상塞上. 변방 지역의 흰 매[白鷹]냐? 일을 익힌다는 것이 다 무엇이냐?"

그러자 선비는 껄껄 웃으며 말했다.

"피차 같은 것일세."

마침내 두 사람은 처음처럼 사이좋게 지냈다.

習事付足

士人率養妻弟於一室. 妻弟年及笄[1]而髮長垂地, 顔如芙蓉[2]. 士人戀之.

---

1) 급계(及笄): 십오 세. 『예기禮記』 내칙(內則)에 "여자 나이 열다섯이 되면 비녀를 꽂는다[十有五年而笄]"라고 한 데서 유래한 말이다.
2) 부용(芙蓉): 아욱과에 속하는 낙엽 관목. 꽃은 흰빛, 혹은 담홍색이다. 보통 아름다운 여인을 이 꽃에 비유한다.

一日誑曰: "妻弟不久而適人, 適人必夫婦相合, 相合之道, 有術, 初則痛不可堪, 不可不預習其道, 庶免其苦耳. 吾當教之." 因使翻臥. 妻弟以未嫁之女, 不會淫事, 惟從士人之言. 士人恣意淫之. 及適人, 夫妻講雲雨之歡, 夫曰: "人生之樂, 無過於此者!" 妻曰: "若非兄夫預敎而習之, 子何樂及於此乎?" 夫怪而問曰: "所敎者, 何事也?" 妻曰: "兄夫念我苦楚, 敎余翻臥, 先習此事, 而大其陰門矣." 夫憤士人之醜行, 卽欲詰之, 因曰: "不可不如反淫其妻而辱之." 乘士人赴科上京之時, 往叩其門, 妻兄出而迎之. 時妻兄懷孕過朔. 夫曰: "同壻〔姻婭相謂曰同壻〕上京之時, 謂余曰, '吾造子於妻之腹中, 而科期甚急, 只造其胴, 而不造其脚, 請子代余而付脚.' 吾不可不奉敎以行." 妻兄曰: "科期雖急, 奈何造子而不付脚乎?" 仍翻臥, 夫淫之而還. 及生子, 士人自京返, 愛子甚重, 妻曰: "若非弟夫付脚, 必生無脚之子矣." 士人怪而問曰: "何言也?" 妻曰: "子不知子之所爲乎?" 曰: "不曉得矣." 妻曰: "子上京之後, 弟夫來余曰, '同壻上京之時, 謂余曰, 吾將赴擧, 方造子而不付脚, 使余代付.' 因淫我而去. 果生具軆之子, 吾是以喜之." 士人大怒曰: "吾必殺無禮是夫矣." 携大斧而徑往同壻之家, 立門而呼曰: "御前之靑龍旗[3]耶, 陣頭之大將旗耶? 付脚者何耶?" 同壻出門, 怒目而對曰: "海東之蒼鷹[4]耶, 塞上之白鷹[5]耶? 習事者何也?" 士人啞然大笑曰: "彼此同矣." 遂相好如初.

3) 청룡기(靑龍旗): 용의 형상이 그려진 청기(靑旗). 동쪽을 대표한다.
4) 창응(蒼鷹): 털이 청백색인 큰 매.
5) 백응(白鷹): 흰 빛을 띠는 매. 옥해청(玉海靑).

귀를 붙이고, 규범화된 틀에 맞추다

가죽신을 아주 잘 만드는 갓바치가 있었다. 그가 가죽을 제작하고, 실을 뽑아내고, 꿰매고 자르고, 칠하고 정리한 후, 규격화된 틀에 맞춰 주름진 것은 빳빳하게 펴고, 울퉁불퉁한 것은 반듯하게 하면 추한 것도 아름답게 변했다.

그의 이웃에는 비녀를 꽂을 만큼 나이가 찬 처녀가 있었다. 그러나 얼굴에는 마마 자국이 가득하여 모양새가 몹시 추악했다. 처녀가 마침 갓바치의 집에 왔다가 그 기술을 보고 부러워하며 물었다.

"추악한 가죽신도 규격화된 틀에 맞추고 나면 변하여 저렇게 고운 신발이 되네요. 그런데 어째서 추악한 얼굴을 고치는 틀은 없나요?"

"있지. 모양은 송이버섯과 같은데, 여자에게 한번 붙이면 추악한 모습도 아름다운 용모로 변하거든. 너도 시험해볼래?"

"그게 어디 있는데요?"

"내가 가지고 있지."

그러고는 그의 양물을 꺼내 보여주었다. 그러자 처녀가 말했다.

"그렇다면 한번 시험해볼래요."

이에 갖바치는 처녀를 돌아눕게 하고는 간음하였다. 그러고 나서 처녀에게 말했다.

"내일 아침이 되기도 전에 얼굴이 고와질 게다."

처녀는 집으로 돌아왔다.

처녀는 다음 날 아침 내내 거울을 마주하여 앉아 있었다. 그녀의 아버지는 괴이하여 이유를 물었다. 처녀는 이렇게 대답했다.

"어제 갖바치 아저씨가 나를 규격화된 틀에 맞추고는 '내일 아침이 되기도 전에 얼굴이 고와질 게다'라고 말했거든요. 얼마나 고와졌나 보려고 한참 동안이나 거울을 마주하고 앉아 있었지만 옛 모습에서 조금도 변하지 않으니 참으로 이상하네요."

아버지는 더욱 이상하게 생각했다.

"그게 무슨 말이냐?"

그러자 처녀는 자신의 음문을 가리키며 대답했다.

"갖바치 아저씨가 송이버섯처럼 생긴 물건을 가지고 와서 여기에다가 맞췄다니까요!"

아버지는 크게 화를 내며 말했다.

"추악한 놈이 내 딸을 더럽혔구나. 내 반드시 그놈의 처를 간음하고 말리라."

처녀의 아버지는 갖바치가 없는 틈을 엿보아 그의 집을 찾아갔다. 때마침 갖바치의 부인은 임신한 상태였다. 처녀의 아버지는 갖바치의 아내에게 말했다.

"자네가 임신했다는 말은 들었네. 그런데 그 아이에게는 귀가 붙어 있지 않기에 귀를 붙여주러 특별히 내가 왔네."

"임신은 했지요. 그러나 귀가 붙어 있는지 붙어 있지 않은지를 당신이 어떻게 아시오?"

"갓바치의 아내는 두 명의 지아비를 두지 않으면 반드시 귀가 없는 아이를 낳는다네. 이것은 갓바치가 비록 아이의 몸뚱이는 잘 만들지만, 귀는 만들 수 없기 때문일세. 나는 자네가 두 지아비를 두지 않았음을 아네. 그러한 이유로 그 뱃속에 있는 아이 역시 반드시 귀가 없음을 안 것이라네."

"귀가 없는 자식을 낳느니 차라리 두번째 지아비를 두어 온전한 아이를 낳는 것이 낫지요."

마침내 갓바치의 부인이 돌아누웠다. 처녀의 아버지는 그녀를 간음하고 돌아왔다.

갓바치가 돌아오자, 그의 부인은 지난 사연을 말했다. 그러자 갓바치는 화를 내며 몽둥이를 집어들고 달려와서는 처녀의 아버지를 꾸짖었다.

"네가 감히 귀를 붙인다는 말로 남의 아내를 간음하니, 이 무슨 짓이냐?"

처녀의 아버지도 화를 내며 말했다.

"네가 감히 규격화된 틀에 맞춰야 한다는 말로 내 딸을 더럽혔으니, 그것은 무슨 짓이냐?"

그러자 갓바치는 웃으며 말했다.

"두 사람 모두 과실이 있으니 차라리 용서하는 것만 못하겠소."

그러면서 갓바치는 돌아갔다.

附耳接型

皮匠善做鞋, 製革理絲縫劗塗刷, 接於範型, 皺者展, 險者平, 醜化爲姸. 隣有一處女, 年及笄, 而滿面痘花, 貌極醜耳. 適來見而羨曰: "醜鞋接於範型, 則化爲美鞋, 胡無改醜面之範型乎?" 皮匠曰: "有之. 狀如松䕺[1]而長,

각수록 | 559

一接於女, 則醜貌化爲美²⁾容. 爾其試之?" 處女曰: "安在?" 皮匠曰: "吾方
持之." 因示其陽物, 處女曰: "然則願試之." 皮匠使翻臥而淫之曰: "不踰明
朝, 而貌自美矣." 處女還家, 翌日終朝, 對鏡而坐. 父怪而問之, 女曰: "昨
日皮匠叔, 接我範型曰, '不踰明朝, 而貌自美矣,' 吾欲觀其美, 對鏡而坐
者, 移時而不變舊容, 怪矣." 父益怪之曰: "何言也?" 處女指陰門而對曰:
"皮匠叔持如松蕈¹⁾之物, 接我於此耳." 父大怒曰: "鄙夫汚我女, 吾必淫其
妻." 瞰皮匠之無也, 而詣之. 皮匠之妻方有娠. 因謂其妻曰: "聞子懷胎, 而
知其不付耳. 故爲其付耳, 而特來耳." 妻曰: "娠則娠矣, 而耳之付與不付,
子何知之?" 其人曰: "皮匠之妻, 無兼夫, 則必生無耳之子. 是則皮匠雖善於
造兒, 而不能造耳故也. 吾知子無兼夫, 故知其腹中之子, 必無耳矣." 妻曰:
"如其生無耳之子, 不如畜後夫, 而生具體之子." 遂翻臥, 其人淫之而還. 及
皮匠歸, 其妻說其故. 皮匠發怒, 携杖而走, 詰之曰: "爾敢以付耳之說, 淫
人之妻, 何也?" 其人亦怒曰: "爾敢以接型之說, 汚我之女, 何也?" 皮匠笑
曰: "兩相有過, 不如恕之." 遂還.

1) 송심(松蕈): 송이(松栮).
2) [교감] 국립중앙도서관본에는 '美'가 없지만, 내용상 '美'가 첨가될 필요가 있다.

　서른 살이 넘었지만 아직 결혼하지 못한 추녀가 있었다. 추녀는 봄날 햇빛을 받으면서 광주리를 끼고 교외로 나갔다. 그러고는 얼굴까지 치마를 뒤집어쓰고 음문을 드러낸 채 누웠다. 지나가는 사람이 마음껏 자신을 간음토록 한 것이다. 그러나 반나절이 지나도록 돌아보는 사람조차 없었다.

　해가 서쪽으로 점점 기울어갈 무렵이었다. 꼬불꼬불하고 엉클어진 수염을 가진 더벅머리 노총각이 지나다가 그 모습을 보고 기뻐하며 말했다.

　"내 나이 서른이 넘도록 아직 음문의 맛을 보지 못했는데…… 이는 하늘이 내려주신 은혜로다."

　그러고는 달려들어 추녀를 간음하고 몸을 돌려 달아나버렸다. 추녀는 그를 붙잡아 함께 살려고 쫓아갔지만 잡을 수가 없었다.

　추녀는 이로 인해 임신을 하게 되었고, 쌍둥이도 낳았다. 그러나 아비의 성을 알 수가 없었다. 추녀는 결국 관아에 가서 '성을 내려주십사' 애걸하였다.

"첩이 어느 밭에서 한 장부를 만나 서로 교합하였습니다. 그러나 장부는 자신의 성도 말해주지 않고 달아나버렸습니다. 이런 까닭에 자식은 낳았지만 성을 가질 수 없게 되었습니다. 바라옵건대 사또께서는 제 자식들에게 성을 내려주십시오."

태수가 아전에게 그 밭을 살펴보게 하니, 밭에 부여된 세금이 열여덟 복ㅏ이었다. 이에 사또가 말했다.

"열여덟 복十八ㅏ을 합하면 박朴 자가 되니 성은 박씨로 하는 것이 옳겠구나. 성을 정했으니, 부득이 본향도 내려주어야겠구나."

그러고는 추녀에게 물었다.

"네가 그 장부와 교합할 때의 정경이 어떠했느냐?"

"처음에는 음문이 발딱발딱【우리말에 스스로 솟구치는 것을 발딱발딱〔潘南潘南〕이라 한다】하더니 나중에는 무안【우리말에 부끄러워 얼굴을 붉히는 것을 무안務安＝無顏이라 한다】하더군요."

태수는 웃으며 말했다.

"그렇다면 처음에 태어난 아이는 반남 박씨로 하고, 나중에 태어난 아이는 무안 박씨로 삼는 것이 옳겠구나."

반남 박씨와 무안 박씨는 사실 여기에 기인한 것이다.

潘南務安

醜女年過三十, 而不得適人. 春日載陽, 携筐出郊, 露其陰門, 以裳覆面而臥, 使行人縱意淫之. 過半晌, 而無人顧者. 西日將傾, 有老總角虯髥[1]鬈鬖者, 來見而喜曰: "吾年過三十, 而不味陰門, 是天之賜也." 因覆而淫之, 翻

---

1) 규염(虯髥): 규룡(용의 새끼로, 뿔이 돋쳤다는 전설상의 동물)처럼 꼬불꼬불하게 생긴 수염.

身而走. 醜婦欲執而同居, 追之不及. 自是月有孕, 而生双子, 不知父姓. 遂
入官乞姓曰: "妾於某田, 會一丈夫相合, 丈夫不告姓而走, 生子無以爲姓.
願使道賜姓於吾子." 太守使吏覓其田, 田稅十八卜[2], 因曰: "十八卜合爲朴
字, 因姓朴則可矣, 而亦不可不賜姓鄕." 問於女曰: "相合時情景, 何如?"
女曰: "初則陰門潘南潘南[邦言自跳曰潘南潘南], 後則務安[邦言愧板曰無
顔]." 太守笑曰: "然則使初生子潘南朴, 後生子務安朴, 可也." 潘南朴氏及
務安朴氏, 實起因於此.

---

2) 복(卜): 짐. 논밭 넓이의 단위. 세금을 계산할 때 썼다. 1짐은 1뭇의 열 배, 1동의 10분의 1로,
그 넓이는 시대에 따라 달랐다.

보지·자지

조선 명종明宗조 때다. 영남 지방에 퇴계退溪 이황李滉 선생은 도가 높고 덕이 커서 한 나라 사람들이 모두 우러러보았다. 당시 남명南冥 조식曺植 선생도 퇴계 선생과 더불어 이름을 나란히 하고 있었다.

그때 어떤 선비가 두 선생의 덕을 시험해보고자 했다. 먼저 선비는 찢어진 옷을 입고, 짚신을 신고, 복건을 쓰고 남명 선생을 방문했다. 그러고는 읍揖만 하고 절은 하지 않은 채 다리를 쭉 뻗고 앉았다.

"바라옵건대 선생께서는 저를 가르쳐주십시오. 청컨대 보지【우리말로 음문을 보지라고 한다】가 무엇인지 여쭙고 싶습니다."

남명 선생은 얼굴을 찡그리며 대답하지 않았다. 그러자 선비는 또다시 질문하였다.

"그럼, 자지【우리말로 양물을 자지라 한다】는 무엇입니까?"

그러자 남명 선생은 화를 내며 제자들에게 선비를 쫓아내게 했다.

"이자는 미친 사람이네. 가히 가까이할 수가 없구나."

선비는 문을 나서서 다시 퇴계 선생을 찾아갔다. 그러고는 절도 하지 않고 다리를 쭉 뻗고 앉은 채로 물었다.

"보지가 무엇입니까?"

"걸어다닐 때 감추어지는 것으로, 귀한 것이지만 시장에서는 드러나지 않는 것이오."

선비는 다시 물었다.

"그럼, 자지는 무엇입니까?"

"앉아 있을 때 감추어지는 것으로, 찌를 수는 있으나 전쟁에서는 쓸 수 없는 것이오."

이로써 선비는 퇴계 선생의 덕이 남명 선생보다 나음을 알았다.

寶之刺之

朝鮮明宗朝, 嶺南, 退溪李先生, 道尊德隆, 望重一國. 其時, 南冥曺先生, 與退溪先生, 齊名. 士人某, 欲試兩先生之德, 弊衣草屬幒頭, 而訪南冥先生, 揖而不拜, 箕脚而坐曰: "願先生敎我. 請問寶池〔邦言陰門曰寶池〕者, 何也?" 南冥蹙顔不對. 又問曰: "刺池〔邦言陽物曰刺池〕者, 何也?" 南冥發怒, 使弟子敺逐曰: "此狂人也. 不可近也." 士人出門, 更訪退溪先生, 不拜箕脚而坐, 問曰: "寶池者, 何也?" 先生曰: "步藏之者而寶而不市者也."[1] 又問曰: "刺池者, 何也?" 先生曰: "坐藏之者而刺而不兵者也." 士人於是知退溪先生之德, 優於南冥.

1) 보장지자이보이불시자야(步藏之者而寶而不市者也): 이는 한유(韓愈)의 「송온조처사서送溫造處士序」의 "재능에 의지하면서 깊이 숨어 자신을 드러내지 않는 사람[恃才能, 深藏而不市者]"을 활용한 문구다.

입이 양물만도 못하다

영남 선비와 서울 선비가 함께 길을 가게 되었는데, 서울 선비가 영남 선비를 헐뜯으며 말했다.

"영남 사람들은 모두 더럽고 무례하여 이른바 사대부란 자들조차 서울의 평민만 못하지요."

"무슨 말씀이신지요?"

"들으니 영남 풍속에는 비록 사대부라 하더라도 상중喪中에 들어 최복衰服을 입고 있으면서 부부가 한방에서 지낸다 하더군요. 예禮에서 벗어남이 어찌 이처럼 심하단 말이오?"

"집이 가난하여 다른 방이 없으니 비록 상중이라 해도 어쩔 수 없이 부부가 한방에서 지내는 게지요. 그나저나 서울 사람들은 상중에도 가끔 고기를 먹는다죠?"

"늙고 병든 사람은 고기가 아니면 배가 부르지 않으니 간혹 먹는 사람도 있지요."

"그렇다면 서울 사람들의 입은 영남 사람들의 양물만도 못하네요.

영남 사람들은 비록 부부가 한방에서 같이 지내지만, 최복을 입고 있으면 절대로 합궁은 하지 않소. 또한 늙고 병들었다 하더라도 고기는 먹지 않소. 어찌 서울의 경망한 자들이 감히 헐뜯을 수 있겠소?"

서울 선비는 부끄러워하며 응대하지 못했다.

口劣陽物

嶺南士人與京中士人同行, 京中士人毁嶺南士人曰: "嶺南之人, 皆鄙而無禮, 所謂士大夫者, 反不如京中庶人." 嶺南士人曰: "何謂也?" 京中士人曰: "聞則嶺南之俗, 雖士大夫, 居喪服衰[1], 而夫妻同處一室, 豈有如此悖禮之甚乎?" 嶺南士人曰: "家貧無異舍, 則雖在喪中, 不得不夫妻同處一室. 請問京人喪中, 或食肉乎?" 京中士人曰: "老病者, 非肉不飽, 或有食之者矣." 嶺南士人曰: "然則京人之口, 不如嶺人之陽物. 嶺人雖夫妻同處一室, 服衰而絶不合躬. 且雖老病絶不食肉, 豈京中輕妄者之所敢毁哉?" 京中士人赧然無以應.

---

1) 복최(服衰): 최복(衰服)을 입음. 최복은 부모, 조부모, 증조부모, 고조부모의 상중에 입는 옷을 말한다.

뒷구멍은 소과

영남에서 과거를 보기 위해 서울로 올라오던 사람이 있었다. 그는 도중에 앞길을 꿰뚫어 보는 점쟁이가 있다는 말을 듣고, 그곳에 가서 점을 쳤다.

"당신이 오늘 과천果川 김가네 집에서 자면서 그 집 부인을 간음하면 반드시 이번 과거에 으뜸으로 오를 것이외다."

점쟁이의 말을 들은 후, 그는 실제로 과천에 이르러 한 집에 들게 되었다. 집주인은 그 고을 아전 김 아무개였고, 그의 부인은 젊고 예뻤다. 그는 점쟁이의 점이 신통함을 알고 마음속으로 매우 기뻐하였다.

저녁을 먹은 후, 집주인이 그의 아내에게 말했다.

"오늘은 당직이라 관아에 들어가지 않을 수 없구려. 그러니 당신이 손님을 잘 대접하시구려."

그리고 집주인은 나가버렸다.

영남 선비는 밤이 깊기만을 기다렸다가 곧바로 침실로 들이닥쳤다. 그러고는 그 부인을 붙잡고 애정을 구걸하였다. 부인이 처음에는 완강하게 뿌리쳤지만, 나중에는 피할 수 없음을 알고 말했다.

"앞구멍은 주인이 있으니 허락할 수 없습니다. 그러나 뒷구멍은 주인이 없으니 허락하지요."

"뒷구멍은 불미스런 곳이오. 나는 앞구멍을 원하오."

"그것은 불가합니다. 죽어도 허락할 수 없습니다!"

영남 선비는 어쩔 수 없이 뒷구멍으로 간음하였다. 그리고 그는 집주인이 알까 두려워 새벽에 문을 나섰다.

집주인은 일찍이 돌아와서 그의 아내에게 물었다.

"손님 접대는 잘하였소?"

부인은 분노를 삭이며 대답하였다.

"어젯밤에 그 사람이 음탕한 마음으로 나를 몹시 다급하게 위협하더군요. 나는 당신이 있는 까닭에 앞구멍은 허락하지 않고 뒷구멍을 허락하겠다고 했지요. 그래도 그 사람은 듣지 않고 앞구멍으로 간음하려고 하더군요. 나는 온 힘을 다해 거부했어요. 그랬더니 그 사람은 불가함을 알았던지 마침내 뒷구멍으로 간음하고 나가버렸답니다. 아직 멀리 가지는 못했을 것입니다."

그러자 집주인은 몹시 한탄하며 말했다.

"과거 보는 선비는 보통 사람처럼 대접할 수 없소. 그가 만약 대과*科에 오른다면 우리가 얻는 것 또한 반드시 많지 않겠소? 그의 성품을 어긋나게 하지 말고 그의 바람대로 따릅시다. 내가 쫓아가서 그를 데려올 것이니, 당신은 인색하게 굴지 말고 앞구멍을 허락해주구려."

집주인이 문을 나서서 멀리 바라보니, 영남 선비는 이미 남태령南泰嶺을 지나고 있었다.

"바라건대 나그네는 잠시 멈추시오!"

영남 선비는 집주인이 쫓아오는 것을 보고 크게 놀랐다.

'내가 제 아내를 간음했으니 화가 나서 쫓아오는 것이 분명하리라.'

그러고는 뒤도 돌아보지 않고 급히 달아났다. 그러자 집주인은 혼자 말했다.

"저놈이 저렇게 경망한데 어찌 대과에 합격할 것을 기대하리오? 운이 좋으면 소과에나 붙겠구먼."

영남 선비는 과연 소과에만 합격하였다.

後孔小科

嶺南擧子, 將赴京, 道中聞有卜者, 洞視前程. 往卜之, 卜者曰: "子今日宿果川金哥之店, 淫主婦, 必登魁科." 擧者聞命, 到果川, 入一店舍, 店主是縣吏金某, 而主婦且少艾. 擧子驗其卜, 而心喜之. 夕飯後, 店主謂其妻曰: "今日當直, 不可不入縣, 子善待客." 遂出去. 擧子待夜深, 而突入寢房, 執主婦而乞情. 主婦初則却之, 知其不得回避, 乃曰: "前孔則有主, 不可許. 後孔則無主, 可許之." 擧子曰: "後孔則不美, 吾欲前孔." 主婦曰: "是則不可. 抵死不許." 擧子不得已淫後孔. 恐其夫聞知, 罷曉而出門. 店主早還, 問于妻曰: "子善待客乎?" 妻宿怒而對曰: "厥子昨夜以淫心, 逼我甚急. 吾以子之故, 不許前孔, 而許其後孔. 厥子不聽而欲淫前孔, 吾極力拒之, 厥子知其不可, 終淫後孔而出去之, 必不遠矣." 店主甚恨曰: "科儒不可以凡人待之. 若登大科, 吾輩所得, 必多矣. 不如勿咈其性, 從其所聽[1]. 吾將追而領來矣, 子不吝前孔而許之." 仍出門而望之, 擧子已上南泰嶺[2]矣. 呼曰: "願客子暫駐!" 擧子見店主追至, 大驚曰: "吾淫其妻, 彼必怒而追者也." 遂不顧而急走. 店主曰: "彼者若是其輕妄, 安敢望大科乎? 得好運, 可以占小科矣." 其人果捷小科.

1) 청(聽): 여기서는 내용상 바람[請]의 오류로 보인다.
2) 남태령(南泰嶺): 경기도 과천시 하동에서 서울 관악구 남현동으로 넘어가는 고개. 옛날에 천 년 묵은 여우가 사람으로 변신하여 소의 탈을 만들어 사람에게 씌워 소를 만들어 부렸지만, 소가 된 사람이 결국 무를 먹고 탈을 벗었다는 전설을 가지고 있어서 이 고개를 여우고개라고도 한다.

소를 바꾸더니 아내까지 바꾸다

　김 아무개와 박 아무개는 서로 혼인을 맺었다. 하루는 둘이 각각 소를 끌고 시장에 가다가 우연찮게 길에서 마주쳤다.

　김씨가 말했다.

　"사돈【우리말로 혼인을 맺은 사람들 간에 서로 사돈이라 부른다】의 소가 참 좋네요. 내 소와 바꾸면 어떻겠습니까?"

　"사돈의 소도 좋은데요. 내 마땅히 바꾸지요."

　두 사람은 서로 소를 바꾸고 시장으로 갔다. 그리고 정신이 혼미해질 때까지 술을 마셨다.

　날이 점점 저물어가자, 김씨는 박씨의 소를 타고, 박씨는 김씨의 소를 타고, 소가 가는 대로 맡겨두었다. 사람들은 비록 술에 취해 혼몽했지만, 소는 자기가 다니던 길에 익숙해서 각자 그들의 집으로 돌아갔다. 이에 두 사람도 바뀐 집으로 돌아가게 된 것이다.

　김씨는 박씨의 집으로, 박씨는 김씨의 집으로 가더니 각자 바깥채에 들어가서는 옷을 벗고 술에 취해 누웠다. 김씨의 아내와 박씨의 아내도 각각 그를 남편으로 알았다. 이에 캄캄한 방으로 들어와서 불도 켜지 않은 채 그를 어루만지며 말했다.

"어찌하여 저녁도 잡수지 아니하고 주무시오?"

부인도 옷을 벗고 그 곁에 누웠다. 그랬더니 갑자기 춘심이 발동하여 곁에 누운 그의 양물을 어루만졌다. 취한 사람은 지각없이 우레처럼 코만 골았다. 그렇지만 양물은 봄버들처럼 부드러웠다. 아내는 손으로 그의 양물을 자기의 음문에다 대고 다시 남편을 흔들었다.

"어찌하여 속히 관계하지 아니하시오?"

취한 사람은 응답이 없다가 술이 반쯤 깨고 보니, 비로소 곁에 여인이 있음을 깨달았다. 그는 여인을 자신의 아내로 알고 마음껏 간음하였다.

아침에 일어나 보니, 옆에 누워 있는 사람은 곧 사부인이 아닌가! 그는 매우 부끄러워하며 다시 소를 타고 돌아오는데, 길에서 두 사람이 마주쳤다.

두 사람은 서로 손을 내저으며 말했다.

"하룻밤 부인이 바뀐 일은 당신과 나만 알고 다른 사람들이 알게 해서는 안 됩니다."

그러고는 서로 웃으면서 헤어졌다.

易牛換妻

金某與朴某相婚. 一日, 各牽牛而之市, 相遇於道. 金某曰: "查頓〔邦語相婚者相謂曰查頓〕之牛, 好矣. 請以吾牛, 易之." 朴某曰: "查頓之牛, 亦好矣. 吾當易之." 遂易而入市, 終日飮酒, 神魂迷越. 日將夕, 金某騎朴某之牛, 朴某騎金某之牛, 任牛而歸. 人雖昏瞀, 牛則習知其路, 各歸其家. 於是, 兩人易家而歸, 金某歸朴某之家, 朴某歸金某之家, 各人外舍, 脫衣而醉臥. 金某

之妻及朴某之妻, 認其爲夫, 入漆室, 不明火而撫之曰: "胡不食夕飯而寢
也?" 因脫衣而臥其側, 春心萌動, 撫其陽物, 醉者無知覺, 鼻息如雷, 而陽
物柔如春柳, 妻手接陽物於陰門, 復攪丈夫曰: "盍速淫之!" 醉者亦無應對,
酒及半醒, 始覺女人在側, 認以爲妻, 恣意淫之. 朝起視之, 乃查頓之妻也.
乃大慚, 復騎牛而返, 相遇於途. 兩人相揮手而語曰: "一夜易妻, 我知子知,
勿復使人知之." 相笑而別.

아이를 많이 낳아 음문이 밖으로 나오다

　남도南道의 선비 권 아무개가 딸을 데리고 그녀의 시댁에 갔을 때다. 시댁에서는 소와 양을 잡고, 술을 빚고, 떡을 찌는 등 잔치를 열어 대접하였다.

　권선비가 음식상을 받으니 입에서는 저절로 침이 흘러나왔다. 젓가락으로 이것도 먹어보고 숟가락으로 저것도 먹어보면서 손이 가는 대로 맘껏 먹었다. 그러나 술과 고기가 정량보다 더 많이 들어갔기에 장은 불러오고 위도 팽팽해져 밤이 깊어지기도 전에 세 번이나 똥을 싸러 가야만 했다. 그러다보니 취한 눈이 몽롱해지면서 권선비는 방을 잘못 찾아 안방으로 들어가고 말았다. 그러고는 옷을 벗고 알몸으로 여인들 틈에 널브러져 누웠다.

　새벽녘이 되자, 한 부인이 권선비의 양물을 어루만지더니 웃으면서 말했다.

　"아곡鵝谷댁【댁은 우리말로 양반집 부인을 높여 부르는 말이다】은 열다섯 남매를 낳아 마침내 음문이 밖으로 삐져나왔다더니만 과연 그러네."

그러고는 그 모양을 살펴보니 머리에는 상투가 있고, 턱에는 수염이 나 있었다. 부인은 하얗게 질려 곁에서 자는 사람들을 흔들어 깨웠다.

"이 사람은 뉘 댁 사내요?"

곁에서 자던 사람들도 눈이 휘둥그레지며 자세히 보았다.

"나는 모르는 사람인데……"

그러고는 모두 피해 달아났다.

多産脫陰

南中士人權某, 率女而往女壻家, 女壻家, 椎牛擊羊, 釀酒煮餠, 設宴以待. 權某臨盃盤, 口自流涎, 此節彼匙, 隨手饕嘗, 酒肉勝食氣, 以至腸膨胃脹, 夜未半而流矢者三, 醉眼矇矓, 誤入內舍, 脫衣露身, 雜臥於女人叢中. 及曉, 一婦人撫其陽物而笑曰: "聞鵝谷[1]宅〔宅者邦言兩班婦人尊稱〕産十五男女, 終脫陰門, 果然." 因察其形貌, 頭有髻子, 頤有鬚髥. 乃失色, 攪旁之寢者曰: "此是誰家丈夫也?" 旁人瞠目熟視曰: "吾則不知也." 皆走避.

---

1) 아곡(鵝谷): 현재의 경기도 포천군 일동면 일대.

처음으로 벼슬길에 나아가고 첩도 얻다

영조 때 장씨, 이씨, 현씨 성을 가진 세 무변武弁. 무과에 급제한 벼슬아치인 무관 (武官)이 병조판서 홍봉한洪鳳漢의 문하에 기탁하고 있었다. 그들은 십 년 동안 벼슬을 구하기 위해 가산이 기울도록 뇌물을 주었지만 한 자리도 얻지 못했다.

하루는 세 무변이 각자 고향으로 돌아갈 것을 결심하고는 후원에 모여 속마음을 이야기했다. 먼저 장무변이 말했다.

"나는 대감이 받는 식사나 한번 맛보았으면 하네."

이무변도 말했다.

"큰 몽둥이로 대감의 다리를 부러뜨리면 내 마음이 상쾌하겠구먼."

현무변도 말했다.

"나는 대감의 첩을 간음하여 음문에 불이 일어나게 하면 여한이 없겠네."

이야기를 마치고는 각자 바깥채로 되돌아갔다. 그때 마침 병조판서는 별실에 있다가 우연히 그들이 하는 말을 듣게 되었다. 그리하여 세 사람을 불러 물었다.

"자네들은 아까 후원에 있으면서 무슨 말들을 나누었나?"

세 사람은 놀라 하얗게 질렸다. 장무변이 먼저 대답하였다.

"소인이 이야기한 것은 다른 것이 아닙니다. 대감의 식사는 다양한 야채 반찬, 삶은 고기, 회 등 고량진미로 볼이 튀어나올 정도인데 소인은 늘 대감이 먹다 남긴 음식이나 먹었습지요. 지금 십 년 동안 먹어도 배는 부르지 않았고, 반찬도 맛이 없었습니다. 그런 까닭에 대감이 받는 밥상이나 한번 받아봤으면 여한이 없겠다고 하였습니다."

이무변도 대답하였다.

"대감께서 이미 들어 알고 계시니 소인이 어찌 감히 속이겠습니까? 소인이 대감 문하에 의탁한 지 십 년 동안 바랐던 것은 오직 벼슬 한 자리를 제수받는 것이었습니다. 그래서 전 재산을 기울이고 가산을 탕진하는 데까지 이르렀지요. 그런데도 대감께서는 조금도 마음에 두시지 않더군요. 소인은 분노를 참을 수 없었습니다. 그런 상태에서 고향으로 돌아간다고 결정하니 '원컨대 큰 몽둥이로 대감의 다리를 부러뜨린다면 내 마음도 상쾌하겠다'는 말을 하게 되었습니다."

현무변도 대답하였다.

"소인은 대감의 음식을 맛보고 싶지도 않고, 또한 대감께 분한 마음도 없습니다. 다만 대감께서 거느리고 계신 아름다운 계집이 있사온데, 소인이 그 계집을 보고 사모하게 된 지 오래되었습니다. 무릇 호색이란 것은 사람에게 일상적인 것이 아닙니까? 그런 까닭에 '원컨대 대감의 첩을 간음할 수 있다면 한이 없겠다'고 한 것입니다."

병조판서는 장무변에게 말했다.

"자네는 다른 소원이 없느냐?"

"없습니다."

이무변에게도 물었다.

"자네는 내 다리를 부러뜨릴 수 있겠느냐?"

"만약 할 수 없다면 소인이 어찌 감히 그런 말을 입 밖에 냈겠습니까?"

병조판서는 이에 마루 위에 다리를 쭉 펴고 이무변에게 큰 몽둥이를 주며 말했다.

"부러뜨릴 수 있다면 내 다리를 부러뜨려보아라."

이무변은 분노로 인해 관(冠)을 뚫을 만큼 머리칼이 쭈뼛 서더니 입술을 깨물고 이를 갈며 몽둥이를 들어 돌진하였다. 병조판서는 놀랍고 두려워 급히 다리를 빼서 피했다. 몽둥이는 마룻바닥에 내리꽂혔다. 내리꽂힌 몽둥이는 부러지고, 마룻바닥도 부서졌다. 이에 병조판서는 웃으며 말했다.

"진실로 무사로군."

그러고 나서 현무변에게 물었다.

"자네는 내 첩을 간음할 수 있겠나?"

"대감께서 만약 허락해주신다면 소인은 사양하지 않겠습니다."

병조판서는 곧바로 첩을 불러 마룻바닥에 눕게 한 후 현무변에게 말했다.

"한번 간음해보게."

현무변은 그 첩을 눕히고 간음하였다. 그러고는 몸을 돌려 일어나더니 큰 몽둥이로 여인의 엉덩이를 힘껏 치며 말했다.

"음문의 열기가 이처럼 세니 불이 날 지경이구나. 이 여인에게 물을 퍼부어 불을 꺼야겠도다."

병조판서는 웃으며 말했다.

"진실로 장부일세."

그러고는 장무변에게 말했다.

"자네는 헛되이 먹고 마시자고 내 문하에 의탁하였으니 어찌 국가에 뜻을 두겠는가?"

이에 배불리 먹이고는 돌려보냈다. 그리고 첩은 현무변에게 주고 선사포 첨사^{宣沙浦僉使}를 제수하였다. 이무변은 선전관^{宣傳官}으로 삼았다.

筮仕卜妾

英廟朝, 張李玄三武弁, 寄於兵判洪鳳漢¹⁾之門, 十年求仕, 傾家産而行賂, 不獲一職. 一日, 三人遂決意歸鄕, 集後苑而論心. 張曰: "吾則願嘗大監之飯." 李曰: "吾則願以大杖擊折大監之脚, 以快吾心." 玄曰: "吾則願奸大監之妾, 使火出陰門, 庶無恨矣." 論罷各還外舍. 適兵判在別室, 探聞其言, 召三人問曰: "子等俄在後苑, 有何所言乎?" 三人驚惶失色. 張武弁先對曰: "小人論他所言. 大監食則貳饌²⁾煮肉膾魚膏生齒頰, 小人食大監之飯. 今十年于玆矣, 食不充腹, 饌無兼味, 故但言願嘗大監之飯, 足以無恨矣." 李武弁曰: "大監旣聞知, 小人安敢欺罔? 小人處大監門下十年, 望除一職, 以至傾財蕩産, 而大監切不留意. 小人憤所不忍, 遂決意歸鄕, 因言曰: '願以大杖擊折大監之脚. 以快吾心.'" 玄曰: "小人不願嘗大監之食, 亦無憤心於大監. 但大監畜美姬, 小人見而慕之者, 久矣. 夫好色, 人之常也. 故言曰: '願奸大監之妾, 庶無恨矣.'" 兵判謂張武弁曰: "子無他願乎?" 對曰: "無之." 謂李武弁曰: "子能擊折吾脚乎?" 對曰: "若有所不能, 小人安敢發於口乎?" 大監乃展脚於廳上, 授之大杖曰: "能折, 折之." 李武怒髮指冠, 含脣切齒, 擧杖而突進. 兵判驚悄縮脚而避之, 杖擊廳板, 杖折板破, 兵判笑曰: "誠武士也." 復謂玄武弁曰: "子能奸吾妾乎?" 對曰: "大監若許之, 則小人

---

1) 홍봉한(洪鳳漢, 1713~1778): 조선 후기의 문신. 혜경궁 홍씨(惠慶宮洪氏)의 아버지이자, 사도세자(思悼世子)의 장인이며 정조(正祖)의 외할아버지이다.
2) 이찬(貳饌): 야채로 만든 다양한 안주.

必不辭." 兵判乃呼妾而使臥廳下, 謂曰: "子能奸, 奸之." 武弁遂覆而淫之, 翻身而起, 伸大杖而猛擊女臀曰: "方陰門熱甚熾, 而火將出, 是女放水而滅火耳." 兵判笑曰: "誠丈夫也." 謂張武弁曰: "子徒哺啜, 而來寄於吾門, 安能志於邦家乎?" 遂厚饋而歸之. 乃以其妾與之玄武弁, 除宣沙浦僉使[3], 李武弁爲宣傳官[4].

3) 선사포 첨사(宣沙浦僉使): 선사포는 평안도 철산에 있는 포구. 첨사는 첨절제사(僉節制使)이다. 곧 병마절도사의 관할하에 있는 거진(巨鎭)을 방비하는 일을 맡은 종3품의 무관 벼슬이다.
4) 선전관(宣傳官): 선전관청의 정3품에서 종9품까지의 품계. 왕이 행차할 때 음악, 전령, 시위, 형률 등에 관한 일을 맡아보았다.

비역질로 학질을 치료하다

어느 마을에 상민常民 아무개가 있었는데, 학질을 잘 치료하였다. 의원들이 치료하지 못하는 것도 귀신같이 치료하여 고친 사람이 많다는 소문도 났다.

선비 정 아무개가 때마침 학질에 걸렸는데, 병세가 날마다 심해져 약으로도 치료할 수가 없었다. 그래서 상민을 불렀더니 상민은 선비의 병세를 보고 말했다.

"생원님의 병은 집에 있으면 치료할 수가 없습니다. 바라옵건대 저와 함께 산속에 가실 수 있으신지요?"

"병을 치료할 수 있다면야 산에 들어가는 것을 어찌 사양하겠느냐?"

선비는 일어서서 상민을 따라갔다. 상민은 큰 말뚝 네 개와 긴 삼베 네 조를 구해, 선비와 함께 산골짜기로 들어갔다.

상민은 선비에게 사지를 쭉 펴고 엎드리라고 했다. 선비는 그가 하는 일을 알 수 없었기에 그저 하라는 대로 따랐다. 상민은 말뚝을 네 개 박고는 이어서 삼베로 선비의 손과 발을 모두 말뚝에 묶었다. 그러고는 선비의 바지를 벗겨 비역질을 하는 것이었다. 선비는 분노하며 소리쳤다.

"보잘것없는 종놈이 감히 이렇듯이 선비를 욕보이느냐? 내 마땅히 너를 쳐 죽이고 용서하지 않으리라!"

그러면서 힘을 쓰고 몸을 뒤척이며 빠져나오려 했지만, 손과 발이 모두 묶여 있어서 생각처럼 되지 않았다. 부득이 분을 참아가며 두 눈 뜨고 욕을 볼 수밖에 없었다.

상민은 급히 비역질을 마친 후, 선비의 한쪽 팔만 풀어주고 도망가 버렸다. 선비는 간신히 묶인 것을 모두 풀고 돌아왔다. 선비는 마음속 깊이 분노를 새겼지만, 다른 사람에게 그 정황을 이야기할 수도 없었다.

이날 이후로 선비의 학질은 떨어졌다. 선비의 부인은 상민이 귀신같이 학질을 치료하자 여러 번 선비에게 그 치료 방법을 물었다. 그러나 선비는 입을 다물고 끝내 대답하지 않았다.

하루는 선비의 아내가 홀연 학질에 걸리고 말았다. 그러자 아내는 선비에게 그때 그 상민을 불러와서 치료해달라고 했다. 그러나 선비는 허락하지 않았다.

아내는 화를 내며 말했다.

"당신이 병들었을 때 나는 치료할 수 있는 것이라면 써보지 아니한 것이 없었습니다. 그런데 내가 병이 드니 당신은 가볍게 생각하시며 진료조차 못하게 하십니다. 이 어찌 부부간에 서로를 생각하는 도리라 하겠습니까?"

선비는 혀를 차며 대답했다.

"나는 밤마다 당신의 앞구멍을 씻어주잖소. 그런데 다시 상민한테 당신의 뒷구멍까지 씻어달라고 할 필요가 있겠소?"

要奸治瘻

里有常民某, 善治瘻. 聞凡醫所不能治者, 治之如神, 甦者夥焉. 士人鄭某, 適患瘻, 病勢日肆, 藥石無能, 招常民而請醫之, 常民曰:"生員之病, 非在家所治. 請偕往山中." 生員曰:"病若瘻矣, 入山何辭?" 遂起而從之. 常民求大杙四根, 大麻繩四條, 而伴入山谷, 使士人展四體而覆之. 士人不知其所爲, 惟從命常民. 椓杙四面, 將麻繩而約其手足, 仍脫袴而要奸之. 士人憤怒而叫曰:"幺麽徒隸, 敢辱士夫如此? 當擊殺無赦!" 欲用力翻身, 手足俱縛, 動不隨意, 不得已含憤受辱. 常民急急奸畢, 乃解其一手而逃. 士人艱辛解縛而歸, 慚憤銘心, 而不能對人道其狀. 自其日, 痁瘻瘳矣. 其妻益神之, 累問其方於士人, 士人終嘿而不答. 一日, 其妻忽患瘻, 使士人欲招常民而醫之, 士人不肯而止之. 妻怒曰:"公之病也, 醫無所不到, 吾之病也, 輕之而不使診之, 是豈夫婦相念之道哉?" 士人呐呐曰:"吾夜夜洗子之前孔, 何必復欲使常人洗後孔乎?"

상복 입은 자를 남편으로 오인하다

호서湖西 지방의 선비 아무개는 상을 당해 상복을 입고 있으면서도 한 여인과 몰래 정을 나누었다. 선비는 달밤에 다급하게 여인의 집에 와서 갓과 옷을 벗어 문밖에 두었다. 그리고 방 안으로 들어가 여인과 희롱하였다.

때마침 이 고을에서 장사를 하다가 여관에 숙박한 서울의 소금장수가 있었다. 그는 여인의 집 문 앞에서 배회하다가 그 선비가 여인의 방으로 들어가는 것을 보았다.

'내 반드시 저놈에게 모욕을 주리라.'

소금장수는 선비의 상복을 훔쳐 입고 그 집 정원을 거닐었다.

선비의 아내는 남편이 어떤 여인과 간통하고 있다는 것을 알고 뒤를 밟아 왔다가 상복을 입고 있는 소금장수를 보았다. 선비의 아내는 그를 남편으로 알고 뒤로 가서 그의 허리를 꽉 끌어안고 말했다.

"나는 여자도 아니랍니까? 어찌 자신의 아내를 버려두고 남의 여인과 간통한단 말이오?"

그러고는 손을 이끌고 돌아왔다. 둘은 한 이불에서 잠을 자며 마음 껏 희롱하였다.

새벽녘이 되었을 때, 부인이 그를 보니 자신의 남편이 아니었다. 부인은 매우 놀랐다. 또한 남편이 돌아올까 두려웠다. 그래서 소금장수에게 주단 열 필을 주며 급히 나갈 것을 권했다.

"일이 이미 헤아릴 수 없게 되었으니, 이 일은 당신과 나만 알고 다른 사람은 모르도록 하는 것이 옳습니다. 만약 가장【아내가 지아비를 부를 때는 가장이라 한다】이 돌아오면 우리 두 사람은 모두 목숨을 보전할 수 없을 것입니다."

소금장수는 가려고 하지 않으며 말했다.

"내가 요청한 것도 아니고 당신이 즐겨 데리고 오지 않았소? 그런데 이제 날도 밝지 않았는데 쫓아내려 한단 말이오? 하룻밤 즐거움을 나누었으니 그 정이 미흡하다고 말할 수 없을 터인데 어찌하여 이처럼 쌀쌀맞게 대하시오?"

그러고는 머리를 흔들면서 일어서려 하지 않았다. 부인은 매우 고통스러워하더니, 다시 은 열 냥을 내놓으면서 빨리 떠나줄 것을 애걸하였다. 그러자 소금장수는 얼굴을 찡그리며 기쁨을 드러내지 않고 마지못한 척 말했다.

"당신이 나를 싫어함이 여기에까지 이르렀으니 머물러도 소용이 없겠구려."

그러고는 억지로 은과 주단을 가지고 나왔다. 집을 나온 후, 소금장수는 다시 상복을 입고 어제 그 여인의 집 사립문 앞을 서성거렸다.

날이 밝자 선비는 잠을 깨고 일어나서 상복을 찾았다. 하지만 상복은 보이지 않았다. 깜짝 놀라 분주하게 상복을 찾는데, 홀연 문밖에 어떤 상인商人이 손을 가지런히 잡고 서 있는 것이 보였다. 선비는 그 사람이 상복을 훔쳤다고 생각하여 그를 붙잡아 물었다. 그러자 소금장수는 화를 내며 말했다.

"나는 바야흐로 부모의 상을 당해 상복을 입었소. 그런데 당신은 도에서 벗어난 방식으로 책망하는구려. 당신은 도대체 예의를 아시오?"

선비는 애걸하며 말했다.

"이것은 정말 내 상복이오. 당신이 비록 내게 화를 내도 나는 그것을 책망할 수 없구려. 청컨대 나와 함께 우리 집으로 갑시다. 내 마땅히 후한 값을 쳐주리다."

그러고는 그와 함께 집으로 돌아왔다.

부인은 자기 남편이 소금장수와 함께 오는 것을 보고 정신이 혼미하여 어떻게 해야 할지 알 수 없었다. 그때 선비가 홀연 물었다.

"집에 주단이 몇 필이나 있소?"

아내는 얼굴이 붉어지며 마음속으로 생각하였다.

'이자가 남편에게 지난밤의 일을 고자질했구나.'

그러고는 대답했다.

"없습니다."

그러자 선비가 말했다.

"내가 어젯밤에 아무개의 집에서 잠을 잤는데, 상복을 벗어 문밖에 두었거든. 그런데 저놈이 그것을 훔쳐 입고는 돌려주려 하지 않네. 나도 딱히 책망할 말이 없으니 주단이나 주어서 그것을 찾으려고 하는 것일세."

그러자 부인은 화를 내며 말했다.

"내가 말하지 않았던가요? 정도正道가 아닌 것으로 남녀가 교합하면 반드시 재앙이 생긴다고…… 당신이 내 말을 듣지 않고 음란한 데 빠짐이 측량할 수 없더니, 결국 부모님의 상복까지 잃어버리게 되었구려. 그 수치가 참으로 크십니다그려. 정말 내가 알 바가 아니지요."

선비는 다시 몇 번이고 간청하였다. 그의 부인은 이에 주단 세 필을 꺼내주었다. 선비는 그것을 소금장수에게 주며 말했다.

"바라건대 당신은 이것을 받고 내 상복을 돌려주시오."

"나는 가난한 사람이니 어쩔 수 없이 상복이라도 팔아서 연명할 수밖에 없구려."

소금장수는 마침내 상복을 돌려주고, 다시 주단을 받아 갔다.

衰服誤夫

湖西士人某, 居喪服衰, 而潛通一女. 月夜徑往女家, 脫冠裳, 而置之門外, 仍入室而狎女. 適京江塩商某, 行販是地, 宿于旅店, 徘徊於女家門庭, 見士人之入室曰: "吾必侮弄是子矣." 乃偸穿其喪服, 負手逍遙於庭中. 士人之妻, 知其夫行奸某女, 尾而來之, 見塩商之着喪服, 認以爲夫, 從後而抱其腰曰: "吾亦非女乎? 胡舍其妻, 而奸人之女乎?" 因携手而歸, 共宿一衾, 縱意狎弄. 及曉而視之, 則非其夫也. 乃大驚, 且恐其夫歸, 給紬緞十疋於塩商, 而勸往曰: "事已叵測, 不如我知子知, 不使人知之. 若家長〔妻謂夫曰家長〕歸, 則兩人不俱得保命矣." 塩商不肯行曰: "吾非要請, 子肯要來, 夜未明而欲逐之, 一夜講歡, 其情不云無洽, 何若是冷落也?" 因掉頭不起. 女甚苦之, 又出銀子十兩, 而懇乞速往. 塩商蹙顔不悅曰: "子厭我至此, 居無所用." 强取銀子及紬緞而出, 復着衰, 經逍遙於昨日女家門扉. 及天明, 士人罷睡而起, 覓喪服, 已烏有矣. 乃大驚駭, 奔走索之, 忽見門外有喪人, 拱手而立. 知其爲其人所偸, 執而問之, 塩商怒曰: "吾方居憂, 而着衰服, 爾責以非道, 爾其知禮乎?" 士人懇乞曰: "此實吾之喪服. 子雖怒我, 吾無可責. 請同往吾家, 吾當償之以厚價." 因與之歸. 其妻見其夫伴塩商而至, 神魂迷越, 罔知攸爲. 士人忽問曰: "家有紬緞幾疋乎?" 妻面頳而心語曰: "是子必告夫以昨夜之事." 乃對曰: "無之." 士人曰: "吾昨夜宿於某家, 脫喪服而置之門外, 彼者偸着而不肯還, 吾無辭可責, 欲酬紬緞而索之." 妻怒曰: "吾不云

乎? 男女交非其道, 則必有灾殃. 子不聽吾言, 浸淫無度, 見失父母喪服, 羞
莫甚焉. 實非吾所及知." 士人復懇乞, 其妻出紬緞三疋而給塩商曰: "願子
受此, 而還我喪服." 塩商曰: "吾貧者, 不可不賣喪服而資生." 遂還喪服, 復
取紬緞而去.

고을 원을 피하여 망건을 짜다

포천에서 잣이 나올 때면 관에서는 그것을 수백 석씩 거두어 갔다. 매해 가을마다 관에서는 고을 백성을 감독하여 잣을 까도록 했는데, 그 명령이 성화와 같아 백성들은 몹시 괴로워했다.

어느 해였다. 그 고을에는 열일곱 살 된 서과부의 아들이 있었는데, 그도 이 일을 감당하게 되었다. 나무가 높고 가지도 바람맞아 있었기에, 서과부는 아들이 나무에서 떨어져 상처를 입을까 걱정하였다. 이리저리 궁리해도 피할 계책이 없자, 서과부는 이웃에 사는 친척 서진사進士를 찾아갔다.

당시 이름난 선비였던 서진사는 고을 원과도 잘 지내는 사이였다. 서과부의 말을 들은 서진사는 태수에게 가서 우스갯소리로 말했다.

"족하足下, 같은 또래 사이에서 상대방을 높여 부르는 말께서 마을 사람들을 감독하여 잣을 까도록 한다는 말을 들었습니다. 명령이 매우 엄하고 급하여 백성들이 모두 두려워 위축되어 있다더군요. 어떤 아이는 십칠 년이 지나도록 어미 뱃속에서 나오려 하질 않는다고 합니다. 그러자 그 어미가 아이에게 물었답니다. '너는 어찌하여 인간 세상에 나오지 않느냐?' 그랬더니 아이는 '세상에 나오면 포천 고을 원이 잣을 까라고 할 것이니 차라리 편안한 뱃속에 있으면서 그 고통을 면하는 것만 못하지요'라고 대답을 했다더군요. 어미는 또 '너는 뱃속에 있으면서 어떻게 살고 있냐'고 물었지요. 그랬더니 아이는 '망건을 만들어서 살고 있는데, 먹고사는 것이 넉넉합니다'라고 했답니다. 어미가 '털도 없는데 너는 어떻게 망건을 만들며, 또 만나는 사람도 없는데 네가 어떻게 그것을 팔 수 있단 말이냐?'라고 물었더니, 아이는 '아닙니다. 문밖으로 손을 내밀면 전후좌우에 털이 없는 곳이 없는데, 어찌 털이 없음을 근심하겠습니까? 또한 밤이 깊지 않을 때 대머리에 외눈박이 손님이 어지러이 내 집에 드나드는데 어찌 살 사람이 없음을 근심하겠습니까?'라고 대답했답니다. 어미는 놀라 말을 할 수가 없었다네요. 바라건대 족하께서는 민간의 병폐를 깊이 살피시어 잣을 까라는 명령을 속히 거두어주십시오."

"대머리에 외눈박이 손님이 감히 뱃속의 아이를 괴롭히니 내가 그 죄를 다스려 뱃속 아이의 고통을 면하게 하리다."

"그 죄를 다스리고자 한다면 성주城主께서도 반드시 면할 수 없을 것이외다."

태수는 껄껄대며 한바탕 웃더니 마침내 그 명령을 거두었다.

避倅結網巾

抱川産柏子, 官獲充數百石, 每歲秋, 董閭民而剝之, 號令急於星火, 故民甚苦之. 某歲, 邑下徐寡婦之獨子, 年當十七者, 當其任. 其母患之, 以爲樹高枝痿, 恐有墮傷之虞. 窮思極策, 而無計逃免, 往問計于隣居族人徐進士. 進士是當世高士, 而又與時任倅, 甚善. 聞其言, 而以滑稽之語, 往誘太守曰: "聞足下董里民而剝柏子, 使令嚴急, 民咸畏縮. 腹中兒經十七年, 而不出母腹, 其母問於兒曰: '爾胡不出人世乎?' 兒答曰: '生則爲抱川倅剝柏子耳! 不如在腹中安逸之處, 庶免其苦矣.' 母曰: '爾於腹中, 將何以治生乎?' 兒曰: '結網巾而圖生, 則食自有餘矣.' 母曰: '其無毛髮, 爾將安做乎? 又無交人, 爾將安賣乎?' 兒曰: '否! 出手門外. 則前後左右, 無非毛也, 何憂無髮? 夜未半矣, 禿頭獨目之客, 亂入吾室, 何患無買者乎?' 其母愕然無以爲答. 願足下深察民間弊瘼[1], 而速除剝柏子之令." 太守笑曰: "禿頭獨目之客, 敢苦腹中之兒, 吾治其罪, 使腹中之兒, 免苦耳." 進士曰: "欲治其罪, 城主必不得免矣." 太守啞然大笑, 遂除其令.

---

1) 폐막(弊瘼): 없애기 어려운 폐해.

파적록 破寂錄

『파적록破寂錄』은 20세기를 전후한 시기에 찬집된 것으로 추정되는 패설집이다. 여기에는 총 45편의 이야기가 실려 있다. 『파적록』은 현재 국립중앙도서관과 고려대에 수장되어 있다. 고려대본은 '각수록覺睡錄'으로 제목을 붙였지만, 그 내용은 국립중앙도서관본 『파적록』과 동일하다.

『파적록』에 실린 작품들은 외형적으로 당시 지식인들의 여유로운 웃음을 그려낸 듯 보인다. 하지만 그 이면에는 당시 봉건사회 질서를 비판하는 내용이 다수 실려 있다는 점에서 다른 작품들과 일정한 거리를 둔다. 일반적인 이야기를 사회적인 문제로 바꾼 작품이 있는가 하면, 직접적으로 사회를 비판한 작품도 있다. 조정에서 금주령을 내렸지만 양반집에서는 오히려 그 기회를 타 이익을 남겼기에, 당시 백성들이 "고주대문高柱大門은 고주대문賈酒大門, 높이 솟은 대문은 곧 술을 팔아서 만들어진 대문"이라고 한 이야기가 그렇다. 옥황상제가 세상의 탐관오리를 제거하기 위해 벼락신을 내보내는데, 벼락신이 본 관리는 모두 탐욕스러워서 고를 것도 없이 아무 관리에게나 벼락을 내리고 보니 그 관리는 이 세상에 남은 유일한 청백리라 결국 이 세상에는 청백리가 없어졌다는 이야기도 그 예라 하겠다.

『파적록』에는 성 이야기도 9편이나 들어 있다. 이 9편에는 신분적으로 계급이 높고 낮은 인물이 등장하여 갈등을 빚는 모습이나 하층민들의 발랄한 모습이 담겨 있기도 하다. 여기에 실린 이야기만으로는 『파적록』의 편찬자가 무엇을 말하고자 했는지 명확하게 이해할 수 없다. 현실과 어긋난 사회를 살아야 했던 편찬자는 웃음이라는 코드를 통해 그저 사회의 부조리한 면을 고발하고, 일그러진 사회의 한 단면을 보여주고 싶었는지도 모른다.

이상과 현실의 이율배반. 이는 인류가 피할 수 없는 것인지, 늘 우리를 아프게 한다. 과거에도, 현재에도, 그리고 미래에도 그럴 것이다. 우리는 이로부터 벗어나기 위해 무엇을 하고 있는가? 이 이야기를 읽으면서 당시 이상과 사회 현실의 부조화 가운데서 우스갯소리를 통해 무언가를 말하고자 했던 편찬자의 목소리도 한번쯤 기억해볼 일이다.

이 책에는 『파적록』에 실린 45편의 이야기 중 성 이야기 9편만을 발췌하여 실었다.

한 번만 더 했으면 이천 냥인데

집은 매우 가난했지만 글재주만은 독보적인 한 사람이 있었다. 그는 매번 과거를 볼 때마다 한 여관에 들었다.

그 집 주인은 다른 양반들에게는 술과 음식을 후히 갖추어 대접했지만, 이 사람에게만큼은 박대가 심했다. 그는 돈이 없었기 때문에 밥을 사 먹을 수도 없었다. 허리띠를 졸라맸지만 배가 등에 붙는 것 같은 고통은 참을 수가 없었다. 그저 마음속으로만 원통하고 분하게 여길 뿐이었다. 그러나 주인의 아내는 여러 차례 남은 술과 음식을 몰래 그에게 가져다주었다. 이러한 까닭에 두 사람은 매우 친밀해졌다.

하루는 주인이 마침 심부름을 해야 할 일이 있어 성균관에 들어가게 되었다. 그러자 그 여자는 또 술과 안주를 준비하여 생원에게 주었다. 생원은 맛있게 먹고 배를 채웠다.

진심으로 여인에게 고마움을 느낀 생원은 화사한 얼굴을 짓고, 문자를 이용해 희롱조로 나지막이 말했다.

"여차후은 실난보지如此厚恩. 實難報之."[1]

그러자 여인은 미소를 지으며 대답하였다.

"소첩은 생원님의 뜻을 자지自知2)합니다."

이에 두 사람은 손을 마주 잡고 서로 희롱까지 하게 되었다.

얼마 후, 두 사람은 문득 잠에서 깨어 다시 정담을 나누었다. 그러다
가 여인은 종이와 붓을 가지고 와서 말했다.

"생원님은 나중에 반드시 귀히 되실 것입니다. 이후 방백方伯이 되시
면 천 냥을 주겠다는 행하行下를 쓰고 친히 서명해주시옵소서."

생원은 꿈인 듯 취한 듯하여 붓을 놀려 쓰며 말했다.

"과연 네 말처럼만 된다면야 두 사람에게 모두 좋은 일이지."

이러할 즈음에 주인이 들어왔고, 생원도 자신의 숙소로 돌아갔다.

그후 몇 년이 지나 생원은 과거에 급제하였고, 다시 칠팔 년이 지나
과연 평안감사가 되었다.

어느 날, 여관 주인이 평양 감영監營에 갈 일이 생겼다. 그러자 그의
아내가 말했다.

"나와 함께 가면 천금을 얻을 수 있으니 어찌 절묘하지 아니한가
요?"

주인은 꾸짖으며 말했다.

"남녀가 같지 아니하고, 서울과 지방이 다르니 함께 가는 것은 불가
하네. 그리고 내가 직접 내려간다 하더라도 천금은 가히 알 수 없을 정
도로 큰돈이네. 그런데 당신이 천금을 어떻게 얻을 수 있단 말이오?"

"거기 안방마님과 지난날에 서로 약속한 일이 있어요. 그러니 내려
간다면 식언할 리가 만무하지요. 만약 당신이 데려가지 않는다면 나

---

1) 여차후은 실난보지(如此厚恩, 實難報之): "이처럼 두터운 은혜를 입으니 참으로 보답하기 어렵
습니다"란 뜻인데, 생원은 보지(報之)의 독음을 활용하여 에로틱한 분위기를 자아냈다.
2) 자지(自知): "알고 있습니다"라는 뜻인데, 여인은 자지(自知)라는 독음을 활용하여 생원이 한
말을 되받았다.

혼자서라도 걸어가겠소."

주인은 마음속으로 '반드시 묘한 이치가 있나보다' 하고 아내를 데리고 감영까지 갔다.

감영에 간 여인은 틈을 타서 감사께 뵙기를 청했다. 그러나 감사는 지난날의 일을 모두 잊고 '여인이 내려온 일도 뜻밖이며, 또한 나를 보자고 하는 것도 부당하다'는 사연으로 분부를 내렸다. 여인은 다시 애걸하며 말했다.

"한 말씀 아뢰올 일이 있사오니, 제발 내치지 마십시오!"

"일이 매우 의아하구나. 그러하니 한번 불러들이라."

여인은 가까이 와서 행하한 기록을 올렸다. 감사가 보니, 그것은 기름까지 먹여둔 것으로, 과연 어느 해에 자신이 직접 행하겠다는 것이었다. 감사가 웃으며 말했다.

"심하도다, 여인이여! 내 어찌 식언하리오!"

그러고는 즉시 호방을 불러 천 냥을 내어주도록 했다. 음식도 잘 먹여 보냈다.

주인과 그 아내는 함께 서울로 올라가다가 한 주막에 머물렀다. 그때, 주인이 아내에게 물었다.

"비록 당신이 안방마님과 서로 친해서 왔다고는 하지만, 그렇다고 해도 천 냥을 내준다는 것은 참으로 부당한 일이네. 곡절을 숨기지 말고 모두 말해서 나를 이해시켜주게."

"이제는 우리 두 사람이 모두 늙었으니 무슨 말인들 못 하겠어요? 다름이 아니라 어느 해던가 사또께서 곤궁한 생원으로 우리 집에 왔을 때였지요. 그때 마침 한 차례 음탕한 일을 벌이고, 뒷날 반드시 귀히 되거든 돈 천 냥을 달라고 행하여 두었던 것입니다. 지금 받은 이 돈 천 냥은 곧 그때 한 차례의 일로 얻은 것입니다. 그렇지만 마음은 참으로 부끄럽네요."

이 말을 듣자, 주인은 몹시 화를 내며 옷을 벗어 던지더니, 그의 아내를 사정없이 때렸다. 그 처가 애걸하며 말했다.

"당신이 그 실상을 묻기에 내가 젊었을 때 겪은 한 번의 일을 사실대로 아뢰었소. 또한 지금은 당신도 이미 늙지 않았소? 이제 와서 상관할 것이 무엇이 있기에 이처럼 정당치 못한 행동을 하시오? 또한 이해관계로 봐도 조금도 손해 본 것이 없소. 도리어 지금 천금을 얻었으니 그 이익이 적지 않거늘, 어찌 이 점을 생각지 못한단 말이오?"

그러자 주인은 큰 소리로 꾸짖었다.

"아니다! 만약 그때 네가 한 번만 더 했더라면 지금은 이천 냥이 되었을 게 아니냐? 만약 이천 냥을 얻었다면 평생을 넉넉하게 지낼 수 있었을 텐데…… 어찌 억울하지 아니하냐? 억울하다!"

이 말을 들은 사람들 모두 배를 움켜잡고 웃었다.

一生, 家甚貧寒, 而文才, 則當時獨步焉. 每當科場, 則入往館主人家, 而他兩班, 則主人厚備酒食以待, 而至於此生, 則薄待尤甚. 又無分錢, 買食無路. 緊結腰帶, 背胞難耐, 心自怨忿. 而主人之妻, 則餘饌酒食, 暗暗進饋者, 番番種種. 如此之故, 兩人情誼, 甚密. 一日, 則主人適有使喚事, 入去館中矣. 厥女又備酒肴以進, 生員適口充腸, 而心實感之, 以文字和顔低聲戲曰: "如此厚恩, 實難報之." 其女微笑對曰: "小妾生員主之意, 自知." 兩人握手相戲. 是時, 相與有事而起, 更布情談矣. 厥女持紙筆而告曰: "生員主, 日後必貴, 爲方伯矣. 錢一千兩行下[1], 手決以給." 云. 生員如夢如醉, 弄筆出給曰: "果如汝言, 兩人皆好也." 此際, 主人入來, 故歸來矣. 其後數年, 生員登第, 又七八年後, 果爲平安監司矣. 一日, 館主人發行箕營, 其妻曰: "與我同

---

1) 행하(行下): 윗사람이 아랫사람에게 일정한 보수 외에 상여로 주는 금품.

往, 則千金可得, 豈不妙哉?"主人責之曰:"男女不同, 京鄕有異, 同往不可. 我雖下往, 千金未可知, 況汝焉得千金乎?"女人曰:"與室內夫人, 前日有相約事, 下往則萬無食言之理也. 若不率往, 獨自步往."主人心思曰:"必有妙理."率往到營, 則厥女乘間請謁監司, 監司忘其前事曰:"女人之下來, 意外, 且請謁不當."事分付, 則懇乞曰:"有一言稟達事, 冒沒下來矣."監司曰:"事甚訝惑, 然而第爲招入."其女近前, 替上一行下記, 見之則以油着之, 果某年之行下者也. 笑曰:"甚矣! 此女! 吾何食言!"分付戶房, 錢一千兩出給, 而善饋飮食送之. 主人與其妻, 同爲上京時, 入炭幕[2], 謂其妻曰: "雖與室內夫人相親往來, 然千兩實爲不當. 其曲折毋隱悉喩."其[3]其女曰: "吾兩人, 皆老矣. 何言不告乎? 無他某年間, 使道以窮困生員, 往來家中之時, 適一次泆[4]納, 而後必爲貴, 故錢一千兩行下記捧置矣. 今此千兩錢, 卽是一次之所得. 然心實慚愧矣."主人聞言大怒, 脫衣猛打其妻, 妻哀乞曰: "良人[5]問其實狀, 故少時一次之事直告, 而今旣老矣, 有何關係, 而路次炭幕, 如此失貌耶? 且以利害言之, 小無耗損, 而今得千金, 其利不少, 何其不思之甚也?"主人厲聲曰:"非也! 若加一次, 今爲二千兩矣. 若得二千兩錢, 則足過平生矣. 豈不忿哉? 忿哉!"聞者捧腹.

2) 탄막(炭幕): 주막집. 시골 길거리에서 술이나 밥을 팔고, 나그네의 잠자리도 제공하던 집.
3) [교감] 국립중앙도서관본에는 '기(其)'가 두 번 반복되었다.
4) [교감] 일(泆): 국립중앙도서관본에는 '洗'로 되어 있지만, 이는 일(泆)의 오류다.
5) 양인(良人): 부부가 서로 상대를 이르는 말. 여기서는 남편.

상하 남녀가 모두 콧소리를 내다

한 수령이 식사를 하고 한가로이 앉아 있었다. 그때 젊은 여인이 술에 취한 놈을 끌고 와서 아뢰었다.

"소인이 막 관문을 지날 때였습니다. 저놈이 제 뒤를 쫓아오더니 음담과 잡소리를 무수히 늘어놓더군요. 그러더니 앞으로 달려와서는 코로 숨을 들이마시면서 느꺼운 소리를 무수히 냈답니다. 세상에 이처럼 분별없으면서 흉악한 놈이 어디 있겠습니까? 바라옵건대 사또께서는 밝게 살피시어 저놈을 다스려주옵소서."

수령은 그녀가 아뢰는 말을 명확하게 알지 못해 다시 물었다.

"느꺼운 소리라니…… 그게 무슨 소리인고?"

급창及唱이 아뢰었다.

"저놈이 이 여인의 아름다움을 사모하여 코로 느꺼운 소리를 이렇게 '흥흥' 하고 냈답니다."

통인通引은 급창이 아뢴 것을 듣고, 또한 그 소리를 내며 아뢰었다. 수령은 그 소리를 듣고 얼굴이 화끈 달아올라 말했다.

"저놈, 미친놈이구나! 여인과 함께 관아 밖으로 내보내거라."

수령은 그렇게 분부하고 안방으로 들어와 웃으며 부인에게 말했다.

"송사를 하다가 조금 전에 기괴한 일을 보았소."

부인이 그 사연을 묻자, 수령이 대답하였다.

"술 취한 놈이 어떤 여인 앞에 와서 코로 '흥흥' 하고 소리를 내기에 여인은 그놈을 잡아와서 내게 그가 '흥흥' 하고 소리 낸 죄를 다스려 달라고 아뢰었지. 그러자 급창은 '흥흥' 하면서 아뢰더군. 통인은 급창이 아뢴 것을 듣고 또한 '흥흥' 하면서 아뢰었다오. 그 들리는 소리가 매우 해괴한 까닭에 둘 다 내보냈소. 그렇지만 어찌 우습지 않소?"

부인이 말을 듣고 웃으며 말했다.

"급창이나 통인은 모두 무지한 상놈이기에 비록 존장 앞이라지만 상세한 정황으로 아뢰고자 '흥흥' 하는 소리를 냈겠지요. 하지만 상공은 지체가 낮지 않은 양반이면서 어찌 저를 향해 '흥흥' 하시는지요?"

그때 십여 세 된 딸이 들어오며 말했다.

"아버님은 남자이기에 비록 '흥흥' 하는 소리를 냈어도 괴이할 것이 없습니다. 그러나 어머님은 부인이면서 어찌 '흥흥' 하시는지요?"

며느리는 그때 다른 방에 있었는데, 그 소리를 듣고 나와서는 그를 꾸짖으며 말했다.

"아버님과 어머님은 모두 연로하시지만 아기씨는 처녀의 몸으로서 또한 어찌 '흥흥' 하는지…… 괴이하고도 괴이하오."

나이가 어린 계집종이 부엌에 있다가 박수를 치고 나오며 말했다.

"비록 처녀 아기씨를 책망한다 합시다. 그렇지만 새아기씨는 또한 어찌하여 '흥흥' 하십니까?"

그때 종놈이 밖에서 들어오면서 말했다.

"상전께서는 양반의 말로 실수한 바가 있다고 하겠지만, 종년이 어찌 감히 그 소리를 본떠서 '흥흥' 하느냐?"

이러할 즈음에 툇마루에서 낮잠을 자고 있는 관비官婢 하나가 몽롱한 상태에서 그 곡절을 알지 못하고 다만 '흥흥'거리는 소리만 듣고는 몸을 돌려 누우며 말했다.

"무슨 좋은 일이 있기에 상하 남녀가 모두 콧소리를 내지? 그렇지만 안주인님과 새아기씨와 처녀 아기씨는 어찌하여 종놈들과 더불어 콧소리를 내지? 괴이하고도 괴이한 일일세!"

一守, 食後閒坐, 妙女人, 牽醉漢, 入告曰: "小人方過官門矣, 此漢從後隨來, 淫談雜說, 無數爲之, 疾走向前, 吸鼻出興聲無數, 世間豈有如此無別之凶漢乎? 伏乞案前明政之, 下痛治此漢." 云. 知縣莫曉其告, 更問曰: "興聲何聲?" 及唱曰: "彼漢慕此女之艶, 而鼻出興聲, 如此云矣." 通引因及唱之告, 又出興聲告之. 知縣[1]聞, 甚面愧曰: "彼漢狂矣! 幷與女人, 出送官門外." 事分付, 而適入內軒, 笑謂夫人曰: "訟事中, 俄見奇怪事耳." 夫人問其由, 知縣曰: "醉漢向女人之前, 以鼻出興聲之故, 女人捉其漢, 告官曰: '治其出興聲之罪.' 云, 而及唱興之以告, 則通引因及唱之告, 又興之. 其所聞見駭怪, 故幷出送矣. 然豈不可笑哉?" 夫人聞言, 笑曰: "及唱通引, 皆無知常漢. 雖尊前, 詳狀以告, 故出興聲也. 公則不少兩班, 豈可向我興之耶?" 十餘歲兒女, 入曰: "父主男子, 雖出興聲, 毋怪矣. 母主夫人, 何爲興耶?" 子婦在他房, 聞其聲, 出責其妹曰: "父主母主, 皆老人矣. 妹則身爲處女, 又何興之耶? 怪哉怪哉!" 年少婢子在廚, 拍掌出曰: "雖責處女阿只氏, 然新阿只氏, 亦何興耶?" 奴子從外入曰: "上典兩班之言, 有所失, 婢子焉敢貌其聲, 而興之耶?" 此際, 官婢一人, 在後退晝睡, 朦朧未覺, 不知曲折, 但聞興聲, 反身回臥曰: "有何好事, 上下男女, 都出鼻聲, 而其中室內, 及新阿只氏, 處女阿只氏, 豈可與奴子同爲鼻聲耶? 怪哉怪哉!" 云.

---

1) 지현(知縣): 중국 송(宋), 청(淸) 때에 둔 현(縣)의 으뜸 벼슬아치. 여기서는 고을 원을 뜻함.

나는 말하지 않았다

한 사람이 성품이 매우 용렬하여 반편이에 가까웠다. 하루는 말을 타고 부모 성묘를 가게 되었다. 그런데 몇 리를 못 가 종이 배가 너무 고프다며 가려 하지 않았다. 이에 생원이 말했다.

"노자를 넉넉하게 쓰지 아니하였으니 과연 너는 배가 고파 참기 어렵겠구나. 그러니 내 좆이라도 빨려무나."

종이 물었다.

"좆을 빨면 배가 불러 주리지 않나요?"

"그렇지!"

"그렇다면 지금부터는 힘써 농사지을 필요도 없겠습니다."

"그게 무슨 말이냐?"

"생원님께서 배가 고프면 소인의 좆을 빨고, 소인은 생원님의 좆을 빨면 상전과 하인이 주리지 않고 항상 배가 부르겠네요. 제위답^{祭位畓, 추} 수한 것을 제사 비용으로 쓰기 위해 마련한 논을 제외하고는 애써 몸을 써가면서 농사 짓는 것이 기실 쓸 데가 없겠군요."

"네놈이 농사짓기에 게으르더니, 지금 이 말을 듣고는 매우 기쁜 얼굴색을 띠는구나."

생원은 집으로 돌아와 그의 아내에게 말했다.

"아까 길가에서 아무개 종놈이 거짓으로 배가 몹시 고프다며 요기할 것을 보채기에 내가 이러저러한 말을 하였네. 그랬더니 다시 돈을 내놓으라는 말은 감히 입 밖으로 내지 못하고 대답하는 말이 여차여차하더군. 자못 기쁜 얼굴색을 띠고서…… 내가 세상에 나서 지금처럼 말을 잘해본 것이 처음일세."

부인이 그 말을 듣고 몹시 화를 내며 말했다.

"종놈에게 욕을 입고 도리어 말을 잘했다고 운운하시나요?"

부인은 곧바로 그 종을 잡아다가 문밖에 엎드리게 한 후 죄를 따져 맹렬히 때렸다. 종놈은 혼자 말했다.

"생원님과 더불어 서로 살아갈 계책을 낼 때는 집에서 키우는 말 외에 다른 어떤 놈도 듣지 못했는데…… 그런데 정사를 어지럽힐 어떤 놈팡이가 그 틈에 부인에게 아뢰었던고?"

생원은 머리에 관을 쓰고, 등 뒤로 담뱃대를 쥐고, 정원 주변을 천천히 걸으면서 말했다.

"난 애초부터 그 말을 전하지 않았네."

보는 사람들 모두 배를 움켜잡더라.

一生人, 品甚爲慵劣, 近於半邊[1]. 一日, 乘馬往楸下[2], 行不數里, 飢甚難往云. 生員曰: "路資不敷, 汝果腹空難耐, 吮吾腎." 奴曰: "吮腎則能飽不飢

---

1) 반변(半邊): 절반.
2) 추하(楸下): 소나무[松]와 가래나무[楸]는 무덤가에 많이 심는데, 이로 인해 송추(松楸)는 부모의 분영(墳塋)을 뜻한다. 여기에서도 이러한 의미로 추(楸) 자를 쓴 것으로 보인다.

乎?"曰:"然矣."曰:"然則自今爲始不必力農矣."生員曰:"何謂也?"答曰:"生員主飢則吮小人之腎, 小人吮生員主之腎, 則上下不飢常飽, 祭位沓外, 勞身作農, 其實無用矣."生員曰:"汝懶於農事, 今聞此言, 大有喜色矣."歸來告其妻曰:"俄於路上, 某奴假稱飢甚, 欲得饒氣債, 故吾如此如此言之, 則更不敢發口索錢, 而所答如此如此, 頗有喜色. 今世上善言爲第一."夫人聞之大怒曰:"逢辱於奴, 而反爲善言云耶?"挐其奴, 伏於門外, 而數罪猛打. 其奴自語曰:"與生員主相論生計之時, 家馬外他無聞者矣. 未知何許難政之子, 何間直告於夫人耶?"生員聽冠隅戴, 以擘負後橫竹, 闊步庭邊曰:"吾則初不傳之矣."見者捧腹.

원컨대 좆이 되소서

시골에 한 사람이 있었다. 그는 집이 매우 부유하고, 부부간에도 화복하여 세 아들을 두었다. 그가 회갑을 맞이하자, 술과 안주를 성대하게 준비하여 인근의 친척들을 모두 초청하였다. 자손들은 차례로 헌수 獻壽하며 축사를 드렸다. 큰며느리가 먼저 축사하였다.

"원컨대 천황씨天皇氏가 되소서."

둘째 며느리도 축사하였다.

"원컨대 지황씨地皇氏가 되소서."

막내며느리는 마음속으로 '두 형님이 축사한 바는 아무 생각 없이 한 말로 맛이 없으니, 나는 다른 새로운 말로 아버님께 축사하리라' 생각한 후 말했다.

"원컨대 좆이 되소서."

그러자 자리에 앉아 있던 모든 사람들이 배를 움켜잡고 웃었다. 이에 시아버지가 물었다.

"이 세상 많고 많은 만물 중에 어찌하여 좆이 되라 하였는고?"

"두 형님이 축사한 바는 불과 만팔천 세만 사시라고 한 데 불과합니다. 그렇지만 제가 축원한 좆은 비록 죽어도 마음만 있으면 다시 살아나지요. 죽고자 하면 죽고, 살고자 하면 사는 것이지요. 죽고 사는 것을 임의로 할 수 있으니 어찌 좋지 않습니까?"

"축사가 진실로 그러하구나. 이른바 좋은 축수祝壽라고 할 수 있겠구나! 그렇다면 너희들은 다시 문자로 축수함을 표현해보거라."

큰며느리는 삿갓을 이고 와서 말했다.

"편안할 안安 자로 표현합니다."

둘째 며느리는 아이를 안고 와서 말했다.

"좋을 호好 자로 표현합니다."

막내며느리는 달리 표현할 문자가 없었다. 그래서 앞으로 나와 저고리와 치마를 벗어던지더니 알몸으로 누워 두 팔을 펴고 두 다리를 벌린 다음에 말했다.

"큰 대大 자로 표현합니다."

곁에서 보던 사람들은 놀랍고 민망하여 코를 싸매더라.

鄕谷一漢, 家計甚富, 夫婦偕老, 有子三人. 當其回甲之日, 盛備酒饌, 隣里親戚咸集, 子孫次第獻壽祝辭矣. 家婦祝曰: "願爲天皇氏[1]." 介婦[2]曰: "願爲地皇氏." 季婦心思曰: "兩姒所祝, 雷同無味, 我則以他新語, 祝之矣." 曰: "願爲腎." 滿座莫不捧腹. 舅曰: "天地間許多萬物之中, 何以余爲腎乎?" 對曰: "兩婦之所祝, 不過一萬八千歲之謂也. 少婦祝願腎者, 雖死, 有

---

1) 천황씨(天皇氏): 중국 태고 시대의 전설적인 인물. 삼황(三皇: 天皇氏, 地皇氏, 人皇氏)의 으뜸으로, 만팔천 년을 살았다고 한다.
2) 개부(介婦): 고대 종법에서 큰아들의 아내를 총부(塚婦)라 하고, 적자(嫡子)이면서 큰아들이 아닌 사람을 개부라 했는데, 여기서는 둘째 며느리를 지칭한다.

意則還生. 欲死則死, 欲生則生, 生死任意爲之, 豈不美哉?" 舅曰: "祝則誠然, 可謂善祝壽者矣. 汝等更以文字形現之." 長婦戴笠謁曰: "以安字現." 次婦抱子曰: "以好字現." 季婦則他無字形, 向前脫去衣裳, 以赤身偃臥, 橫兩臂, 伸兩脚, 曰: "以大字現." 傍觀駭慚裏鼻.

내 듣고 있으니 자네는 하던 것이나 계속하시게

한 상놈이 일이 있어서 호남 지방에 갔다. 주막은 이미 지나쳤고, 해는 서산에 기울어 있었다. 마침 앞쪽에 몇 채의 촌가가 보이기에 그곳에서 하룻밤을 머물러 자고자 했다.

그곳을 향해 갈 즈음, 어깨에 호미를 멘 남자와 머리에 그릇을 인 여자가 작은 길로 쫓아왔다. 상놈이 가까이 가서 보니, 평소에 알고 있었지만 칠팔 년 동안 소식이 끊겨 왕래하지 못한 사람이었다. 뜻밖에 상봉하게 되니, 세 사람은 너무 기뻐 함께 집 안으로 들어갔다. 연거푸 막걸리를 마시고 저녁밥도 잘 대접받았다.

잠시 후 동쪽 언덕에 달이 떠오르자 두 사람은 서로 베개를 같이 하고 누워 몇 년간 쌓인 회포를 풀어내기 시작했다. 시골 사람은 하루 종일 고달프게 농사를 지었고, 또한 연거푸 마셔댄 술에 취해 깜빡 잠이 들고 말았다. 그러자 서울 상놈이 흔들어 깨웠다.

"자네는 내 말을 듣다가 어찌하여 잠을 자시나?"

시골 사람은 몽롱한 상태로 말했다.

"내 듣고 있네. 그러니 자네는 하던 것이나 계속하시게."

연거푸 흔들어도 계속 그렇게 말하며 깨지 아니하였다. 서울 상놈은 무료한 가운데 여인의 피부가 풍만하게 좋은 것을 보고 더불어 희롱하다가 관계까지 맺게 되었다.

관계를 맺고 있을 때였다. 그 방은 매우 좁아 여인의 발이 남편의 어깨에 부딪혔다. 어깨도 발의 움직임에 따라 움직였다. 그것은 발로 흔들어 깨우는 형세였지만, 남녀 간의 달콤한 전쟁을 시골 사람은 알지 못했다. 아내가 음란한 짓을 하면서 발로 흔들고 있는데도, 그는 몽롱한 상태로 서울 상놈이 흔들어 깨우면서 자신의 말을 들으라는 것으로만 생각하여 천천히 말했다.

"내 듣고 있네. 그러니 자네는 아무 걱정 말고 하던 것이나 계속하시게."

一常漢, 因事往湖中, 炭幕已過, 日沈西山, 而前面有數三村家, 欲借一宵, 將向之際, 男荷鋤女戴器, 從小路來. 近前見之, 則所親者, 而七八年間, 不知所往矣. 意外相逢於此, 三人甚喜, 同到家中, 連飮濁醪, 夕飯善待. 少頃, 月吐東嶺, 兩人相枕以臥, 積年懷抱, 相敍矣. 鄕漢終日力農, 又爲連飮, 困醉睡成. 京漢搖醒曰: "聞吾言, 何爲牢睡耶?" 朦朧曰: "吾則聞矣. 君則爲之." 連搖亦然, 不醒矣. 京漢無聊之中, 見女人之肥好, 與之戲, 而仍爲狎之, 房甚狹搾, 女足抵於其夫之臂, 而臂隨動, 勢爲足所搖. 然男女甘戰, 鄕漢亦不知. 厥妻方淫之足所搖, 而朦朧, 是京漢之搖醒聽說, 緩聲而言曰: "我聽矣. 君則勿慮爲之." 云.

솥을 좆으로 발음하다

저잣거리에 사는 아내가 시동생에게, "식구는 많고 솥은 적으니, 제일 큰 솥 하나를 사서 오세요"라고 말했더니, 시동생은 그 작은 솥에다 돈을 더 얹어 큰 솥으로 바꾸어 왔다. 그러자 형수는 기뻐하며 말했다.

"좋기는 좋네요. 하지만 작은 것은 그냥 두고 큰 것을 새로 사와 큰 솥과 작은 솥을 함께 쓰면 더욱 좋았겠지요!"

시동생은 본래 혀가 짧아 발음이 온전하지 않았다.

"형수는 참으로 탐욕이 많으십니다. 좆이【솥을 좆이라 했다】작아 난감하다고 하시기에 작은 좆을 주고 가장 큰 좆으로 바꾸어서 드렸구먼요. 그런데도 마음에 만족치 못하여 작은 좆과 큰 좆 두 좆을 모두 가지시럽니까?"

이 말을 들은 사람들은 손뼉을 쳐대며 웃더라.

一市井之妻, 謂其夫弟曰: "食口多, 而鼎小, 最大一坐[1]買來." 云, 則以

其小鼎加給錢, 換大鼎獻之. 嫂喜曰: "好則好矣. 小者仍置, 而大者新買, 大小幷用, 則尤好矣." 其人本舌短, 不能成言曰: "嫂主可謂大貪矣. 鼎小難堪云, 故給小鼎〔솟츨 솟시라 하다〕, 換最大鼎, 納之. 而心不滿, 小鼎大鼎, 二鼎都欲持耶?" 聞者拍掌.

장모에게 망발을 하다

한 재상이 사위를 맞았다. 사위는 겨우 십여 세밖에 되지 않았지만 재주와 용모가 비상했기에 재상은 그를 몹시 사랑하였다.

재상의 부인은 본디 치통을 앓고 있었다. 때마침 부인의 생일이 되자 새로 맞은 사위도 불러들였다. 사위는 안방으로 들어가 장모께 절을 하고 치통은 어떠한지를 여쭈었다. 장모는 그 사위가 위문하는 것이 사랑스러워 손으로 입술을 들어 이를 보여주며 말했다.

"충치가 이를 먹고 들어가서 이 틈이 이렇게 벌어졌네. 아픈 것도 참기 어렵고, 먹는 것 또한 어렵구나."

사위는 가까이 가서 이 사이를 가만히 들여다보고 말했다.

"좆 틈으로 하여 씹도 못 하시니 민망하고 민망하옵니다."

그러자 자리에 있던 나이 어린 부녀자들이 모두 머리를 돌려 코를 싸맸다.

一宰得婿, 年甫十餘, 而才貌非常, 甚愛之. 宰之夫人, 本痛齒病, 而適當其生日, 新婚亦請來矣. 其婿入內, 進拜岳母, 仰問齒痛之如何. 岳母愛新婚之勞問, 以手擧脣示齒曰: "齒虫食齒, 齒隙如此, 痛亦難, 食亦難矣." 婿近前視齒隙曰: "小隙之故, 啗不能爲之, 悶悶〔釋 말하시기를 좆 틈으로 하야 씹도 못 하시니 민망민망하외다〕." 滿座年少婦女, 莫不回頭裵鼻.

임林·류柳·김金씨의 유래

　토끼는 본디 경망한 동물이다. 토끼가 산골짜기를 뛰어다니다가 어린 곰들이 노는 것을 보고 물었다.

　"네 어미는 어디 있니?"

　"마침 밖에 나갔는데요."

　"내가 네 어미와 간음하기 위해 왔는데, 헛되이 돌아갈 수밖에 없게 되었구나. 아쉽구나, 아쉬워!"

　토끼는 그렇게 말하고 돌아갔다.

　잠시 후 암곰이 돌아오자, 새끼 곰이 말했다.

　"아까 토끼가 와서 이러이러한 말을 하던데요."

　암곰은 몹시 화가 나서 높은 곳으로 올라가 아래를 내려다보았다. 토끼는 아직 멀리 가지 못한 상태였다. 곰은 분한 기운이 하늘을 찌를 듯하여 큰 소리를 지르면서 토끼를 쫓았다. 곰이 거의 토끼의 뒤에 미치자, 토끼는 자기가 지은 죄를 알고 급히 도망쳤다.

　토끼는 체구가 작은 까닭에 나무 사이를 빠져서 달렸다. 곰은 토끼에 비해 자신의 몸이 크다는 것을 생각지 않고 토끼 잡기에만 급급하여 두 나무 사이로 뛰어들다가 그만 허리가 그 틈에 끼이고 말았다. 벗어나려고 온 힘을 다해 빼보았지만, 그럴수록 몸은 점점 조여왔다. 거의 눈알이 튀어나올 지경이었다.

이 광경을 돌아다본 토끼는 매우 기뻐하며 말했다.

"이는 하늘이 내려주신 기회로구나. 만약 이때를 놓친다면 다시 어느 때를 기다릴꼬?"

그러고는 되돌아와서 곰을 간음하였다. 곰은 속수무책이었다. 일이 이미 이 지경에 이르렀으니 어찌할 수가 없었다. 부끄러움은 더할 나위 없이 심했지만, 그나마 다른 사람이 없다는 것을 다행으로 여길 뿐이었다. 일을 마치자, 토끼는 떠나며 곰에게 말했다.

"자식을 낳거들랑 이것으로 성을 짓는 것이 옳도다."

곰은 몸을 줄인 후에야 비로소 그곳에서 벗어나 돌아올 수 있었다.

그후 곰은 과연 세 마리의 곰을 낳았다. 곰은 두 나무에 인연하여 낳았다고 해서, 하나는 성을 임**이라 했다. 하나는 나무와 토끼를 나란히 써서 성을 유柳라고 했다.[1] 하나는 토끼와 곰을 합하여 성을 김金이라 했다【김은 톡기의 '기'에다가 곰의 'ㅁ'으로 받침을 하니 '김'이 되었다고 한다】.

兎本輕妄之物. 走入山谷, 見稺熊之遊, 問曰: "汝母安在?" 小熊曰: "適出他矣." 兎曰: "吾欲淫汝母來, 未免虛歸, 可歎可歎!" 云而去. 少頃, 雌熊還來. 小熊曰: "俄者兎來言如此如此云." 熊大怒, 登高望之, 則兎去不遠. 忿氣衝天, 厲聲逐之. 幾及兎後, 兎固知其罪, 急急逃走, 以軆小之故, 走出

---

1) 나무〔木〕와 토끼〔卯〕를 합하면 '류〔柳〕'가 된다.

兩木之間. 熊不量比他體大, 亟於捉兎, 突出兩木之間, 腰爲木間所挾. 欲拔
猛力, 漸漸緊挾, 幾至眼出矣. 此際, 兎回見此狀, 大喜曰:"此天賜之秋. 若
失此時, 更待何時?"仍來淫之. 熊措手無策, 事已至此, 無可奈何. 羞愧莫
甚, 幸無他人. 兎去時, 謂熊曰:"生子則以此爲姓, 可也."熊始乃縮身後, 退
得脫歸來矣. 果孕生三熊, 熊感兩林以孕, 一則姓曰林, 一則木兎幷之姓曰
柳, 一則兎熊合之姓曰金.〔金之謂也 톡기의 기字에 곰之口臺之爲김云.〕

계집종이 골무 껍질을 베다

십여 세 된 재상의 아들이 있었다. 나이가 이십여 세에 가까운 계집
종은 상전의 귀한 그 아들을 매일 업고 놀았다.

때마침 여름철로, 홑옷을 입을 때였다. 계집종은 또 아들을 업고 노
는데, 등 뒤로 뾰족한 양물이 닿아 꿈틀거렸다. 아들을 업고 있던 계집
종은 그것에 탐혹^{耽惑. 마음이 빠져 정신이 흐려짐}되어 아이에게 음행^{淫行}을 가르
쳤다. 아이는 양물이 아파 달아나고자 했지만, 달아날 수가 없었다. 그
래서 아이가 발악하자, 계집종은 겁이 나서 아이를 놓고 달아났다.

아이가 통증이 심하여 자세히 살펴보니 양물의 대가리가 벗어져 있
었다. 아이는 그 까닭을 알지 못하고 놀라 울며 그 어미에게 달려와 말
했다.

"아무개 계집종이 고추 대가리에 있던 골무 껍질을 베어 가지고 가
버렸어요."

一宰相子, 年爲十餘, 而婢有年近二十者, 以上典之貴子, 每負遊之. 適當夏節, 單衣時, 又爲負遊之際, 爲背所磨陽動觸. 背婢貪之, 敎以淫之. 兒陽痛, 欲走不得. 因爲發惡, 婢劫而捨之. 兒痛甚考視, 則陽頭脫矣. 不知其故, 驚走泣告其母曰:"某婢割腎頭上骨帽皮去矣."云.

거면록

祛眠錄

『거면록袪眠錄』은 20세기를 전후한 시기에 찬집된 것으로 추정되는 패설집이다. 여기에는 총 29편의 이야기가 실려 있다. 하지만, 『거면록』 마지막 장에 「잣죽이 수염에 묻다柏粥懸鬐」라는 제목만 있고 내용이 없는 작품이 있는 것으로 보아 이 책은 원본原本이 아니며, 이 책의 대본이 된 원본에는 29편보다 많은 이야기가 담겨 있었음을 추정할 수 있다.

　『거면록』에는 다양한 이야기가 실려 있다. 민간에 떠돌아다니는 이야기, 중국 소설을 요약한 이야기, 「박씨전」 등 한국 소설과 관련된 이야기, 전傳과 관련된 이야기 등 그 성격을 일괄적으로 말하기 어렵다. 그렇지만 수록된 이야기 대부분이 소설과 관련을 맺는다는 점은 기억할 필요가 있다. 즉 패설(소화)의 소설화 과정을 엿볼 수 있다는 점에서 이 책은 우리 문학사에서 주목할 만한 가치를 갖는다.

　『거면록』에 실린 성 이야기는 총 3편이다. 그중 두 편(「중의 양물을 쪼개놓다」 「잘못해서 제수씨의 옷을 입다」)은 다른 패설집에서 볼 수 없는 새로운 이야기이다. 반면 한 편(「방구석을 돌다」)은 널리 향유되던 이야기이다. 특히 「중의 양물을 쪼개놓다」는 단편적인 이야기가 어떻게 소설적인 형태로 변모해가는가를 살피는 데에도 흥미로운 작품이다. 단편적인 이야기가 어떻게 향유되었고, 향유되는 과정에서 어떻게 소설적인 형태로 변모하고 있는지를 함께 고려하여 읽는 것도 『거면록』을 읽는 한 방법이다.

　『거면록』은 현재 국립중앙도서관에 수장된 것이 유일하다. 이 책에는 『거면록』에 수록된 29편의 이야기 중 성 이야기 3편을 번역하여 실었다.

중의 양물을 쪼개놓다

한 선비가 집이 가난하여 강연이나 변호를 하며 사는 까닭에 오랫동안 바깥에서 지냈다. 그의 아내는 이웃에 사는 상인이 소금을 팔며 사는 것을 보고 남편에게 집으로 돌아오기를 권유하였다.

"남자가 오랫동안 가정을 돌보지 않고, 가족과 떨어져 홀로 지내며 많은 고통을 받느니 차라리 집으로 돌아오셔서 이웃에 사는 상인과 함께 소금 장사나 하시지요."

선비는 그날로 집에 돌아와 소금 석 되를 짊어지고 상인을 따라 장사에 나섰다.

상인이 크게,

"소금 사시오!"

라고 외치면, 선비는 그 뒤를 이어서,

"나도!"

라고 따라 외쳤다.

이러한 까닭에 반나절 동안 상인은 지고 온 소금을 거의 다 팔았지만, 선비는 한 줌도 팔지 못했다. 그래서 선비가 말했다.

"우리가 함께 다니면 둘 다 이롭지 않으니 각자 다니는 것만 못하네. 나는 어느 곳으로 가야 소금을 팔 수 있겠나?"

그러자 상인은 자기가 어제 가서 소금을 팔았던 마을을 가리키며 말했다.

"저곳으로나 가보시오."

선비는 그의 말만 믿고, 가서 종일토록 큰 소리로 "소금 사려"를 외치고 다녔다. 하지만 소금을 사려는 사람은 하나도 없었다. 그러는 사이에 날도 저물고 말았다.

선비가 소금을 짊어지고 집으로 돌아가는데, 길은 좁고 수풀은 우거진 곳에 촛불이 밝게 비치는 한 초가가 보였다. 선비가 문틈으로 엿보니 소복을 입은 미인이 누워 잠을 자고 있을 뿐, 다른 사람은 아무도 없었다. 또 방 한 귀퉁이에는 음식을 마련해놓고 보자기로 덮어놓았다. 선비는 몰래 그 집으로 들어가 차려놓은 음식을 모두 먹어버렸다.

이때 홀연 문밖에서 누군가 들어오는 소리가 들렸다. 선비가 급히 촛불을 끄고 문틈으로 밖을 내다보니, 어떤 중이 승복을 벗고 바랑을 집 한 귀퉁이에 내려놓고는 곧바로 방으로 들어오려 했다. 그러자 선비는 거짓으로 여자의 목소리를 내어 은근히 말했다.

"오늘은 손님이 계시므로 함께 자는 게 불가하옵니다."

그러자 중이 말했다.

"그렇다면 입이나 한번 맞추고 가면 어떻겠는가?"

"그것은 좋습니다."

선비는 이에 바지춤을 풀고 엉덩이를 창틈에다 바싹 붙였다. 중은 밖에서 그곳에 입을 대더니 이내 말했다.

"냄새가 좋지 않구나."

"어찌 냄새가 좋지 않다고 하십니까? 내 입은 매우 깨끗하기만 한

데……"

그렇게 말하고 선비는 다시 말했다.

"당신의 양물이 보고 싶으니 모름지기 창틈으로 그것을 내밀어주십시오."

중은 발기한 양물을 창틈으로 내밀었다. 그러자 선비는 그것을 세게 잡고, 지니고 있던 칼을 꺼내 양물을 쪼개버렸다. 이에 중은 크게 한 소리를 지르고는 승복과 바랑도 모두 팽개치고 달아나버렸다.

선비는 다시 촛불을 켜고 그 중이 버리고 간 승복과 바랑을 거두어 가만히 앉아 있었다. 여인이 비로소 잠에서 깨어 바라보니 어떠한 장부가 방 안에 앉아 있는데, 누구인지 알 수가 없었다. 여인이 일어서며 자세히 살펴보니 주변에는 중이 입던 옷과 바랑이 놓여 있었다. 여인은 이에 정신을 진정치 못하고 그저 벌벌 떨기만 했다.

선비는 정색을 하고 말했다.

"나는 네 품행이 아름답지 못함을 아노라. 너는 어느 집 아낙이냐? 지아비를 잃은 집이더냐? 내일은 내 마땅히 관아에 알리고, 또한 네 집과 친족들에게도 알려 죄를 묻겠노라."

그 여인은 복복僕僕, 귀찮을 만큼 번거로이 사죄하며 말했다.

"제가 잘못했습니다! 제가 잘못했습니다! 어르신께서 만약 제 친족에게 알린다면 저는 마땅히 쫓겨날 것이며, 저를 죽인다 할지라도 여지가 없게 됩니다. 어르신께서 그것만은 참아주신다면 저 또한 은혜에 보답하겠습니다."

그러고는 백여 석이나 되는 가장문권家庄文券, 사유지에 대한 문권을 주며 애걸하는 것이었다. 선비는 여인의 간청에 못 이기는 척하며 그 문권을 가지고 돌아왔다.

며칠이 지나, 선비는 그 중이 있는 곳을 알아보고자 승복과 바랑을 가지고 가까운 산에 있는 사찰을 두루 돌아다녔다. 그러나 아랫도리에 병이 든 중은 찾을 수 없었다.

그러다 어느 깊은 협곡 작은 암자에 갔을 때였다. 한 중이 문밖으로 나오더니 손님 맞기를 거부하며 말했다.

"손님께서 어디서 오신지는 알 수 없으나 저희 사부님께서 바야흐로 병이 들어 계시기에 손님을 맞을 수 없답니다."

"네 사부의 병이 무엇이더냐?"

"모르겠사옵니다."

"너는 속히 들어가서 네 사부에게 말하거라. 내가 의원이라고……"

중은 안으로 들어가더니 다시 나와 말했다.

"저를 따라오십시오."

선비가 따라 들어가니 중의 얼굴색은 창백하고 앓는 소리를 내고 있었다. 선비가 물었다.

"스님께서는 어디가 아프십니까?"

"양물에 종기가 하나 났는데, 이 때문에 고통을 받고 있을 뿐입니다."

"그렇다면 그것을 보여주시지요."

중이 바지춤을 걷어 올리고 그것을 보였는데, 칼에 베인 상처가 분명했다. 이를 본 선비가 말했다.

"그날 밤에 크게 쪼개놓는다고 했는데, 이렇게 작게 쪼개진 줄은 몰랐네."

그러고는 가지고 간 중의 옷과 바랑을 내놓으면서 말했다.

"이게 누구의 행장인가?"

중은 깜짝 놀라 얼굴빛을 잃고 땅에 엎드려 죄를 빌었다. 선비가 꾸짖으며 말했다.

"너는 자비란 명목으로 깊은 산속에서 도를 닦으면서 감히 여염집 아낙을 간음하였으니 네 죄는 마땅히 죽음이라. 네 죄를 엄히 다스려 세상 사람들에게 모범을 보일 수밖에 없도다."

이윽고 선비가 일어서자, 중은 선비를 붙들며 말했다.

"바라옵건대 양반님은 날 좀 살려주십시오. 그러면 내 마땅히 은혜에 보답하겠습니다."

그러고는 오십 석이나 되는 토지 문권을 꺼내 선비에게 주었다. 선비는 처음에는 그를 꾸짖었으나 나중에는 그 문권을 가지고 돌아왔다. 마침내 선비는 가난함이 바뀌어 도리어 부자가 되었다.

이웃에 사는 상인은 선비가 소금 석 되를 팔아 부자가 된 것을 알고 와서 그 연유를 물었다.

"양반께서는 어떤 수단이 있기에 소금 석 되를 팔아 이처럼 부자가 되시었소? 나는 장사를 한 지 십 년이 되었지만 한 푼도 모은 것이 없는데…… 바라건대 그 방법을 가르쳐주오."

"중의 양물을 쪼개놓으면 부자가 될 것일세."

"양반께서 나를 속임이 심하십니다그려."

"내가 무엇 때문에 자네를 속이겠나? 이것이 방법일세."

상인은 그 말을 믿고 이에 작은 칼을 매우 예리하게 만들고는 뒷산에 있는 절로 올라갔다. 상인은 산 아래에서 산 위로 올라가고 있었는데, 때마침 산에 거주하는 중이 산 위에서 산 아래로 내려오고 있었다. 상인은 이에 그 중을 불렀다.

"긴히 볼일이 있으니 와보시오."

중이 오자, 상인은 칼을 휘두르며 앞으로 나아가 말했다.

"내가 듣건대 중의 양물을 쪼개놓으면 부자가 된다고 하더군. 그러니 나도 네 양물을 쪼개놓을 것이다. 제발 부탁하자."

그러자 중은 화가 나서 그를 때려눕혔다. 상인은 중에게 얻어맞고 돌아와 선비를 원망하였다. 이에 선비가 웃으며 말했다.

"자네의 수단이 사리에 어둡고 졸렬했기에 이처럼 낭패를 본 것이네. 나를 탓하지는 말게."

劈僧陽物

有士人, 家貧舌耕[1], 而久在方外. 其妻見隣居常漢, 賣塩資生, 勸夫還家
曰: "丈夫久違家庭, 多有離索[2]之苦, 不如還家, 與隣居常漢, 共作塩商也."
士人卽日還家, 負三斗塩, 而隨常漢行賣. 常漢叫曰 '買塩也' 云, 則士人續其
後曰 '我亦' 云. 以此而半日隨行, 常漢盡賣一負塩, 而士人不能賣一掬. 士
人曰[3]: "同行則兩皆不利, 不如各行. 往何處, 則可以賣否?" 常漢指己昨日
行賣之村曰: "往彼也." 士人信之而行, 終日叫賣, 無一人願買者. 居然日
暮, 遂負而回家. 路徑林皐, 有一茅屋, 而燭光耿耿. 從門隙伺之, 則有素服
美女臥睡, 而別無他人. 屋隅排盂盤, 而覆之以袱. 士人暗入其室, 盡食排設
之物[4]. 忽門外有剝啄[5]之聲. 乃減燭而窺外, 則[6]有僧脫衲卸鉢囊, 置之堂
隅, 正欲入室. 士人作女聲暗語曰: "有客不可同宿." 僧曰: "然則接吻而去,
何如?" 士人曰: "好矣." 乃脫褲子, 接其黃門於窓隙. 僧自外接口曰: "有臭
不好." 士人曰: "有何不好臭, 吾口則精潔矣." 復曰: "吾欲見君陽物, 當須
送窓隙也." 僧勃起陽物, 入送窓隙, 士人硬執之, 拔佩刀而劈開之. 僧大叫
一聲, 棄其衲與鉢囊而逃竄[7]之. 士人乃点燭, 出取其僧所棄衲與鉢囊, 而入
坐. 女子始覺睡視之, 有丈夫坐於屋中, 不知其爲誰. 起而察之, 旁有僧所着
衲與鉢囊. 神不能定, 但發抖而已. 士人正色曰: "吾知汝之品行不美, 汝是

1) 설경(舌耕): 강연이나 변호 등 말을 하는 것으로 먹고삶.
2) 이삭(離索): 무리에서 떨어져 쓸쓸히 삶.
3) [교감] 사인왈(士人曰): 국립중앙도서관본에는 없으나, 의미상 첨가할 필요가 있다.
4) [교감] 물(物): 국립중앙도서관본에는 없으나, 의미상 첨가할 필요가 있다.
5) 박탁(剝啄): 손님이 찾아와서 문을 두드리는 소리.
6) [교감] 즉(則): 국립중앙도서관본에는 없으나, 의미상 첨가할 필요가 있다.
7) 도찬(逃竄): 도닉(逃匿). 달아나서 자취를 감춤.

何家女, 乃亡夫家耶? 明日吾當告官, 且告汝主家宗族, 而罪汝矣." 其女僕僕謝罪曰: "我過矣, 我過矣. 丈人若告於吾族, 吾當逐出, 死無餘地矣. 子其忍之, 吾且報恩." 乃分給百餘石家庄文券, 而哀乞. 士人若不勝其請, 取文券而還. 經數日後, 欲知其僧之所在, 持其裲與鉢囊, 遍踏近山寺刹, 而無一僧病下肖者. 往一窮峽小庵, 有闍梨[8] 出門謝客曰: "不知客自何方來, 而吾師方病, 不能接客." 士人曰: "汝師病何?" 闍梨曰: "不知矣." 士人曰: "爾速入告汝師, 吾是醫也." 闍梨入而復出曰: "請爾進來." 士人隨而入, 則有僧面色蒼白, 作痛楚聲. 士人曰: "和尙何病?" 僧曰: "陽物生一腫, 是以貼苦耳." 士人曰: "第示之." 僧蹇褌示之, 宛然有刀痕. 仍曰: "其夜當用大劈, 吾不知其這麼小劈." 乃出取其裲與鉢囊曰: "是誰人行裝也?" 僧大驚失色, 伏地[9]待罪. 士人責曰: "汝負慈悲之名, 修道深山, 而敢奸閭閻婦女, 汝罪當死. 不可不嚴治汝罪, 以懲世人." 遂起, 僧扶持士人曰: "願兩班活我. 吾當報恩." 取土地五十石文券而給之, 士人始則罵之, 終乃受還. 遂易貧爲富. 隣居商人, 見其賣塩三斗而致富, 來叩其由曰: "兩班有何手段, 賣塩三斗, 而致富若是乎? 吾則爲商十年, 無一分湊得, 請敎其法." 士人曰: "劈僧陽物, 則可以致富矣." 常漢曰: "兩班欺余, 甚矣." 士人曰: "我何欺余, 是其方術." 常漢信之, 乃鑄小刀甚利, 因上後山寺. 常漢則由下路而上, 適山僧從上路而下. 招僧曰: "有緊觀來也." 僧往則常漢揮刀而前曰: "吾聞劈僧陽物, 致富矣. 請劈爾陽物." 僧怒而繫之. 常漢受杖而歸, 怨士人. 士人笑曰: "爾之手段迂拙[10], 故致此狼狽. 其勿尤我也."

8) 사리(闍梨): 사리(闍利). 불교 용어. 아사리(阿闍梨). 사범(師範)되는 승려 혹은 승려의 칭호.
9) [교감] 복지(伏地): 국립중앙도서관본에는 '伏之'로 되어 있으나, 이는 '伏地'의 오류임.
10) 우졸(迂拙): 우활(迂闊)하고 졸렬하다. '우활하다'는 '오활(迂闊)하다'의 원말로 '사리에 어둡고 세상 물정을 잘 모른다'는 뜻임.

잘못하여 제수씨의 속곳을 입다

어떤 형제가 한집에서 함께 살고 있었다. 그 집에는 방이 두 개뿐이어서, 안방에서는 두 아주머니가 잠을 자고, 바깥채에서는 형제가 침대를 맞대고 잠을 잤다. 때문에 부부가 함께 잠을 잘 수 없었다.

하루는 형수가 그의 남편에게 말했다.

"아우네 부부가 오랫동안 잠자리를 갖지 못했으니 오늘 저녁에는 마땅히 동서를 바깥채에 보내 함께 자게 합시다. 그러니 당신은 이웃집에 가서 자고 오시지요."

형은 허락하고 나가 이웃집에서 놀았다. 그러나 밤이 깊어지자 형은 그의 아내와 한 약속을 잊고 집으로 돌아왔다. 그러고는 방으로 들어가 옷을 벗고 이불을 덮고 누웠다.

아우는 그의 아내와 함께 누워 있다가 형이 방으로 들어오는 것을 보고 급히 형을 불렀다. 그러자 형이 말했다.

"나는 여기에 누울 것이니 너는 잔말 말거라. 잠자리를 바꾸어 자자꾸나."

아우는 또다시 형에게 말했다.

"안사람이 이 방에 있습니다."

형은 이에 급히 일어나 앉으면서 말했다.

"내가 아내와의 약속을 잊어버렸구나."

그러고는 아우에게 일러 말했다.

"너는 큰 소리를 내지 말거라. 제수씨가 깰까 두렵구나."

그리고 급히 옷을 입고 문밖으로 나와 이웃집으로 달려갔다.

아우는 그의 아내를 흔들어 깨웠다.

"어찌 이다지 곤하게 자오? 방금 형님이 오셨다가 당신이 있는 까닭에 다시 이웃집으로 가시었소."

그 아내는 매우 겸연쩍어 안방으로 들어가려고 일어나서 옷을 찾았다. 그러나 다만 남자 바지가 있을 뿐이고, 자신의 속곳은 아득히 간 곳이 없었다. 이에 놀라 남편에게 물었다.

"저기에 남자 바지는 있으나 내 속곳의 행방은 알 수 없으니, 혹 아주버님께서 바꿔 입고 나가신 것이 아닐까요?"

아우가 보니 그것은 과연 형의 바지였다. 그래서 그 바지를 싸 가지고 이웃집으로 가 문밖에서 형을 불렀다. 형은 괴로워하며 말했다.

"너는 어찌하여 왔느냐? 나는 여기에서 잘 것이니 너는 걱정하지 말고 제수씨와 함께 잠을 자거라."

"그게 아닙니다. 형님의 바지는 여기에 있는데, 안사람의 속곳은 간 곳이 없으니 형님께서 혹시 바지를 바꿔 입지 않으셨는지요?"

형이 갑자기 그것을 깨달으며 말했다.

"네 말에 틀림이 없을 게다. 아까 올 때 바지 아래가 트여 있어서 바람이 매섭도록 차갑게 들어오더니 지금에야 여자의 속곳이었음을 알겠구나."

그러고는 옷을 벗어 아우에게 주었다.

誤穿弟嫂服

有個兄弟, 一室同住. 只有兩個屋子, 正寢[1]則兄弟妻宿焉, 外室則兄弟聯床而寢, 夫妻不得同寢. 一日, 兄妻謂其夫曰: "弟之夫婦, 久不合宮[2], 今夕當逐弟婦[3]于外室, 使之同寢矣. 子其就宿於隣家也." 丈夫領諾, 而出遊隣家, 夜深忘却與妻相約, 而還家, 入室脫衣, 布衾而臥. 其弟與妻並臥, 見兄入室, 急呼其兄. 兄曰: "我當臥此, 爾勿多言. 其宿換[4]處也." 弟又呼兄曰: "內人出在這房矣." 其兄惶忙起坐曰: "吾忘與妻相約矣." 謂其弟曰: "爾勿大言. 恐弟嫂氏睡醒." 遂蒼惶穿衣, 出門走隣. 其弟援其妻醒之曰: "何其困睡也? 方今兄主入來, 以君在, 故復往隣家耳." 其妻心忸怩, 欲入內室. 因起而覓衣, 只有丈夫褲子, 自家之袴衣[5], 杳無去處. 驚問其夫曰: "這有男子褲子, 而吾之袴衣, 無有不識, 兄主換着出去否?" 弟見之, 則果是其兄褲子也. 乃袍其褲子, 往隣家門外, 而呼其兄. 其兄苦之曰: "爾何來也? 吾宿于此, 爾其勿憂, 與嫂氏同寢也." 其弟曰: "否! 兄主褲子在此, 而內人袴衣無之, 兄主或不換着否?" 其兄遽然覺之曰: "爾言不錯. 來時褲子下綻, 頓覺風入狠冷, 今知女人所着袴衣也." 遂脫給弟.

---

1) 정침(正寢): 정침은 원래 정전(正殿)과 같은 말로, 조회(朝會)나 의식(儀式)을 행하는 궁전을 뜻한다. 여기서는 단순히 안방을 의미한다.
2) [교감] 합궁(合宮): 국립중앙도서관본에는 '合躬'으로 되어 있으나, 이는 '合宮'의 오류이다.
3) [교감] 제부(弟婦): 국립중앙도서관본에는 '弟夫'로 되어 있으나, 이는 '弟婦'의 오류이다.
4) [교감] 환(換): 국립중앙도서관본에는 '煥'으로 되어 있으나, 이는 '換'의 오류이다.
5) 고의(袴衣): 원래 남자의 여름 홑바지를 뜻하나 여기서는 여성의 속곳이라는 의미로 쓰였다. '붉은 치마 속 고쟁이'란 의미의 '홍상고의(紅裳袴衣)'라는 말도 쓰인다.

방구석을 돌다

경상도 상주尙州에 김씨 성을 가진 장사치가 있었다. 그는 아들이 넷이나 되었지만, 집안이 가난하여 다른 방을 줄 수가 없었다. 때문에 부부와 네 아들은 모두 한이불을 덮고 잤다.

네 아들이 조금 자라면서 점차 근심도 생겨났다. 아버지가 어머니의 몸에 가까이 가면 반드시 자식이 생겨나고, 동생이 생겨 부담이 느는 것이 괴로웠던 것이다. 그래서 부모가 서로 가까이 접근하지 못하도록 네 명의 형제는 밤마다 감독하며 그것을 금지했다.

어느 날, 장사치가 장사를 하러 나갔다가 십여 일 만에 돌아왔다. 부부간의 사랑하는 마음도 간절하였다.

한밤중이 되자, 부부는 아이들이 모두 잠든 틈을 타서 잠자리를 갖고자 했다. 그러나 남편은 동쪽에 있고, 아내는 서쪽에 있었으며, 중간에는 네 아이들이 가로막고 있었다. 또 방이 어두워 볼 수도 없을 정도였다. 이에 부부는 서로를 찾아 나섰다. 서로 부르고 서로 대답하기를 반복했지만, 둘은 만나지 못했다. 남편이 남쪽에 있으면 아내는 북쪽에 가 있고, 남편이 동쪽에 있으면 아내는 서쪽에 가 있었다. 이렇게 방 네 귀퉁이를 돌아다녔지만, 끝내 만나지 못했다.

남편은 이내 벽에 붙어 무릎으로 기며 주변을 돌다가 잘못하여 셋째 놈의 다리를 밟고 말았다. 그러자 셋째 놈이 억지로 웃으면서 말했다.

"아파요."

둘째 놈이 이어서 말했다.

"너는 말을 마라. 너는 아버님이 어머니를 찾아 벽을 몇 번이나 돌았는지 아니?"

큰놈이 곁에 있다가 말했다.

"너희들은 어찌하여 잠을 자지 않고 아버님이 벽을 몇 번 돌았는지를 세고 있느냐? 지금 도는 것이 다섯 바퀴째지! 그것을 누가 몰라?"

부모는 매우 부끄러워하며 각자의 자리에 가서 잠을 잤다.

環屋隅

慶尙道尙州, 有金姓商賈. 有子四人, 家貧而不能異室, 夫妻及子六人, 共寢一衾. 四子稍大, 漸生智慮, 知其父近母身, 則必生子. 厭苦負弟. 不使父母相近, 兄弟四人, 夜夜監禁. 商賈一日, 因賣買而出, 經旬而歸, 夫妻繾綣相戀. 夜半, 乘諸子之睡, 而欲合之. 夫在東, 妻在西, 中隔四子. 且室漆而不得見, 夫妻相尋, 相呼相應, 夫在南, 則妻在北, 夫在東, 則妻在西, 環四隅, 而終不得合. 夫乃緣壁, 膝行而環, 誤踏三子之脚. 三子强笑而言曰: "痛矣." 二子繼而言曰: "爾勿言. 爾知父主尋母環壁幾回乎?" 長子在旁曰: "爾輩胡不睡, 而數父主之環壁乎? 今周行者, 五回矣. 其孰不[1]知乎?" 父母大愧, 各就其處而寢之.

---

1) [교감] 부(不): 국립중앙도서관본에는 '父'로 되어 있지만, 이는 '不'의 오류이다.

조선 후기의 성^性과 웃음

🌼 동양인의 웃음과 소화(패설)

동양에서의 현실 세계에 대한 인식은 서양과 일정한 차이가 있다. 특정화된 하나의 관점을 통해 세계를 인식하는 서양에 비해 동양에서는 다양한 관점이 뒤섞인 전체 안으로 들어가야만 세계를 인식할 수 있다는 관념이 강하다. 이러한 인식은 문학작품에도 그대로 반영된다. 서양에서는 일원화된 하나의 욕망을 성취하는 개인(영웅)의 일대기적인 면을 강조하는 반면, 동양에서는 다원화된 욕망을 좇는 다양한 인물 군상을 보여주는 경우가 많다. 동양의 문학작품에서 개인의 영웅적인 활약상에 초점을 둔 장편보다, 다양한 인물들의 삶을 그린 단편을 자주 접하게 되는 것도 여기에 기인한다.

이런 인식은 동양에서 문학이 장편보다 단편을 지향하는 계기로 작용한다. 특화된 한 영웅의 삶을 무조건적으로 좇아가기보다는 다양한 인물의 삶을 엿봄으로써 작가(혹은, 독자) 스스로 그들의 삶을 자신의 삶에 반추하는 방식인 단편 '집_集'의 등장은 이런 배경에서 이해할 수 있다. 작가는 단편집 안에 눈물과 웃음, 삶과 죽음, 고통과 즐거움, 상승과 하강 등 다양한 삶의 모습을 그린 개별 작품을 보여주고, 독자는 그 작품을 읽으면서 스스로 제 삶의 방향을 정했던 것이다. 다시 말해 동양에서는 작품을 통해 유기적인 하나의 세계를 읽어내는 것이 아니라, '집集' 안에서 다양한 사람들의 삶의 단면을 엿보고 깨우치는 방식이 선호되었던 셈이다. '보고 들은 것을 기록한 것' '잡다한 기록' '붓 가는 대로 기술한 것' 등으로 정의된 일련의 저작물인 잡록雜錄이 우리 문학사에 비중 있게 다뤄지는 것도, 문학사적인 가치를 갖는 이유도 바로 여기에 있다.

그중 패설稗說은 '인간의 행동을 모방하여 그려내되, 그 미의식을 골계미滑稽美에 둔 갈래'로 볼 수 있다. 쉽게 말하자면 소화笑話와 그 성격이 비슷하지만, 그보다는 더 넓은 범위로 쓰인다. 패설은 한바탕 껄껄 웃고 나면 그만인 이야기 외에 시대와 찬자撰者의 아픔을 그대로 담아낸 풍자적인 글도 포함하기 때문이다. 예컨대 장한종張漢宗이 편찬한 『어수신화禦睡新話』에는 다음과 같은 이야기도 실린다.

소의문 밖에 홀아비로 두 딸과 함께 사는 홍생원이 있었다. 홍생원은 가난하여 살아갈 수 없었기에 항상 훈조막燻造幕의 역부役夫들이 있는 곳에서 걸식하였다. 역부들이 각각 한 술씩 덜어 주면 홍생원은 겨자 잎으로 그 밥을 싸 가지고 와서 두 딸을 먹였다.

하루는 홍생원이 또 와서 걸식을 하니 역부놈 하나가 술에 취해 말했다.

"생원이 이 훈조막의 부군당府君堂이오, 우리들의 상전이오? 어찌하여 날마다 와서 밥을 달라 하시오?"

그러자 홍생원은 눈물을 머금고 돌아갔다. 그리고 대엿새가 지나도록 홍생원의 집 문은 항상 닫혀 있었다.

한 역부가 문을 열고 들어가 보니 홍생원은 두 딸과 함께 혼미한 상태로 누워 눈물만 흘리고 있었다. 역부가 이를 불쌍히 여겨 급히 나가서 죽을 끓여와 홍생원에게 주었다. 그러자 홍생원은 열세 살 된 딸에게 말했다.

"너희들은 이 죽을 먹겠느냐? 우리 세 사람이 굶주림을 참은 지 엿새가 되어 죽음이 임박했는데 이제 이 죽을 먹으면 그동안 참았던 것이 아깝지 않겠느냐? 지금 이 죽을 먹고 저 사람이 계속 가져다주면 좋겠지. 그렇지 않다면 내일부터 당하게 될 욕들은 어찌하겠느냐?"

이처럼 이야기를 할 때 다섯 살 된 아이가 죽 냄새를 맡고 억지로 머리를 들었다. 그러자 언니는 동생을 손으로 다독거리고 눕혔다.

"자자, 자자."

뒷날 역부들이 다시 와서 보니 세 사람 모두 죽어 있었다.

이 역시 우스운 이야기다. 관청에 바치기 위한 메주를 만드는 곳인 훈조막에 드나들면서 밥을 구걸하고, 구걸한 밥을 겨자 잎에 싸는 양반의 모습을 보는 그 자체만으로도 우스운 일이다. 양반은 급기야 관청의 신령[부군당]이냐고 역부의 놀림을 받는 존재로까지 추락한다. 그런데 이 웃음은 결코 즐겁지 않다. 그 웃음이 아프다. 이런 이야기는 비단 이 이야기에 한정되지 않는다. 실제 패설집에는 이런 유형의 다양한 이야기가 담겨 있다.

이처럼 시대의 아픔, 찬자의 아픔을 대변하는 글 역시 모두 포괄하기 위해 여기서는 소화보다 넓은 의미인 패설이란 용어를 쓰기로 한다.

🦌 패설집의 종류

지금까지 전해 오는 패설집은 총 23종이며, 여기에 수록된 이야기는 1500편을 넘는다. 이를 도표로 제시하면 다음과 같다.

일련 번호	작품명	찬자	창작 시기	수록 이야기 편수	서발문	제목 유무	비고
1	太平閑話滑稽傳	徐居正 (1420~1488)	1477년 (1482년 간행)	271편	徐居正 自序, 梁誠之 序, 姜希孟 序	×	
2	村談解頤	姜希孟 (1424~1483)		10편	姜希孟 自序	○	10편 중 6편은 後人이 첨가한 것임
3	禦眠楯	宋世琳 (1479~1519)	1505~1519년	82편	宋世珩 序 鄭士龍 跋	○	
4	續禦眠楯	成汝學 (1557~?)	1617년 무렵	32편	洪瑞鳳 跋	○	
5	古今笑叢	洪萬宗 (1643~1725)	1717~1725년	54편		○	
6	蓂葉志諧	洪萬宗 (1643~1725)	1678년?	80편	洪萬宗 自序	○	
7	破睡錄	副墨子	壬戌年 (1742년, 1802년, 1862년?)	63편	副墨子 自序	×	
8	利野啻冊		17세기 말~18세기 초	54편		×	한 인물과 관련된 이야기는 하나의 이야기로 묶음
9	破閑新話		17세기 말~18세기 초	7편		×	연세대본『기문총화』4권에 수록된 것에 한정함.
10	笑囊	寂濱子		135편	黃郊散翁 跋	×	『천예록』이 형성된 1717년 이후임은 확실함.
11	陳談論		1811년	50편		○	
12	破睡椎		19세기 초	160편		○	이중 35편은 후대에 첨가된 것임.
13	禦睡新話	張漢宗 (1768~1815)	1812~1815년	135편	張漢宗 自序	○	

일련 번호	작품명	찬자	창작 시기	수록 이야기 편수	서발문	제목 유무	비고
14	醒睡稗說		1826년	80편		○	
15	奇聞			66편		○	19세기 말로 추정됨
16	攪睡襍史			86편		○	상동
17	覺睡錄			25편		○	상동
18	破寂錄			45편		×	상동
19	袪眠錄			29편		×	상동
20	善言集	李在瑛 (1898~?)		80편		○	
21	靑邱笑叢			3편		?	『大東奇聞』에 수록 된 것에 한정함.
22	浮談			5편		?	국문본
23	禦眠楯			17편		○	유재영 교수 복사본
소계	총23종			1507편			

　물론 이외에도 아직까지 발견되지 않은 패설집이 더 많이 있을 것이고, 실제로 여기에 반드시 추가해야 할 작품집도 있다. 하지만 기존의 연구 성과만을 고려할 때, 현재까지 확인된 패설집은 위에 제시한 23종에 한정된다. 다만 패설집이 앞으로도 계속해서 발굴될 것이라는 점을 고려한다면 여기의 23종은 잠정적인 결론일 뿐이다.

　이 책에서 대본으로 삼은 책 역시 이들의 일부다. 그중 조선 후기에 편찬한 패설집에 한정하여 번역했는데, 번역의 대본이 된 책의 출처는 다음과 같다.

　이야기책(利野耆冊): 고려대 육당문고본, 국립중앙도서관본

　소낭(笑囊): 고려대 육당문고본

진담론(陳談論) : 『소림집설笑林集說』 수재본·『고금소총古今笑叢』 수재본

파수추(破睡椎) : 일본 동양문고(東洋文庫)본, 국립중앙도서관본, 고려대본

어수신화(禦睡新話) : 『고금소총』 수재본, 국립중앙도서관본

성수패설(醒睡稗說) : 『소림집설』 수재본·『고금소총』 수재본

기문(奇聞) : 『고금소총』 수재본, 서강대 로욜타도서관 수장본

교수잡사(攪睡襍史) : 『고금소총』 수재본, 서강대 로욜타도서관 수장본

각수록(覺睡錄) : 국립중앙도서관본

파적록(破寂錄) : 국립중앙도서관본, 고려대본

거면록(祛眠錄) : 국립중앙도서관본

이 가운데 찬자가 밝혀진 작품집은 『어수신화』와 『소낭笑囊』뿐으로, 두 작품집을 제외한 나머지 작품집은 모두 찬자를 확인할 수 없다. 『소낭』의 찬자가 필명을 썼다는 점을 고려하면, 실제 찬자의 실명이 밝혀진 작품집은 『어수신화』뿐이다.

『어수신화』의 찬자는 장한종張漢宗, 1768~1815인데, 집안 대대로 이어진 화원畵員 출신이다.[1] 장한종은 특히 어해화魚蟹畵를 잘 그려 이 분야의 최고로 손꼽힌다. 유재건劉在建, 1793~1880은 『이향견문록里鄕見聞錄』에서 장한종이 어려서부터 숭어, 잉어, 게, 자라 등을 사다가 꼼꼼히 그 비늘과 껍질을 살펴보고 묘사하여 그림으로 그려냈는데, 그 그림이 실물과 흡사하여 감탄하지 않는 사람이 없었다고[2] 기록했다.

장한종은 김홍도金弘道의 스승으로 불리는 당시 화원의 거두 김응환金

---

1) 장한종의 가계도는 이신성의 「어수신화 소재 작품에 대하여」(『한국고전산문연구』, 보고사, 2001, 267~272쪽)를 참조할 것. 또한 『성원록姓源錄』(598~599쪽)을 보아도 그의 집안이 전형적인 화원 집안임을 확인할 수 있다.
2) 유재건, 『이향견문록』, 「張畵師漢宗」, "少時, 每鬻漁蟹鱉之屬, 細察其鱗甲而模之, 每盡成, 人莫不歎其逼眞." 아세아문화사, 1974, 410쪽.

應煥, 1742~1789의 사위이기도 하며,[3] 그의 아들 장준량張駿良, 1802~1870 역시 가풍을 이어받아 어해화를 잘 그렸던 화원이다. 1795년 정조가 혜경궁 홍씨惠慶宮 洪氏와 사도세자思悼世子의 회갑을 기념하기 위해 윤2월에 사도세자의 묘인 현릉원顯隆園을 참배하고 혜경궁 홍씨의 진찬연進饌宴을 열었는데, 정조는 그 8일간(2월 9일~2월 16일)의 행차 기록을 『원행을묘정리의궤園行乙卯整理儀軌』로 정리했다. 장한종은 그때 김득신金得臣, 1754~1822, 이인문李寅文, 1745~1821 등과 함께 『의궤』 제작에 참여하기도 했다.

『소낭』의 찬자는 적빈자寂濱子라는 필명을 썼는데, 『소낭』의 발문을 보면 찬자가 유학을 공부하는 사람에 대해 적대적인 감정을 가지고 있음을 알 수 있다.[4] 그 밖에 『소낭』의 찬자에 대한 자세한 행적은 찾기 어렵다.

🕸 소화(패설)를 바라보는 시각

조선 초기부터 소화(패설)는 부정적인 것으로 여겨졌다. 따라서 찬자는 이러한 책을 편찬한 것에 대해 구차한 변명을 담아낸 서문이나 발문을 제시하는 경우가 많다. 대체로 서문은 ①자신이 편찬한 책을 객客에게 보여주고, ②책을 본 객은 그 책이 성인의 말씀과 다르다며 핀잔을 주고, ③핀잔을 들은 주인은 그 이유에 대해 장황하게 변명하며, ④변명의 말을 들은 객은 그제야 책을 편찬한 의도를 알고 서문을 써준다는 방식을 취한다. 보통 주인은 『시경詩經』의 "잘하는구나, 해학이여. 해롭지는 않아라[善爲謔兮, 不爲謔兮]"라든가, 『예기禮記』의 "긴장

---

3) 김영윤, 『한국서화인명사전』, 한양문화사, 1959, 386쪽.
4) 이에 대해서는 김준형의 「웃음의 집대성과 소낭」(『한문학보』19, 우리한문학회, 2008) 참조.

만 시키고 풀어주지 않는 것은 문왕, 무왕도 하지 않았다〔一張而不弛, 文武不爲也〕"등의 구절을 인용하며 변명을 대신했다. 『남화경南華經』에도 제해齊諧가 있고, 사마천司馬遷의 『사기史記』나 반고班固의 『한서漢書』에도 골계전滑稽傳이 있다는 사실을 내세우기도 했다.

그런데 이처럼 한바탕 웃고나면 그만일 듯한 패설집에는 다음과 같은 내용이 적지 않게 들어 있다.

취은 선생은 당시에 두터운 명망이 있었다. 약관을 막 넘겨 과거에 급제하였으니, 이른바 재기를 가진 인물이라 하겠다. 그러나 불행히 질병 때문에 시골에 은거하였는데, 이어서 갑자년의 화를 당하자 인간 세상에 대한 생각을 완전히 끊어버렸으니 이른바 당시에 그 재기를 펴지 못한 인물이라 하겠다.(醉隱先生, 有當世重望, 纔踰弱冠, 便捷魁科, 可謂才且器矣. 不幸嬰疾, 屛居田里. 繼以甲子之禍, 遂絶意人世, 可謂未施於時矣.) ― 정사룡(鄭士龍), 『어면순』 발

성군의 시재는 세상에서 겨룰 만한 자가 드물지만 지금 육십여 세가 되도록 한 번도 명색이 있는 관직을 얻지 못하였다. 혼탁한 세상에 살면서 황야에 몸을 숨긴 채 맹랑한 말에 의탁하여 소견이나 할 도구로 삼았다.(槪觀成君之詩才之高, 一世寡倫, 而至今六十, 未得一名之官. 値世混濁, 遯迹荒野, 托意孟浪之辭, 以資消遣之具.) ― 홍서봉(洪瑞鳳), 『속어면순』 발

현묵자 우해 홍만종은 문자에 뜻을 둔 사람이다. (중략) 무릇 세상에서 불우하게 되자 마침내 매미가 허물을 벗고자 하는 생각이 있어 집 안에 틀어박혀 수양을 하고 시를 읊으면서 지냈다. 또한 그때 여항의 자잘한 이야기나 시골의 우스갯소리를 모아 한 편을 이루었는데, 제목을 『명엽지해』라 하였다.(玄默子洪于海, 志於文字也. 〔중략〕 迨夫不遇於世, 遂有蟬蛻

濯穢之想, 杜門怡養, 諷詠自娛. 又取閭里瑣語村野劇談, 錄爲一編, 目之曰, 蓂葉志諧.) — 허격(許格), 『명엽지해』 발

송세림, 성여학, 홍만종 모두 불우하였음을 말하고 있다. 이들은 모두 자신의 불우함을 달래고 울분을 토로하는 수단으로 오히려 그 반대인 웃음을 선택한 것이다. 패설집 서문에 불우함과 웃음이 공존하는 것도 이러한 이유로 볼 수 있다. 이는 한바탕 웃고 나면 그만일 듯한 패설집이 단지 일회적인 웃음을 주는 데 그치지 않고, 찬자의 아픔을 달래는 도구로 존재했음을 의미한다.

소화(패설)가 가지고 있는 이러한 이원적인 성격, 즉 일회적인 웃음과 찬자의 울분을 토로하는 웃음은 서로 별개로 존재할 수 없다. 그리고 이 점이 패설을 바라보는 가장 중요한 시각임을 기억해야 할 것이다. 설령 패설집이 일회적이며 소비적인 문학 장르라 할지라도 그 안에는 실로 절절한 찬자의 아픔, 시대의 아픔이 담겨 있음을 의미하기 때문이다. 그리고 그런 모습을 엿보는 것이 패설을 읽는 한 방법이기 때문이다.

소화(패설)에 대한 연구는 그리 많지 않다. 물론 주목할 만한 연구가 전혀 없는 것은 아니나 소화에 대한 연구는 여전히 고전문학이나 한문학의 주변에 머물러 있는 것처럼 보인다. 이는 현재까지 소개된 작품집이 1958년 민속학자료간행위원회에서 유인본油印本으로 출간한 『고금소총』에 실린 11종의 작품집에 한정되었기 때문인 듯하다. 『고금소총』에 실린 작품집은 사적史的인 조망을 하기에는 유용하지만, 그 성격이 다양하지 못하다. 그랬기에 많은 연구자들이 『고금소총』에 실린 작품집 간의 특수성을 발견하기보다는 오히려 『고금소총』에 실린 작품집의 보편적인 성격을 읽어내는 데 무게를 두었다. 따라서 소화가 무엇인지에 대한 장르론과 소화가 웃음을 유발하는 구조나 방식 등에

대한 논의가 많았다.

하지만 다양한 성격의 작품집이 새로 발견되었고, 또한 그중에는 중국과의 영향 관계를 고려하지 않을 수 없는 작품집도 존재한다는 점에서 문학의 향유와 소통에 대한 좀더 넓은 연구가 필요하다. 이 글에서는 이 책에 수록한 성 이야기를 어떻게 이해할 것인가에 대해서만 간략히 언급해두기로 한다.

🌿 쾌락과 노동 : 감성의 중세, 이성의 근대

어느 동물에게나 성은 존재한다. 이는 종족을 보존하기 위한, 생산적인 측면의 성이다. 그렇지만 인간에게는 단순한 생산 목적 이외의 요인인 쾌락, 즉 소비의 측면에서 다루어지는 별도의 성이 존재한다. 소비로서의 성은 결코 부정된 적이 없다. 소비로서의 성이 부정되기 시작한 것은 쾌락의 가치를 부정하고 노동의 가치만을 존중하던 시기, 즉 다분히 근대에 가까운 시기부터다. 이때부터 쾌락을 추구하는 행위는 죄의식으로 평가되고, 오로지 노동의 가치만이 중시되었다. 다시 말해 성의 부정은 근대적인 사유에서 비롯된 것이다.

실제로 16세기 말에서 17세기 초에 찬집된『속어면순』에 실려 있는 「노기판결老妓判決」을 보면 성을 두고 이야기하는 것이 사회적으로 그리 큰 문제가 되지 않았음을 엿볼 수 있다. 이 이야기에서 갑과 을, 두 사람은 음양에 대한 말다툼을 벌인다. 갑은 여성이 남성 성기의 크기에 미혹된다고 주장하고, 을은 남성의 성적 기술이 더 중요하다며 언쟁을 벌인다. 둘의 논쟁에 결론이 나지 않자, 두 사람은 결국『속어면순』의 찬자인 성여학成汝學, 1557~?에게 판결을 부탁한다. 성여학은 「여불위전呂不韋傳」을 인용하여 갑의 손을 들어주지만, 을은 여기에 불복한다. 그때

마침 늙은 기생이 그 앞을 지나가자, 성여학은 그 기생을 불러 물어본다. 늙은 기생도 또한 갑의 손을 들어준다. 이렇게 함으로써 두 사람은 여성이 남성 성기의 크기에 미혹됨을 확인한다. 갑과 을이라는 일반인으로부터 판결자인 자신, 지나가는 기생에게까지 성적 질문이 옮겨가는 동안, 성에 대한 부정적인 인식은 보이지 않는다. 성적인 궁금증은 다른 궁금증과 별반 다를 게 없다.

조선 초기나 중기에 편찬된 다수의 패설집을 보아도 성 이야기를 금기시했다는 증거는 찾을 수 없다. 오히려 성담론은 집단의 유흥을 돋우는 장치로 빈번하게 쓰이고 있음만 확인할 수 있다. 정작 이러한 이야기를 듣고 보면서 얼굴이 붉어지는 것은 현재를 사는 우리들이다.

도덕도 없고, 윤리도 없는 듯한 성 이야기. 그 이야기에 도덕적인 잣대를 대기 시작한 때는 19세기를 전후한 시기부터다. 19세기 말에서 20세기 초로 접어들면서 그 양상은 더욱 강해진다. 감성보다는 이성을 강조하는 근대로 이행하는 과정에서 성 이야기는 부정해야 할 대상이 되어왔던 셈이다. 『교수잡사』에 실린 「취악폐궁吳惡廢弓」에서도 실제로 그런 시선을 볼 수 있다.

「취악폐궁」은 활쏘기를 업으로 삼는 한 사내가 낮잠 자는 여인의 음호에 손가락을 넣었다가, 이후 손가락에서 심한 악취가 나 활시위도 당길 수 없는 정도가 되자 결국 활쏘기를 그만두게 되었다는 내용이다. 쾌락만을 좇은 행위 때문에 결국 자신의 생업까지 포기해야 하는 벌을 받았음을 말해주는 이야기다. 이 작품 외의 다른 설화에서도 쾌락만을 좇은 행위에 대해 도덕이라는 잣대로 이를 징벌하는 양상이 여러 군데서 보이는데, 이는 이전의 패설집에서는 좀처럼 찾아보기 어려운 한 양상이다.

20세기를 전후한 시기에 채록된 구비설화에서도 감성을 도덕으로 제어하는 양상을 자주 엿볼 수 있다. 널리 분포된 「달래나보지」와 같은 이야기는 오누이 간의 근친상간에 대한 죄의식을 설명한 대표적인 예이다. 또한 홀로 된 며느리가 잠을 잘 때 며느리의 올라간 치마를 시아버지가 지팡이로 잘 덮어주었는데, 이후 며느리가 지팡이를 낳았다는 이야기[5]도 쾌락의 행위에 대한 도덕적 징벌인 셈이다.

쾌락을 추구하는 행위는 근대로 접어들면서 강력하게 금기시된다. 노동의 가치를 중시하는 사회, 이성이 지배하는 사회에서는 당연한 결과다. 가장 감성적인 것인 성은 이성과는 상반된 가치를 지닌다. 그렇기 때문에 이성이 지배하는 사회에서 성은 금기의 영역으로 존재할 수밖에 없다. 시간이 지날수록 우리 사회에서 드러내야 할 것, 지향해야 할 것, 긍정적인 것으로 인식되는 이성과 달리 성은 뒷골목에서나 이야기하는 은밀한 것, 숨겨야 할 것, 부정적인 것이 되고 만 셈이다.

사회에는 이성의 질서가 자리를 잡는다. 그러나 어디 사람 사는 세상이 이성의 '원칙'이 지켜지는 곳이던가? 비상식과 몰상식이 판을 치고, 비윤리와 반윤리가 난무하는 세상이 아니던가! 이성의 질서가 강요되는 사회에서 반이성적인 행위를 비판할 수 있는 방법은 감성에 호소하는 것밖에 없지 않은가? 패설집의 찬자도 성 이야기를 통해 무원칙적인 사회를 통렬하게 꾸짖는다. 예컨대 『교수잡사』에 실린 「줄이반이出爾反爾」도 그러하다.

이 이야기에서는 기생을 여관의 요강과 같은 존재로 인식하는 한 방백方伯을 등장시킨다. 그는 기생을 여관의 요강과 같은 존재로 여기기 때문에 기생의 신체적 사정을 고려하지 않음은 물론이고, 자신의 형제나 친구들이 가까이한 기생까지도 탐한다. 이에 방백 주변에 있던 책객冊客은 방백이 범한 여인들만을 쫓아다니며 관계를 맺는다. 이런 사

5) 정홍순(鄭弘順) 술(述), 이명선 채록, 「집팽이를 났다」, 1939. 2. 10. 원문은 『이명선전집』1 (보고사, 2006) 215~216쪽에 실려 있다.

연을 안 방백이 책객을 불러 '금수 같은 행동을 한다'고 꾸짖는다. 그때 책객의 대답이 걸작이다.

소생은 어리석어서 일을 잘 판단하지 못합니다. 소생은 일찍이 친척이나 친구가 사랑한 계집은 비록 천한 기생이라 할지라도 감히 눈을 주거나 사랑해서는 안 된다고 알고 있었습니다. 그런데 지난번에 대감께서는 모든 기생들을 향해 '너희들은 여관에서 쓰는 요강과 같은지라'라고 가르침을 주시더군요. 그리고 비록 긴밀한 관계에 놓여 피해야 할 기생들까지도 모두 잠자리를 돌보게 하시더군요. 소생은 그때 비로소 깨달았습니다. 여관의 요강에 소생이 한 번 더 오줌을 누었다고 무슨 의심과 걱정이 있겠냐고…… 저는 이제야 겨우 대감의 밝디밝은 가르침을 받들어 명확히 깨달았다고 생각했습니다. 그런데 지금 대감께서 직접 말씀하신 그 가르침이 잘못되었다고 책망하시니, 알지 못하겠습니다. 대감께옵서 지금에야 비로소 그것을 깨달으신 것입니까? 아니면 소생이 지금에야 비로소 그것을 깨달은 것이옵니까?

책객은 대놓고 방백의 행위를 비판한다. 이성의 질서가 강조되는 사회지만, 내가 속한 사회에서는 그 질서가 제대로 지켜지지 않는다. 이런 사회에서 무엇을 할 수 있단 말인가? 그저 그들에 대한 분노를 성 이야기로 포장하여 한바탕 웃고 넘어가면 되지 않겠는가? 『교수잡사』의 찬자는 이러한 방법으로 허위로 가득 찬 당시 조선 사회를 비판하고 있었던 것이다. 이런 방식의 글쓰기는 「매부거상妹夫居喪」에서도 볼 수 있다. 이 이야기 역시 자신의 여동생을 탐한 상전에게 아무렇지도 않게 대거리하는 상놈의 목소리가 너무나도 아프게 들린다. 그는 계집종인 여동생을 범한 상전을 자신의 매부라고 주장한다.

이 무덤은 내 상전의 무덤이오. 그러나 상전이 일찍이 내 누이를 간음하였으니, 어찌 내 매부가 되지 않겠소? 상전의 상중에 있는 것도 또한 가볍지 아니하오. 하지만 상전이 이미 체통을 잃고 나의 매부가 되었잖소. 상전이 그렇게 했듯이, 나도 조금 체통을 잃어 상전을 모시는 종 대신 상전의 매부가 되어 상복을 입은 게 뭐 그리 대단하겠소?

상전이 자신의 체통을 잃고 계집종을 간음한 것처럼 상놈인 자신도 한번 체통을 잃고 상전을 매부라고 부르겠다는 말은 코미디인데, 그 코미디가 그리 유쾌하지만은 않다. 아무것도 할 수 없는 무력한 조선 후기 민중의 눈물어린 얼굴이 눈에 선하다.

현실과 이상이 이율배반적으로 존재하는 모순된 사회를 보면서 『교수잡사』의 찬자는 어느 정도나마 이성적으로 그 사회를 비판한다. 찬자 역시 이성의 질서가 지배하는 사회에 이성의 질서로 맞대응해보는 것이다. 그래도 잘못된 사회현상을 바꿀 수 있다면 바꿔보고자 하는 찬자의 노심^{勞心}이 엿보인다. 하지만 『교수잡사』의 찬자처럼 이성적으로 사회를 볼 수 있는 힘조차 없는 사람들이라면? 그들은 결코 이성적인 글쓰기를 할 수 없다. 좀더 정확히 말하면, 이성적인 글쓰기를 할 수 없는 것이 아니라, 하지 않는다. 합리적인 이성으로 사회를 비판한다 해도 이미 아무것도 바꿀 수 없음을 알기 때문이다.

합리적인 방법으로 사회 질서에 이의를 제기할 수 없을 때에는 결국 감성에 따라 사회 질서에 접근하는 경향이 강해진다. 지나친 감성의 노출은 곧 이성의 한계를 넘어선 분노와 좌절에 다름 아니다. 실제로 『각수록』의 찬자가 그려낸 25편의 반인륜적 이야기들은 웃음을 넘어선 찬자의 울음이었던 셈이다. 이러한 양상은 비단 우리 사회에만 한정되는 것이 아니다. 실제로 사드가 감옥에서 처절한 삶을 살면서 그려낸 것은 반인륜적인 행태의 이야기이며, 고야가 36년 동안 청각 장애의 감옥에서 그려낸 그림은 성과 죽음이 공존하는 마니에리슴 manierisme이 아닌가?[6] 이들은 곧 자신의 작품을 통해 모든 윤리를 전복시킴으로써 독자들로 하여금 '도덕을 넘어선 도덕'을 읽어내도록 한 것이다.

윤리는 공동체를 위한 것이다. 공동체를 위한다는 것은 달리 말하면 현재의 상황이 미래까지 지속되기를 꿈꾸는 것이기도 하다. 하지만 절망의 상태에 놓여 있는 사람들은 그러한 상황이 오랫동안 유지되기를 바라지 않는다. 때문에 금지된 영역을 보여줌으로써, 금지된 것을 위반함으로써, 자신의 울분을 드러낸다. 그것이 찬자가 할 수 있는 최선의 방법이었던 셈이다. 성이란 죽음을 내포하는 것이면서, 또한 죽음 속에서도 생을 찬양하는 것이다.[7] 따라서 성담론은 자신에 대한 부정이면서도 희망일 수밖에 없다. 일그러진 성을 이야기하면서 자신은 이 세상과 격리되어 있지 않다고 역설하는 것이다.

🌿 성과 민족 : 지식인의 웃음과 울음

조선 후기에서 근대로 전환하는 과정에서도 성 이야기는 빈번하게 등장한다. 그리고 성 이야기는 단지 일회적인 웃음을 주는 데서 그치지 않는다. 특이하게도 성 이야기는 계몽과 민족이라는 고리와 맞물려 존재하는 경우가 많다. 실제로 1899년 『매일신문』 '논설'에는 흥미로운 자료가 수록되어 있다. 이 이야기는 『소낭』을 비롯한 여타의 패설집에서 흔히 볼 수 있는 음담 중의 하나다. 세 딸이 있는데, 첫날밤 첫

6) 조르주 바타유, 유기환 옮김, 『에로스의 눈물』, 문학과의식, 2002.
7) 조르주 바타유, 최윤정 옮김, 『문학과 악』, 민음사, 1995.

째 딸은 옷 벗기를 거부하다가 소박을 맞는다. 둘째 딸은 언니가 소박 맞은 것을 계기로 삼아 미리 옷을 벗었다가 소박을 맞는다. 셋째 딸은 두 언니의 경험을 토대로 어찌할 줄 몰라 한다는 내용이다. 이 이야기는 어떠한 방식으로 보든지 음담 이상의 해석은 도저히 불가능해 보인다. 하지만 『매일신문』 '논설' 조항에서는 이 이야기에 다음과 같은 논평을 붙인다.

지금 완고頑固라 하고 스스로 지키는 자는 큰딸의 고집이요, 개화開化에 졸업하였다는 자는 둘째 딸의 과하게 능한 것이다. 막내딸의 중도中道를 쓰는 것이 개화를 먼저 깨달은 자라 할 것이다. 그러한즉 때에 따라 마땅한 것을 짓고, 풍속을 좇아 변통하는 것이 옳은 줄로 아노라.[8]

큰딸은 폐쇄적인 완고함을 대표하고, 둘째 딸은 개화를 대표하며, 막내는 중용을 중시한 인물이라 한다. 그리고 이를 통해 때에 따라 변통해야 함을 강조한다. 개방과 폐쇄의 중간에서 중용을 지키는 것이 중요함을 일깨우기 위해 인용한 이야기가 음담이란 점이 흥미롭다.

『제국신문』에서 과부의 재가를 긍정하는 데 쓰인 자료 역시 음담이다.[9] 또한 1910년대에 찬집된 활판본 『앙천대소仰天大笑』 같은 데서도 음담을 포함한 많은 이야기가 계몽적인 글과 함께 실린다. 이처럼 중세에서 근대로 이행하는 과정에서 음담이 사회적인 내용의 글과 한데 어울리는 현상은 흔히 볼 수 있다. 이러한 현상은 세상에 적극적으로 참여할 수 없었던 지식인들이 어떠한 방법도 찾지 못하고 스스로 자신의

---

8) 『매일신문』 1899년 3월 20일 '논설'. 이 자료는 김영민·구장률·이유미 편, 『근대계몽기 단형 서사문학 자료전집』 상(소명출판, 2003)에 수록되어 있다.
9) 『제국신문』 1906년 7월 12~16일. 「이언기담俚語奇談」.

삶과 죽음에 대한 혼선의 모습을 그대로 드러낸 것이라 할 수 있다. 한 편으로는 자신의 무력함에 좌절하면서도, 감성에 빠져 있는 자신에게서 벗어나려는 몸부림이 성을 통한 계몽으로 이어졌다고 볼 수 있다. 이렇게 성과 민족, 성과 계몽은 서로 어울리지 않을 듯하면서도 묘하게 연결되어 존재할 수 있었다.

이러한 해석은 1930년대를 살았던 학자들도 성에 집착했다는 점에서 일정한 타당성을 갖는다. 『조선소설사』의 저자로 유명한 김태준金台俊이 문학과 혁명 사이에서 방황하던 1937년에 읽고 쓴 책은 다름 아닌 『기문奇聞』이었다. 김태준에게 1937년은 문학 연구만으로는 조선의 혁명을 꾀하는 데 한계가 있음을 깨닫고, 직접 총을 잡고 전선에 나서야 하는가에 대해 진지하게 고민을 하던 무렵이었다. 이 무렵, 김태준은 음담과 우화가 중심인 『기문』을 학생들과 함께 베낀 것이다. 이외에도 최근 발견된, 1930년대에 유행하던 이야기를 정리한 이명선의 자료집을 보면,[10] 그 이야기의 중심이 성에 놓여 있음을 알 수 있다. 또한 1932년 정대일丁大一이 출간한 『속지해續志諧』[11]에 수록된 이야기의 중심 역시 성이다. 특히 정대일은 『속지해』 외에도 1947년에 1920~40년대까지 조사한 것으로 보이는 자료들 중에서 음담만을 모아 『조선상말전집』을 출간한다. 그런데 이 책 서문을 쓴 공삼달孔三達은 이 책의 성격을 흥미롭게 서술한다.

정대일 선생은 일찍이 우리나라의 후진성을 지양하고 선진국과 어깨를 나란히 하려면 서양문화를 섭취하여 과학적 지식을 얻는 것이 매우 시급한 일이기는 하나, 그것보다도 우선 민족에 바탕을 둔 전통적인 무

---

10) 이는 '이야기'란 제명을 붙인 노트 4권인데, 여기에 기록된 자료는 『이명선전집』 1권(보고사, 2006)에 실었다.
11) 정대일, 『속지해』, 삼문사, 1932.

엇인가를 찾아내는 것이 기본적이라 여겼다. 이에 민족성 연구에 오로지 급급하였던 것이다. (중략) 민족의식이 극도로 양양된 오늘날, 이런 기본적인 연구자료가 마땅히 널리 반포되어 민족성의 과학적 구명이 있어 이 혼란한 상황을 바로잡아야 할 것을 절실히 느낀다.[12]

우리의 민족성을 이해하기 위한 방편의 하나로 '음담'을 선택했다는 것이다. 이 말은 지나친 성적 이야기에 대한 자기변호가 아니다. 성을 통해 지식인들의 좌절과 그 극복 양상을 읽어내려고 했던 단면인 셈이다. 성은 곧 눈물을 거친 웃음이요, 허虛를 거친 위僞이기 때문이다.

이러한 양상은 일반 민중에게도 그대로 적용되었던 것으로 보인다. 1930년대에 이명선의 『이야기』에는 흥미로운 자료가 다수 보이는데, 그중에는 역사적인 사건을 섹슈얼리티로 풀어낸 경우도 있다. 예를 들어 패배한 역사를 성으로 보상받는 방식의 「임장군林將軍」 같은 이야기도 그러하다.[13] 이 이야기는 어떠한 대업도 이루지 못하고 안타깝게 죽은 임경업의 탄생을 기록한 것이다. 임경업의 모친이 사회에서 요구하는 원칙에서 벗어난 성관계를 부정했기 때문에 임경업은 그러한 운명을 가질 수밖에 없었다고 말한 셈이다. 즉, 감성보다는 이성을 존중함으로써 임경업은 대업을 이룰 수 없는 운명을 지니고 태어난 것이다. 「임장군」과 같은 이야기는 단지 흥미만을 위해 만들어지고 향유된 것이 아니다. 이러한 이야기들은 암흑기를 살아가는 과정에서, 나아갈

---

12) 정대일, 『조선상말전집』, 향토문화연구소, 1947. 출력본. 丁公大一 先生은 일찍 우리나라의 後進性을 楊棄하고 先進國에 比肩하려면 西洋文化를 攝取하여 科學的 知識을 據得함이 緊急事이기는 하나, 그것보다도 于先 民族의 바탕을 이루고 있는 傳統的인 무엇을 찾아내는 것이 基本的인 것이라 깨닫고 民族性의 研究에 專急하였던 것이다. (중략) 民族意識이 極度로 昂揚된 오늘날, 이런 基本的 研究資料가 마땅히 널리 頒布되어 民族性의 科學的 究明이 있어 이 混亂狀態를 바로 잡아야 할 것을 切口히 느끼는 同攻者들은 ……(하략)

13) 이명선 채록 정리, 「임장군」, 1937. 8. 21. 『이명선전집』1 (보고사, 2006) 157~159쪽.

수도 달아날 수도 없는 자신의 처지에 대해 감성적인 물음을 던지면서 만들어졌기 때문이다.

이처럼 암울한 시기에 성은 민족과 계몽을 책임져야 했던 지식인의 웃음인 동시에 울음으로 작용하는 하나의 계기였다. 암울했던 근대전환기에 민족과 계몽을 책임져야 했던 지식인들이 '일회용' 제품과 같은 향락적인 우스갯소리의 주된 향유층이 될 수 있었던 것도 이러한 시각에서 읽어낼 수 있다. 당시 지식인들에게 웃음은 사회와 자신, 자신과 자신, 혹은 현실과 이상의 이율배반적인 여건에서 자연스레 이끌린 결과였다. 즉, 암담한 현실에서 벗어나기 위한 장치가 웃음이었던 셈이다. 그렇지만 그 웃음은 당시 암울한 현실을 보면서도 아무것도 할 수 없는 자신들의 처지에 대한 눈물의 다른 표현이었음을 기억할 필요가 있다. 중세에서 근대로 전환하는 도정에 찬집된 패설을 접하면서 배꼽이 빠지게끔 웃어대지만, 다른 한편으로 돌덩이가 내려앉는 아픔을 느끼게 되는 것도 여기에서 비롯되는 것이리라.

🌿 성 이야기를 어떻게 읽을 것인가?

지금까지 성 이야기에 대해 지나치게 유의미한, 가치를 가진 쪽으로만 이야기했다. 물론 그렇지 않은 이야기도 많다. 대부분의 성 이야기가 실제로는 일회적이며 말초적인, 그 자체의 흥미를 위해 쓰인 것일 수도 있다. 그저 한번 껄껄 웃고 나면 그만인 작품들. 그렇지만 내가 굳이 그와 다른 측면에서 이야기한 것은 독자들이 성 이야기를 그저 한 번 웃고 버리는 것으로만 보지 않기를 바라는 마음에서다. 너무 아픈 세월을, 너무 아픈 사회를 살았던 사람들의 목소리가 그저 일회성에 그치는 것이 싫었기 때문이다. 그들의 마음, 그들의 목소리에 한번

쯤은 귀를 기울일 필요가 있지 않을까?

성 이야기를 읽다보면 이야기 속에서나마 군건하게 지탱되는 기존의 가치와 질서를 위반할 수 있다는 점에서 잠시 행복감을 느끼게 된다. 그렇지만 그것은 지속적인 즐거움을 주지는 못한다. 다시금 자신을 옥죄는 현실로 돌아가야 하기 때문이다. 현실로 되돌아온 사람, 그 느낌은 어떠한가? 그에 대한 해답은 독자들이 찾을 일이다.

김준형

문학동네 한국고전문학전집을 펴내며

우리가 고전에 눈을 돌리는 것은 고전으로 회귀하기 위해서가 아니다. 한국의 고전은 고전으로서 계승된 역사가 극히 짧고 지금 이 순간에도 발견되고 있으며 심지어 어떤 작품은 저 구석에서 후대의 눈길을 간절하게 기다리고 있기도 하다. 우리의 목표는 바로 이런 한국의 고전을 귀환시키는 것이다. 그러니까 고전 안에 숨죽이며 웅크리고 있는 진리내용들을 다시 불러들이고 그것으로 이 불투명한 시대의 이정표를 삼는 것, 이것이 우리의 궁극적인 목적이다.

문학동네 한국고전문학전집은 몇몇 전문가의 연구실에 갇혀 있던 우리의 위대한 유산을 널리 공유하는 것은 물론, 우리 고전의 비판적·창조적 계승을 통해 세계문학사를 또 한번 진화시키고자 하는 강한 열망 속에서 탄생하였다. 그래서 문학동네 한국고전문학전집은 이미 익숙한 불멸의 고전은 말할 것도 없고 각 시대가 새롭게 찾아내어 힘겨운 논의 끝에 고전으로 끌어올린 작품까지를 두루 포함시켰다. 뿐만 아니라 한국 고전의 위대함을 같이 느끼기 위해 자구 하나, 단어 하나에도 세밀한 정성을 들였다. 여러 이본들을 철저히 비교하는 과정을 거쳐 정본을 확정했고, 이제까지의 모든 연구를 포괄한 각주를 달았으며, 각 작품의 품격과 분위기를 충분히 살려 현대어 텍스트를 완성했다. 이 모두가 우리의 고전을 재발명하는 것이야말로 세계문학의 인식론적 지도를 바꾸는 일이라는 소명감 덕분에 가능했음은 물론이다. 부디 한국의 고전 중 그 정수들을 한자리에 모은 문학동네 한국고전문학전집이 그간 한국의 고전을 멀리했던 독자들에게 널리 읽히고 창조적으로 계승되어 세계문학의 진화를 불러오는 우리의, 더 나아가 세계 전체의 소중한 자산으로 자리하기를 기대해본다.

문학동네 한국고전문학전집 편집위원
심경호, 장효현, 정병설, 류보선

옮긴이 **김준형**

고려대학교에서 「조선조 패설문학 연구」로 문학박사학위를 받았다. 고전 서사문학, 그중에
서도 특히 야담을 중심으로 공부하고 있다. 현재 부산교육대학교 국어교육과에 재직중이
다. 근래에는 "문학이 무엇을 할 수 있는가, 문학이 무엇을 해야 하는가"에 대해 고민하며 고
전문학에 숨은 그 당시 사람들의 삶을 그려내는 데 관심을 가지고 있다. 저서로는 『한국패
설문학연구』가 있고, 편저로 『이명선전집』(전4권), 역서로 『당진연의』(공역, 전2권) 등과 10
여 권의 공저가 있다.

한국고전문학전집 009
조선 후기 성 소화 선집
ⓒ 김준형 2010

1판 1쇄 2010년 8월 28일
1판 4쇄 2019년 4월 3일

옮긴이 김준형 ┃ 펴낸이 염현숙

책임편집 구민정 ┃ 편집 임혜지 오동규 ┃ 독자모니터 양은희 ┃ 디자인 윤종윤 한충현 김민하
마케팅 정민호 이숙재 양서윤 안남영 ┃ 홍보 김희숙 김상만 이천희
제작 강신은 김동욱 임현식 ┃ 제작처 영신사

펴낸곳 (주)문학동네
출판등록 1993년 10월 22일 제406-2003-000045호
주소 10881 경기도 파주시 회동길 210
전자우편 editor@munhak.com ┃ 대표전화 031)955-8888 ┃ 팩스 031)955-8855
문의전화 031)955-3578(마케팅), 031)955-2671(편집)
문학동네카페 http://cafe.naver.com/mhdn ┃ 트위터 @munhakdongne
북클럽문학동네 http://bookclubmunhak.com

ISBN 978-89-546-0893-0 04810
       978-89-546-0888-6 04810 (세트)

www.munhak.com